JAYE FORD

# Ich kann dich sehen

*Buch*

Livia Prescott ist in den letzten Monaten wirklich nichts erspart geblieben: Nachdem sie sich von ihrem untreuen Mann Thomas getrennt hat, der mittlerweile mit seiner Freundin Michelle ein Kind erwartet, und seither allein ihren gemeinsamen Sohn Cameron großzieht, kümmert sie sich nun auch um ihren todkranken Vater Tony Wallace. Von ihm, einem Boxer-Champion, der nach seiner aktiven Laufbahn dreißig Jahre lang das *Wallace's Boxing Gym* führte, hat sie es gelernt, im Ernstfall auch mal kräftig zuzuschlagen. Dies kommt ihr auch zugute, als sie nach der Arbeit im leeren Parkhaus von einem Unbekannten von hinten angegriffen wird. Sie kann sich wehren, allerdings kann sie ihren Peiniger nicht überwältigen, der die Flucht ergreift. Kurz darauf kommt ihr ein Mann namens Daniel Beck zu Hilfe, der in demselben Gebäude wie sie arbeitet – und den Livia zum ersten Mal wirklich wahrnimmt …

*Autorin*

Jaye Ford war Journalistin und Werbeberaterin, bis ihr mit 40 klar wurde, dass sie ihren Traum vom Schreiben nie würde realisieren können, wenn sie sich nicht sofort an den Schreibtisch setzen und mit ihrem Roman anfangen würde. Kaum zehn Jahre später wird ihr erster Thriller *Die Beute* in sieben Sprachen veröffentlicht. Sie lebt zurzeit mit ihrem Mann und ihren zwei Kindern in Lake Macquarie in Australien.

*Ebenfalls bei Blanvalet lieferbar:*

Die Beute (37866)

Jaye Ford

# ICH KANN DICH SEHEN

Thriller

Aus dem australischen Englischen
von Christiane Winkler

blanvalet

Die australische Originalausgabe erschien 2012 unter dem Titel »Scared Yet«
bei Bantam book, Random House Australia Pty Ltd, Sydney.

MIX
Papier aus verantwortungsvollen Quellen
FSC® C014496

Verlagsgruppe Random House FSC® N001967
wDas FSC®-zertifizierte Papier *Holmen Book Cream* für dieses Buch
liefert Holmen Paper, Hallstavik, Schweden.

1. Auflage
Deutsche Taschenbuchausgabe April 2014 bei Blanvalet,
einem Unternehmen der Verlagsgruppe
Random House GmbH, München.

Umschlaggestaltung: www.buerosued.de, München
Umschlagmotiv: Plainpicture/Lee Frost; Trevillion
Images/Susan Fox
Redaktion: Ingola Lammers
ED · Herstellung: sam
Satz: Uhl + Massopust, Aalen
Druck und Einband: GGP Media GmbH, Pößneck
Printed in Germany
ISBN: 978-3-442-38199-9

www.blanvalet.de

Für Paul,
er hat mich ans Ziel gebracht

# 1

»Schatz, wir sprechen uns morgen. Hab dich lieb.«

»Mom, ich hab dich auch lieb«, sagte Cameron.

Ein Lächeln huschte über Livs Lippen, als sie das Handy in ihre Tasche steckte und dem Klappern ihrer High Heels in dem stillen Parkhaus lauschte. Mein Gott, wie sie ihn vermisste!

Sie trat über die beleuchtete Fußgängerrampe ins Halbdunkel des dritten Stockwerks und zögerte. Am Nachmittag war es hier noch voll gewesen, doch jetzt, kurz nach halb acht, standen kaum noch Autos da. Es herrschte eine dunkle, unheilvolle Atmosphäre. Boden und Decken des Parkhauses waren mit Betonplatten verkleidet, im Halbschatten standen dicke Betonsäulen, an der Decke flackerten Neonröhren. Die Metallgitter um die Lampen erinnerten sie daran, dass manche Leute sich einen Spaß daraus machten, solche Orte mutwillig zu verwüsten. Sie kramte in ihrer Tasche nach dem Autoschlüssel, umklammerte ihn wie einen Dolch und eilte über den Asphalt.

Ihr Wagen stand am Ende der fünften Reihe. Sie machte einen großen Bogen um einen Lieferwagen, der in der zweiten Reihe stand, und beäugte ihn vorsichtig, als sie daran vorbeiging.

Alles in Ordnung, Liv. Geh einfach weiter.

Als das Licht immer schwächer wurde und sie in der Ferne bereits Verkehrslärm hören konnte, versuchte sie in ihren schicken italienischen Schuhen ein wenig schneller zu laufen. Die Schuhe waren ein Überbleibsel aus einer Zeit, in der sie noch Geld für solche Schuhe ausgeben konnte, doch der enge Rock hinderte sie daran, schneller zu laufen. Irgendwo ein Stockwerk tiefer hörte sie einen Knall, sie zuckte zusammen und stolperte.

Das war nur eine Autotür, Liv. Beruhige dich.

Plötzlich stellten sich ihre Nackenhaare auf.

Irgendwas hatte sich bewegt.

Da drüben, beim Pfeiler neben ihrem Wagen.

Ihre Augen versuchten die Dunkelheit zu durchdringen. Nichts. Ihre Fantasie spielte ihr mal wieder einen Streich. Misstrauisch sah sie zur Rampe zurück. Sie erschien ihr nun hell erleuchtet und gab ihr das Gefühl, als säße sie in der Dunkelheit fest. Sie hörte, wie weiter unten ein Motor ansprang. Eine Betondecke trennte sie, doch ihr schien, als würde sich gleich der Boden auftun und sie verschlingen.

Sie eilte mit kurzen Trippelschritten voran und achtete darauf, ihre Schuhe nicht zu verlieren und sich nicht den Knöchel zu verknacksen. Sie richtete den Schlüssel auf das Auto, hörte das Piepen, sah die Warnblinkanlage aufleuchten und verspürte Erleichterung. Nun kam sie sich fast lächerlich vor, doch ihre Beine hatten ein Eigenleben entwickelt, und in Gedanken sah sie sich schon mit quietschenden Reifen das Parkhaus verlassen.

Sie lief um den Wagen herum und streckte ihre Hand nach dem Türgriff aus, sah im Fenster schon ihr Spiegelbild – und nahm eine flüchtige Bewegung wahr.

Eine Faust traf ihr Gesicht.

Was dann kam, geschah alles so schnell, dass sie nicht einmal darüber nachdenken konnte. Ein kräftiger Arm schlang sich um ihre Brust, Finger umschlossen ihren Oberarm und drückten ihn seitlich nach unten. Ein Knie bohrte sich in ihren Oberschenkel. Dann wurde sie nach hinten gezogen, ihre Füße rutschten weg und schrammten über den Boden.

Sie wollte schreien, doch unter dem Druck der Hand auf ihrem Mund bekam sie keinen Ton heraus. Nur verzweifelte, erstickte Töne drangen aus ihrem Hals. In ihr tobte Angst.

Dann hörte sie ihn.

»Du gehörst mir, du Schlampe.«

Er flüsterte es ihr ins Ohr. Es klang gedämpft, als hätte er etwas über den Mund gestülpt. Es klang nicht wütend. Nicht panisch. Nur sehr entschlossen.

Camerons hübsches, sommersprossiges achtjähriges Gesicht blitzte vor ihren Augen auf, und das löste etwas in ihr aus.

Sie spürte den harten Schaft des Autoschlüssels, der aus ihrer Faust emporragte, und stieß kräftig zu. Er prallte auf etwas Weiches, Zähes. Dann hörte sie ein Stöhnen, spürte ein Zucken. Sie stieß erneut zu. Immer wieder und wieder, bis sie spürte, wie das Knie auf ihrem Oberschenkel nachgab. Sie presste den Fuß fest auf den Boden, stieß mit einem Ellenbogen hinter sich, und als sie spürte, wie der Körper hinter ihr zurückwich, wandte sie sich um und schlug mit der anderen Faust auf ihn ein. Sie traf ihn am Hals, und er ließ die Hand sinken, die er ihr auf den Mund gepresst hatte.

Sie hatte jetzt keine Angst mehr, spürte gar nichts mehr und wollte sich nur noch aus seinem Griff befreien. Mit Schlüssel, Ellenbogen und Fäusten stieß sie zu.

Er ließ sie zwar nicht los, lockerte aber seinen Griff.

Hätte sie klar denken können, hätte sie sich vielleicht befreit und wäre um ihr Leben gerannt. Doch sie hatte aufgehört zu denken. Sie rannte nicht um ihr Leben. Sie rammte ihm einfach nur die geballte Faust in den Bauch. Es war ein guter, solider Faustschlag mit der Hand, in der sie den Schlüssel hielt, der ihn einen Schritt zurückweichen ließ.

Wieder eine Chance loszurennen – doch ein entschlossenes, wütendes Glühen hatte sie jetzt gepackt. Mit einer Kraft, die sie längst verloren glaubte, verpasste sie ihm einen zweiten Schlag in die Rippen. Er stöhnte auf. Sie kickte den Stöckelschuh von ihren Füßen, hob wie ein Boxer die Fäuste, und als er den Kopf hob, verpasste sie ihm einen rechten Haken mitten ins Gesicht.

Schmerz durchfuhr ihre Hand, er taumelte zurück. Erst da fiel ihr seine Kleidung auf. Er trug schwarze Klamotten, schwarze Handschuhe und eine schwarze Wollmütze. Das war kein spontaner Überfall. Er hatte ihn geplant. Sich eigens dafür vermummt. Er hatte in der Dunkelheit auf sie gewartet.

»Du Schwein!«, schrie sie und stürzte sich auf ihn.

Doch diesmal war er darauf vorbereitet und schlug mit der Faust zurück. Nicht so sehr der Schmerz, das Geräusch des Schlages betäubte sie. Sie wurde gegen das Auto geschleudert. Dann schlug er sie, ohrfeigte sie, packte sie, stieß sie gegen den Wagen und zerrte an ihren Kleidern. Sie konnte ihre Hände nicht schützend vor ihr Gesicht halten. Er keuchte schwer unter seiner Wollmütze, sein Schweißgeruch stieg ihr in die Nase. Sie wandte den Kopf ab, atmete tief ein und schrie.

Sie sah das Autodach erst, als sie darauf knallte, und hörte nur das Knacken in ihrem Nacken, als ihr Kopf seitlich aufschlug, spürte das kalte Blech an ihrer Wange …

# 2

Liv lag auf irgendetwas Hartem und Kaltem. Der Geruch von Gummi und Auspuffgasen stieg in ihre Nase. Ihr Gesicht schmerzte. Ihre Hand auch. Irgendjemand nannte ihren Namen.

Sie blinzelte vorsichtig, spähte durch das Haar vor ihren Augen, registrierte, dass sie auf dem Asphalt lag und auf die Unterseite eines Wagens blickte. Es hätte ihr Auto sein können. Doch nur anhand der Räder und Auspuffgase war das schwer zu sagen.

Eine warme Hand berührte ihren Arm, sie schreckte hoch. Vor ihren Augen verschwamm alles, ihr war schwindelig, das Licht düster, trotzdem erkannte sie die Umrisse eines Mannes, der neben ihr kniete. Gott, der war ja riesig!

Wieder flammte ihr Kampfgeist auf. Sie rollte sich auf die Seite und stieß ihm ein Knie in die Rippen. Er wankte, fing sich aber wieder, sie kroch unterdessen zurück, schrammte mit nackten Füßen und Händen über den Boden, bis sie mit dem Rücken an einen Reifen stieß. Sie drohte ihm mit der Faust. »Kommen Sie ja nicht näher.«

Er erhob die Hände zu einer friedlichen Geste und sagte irgendwas. Doch sie verstand ihn nicht und fragte sich, ob er überhaupt Englisch sprach. Sein dunkles Haar war so kurz geschnitten, dass es fast stoppelig wirkte, seine Augen glichen schwarzen Löchern in seinem Gesicht.

Er sprach wieder zu ihr. Sie versuchte sich zu konzentrieren.

»… Daniel Beck. Ich arbeite unten im Büro.«

Wer? Was? Ihre Brust hob sich. Ihre Hand schmerzte.

»Livia?« Er trug ein hellblaues Hemd und eine gestreifte Krawatte. Immerhin, er trug eine Krawatte. Und er kannte ihren Namen.

Sie fuhr sich mit der Zunge über die Lippen. »Ja.«

»Sind Sie verletzt?«

Sie wusste es nicht, konnte es nicht sagen. Ihre Hand war noch immer in Abwehr erhoben, doch jetzt zitterte sie. Sie betastete ihre Unterlippe, spürte etwas Feuchtes, Klebriges. Die schmerzende Hand drückte gegen den Reifen hinter ihr, und als sie sie bewegte, schoss ein brennender Schmerz durch ihren Mittelfinger. Sie sah kurz darauf und hielt ihn dann dem großen Mann hin. »Ich habe mir den Finger gebrochen.«

Der Finger wirkte unförmig und schwoll langsam an. Er sagte nichts, sondern nahm sein Jackett und legte es über ihre Beine. Verdammt! Ihr Rock war bis zu den Oberschenkeln aufgerissen, ihre gespreizten Beine nackt. Wenigstens trug sie noch ihren Slip. Der schwarze Mann war nicht so weit vorgedrungen.

»Ich rufe einen Krankenwagen«, sagte er.

»Ich habe mir wohl den Finger an seinem Wangenknochen gebrochen.«

Er zog ein Handy aus seiner Hemdtasche und tippte eine Nummer. »Sie hatten Glück. Es hätte schlimmer kommen können.«

»Das war ein guter rechter Haken.«

Er sah sie an.

»Ich habe ihn geschlagen. Hier, hier und hier.« Sie benutzte die andere Hand und zeigte auf ihre Wange, die Rippen und den Solarplexus.

»Wenn die Polizei das Arschloch findet, kann sie ihn an seinen Verletzungen erkennen.« Die Pose des tapferen Mädchens fühlte sich gut an. Wie aus vergangenen Tagen. Es klang keineswegs nach dem Gefühlssturm, der in ihr tobte.

Bei ihren Worten sah sie der Mann überrascht an. Einen Moment sagte er nichts, dann wandte er sich ab und murmelte etwas in sein Handy.

Liv strich sich das Haar aus dem Gesicht und sah sich um. Sie war benommen, konnte aber erkennen, dass sie sich noch immer auf dem Parkplatz befand und gegen ihren eigenen Wagen lehnte. Der dritte Stock sah noch genauso aus wie vorhin – Schatten, Säulen und Dämmerlicht. Wie lange hatte sie dort gelegen? Und wo war das Arschloch in Schwarz?

»Ich bringe Sie irgendwo hin, wo es angenehmer ist«, sagte der Mann und steckte das Handy wieder in seine Brusttasche. »Können Sie laufen?«

Er legte seine Hand unter ihren Ellenbogen, aber sie schob sie weg. Noch vor einer Minute hatte sie gedacht, er würde sie umbringen. Sie war noch nicht bereit, ihn an sich heranzulassen, also hielt sie sich weiter am Wagen fest und versuchte sich alleine aufzurappeln. Zu voller Größe aufgerichtet, sah er sogar noch beeindruckender aus. Liv war schon groß, doch er überragte sie um einen Kopf. Er war auch breit gebaut und bestand fast nur aus Schultern und Armen, die unter seinem Hemd spannten. Sie presste sich fester gegen das Auto und zupfte an ihrem Rocksaum. Der Ärmel ihrer Jacke war zerrissen, ihre Bluse vorne heruntergerissen. Sie zog an den zerfetzten Enden und versuchte den Spitzen-BH zu verdecken. Der große Mann legte ihr seinen Mantel über die Schultern. Sie hatte seinen Namen wieder vergessen, sah ihn misstrauisch an und zog dann den Mantel enger um ihre Brust.

Er musste ihr Misstrauen bemerkt haben, denn er hielt ein bis zwei Schritte Abstand, als sie am Auto entlangging. Am Wagenheck entdeckte sie das Häufchen am Boden – ihre

Tasche, ihr Handy, ihre Sonnenbrille, ihre kleine Digitalkamera, der Lippenstift. Der Autoschlüssel. Ein Schlangenlederschuh lag auf der Umhängetasche, der andere lag zwei Parkplätze weiter. Dann fiel ihr wieder die Hand auf ihrem Mund ein und der Schlag auf ihre Brust, und die Erinnerung schnürte ihr die Luft ab. *Du gehörst mir, du Schlampe.* Sie streckte einen Arm aus, um ihr Gleichgewicht wiederzufinden, und schnappte nach Luft, als ihr verletzter Finger auf das Auto traf.

»O Gott«, hörte sie sich sagen, ihre Stimme klang jetzt keineswegs mehr mutig.

Sie schlug die Hand vor den Mund. Übelkeit stieg in ihr auf. Sie krümmte sich, versuchte zu atmen und wollte, dass der Schwindel aufhörte. Er hielt sie um die Taille fest, als ihr die Knie wegsackten. Sie klammerte sich an sein Hemd und spürte die festen Muskeln. Dann kamen ihr die Tränen. Sie hatte sie die ganze Zeit gespürt, seit sie aufgestanden war – doch auf den schrillen Schrei und den Tränenstrom, der ihm folgte, war sie nicht vorbereitet gewesen. Es fühlte sich an, als würde auch all der andere Schmerz, den sie so lange zurückgehalten hatte, mit einem Mal aus ihr herausbrechen. Instinktiv klammerte sie sich an den Fremden, ihre Knie zitterten, sie klammerte sich mit der verletzten Hand an sein Hemd und schnappte nach Luft. Er ließ sie gewähren und stand einfach nur da, bis sie sich beruhigt hatte.

Es dauerte nicht lange. Als sie wieder einen klaren Kopf hatte, nervte sie seine Nähe. Sie hatte keine Ahnung, wer er war. Wusste nicht, wer sonst noch auf dem Parkdeck war.

»Wer war der Mann?«, fragte sie und stieß ihn von sich.

»Wer?«

»Der mich überfallen hat. Das Arschloch mit den schwarzen Klamotten. Ist er weg?«

»Vermutlich ist er abgehauen, als er mich gehört hat.«

Sie fuhr sich mit ihrer unverletzten Hand durchs Gesicht und sah sich um, um sich zu vergewissern.

»Kommen Sie auf die andere Wagenseite, dann können Sie sich setzen.« Er öffnete die hintere Wagentür, sah ihr geduldig dabei zu, wie sie sich vorsichtig hinsetzte und an die schmerzende Beule in ihrem Gesicht fasste.

Er würde ihr nichts tun. So viel hatte sie inzwischen begriffen. »Wie heißen Sie noch mal?«

Er hob ganz leicht den Mundwinkel zu einem Lächeln, bevor er etwas sagte. »Daniel Beck. Ich arbeite im gleichen Stock wie Sie, am anderen Ende des Flures. Wir sind uns ein paar Mal über den Weg gelaufen.«

Wirklich? Sie konnte sich nicht daran erinnern. Dann fiel ihr plötzlich wieder etwas ein. Teagan hatte über jemanden gekichert, der sich in seinem Anzug wie in einer Lederkluft bewegte. Oh, der Daniel Beck. »Ja, natürlich. Tut mir leid.«

»Soll ich jemanden für Sie anrufen?«

Wen, Liv?

»Ihren Mann vielleicht?«

»Nein.«

»Einen Partner? Freund?«

»Herrgott, nein.«

»Was ist mit Ihrer Geschäftspartnerin? Ich glaube sie heißt Kelly. Kennen Sie ihre Telefonnummer auswendig?«

Sie sah Kelly vor sich, das Gesicht, das Liv seit ihrem fünften Lebensjahr kannte – die grünen Augen, das ansteckende Lachen. Kelly und Jason hatten ihre Ruhe verdient, nach dieser verdammt schrecklichen Zeit, in der sie ihr zur Seite gestanden hatten. Sie atmete tief durch. Komm schon, du schaffst das. Es ist nur eine verletzte Hand und eine Beule am Kopf. Du musst spätabends nicht noch mehr Müll auf ihnen abladen. Sie fuhr sich mit den Fingern durch das verfilzte Haar und presste die Lippen zusammen, als wollte sie

Lippenstift verteilen. »Ja, sie heißt Kelly. Sie müssen sie nicht anrufen. Es geht mir gut. Ich habe nur eine leichte Verletzung an der Hand.«

Als sie das sagte, sah sie bereits rote und blaue Lichter von der Straße in das Parkhaus blinken.

# 3

Livs Gesicht tat ihr weh, und ihre Hand war ein einziger pochender Schmerz. Sie saß immer noch auf dem Rücksitz ihres Wagens. Der Polizist an der Wagentür trug Uniform, sah aber aus wie sechzehn. Sie sah sich um und zu den schattigen Säulen gegenüber von ihrem Auto. »Könnten wir den Rest woanders erledigen?«

»Alles in Ordnung, Mrs. Prescott, Sie sind jetzt in Sicherheit.«

Sie sah über seinen Kopf zu Daniel Beck. Er sprach mit dem älteren Polizisten und zeigte auf die Auffahrt, über die sie kurz zuvor gelaufen war. Er sah aus, als könnte er den jungen Polizisten hochheben und über den Parkplatz schleudern. *Das* gab ihr Sicherheit.

»Gibt es jemanden, der Ihnen was antun will?«, fragte der junge Polizist erwartungsvoll.

»Was? Nein.«

»Die meisten Opfer kennen den Täter«, stellte er fest, als müsste er ein Referat zu den Statistiken schreiben. »Denken Sie noch einmal nach!«

Sie fuhr mit dem Finger über die Beule an ihrer Wange, die immer größer wurde. Der Mann, der sie überfallen hatte, hatte in der Dunkelheit auf sie gewartet und dann ihren Kopf auf ein Autodach geknallt. »Mir fällt niemand ein, der so etwas tun würde.«

»Sie sagten vorhin, Sie leben von Ihrem Mann getrennt.«

»Das ist richtig.«

»Ist er jemals gewalttätig geworden?«

»Nein.« Wütend war nicht gleich gewalttätig.

»Wer von Ihnen beiden wollte die Trennung?«

Sie wandte ihr Gesicht ab. Das ging ihn verdammt noch mal nichts an. »Männer und Frauen trennen sich ständig. Das heißt aber noch lange nicht, dass der eine den anderen verprügelt.«

»Aber das kommt leider auch vor, Mrs. Prescott.«

Sie sah ihn wieder an, ihr wurde schwindlig. »Großer Gott.«

Ein Schatten spiegelte sich in der Autotür. Daniel Beck.

»Ich denke mal, das reicht«, sagte er zu dem Beamten.

»Ich habe noch ein paar Fragen.«

»Die können Sie später auch noch stellen.« Das war eine Feststellung, kein Vorschlag. Liv sah ihn dankbar an.

Der junge Beamte nickte. »Morgen wird sich jemand mit Ihnen in Verbindung setzen, Mrs. Prescott.«

Als er gegangen war, legte Daniel einen Arm auf das Wagendach. »Alles in Ordnung?«

Nein, ganz und gar nicht. Irgendetwas tief in ihr drin zitterte immer noch, und immer wieder kamen ihr Tränen hoch. »Ich möchte hier raus.«

Er sah zu den Beamten hinüber, murmelte irgendetwas und beugte sich dann wieder zu ihr herab. »Der Krankenwagen ist gleich da.«

»Ich will nicht ins Krankenhaus. Ich fahre nach Hause.«

Daniel schenkte ihrem Einwand keine Beachtung. Der Krankenwagen stand bereits in der Zufahrt, sie ließ zu, dass er hinging, wartete, bis ein Beamter kam, gestikulierte und auf Liv zeigte.

Er kannte sich ganz offensichtlich mit Polizei und Erster Hilfe aus. In welcher Firma arbeitete er noch mal? Sie erinnerte sich nicht mehr daran, sondern war einfach nur dankbar, dass er heute Abend bis spät gearbeitet hatte und jetzt dabei half, alles zu koordinieren. So konnte sie sich darauf konzentrieren, nicht die Nerven zu verlieren. Sie musste besser aussehen, als sie sich tatsächlich fühlte, wenn sie das Krankenhaus vermeiden wollte.

Die Sanitäterin leuchtete ihr in die Augen, tastete ihren Kopf ab und verursachte ihr höllische Schmerzen, als sie Livs Finger untersuchte.

»Ich gehe nicht ins Krankenhaus«, sagte Liv zu ihr.

»Sie haben wahrscheinlich eine Gehirnerschütterung, außerdem muss Ihre Hand geröntgt werden.«

Liv rappelte sich auf. »Nein, hören Sie, es geht mir gut.« Doch in Wahrheit ging es ihr nicht besonders. Ihr Gesicht wurde heiß, sie wollte aussteigen und versuchte, ihr Gleichgewicht zu halten.

Die Sanitäterin schob ihre Hand unter ihren Ellenbogen. »Hören Sie, Livia. Ich bringe jetzt meine Sachen in den Krankenwagen, und in der Zeit sollten Sie sich ernsthaft überlegen, ob Sie nicht doch ins Krankenhaus gehen.«

Der junge Beamte kam um den Wagen herum, sammelte ihre Sachen auf und legte sie in eine große weiße Tüte. An der Einfahrt hatten sich ein paar Schaulustige versammelt. Jemand mit einem Aktenkoffer, ein paar Teenager mit eingefallenen Schultern, ein untersetzter Mann. Liv holte tief Luft, als Daniel zu ihr zurückkam.

»Wo ist das Problem?«

»Es gibt kein Problem. Ich will einfach nur nach Hause.«

Er nickte, als hätte sie eine tolle Idee gehabt. »Als ich Sie gefunden habe, waren Sie bewusstlos. Sie sollten sich untersuchen lassen.«

Liv sah aus dem Augenwinkel die Schwellung an ihrer Wange. Er hatte recht, sie sollte zum Arzt gehen. Nur das Krankenhaus war das Problem. Sie hob ihr Kinn und sah ihm in die Augen.

Er ignorierte ihren Blick. »Jemand hat Sie heute Nacht angegriffen, Livia. Sie dürfen nicht zulassen, dass Ihr Angreifer noch mehr Schaden anrichtet, nur weil Sie sich nicht untersuchen lassen wollen. Sie müssen noch ein Weilchen durchhalten. Schaffen Sie das?«

Er klang wie ihr Vater. Und das bewog sie, ihre Meinung zu ändern. »Ja.«

»Wunderbar. Können Sie laufen?«

Er wich ihr nicht von der Seite, als sie auf wackeligen Beinen zum Krankenwagen ging. Ihr Kopf fühlte sich furchtbar an, sie konnte sich kaum aufrecht halten, trotzdem schaffte sie es alleine in den Krankenwagen und gab dann Daniel seine Anzugjacke zurück. Er kramte nach seiner Visitenkarte. Sie wusste nicht, wo sie sie hinstecken sollte, und umklammerte sie schließlich mit der unverletzten Hand.

Liv hatte offensichtlich Glück gehabt. Es war ein ruhiger Montagabend in der Notaufnahme.

Sie saß in einem Gang, eine Decke über ihre zerrissenen Kleider gebreitet, neben ihr warteten Patienten, die nicht so schwer verletzt waren, dass sie sofort behandelt werden mussten. Die Frau neben ihr hielt ein blasses, schlafendes Kind im Arm. Der Mann ihr gegenüber presste ein blutverschmiertes T-Shirt gegen seinen Kopf. Eine Uhr an der Wand zeigte zehn vor acht an. Zu spät für einen Rückzieher. Vielleicht kam sie rein und gleich wieder raus, noch bevor irgendjemand auf sie aufmerksam wurde und einen Anruf tätigte. Es ging ihr so weit ganz gut.

Liv, du bist *überfallen* worden!

Ein Arzt, der altersmäßig wunderbar zum Polizisten im Parkhaus gepasst hätte, schickte sie zum Röntgen, wo nur bestätigt wurde, was Liv die ganze Zeit geahnt hatte: lediglich ein paar Prellungen an der linken Gesichtshälfte, keine Gehirnerschütterung und eine klassische Boxerverletzung an der rechten Hand – ein Bruch des zweiten Mittelfingerknöchels. Ihr gebrochener Finger wurde geklebt und der Arm in eine Schlinge gelegt; dann erhielt sie noch ein Rezept für Schmerzmittel mit der Wegbeschreibung zur Krankenhausapotheke.

Man hatte ihr einen Kittel gegeben, der ihre Unterwäsche verbarg, ihre völlig zerfetzte Jacke ließ sie im Untersuchungszimmer zurück, als sie sich auf wackeligen Beinen und nahezu blind von der Schwellung, die sich auf ihrer linken Gesichtshälfte auszubreiten begann, selbstbewusst auf acht Zentimeter hohen Absätzen auf den Weg machte. In der Apotheke musste sie wieder warten, sie setzte sich auf einen Stuhl und dachte an ihren Dad. Gerne hätte sie an seinem alten Küchentisch gesessen und eine Weile seiner brüchigen Stimme gelauscht, doch leider ging das nicht, denn er war ebenfalls in diesem Krankenhaus, nur auf einer anderen Station, und es ging ihm schlechter als ihr. Und bestimmt würde es ihm nicht besser gehen, wenn sie ihn heute Abend in diesem Zustand besuchte. Wieder stiegen Tränen in ihre Augen, als sie an seine Stimme dachte. Nicht aufgeben, Liv, sagte er immer, er kannte nichts anderes. Dazu sind wir geschaffen worden, Liv. Er hatte es sein ganzes Leben so gehalten. Sie nur ein Jahr lang.

Okay, Dad. Sie wischte sich die Tränen aus den Augen, dann ging ihr gegenüber die Aufzugtür auf, ihr zukünftiger Exmann trat heraus, und sie überlegte, warum alles so verdammt hart sein musste.

Eine Welle der Erleichterung ergriff sie, vielleicht, weil sie nach dieser schrecklichen Nacht sein vertrautes Gesicht sah. Doch einen Augenblick später waren Schmerz, Ärger und Demütigung, die sie stets empfand, wenn sie ihn sah, wieder da. Sie stand auf und versuchte, sich an einen der kämpferischen Sätze ihres Vaters zu erinnern, als Thomas auf sie zukam.

Er schien schlanker geworden zu sein, auch das Grau an seinen Schläfen war verschwunden. Die Sechsundzwanzigjährige, mit der er jetzt sein Bett teilte, machte wohl ihren Einfluss geltend. Liv spürte die Verletzung in ihrem Gesicht, sie fühlte sich alt, hässlich und hilflos.

»Meine Güte, Liv, was ist passiert?«, fragte er, versuchte aber nicht sie zu berühren, sondern neigte sich lediglich nach vorn, um sich die Verletzungen anzusehen. Er versuchte ein betroffenes Gesicht zu machen, doch es wirkte gekünstelt und peinlich – so wie immer in letzter Zeit.

Sie wandte ihre zerschundene Gesichtshälfte ab. »Na ja, ich hätte es beinahe geschafft, dir hier aus dem Weg zu gehen. Woher wusstest du, dass ich hier bin?«

»Phil Dawson hat mich angerufen. Er wurde in die Notaufnahme gerufen und hat deinen Namen gesehen. Ich bin sofort runtergekommen, als ich es gehört habe.«

Und dafür sollte sie ihm dankbar sein? »Phil Dawson hat mich gar nicht behandelt. Er hätte dich also nicht anrufen dürfen.«

»Ja, du hast natürlich recht, er hat mich aber angerufen, und jetzt bin ich hier. Was ist passiert?«

Sie hätte ihm am liebsten gesagt, dass ihn das nichts anging, hatte aber nicht die Kraft, mit ihm zu streiten. »Ich bin auf dem Parkplatz bei meiner Arbeit überfallen worden.«

»Hat man dich ausgeraubt?«

»Nein. Der Kerl hat nichts genommen.«

»Geht es dir gut?«

Sie sah ihn ungläubig an. »Thomas, wie zum Teufel sehe ich denn aus?«

Er presste die Lippen zusammen. »Ich meine, die Schlinge. Hast du dir den Arm gebrochen?«

»Ich habe mir den Finger gebrochen und ein paar Prellungen und will einfach nur hier raus, würdest du mich also entschuldigen …« Sie griff nach dem Plastikbeutel mit ihren persönlichen Sachen.

»Gib mir das. Ich fahre dich nach Hause.« Er streckte seine Hand aus und wollte danach greifen.

»Nein.« Sie zog ihn weg. Mit Thomas fuhr sie nirgendwohin. Sie würde nicht in ihr ehemaliges Familienauto steigen und sich seinen Kommentar über das Reihenhaus anhören, das sie sich von ihrem Anteil gekauft hatte, nachdem die Scheidung beschlossene Sache gewesen war.

»Mach dich nicht lächerlich, Liv.«

Er griff entschlossener nach dem Beutel, und sie wich bei der plötzlich aggressiven Geste zurück. Die Worte des jugendlichen Polizisten kamen ihr in den Sinn. War Thomas jemals gewalttätig geworden?

»Alles in Ordnung hier?«

Liv drehte sich um, sah Daniel Beck hinter sich und machte einen Schritt zurück. Neben Thomas' großer, kultiviert wirkender Erscheinung wirkte er wie ein Schwergewichtsboxer, den man in ein Businesshemd gezwängt hatte. Sie beäugte erneut die feindselige Körperhaltung ihres Mannes und machte einen weiteren Schritt von beiden Männern zurück.

»Livia, alles in Ordnung?«, fragte Daniel.

Erst da wurde ihr klar, was er gesehen haben musste – Liv verletzt und mit verbundener Hand, die lautstark mit einem Mann um einen Plastikbeutel stritt.

Doch sie war zu verlegen, um darauf antworten zu können.

»Alles in Ordnung, danke«, sagte Thomas.

»Livia?« Daniels Stimme klang entschlossen, und die Botschaft darin war klar. Sie lautete nicht, »wenn alles in Ordnung ist, gehe ich wieder«, sondern eher: »Ich gehe erst, wenn du es mir sagst.«

Sie hatte keine Ahnung, was er im Krankenhaus verloren hatte, doch als ihr plötzlich Unterstützung zuteilwurde, hätte sie sich am liebsten auf den Boden gesetzt und in ihren Krankenhauskittel geheult. »Ich … Ich bin …«

»Kennst du den?«, fragte Thomas.

Daniel verschränkte seine kräftigen Arme vor der Brust. »Ich habe Polizei und Krankenwagen gerufen. Und wer sind Sie?«

»Ich bin ihr Mann.«

Es war grotesk. Das ganze letzte Jahr hatte er alles darangesetzt, um sich vor dieser Rolle zu drücken. »Aber nicht mehr lange.«

Thomas griff wieder nach dem Beutel und fauchte sie an: »Herrgott, müssen wir das ausgerechnet hier klären?«

Daniel machte einen Schritt auf ihn zu. »Livia wurde heute Abend überfallen. Auf weitere Angriffe kann sie gut verzichten. Sie sollten wohl besser gehen.«

Liv hob erstaunt ihre Augenbrauen. Schon lange hatte sie niemand mehr in Schutz genommen.

»Ich bringe sie nach Hause«, sagte Thomas.

»Nein, tust du nicht«, antwortete sie.

»Verdammt, Livia, musst du so stur sein? Ich lasse dich nicht alleine zurück.«

Vor einem Jahr hatte er noch kein Problem damit gehabt.

»Sie ist nicht alleine«, sagte Daniel. »Mein Wagen steht vor der Tür.«

»Du bist mit diesem Typen hier?«, fragte Thomas ungläubig.

Auf diese Bemerkung hätte es unzählige Antworten gegeben, doch sie hatte keine Lust mehr zu streiten, wollte sich am liebsten nur noch setzen und den Kopf an die Wand lehnen. Sie wünschte sich, dass jemand sie kurz umarmte, damit sie innerlich wieder zu Kräften kam. Thomas hatte das früher immer gemacht, doch dann hatte er ihr vorgeworfen, dass sie ihn nicht genug brauchte. Bei einer anderen fand er schließlich, was er suchte, und jetzt interessierte es sie nicht mehr, was er dachte. Sie wusste, dass Daniel ihr einen Ausweg anbot. Sie lächelte ihn an. »Danke.«

»Tu, was du nicht lassen kannst, Livia.« Thomas wandte seine typische Verteidigungsstrategie an – immer, wenn er mit etwas nicht einverstanden war, zog er ihre Entscheidung ins Lächerliche.

»Das werde ich, warum verbringst du dafür in der Zwischenzeit nicht ein wenig mehr Zeit mit deinem Sohn?« O Cameron. Sie atmete tief ein. Zum ersten Mal in ihrem Leben war Liv froh, dass sie ihrem Sohn keinen Gutenachtkuss geben musste, sondern ihn angerufen hatte, als sie aus dem Büro gegangen war. Er sollte nicht sehen, was man seiner Mutter angetan hatte. Sie packte Thomas am Unterarm. »Sag ihm nichts. Noch nicht. Ich möchte nicht, dass er sich Sorgen macht.«

»Ich werde das tun, was ich für richtig halte«, sagte er.

# 4

Liv fluchte leise hinter ihm her, als er ging. Ihr Puls raste. Während sich die Aufzugtüren hinter Thomas schlossen, musterte Daniel einen Augenblick lang ihre Schuhe, den Kittel und die Schlinge um ihren Arm.

»Alles in Ordnung?«, fragte er und sah ihr in die Augen.

Sie blickte weg, denn sie wollte nicht, dass er sah, was sich dahinter verbarg. Bitterkeit und Angst, vor allem aber Zorn – neue Gefühle überlagerten alte. »Was für eine Frage! Ich bin wütend und völlig durcheinander, ich bin verletzt. Ich habe keine Ahnung, ob man das ›in Ordnung‹ nennen kann. Aber immerhin kann ich noch aufrecht stehen und für mich sprechen, und das muss für den Moment reichen.«

Daniel zuckte nicht mit der Wimper. »Verstehe.«

Sie zupfte befangen an ihrem Kittel, fuhr sich durchs Haar und spürte eine Welle der Erschöpfung hochsteigen. »Oh, verdammt. Ich muss mich setzen.«

Sie ließ Daniel gewähren, als er ihr den Plastikbeutel aus der Hand nahm, taumelte zum nächsten Stuhl und schloss die Augen. Liv, bloß jetzt keine Krise kriegen. Reiß dich noch ein wenig zusammen!

Als sie ihre Augen wieder öffnete, stand der Beutel vor ihren Füßen, und Daniel saß neben ihr, als würde er entspannt auf irgendetwas warten. Was machte er eigentlich hier?

»Tut mir leid, dass Sie in die Sache hineingezogen wurden.«

Er wandte ihr den Kopf zu und sah sie direkt an. »Ihnen braucht nichts leidzutun.«

»Die zehn Jahre mit ihm waren Zeitverschwendung, um die tut es mir leid.«

Daniel lehnte sich auf dem Stuhl zurück, und sie rutschte ein wenig zur Seite, damit er Platz hatte. »Ist er Arzt?«, fragte er.

»Kaufmännischer Leiter des Krankenhauses. Ich wusste, dass irgendjemand ihm erzählen würde, dass ich hier bin. Es hätte ja auch einen schlechten Eindruck gemacht, wenn seine Frau – bald Exfrau – in der Notaufnahme ist und ihn niemand verständigt. Leider war er noch im Büro.« Doch damit hatte sie gerechnet. Montags arbeitete er gerne länger, daran hatte sich auch in seinem neuen Leben nichts geändert.

»Ist er oft aggressiv zu Ihnen?«

Selbstgefällig, arrogant, intolerant schon, aber nie im physischen Sinne. »Nein. So kann man das nicht sagen. Es ist nur …« Dachte Daniel etwa an häusliche Gewalt? »Warum sind Sie eigentlich hier? Sind Sie auch verletzt?«

Er schwieg einen Augenblick, vielleicht suchte er nach der richtigen Antwort. »Sie haben niemanden verständigt, außerdem steht Ihr Wagen noch immer in dem Parkhaus. Ich dachte, Sie könnten vielleicht jemanden brauchen, der Sie irgendwo hinfährt.«

Plötzlich wurde sie misstrauisch; nachdenklich betastete sie ihre blutverschmierte Lippe. War er den ganzen Weg zum Krankenhaus gefahren, nur um sie nach Hause zu bringen? Das war nicht unbedingt selbstverständlich für jemanden, dem sie nur ein paar Mal in einem Flur über den Weg gelaufen war. Vorsichtig wich sie zurück; der massige Körper, der ihr im Parkhaus noch Sicherheit vermittelt hatte, jagte ihr jetzt Furcht ein. Mit dem Typen stieg sie nicht ins Auto – vor allem nicht in dieser Nacht, wo niemand sonst etwas davon wusste und kurz nachdem ihr jemand eine behandschuhte Hand auf den Mund gelegt hatte.

»Tut mir leid. Ich weiß, dass ich gesagt habe, ich würde gerne Ihr Angebot annehmen, aber das habe ich nur gesagt, um Thomas loszuwerden. Ich bin hier noch nicht fertig. Ich rufe mir dann ein Taxi.«

»In Ordnung, tut mir leid.« Er fuhr mit seiner Hand über die kurzen Haarstoppel. »Vielleicht wirkt es etwas merkwürdig, dass ich einfach so aufgekreuzt bin. Ich möchte nur sicher sein, dass Sie gut nach Hause kommen.« Er sah zum Aufzug. »Ich kann Ihnen auch einfach nur Gesellschaft leisten, bis Sie so weit sind und nach Hause fahren, wenn Sie möchten.« Als sie nicht darauf antwortete, fügte er hinzu: »Ich kann aber auch gehen, wenn Ihnen das lieber ist.«

Sie wollte nicht unbedingt alleine sein, und sein Angebot, hier mit ihr zu warten, schien nicht allzu verdächtig. »Nein, ein wenig Gesellschaft tut mir gut. Danke.«

»Livia, Sie sollten jemanden anrufen. Es geht mich zwar nichts an, wenn Sie das alles alleine durchstehen wollen, trotzdem sollten Sie jemanden verständigen. Freunde oder ein Familienmitglied, selbst einen Nachbarn. Solche Erlebnisse können einen zu Hause einholen und einem mehr zusetzen, als man zunächst vermutet. Ich nehme mal an, Sie haben starke Medikamente verschrieben bekommen. Sie sollten jemanden verständigen, der morgen nach Ihnen sieht.«

Ihr fiel wieder ein, dass sein Büro am anderen Ende des Ganges lag und ein Schild an seiner Tür hing, auf dem irgendwas mit Sicherheitsservice stand. »Waren Sie mal Polizist?«

Er hob amüsiert eine Augenbraue. »Nein. Feuerwehrmann. Wir machen keine Jagd auf schwere Jungs, sondern retten Menschen. Haben Sie jemanden, den Sie anrufen können, wenn Sie nach Hause fahren?«

Das Reihenhaus war kein richtiges Zuhause. Bestimmt würde sie dort alleine keine Überdosis nehmen, falls er sich darüber Gedanken machte, doch er hatte sie daran erinnert, dass sie sich dort nicht besser fühlen würde. Sie kramte in dem Beutel nach ihrem Handy und hielt Daniel das kaputte Display hin. Normalerweise hätte sie sich darüber geärgert, doch es war offensichtlich ein Kollateralschaden dieses Abends. Er reichte ihr sein Handy und entfernte sich ein paar Meter, damit sie in Ruhe telefonieren konnte.

Liv unterdrückte ihre Tränen, als Kelly entsetzt hörte, was passiert war. Sie fragte nicht erst, was Liv vorhatte, sondern sagte nur, dass sie das Sofa vorbereiten und ihr eine Tasse Tee machen würde.

»Kellys Mann holt mich ab«, sagte Liv zu Daniel und gab ihm sein Handy zurück.

»Gut.«

Als der Apotheker endlich ihren Namen aufrief, nahm sie ihre Medikamente entgegen, humpelte neben Daniel her und hielt sich den Kittel vor die Brust, als sie durch die stillen Gänge zum Ausgang liefen. Vor den großen Glastüren blieb sie stehen und sah zur dunklen Anfahrt hinaus. »Ich möchte gerne hier warten.«

Zehn Minuten später fuhr Jason die Zufahrt hoch. Daniel stand wie ein Bodyguard neben ihr, als sie zu Jason hinausging.

»Herrgott, Liv«, flüsterte Jason, als er ihr Gesicht sah. Er trug ein altes Sweatshirt und eine Jeans mit einem Riss im Knie, als wäre er schon im Bett gewesen und hätte sich irgendwas übergezogen, das er vorher auf den Boden geschmissen hatte.

Sie fiel ihm um den Hals, spürte sein Erstaunen, als er sie kurz und ungeschickt tätschelte, bevor er sie umarmte und festhielt. Sie kannte ihn seit vielen Jahren – er hatte sie schon oft umarmt –, doch noch nie hatte sie sich ihm in die Arme geworfen. Über ihren Kopf hinweg stellten Daniel und er sich vor und schüttelten Hände.

»Wie geht es ihr?«, fragte Jason ihn.

Liv löste sich von ihm. »Es geht mir gut, wirklich. Mir tut nur alles weh, und ich bin etwas labil.«

»Vielleicht auch ein wenig mehr als das«, sagte Daniel. »Es war eine harte Nacht.«

»Was ist passiert?«, fragte Jason Daniel.

Doch Liv antwortete. »Ein Mann hat mich in dem Parkhaus hinter dem Büro überfallen. Daniel hat mich schreien gehört und ist mir zu Hilfe gekommen.«

»Mist. Haben Sie ihn erwischt?«, fragte er Daniel.

Liv verzog bei der absurden Frage das Gesicht. Jason gehörte zu der Kategorie schmächtiger Männer mit feinen Gesichtszügen, die im Alter nur noch Haut und Knochen sind. Er war nur wenig größer als sie, und als Liv das letzte Mal Klamotten gebraucht hatte, als sie bei ihnen gewesen war, hatte sie einfach seine Jeans angezogen. Das aggressivste Verhalten, das sie je bei ihm erlebt hatte, war, als er einmal verärgert einen Raum verlassen hatte. Und sein erster Gedanke war eine Jagd auf ihren Angreifer?

»Ich habe mir eher Sorgen um Liv gemacht«, antwortete Daniel.

Irgendwas war da in seinem Ton. Liv konnte nicht sagen, ob es nach Vorwurf oder Verteidigung klang, doch auch Jason musste es aufgefallen sein. »Oh ja, natürlich. Danke, dass Sie sich um sie gekümmert haben.«

Daniel hob kurz das Kinn und nickte.

Während Jason ihre Habseligkeiten in den Kofferraum räumte, setzte Liv sich auf den Beifahrersitz. Daniel beugte sich zu ihr hinunter. »Ich hoffe, Sie können ein wenig schlafen.«

Sie wollte etwas sagen, wusste aber nicht, wo sie anfangen sollte. Sie betrachtete sein Gesicht, die schwarzen Augen, das dunkle Haar, die Bartstoppeln. Er war nicht unbedingt gut aussehend, doch sie fand, dass er ein tolles Gesicht hatte. Vermutlich lag es an dem Adrenalinstoß. Er hatte das beste Gesicht, das ihr seit Langem untergekommen war.

Jason knallte den Kofferraum zu. Als ob er damit etwas demonstrieren wollte. »Danke.«

»Ich bin froh, dass Sie noch aufrecht stehen und für sich sprechen können«, sagte Daniel und schloss die Tür.

Er ging zur Fahrerseite und sprach kurz mit Jason. Sie hörte nicht, was sie sagten, ihre Gesichter waren außer Sichtweite, also sah sie auf Daniels Hände, die er in die Hüften gestemmt hatte. Er trug keinen Ring an seiner rechten Hand, doch das musste nichts heißen. Liv hoffte, dass er eine Frau hatte, die er liebte, und einen Haufen wunderbarer, groß gewachsener Kinder, von denen er sich niemals trennen musste.

»Tut es sehr weh?«, fragte Jason, als sie losfuhren.

»Es geht. Die Medikamente werden mir guttun.«

Sie blieben an der Ampel in der Park Street stehen, Liv sah über die Straße zum Eingang des Bürogebäudes, das sie erst vor ein paar Stunden verlassen hatte. Dann blickte sie nach oben über das Dach zum Parkhaus, das dahinter lag. Helle, gleichmäßig verteilte Punkte leuchteten wie Sterne über dem obersten Geschoss. Die Etage darunter, wo sie überfallen worden war, lag im Dunkeln. Leckte das Schwein sich gerade seine Wunden, oder heckte es neue Gewalttaten aus?

Jason tätschelte ihr Bein. Sie blickte auf seine langen, schmalen Finger, die auf ihrem zerknitterten Krankenhauskittel lagen, und legte ihre unverletzte Hand auf seine Hand.

»Ich bin auf Rekordjagd«, sagte sie. »Ich wollte sehen, wie viele traumatische Erfahrungen ich in einem Jahr sammeln kann.« Sie versuchte zu lachen und wandte ihr Gesicht ab, als ihr wieder die Tränen kamen.

Er hielt ihre Hand fest und fuhr weiter. Er war wie ein Bruder für sie, und er und Kelly waren wie ihre Familie. Vielleicht hatte sie deshalb kein schlechtes Gewissen, wieder einmal ihre Probleme auf sie abzuwälzen.

Kelly musste den Wagen in der ruhigen Straße gehört haben, denn sie drückte von innen auf den Knopf für das Garagentor. Es rollte hoch, als Jason in die Einfahrt fuhr, und langsam tauchte Kelly auf, zuerst ihr violetter Pyjama, dann ihr dunkles Haar, das in Wellen um ihre Schultern fiel, als sie sich vorbeugte, um in den Wagen zu sehen. Mit tröstenden und aufmunternden Worten half sie Liv aus dem Auto und führte sie ins Haus, doch als das Licht des Flurs auf sie fiel, verschlug es ihr die Sprache. »O Gott«, sagte sie und sah Liv entsetzt an. »Warum hast du diesen Kittel an? Musst du ins Krankenhaus?«

Liv öffnete den Kittel und zeigte Kelly ihre zerfetzten Kleider.

»Meine Güte, Liv.« Der Schock und die Zärtlichkeit, die sich im Gesicht ihrer besten Freundin widerspiegelten, trieben Liv die mühsam unterdrückten Tränen in die Augen, und als Kelly den Kittel wieder schloss, ihr das Haar aus dem Gesicht strich und sanft die Armschlinge berührte, begann Liv zu schluchzen.

»O mein Gott«, sagte Kelly bereits zum vierten Mal an diesem Abend, und Liv gelang es, ein wenig zu lachen. Sie saß mit einer Tasse Tee, zwischen Kelly und Jason eingepfercht, auf dem Sofa im Wohnzimmer, hatte halbherzig an einer Scheibe Toast geknabbert und eine Tablette eingenommen.

Kelly hatte ihr geholfen, die zerfetzten Kleider auszuziehen, und ihr einen Pyjama anzuziehen. Bei jedem blauen Fleck, den sie auf Livs Körper sah, hatte sie schmerzlich das Gesicht verzogen. Danach hatte Jason sie auf das Sofa verfrachtet und sie dazu gebracht, etwas zu trinken und zu essen, bevor sie erzählen sollte.

Es war inzwischen nach elf Uhr, ihre beiden kleinen Mädchen schliefen schon, Liv hatte zu weinen aufgehört und schilderte ihnen alles.

»Hast du ihn geschlagen?«, fragte Kelly.

»Ja.« Das hatte sie bereits erzählt, aber sie kamen darauf zurück.

»Meinst du eine Ohrfeige oder so…?«, fragte Jason und mimte einen Faustschlag. Liv hoffte, dass er niemals davon Gebrauch machen musste. Seine Faust war lächerlich.

»Ja, einen Faustschlag. Ich habe meinen Fingerknöchel an seinem Wangenknochen knacken hören.«

Kelly drehte wie zur Bestätigung Livs Hand um. Die Spitze ihres Mittelfingers verfärbte sich langsam blau.

»Ich hätte weglaufen sollen«, sagte Liv. Sie musste wieder an ihren glühenden Zorn denken – und an die Hände auf ihren Brüsten, die sie gegen den Wagen drückten.

»Daniel Beck hat dich wie eine Wahnsinnige schreien gehört, das hat dir das Leben gerettet«, sagte Jason.

»Hat Daniel das gesagt?«

»Nein, das vermute ich nur, weil du immer wie eine Wahnsinnige schreist.«

Sie verzog kurz das Gesicht und musste dann lächeln. »Stimmt gar nicht. Wann bitte hast du mich das letzte Mal rumschreien gehört?«

»Du hast letzte Woche rumgeschrien, als ich den Grill angeworfen habe.«

»Du hast geschrien, ich habe gelacht.«

»Das stimmt, Jase«, schaltete Kelly sich ein. »Wir haben dich beide ausgelacht. Aber du schreist trotzdem wie eine Wahnsinnige, Liv.«

»Ach so?«, sagte Liv und tat beleidigt. Sie war dankbar für

die Hänselei. Zumindest fühlte sie sich damit etwas wohler. Und es erinnerte sie an bessere Zeiten, als sie sich noch zu dritt als Studenten ein Haus geteilt hatten.

Jason hatte sich auf Livs und Kellys Anzeige an der Uni gemeldet, dann waren sie zu dritt in ein heruntergekommenes, billiges Haus gezogen. Sie hatten drei Jahre dort gewohnt, Prüfungen bestanden und verbockt, sich im Winter den Hintern abgefroren, zu viel getrunken und mehr gelacht, als Liv je für möglich gehalten hätte. Im dritten Jahr waren Jason und Kelly ein Paar geworden, da hatte sich etwas an der Schlafordnung geändert, aber nichts an der Atmosphäre. Es waren niemals Kelly und Jason. Es waren Kelly, ihre Freundin aus Kindergartentagen, und Jason, ihr Ersatzbruder.

»Und, wie wird die Polizei vorgehen?«, fragte Jason, nahm ihre leere Tasse und stellte sie auf den Couchtisch.

»Ich weiß es nicht. Ich habe vergessen, danach zu fragen. Die Polizei glaubt, ich könnte den Täter kennen.«

»Was? Nein«, sagte Kelly.

»Ein Beamter hat mich gefragt, ob ich jemanden kenne, der mir was antun will.« Sie dachte an Thomas' Gesichtsausdruck heute Abend und daran, wie es war, wenn er wütend wurde, wenn sie sich gestritten hatten. »Er hat mich gefragt, ob Thomas infrage käme.«

Dem folgte ein kurzes Schweigen. Kelly und Jason sahen sich an.

»Sah der Täter denn wie Thomas aus?«, fragte Kelly.

»Ich weiß es nicht. Ich habe nur einen schwarz gekleideten Mann gesehen. Er stand zu dicht bei mir, außerdem ging es zu schnell.«

»Er war also im Krankenhaus«, sagte Kelly.

Auch daran hatte Liv gedacht. »Ein paar Stunden später. Das Parkhaus ist nur fünfzehn Minuten vom Krankenhaus weg.«

»Ach, komm schon, Liv«, sagte Jason. »Thomas ist ein Arschloch, aber er würde keine Wollmütze überziehen und dich in einem Parkhaus überfallen.«

»Ja, ich weiß. Du hast recht.« Thomas hatte sie aus seinem Leben geschmissen, aber er würde sie nicht zusammenschlagen. Trotzdem tat es gut, Jason das sagen zu hören.

»Es war einfach nur Pech«, sagte er.

Sie verzog das Gesicht zu einer »schön wär's«-Grimasse.

»Es wird alles gut, Liv«, sagte Kelly und legte tröstend einen Arm um sie.

»Und wann wird das sein? Es wäre toll, wenn es dafür ein Datum gäbe.«

Kelly streichelte sanft ihren Rücken. »Ich weiß es nicht, aber es wird wieder gut. Du musst einfach durchhalten.«

Sie war es so leid durchzuhalten. »Ja, ich weiß.«

Kelly holte eine Zahnbürste für sie, während Jason im Wohnzimmer wartete und ihr half, als sie mit der Armschlinge unbeholfen unter die Decke schlüpfte.

»Sag Bescheid, wenn du was brauchst«, sagte er an der Tür.

»Danke, Papi.«

»Junge Dame, für Sie bin ich immer noch Mr. Weeks.« Sie hatte ihn noch nie in seiner Klasse erlebt, doch wenn er diesen Ton anschlug, konnte sie sich ihn lebhaft als Lehrer vorstellen. Er knipste das Licht aus und blieb im Schein der Flurbeleuchtung stehen.

»Danke, dass du mich heute Abend abgeholt hast. Ich muss hier wohl bald Miete zahlen.« Sie hatte früher nie auf dem Sofa bei den beiden übernachtet, erst seit dem Abend, als Thomas sie verlassen hatte. Cameron hatte auf einer Matratze im Zimmer ihrer Töchter geschlafen, und Kelly lag neben ihr, während sie an die Decke starrte und sich gefragt hatte, was zum Teufel schiefgelaufen war. Seitdem hatte es viele solche Nächte gegeben, zu viele – wenn sie zu viel getrunken hatte, wenn Cameron bei seinem Vater war und Liv es alleine nicht aushielt.

»Du kannst ja gleich einziehen«, sagte Jason.

»Gute Idee.«

»Hm.« Liv konnte sein Gesicht nicht sehen, aber sie hoffte, dass er lächelte.

Sie lauschte, als Kelly und Jason am anderen Ende des Hauses herumwurschtelten. Sie sprachen leise miteinander, öffneten und schlossen Türen und Schränke, dann ging das Licht im Flur aus, im Schlafzimmer wurde die Beleuchtung gedämpfter. Kurz darauf versank das Haus in Dunkelheit.

Liv hatte sich nicht einmal in ihrer Kindheit vor der Dunkelheit gefürchtet. Ihr Vater war groß und stark, sodass sie sich nie Sorgen machen musste, wenn er das Licht löschte. Er zeigte ihr, wie sie sich verteidigen musste, und als sie älter wurde und seine Größe und seinen Körperbau geerbt hatte, fürchtete sie sich nur selten in der Dunkelheit.

Bis heute.

Ein prickelndes, panisches Gefühl kroch ihren Rücken empor. Sie öffnete die Augen, und die Szenen in dem Parkhaus tauchten noch einmal vor ihren Augen auf. Die Bewegung im Fenster, die Hand, der Arm, die Stimme in ihrem Ohr.

*Du gehörst mir, du Schlampe.*

Er hatte sie nicht gekriegt. Es ging ihr gut. Es war vorbei.

# 5

Kelly stand in der Tür zum Flur. Sie trug einen Morgenrock, das Haar zu einem feuchten Knoten hochgesteckt und hatte eine Hand an die Wange gelegt. »Oh, wow.«

Liv machte sie nach. »Fühlt sich geschwollen an.«

»Sie ist geschwollen.« Als Nächstes rief Kelly den Flur hinunter: »Mädels, beeilt euch. Ihr seid noch nicht mal angezogen.« Sie wartete kurz, als kleine Füßchen über den Holzboden trippelten, dann verzog sie das Gesicht, als sie die Zeichentrickfiguren auf dem Bildschirm vor dem Schlafsofa flackern sah. »Tut mir leid, wenn sie dich geweckt haben. Vor der Schule dürfen sie eigentlich nie fernsehen.«

»Sie haben ihn nicht angemacht. Ich konnte nicht schlafen.« Liv hatte den Fernseher frühmorgens eingeschaltet, um den düsteren Erinnerungen ein Ende zu bereiten, die ihr immer wieder in den Kopf kamen – die Bewegung, Hand, Arm, Stimme.

»Wie fühlst du dich?«

»Als hätte mich jemand die ganze Nacht durch die Mangel gedreht.«

Kelly setzte sich an den Sofarand, Liv registrierte den vertrauten Blütenduft ihrer Seife und ihres Deos. »Ich habe etwas Arbeit mitgenommen, die ich auch hier erledigen kann. Schlaf doch noch ein bisschen, später, wenn ich ins Büro fahre, bringe ich dich nach Hause.«

»Ich will nicht in das Reihenhaus zurück.«

»Dann bleib heute hier. Du hast das Haus für dich. Ich

komme schon alleine im Büro zurecht.« Sie lächelte sie mitfühlend an.

Liv missfiel es, dass sie so bedauernswert wirkte. Außerdem wollte sie nicht einfach herumsitzen und immer wieder an den Überfall denken. Sie musste irgendetwas tun, und es war unfair, Kelly die ganze Arbeit im Büro zu überlassen. Vor allem, weil Liv für ein paar Probleme verantwortlich war. »Ich will arbeiten. Ich fühle mich besser, wenn ich mich nützlich machen kann. Würdest du mir was zum Anziehen leihen?« Sie richtete sich auf und zuckte zusammen, als sie den Schmerz in der Wange spürte.

»Es besteht keine Eile. Ich kann noch ein paar Stunden warten. Lass dir Zeit.«

Liv rollte den Kopf von einer auf die andere Seite und prüfte ihren Nacken. »Es sieht schlimmer aus, als es ist. Ich nehme ein paar Schmerztabletten. Es wird schon gehen.«

Kelly sah sie zweifelnd an. »Na ja, du wirst ja sehen, wie du dich fühlst, nachdem du aufgestanden bist.«

Als sie gegangen war, stand Liv tatsächlich auf – und wartete ab. Ihr wurde nicht schwindelig, ihr kamen auch keine Tränen, und das seltsame Gefühl von letzter Nacht war auch verschwunden. Größtenteils. Es würde schon gehen.

Als sie ins Badezimmer ging, hörte sie, wie Jason in der Küche mit den Mädchen sprach, sie hielt den Blick gesenkt und hob ihn erst wieder, als sie vor dem Spiegel stand. Sie vermutete, dass ihr Gesicht blau, hässlich und geschwollen war, also atmete sie tief durch und wappnete sich innerlich gegen den Anblick. Doch das konnte den Schock nicht verhindern.

Ihr Auge sah aus, als hätte eine von Kellys Töchtern ihr mit schwarzem Filzstift eine Piratenklappe gemalt. Das geschwollene Lid war noch nicht mal das Schlimmste. Noch wüster war der Bluterguss, der sich weit über die Schläfe und Wange ausgebreitet, blaugrün verfärbt hatte und über eine Gesichtshälfte verlief.

Das hatte ihr jemand angetan, dachte sie. Ein Mann hatte ihr mit den Fäusten ins Gesicht geschlagen.

Sie zog ihre rechte Hand aus der Armschlinge, versuchte ihre Hand, ihr Handgelenk, ihren ganzen Arm zu bewegen. Ihr taten alle Muskeln weh, doch nur ihr Finger war verletzt.

Sie hatte sich den Finger gebrochen, weil sie ihn geschlagen hatte.

Ein ganzes Jahr hatte sie immer nur einstecken müssen. Jetzt hatte sie zurückgeschlagen, es hatte wehgetan, sich aber gut angefühlt.

Sie beäugte erneut die bizarre Farbmischung auf ihrem Gesicht, die Schwellung der malträtierten Wange, den blutigen Schnitt an ihrer Lippe. Und wie siehst *du* heute Morgen aus, du Schwein?

Unter der Dusche inspizierte sie vorsichtig ihren Körper. Ein paar Muskeln schienen gezerrt, am schlimmsten waren aber die Schrammen an ihren Schienbeinen. An Oberschenkel und Hüfte leuchteten große, hellgrüne Flecken, vermutlich an den Stellen, an denen sie gegen den Wagen geprallt und auf den Asphalt geknallt war, und an der Innenseite ihres Oberarms waren überall passend dazu kleine schwarze Ringe.

Als sie in Jasons Jeans, mit einem T-Shirt von Kelly und feuchtem Haar in die Küche kam, pochten ihr Gesicht und ihre Hand. Sie brauchte Schmerztabletten und einen starken Kaffee, und zwar genau in dieser Reihenfolge.

»Ach du meine Güte«, sagte Jason und stoppte die Zubereitung seines Schinkensandwiches.

»Ein wenig Puder, ein bisschen Rouge, und niemand wird etwas bemerken«, sagte Liv.

»Ich glaube kaum, dass du so viel Make-up kaufen kannst.« Er war Lehrer an der Schule, in die auch seine Töchter gingen, trug eine ordentliche Hose, dazu ein Polohemd und Turnschuhe – bereit, Eltern zu begrüßen oder über den Schulhof zu rennen.

»Ich habe zum Geburtstag Make-up geschenkt bekommen«, sagte die zehnjährige Bess.

Sie saß neben ihrer siebenjährigen Schwester Emma, und als Liv die beiden in ihren blau karierten Schuluniformen so dasitzen sah, kam die Erinnerung in ihr hoch. Kelly und sie hatten dieselben Uniformen getragen, Liv hatte unzählige Nächte in Kellys Zimmer auf dem Boden geschlafen und am Morgen in der Küche der Burkes gefrühstückt. »Heute Morgen seht ihr aus wie die kleine Kelly und die kleine Liv.«

Kelly hatte sich bereits für die Arbeit angezogen – sie trug eine gelbe Bluse, einen schwarzen Rock, dazu Riemchenpumps, ihr dickes, welliges Haar wurde von einer Silberspange zusammengehalten. Sie stand am anderen Ende der Küche und warf Rindfleischstücke in einen Schmortopf. Sie blickte über die Schulter, tauschte mit Liv ein Lächeln und kräuselte dann ihre Lippen. »Aber wir haben unser Müsli gegessen und nicht damit gespielt, nicht wahr, Tante Liv?«

»Also ich habe meines immer gegessen.«

»Aber ihr seid auch keine Schwestern«, sagte Emma und zeigte mit dem Löffel abwechselnd auf ihre Mutter und Liv.

»Außerdem bin ich älter als Emma«, sagte Bess und richtete sich auf, als wollte sie es beweisen.

»Wir haben immer so getan, als wären wir Schwestern«, sagte Kelly zu den Mädchen. Auch wenn ihnen das niemand geglaubt hatte, denn Kelly hatte dunkles, irisches Haar und grüne Augen, Liv hingegen war ganz der skandinavische Typ. »Und Tante Liv war irre groß.«

»Weil ich immer mein Frühstück gegessen habe.«

»Mom etwa nicht?«, fragte Bess hoffnungsvoll. Vielleicht tat sich ja gerade ein Ausweg auf.

»Na ja, schon, aber sie war ein Zwerg, da half auch das Frühstück nicht viel.«

»Sie ist immer noch ein Zwerg, und du bist immer noch irre groß, es hat sich also nicht sehr viel geändert«, warf Jason ein.

Dafür erntete er abfällige Kommentare von beiden Seiten der Küche. Trotzdem hatte er recht, aber damals hatten sie sich ausgemalt, wie es wäre, wenn sie größer wären. Zusammengeschlagen und alleine war dabei nicht vorgekommen.

»Darf ich in der Schule von deinem Gesicht erzählen, Tante Liv?«, fragte Emma.

»Es gibt bestimmt etwas Schöneres, was du deiner Klasse erzählen kannst. Wie wäre es mit dem Schinkensandwich deines Vaters? Das sieht toll aus.«

»Sei nicht albern, Tante Liv. Sandwichs sind keine News«, erklärte Bess altklug.

»Wie wäre es dann mit dem komischen Ding in deinem Gesicht?«, sagte Liv zu Emma. »Ach, das ist ja deine Nase.«

Emma kicherte.

»Erzähl ihnen von deiner Nase«, summte Bess.

»Ich erzähle ihnen von deiner Nase«, gab Emma fröhlich zurück.

Ihr Gelächter erweckte in Liv den Wunsch, Cameron wäre hier. Immer wenn sie in diesem Haus war, musste sie daran denken, wie es war, wenn sie als Kind Kelly besuchte. Die Familie Burke hatte sieben Mitglieder – zwei Jungs, drei Mädchen und die Eltern. Das Haus wirkte wie ein kleines Dorf im Vergleich zu der Wohnung, die Liv mit ihrem Vater bewohnte. Liv hatte es geliebt, darum hatte sie Jahre später ein Haus gebaut, in dem ein Dorf Platz gefunden hätte. Doch ein zweites Baby war nie gekommen, dann hatte Thomas sie verlassen. Der Traum von der lauten, lebhaften, lachenden Familie war ausgeträumt.

Sie wuschelte Bess durch die Haare, küsste Emma auf den Scheitel und warf einen Blick auf das Telefon an der Küchenwand. Sollte sie Cameron von dem Überfall erzählen? War es notwendig, einem Achtjährigen zu erklären, dass seine Mutter überfallen und geschlagen worden war? Irgendwann würde er es mitbekommen, doch bis nächsten Montag war er bei Thomas, außerdem hatte er im vergangenen Jahr schon genug zu verarbeiten gehabt.

Liv lehnte ihren Kopf gegen die Kopfstütze, als Kelly rückwärts aus der Einfahrt fuhr. Kelly drückte auf die Schnellwahltaste der Freisprechanlage, bevor sie den Vorwärtsgang einlegte.

»Prescott and Weeks Temp Staffing, hier spricht Teagan.«

Liv und Kelly waren seit fünf Jahren Prescott and Weeks Temp Staffing. Das war Livs einziger Lebensbereich, der nach den vergangenen zwölf Monaten noch in Ordnung war, und sie arbeitete hart dafür, dass das so blieb. Deshalb war sie gestern Abend später gegangen. Die siebzehnjährige Teagan war Kellys Nichte und vor drei Monaten als Bürohilfe zu ihnen gekommen.

»Ja … mhm … mhm«, antwortete sie, als Kelly ihr Anweisungen zum Tagesablauf im Büro erteilte.

»Irgendwelche Nachrichten?«, fragte Kelly schließlich.

»Viele Leute haben angerufen und sich nach Liv erkundigt«, sagte Teagan.

Liv hob den Kopf. Es hatte sich bereits herumgesprochen? »Und was hast du ihnen gesagt?«

»Nur, was Kelly mir heute Morgen aufgetragen hat. Dass es dir gut geht, dass wir uns bedanken, dass sie angerufen haben, und dass eine von euch später zurückrufen wird.«

Liv hob die Augenbraue und sah Kelly an, so viel Organisationstalent beeindruckte sie. »Toll, mach weiter so.«

»Außerdem hat eine Polizeibeamtin angerufen. Liv soll sie zurückrufen«, sagte Teagan.

Liv kramte im Handschuhfach nach Stift und Papier, gab es aber schnell wieder auf, mit verbundener Hand zu schreiben. »Ich merke es mir. Detective Rachel Quest. Wenn sie wieder anruft, sag ihr, dass ich auf dem Weg zu ihr bin.«

Kelly legte auf. »Vielleicht haben sie ihn ja gefasst.«

»Wäre das nicht toll? Dann könnte ich die Nacht aus meinen Gedanken löschen.« Und ich müsste nicht wieder meine Zähigkeit unter Beweis stellen.

»Hey, hör dir das an«, sagte Kelly und drehte das Radio lauter.

*»... die fünfunddreißigjährige Frau aus Newcastle war gestern gegen halb acht auf dem Weg zu ihrem Auto in einem Parkhaus in Jamestown, als sie von hinten gepackt wurde. Nach Aussage der Polizei hat sie ihren Angreifer mit einem Schlüssel verletzt und anschließend laut geschrien, erst da lief er weg. Sie hat sich dabei die Hand gebrochen und weitere Verletzungen davongetragen. Nach Aussage der Polizei hat ihr schnelles Handeln sie vermutlich vor schwereren Verletzungen bewahrt. In anderen Polizeinachrichten ...«*

»Wow, du kommst richtig clever rüber«, sagte Kelly.

Liv erschauderte bei dem Gedanken an den Widerstand unter ihrer Hand, den sie gespürt hatte, als sie dem Angreifer den Schlüssel ins Fleisch gerammt hatte. »Ja, wie Lara Croft, nur ohne Möpse.«

Das Polizeirevier lag auf dem Weg zum Büro, ein wenig abseits der Hauptstraße, zwischen alten Holzhäusern. Als Kelly an den Bordstein fuhr, warf Liv einen Blick auf den dunklen Klinkerbau und dachte an die Nächte, in denen sie darin bis spät neben ihrem Vater gesessen hatte.

Als sie noch ein Kind und zu klein gewesen war, um alleine

zu Hause zu bleiben, hatte ihr Vater sie immer mitgenommen, wenn es darum ging, Jungs aus seinem Fitnessstudio aus dem Polizeigewahrsam zu holen. Manche riefen lieber ihn als ihre Eltern an, andere hatten nicht einmal Eltern. Wenn sie mit ihm hierherkam, war das nie ein freudiger Anlass. Natürlich war das nicht die Schuld der Polizei. Für Livs Vater war es die größte Kränkung, wenn die Polizei einen von seinen Jungs festnahm, darum ließ er sie meistens nicht einfach so davonkommen, sondern erteilte ihnen immer eine Lektion – *Harte Arbeit ist der einzige Lohn, der was wert ist.* Er ließ sie Toiletten schrubben oder zusätzliche Runden laufen. Liv erhielt dieselbe Strafe – das erste und einzige Mal –, als sie es verdient hatte. Sie war erwischt worden, als sie in einem Geschäft Lipgloss klaute. Man hatte sie aufs Revier gebracht, und dann musste sie ihrem Vater unter die Augen treten. Ohne zu murren, hatte sie ihre Strafe angenommen, weil sie genau wie die Jungs sich die Anerkennung des harten Kerls verdienen wollte.

»Soll ich mit reinkommen?«, fragte Kelly.

»Es geht schon, du bist spät genug dran. Ich nehme ein Taxi, wenn ich fertig bin.«

Sie stieg in die strahlende Aprilsonne hinaus und zuckte zusammen, als sie ihr blaues Auge zusammenkniff. Der Sommer hatte sich dieses Jahr länger als sonst gehalten, doch heute war die Luft herbstlich kühl.

Ein uniformierter Beamter führte Liv einen Flur entlang in den hinteren Teil des Gebäudes. Sie erkannte Rachel Quest auf den ersten Blick – sie war die einzige Frau im Raum. Sie saß am Telefon, als Liv hereinkam, hob kurz die Hand, wies auf einen Stuhl neben ihrem Schreibtisch und sprach weiter leise ins Telefon. Liv sah sich um und wartete. Nichts hier drinnen ließ auf eine technisch ausgefeilte Verbrechensbekämpfung schließen. Hier sah es eher wie in einem Ingenieurbüro aus –

ein großer, chaotischer Raum mit großen chaotischen Schreibtischen. Ihrer Schätzung nach musste die Polizeibeamtin Anfang dreißig sein. Der knappe, direkte Ton legte nahe, dass sie nicht lange um den heißen Brei herumredete, und ihre dunkelblonden Locken, die sich um ihre Ohren ringelten, hatte sie schon länger nicht mehr schneiden lassen.

»Entschuldigen Sie«, sagte sie, nachdem sie aufgelegt hatte, und streckte ihre Hand aus. »Detective Sergeant Rachel Quest.«

»Livia Prescott«, sagte Liv und hob ihre verbundene Hand. »Tut mir leid.«

»Nennen Sie mich einfach Rachel.« Sie stützte ihre Ellenbogen auf die Armlehne ihres Stuhles und inspizierte schweigend Livs Gesicht.

Liv rutschte verlegen auf ihrem Stuhl hin und her. »Konnten Sie irgendwen festnehmen? Haben Sie mich deshalb angerufen?«

»Nein. Ich wollte Ihnen eigentlich mitteilen, dass Ihr Fall nach erster Prüfung an die Kriminalpolizei weitergeleitet wurde. Ich bin die leitende Ermittlerin und möchte gerne den Vorfall noch einmal mit Ihnen durchgehen. Wäre das möglich?«

Rachel Quest sprach bedächtig, als wollte sie ihre Fragen nur einmal stellen oder Missverständnisse vermeiden. Sie hatte die schlechte Nachricht nur kurz angesprochen, auch wenn sie Liv nicht entgangen war – der schwarz gekleidete Mann war nicht gefasst worden, die Polizei machte sich offenbar ernsthaft Sorgen und wollte schwerere Geschütze auffahren, um ihn zu finden. »Ja, je schneller, desto besser.«

»Wie geht es Ihnen heute Morgen?« Das klang eher, als wollte sie sich informieren, und nicht danach, als würde sie sich Sorgen machen.

»Mir tut alles weh, aber es geht schon.«

»Sind die Prellungen in Ihrem Gesicht und die Handverletzung Folgen des Angriffes?«

»Ja.«

Sie öffnete einen Ordner und sah die erste Seite durch. »Im Bericht steht, dass Sie sich die Handverletzung zugezogen haben, weil Sie versucht haben, sich zu verteidigen.«

»Ich habe ihn geschlagen. Ich habe ihm drei ordentliche Hiebe verpasst.«

Die Beamtin strich sich eine Haarsträhne hinters Ohr, warf einen flüchtigen Blick auf Liv, sah das Goldkettchen um ihren Hals, die gepflegt lackierten Nägel, die hochhackigen italienischen Schuhe unter Jasons Jeans – und in ihrem sonst so ausdruckslosen Gesicht standen Zweifel geschrieben.

»Mein Vater war über dreißig Jahre lang Besitzer des Wallace's Boxing Gym. Ich weiß, wie man zuschlägt«, sagte Liv.

Rachel lächelte kurz. »Mein Vater hat dort gearbeitet. Viele Polizisten haben das damals unterstützt.«

»Dad mochte es, wenn die Polizei vorbeikam, er glaubte, damit würde die Verbrechensrate niedrig gehalten.«

»Ich wette, das stimmte auch. Lebt Ihr Vater noch?«

Liv nickte und versuchte ihre Traurigkeit zu verbergen. »Er hat Knochenkrebs.«

»Das tut mir leid. Mein Dad ist kurz vor Weihnachten an Lungenkrebs gestorben.« Rachel blickte wieder auf ihren Ordner und räusperte sich. »Ich würde gerne Fotos von Ihren Verletzungen für die Akte machen. Sind Sie einverstanden?«

»Ja.«

Sie zog einen Fotoapparat aus der Schreibtischschublade, führte Liv in ein kleines Zimmer und schloss die Tür. Sie fotografierte ihr Gesicht, den Verband an ihrer Hand und erkundigte sich nach weiteren Verletzungen, also öffnete Liv den Reißverschluss der Jeans und schloss die Augen, als die

Beamtin das Objektiv auf ihre Hüfte und den Oberschenkel richtete. Als sie lautes Männerlachen auf der anderen Seite der Tür hörte, griff sie schnell nach ihren Sachen.

»Keine Sorge, ich habe die Tür verriegelt«, sagte Rachel. Als Liv keine Anstalten machte, ihre Verletzungen wieder zu zeigen, fügte sie hinzu: »Könnte ich noch ein paar weitere Fotos machen?«

Das hatte sie nicht erwartet. Sie wollte die Fakten schildern und dann nichts mehr mit der Sache zu tun haben. Jetzt stand sie hier mit heruntergezogenen Jeans, fror, und nur ein paar Meter entfernt war lautes Männerlachen zu hören. Sie fühlte sich verletzlich und ausgeliefert, keineswegs stark und zuversichtlich. »Bringen wir es hinter uns.«

Als Rachel wieder an ihrem Schreibtisch saß, sagte sie zu Liv: »Erzählen Sie mir, was passiert ist.«

Liv erzählte noch einmal alles, ihren Weg durch das Parkhaus bis zum plötzlichen Auftauchen von Daniel Beck. Die Beamtin nickte, notierte alles und wartete mit ihren Fragen, bis Liv fertig war.

»Wie klang seine Stimme?«

Liv hörte im Geiste noch einmal auf seine Stimme. »Tief, rauchig.«

»Mit Akzent?«

»Nein.«

»Wie groß war er?«

Sie erinnerte sich daran, wie er sie brutal gegen den Wagen gedrückt hatte, das Gefühl, wie er über ihr war, aber an nicht viel mehr. »Ich weiß es nicht.«

»War er größer als Sie, als Sie ihn in der Scheibe Ihres Wagens gesehen haben?«

Bis jetzt hatte sie sich immer nur an wildes Herumschlagen und sein Keuchen erinnert, doch sie bemühte sich, den Vorfall genau zu rekonstruieren. »Er war größer als ich. Ich würde sagen, einen Meter zweiundachtzig mindestens. Seine Hand auf meinem Mund fühlte sich groß an, und er hatte breite Schultern. Instinktiv schubste und drückte er eher, er schlug nicht unbedingt. Und er hatte Kraft.«

»Wie sieht es mit seiner Kleidung aus? War das schwarze Oberteil ein Kapuzenpulli?«

Liv versuchte sich darauf zu konzentrieren. »Er trug keine Kapuze. Es war eher ein Oberteil mit einem Reißverschluss bis zum Kinn, die Wollmütze hatte er hineingesteckt.«

»Was hatte er für eine Hose an? Trug er Jeans, oder passte sie wie eine Trainingshose zu seinem Oberteil?«

»Er trug definitiv keine Jeans. Keine Ahnung, ob sie zusammenpassten. Ich weiß nur, dass alles schwarz war. Tut mir leid.«

»Kein Problem. Ihre Auskünfte sind gut.«

Es fühlte sich auch gut an. Sie betastete vorsichtig ihren gebrochenen Knöchel. »Er muss eine ordentliche Verletzung im Gesicht haben, vielleicht sogar ein blaues Auge. Es wird zwar nicht so eindrucksvoll wie meines sein, aber er hat sicher etwas davongetragen, als ich ihn geschlagen habe.«

Rachel nickte. »Ich trage das als weitere Option ein.«

»Es ist keine Option. Ich habe ihn fest geschlagen.«

»Das kann sich in der Hitze des Gefechtes schon mal so anfühlen.« Ihre Stimme zeugte von Erfahrung, doch Liv hörte auch den Zweifel dahinter.

»Ich habe mir den Finger an seiner Wange gebrochen.« Zum Beweis dafür hob sie ihre Hand.

»Ich werde es notieren.« Die Beamtin schrieb einen Augenblick länger, raschelte mit dem Papier und sah dann wieder Liv an. »Kennen Sie jemanden, der Ihnen was antun will?«

Schon wieder diese Frage. »Nein.«

»Sind Sie je bedroht worden?«

»Nein.«

»Was ist mit Ihrem Mann?«

»Nein.«

Rachel hielt inne und wartete.

Liv spürte, wie ihre Wangen zu glühen begannen.

»Livia, was ist zwischen Ihnen und Ihrem Mann im vergangenen Dezember vorgefallen?«

## 6

Livs Blick glitt einen Moment ab. »Nicht der Rede wert.«

»Die Polizei wird wohl nicht wegen einer Lappalie gerufen.«

Sie spürte, wie der Ärger jener Nacht wieder in ihr hochkochte, versuchte aber, es sich nicht anmerken zu lassen.

Detective Quest nahm eine Seite aus dem Ordner. »Nachbarn Ihres Mannes haben Schreie gehört und die Polizei gerufen. Im Polizeibericht steht, dass Sie beide in der Hauseinfahrt gestritten haben, dass Sie irgendwann auf den Boden gefallen sind und danach Dreckspuren aufwiesen. Livia, hat Ihr Mann Sie schon mal bedroht?«

»Nein, das war ganz anders. Wir haben uns angeschrien, aber …« Wäre Cameron an jenem Samstag nicht bei Freunden gewesen, hätte sie diesen hässlichen Streit niemals angezettelt. »Es hat geregnet, ich bin hingefallen.« Weil sie Thomas ausweichen musste. Sie war auf dem feuchten Rasen ausgerutscht und auf den Hintern gefallen, hatte sich geschämt und sich gedemütigt gefühlt, hatte vor Thomas geweint, was sie nie wieder tun wollte, das hatte sie sich geschworen. Als die Polizei kam, wollte er ihr aufhelfen, aber sie hatte ihn weggeschubst und ihn angeschrien. Sie war stinksauer gewesen und hatte gewusst, dass seine zierliche kleine Geliebte sauber und trocken durch den Schlitz der teuren Jalousie am Fenster ihres hübschen neuen Hauses spähte.

»Wann haben Sie Ihren Mann zum letzten Mal gesehen?«

Liv versuchte die Erinnerung daran abzuschütteln. »Letzte Nacht im Krankenhaus.«

»Hat er Sie abgeholt?«

»Nein, er arbeitet dort. Er hatte erfahren, dass ich eingeliefert worden war, und wollte mich nach Hause bringen. Ich habe das Angebot abgelehnt.«

»Und wie sind Sie dann letzte Nacht nach Hause gekommen?«

»Ich bin nicht nach Hause gefahren. Ein Freund hat mich abgeholt, ich habe bei ihm übernachtet.«

»Weiß Ihr Mann von Ihrem Freund?«

Liv schnaubte sarkastisch. »Thomas ist nicht eifersüchtig, wenn Sie das meinen. Er war es, der mich verlassen hat. Und der Mann, der mich gestern abgeholt hat, ist nicht diese Art Freund. Er ist der Ehemann meiner Geschäftspartnerin. Wir drei sind schon seit Jahren befreundet.«

»Hat Ihr Mann Anteile an Ihrem Geschäft?«

»Nicht mehr. Warum fragen Sie das alles?«

Die Kriminalbeamtin legte ihren Stift quer über das Papier. »Für Überfälle gibt es alle möglichen Gründe, Livia. Es ist mein Job, alle Möglichkeiten in Erwägung zu ziehen und nach und nach abzuhaken.«

»Aber der Überfall war ein Zufall. Bestimmt. Ich wüsste nicht, warum mir jemand was antun wollte. Warum suchen Sie nicht nach Leuten, die … die so etwas tun?«

»Wir sind dabei.«

»Was machen Sie genau?«

Die Kripobeamtin machte eine kurze Pause, und Liv fragte sich, ob sie ihr keine Einzelheiten mitteilen wollte.

»Die Beamten haben letzte Nacht das Parkhaus durchsucht und sind in die Geschäfte gegangen, die gestern Abend noch offen waren. Die Prüfung geht heute weiter, außerdem sehen wir uns das Material von der Überwachungskamera im Parkhaus an.«

»Wurde vergangene Nacht irgendwas gefunden?«

»Nein.«

Sie wollte mehr erfahren, irgendwas, alles – wusste aber nicht, was sie sonst noch fragen sollte. Ihre Kenntnisse über Polizeiarbeit reduzierten sich auf amerikanische Polizeiserien, und sie war sich ziemlich sicher, dass Rachel Quest niemanden von SVU oder CSI oder NCSI oder sonst einer Institution, die sich hinter Großbuchstaben verbarg, anrufen würde.

»In welchem Verhältnis stehen Sie zu Daniel Beck?«

Die Frage verunsicherte Liv einen Augenblick. Es gab kein Verhältnis. Sie kannte ihn kaum. »Wir haben im selben Gebäude ein Büro gemietet.«

Rachel sah auf ihre Notizen. »Kannten Sie ihn schon, bevor er im Januar sein Büro eröffnet hat?«

Liv wusste nicht, dass das schon so lange her war. »Nein.«

»Treffen Sie sich mit ihm auch außerhalb der Bürozeiten?«

»Nein.«

»Und Sie waren auch noch nie miteinander etwas trinken?«

»Wir standen ein paar Mal zusammen im Stehcafé in der Schlange.« Sie lächelte und versuchte die Sache herunterzuspielen.

Doch Rachel ging nicht darauf ein. »Haben Sie beim Warten schon mal einen Stuhl herangezogen, um ein wenig mit ihm zu plaudern … so Sachen eben?«

»Nein.«

»Was würden Sie sagen, wie gut kennen Sie ihn?«

»Vor letzter Nacht gerade mal gut genug, um ihm im Flur Hallo zu sagen.«

»Ich nehme an, Sie haben sich besser kennengelernt, als Sie zusammen auf die Polizei gewartet haben.«

»Eigentlich nicht. Ich war ziemlich durcheinander, als ich in den Krankenwagen gestiegen bin. Er kam mit mir ins Krankenhaus und hat gewartet, bis ich abgeholt wurde.«

»Tatsächlich?«

Irgendwas an der Art, wie die Kripobeamtin das sagte, und ihr undurchdringlicher Gesichtsausdruck gaben Liv das Gefühl, als habe sie Daniel in ein falsches Licht gerückt. Nach allem, was er für sie getan hatte, wollte sie nicht, dass er auf die Liste der Verdächtigen kam. »Hören Sie, ich weiß nicht, warum Sie mich das alles fragen, aber er war es nicht. Er ist zwar groß, aber er hatte Hemd und Krawatte an, als er mich gefunden hat. Ich hatte Glück, dass er bis spätabends gearbeitet und sich die Mühe gemacht hat, dem Geräusch nachzugehen.«

Rachel nickte, als hätte Liv eine interessante Bemerkung gemacht. »Er war mal Feuerwehrmann. Wussten Sie das?«

Liv nickte. »Bei der Rettung.«

»Er ist ein ehemaliger Kollege und hat gleich dort drüben bei der Feuerwache gearbeitet.« Sie wies mit dem Kopf zur Wand ihres Büros. »Er war schon immer gut, wenn es brenzlig wurde.«

Die Beamtin schwieg und schien auf eine Antwort zu warten. Aber da sie ihr keine Frage gestellt hatte, nickte Liv nur, als habe sie eine nützliche Information erhalten.

»Okay, das ist erst mal alles.« Rachel steckte ihren Stift in einen Becher und schloss den Aktenordner. »Und noch was, Livia. Denken Sie daran, der Täter ist noch auf freiem Fuß. Ich rate Ihnen also, jegliches Risiko zu meiden.«

Liv blickte finster drein. »Meinen Sie, er könnte es noch mal versuchen?«

»Solange jemand frei herumläuft, sollte man das nie ausschließen. Gehen Sie abends nie alleine auf die Straße, und halten Sie sich von einsamen Plätzen fern. Das Parkhaus sollten Sie auch eine Zeit lang meiden. Das gilt auch für Ihre Kollegen. Falls es ein zufälliger Überfall war, könnten sie auch gefährdet sein.«

Während die Beamtin eine Visitenkarte aus ihrem Schreibtisch zog und hinten etwas notierte, dachte Liv über das »Falls« nach. Falls es ein Zufall gewesen war, konnte er zurückkommen und das Parkhaus als Jagdrevier nutzen. Und falls nicht …

»Hier sind meine Nummern – Durchwahl und Handy.«

Rachel stand auf und bedeutete Liv, ihr zu folgen. Liv ging hinter ihr den Flur entlang und musterte die Frau, deren entschlossene Haltung sie beeindruckte. Rachel war mindestens einen Kopf kleiner als Liv mit ihren ein Meter achtzig, aber was ihr an Größe fehlte, glich sie mit ihrer Körpersprache aus. Vermutlich trieb sie viel Sport. Sie schien durchaus fähig zu sein, einen Mann zu fassen und ihn zu überwältigen.

»Übrigens«, sagte Rachel, »die Presseabteilung der Polizei hat Einzelheiten zu Ihrem Überfall veröffentlicht. Ich habe bereits mit einer Reporterin von View TV gesprochen. Keine Ahnung, wo sie die Informationen herhatte, sie hat mich jedenfalls nach Ihnen und Ihrer Geschäftspartnerin gefragt. Ich habe weder etwas bestätigt noch geleugnet, aber Sie sollten sich auf einen Anruf gefasst machen.«

Liv hatte schon eine Vermutung, wer das gewesen sein könnte. »Was halten Sie davon, wenn ich mit den Medien spreche?«, fragte sie Rachel, als sie im Eingangsbereich waren.

Rachel steckte die Hände in die Hosentaschen. »Wir geben Informationen heraus, um die Leute zu ermutigen, uns Informationen zu liefern. Sie sollten sich zu nichts gezwungen fühlen, aber eine Überlegung wäre es wert. Holt Sie jemand ab?«

»Nein, ich rufe mir ein Taxi.«

»Rufen Sie lieber von hier aus an.« Sie gab dem Beamten am Empfang ein Zeichen. »Ich melde mich. Seien Sie vorsichtig, Livia.«

Das klang ganz nach einer Warnung. Liv wartete vor der Wache auf das Taxi. Du stehst am helllichten Tag vor einem Polizeirevier, Liv. Gibt es einen sichereren Ort?

Ihre Hand schmerzte, die Schwellung in ihrem Gesicht hatte sich vergrößert und beeinträchtigte ihr peripheres Sehvermögen. Das gab ihr ein ungutes Gefühl. Sie war fit, vielleicht momentan nicht so wie Rachel Quest, aber für eine Frau war sie stark, groß und hatte eine ordentliche Reichweite – und jetzt konnte sie links nichts sehen und war rechts geschwächt. Rundum verwundbar.

Liv bat den Taxifahrer, sie gegenüber von ihrem Büro abzusetzen, so wie immer. Die Autos, die nach Süden fuhren, hatten drei Häuserblocks lang keine Möglichkeit zu wenden, mussten sich dann um ein paar Rondelle kämpfen und konnten dann erst wieder auf die Straße nach Norden fahren. Ihrer Meinung nach sparte es Zeit und Geld, und zudem war es weniger mühsam, die vierspurige Straße zu Fuß zu überqueren. Doch heute, da die Warnung der Polizei noch in ihren Ohren nachklang, fühlte sie sich nicht wohl dabei.

Die Park Street lief durch den Vorort von Jamestown. Am oberen Ende lag der herrliche Hafen von Newcastle, am anderen Ende, fast sechs Kilometer weit entfernt, der großartige alte Park, der der Straße den Namen gegeben hatte. Vor nicht allzu langer Zeit war das hier noch eine heruntergekommene Gegend gewesen, doch als die Gewerbemieten in den Wolkenkratzern der Stadt immer höher stiegen, kauften ein paar Investoren die leer stehenden, vorwiegend verwüsteten Grundstücke und sanierten sie exklusiv. Selbstständige und kleinere Unternehmen zogen hierher und mit ihnen ein Strom Angestellter. So kamen in der Folge Geschäfte und Anwohner zurück. Mittlerweile war die Gegend eine Mischung aus Krawattenträgern und Bewohnern des Viertels, Cafés und Milchbars, Boutiquen, Metzgereien und Feinkostläden.

Heute Morgen waren viele Leute unterwegs. Arbeiter und Mütter mit Kinderwägen, ältere Leute, die zum Einkaufen gingen, und Studenten. Liv hielt nach geschundenen Gesichtern Ausschau und presste ihre verletzte Hand an ihren Körper.

Als sie an einer chemischen Reinigung vorbeikam und sich im Schaufenster sah, erschrak sie. Jahre hatte es gedauert, die Ecken und Kanten ihrer Kindheit restlos zu glätten, und jetzt sah sie mit ihren Verletzungen, den geborgten Klamotten und dem wirren blonden Haar wie die erwachsene Version jenes burschikosen Mädchens aus, das sie schon längst nicht mehr sein wollte.

Die Sonnenbrille war viel zu klein, um mehr als die Piratenklappe vor ihrem Auge zu verdecken; der Rest war für jedermann ersichtlich. Manche Leute warfen ihr verstohlene Blicke zu, andere starrten sie offen an. Was sie wohl dachten? Autounfall? Häusliche Gewalt, davon war auch Daniel Beck ausgegangen. Dachte Detective Quest das auch? Glaubte sie, dass sie sich von ihrem Ehemann verprügeln ließ?

Sie wartete an der Fußgängerampel und beäugte das gegenüberliegende Gebäude, in dem sie mit Kelly ein Büro gemietet hatte. Der Komplex war zuvor ein großer Laden mit Werkstatt gewesen, der jetzt in acht kleine Büros aufgeteilt worden war, allerdings hatte man die zwei Schaufenster zur Straße hinaus erhalten, ebenso wie das Art-déco-Fries am darüber liegenden Apartment. Die Sanierungsfirma hatte außerdem den Ziegelbau verputzt und ihn grau gestrichen, sodass er sich von Lenny's Café und den Geschäften an der rechten Seite abhob, und die schmale Gasse links daneben sah auch nicht mehr so heruntergekommen aus. Kelly war so begeistert gewesen, als sie es entdeckt hatte, dass sie Liv direkt angerufen hatte.

»Du musst es dir noch heute ansehen. Es ist perfekt. Entspricht genau unserer Preisvorstellung und hat zwei kleine Räume. Es sind zwar eigentlich eher Kämmerchen als Büros, aber dafür hat jede von uns ein eigenes, und für eine Empfangsdame ist auch noch Platz. Oh, und jetzt halte dich fest, hinter dem Gebäude gibt es ein vierstöckiges Parkhaus, es liegt direkt bei der Hintertür.«

Na gut, so praktisch war das mit dem Parkhaus dann auch wieder nicht.

Liv stieß die getönte Glastür zum Eingang auf und senkte ihren Blick auf den mit Teppichboden ausgelegten Flur. Vier Türen auf jeder Seite, lauter identische Büros und lauter unabhängige Unternehmen. Der Notausgang, durch den sie gestern das Gebäude verlassen hatte, lag am anderen Ende des Ganges und war geschlossen.

Die zweite Tür von rechts ging auf, und jemand streckte seinen grauen Schopf mit Haube heraus. »Oh, Livia, ich habe mir solche Sorgen um dich gemacht.« Mariella musste in ihrer Perückenwerkstatt gelauscht und auf Liv gewartet haben. Sie breitete ihre Arme aus und kam auf sie zu. Liv zuckte bei dem Gedanken zusammen, dass sie sie genau begutachten und ihr vielleicht sogar einen Kuss aufdrücken würde, wie es durchaus ihrer Art entsprach.

»Keine Sorge, ich tu dir schon nicht weh«, Mariella nahm Livs Kopf in beide Hände und zog sie ein wenig zu sich hinunter, sodass sie zu ihr aufschauen konnte. Entsetzt schüttelte sie den Kopf. »Teagan hat mir erzählt, was passiert ist. Arme Livia.«

»Es geht mir gut«, sagte Liv und schob freundlich Mariellas Finger aus ihrem Gesicht.

»Ray hat gesehen, wie du in den Krankenwagen gestiegen bist. Er hat gestern Abend mit der Polizei gesprochen und den Beamten gezeigt, wo du arbeitest«, erzählte Mariella. »Heute Morgen hat er mir erzählt, was passiert ist. Ich konnte es gar nicht glauben. Nicht unsere Livia.«

»Es geht mir gut, wirklich«, versuchte Liv es erneut. Sie

erinnerte sich an die kleine Menschenmenge an der Einfahrt, als sie in den Krankenwagen gestiegen war. Vielleicht hatten woanders auch noch Leute gestanden. Sie war zu durcheinander gewesen, um dem Aufmerksamkeit zu schenken.

»Ich habe zu Gino gesagt, dass ich keinen Fuß mehr in dieses Parkhaus setze«, sagte sie und zeigte mit dem Arm den Gang weiter hinunter Richtung Prescott and Weeks. »Ihr solltet auch nicht mehr da hingehen. Da ist es nicht sicher.«

Liv stellte sich Mariella auf dem kalten harten Asphalt liegend vor. »Nein, die Polizei hat uns auch geraten, das Parkhaus eine Zeit lang zu meiden.«

»Ich habe es heute Morgen aus den Nachrichten erfahren«, sagte Scott, der Hypothekenmakler, und streckte aus dem Büro vorne links seinen Kopf in den Gang. Er war groß und schlank, und automatisch suchte Liv sein Gesicht nach Verletzungen ab. »Lenny hat mir erzählt, dass du es bist. In den Nachrichten war von einer Großraumgarage die Rede gewesen.« Er zeigte zum Notausgang und hob seine Augenbrauen. »Unser Parkhaus?«

»Ja«, sagte Liv.

»Verdammt.« Er kam den Flur entlang und strich mit einer Hand die Krawatte glatt. »Was ist passiert?«

Liv blickte wieder zu Mariella und dann in die anderen Gesichter, die sich im Flur versammelt hatten. Ally vom Kieferorthopäden, Mandy vom Reisebüro, Chad, die Ernährungsberaterin und Ray vom Instandhaltungsdienst. Ihr Blick wanderte automatisch zu den Gesichtern der beiden Männer. Chad war klein und untersetzt, hatte also die völlig falsche Figur, aber Ray war ein paar Zentimeter größer als Liv. Keiner von beiden war verletzt. Warum auch? Sie waren nett. Es waren alles Nachbarn. Und sieben davon standen nun wie bei einer spontanen Mieterversammlung auf engstem Raum eingepfercht und erwarteten einen Bericht von ihr.

Aber sie hatte keine Lust mehr, darüber zu reden.

»Tut mir leid. Ich muss jetzt gehen, Ray kann euch sicher alles erzählen.« Er stand im Flur, sein grau meliertes, sandfarbenes Haar war wie immer ordentlich gekämmt, seine Finger steckten in den Schlaufen seines Werkzeuggürtels. »Mariella hat gesagt, dass du mit der Polizei gesprochen hast. Danke. Und ich habe gerade mit der zuständigen Kommissarin Quest gesprochen, sie meinte, wir sollten das Parkhaus eine Weile meiden. Ich weiß, wie nervig es ist, einen Parkplatz zu suchen, aber der Mann, der mich überfallen hat, läuft immer noch da draußen rum. Wir sollten also vorsichtig sein.« Sie kämpfte sich durch die Menge und stieß die dritte Tür links zum Büro Prescott and Weeks auf.

Das Telefon klingelte am Empfang. Der Schreibtisch dahinter war leer. »Teagan, Telefon!« Als der Teenager aus der Küche stürzte, sagte Liv kurz: »Stell mir bitte keine Anrufe durch. Ich brauche noch ein paar Minuten.« Sie warf einen Blick zu Kellys Büro hinten links. Die Tür war zu, doch irgendjemand saß drinnen, also ging sie zu ihrem eigenen Büro. Ein Stift flog an ihr vorbei an die Wand. Sie wirbelte herum.

Teagan legte ihre Hand über das Mikrofon ihres Headsets. »Sheridan …«, flüsterte sie, zog dann die Hand wieder weg und redete wieder lauter. »Ja, ich habe … Ja, ja, ich habe …«

Liv lächelte. Sheridan redete so schnell, dass man nicht immer mitkam. Sie tippte mit einem Finger auf sich, zwinkerte Tee zu und fragte sich, wie oft Sheridan schon angerufen hatte.

Teagan hob den Finger und bedeutete Liv zu warten, dann redete sie weiter ins Telefon. »Ja, gut …«

»Stell es durch«, sagte Liv.

»Aber …«

»Ist schon o. k. Ich nehme es an.«

Tee verzog das Gesicht, eine Mischung aus Frustration und

Ärger. Sie war ein nettes Mädchen und machte ihren Job für eine Anfängerin gut, aber sie war eben erst siebzehn und hielt alle Menschen über zwanzig für Vollidioten. Selbst wenn sie ihr Boss waren.

»Stell es durch, Teagan«, sagte Liv nachdrücklich. Einen Augenblick später summte das Telefon auf ihrem Schreibtisch. Sie stellte ihre Handtasche ab und nahm den Anruf an. »Hey.«

»Was hast du der Polizei über mich erzählt?«

# 7

Liv umklammerte den Telefonhörer und widerstand der Versuchung, einfach aufzulegen. »Ja, danke Thomas, ich fühle mich heute Morgen schon ein wenig besser.«

»Herrgott, Livia. Was erwartest du von mir? Die Polizei hat in meinem Büro angerufen und mich zu dem Überfall auf meine Exfrau befragt.«

Gestern Abend war er noch ihr Mann, heute Morgen war sie seine Exfrau. Sie konnte die Scheidung kaum noch erwarten.

»Es war gar kein Überfall.«

»Mit mir hat das jedenfalls nichts zu tun.«

»Dann sag das bitte der Polizei.«

»Denen muss ich gar nichts sagen. Ich weiß, dass du heute Morgen auf dem Revier warst. Teagan hat es mir erzählt. Es liegt auf der Hand, dass du meinen Namen erwähnt hast, wenn sie hier anrufen. Was zum Teufel hast du vor?«

Sie hätte ihn am liebsten angeschrien und sich verteidigt, wusste aber, dass er ihr nicht zuhören würde, also versuchte sie vernünftig und vielleicht ein wenig herablassend zu wirken. »Sie hatten deinen Namen schon auf der Liste.«

»Es ist verständlich, dass du wütend bist, was anderes ist es, boshaft zu werden, Livia. Das ist nur destruktiv.«

Sie holte Luft. »Thomas, ich lege jetzt auf.« Sie riss sich zusammen, um das Telefon nicht auf den Tisch zu knallen, sondern es sanft zurückzulegen, während seine Stimme weiter Vorwürfe quäkte. Als das Telefon schließlich sicher auf der

Station lag, griff sie nach einem Kugelschreiber und pfefferte ihn an die Wand.

»Guter Schuss. Noch mal.«

Sie drehte sich um und sah Sheridan in der Tür zu ihrem Büro lehnen. Ihre Kleidung und ihr Duft entsprachen dem Image der TV-Reporterin. Kelly stand mit schuldbewusstem Gesichtsausdruck neben ihr. Sheridan fischte einen schweren, silberfarbenen Kugelschreiber aus dem Stifthalter. »Hier, noch ein Schuss.«

Bei jeder anderen Gelegenheit wäre Liv der Aufforderung nachgekommen, doch nun konnte sie nur die Zähne zusammenbeißen. »Er kann mich am Arsch lecken.«

»Bloß nicht«, sagte Sheridan.

Liv musste lächeln. Sheridan und Thomas hatten sich nie besonders gut verstanden, auch wenn sie versucht hatte, es nicht allzu sehr zu zeigen. Kaum war er jedoch gegangen, nutzte sie jede Gelegenheit, um auf ihm rumzuhacken. Es war großartig! Sheridan war großartig. Sie hatte mit Abstand die schärfste Zunge von den drei Freundinnen. Als Kelly damals in Jasons Zimmer gezogen war, war Sheridan zur Wohngemeinschaft gestoßen. Liv war unter den gegebenen Umständen heilfroh über Sheridans beißenden Humor.

»Du siehst beschissen aus«, sagte Sheridan.

Das Lächeln wurde breiter. »Schön, danke. Ich dachte schon, ich sähe umwerfend aus.«

»Ich möchte nicht, dass du dir etwas vormachst.« Sie legte Liv einen Arm um die Schulter. »Wie geht es dir?«

»Bis jetzt war es ziemlich interessant.«

»Tee hat die Verwechslung mit dem Telefon erklärt«, sagte Kelly. »Ich habe Thomas bereits vor einer halben Stunde gesagt, dass ich eine Nachricht auf deinem Schreibtisch hinterlassen habe.«

Liv überflog den Stapel Merkzettel unter der hübschen,

rosafarbenen Muschel, die Cameron im Sommer am Strand gefunden hatte. Dann sah sie Sheridan an. »Hast du mit Detective Quest gesprochen?«

Sie nickte. »Unser Polizeireporter hat erzählt, dass jemand aus diesem Gebäude überfallen wurde, also habe ich bei den Bullen angerufen. Sie hat aber weder etwas bestätigt noch etwas abgestritten, also habe ich hier angerufen.«

»Du willst eine Story, stimmt's?«

»Ja.«

In ihren Worten lag nichts Schmeichelndes, sie gab es ohne Umschweife zu: Das ist mein Job, ich bin ehrlich zu dir.

Liv kannte Sheridans Geschichten aus der Redaktion und verstand ihre Haltung, verzog aber trotzdem das Gesicht. »Auf meiner Backe wächst eine Aubergine.«

Sheridan sah sie ein wenig entschuldigend an. »Ja, das sehe ich, aber der Überfall auf dich ist die Story des Tages, wir müssen sie bringen. Und ich habe mir gedacht, dass es dir vermutlich angenehmer wäre, wenn ich dir die Fragen stelle.«

»Musst du denn mit mir reden? Detective Quest meinte, das Schwein könnte zurückkommen.«

»Wegen dir?«

»Wegen wem auch immer. Er könnte es noch einmal versuchen.«

»Ein Grund mehr zu reden, meinst du nicht?«, sagte Sheridan. »Wir sollten die Frauen warnen, falls sich so ein Kerl auf den Parkplätzen herumtreibt. Dein Fall könnte dafür sorgen, dass andere Frauen es sich zweimal überlegen, bevor sie alleine zu ihrem Auto laufen. Außerdem sollten die Leute erfahren, dass es sich lohnt zu schreien oder seinen Schlüssel einzusetzen. Es könnte jemand anderem das Leben retten.«

Liv sah flüchtig auf ihre verletzte Hand. Sie hatte den Täter nicht aufhalten können, aber vielleicht konnte sie verhindern, dass jemand anderem etwas Ähnliches passierte. Auch das war eine Form der Vergeltung. »Könntest du andere Zeugen bitten, sich zu melden?«

Sheridan rieb sich kurz den Arm. »Natürlich. Alles, was du willst.«

Sheridan begann mit dem Interview auf dem Flur vor dem Büro von Prescott and Weeks. Als es sich herumsprach, dass ein Nachrichtenteam auf dem Gelände war, vergrößerte sich das Publikum. Die meisten Nachbarn und ein paar Leute von der Straße drängelten sich in den engen Raum, um bei den Aufnahmen zuzusehen. Zwischen den Einstellungen bildeten sie kleine Grüppchen und kommentierten den Überfall. Liv fühlte sich wie eine drittklassige Schauspielerin in einem drittklassigen Film über ihr schreckliches Leben.

»Ins Parkhaus werden sie uns wahrscheinlich nicht folgen«, sagte Sheridan leise.

»Wie hältst du das nur jeden Tag aus?«, fragte Liv.

»Wahrscheinlich, weil ich eine größere Rampensau bin als du.«

Auf dem Weg nach draußen warf Liv einen Blick nach rechts zu Daniels Büro, an dessen Tür das Schild »Risikomanagement« hing. Es wies ihn als Experten für Sicherheit am Arbeitsplatz aus. Sie hoffte ihn zu sehen, um sich bei ihm zu bedanken, jetzt, wo sie wieder richtig sprechen konnte. Doch im Empfang seines Büros war niemand, es war dunkel und leer. Vielleicht konnte sie etwas für ihn kaufen. Was schenkt man jemandem, der einen über den Boden zerrt und in Sicherheit bringt? Eine Flasche Whiskey? Einen goldenen Stift? Einen Gutschein?

Sheridan hatte mit den Schaulustigen recht behalten. Nur Kelly folgte ihnen.

»Soll ich mitkommen und deine Texttafeln halten?«, fragte sie.

»Ich glaube nicht, dass ich was Längeres ablesen möchte. Ich käme mir idiotisch vor.« Liv rückte das kleine Mikrofon zurecht, das an ihrer Bluse steckte. »Außerdem habe ich das Büro heute schon genug aufgehalten.«

Liv und Sheridan folgten dem Kameramann zur Fußgängerrampe, das Geräusch ihrer Schritte wurde vom Lärm auf der Straße übertönt. Sie wichen auf die Seite aus, als zwei Männer die Rampe herunterkamen. Einer war groß. Liv prüfte sein Gesicht. Keine Verletzungen.

»Wie geht es deinem Dad?«, fragte Sheridan.

Gestern Morgen war er schwach und von den vielen Medikamenten schläfrig gewesen, aber er hielt noch immer ihre Hand mit eisernem Griff. »Er klammert sich ans Leben, er kann nicht aufgeben.« Sie musste ihn heute Nachmittag besuchen und mit ihm reden, bevor er ihr Gesicht im Fernsehen sah. Mit Cameron musste sie auch reden.

»Ist es okay, wenn ich deinen Dad erwähne?«

Liv sah sie an. »Wie meinst du das?«

»Ich möchte nur erwähnen, dass Tony Wallace dein Vater ist. Die Leute reden immer noch über ihn, weißt du. Schon lustig, wenn man so darüber nachdenkt. Irgendein Arschloch schlägt eine Frau in einem Parkhaus zusammen, und dann stellt sich heraus, dass sie die Tochter eines Boxchampions ist.«

»Ich hoffe, das Schwein hat seine Lektion gelernt.«

Sie erreichten den dritten Stock, Liv ließ ihren Blick durch die Garage schweifen. Viel Licht, viele Autos, ein paar Leute zu Fuß. Keine verletzten Gesichter. Sie gingen zu Livs Wagen, der immer noch dort stand, wo sie ihn gestern Nacht gelassen hatte. Auf dem Kofferraumdeckel war eine Delle, sie überlegte, was daraufgefallen sein konnte. Während der Kameramann seine Sachen aufbaute, warf sie verstohlen einen Blick zum Stützpfeiler zwei Parkplätze weiter weg, um den noch das blau-weiße Polizeiband hing. Hatte sich der schwarz vermummte Mann dort versteckt und sie die ganze Zeit beobachtet? Vielleicht hatte er sich auch gar nicht versteckt. Vielleicht hatte er sich einfach gemütlich dagegengelehnt, weil er wusste, dass er sich in der Dunkelheit nicht verstecken musste.

»Erzähl mir doch einfach, wie es war«, schlug Sheridan vor.

Liv lief den Bereich ab, gestikulierte und holte wie bei einem Boxhieb mit dem Arm aus, während Sheridan ihr aus dem Weg ging, als sie ihr brutales Gerangel um den Wagen demonstrierte.

»Was für ein Gefühl war das?«

»Ich weiß nicht. Es ging alles so schnell.«

»Hattest du Angst?«

Sie erinnerte sich an seinen keuchenden Atem, als er sie packte, und an den Adrenalinstoß, der sie gleich darauf durchflutete. Und an ihre reflexhafte Reaktion, trotz der Chance zu fliehen – das Gleichgewicht halten, mit erhobenen Händen, lockeren Fäusten, obwohl sie seit Jahren keinen Schlag mehr ausgeteilt hatte. Ihr Dad würde stolz auf sie sein.

»Nein, ich hatte keine Angst. Jedenfalls nicht, als ich zurückgeschlagen habe. Erst später, als mir klar wurde, was passiert war, habe ich panische Angst bekommen. Da habe ich angefangen zu schreien und so viel Lärm wie möglich gemacht. Ich habe gewusst, dass Lärm meine einzige Chance ist. Ich habe zurückgeschlagen und geschrien. Das hat mich gerettet.« Zuschauer, hört genau hin, dachte sie.

Liv fühlte sich großartig, als sie ins Büro zurückkam. So gut hatte sie sich schon lange nicht mehr gefühlt, abgesehen von dem schmerzenden Gesicht und der Hand. Irgendein Schwein hatte versucht ihr etwas anzutun, aber sie hatte sich revanchiert. Teagan sprach in ihr Headset, also ging Liv nur mit hochgerecktem Daumen an ihr vorbei. Kellys Bürotür war zu, doch durch die Glastür sah sie, dass sie vor dem Computer saß, in einer Hand das Telefon und in der anderen die Maus.

Als Kelly und Liv noch mit den Babys zu Hause waren, hatten sie anfangs nur ganz nebenbei von einer Zeitarbeitsfirma gesprochen. Liv hatte darüber gewitzelt, dass sie genügend Freunde hätten, die sicher gerne gelegentlich jobben würden, um so eine kleine Firma zu starten.

»Weißt du noch, wie wir in Wirtschaftskunde immer gesagt haben, dass wir nicht einfach nur so dahinreden, sondern uns mal selbstständig machen wollen?«, hatte Kelly sie erinnert.

»Das sollten wir tun«, hatte Liv gesagt.

Sie hatte an der Uni Personalmanagement als Hauptfach studiert und im Personalbeschaffungswesen gearbeitet, bevor Cameron zur Welt kam – und die Idee hatte sie nicht mehr losgelassen. Sobald sie das Grundkonzept entworfen hatte, hatte sie auch Kelly überzeugt. Kelly hatte Psychologie studiert, aber nach sechs Monaten Klinikdienst die Nase voll und arbeitete als Personaltrainerin. Das Suchen und Vermitteln von Teilzeitjobs für ihre Klienten war ein Schritt in eine neue Richtung.

Beide hatten neun Monate mit der Ausarbeitung der Details verbracht, Liv hatte die Daten zusammengestellt, Geschäftspläne und Vertragsklauseln entwickelt, Kelly hatte sich um die Website und das Logo gekümmert, Marktforschung betrieben und nach Räumlichkeiten gesucht. Zwei Jahre später konnten sie sich ein volles Gehalt auszahlen.

Als Liv jetzt den Empfangsbereich durchquerte, warf sie zufrieden einen Blick auf die Rezeption, hinter der sich die Küche mit der Abstellkammer befand, und auf ihre und Kellys Bürotüren hinten an der Wand. Ihr eigener, wohl organisierter Bereich. Das Büro war nicht elegant, aber es gehörte ihnen, und sie war stolz darauf. Es war der einzige Ort, an dem sie sich in letzter Zeit zu Hause fühlte.

Der Adrenalinschub dauerte ungefähr fünf Minuten, lange genug, um ihren Computer anzuwerfen und zu sehen, dass sie eine Million neuer Mails hatte. Ihr Gesicht schmerzte, als sie die Absender und Betreffzeilen durchging – Kunden, Zeitarbeiter, zwei Mütter von Camerons Klassenkameraden. *Alles in Ordnung? Was ist passiert? Kopf hoch!* Schlechte Nachrichten verbreiteten sich wie ein Lauffeuer.

Sie versuchte ein paar zu beantworten, doch mit einer Hand war sie lächerlich langsam. Eine Mail war von Tessa, einer lustigen Rothaarigen und eine ihrer ersten Zeitarbeiterinnen in der Kartei.

*Ich wette, du bereust den Tag, an dem du den Spiegel der schwarzen Katze hinterhergeworfen hast! Ich habe gehört, was passiert ist. Du armes, armes Schwein. Nach all dem anderen auch das noch …*

Liv klickte sie weg und markierte sie. Das war kein Pech. Das war das Leben. Manchmal lief es mies, manchmal total beschissen. Unter ihrem blauen Auge pochte es. Sie sah mit ihrem unverletzten Auge auf das Foto von Cameron auf ihrem Schreibtisch und schloss das andere Auge, presste den Daumen auf die Verletzung und versuchte den Druck zu lindern.

»Du solltest nach Hause gehen«, hörte sie Kelly in der Tür sagen.

Die Arbeit erledigte sich nicht von selbst. »Wir haben in einer halben Stunde das Meeting mit Neil Brummer.« Neil war von Beginn an ihr Buchhalter. Vor zwei Wochen hatten sie ihn gebeten, die Betriebskosten durchzugehen.

»Er hat den Termin verschoben. Wann hast du das letzte Mal eine Schmerztablette genommen?«

»Das ist schon eine Weile her.« Sie zuckte zusammen, als sie ihre verletzte Hand krümmte.

»Tee«, rief Kelly in den Empfang. »Würdest du Liv ein Glas Wasser bringen? Und wann kommt unser Buchhalter?«

»Um fünf«, sagte Teagan.

Liv sah auf ihre Uhr. Es war Viertel vor eins. Noch über vier Stunden.

»Du siehst nicht so aus, als würdest du bis dahin durchhalten«, sagte Kelly.

Das stimmte vermutlich. »Möchtest du fragen, ob er nicht morgen kommen kann?«

»Nein, ich möchte wissen, was er zu sagen hat. Aber ich kann das auch alleine erledigen und später mit dir darüber reden.«

Das wohlbekannte Schuldgefühl über das gottverdammte Chaos, in dem sie sich befanden, überkam sie wieder. Kelly sollte das nicht alleine abwickeln. Das Callcenter war Livs Kunde gewesen. Sie hatte den Versicherungen geglaubt, dass es sich nur um einen Zahlungsverzug handelte, und Kelly davon überzeugt, weiterhin Personal zu schicken. Zuerst war sie völlig überrascht gewesen, als das Unternehmen Bankrott anmeldete, und dann fassungslos, welche Auswirkungen das auf ihre Firma hatte. Prescott and Weeks standen am finanziellen Abgrund, und wenn sie nicht schnell – sehr schnell – neue Aufträge an Land zogen, würden sie untergehen. Das wäre ein schreckliches Ende ihres Traums und fünf Jahre harter Arbeit. Aber das war noch nicht das Schlimmste.

Ganz zu Anfang hatten beide Paare Schulden gemacht, um den Start zu finanzieren. Kelly und Jason hatten als Sicherheit ihr Haus eingesetzt; Liv und Thomas hatten ihre Finanzierung mit einer Anlageimmobilie abgesichert. Nachdem Thomas gegangen und Liv klar geworden war, dass die andere Frau nicht nur eine Affäre, sondern eine richtige Geliebte war, die er in einem Apartment untergebracht hatte, war sie ausgestiegen. Noch bevor die Einzelheiten der Scheidung ausgearbeitet worden waren, hatten sie alles verkauft – ihr hübsches, zweistöckiges Haus am Strand, das Boot, die Ferienwohnung an der Küste. Liv hatte mit der Hälfte ihres Anteils seinen Anteil am Unternehmen ausbezahlt und sich dann ein Reihenhaus gekauft. Sie hatte keinen Cent mehr, aber ihr gehörte alles, was sie brauchte. Wenn Prescott and Weeks pleiteging, hatte sie keinen Job mehr, aber ein Dach über dem Kopf. Kelly und Jason würden ihr Haus verlieren.

»Nein, ich will dabei sein«, sagte Liv streng. »Ich hole meinen Wagen aus dem Parkhaus, fahre nach Hause, ruhe mich ein wenig aus und komme dann zum Meeting zurück.« In ihrer Tasche fand sie die Medikamente, die man ihr im Krankenhaus gegeben hatte, beschloss aber, ein paar rezeptfreie Schmerztabletten zu nehmen, die sie in ihrer Schreibtischschublade fand. Die waren zwar nicht so wirksam, würden sie aber auch nicht so müde machen, und sie musste sowohl zum Autofahren als auch für das Meeting fit sein. Sie ging zu Teagan am Empfang und nahm das Glas Wasser, das sie ihr entgegenhielt.

»Hast du das Handy gefunden?«, fragte Kelly, nachdem Liv die Tabletten runtergespült hatte.

Teagan legte ein ramponiertes Klapphandy und ein Aufladegerät auf den Tresen. »Ich habe Livs Simkarte hineingetan. Es funktioniert, ist aber erst seit einer Stunde am Netz.«

»Das ist mein altes Handy«, erklärte Kelly, als Teagan ans Telefon ging. »Du kannst es benutzen, bis du einen Ersatz hast.«

»Mein Handy hatte ich ganz vergessen. Danke.« Sie küsste sie und umarmte sie kurz.

»Bist du sicher, dass du fahren kannst?«

Liv testete ihre verletzte Hand. Sie schmerzte, schien aber beweglich genug, um das Steuer zu halten. »Es wird schon gehen.«

»Ich bringe dich noch zum Auto.« Kelly stieß die Türe auf.

»Warte, Kelly«, sagte Teagan. »Toby Wright will dich sprechen.«

Liv und Kelly wechselten Blicke und hoben die Augenbrauen. Toby Wright war Geschäftsführer einer Versicherungsgesellschaft, sie hatten bereits seit Wochen versucht, einen Termin mit ihm zu vereinbaren.

»Er hat von dem Überfall letzte Nacht erfahren und heute Morgen eine Nachricht hinterlassen«, sagte Kelly.

»Geh ran«, sagte Liv. »Und viel Glück. Erzähl mir nachher, was er gesagt hat.«

Vielleicht hatte das Schwein aus dem Parkhaus am Ende ja noch etwas Gutes bewirkt.

# 8

Der Notausgang am Ende des Flurs ging nach außen auf, als Liv nach der Türklinke griff. Überrascht blickte sie hoch und sah Daniel Beck vor sich, der aus der Sonne draußen hereinkam. Sie trat beiseite, um ihn vorbeizulassen.

Er hob die Augenbrauen, als er ihr Gesicht sah. »Nettes Veilchen haben Sie da, Brutalo.«

»Gefällt es Ihnen?«, fragte sie lächelnd. »Entwickelt sich prächtig, was?«

Er ließ die Tür zufallen und blieb ihr gegenüber im Gang stehen. »Das ist ein richtiges Kunstwerk.«

»Genau wie das«, sagte sie und hob ihre verletzte Hand.

Er sah einen Augenblick sie und dann die Hand an. »Hübsch, wie ich sehe, haben Sie die Armschlinge weggeschmissen.«

Vielleicht waren es die Schmerztabletten, die zu wirken begannen, oder die Tatsache, dass er weder schockiert noch eingeschüchtert zu sein schien, jedenfalls fühlte sie sich besser. »Armschlingen sind was für Weicheier.«

Er zog einen Mundwinkel hoch. »Ich freue mich, dass Sie gesund und munter sind.«

Sie dachte an die Schimpftirade, die sie im Krankenhaus auf ihn losgelassen hatte. »Tut mir leid, wenn ich Sie zusammengestaucht habe. Ich war … ein wenig außer mir.«

»Sie mussten eben Dampf ablassen.«

Sie lächelte ihn an. »Ich bin froh, dass ich Sie treffe, denn ich wollte mich wegen gestern noch einmal ordentlich bei

Ihnen bedanken. Also … danke. Für Ihre Hilfe und das Krankenhaus und dass Sie mich überredet haben, Kelly anzurufen. Es wäre ein Fehler gewesen, nach Hause zu fahren.«

Er nickte kurz. Vielleicht hatte er das alles schon zigmal zuvor gehört. Vielleicht war es im Vergleich zu anderen Rettungsaktionen für ihn eine Kleinigkeit gewesen, ihre Beine zu bedecken und einen Krankenwagen zu rufen.

»Jedenfalls freue ich mich, Sie heute Morgen so munter zu sehen«, sagte er.

»Haben Sie etwas anderes befürchtet?«

»Es ist immer besser, wenn man auf Nummer sicher geht.«

»Oh«, sie schob den Riemen ihrer Handtasche höher auf die Schulter. Okay, Liv, du hast dich bedankt, jetzt kannst du gehen. »Ich habe heute Morgen noch einmal mit der Polizei gesprochen. Jetzt kümmern sich die Ermittler um die Angelegenheit.«

»Gut.«

»Ich habe mit einer gewissen Detective Sergeant Rachel Quest gesprochen. Sie sagte, sie kenne Sie.«

Sein Blick schien ganz kurz zu flackern. »Ja, ich kenne sie.«

»Sie hat sich nach Ihnen erkundigt und wollte wissen, woher wir uns kennen.«

»Danke.«

Liv verzog das Gesicht. Danke? Sie wollte ihn gerade danach fragen, als die Tür aufging. Ray kam mit einem Stift hinter dem Ohr und einer Hand auf dem massiven Schraubenschlüssel in seinem Werkzeuggürtel herein.

»Oh, hi, Livia.« Er sah überrascht und erfreut zugleich aus, als er sie sah.

Sie lächelte zaghaft, als sie sein ernstes Gesicht sah. »Hallo, Ray.«

Daniel mischte sich ein. »Ich muss jetzt gehen. Passen Sie

auf sich auf, Livia.« Er lief die paar Schritte zu seinem Büro und ließ sie mit Ray stehen.

»Soll ich Ihnen irgendwas helfen? Sieht aus, als könnten Sie etwas Unterstützung gebrauchen.« Ray grinste sie freundlich an.

Sie zuckte innerlich zusammen. Er war ein netter Kerl und machte einen ordentlichen Job in den Büros. Aber man konnte ihm nur schwer entkommen, wenn er erst einmal zu reden begonnen hatte, und sie wollte nicht die nächsten zwanzig Minuten von ihm mit Beschlag belegt werden. »Danke, Ray, es geht schon.«

Wie er da so stand, nahm er fast mit seinem ganzen Körper den Türrahmen ein. Er schien zu einem Pläuschchen bereit. »Irgendwer hat erzählt, dass Sie mit Sheridan Marr befreundet sind.«

»Ja, wir waren zusammen an der Uni«, sagte Liv und ging an ihm vorbei.

Er ließ die Tür zufallen, sodass beide draußen standen. »Ich habe sie heute Morgen reingelassen.« Er klopfte auf die Tür des Notausgangs hinter sich. »Habe die Tür erst etwas später abgeschlossen, falls die Polizei noch was kontrollieren wollte.«

»Gute Idee.« Liv machte sich auf den Weg zur Auffahrt, als ihr wieder einfiel, was Mariella gesagt hatte. »Sie waren doch hier, als es passierte.«

»Mhm.«

»Ist Ihnen irgendjemand aufgefallen?«

»Nein, ich habe nur die Sirenen gehört und bin rausgegangen, um nachzusehen, was los war. Dann habe ich den Beamten gezeigt, wo die Überwachungskameras hängen.«

»Oh, alles klar, danke.« Vermutlich war es sein Job, die Kameras zu kontrollieren – er wohnte in einem Apartment oben und war für die Instandhaltung von drei oder vier Gebäuden an dieser Straßenseite verantwortlich.

Als sie gerade loslaufen wollte, fing er wieder zu reden an. »Ich habe Ihnen doch von den Rowdys erzählt, die sich immer nachts hier herumtreiben. Wissen Sie noch, ich habe Ihnen letzte Woche erzählt, dass sie wieder gewütet haben.«

Liv überlegte, ob er sich irgendwie dafür verantwortlich fühlte, was passiert war. »Der Kerl, der mich überfallen hat, war kein Rowdy.«

»Ich mache hier jeden Abend sauber. Ich könnte Sie zum Wagen begleiten. Das mache ich für ein paar andere Damen auch, wenn sie spät wegkommen.«

»Danke, Ray«, sagte sie und überlegte, wie sehr er wohl jemanden beschützen konnte. Er war um die fünfzig, trug ordentlich gebügelte Arbeitshemden und war viel zu freundlich. Vielleicht glaubte er ja, einen Angreifer durch gutes Zureden von einem Überfall abhalten zu können. Ihn mit Informationen über Putzpläne und Instandhaltungsdetails mürbe zu machen. Nein, das war gemein. Er kannte jeden in den Büros und war äußerst pflichtbewusst, sorgte stets dafür, dass alles ordnungsgemäß ablief. Vielleicht war er bestürzt, dass ein gewalttätiger Idiot sich in sein Revier gewagt hatte. Ihr ging es ja ähnlich, und sie arbeitete nur hier. »Ich werde daran denken.«

Sie winkte ihm kurz zu, eilte dann die Rampe hinauf in den dritten Stock und blieb beim Eingang stehen. Es war helllichter Tag, trotzdem wirkte der Ort groß und gruselig. Sie hastete über den Asphalt, sah sich auf der offenen Fläche um und fühlte sich so alleine ziemlich nervös. Eine Frau setzte ihr Baby in einen Kinderwagen, ein älteres Paar schlenderte zwischen den Parkplätzen hindurch, hinten lief ein Mann in einem Anzug. Er war zu weit weg, als dass sie sein Gesicht hätte sehen können, doch der andere Mann hatte keine Verletzungen. Komm schon, Liv. Ein achtzigjähriger Angreifer?

Als sie sich ihrem Wagen näherte, warf sie einen Blick auf

den massigen Betonpfeiler in der Nähe und sah nach oben. Ein Licht war kaputt, der Drahtkäfig darum durch irgendwas zerbeult, das jemand nach oben geworfen hatte. Auch die Lampen daneben waren kaputt, genau wie das Licht hinter ihr. Vielleicht war der Kerl mit der Sturmmütze ja doch ein Rowdy. Vielleicht hatte er die Lichter eingeschlagen, damit er sich in der Dunkelheit verstecken konnte. Hatte Ray nicht gesagt, dass der Schaden letzte Woche entstanden war? Hatte sich dieses Schwein etwa eine Woche hier oben versteckt? Und in der Dunkelheit auf eine Frau gewartet? Auf sie?

Würde er am helllichten Tag zurückkommen?

Bei dem Gedanken lief sie ein wenig schneller. Sie schlüpfte in den Wagen, schloss die Türen und warf einen prüfenden Blick in den Rückspiegel. Als sie den Schlüssel in das Zündschloss steckte, fiel ihr ein Zettel auf, der unter einem Scheibenwischer steckte. Ray sollte auch hart gegen die Flyer-Verteiler vorgehen, während er sich um die Rowdys kümmerte. Sie stieg aus dem Auto und griff ahnungsvoll nach dem Zettel und stieg dann schnell wieder ein.

Der Zettel war größer als ein gewöhnlicher Flyer und vier Mal gefaltet. Sie öffnete ihn, und das Herz blieb ihr kurz stehen.

Das war kein Flyer. Nicht einmal andeutungsweise. Das war eine handgeschriebene Botschaft.

*Livia, du gehörst MIR!*

Ängstlich hob sie den Kopf. Sollte das ein Scherz sein? Wartete jemand nur darauf, dass sie einen Herzinfarkt bekam und umkippte? Wieder sah sie in den Rückspiegel. Am anderen Ende des Parkhauses lief eine Frau weg und sah sich nicht um. Liv blickte zu dem Pfeiler rechts neben ihr, hinter dem sich gestern der Angreifer versteckt haben musste.

Weit und breit war niemand zu sehen, doch das Absperrband der Polizei, das immer noch am Pfeiler hing, veranlasste sie, die Zentralverriegelung zu drücken.

Während sie den Zettel noch einmal durchlas, hörte sie wieder die heisere, erstickte Stimme in ihrem Kopf – *Du gehörst mir, du Schlampe* – Säure stieg in ihrer Kehle auf.

Auf dem Zettel stand »Livia«. Er kannte also ihren Namen. Und er musste in den vergangenen Stunden zu ihrem Wagen zurückgekehrt sein, denn als sie mit Sheridan hier gewesen war, hing noch kein Zettel unter dem Scheibenwischer. Sie blickte wieder in den Rückspiegel und wurde zunehmend nervöser, als sie niemanden sah.

Sie war alleine. Genau wie gestern Nacht. Liv, mach, dass du wegkommst.

Mit zitternden Fingern drehte sie den Schlüssel um und rammte den Rückwärtsgang hinein. Sie fuhr schnell die kurvige Ausfahrt hinunter und versuchte mit ihrer verletzten Hand krampfhaft das Lenkrad zu umklammern. Als sie auf die Straße hinausfuhr, zuckte sie vor Schmerz zusammen, ihr linkes Auge konnte das grelle Sonnenlicht nicht verkraften. Sie hätte an den Rand fahren und ihre Sonnenbrille suchen sollen, doch dann sah sie in den Rückspiegel und fuhr weiter.

Sie überlegte nicht weiter, wohin sie fuhr, doch eine Viertelstunde später bog sie auf das Krankenhausgelände ab. Dorthin wollte sie fahren, als sie das Büro verlassen hatte. Ihr Unterbewusstsein schien sich an das Vorhaben gehalten zu haben. Oder vielleicht war ihr Vater noch immer ihr sicherer Hafen.

Sie fuhr an dem mehrstöckigen Parkhaus vorbei, folgte der Straße um das Hauptgebäude der Klinik zum alten Teil, der nun als Hospiz diente, und langsam tauchte auch ihr Geist wieder aus der Angststarre auf. Beruhige dich, atme durch.

Sie war nur in Panik verfallen, weil sie verletzt, müde und erschöpft war.

Sie fuhr auf einen Parkplatz neben dem Hospizeingang und beäugte den Zettel, der auf dem Beifahrersitz lag. Die vier Worte standen mitten auf dem Papier, waren klein geschrieben und hingekritzelt. Nein, sie war nicht grundlos in Panik verfallen. Der Mann mit der Wollmütze und den Fäusten war zurückgekehrt.

Sie suchte in ihrer Tasche nach Kellys altem Handy und der Visitenkarte der Polizeibeamtin.

»Detective Sergeant Quest«, meldete sich Rachel mit neutraler, aber unfreiwillig lauter Stimme am Telefon. Sie war irgendwo draußen und schrie, um den Verkehrslärm zu übertönen.

Liv erzählte ihr von dem Zettel.

»Wo sind Sie gerade?«, fragte Rachel.

»Im Krankenhaus.«

»Sind Sie verletzt?«

»Nein, ich besuche meinen Vater.«

Dem folgte eine kurze Pause. »Tut mir leid. Ich wusste nicht, dass es ihm so schlecht geht. Ich muss heute leider bis spät arbeiten. Könnten Sie den Zettel in einen Plastikbeutel stecken und ihn morgen ins Revier bringen? Ich schicke ihn ein und lasse ihn auf Fingerabdrücke untersuchen, versuchen Sie also, ihn so wenig wie möglich anzufassen.«

Rachel klang, als bekäme sie ständig Anrufe wegen Angreifern und Drohbriefen. Und vielleicht stimmte das ja auch. Vielleicht brachte sie so schnell nichts mehr aus der Fassung.

»Muss ich mir Sorgen machen?«, fragte Liv.

»Bleiben Sie dran.« Rachel sagte irgendwas Unverständliches zu jemandem, dann hörte man ein großes Fahrzeug vorbeifahren. »Tut mir leid. Sie sollten auf der Hut sein. Nutzen Sie zu Hause alle Sicherheitsvorkehrungen, gehen Sie kein unnötiges Risiko ein, und wählen Sie den Notruf, wenn Sie sich Sorgen machen.«

Sie wollte beschwichtigt werden, nicht weitere Sicherheitsvorschriften erhalten. Liv presste die Lippen zusammen und versuchte die Bilder des schwarz vermummten Mannes, der sich auf sie stürzte, auszublenden. »Okay.«

»Hey, ihr da drüben«, schrie Rachel zu irgendwem. »Tut mir leid, Livia, ich muss jetzt gehen. Wir sehen uns morgen.«

Liv klappte das Handy zu, schob den Zettel in ihre Tasche, sodass man ihn nicht sehen konnte, und sah sich auf dem Parkplatz um. »Gehen Sie nicht alleine an menschenleere Orte«, hatte Rachel auf dem Revier zu ihr gesagt. Es war nach eins, mitten in der Ruhepause der Patienten. Überall nur Autos und offene Fläche. Der Inbegriff von menschenleer.

Ihr Auge pochte in der herrlichen Nachmittagssonne, als sie aus dem Wagen stieg, ihr Haar flog in der sanften Brise in Strähnen um ihr Gesicht. Das Parkhaus war etwa zur Hälfte voll, nur vereinzelt standen Autos herum. Eilig lief sie zum Eingang, stieß die Türen auf, tauchte in die gedämpfte Atmosphäre der Palliativstation ein und blieb einen Moment stehen, um wieder zu Atem zu kommen. Sie konnte ihrem Vater keinesfalls so ängstlich und unsicher entgegentreten. So was konnte er gar nicht gebrauchen, und sie wollte seine letzten Tage nicht auf diese Art und Weise mit ihm verbringen.

»Mensch, was ist dir denn passiert?«, fragte Livs Lieblingskrankenschwester bestürzt.

»Hey, Wendy. Ein kleines Missgeschick. Wie geht es ihm heute?«

»Oh, er ist gut drauf. Richtig aufsässig.«

»Genau so mag ich ihn.«

Liv klopfte leise an die Tür, machte sie dann auf und sah unter dem Bettlaken seine ausgemergelte Gestalt. Sie lächelte ihm zu. »Hi, Dad.«

Er beobachtete, wie sie durch das Zimmer ging, sich neben ihm auf das Bett setzte, und sagte lange nichts. Liv stützte ihre Arme auf die Matratze und wartete ab, während er ihr Gesicht, ihre Hand und dann wieder ihr Gesicht musterte. Als er endlich zu sprechen begann, klang seine Stimme leiser als gewöhnlich, war aber immer noch so heiser wie die eines Menschen, der sein ganzes Leben viel geschrien hat. »Ich hoffe, du hast auch was ausgeteilt.«

Sie lachte auf und war froh, dass er zwar den Kampf gegen seinen Körper, aber nicht seine Einstellung verloren hatte. »Na klar. Der wird heute auch Schmerzen haben. Er hat bestimmt ein ordentliches Veilchen.« Sie hielt ihre verbundene Hand hoch. »Ich habe richtig zugeschlagen. Genau wie du es mir beigebracht hast.«

Er nickte. Eine knochige Hand tauchte unter dem Leintuch auf, griff nach ihrer verletzten Hand und hielt sie wie ein Schraubstock umklammert. »Gutes Mädchen.« Sein Gesicht war stoisch wie immer, doch seine Augen waren feucht. Das war nicht nur die Feuchtigkeit aus den Tränenkanälen eines kranken Mannes. Liv schnürte es die Brust zusammen.

»Als ich gestern Abend zu meinem Auto ging, bin ich von einem Mann überfallen worden.« Sie erzählte ihm kurz und knapp davon. Dann berichtete sie von Daniel Beck, beschrieb ihn als Schwergewicht. Ihr Dad bezog sich bei einem Mann stets auf sein Körpergewicht. Manchmal fügte er ein Adjektiv hinzu, wenn der Kerl nicht genau in das Gewicht passte, wie fettes Leichtgewicht oder dürftiges Weltergewicht. Als er Thomas zum ersten Mal begegnete, hatte er ihn ein leichtes Weltergewicht genannt. Als sie ihm erzählte, dass er sie verlassen hatte, hatte ihr Dad ihn ein weinerliches fieses Weltergewicht genannt, der es nicht verdient habe, dieselbe Luft wie seine Tochter zu atmen. Wäre er nicht durch die Nachwirkungen der Chemotherapie ans Bett gefesselt gewesen, hätte sie ihn nicht davon abhalten können, ihrem Mann einen Besuch abzustatten. Seine einundsiebzig Jahre und der Krebs im Endstadium hätten Thomas nicht vor einem Schlag aufs Maul bewahrt.

Sie erzählte ihm von dem Fernsehinterview. Er konnte sich an Sheridan aus Unizeiten erinnern, für ihn war sie das reiche Mädchen, das manchmal gerne in seinem Fitnessstudio rumhing. Liv erzählte ihm, dass Sheridan auch ihn erwähnen wollte, weil die Leute noch immer über ihn sprachen.

Er krächzte zynisch. »Verdammte Leute, haben die nichts Besseres zu tun?«

Liv hatte gewusst, dass ihn das nicht beeindrucken würde. Das gab ihr ein gutes Gefühl. Er hatte ein Leben lang hart gekämpft. Härter als die meisten Menschen. Und noch härter, nachdem ihre Mutter gestorben war. Doch er hatte es geschafft. Er wollte niemand anderem ihre Erziehung überlassen, war nicht dem Rat gefolgt weiterzuboxen, solange sein Stern noch leuchtete. Er hatte die Chance auf einen Kampf um den Weltmeistertitel nicht ergriffen, sondern stattdessen eine Existenz gegründet und für sie beide ein Zuhause aufgebaut und sie alleine großgezogen. Sie zu dem gemacht, was sie heute war. Sheridan hatte ihr gezeigt, wie eine kultivierte Frau aussehen musste, und Thomas hatte ihr vorgemacht, wie man kultiviert lebte, trotzdem war sie noch immer die Tochter ihres Vaters.

Sie erzählte ihm die letzten Neuigkeiten von Cameron und dass er sich an diesem Nachmittag beim örtlichen Fußballklub als Stürmer versuchen wollte.

»Er ist noch etwas schmächtig, aber der Junge hat Mumm«, sagte er zu ihr.

Unerwartet füllten sich Livs Augen mit Tränen.

»Genau wie du, Liebes.« Er drückte ihre Finger.

»Ich vermisse ihn. Die ganze Zeit«, flüsterte sie.

»Du schlägst dich sehr tapfer.«

»Das ist kein Kampf, Dad. Da ist nichts, worum ich kämpfen könnte. Er verbringt jede zweite Woche bei seinem Vater. Daran kann ich nun mal nichts ändern.«

»Manchmal kämpft man nur darum, auf den Beinen zu bleiben.«

Sie lächelte. Ihr Vater hatte für jede Lebenslage einen geeigneten Spruch. Er hatte seinen Lebensunterhalt damit verdient, schwere Jungs zu Männern zu machen. Als sie noch klein war, hatte auch sie mit seinen Sprüchen um sich geworfen. Als Teenager hatte sie dann die Augen verdreht und gehofft, er würde sie vor ihren Freunden nicht blamieren. Seit ein paar Monaten versuchte sie wieder nach seinen Sprüchen zu leben. Nach dem Tony-Wallace-Handbuch der Küchenpsychologie. Kämpfen, um auf den Beinen zu bleiben. Den Spruch hatte sie vergessen, aber er hatte recht. Es ging nicht immer nur darum, Hiebe auszuteilen und Punkte zu sammeln. Manchmal war es schon anstrengend genug, dafür zu sorgen, dass man nicht auf dem Hintern landete. Sich nicht fallen ließ und in Trauer, Verlust und Schmerz versank.

»Ich bleibe schon auf den Beinen, Dad.« Sie wollte daran glauben. Sie wollte ihn nicht enttäuschen. Doch mit jedem Schlag, den sie kassierte, wurde es schwerer.

Sie blieb eine Stunde bei ihm und ging dann, als sie merkte, dass er müde wurde. Sie wusste, dass er seine Erschöpfung niemals zugeben würde. Das hatte er nie als Entschuldigung gelten lassen. Lauf, bis du nicht mehr kannst, und dann lauf noch eine Runde. Das schrie er durch die Sporthalle bis er heiser war. Vor ein paar Wochen war sie dabei, als der Arzt ihm zu erklären versuchte, dass es ab einem bestimmten Punkt besser wäre, nicht mehr gegen die Krankheit anzukämpfen. Sie hatte ihrem Vater ins Gesicht gesehen und gewusst, dass er das nie verstehen würde.

Sie sah prüfend über den Parkplatz und ging dann zu ihrem Wagen. Die Besuchszeiten im Krankenhaus rückten näher – inzwischen parkten mehr Autos draußen, andere fuhren herum und suchten einen Platz. Auch mehr Leute waren unterwegs. Alleine oder in kleinen Gruppen. Das hätte sie beruhigen sollen, doch sie sah sich trotzdem misstrauisch um, suchte nach zerschundenen Gesichtern und kontrollierte ihre Windschutzscheibe auf weitere Zettel.

Ihr Zuhause lag in einem Vorort voller Reihenhäuser und Villen, in denen Pensionäre oder Geschiedene wohnten – was Liv offiziell in einem Monat auch wäre. Es war ein voreiliger Kauf gewesen, sie hatte das Haus wegen seiner Lage gekauft – es waren nur zehn Minuten Fahrtzeit zur Arbeit und fünf Gehminuten zum Park – und nach vier Wochen war da immer noch nicht viel mehr, was sie an ihm schätzte.

Ihre Hand schmerzte vom Halten des Lenkrads, als sie in die lange Einfahrt einbog und an den ersten beiden identisch aussehenden Häusern vorbeifuhr. Müde wartete sie, bis das automatische Tor zur Doppelgarage oben war, und blickte zum Haupteingang. Sie fühlte sich kein bisschen zu Hause, verspürte kein Gefühl der Vertrautheit oder des Trostes durch ihre eigenen vier Wände. Das Reihenhaus an sich war in Ordnung – zwölf Jahre alt, von den Vorbesitzern ein wenig verwohnt, aber mit funktionierender Küche und ordentlichem Bad. Die Wohnung über der Sporthalle ihres Vaters war im Vergleich dazu ein Loch gewesen. Trotzdem war es einfach nicht das vertraute Zuhause, das sie sich gewünscht hätte. Das hatte sie früher gehabt. Doch als Thomas es beschmutzt hatte, hatte sie es auf den Markt geworfen und unter Wert verkauft, weil sie es schnell hinter sich bringen wollte. Nur nicht länger in der vergifteten Atmosphäre leben.

Sie parkte neben der doppelten Reihe Umzugskartons, die auf der anderen Parkbucht standen. Das Tor glitt hinunter, sie nahm ihre Tasche, und als sie aus dem Wagen stieg, war das Tor geschlossen und die Sonne verschwunden. Ganz oben waren drei kleine Fenster, durch die nur wenig Licht drang, weil das Nachbarhaus zu nahe stand. Es war zwar hell genug, dass man etwas sehen konnte, aber doch so düster, dass sie ein wenig Angst bekam, als sie rüber zu den Kartons schaute.

Das Umzugsunternehmen hatte ihr geraten, die Kartons an der Wand zu stapeln, doch sie hatte sie in die Mitte stellen wollen, damit sie darum herumgehen und schneller den Karton finden konnte, den sie brauchte. Cameron hatte sich vergangene Woche dahinter versteckt, war aufgesprungen und hatte »Hu!« gerufen, als sie vom Auto kam. Als sie sich vom Schock erholt hatte, hatte sie gelacht und ihn um den Stapel gejagt. Der Gedanke, dass sich jemand dahinter versteckte, ließ ihr die Haare zu Berge stehen.

Wusste das Schwein mit der Wollmütze, wo sie wohnte? War er ihr bis nach Hause gefolgt und hatte ihr dann im Parkhaus aufgelauert?

Sie schloss die Wagentür, drehte sich um und nahm eine Bewegung wahr.

Und dann blickte sie in ein bleiches Gesicht.

# 9

Liv japste, prallte zurück gegen den Wagen. Dann erkannte sie sich selbst, verletzt und zerzaust, im Spiegel eines alten Kleiderschrankes wieder. Verdammt. Ihr Herz hämmerte, ihr Mund war trocken. Wie sie da mit ausgestreckten Armen gegen den Wagen lehnte, sah sie wie eine Verrückte aus.

Beruhige dich, Liv. So kommst du nicht weiter. Sie strich sich Haar und T-Shirt glatt, griff nach dem Schlüssel wie nach einer Waffe und ging zu den Umzugskartons. Umrundete sie. Da war niemand – dennoch war sie auf der Hut. Sie öffnete die Zugangstür zum Reihenhaus, sah sich im Treppenhaus und dem Wohnbereich im Erdgeschoss um. Nichts. Sie spähte die Treppe hinauf, fuhr sich mit der Zunge über die Lippen und schlich schnell und leise hinauf.

»Hallo?«

Sie hörte nichts, nur das Rasen ihres eigenen Herzens. Würde der vermummte Mann antworten? Oder stand er ruhig da und wartete, bis sie die Treppe wieder runterging? Sie blieb unentschlossen stehen. Dann fing sie an, Lärm zu machen, trampelte durch den Flur, riss geräuschvoll alle Türen auf – die von Cams Zimmer, vom Bad und ihrem Zimmer. Auf wackeligen Beinen stapfte sie anschließend die Treppe hinunter.

Sie steckte den Zettel in eine Plastikhülle und wartete auf das Pfeifen des Wasserkessels. Sie sah sich erschöpft und entmutigt um – blickte zur Glasschiebetür, die auf den verwilderten Garten hinausging, auf das alte Bettlaken, das als Vorhang diente, auf die beiden Sofas aus ihrer alten Wohnung, die viel zu groß für das Zimmer waren. Auf dem Couchtisch stand ein benutztes Weinglas, Zeitschriften lagen auf dem Boden verteilt, und die Umzugskartons standen immer noch an der Eingangstür. Ihr Blick fiel auf Camerons Fotos am Kühlschrank, die ihr das Gefühl vermittelten, dass er da war, auch wenn er nicht da war. Trautes Heim, Glück allein …

Als Liv sich aufrichtete, rutschte ein Kissen vom Sofa. Hatte sie geschlafen? Draußen war es dunkel, also musste sie eingeschlafen sein. Sie lauschte auf die Stille, versuchte einen klaren Kopf zu bekommen und sprang auf, als es an der Tür klopfte. Es war kein richtiges Pochen, eher ein gleichmäßiges Klopfen auf Holz, trotzdem starrte sie mit offenem Mund zur Haustür.

»Liv, hier ist Jase. Bist du da?«

Sie atmete erleichtert aus, sie hatte gar nicht bemerkt, dass sie die Luft angehalten hatte. »Ja, ich bin da. Warte.« Sie fühlte sich völlig verspannt und humpelte nun steif über den Flur. »Du hast mich zu Tode erschreckt«, sagte sie und öffnete ihm die Tür.

Jason lächelte und sah so normal und vertraut aus, dass sie auf die Veranda hinausging, ihm ihren gesunden Arm um den Hals legte und ihn umarmte. Liv war kein Kuscheltyp und begrüßte nicht jeden mit einem Küsschen. Sie war eher der Typ, der Jason einen Klaps auf die Schulter gab und ihn Alter nannte, doch er zögerte nicht wie letzte Nacht im Krankenhaus, sondern legte beide Arme um sie und zog sie sanft an sich. Und für einen kurzen Moment ließ sie zu, dass ein anderer sie auf den Beinen hielt.

»Ist noch was vorgefallen?«, murmelte er ihr ins Ohr.

»Alles in Ordnung.« Sie ließ ihn los und räusperte sich. »Tut mir leid, ich bin noch ganz verschlafen.« Sie hielt ihm die Tür auf.

»Kelly hat gesagt, dass du ein Meeting verpasst hast«, sagte er und ging rein.

»Oh, verdammt! Neil Brummer. Wie viel Uhr ist es?«

»Halb sechs.«

»Mist.« Sie fuhr sich mit der Hand durch das Haar und kniff die Augen zusammen. »Was hat Kelly gesagt?«

»Nur, dass du nicht gekommen bist. Sie hat mich gebeten, bei dir vorbeizuschauen und nachzusehen, ob alles in Ordnung ist. Ich muss gleich die Mädchen vom Schwimmen abholen.«

Sie schloss die Tür und schnitt eine Grimasse, als sie hörte, wie sie im Rahmen klapperte.

»Wahrscheinlich hast du den Schlaf gebraucht. Kelly hat gesagt, du hättest nicht gerade gut ausgesehen, als du das Büro verlassen hast.« Er tätschelte aufmunternd ihren Arm und sah sich im Zimmer um. Seit er und Kelly ihr beim Umzug geholfen hatten, hatte er die Wohnung nicht mehr gesehen. Sein Blick fiel links zur alten Hantelbank und dem Laufband, die an der Wand standen, dann zu den zwei Sofas, die auf den verwahrlosten Garten blickten, und zum provisorischen Vorhang. Wahrscheinlich sah die Wohnung genauso aus wie damals. Sie machte sich auf eine spöttische Bemerkung gefasst.

»Und, wie geht es deiner Hand?«

Sie zuckte innerlich zusammen. Leugnen machte es wohl schlimmer. »Sie tut weh«, sagte sie und knipste auf dem Weg in die Küche das Licht an. »Wie hat Kelly geklungen? Nach schlechten Neuigkeiten?«

»Sie klang, als würde sie sich Sorgen um dich machen.«

Liv öffnete den Kühlschrank.

»Du warst wohl schon länger nicht mehr einkaufen, was?«

Jason rümpfte beim Anblick des Kühlschrankinhalts hinter ihrem Rücken die Nase. Eine Schüssel mit Essensresten vom

Wochenende, als Cameron da gewesen war, eine Packung Milch, eine Scheibe Käse und ein paar Tomaten. Gewürze, eine Packung Margarine, eine angebrochene Flasche Wein, aber nichts, woraus man ein Essen zubereiten könnte. Vor einer Woche war der Kühlschrank voll gewesen, doch nachdem Cameron zu seinem Vater gefahren war, hatte sie sich nicht die Mühe gemacht, ihn wieder zu füllen. Sie hatte sich noch immer nicht daran gewöhnt, nur für eine Person einzukaufen.

»Stimmt.« Sie holte einen Krug Wasser und schenkte sich ein Glas ein, während Jason Wohnzimmer und Küche ablief. Es war nicht schwer zu erraten, was er dachte. Der Kühlschrank war leer, sie hatte die Kisten noch nicht ausgepackt – sie achtete nicht auf sich. Vielleicht stimmte das sogar, aber sie wollte es nicht auch noch von ihren Freunden hören. Sie nahm den Zettel aus der Plastikhülle und schob ihn zu Jason. »Den habe ich heute Nachmittag an meiner Windschutzscheibe gefunden.«

Er strich den durchsichtigen Plastikbeutel glatt, und eine Falte bildete sich zwischen seinen Augenbrauen. »Steckte der in so einer Tüte?«

»Nein.« Liv wiederholte, was Rachel Quest ihr gesagt hatte, ihre Anweisungen bezüglich der Fingerabdrücke und ihre Bemerkung, dass sie durchaus Grund zur Sorge hatte.

»Wenn das ein zufälliger Überfall war, wäre er dann zurückgekommen und hätte eine Nachricht hinterlassen?«, fragte Liv.

»Könnte sein. Vielleicht war er sauer, dass er sein Vorhaben nicht zu Ende bringen konnte. Obwohl er nicht wissen konnte, dass dein Wagen heute Nachmittag noch da stehen würde.«

»Wenn der Überfall nicht zufällig war, ist er vielleicht zurückgekommen, um danach zu sehen. Oder nach mir.«

»Vielleicht. Ich weiß es nicht. Willst du mitkommen und noch eine Nacht bei uns bleiben?«

»Ich, äh …« Sie zögerte. Wo war es sicherer, hier oder dort? Und wie lange konnte sie auf dem Bettsofa ihrer Freunde übernachten?

Er sah auf seine Uhr. »Die Mädchen haben in zehn Minuten aus.«

Das brachte die Entscheidung. »Nein, es geht schon. Ich muss Cameron anrufen, bevor die Nachrichten anfangen, außerdem habe ich mich noch nicht umgezogen und so.«

»Ich könnte dich auch später abholen. Kelly hat eine Riesenportion Curry gemacht.«

Versuchte er sie jetzt auch noch durchzufüttern? »Nein, wirklich nicht, es geht schon. Ich verriegle die Türen und vermeide jedes Risiko, was immer das heißen soll. Außerdem geht es euch inzwischen bestimmt auf die Nerven, dass ich ständig auf der Matte stehe.«

»Ach wo. Unser Leben ist derart unspektakulär, dass wir vor Langeweile umkämen, wenn du nicht ständig mit einem neuen Drama vor unserer Tür stehen würdest.«

»So toll sind Dramen auch wieder nicht.«

»Monotonie auch nicht.«

Während er sich noch einmal umsah, verzog sie hinter seinem Rücken das Gesicht und überlegte, ob er versuchte, sie aufzumuntern oder ob er von sich selbst sprach.

»Soll ich ein paar Kartons mitnehmen? Wir haben nächste Woche Sperrmüllsammlung.«

»Die sind noch voll.«

Er wies zur Haustür und durchquerte das Zimmer. »Und diese da?« Er griff nach der obersten Kiste. Sie ließ sich nicht bewegen. »Oh, alles klar.« Nur um sich zu vergewissern, stieß er mit der Fußspitze gegen eine kleinere Kiste, die alleine herumstand. »Nur weil du Single bist, heißt das nicht, dass du alles alleine machen musst, weißt du.«

Sie ging zu ihm und verschränkte die Arme vor der Brust.

»Ich bin immer noch am Überlegen, wo ich alles hinstellen soll.«

»Kell und ich könnten dir dabei helfen. Das wäre in einem Tag zu schaffen. Dann kannst du die Kartons hier wegräumen.«

»Jase, ehrlich gesagt interessieren mich die Kartons einen feuchten Dreck. Meinetwegen können sie gerne noch das ganze nächste Jahr herumstehen.« Sie presste die Lippen zusammen, um ihre plötzlich aufwogenden Gefühle zu unterdrücken.

Er blickte ihr so lange in die Augen, dass sie schon dachte, er hätte ihre unvergossenen Tränen gesehen und überlegte, was er sagen sollte. Dann fiel sein Blick auf ihre Wange, ihre verbundene Hand, ihre Jeans und die nackten Füße. Als er wieder zu ihr aufsah, hob er eine Augenbraue. »Ist das etwa meine Jeans?«

Gott sei Dank machte er kein Aufhebens darum. »Ja.«

»Verdammt, du hast den ganzen Tag meine Hose angehabt, und ich konnte das noch nicht einmal genießen.«

Sie verdrehte übertrieben die Augen. »Du spinnst doch, Jason.« Es war vielleicht etwas unverschämt, löste aber die Spannung, die plötzlich entstanden war.

»Ich bin schließlich ein Kerl, oder?«

Sie lachte, aber es fühlte sich falsch an. Liv sah ihn nicht als Mann. Für sie war er ein Ersatzbruder. Sie öffnete die Tür. »Jetzt hol deine süßen Mädchen ab. Und sag Kelly, dass sie mich anrufen soll, wenn die Kinder im Bett sind.«

Sie blieb in der Tür stehen, bis sein Wagen verschwunden war. Sie musste Cameron anrufen, blieb aber noch ein paar Sekunden an der Tür stehen, um die deprimierende Atmosphäre des Reihenhäuschens noch einen Augenblick von sich fernzuhalten. Dann schloss sie die Tür und erwartete, dass sich die Stille um sie ausbreitete, doch in ihren Ohren hallte nur das Klappern des Türrahmens nach.

Sie kniff die Augen zusammen, und ihr fiel ein, dass ihr das Klappern aufgefallen war, als Jason gekommen war. Sie drückte die unverletzte Hand auf das Holz. Die Tür gab nach, als wäre sie zu klein für den Rahmen. War das schon immer so gewesen? Sie hob die Hand zum Riegel und wollte ihn umdrehen, doch kaum hatte sie das kühle Metall berührt, hörte sie ein Geräusch und zog schnell die Hand wieder weg.

Sie wirbelte herum und sah sich prüfend im Zimmer um. Ihr Kopf sagte Eindringling, doch ihre Augen erblickten Kellys altes Handy auf dem Couchtisch. Es summte leise.

»Hi, Mom.«

»Hi, Cam.« Liv hörte einen Fernseher im Hintergrund, aber es klang noch nicht nach Nachrichten. »Wie war das Probespiel?«

»Toll. Ich und Sam haben Tore geschossen, der Trainer hat gesagt, dass wir beide als Stürmer spielen könnten.«

»Das ist ja toll.« Sie stützte einen Arm auf das Sofa und lachte über sein Geplapper vom Training, dem neuen Trainer und dem Schlamm auf dem Spielfeld, den der Rasensprenger verursacht hatte. Es tat ihr leid, dass sie ihm mit ihrer Geschichte die gute Laune verderben würde, darum ließ sie ihn weiterplappern und genoss den Klang seiner Stimme. Dann hörte sie im Hintergrund die Stimme einer Frau und hörte auf zu lächeln.

»Ich muss unter die Dusche«, sagte Cameron. »Ich habe den Teppich schmutzig gemacht.«

»Nein, warte. Sag deinem Dad, dass du gerade mit mir telefonierst.«

»Dad ist noch nicht zu Hause.«

Die Frau sagte wieder etwas. Ärger stieg in Liv hoch. Thomas, Scheißkerl, erst bestand er darauf, genauso viel Zeit wie sie mit Cameron verbringen zu dürfen, und jetzt kümmerte er sich nicht um ihn, sondern überließ ihn einfach seiner verdammten Geliebten.

Sie bemühte sich, nicht zu viel Gefühle in ihre Stimme zu legen. »Sag ihr, dass ich noch nicht fertig bin. Dann ziehst du deine Schuhe aus und gehst mit dem Telefon raus, damit du den Teppich nicht schmutzig machst.«

»Okay.«

Dumpfes Knistern und gedämpfte Stimmen waren zu hören, es schien ewig zu dauern. Liv stand auf, lief auf und ab, wartete und biss die Zähne zusammen gegen den aufsteigenden Ärger. Mit der verbundenen Hand schob sie den Vorhang vor der Glastür beiseite und blickte auf den dunklen Garten hinaus. Der Gartenzaun leuchtete schwach und warf unruhige Schatten auf die Grundstücksgrenze. Im Licht des Wohnzimmers sah sie das Unkraut auf dem Pflaster und den ungepflegten Garten. Die Vorbesitzer hatten keinen grünen Daumen gehabt, und sie hatte bisher auch nichts verändert. Ihr alter Garten hingegen war ein Blumenmeer gewesen. Nachdem sie das Haus gebaut hatten, hatte sie ein Jahr damit verbracht, Beete zu graben, Erde zu schaufeln, Bewässerungsanlagen zu installieren, zu planen und zu pflanzen. Das hatte Thomas höllisch genervt. Er hatte ihr immer wieder gesagt, dass sie jemanden für diese Arbeiten einstellen sollte, doch sie wollte ihr Zuhause selbst gestalten. Und jetzt konnte sie sich nicht dazu aufraffen.

»Okay!«, schrie Cameron. »Ich bin wieder da.«

»Hast du deine Schuhe ausgezogen?«

»Ja, aber Michelle sagt, dass ich den Teppich trotzdem schmutzig mache.«

Pech für dich, Michelle. Liv brauchte einen Augenblick, um den richtigen Einstieg dafür zu finden, was sie ihm sagen wollte. »Du weißt doch, dass Tante Sheridan bei den Nachrichten arbeitet?«

»Ja.«

»Gut, sie wird heute in den Abendnachrichten über mich berichten.«

»Oh, cool. Du bist im Fernsehen?«

Sie lächelte über seine Begeisterung und erschrak bei dem Gedanken, was er zu sehen bekäme. Sie wollte nicht, dass er es sich ansah, aber sie konnte die Kinder in der Schule auch nicht daran hindern, darüber zu reden, also musste sie es ihm sagen.

»Na ja, so cool ist das eigentlich nicht. Ich sehe heute etwas seltsam aus. Ich habe eine dicke Beule auf der Backe.« Er sagte nichts, und sie stellte sich vor, wie er mit seinem sommersprossigen Gesicht zu ihr aufsah, wenn es etwas Wichtiges zu besprechen gab. Davon hatte es im vergangenen Jahr mehr als genug gegeben, und ihr wurde übel bei dem Gedanken, dass es wieder einen Anlass gab. Sie versuchte es so unspektakulär wie möglich zu halten und erzählte ihm, jemand habe sie gestern Abend verletzt, doch sie habe ihr Bestes gegeben, um ihn in die Flucht zu schlagen, und dass man im Fernsehen darüber berichtete, damit sie andere Leute warnen könnte.

»Tut es weh?«

»Nicht so arg.«

»Sieht das wie die Verletzung aus, die ich hatte, als ich vom Tisch gefallen bin?«

Die war am Oberschenkel gewesen, wo viel Fleisch war. Sie hatten zwei Wochen lang das Farbenspiel des Blutergusses bewundert.

»Ungefähr.«

»Cool.«

»Es ist nur nicht so cool, dass es in meinem Gesicht ist. Jedenfalls für eine Mom.«

»Hast du gemacht, was Opa gesagt hat?«

»Was hat er denn gesagt?«

»Faust vor dem Schlag ballen, dann zurückziehen.«

Liv lachte leise. Das hatte ihr Vater Millionen Male seinen Anfängern in der Turnhalle zugeschrien – ballt die Fäuste, landet den Treffer, dann geht wieder in Verteidigungsstellung. Wann hatte Dad ihm das beigebracht? »Genau das habe ich getan. Aber nur, weil ich mich wehren musste, okay? Du weißt ja, dass man Leute nicht einfach verprügelt, oder?«

»Ja-ha, Mom.«

»Du musst dir die Nachrichten nicht unbedingt anschauen, ich habe dir ja davon erzählt. Ich wollte nur, dass du es erfährst, falls die Kinder in der Schule irgendwas darüber sagen.«

»Ich will es mir aber anschauen.«

Sie sah auf die Uhr am Küchenherd. Die Nachrichten kamen in ein paar Minuten. »Solltest du nicht in die Badewanne gehen?«

»Ach, Mom.«

Liv lächelte. Er war genau wie alle anderen Kinder, beschwerte sich bitterlich über das drohende Bad und kam erst wieder raus, wenn das Wasser schon eiskalt war. Wenn er fertig war, wären die Nachrichten vorbei. »Du machst die Couch beim Fernsehschauen ganz dreckig, das ist nicht fair, oder?« Sie hasste es, Thomas' Geliebte zu unterstützen, doch heute Abend kam ihr das gerade recht.

Während sie seinem Gemurre zuhörte, sah sie hinter dem Gartenzaun einen Scheinwerfer aufleuchten. Der Garten fiel in ein dämmriges Licht, das von langen, dunklen Schatten durchbrochen wurde. Ein Hund bellte nervös. Liv zog den Vorhang weiter zurück und spähte hinaus.

»Musst du heute Abend noch Hausaufgaben machen?«, fragte sie, um Cameron vom Thema abzulenken. Während er ihr von einem Test zum Siebenereinmaleins erzählte, ging jemand durch den Lichtkegel des Scheinwerfers auf der anderen Seite des Zaunes, wobei ein langer, unheimlicher Schatten über Livs Garten wanderte. Sie trat einen Schritt von der Scheibe zurück und sah noch mal hin. »Und, was ist sechs mal sieben?«

Während er überlegte, kontrollierte sie den Türgriff. Er war geschlossen, saß aber locker. Genau wie die Eingangstür.

»Zweiundvierzig.«

»Gut. Acht mal sieben?« Sie schob die Tür zu und klappte den Riegel rauf und runter. Er war immer noch locker.

»Vierundfünfzig.«

»Bist du sicher?«

»Hmm …«

Sie gab der Tür einen Stoß. Sie sprang auf, und Liv schnaufte, als ein kalter Windstoß über ihr Gesicht fuhr.

»Was ist?«, fragte Cameron.

Sie knallte die Tür zu, drückte den Riegel herunter und zog den Vorhang zu. »Nichts. Ich … äh, ich finde, du solltest noch ein wenig mehr Mathe üben. Mach das doch in der Badewanne. Draußen wird es kalt, du solltest langsam wieder reingehen.« Sie hatte keine Ahnung, wie Thomas' Garten aussah, aber sie wollte nicht, dass er jetzt noch draußen war. So ganz alleine in der Dunkelheit.

»Okay.«

»Sollte dich jemand fragen, sagst du, dass es mir gut geht. Ich habe nur eine Prellung. Montag zeige ich sie dir.«

»Okay.«

»Bis morgen, Cam, ich hab dich lieb.«

»Hab dich auch lieb, Mom. Bis bald.«

Liv legte den Hörer auf und blickte misstrauisch zum hinteren Fenster. Das Leintuch reichte nicht bis zum Boden. Im Spiegelbild der Glasscheibe sah sie ihre Unterschenkel. In ihrem Kopf hörte sie wieder die heisere Stimme und fühlte sich plötzlich wie auf dem Präsentierteller.

# 10

Liv ging rückwärts durch den Raum, sie hatte Angst. Warum war ihr das mit den Türen vorher nie aufgefallen? Weil auch die vorherigen Bewohner damit gelebt hatten. Weil es ein gutes Viertel war.

Bis letzte Nacht hatte sie Jamestown für einen sicheren Ort gehalten. Kein Polizist hatte ihr gesagt, sie müsse Sicherheitsvorkehrungen treffen. Noch nie hatte ihr ein gewalttätiger Mann ins Ohr geflüstert. Oder einen gehässigen Zettel an ihren Wagen geklebt.

Sie sah sich um. Über der Spüle in der Küche war ein Fenster, das musste sie auch kontrollieren. Doch zuerst waren die Türen dran.

Sie ging in die Waschküche, holte einen Besen, schraubte den Besenkopf ab und steckte den Stiel in die Schiene der Glasschiebetüre. Als sie die Tür zu öffnen versuchte, bewegte sie sich nur ein paar Zentimeter. Nicht weit genug, um auch nur ein Kind hindurchzulassen. Aber du machst dir auch nicht wegen eines Kindes Gedanken, nicht wahr, Liv? Die Türen waren aus Glas, und Glas konnte man zertrümmern.

Sie schob den Riegel an der Eingangstür vor und zurück. Soweit sie es beurteilen konnte, funktionierte er, allerdings blieb zwischen Tür und Türpfosten ein Spalt. Sie rüttelte am Griff, es fühlte sich dennoch solide an.

Sie trat einen Schritt zurück, begutachtete die Tür und dachte an einen kräftigen Tritt mit einem Schuhabsatz und ob es wohl schwer war, die Tür aus den Angeln zu heben.

*»Die Tochter unseres ehemaligen Schwergewichtsmeisters im Boxen, Tony ›The Wall‹ Wallace, zeigte etwas vom Kampfgeist ihres Vaters, als sie gestern Abend in einem Parkhaus einen Angreifer in die Flucht schlug.«*

Liv erkannte ihr Gesicht im Fernsehen kaum wieder. Sie hoffte, dass Cameron nicht zusah. Sie hatte ihren Vater nie mit einer Verletzung aus einem Kampf kommen gesehen, denn sie war ein Jahr alt gewesen, als er seinen letzten Kampf bestritten hatte – außerdem waren seine Gegner nie nah genug an ihn herangekommen, um Spuren in seinem Gesicht zu hinterlassen. Es war nett von Sheridan, ihn einen ehemaligen Boxchampion zu nennen. Wenn sein Name fiel, dachten die Leute normalerweise nur an den verpassten Weltmeistertitel.

Liv kuschelte sich in eine Sofaecke. Sie hatte sich zum Abendessen Käse und Cracker geholt und verfolgte den Bericht. Sheridan nannte die Krankheit ihres Vaters nicht beim Namen, sprach aber von einer zusätzlichen schweren Belastung für Liv. Rachel Quest wurde auch interviewt, sie mahnte die Frauen zur Vorsicht und bat eventuelle Zeugen, sich bei der Verbrechensbekämpfung zu melden. Daniel Beck wurde nicht gezeigt. Die Geschichte endete mit einem persönlichen Erfahrungsbericht. »Nein, Angst hatte ich nicht. Ich habe zurückgeschlagen und geschrien. Das hat mich gerettet.«

Ob der Dreckskerl auch die Nachrichten sah? Sie hoffte, er würde es sich in Zukunft zweimal überlegen, bevor er sich wieder in einem Parkhaus versteckte. Und sie hoffte, dass die nächste Frau, die ihm in der Dunkelheit über den Weg lief, jetzt genau zugehört hatte.

Es war bereits nach neun Uhr, als sie endlich von Kelly hörte. Sie bekam nur eine kurze SMS: *J hat mir von dem Zettel erzählt. Alles in Ordnung? Möchtest du herkommen?*

Eine verlockende Einladung, vor allem jetzt, wo Liv wusste,

wie sie aussah, doch der Gedanke, in die Nacht hinaus zu eilen, war nicht gerade einladend. Jedenfalls nicht vierundzwanzig Stunden nach einem Überfall im Dunkeln.

*Nein. Alles klar hier. Tut mir leid wegen dem Meeting. Wie war's?*

*Zu spät zum Erzählen. Erzähl es dir morgen. Schlaf gut. X*

Sie hatte auf einen Anruf von Kelly gehofft, dann hätte sie wenigstens den Tonfall in ihrer Stimme gehört. War »zu spät zum Erzählen« eine gute oder eher eine schlechte Nachricht?

Liv zuckte aus dem Schlaf und schlug nach der Hand, die im Traum nach ihr griff. Das Licht der frühen Morgendämmerung, das durch das Leintuch vor dem Schlafzimmerfenster fiel, ließ sie vor Schmerz zusammenzucken. Sie rollte sich zur Seite, setzte sich an den Bettrand und hatte das Gefühl, als lasteten Tonnen Gewicht auf ihren Schultern.

Sie hatte alles versucht, um ihre Gedanken zu beruhigen, hatte Umzugskartons vor die Haustür und die Tür zur Garage gestellt, ihr Schlafzimmer mit einem Nachttisch verbarrikadiert und es trotzdem nicht geschafft, ihre nervöse Übererregbarkeit zu dämpfen, die sie auf jedes Geräusch im Haus horchen ließ. Das Knacken des Holzes an den Wänden, das nächtliche Summen des Kühlschranks, ein Ruf auf der Straße, das unaufhörliche, wütende Bellen des Hundes von nebenan, das sich vom sonstigen süßen Gekläffe zur Abendessenszeit unterschied. Sobald sie vor Erschöpfung kurz einnickte, verfolgten sie im Traum die Bilder aus dem Parkhaus – die Bewegung in der Fensterscheibe, die Hand auf ihrem Mund und der Mann, der sich auf sie stürzt, Daniel Beck, der zu Hilfe eilt.

Sie klopfte leicht auf die Schwellung in ihrem Gesicht – sie war immer noch groß –, sah Kellys Handy und bemerkte, dass das Display erloschen und die Batterie leer war. Na toll.

Sie hatte sich keinen Festnetzanschluss ins Haus legen lassen, weil sie mit ihrem Mobilfunkvertrag günstiger wegkam. Doch das war kein Vorteil, wenn jemand versuchte, bei einem einzubrechen, und man niemanden anrufen konnte.

Auch Kellys letzte Nachricht hatte dafür gesorgt, dass Liv schlecht geschlafen hatte. Liv kannte die Geschäftszahlen, sie hätte nur gerne gewusst, wie Neil sie beurteilt hatte.

Du wirst nicht pleitegehen, versuchte sie sich einzureden. Jedenfalls nicht heute. Auch Prescott and Weeks waren noch auf den Beinen. Sie erhob sich und murmelte: »Noch immer gesund und munter, Jungs.«

Sie zog den Pyjama aus, stellte die Dusche an und warf einen prüfenden Blick auf ihre Verletzungen, während das Wasser warm wurde. Ihr Gesicht sah noch schlimmer aus, falls so etwas überhaupt möglich war. Cam würde der blaue Fleck an ihrer Hüfte beeindrucken. Und die Fingerabdrücke an der Innenseite ihres Armes.

Als Liv zum Polizeirevier kam, war Rachel Quest nicht in ihrem Büro. Sie übergab den Zettel einem Beamten am Empfang und hoffte, dass dies die einzige Unterbrechung eines ansonsten ganz normalen Tages wäre.

Sie stellte ihren Wagen auf der Park Street auf einem auf zwei Stunden begrenzten Parkplatz nur ein paar Häuserblocks von ihrem Büro entfernt ab. Hier waren die Politessen manchmal recht flink und gnadenlos, doch sie überlegte, dass es wohl sicherer für sie war, wenn sie die Strecke mit der Menge auf dem Gehweg lief. Sie ignorierte die Blicke der Passanten, die auf ihre Verletzungen starrten, und hielt lieber selbst nach Verletzungen in den Gesichtern der Leute Ausschau. Sie war misstrauisch und äußerst nervös, als sie zur Arbeit kam.

Daniel saß hinter dem Empfang und erhob sich, als sie mit der Schulter die Tür zu seinem Büro aufstieß. Es war eng und mit Kisten voll gestellt, und Liv hatte außer ihm noch nie jemanden in dem Büro gesehen. Vermutlich würde er ihr Kundenproblem auch nicht lösen.

»Warten Sie, ich helfe Ihnen.« Er ging um den Tresen herum und hielt ihr die Tür auf. Er wirkte besorgt und nicht gerade begeistert, als er sie sah.

Also machte sie es kurz. »Ich wollte Ihnen einen Kaffee spendieren.« Sie hielt ihm ein Tablett mit zwei großen Pappbechern hin. »Lenny sagt, dass Sie gerne Cappuccino mit zwei Löffeln Zucker trinken. Der rechte ist für Sie.«

Er sah schnell die Becher und dann wieder sie an. Überraschung und Verwirrung lagen in seinem Blick und auch ein wenig die Nervosität eines Koffeinsüchtigen, wie sie hoffte, und nicht Verärgerung, weil er bei der Arbeit gestört worden war. »Ich habe zwar keine Ahnung, warum Sie mir Kaffee bringen, aber da sage ich nicht nein. Danke.« Er nahm ihr das Tablett aus der Hand und bat sie hinein.

»Ich möchte mich bei Ihnen bedanken. Darum übernehme ich bei Lenny für den kommenden Monat Ihre Rechnung.«

»Das wäre nicht nötig gewesen.«

»Mag sein, ist aber schon erledigt.« Sie nickte mit dem Kopf zu seinem Becher, als wollte sie ihm bedeuten, ihn endlich zu nehmen und nicht weiter darüber zu reden.

Er prostete ihr mit dem Becher zu. »Na dann, vielen Dank.«

»Bestellen Sie bei Lenny einfach, was Sie wollen.«

»Der Kaffee reicht, wirklich.«

»Haben Sie schon mal seinen Zitronenkuchen probiert?«

»Nein, sollte ich?«

»Wenn Sie sich was Gutes tun wollen.«

Sie nahm den zweiten Becher vom Tablett, erwiderte seinen

Toast und nahm einen herzhaften Schluck. Sie kannte sich aus mit morgendlichem Kaffeedurst.

»Heute sieht Ihr Gesicht ein wenig besser aus«, sagte er.

»Ja, stimmt.«

Er verzog einen Mundwinkel zu einem leichten Lächeln. »Wie geht es Ihrer Hand?«

Sie streckte sie aus und bewegte die Finger ein paar Mal. Der Knöchel fühlte sich heiß und dick an. »Das wird noch eine Weile dauern.«

»Ich habe Sie gestern in den Nachrichten gesehen. Das war mutig.«

»Danke.«

»Und ich nehme zurück, was ich über Sie und Ihre Schilderung, Sie hätten den Angreifer im Parkhaus zurückgeschlagen, gedacht habe.«

»Was haben Sie denn gedacht?«

»Etwas, das vermutlich nicht auf die Tochter eines Schwergewichtboxers zutrifft.«

Sie hob eine Augenbraue. »Vermutlich nicht. Darf ich Sie auch etwas fragen?«

Er zögerte, wirkte eher vorsichtig als neugierig. »Fragen Sie.«

»Bieten Sie auch für private Haushalte einen Sicherheitsservice an?«, fragte sie und nickte zum Schild an seiner Tür.

Er zögerte immer noch. »Geht es um den Überfall?«

»So ähnlich.« Er hatte schon genug für sie getan, indem er ihr zu Hilfe geeilt war. Er musste nicht auch noch von dem Zettel erfahren.

»Normalerweise nehme ich keine Privataufträge an. Ich berate eher Firmen. Worum geht es denn?«

»Ich bin gerade erst umgezogen und möchte gerne meine Schlösser erneuern lassen. Kennen Sie jemanden, der das übernehmen könnte?«

»Wie groß ist der Auftrag denn?«

»Ein Reihenhaus mit zwei Schlafzimmern.«

»Wollen Sie eine Alarmanlage?«

Ja, genau das hätte sie gerne gewollt. »Ich kann mir momentan keine Anlage leisten, habe also eher an bruchsichere und stabile Schlösser gedacht. An Vorder- und Hintertür sowie an allen Fenstern.«

Er zog sein Handy aus der Tasche. »Ich könnte Ihnen ein paar Firmen empfehlen.«

»Wie schnell könnten die den Auftrag erledigen?«

»Kommt darauf an, wie schnell es gehen soll.«

»Heute noch.«

Er sah sie lange an, vielleicht, weil er überlegte, wie ernst es ihr mit dem Zeitrahmen war, dann sah er auf den Stapel Kisten. »Heute kommt mein Lieferant. Ich könnte Ihnen die Schlösser zu einem guten Preis besorgen und kenne jemanden, der sie Ihnen kurzfristig einbauen würde. Der schuldet mir noch einen Gefallen. Ich muss nur kurz telefonieren und melde mich dann später bei Ihnen.«

»Tee, wer schickt dir Blumen?«, fragte Liv, als sie endlich bei Prescott and Weeks reinging.

Teagan lugte hinter einem Strauß Orchideen hervor. Sie sah Kelly zum Verwechseln ähnlich, als sie in dem Alter war. »Die sind für dich. Hier ist eine Karte.«

»Für mich?« Liv las die Karte. *Gute Besserung! Herzliche Grüße, Hanney und Partner*. Ein Kunde. Ein sehr aufmerksamer Kunde.

»Und die anderen auch«, sagte Teagan und deutete an den Orchideen vorbei auf einen Blumenstrauß in einer Geschenkbox und rosafarbenen Rosen in Cellophanpapier. Liv las erstaunt die beigefügten Mitteilungen. »Wir haben zwar nicht genügend Kunden, aber die, die wir haben, sind entzückend.«

»Das ist noch nicht alles. Da liegt auch noch ein Stapel

Karten für dich. Kelly hat mich gebeten, die Umschläge zu öffnen, damit du das mit deiner verletzten Hand nicht selber machen musst. Sie liegen auf deinem Schreibtisch.«

»Wer hätte gedacht, dass ich noch mal berühmt werden würde, weil ich zusammengeschlagen wurde?« Sie sah zu Kellys Büro. Sie war am Telefon und hatte die Tür geschlossen, winkte Liv aber zu und zeigte auf den Telefonhörer.

»Mit wem spricht Kelly?«

»Wieder mit Toby Wright.«

Das war besser als Blumen oder eine Karte. Sie reckte ihren gesunden Daumen in Kellys Richtung und eilte dann zu ihrem Büro. Während sie darauf wartete, dass ihr Computer hochfuhr, ging sie die Post durch. Wow, sie war richtig berühmt geworden! Sie hatte Karten und Briefchen von ihren Aushilfen bekommen und eine Karte von einem Kunden, mit dem sie nicht mehr gesprochen hatte, seit er vor ein paar Jahren in Rente gegangen war, dann eine Nachricht von jemandem, dessen Unterschrift sie nicht lesen konnte – und eine Notiz ohne Unterschrift.

Das nicht unterzeichnete Blatt lag inmitten des Stapels. Langsam zog sie es heraus, als könnte sie dadurch den Inhalt beeinflussen.

Leider nicht. Es war ein schlichtes weißes DIN-A4-Blatt. Zwei Mal gefaltet. Die Zeilen waren mittig wie ein Gedicht geschrieben. Und die zierlich hingekritzelte Handschrift brachte ihr Herz zum Hämmern.

*Livia, du hast gestern Abend gelogen!*
*Du HATTEST Angst.*
*Ich weiß es, und du weißt es auch.*
*Wir leben in einer gefährlichen Welt.*
*Voller gefährlicher Menschen, Livia.*
*Du solltest Angst haben.*

# 11

Es war nur Tinte auf Papier, aber ihr war, als flüstere ihr jemand die Worte ins Ohr. *Ich weiß es, und du weißt es auch.*

In jener Nacht war außer ihnen niemand da gewesen. Welch schreckliche Intimität! Und jetzt vertiefte er sie noch.

Das Blut pulsierte in Livs geschwollener Wange, während sie versuchte, aus der Sache schlau zu werden. Nicht aus der Bedeutung, die war klar und deutlich erkennbar. Sondern wie die Nachricht auf ihren Schreibtisch gekommen war.

Sie hatte in der Post gelegen. Also hatte jemand sie an Prescott and Weeks geschickt.

Der Betreffende wusste, wo sie arbeitete.

Sie hob kurz den Blick vom Blatt und erwartete fast, eine schwarz vermummte Gestalt in der Tür zu sehen. Doch ihr Büro war leer. Genau wie der Empfangsbereich. Nur Teagan saß hinter dem Tresen und sprach in ihr Headset.

Natürlich. Teagan hatte den Brief geöffnet und die Karten und Briefe aus den Umschlägen geholt. Hatte er eine Briefmarke gekauft und ihn irgendwo weit weg aufgegeben, oder hatte er draußen auf der Straße gestanden und ihn dann persönlich abgegeben?

Liv sprach etwas lauter, als sie zum Empfang ging. »Wo sind die Briefumschläge?«

Teagan war noch immer am Telefon, drehte sich zu ihr um und lächelte. Das Lächeln wirkte sehr privat.

»Tee, leg auf, ich brauche die Briefumschläge.«

Teagan verzog das Gesicht, als verstünde sie die Bitte nicht, legte ihre Hand über die Sprechmuschel und zeigte mit dem Daumen über ihre Schulter nach hinten. »Da, wo sie immer liegen, im Lager.«

Liv hatte keinen Bedarf an einer Auseinandersetzung mit ihrer jungen Mitarbeiterin über private Telefongespräche während der Arbeitszeit. »Hör auf zu telefonieren, Teagan. Ich brauche deine ganze Aufmerksamkeit.«

»Ich muss jetzt Schluss machen«, flüsterte Teagean, drückte auf einen Knopf und sah Liv an.

»Ich meine die Umschläge der Post von heute Morgen. Wo sind die?«

»Die habe ich zum Altpapier gegeben«, sagte Teagan, als habe sie soeben die Welt gerettet.

»Könntest du sie wieder rausholen?«

»Na ja, ich … habe sie draußen in den großen Container geworfen. Der wird heute geleert.«

Liv sah nach draußen zu den Tonnen am Straßenrand. »Wann kommt der Müllwagen?«

»Heute Morgen, glaube ich, aaaber …«

Liv hob die Augenbrauen. »Aber was?«

»Aber die vom Reisebüro haben direkt nach mir einen Stapel Kartons und geschredderte Unterlagen hineingeworfen. Einen ganzen Haufen davon.«

Liv fuhr sich mit der Hand durch das Haar. »Mist.«

»Alles in Ordnung?«, fragte Kelly durch ihre Bürotür.

Teagan hob die Hände und tat ahnungslos. »Ich konnte nicht wissen, dass Liv die Umschläge braucht.«

»Schon gut, Teagan. Es ist nicht deine Schuld«, sagte Liv und wandte sich Kelly zu. »Ich habe wieder einen bekommen.«

»Einen was?«, fragte Teagan.

Während Liv die Sache mit dem ersten Zettel erklärte, nahm Kelly ihr den anderen aus der Hand und las ihn. »O mein Gott.«

»Was?«, fragte Teagan und sah zwischen beiden hin und her. »Was steht drauf?«

Kelly gab ihn ihr weiter. »Hast du die Polizei verständigt?«

»Noch nicht«, sagte Liv. »Ich wollte zuerst den Briefumschlag suchen, um herauszufinden, ob der Brief verschickt oder persönlich abgegeben worden ist.«

»Das ist doch total gruselig«, sagte Teagan und gab den Zettel Liv zurück. »Der Kerl ist also …«, sie fuchtelte mit den Händen vor ihrem Gesicht herum, als könnte sie so etwas Schreckliches nicht aussprechen. »So was wie ein Stalker.«

War das möglich? Liv sah Kelly an und entdeckte in ihrem Blick dieselbe nervöse Unruhe, die auch ihr die Brust zuschnürte. »Ich weiß nicht, ob er mich schon vorher gestalkt hat, doch offensichtlich tut er es jetzt.«

»Du meinst, er hätte dich schon vorher stalken können und du hast nichts davon bemerkt?«, fragte Teagan.

»Ich weiß es nicht. Ich nehme es an.«

»Vielleicht will er es einfach nicht mehr geheim halten«, sagte Teagan mit weit aufgerissenen, glänzenden Augen. »Oder vielleicht überfällt er einen erst und stalkt einen dann. Du weißt schon, damit man so richtig Schiss hat.«

Liv drückte vorsichtig auf ihre Schwellung und versuchte nicht an die Faust zu denken, die sie verursacht hatte.

»Tee, bitte«, warnte Kelly. »Es ist schon schlimm genug.«

»Oh, tut mir leid. Hast du ihn gestern Abend gesehen?«, fragte Teagan und zeigte mit dem Finger auf die erste Zeile des Briefes. »Er schreibt, *du hast gestern Abend gelogen.*«

Liv schüttelte den Kopf. »Ich habe gestern den Zettel an meinem Wagen gefunden.«

»Und was ist gestern Abend passiert?«

Sie hatte ihren Dad besucht, mit Jason gesprochen, sich im Reihenhaus eingesperrt … »Die Geschichte kam gestern in den Nachrichten.«

»Richtig«, sagte Kelly. »Am Ende hat Sheridan dich gefragt, ob du Angst hattest, und du hast gesagt …«, sie hob ihre Faust wie eine Aktivistin, »nein, hatte ich nicht.«

»Um ehrlich zu sein hat Sheridan was rausgeschnitten«, erinnerte Liv sich. »Ich habe nicht gesagt, dass ich keine Angst hatte. Ich habe gesagt, dass ich keine Angst hatte, als ich zurückgeschlagen habe, sondern erst, als mir klar wurde, was vor sich ging.«

»Nun, das klingt nach einem deiner typischen Ich-werde-überleben-Sprüche.«

»Ihrer was?«, fragte Teagan.

»Liv zitiert immer Gloria Gaynor, wenn das Leben gerade mal zuschlägt.«

Teagan verzog das Gesicht. »Wen?«

»Lange her«, sagte Liv.

Kelly und Liv hatten das Ende der Prüfungen gefeiert und Livs schlechten Abschluss in Statistik begossen. Liv war aufgestanden, hatte angetrunken geschworen zu gehen und dabei wie bei einer politischen Kundgebung den Text von Gloria Gaynors Song »I will survive« geschmettert. Kelly hatte das nie vergessen. Hatte sie vergangene Nacht auch so geklungen? Hatte der Täter die Nachrichten gesehen und ihre Aussagen fälschlicherweise als couragiert gedeutet?

»Vielleicht hat es ihn geärgert, dass er mich offenbar nicht zu Tode erschreckt hat.« Sie legte eine Hand auf ihren Bauch, ihr wurde übel bei dem Gedanken, dass sie ihn vielleicht provoziert haben könnte. »Ich wollte einfach nur das Richtige tun und andere Frauen vor Überfällen schützen. Ich wollte aufhören, mich so schrecklich …« Verwundbar und weggeworfen zu fühlen.

Kelly legte ihr einen Arm um die Hüfte, und sie sahen sich lange an. Sie waren schon eine Ewigkeit befreundet und wussten, was sich hinter der Fassade verbarg. Liv las Sorge, Mitgefühl und auch etwas Furcht in Kellys Blick und spürte selbst Unruhe und ein beklemmendes Gefühl in sich aufsteigen. Dann schossen ihr ganz plötzlich Tränen in die Augen. »Herrgott, ich hätte das Interview nicht machen sollen.«

»Zu spät, Liv.« Kelly zog ein Taschentuch aus einer Schachtel auf dem Tresen und reichte es ihr. »Du solltest die Polizei anrufen.«

»O mein Gott.« Plötzlich legte Teagan ihre Hand auf den Mund. »Ich habe den Beweis weggeworfen.« Sie sah zur Eingangstür. »O mein Gott. Der Mülleimer. Wahrscheinlich wurde er noch nicht geleert.« Sie flitzte um den Empfangstresen herum. »Ich schau gleich mal nach, ob er noch voll ist. Ich könnte reinklettern, so wie sie das bei CSI auch machen.«

Kelly packte sie von hinten am Shirt. »Du kletterst nirgendwo rein, sonst bringt deine Mutter mich um. Ganz abgesehen von der Arbeitsaufsicht, die mich zu Hackfleisch machen würde.«

»Ja, aber …«, setzte Teagan an.

»Gut. Haben sich jetzt alle beruhigt?« Kelly sagte das extra laut, als würde es auch für sie selbst gelten. Hinter ihr klingelte das Telefon. »Teagan, geh ans Telefon. Liv, komm, wir rufen die Polizei an.«

Kellys Sachlichkeit beruhigte Liv. »Ja. Gut, ich rufe Detective Quest an.«

»Tee, wenn du fertig bist, hol ein paar Gläser Wasser. Und einen starken Whiskey für Livia.«

»Haben wir denn Whiskey?«

»Nein, das war nur ein Scherz. Wasser tut es auch, Tee.«

Liv setzte sich auf die Kante ihres Stuhles. Kelly sah sie vom Besucherstuhl auf der anderen Schreibtischseite aus an. »Bist du bereit?«

»Gleich.« Sie tupfte sich mit dem Taschentuch das Gesicht ab. »Mann, ich habe das Heulen so was von satt. Ich will gar nicht weinen, es rinnt einfach unkontrolliert runter, als könnte ich gar nichts dagegen tun.«

Kelly lächelte sanft. »Hör zu, Liv. Du hast schon in einem beschissen tiefen Loch gesteckt, als der Kerl dich in dem Parkhaus überfallen hat. Jetzt ist das Loch noch tiefer. Sei nachsichtig mit dir, und heul dich erst mal richtig aus.«

»Nein, das brauche ich nicht. Es geht mir gut.«

»Stimmt nicht. Du bist verletzt, und du hast Angst.«

Liv wich Kellys bohrendem Blick aus. Kelly hatte recht, aber es ging ihr gut. Wirklich. »Ich muss mir nur ein wenig Gloria vorsagen.«

Kelly wartete einen Moment, bevor sie weitersprach, vielleicht weil sie überlegte, ob sie in Livs Horn stoßen oder sie zum Weinen bringen sollte. »Soll ich die Polizei anrufen?«

Das bedeutete, nicht auf den Beinen zu bleiben, sondern dem Dreckskerl aus dem Parkhaus zu gestatten, sie fertigzumachen. Liv schob sich das Haar aus dem Gesicht und putzte sich die Nase. »Nein, das mache ich selbst.«

»Livia, ich bin auf dem Weg zum Revier und sehe mir Ihren Zettel an, sobald ich da bin«, sagte Rachel Quest außer Atem, als würde sie laufen.

»Ich habe heute Morgen noch einen bekommen.«

»Wieder an Ihrem Wagen?«

»Nein, im Büro, er kam mit der Morgenpost.«

Es folgte eine Pause. »So wie der erste?«

»Ja und nein.« Liv erzählte ihr von der krakeligen Schrift in der Mitte des Blattes und erklärte, dass sie nicht wusste, ob der Brief persönlich abgegeben oder per Post geschickt worden war.

»Haben Sie ihn in eine Plastikhülle gesteckt?«

»Noch nicht.« Er war bestimmt voller Fingerabdrücke der drei Frauen.

»Dann machen Sie das jetzt. Können Sie ihn mir aufs Revier bringen?«

Rachels Stimme klang nicht dringlich, aber Liv wollte ihn vom Tisch haben, die Sache hinter sich bringen.

»Gut. Wann sind Sie dort?«

»In ungefähr zwanzig Minuten.«

Liv verabschiedete sich, legte auf und sah Kelly an. »Ich gebe ihr eine halbe Stunde.«

»Übrigens, wo warst du vorhin? Ich habe dich von Lenny's kommen sehen, und dann hast du eine Ewigkeit gebraucht, bis du hier warst.«

»Ich war bei Daniel Beck.«

»Na, dann ist es kein Wunder, dass du eine Stunde gebraucht hast.« Sie neigte den Kopf und senkte die Stimme. »Er ist offenbar nett.«

»Es waren nur zehn Minuten, und es ging nur um die Schlösser in meinem Haus.«

»Was stimmt denn mit den Schlössern nicht?«

»Ich brauch neue. Er besorgt mir jemanden, der sie auswechselt.«

»Wie nett von ihm. Außerdem ist er groß.« Kelly hob wissend eine Augenbraue. Als Teenager hatte immer Kelly für Liv Ausschau gehalten, weil sie es schwer hatte, mit vierzehn und einem Meter achtzig Größe jemanden zu finden. Doch diese Hilfe brauchte sie jetzt nicht mehr.

»Ja, er ist groß und nett, aber ich bin nicht interessiert. Wie ist es mit Toby Wright gelaufen?«

»Na ja …« Kelly lehnte sich auf ihrem Stuhl zurück, setzte ein unverbindliches Lächeln auf und sagte dann: »Gestern hat er das Gerücht bestätigt, dass das Unternehmen erweitert wird, und gefragt, was wir für ihn tun können. Heute Morgen hat er mich gebeten, ein paar Berechnungen aufzustellen. Ich glaube nicht, dass er schon mit jemand anderem gesprochen hat.«

Liv legte erleichtert ihren Kopf in den Nacken. Sie hatten früher schon einmal mit ihm gearbeitet, doch vergangenes Jahr hatte er sich dann anderweitig umgesehen, und sie waren von einem Mitbewerber unterboten worden. Doch dann hatte Kelly über den Flurfunk gehört, dass er mit der Dienstleistung nicht zufrieden gewesen war. Es konnte also sein, dass er bei der bevorstehenden Erweiterung des Unternehmens auf Altbewährtes zurückgreifen wollte. »Fantastisch. Kell, das könnte unsere Rettung sein. Wann triffst du dich mit ihm?«

»Morgen Nachmittag.«

»So schnell. Noch besser. Was brauchst du von mir?«

Kelly griff nach einem Notizblock auf Livs Schreibtisch und schrieb mit, während sie die Angelegenheit durchgingen. Es tat gut, endlich einmal über etwas anderes zu sprechen. Das war wie eine Verschnaufpause von dem Schmerz und der Angst, die sie seit Montagabend bedrängten. Während sie alle möglichen Ideen durchsprachen, suchte Liv nach einer Klarsichthülle, fasste den Zettel an einer Ecke, steckte ihn hinein und achtete nicht auf das Unbehagen, das sich in ihr regte. Sie würden Prescott and Weeks retten. Das war im Moment alles, was zählte.

Kelly zog zwei Striche unter ihre Aufzeichnungen, riss das Blatt vom Block und stand auf. »O. k., ich bleibe dran.«

»Warte. Wie war das Treffen mit Neil?«

Sie blieb in der Tür stehen und stützte eine Hand an den Pfosten. »Es war … in Ordnung.«

»Gut in Ordnung oder schlecht in Ordnung?«

»Er hat einen Bericht verfasst. Wir haben ein paar Optionen.«

»Was für welche?«

Kelly sah zum Empfang. »Das ist etwas kompliziert. Ich kann es dir nicht so aus dem Stegreif wiederholen …«, sie hielt ihre Notizen hoch. »Ich sollte erst damit anfangen. Das andere besprechen wir später, in Ordnung?«

Liv versuchte in ihrem Gesichtsausdruck zu lesen. Sie wirkte verhalten, schien auszuweichen, und das verursachte ihr nur noch einen weiteren Kloß im Magen.

Liv saß wieder im Stuhl neben Rachel Quests Schreibtisch und sah zu, wie sie den Zettel las. Ein junger Mann im Anzug sprach ruhig am Telefon am benachbarten Arbeitsplatz, ein älterer Mann auf der anderen Seite des Raumes tippte hektisch auf eine Tastatur. Dann legte Rachel den Zettel neben den ersten, der immer noch in der Plastikhülle auf ihrem Schreibtisch lag.

»Haben Sie so was auch per E-Mail erhalten?«

Liv hatte in ihrem Postfach nachgesehen, bevor sie losgefahren war. Sie hatte noch weitere zwanzig Mails zu den über dreißig erhalten, die gestern eingegangen waren. Dabei handelte es sich vorwiegend um gute Wünsche von Leuten, die sie in den Nachrichten gesehen hatten, jemand hatte ihr sogar den Namen eines guten plastischen Chirurgen geschickt – wie witzig. »Nein.«

»Irgendwelche anonymen Anrufe?«

»Nein.«

»Und wie war es, bevor Sie überfallen wurden? Haben Sie da irgendwelche seltsamen Nachrichten erhalten oder anonyme Anrufe, bei denen jemand aufgelegt hat?«

»Nein.«

»Sonst jemand in Ihrem Büro?«

»Nicht dass ich wüsste. Wir sind nur zu dritt. Unsere jüngste Mitarbeiterin Teagan nimmt die meisten Anrufe entgegen, sie hat nichts dergleichen erwähnt.«

Rachel strich sich hastig und nervös eine wirre Haarsträhne hinters Ohr.

»Haben Sie mit irgendwem in letzter Zeit Ärger? Etwa mit einem Freund? Einer Zufallsbekanntschaft?«

Doch seit Thomas sie verlassen hatte, hatte sie weder die Gelegenheit gehabt noch Lust auf neue Bekanntschaften verspürt. »Nein, auch nicht.«

»Jemand in Ihrem Haus?«

Sie schüttelte den Kopf.

»Ihr Mann?«

Liv lächelte zynisch. »Wir haben uns gegenseitig ziemlich genervt.«

»Auch in letzter Zeit?«

»Wir sind seit einem Jahr getrennt. Die Trennung war ziemlich chaotisch. Ich weiß gar nicht mehr, wann wir das letzte Mal nicht wütend aufeinander gewesen sind.«

»Hat er Ihnen jemals per Mail gedroht?«

»Nein.«

»Und was ist mit wütenden Telefonanrufen?«

»Er hat mich wegen einer anderen Frau verlassen. Es hat viele unangenehme Telefongespräche gegeben. Von uns beiden. Aber nichts in der Art, die Sie meinen. Ihm würde es nichts ausmachen, mich anzurufen und mir ins Gesicht zu sagen, was ihn ankotzt.«

Die Kommissarin lehnte sich auf dem Stuhl zurück. »Er war es, der eine Affäre hatte, richtig?«

»Ja.«

»Weswegen hätte er also sauer sein sollen?«

»Genau das frage ich mich auch.«

Rachel hob kurz eine Augenbraue. Es wirkte mehr solidarisch als amüsiert.

»Die Zettel beweisen nicht, dass es sich um jemanden handelt, den ich kenne«, überlegte Liv. »Vielleicht war der Überfall spontan, und jetzt ist der Täter sauer, weil er nicht bekommen hat, was er wollte.«

»Alles wäre möglich. Ich schicke die Zettel zur Überprüfung der Fingerabdrücke ein, dann sehen wir, was dabei herauskommt.«

»Wie lange dauert so was?«

»Normalerweise eine Woche.«

»Eine Woche?«

»Ich muss sie nach Sydney schicken. Es gibt eine Warteschlange und Fälle, die Vorrang haben.«

»Und was soll ich in der Zwischenzeit tun?«

»Hören Sie, Livia, Sie können sich nicht darauf verlassen, dass Fingerabdrücke den Fall lösen. Das ist nur ein Ermittlungsweg und bringt vielleicht keinerlei Ergebnis. Sorgen Sie aber dafür, dass solche Zettel so wenig wie möglich angefasst werden, falls Sie wieder welche erhalten sollten. Benutzen Sie Handschuhe oder eine Pinzette, und stecken Sie sie direkt in eine Plastikhülle.«

Sie wollte keinen weiteren Zettel. Sie wollte, dass das Schwein endlich gefasst wurde. »Und was tun Sie, um ihn zu finden?«

Liv hörte sich die Einzelheiten zu den Ermittlungen an, und Furcht schnürte ihr die Kehle zu. Die Überwachungskameras im dritten Stock des Parkhauses waren auch mutwillig zerstört worden, es gab also keine Bilder vom Überfall. Niemand in den nahegelegenen Geschäften oder Wohnungen schien irgendetwas gesehen oder gehört zu haben, und bisher hatten sich auch nach der Fernsehsendung keine Zeugen gemeldet.

»Ich wünschte, ich hätte das Interview nie gemacht«, sagte sie.

»Und doch sagt es uns etwas. Der Hinweis des Täters, Sie hätten gelogen, legt nahe, dass er die Nachrichten verfolgt hat. Und das bedeutet wiederum, dass er nicht genügend Zeit hatte, den Zettel per Post zu schicken, damit er heute Morgen in Ihrem Büro war. Entweder wohnt oder arbeitet er in der Nähe, oder er kommt unter der Woche problemlos in Ihre Gegend.«

Das klang plausibel, trotzdem fühlte sie sich kein bisschen besser. Sie blickte auf seine Nachricht, die auf dem Tisch der Polizistin lag, und spürte, wie die Angst auf ihre Schultern drückte. *Du solltest Angst haben.*

»Muss ich mir große Sorgen machen?«

»Das kann ich nicht sagen, Livia, aber befolgen Sie bitte auch weiterhin die Sicherheitsmaßnahmen, über die wir gesprochen haben. Außerdem möchte ich jeden weiteren Zettel sehen. Das könnte uns helfen, den Verantwortlichen zu finden. Ich habe momentan noch andere Fälle, bitte hinterlassen Sie mir eine Nachricht, falls Sie mich telefonisch nicht erreichen. Ich rufe Sie dann, sobald ich kann, zurück.«

Rachel sprach nüchtern und ohne Umschweife von den nächsten Schritten, und dennoch hörte es sich zwischen den Zeilen nach einer verdammt ernsten Sache an.

# 12

Es war schon nach Mittag, als sie zurückkam, und unmöglich, einen Parkplatz zu finden. Eine Viertelstunde durchkämmte sie die Straßen in der Nähe ihres Büros, bis sie endlich eine Parklücke fand. Es war Essenszeit, und viele Menschen waren unterwegs, doch anstatt sich in der Menge sicher zu fühlen, beschlich sie eine nervöse Unruhe.

*Die Welt ist gefährlich. Voller gefährlicher Leute, Livia.*

Wie lange beobachtete er sie schon? Beobachtete er sie jetzt auch?

Sie lief durch die Menge, blieb kurz stehen, kaufte sich ein neues Handy und kam schließlich atemlos bei Prescott and Weeks an. Ally, die Zahnarztgehilfin von der Praxis gegenüber, plauderte gerade mit Teagan am Empfangstresen, sie drehten sich beide um, als Liv die Tür aufstieß.

»Was hat die Polizei gesagt?«, fragte Teagan aufgeregt.

»Tee hat mir von den Zetteln erzählt. Das ist ja schrecklich«, sagte Ally.

Die Angst auf ihren Gesichtern veranlasste Liv, sich umzusehen und sich von der Tür zu entfernen. »Detective Quest hat nur gesagt, dass ich vorsichtig sein soll, wenn ich alleine irgendwo hingehe, und den Notruf wählen soll, wenn mich etwas beunruhigen sollte.«

»Oh!« Ally verzog entsetzt das Gesicht. Teagan schlug eine Hand vor den Mund.

»Hört mal, es ist alles in Ordnung. Niemand wird am helllichten Tag in einem Büro auftauchen und irgendwas tun.«

Als sie das sagte, klapperte die Tür hinter ihr, und sie zuckte zusammen. Ray stand in der Tür und zog sein kleines Notizbuch aus der Tasche seines Overalls.

»Hi, Liv. Ich habe gerade gesehen, dass du reingekommen bist. Ich nehme noch mal Bestellungen für das Mittagessen auf. Soll ich dir irgendwas mitbringen?«

Meistens drehte er am Morgen eine Runde durch die Büros und nahm Kaffeebestellungen entgegen oder später Bestellungen für das Mittagessen. Er tat das einfach so, ohne Geld dafür zu verlangen. Die Beschäftigten des Gebäudes ließen bei Lenny anschreiben, und Ray drehte einfach eine kurze Runde, wenn er Lust auf eine Pause hatte. Normalerweise saß er im Café an der Bar und quatschte den Bedienungen die Ohren voll, während sie die Bestellungen vorbereiteten, dann lieferte er alles auf dem Rückweg ab. Liv wusste, dass der Rechtsanwalt von nebenan gerne auf ihn zurückgriff. Genau wie Ally, wenn der Terminkalender ihrer Chefs voll war. Liv machte hingegen gerne den kleinen Spaziergang zum Café, es war ein guter Grund, um vom Schreibtisch aufzustehen, aber wenn sie viel zu tun hatte, war Ray praktisch. Er hatte in sein kleines Notizbüchlein alle gängigen Bestellungen notiert, man musste also nur »ja, bitte« sagen, schon kam zwanzig Minuten später ein cremiger Cappuccino oder ein Hähnchensalat.

»Ein Sandwich wäre toll, danke.«

Er notierte sich etwas in sein Büchlein, kam dann ins Büro und schlurfte einen Augenblick verlegen herum. »Teagan hat erzählt, dass du einen Brief bekommen hast.«

Liv sah Tee kurz an – gab es jemanden, dem sie es nicht erzählt hatte? »Ja, ein paar Zettel.« Sie erzählte ihm, wo sie den ersten entdeckt hatte und dass jemand den zweiten persönlich abgegeben haben musste.

Ray nickte und verkündete dann den dreien: »Es macht

mir große Sorgen, wie sich das entwickelt. Ich habe allen Damen hier gesagt, dass ich jederzeit erreichbar bin und sie zu ihren Autos oder zur Bushaltestelle begleite.« Er sah Liv an. »Brauchst du mich heute Nachmittag?«

Sie versuchte ernst zu bleiben. »Nein danke, Ray, das ist sehr großzügig von dir. Ich bin sicher, dass die anderen es zu schätzen wissen. Nicht wahr, Teagan?« Sie sah sie demonstrativ mit einem »wehe, du lachst«-Blick an. Und sollte Teagan nichts weiter von ihr lernen – wie man sich im Berufsleben höflich verhielt, hatte sie ihr beigebracht.

»Ja, sehr großzügig, danke.«

Als die Tür hinter ihm wieder zuschlug, begannen Tee und Ally leise zu kichern.

»Mädels, macht euch bloß nicht über ihn lustig«, sagte Liv.

Sie ging zu ihrem Büro, steckte ihre Simkarte in das neue Handy und fand eine SMS.

*Könnten Sie um 15:45 zu Hause sein? Daniel*

Sie jubelte innerlich und antwortete. *Ja, danke, danke noch mal!*

Liv wartete an Kellys Tür, bis sie von ihrem Bildschirm aufsah. »Ich könnte einen Blick auf Neils Bericht werfen, während du arbeitest, oder? Fragen dazu kann ich dir auch später noch stellen.«

Kelly blinzelte ein paar Sekunden lang und starrte dann vor sich hin, als wäre sie in Gedanken noch immer ganz bei dem Projekt Toby Wright und bräuchte Zeit, um die richtigen Worte zu finden. »Oh, na klar. Ich dachte zwar, dass es besser wäre, wenn wir ihn gemeinsam durchgingen, aber …« Sie rollte mit ihrem Stuhl zur Seite und begann in ihrer Ablage zu kramen. »Ich meine, vermutlich wirst du aus den Zahlen zwar schlau, aber es wäre vielleicht besser, wenn …« Sie kramte in den Unterlagen neben dem Computer. »… du weißt schon, wir darüber reden würden, während wir es durchgehen.‹ Sie stand auf, öffnete ihre Aktentasche auf dem Schreibtisch und wühlte dreißig Sekunden darin herum. Dann sah sie Liv über den Kofferrand an. »Tut mir leid, ich habe ihn wohl zu Hause vergessen.«

Liv verzog das Gesicht. »Warum hast du ihn mit nach Hause genommen?«

»Na ja, ich wollte am Telefon mit dir darüber reden, aber Bess hatte Probleme bei den Hausaufgaben, dann ist es spät geworden, und ich konnte nicht mehr ordentlich denken.« Sie schien sich rechtfertigen zu wollen, wirkte aber auch ein wenig desinteressiert.

Es ging um ihre Bilanz, die sie brauchten, um herauszufinden, wie sie sich aus ihrer Finanzklemme herausmanövrieren konnten. Da gab es keinen Platz für Überdruss. »Bist du sicher, dass sie in Ordnung war?«

»Es gibt verschiedene Möglichkeiten. Die stehen alle in der Bilanz.«

Liv biss sich auf die Unterlippe und wusste nicht, was sie davon halten sollte.

»Warum gehst du nicht nach Hause? Du siehst erschöpft aus«, sagte Kelly.

Sie hatte Schmerztabletten genommen und versucht, Mails und Abrechnungen durchzugehen, allerdings ohne großen Erfolg. »Vorher sollte ich noch ein paar Anrufe erledigen.«

»Nicht in diesem Zustand. Jeder, der mit dir redet, muss denken, dass du im Sterben liegst.«

Liv lehnte an dem Türpfosten und seufzte. »Ich habe das Gefühl, ich sollte was machen, statt nach Hause zu gehen.«

»Du solltest dich ausruhen und dir keine Gedanken machen.«

»Aber …«

»Liv, geh nach Hause«, sagte Kelly und ging um ihren

Schreibtisch herum. Sie sah aus, als würde sie Liv direkt aus der Tür befördern, wenn sie nicht von alleine ging. »Morgen wird es dir besser gehen, wenn du dir jetzt eine Pause gönnst.«

Liv wusste, dass Kelly recht hatte, doch das trug auch nicht dazu bei, ihre Schuldgefühle zu dämpfen, weil sie fast die ganze Woche nicht im Büro gewesen war. »Okay, ich gehe.«

»Willst du später bei uns vorbeikommen? Zum Abendessen vielleicht? Ich könnte dich auf dem Heimweg abholen.«

Das bedeutete Konversation und ordentliche Tischmanieren statt Pyjama vor der Glotze. Und mit ein wenig Glück hatte sie dann auch neue Schlösser an den Türen und konnte auf dem Sofa einschlafen, ohne sich vor einer Hausinvasion zu fürchten. »Danke, da muss ich leider passen. Statt einem ordentlichen Essen brauche ich eher ordentlichen Schlaf.«

Als sie ging, war es auf der Park Street ruhiger. Sie bewegte sich auf der Innenseite des Gehweges, dicht an den Hauseingängen entlang, denn die soliden Gebäude auf einer Seite vermittelten ihr Sicherheit. Doch während sie an der Bäckerei, einem Herrenausstatter und einer Apotheke vorbeilief, gingen ihre Gedanken in eine ganz andere Richtung. Vielleicht arbeitete der Mann, der sie überfallen hatte, ja in einem der Geschäfte. Oder vielleicht konnte er sie gegen eine Scheibe drücken, ihr ein Messer in den Leib rammen und verschwinden, noch ehe irgendwer etwas davon bemerkte. Der Gedanke trieb sie in die Mitte des Gehsteigs und veranlasste sie, sich die Handtasche vor die Brust zu klemmen.

Ihr Vater schlief, als sie in sein Zimmer kam. Sie zog einen Stuhl an sein Bett, setzte sich leise und sah ihn an. Die tiefen Falten in seinem erschöpften Gesicht wirkten so vertraut und tröstend wie immer. Heute schienen sie seit Langem wieder ein wenig weicher zu sein, als hätte der Krebs im Schlaf seinen

Griff gelockert und gewährte ihm etwas Erholung, um für eine weitere Runde wieder zu Kräften zu kommen. Sie fuhr mit einem Finger über seine Stirn, ganz sanft, um ihn nicht zu wecken, spürte die Wärme seiner Haut und hätte ihn am liebsten in den Arm genommen und festgehalten.

Es ging jetzt schon so lange. Er war sechs Wochen, nachdem Thomas sie verlassen hatte, hier aufgenommen worden und hatte Monate länger als erwartet durchgehalten. Und sie wusste nicht mehr, ob sie um Durchhaltekraft oder Aufgabe bitten sollte.

Nein, das stimmte nicht. Liv wollte, dass er durchhielt. Sie wusste, dass das egoistisch war. Er hatte ständig Schmerzen, und sein Körper schrumpfte mehr, als sie es bei einem Mann seiner Statur für möglich gehalten hätte. Dennoch wollte sie nicht, dass er ging. Wollte nicht noch jemanden verlieren. Sie wollte nicht alleine sein.

Als Liv nach Hause kam, wartete Daniel in einem Allradwagen am Straßenrand. Er folgte ihr in dem großen dunklen Wagen die Einfahrt hinauf. Als sie in der Garage geparkt hatte und zurück zu seinem Wagen lief, hatte er bereits ein Klemmbrett in der Hand und begutachtete wie ein Immobilienmakler das Grundstück – nur seine Aufmachung passte nicht ganz dazu. Er trug keinen Anzug mehr, sondern eine dunkle Arbeitshose und ein Arbeitshemd, dazu Schuhe mit dicker Sohle. In dieser Aufmachung sah er ungezwungener als im Anzug aus und eher wie ein Feuerwehrmann, der Türen einschlug. Ihr fiel wieder ein, warum so viele Frauen für Feuerwehrmänner schwärmten.

»Sie hatte ich nicht erwartet«, sagte Liv und blickte auf die Ladefläche des Wagens, die voll mit den Kartons war, die er auch im Büro gestapelt hatte.

Er sah den Weg entlang, der hinten um das Haus führte.

»Ich konnte niemanden finden, also habe ich mir etwas Zeit genommen.«

Sie hatte einen kurzen Moment ein schlechtes Gewissen. Er hatte schon genug für sie getan. Sie wollte ihm sagen, dass sie sich jemand anderen suchen konnte – aber sie war ja kein Dummkopf. »Danke. Noch mal.«

»Ich habe von den Zetteln gehört«, sagte er und lief hinter ihr her.

»Teagan hat wohl einen Newsletter an alle rausgeschickt.«

»Nein. Ich habe es von Rachel Quest erfahren.«

Liv runzelte die Stirn. »Hat sie Sie deswegen angerufen?«

»Nein, sie wollte ein paar Einzelheiten zu meiner Aussage überprüfen.«

Sie sah ihm zu, wie er etwas auf seinem Klemmbrett notierte. »Wie gut kennen Sie Rachel Quest?«, fragte sie.

»Wir haben bei ein paar Ermittlungen zu Bränden zusammengearbeitet.«

»Ist sie gut? Manchmal habe ich den Eindruck, als stellt sie … nun, die falschen Fragen.«

»Sie kennt sich aus, weiß, wie man einen Fall bearbeitet.«

»Scheint viel zu tun zu haben.«

Er zuckte die Achseln. »Alle Bullen haben viel zu tun.«

Vielleicht zu viel, um auch Livs Stalker auf ihren Terminkalender zu setzen? »Okay, wo sollen wir anfangen?«

Sie ging mit ihm hinter das Haus, der Hund nebenan begann zu bellen, als sie den Garten durchquerten. Daniel sagte nichts, folgte ihr nur, sah sich um, auf und ab, vor und zurück. Sie überlegte, dass sie vermutlich den Sicherheitscheck erster Klasse bekam.

An der Eingangstür blieb er neben den Umzugskartons stehen und warf einen Blick in den Raum. »Wann sind Sie eingezogen?«

»Vor einem Monat.«

»Guter Zeitpunkt, um zusammengeschlagen zu werden.«

»Richtig.«

Sie zeigte auf den losen Rahmen der Haustür, den lockeren Hebel an der hinteren Schiebetür und wies ihn auf das fehlende Schloss am Küchenfenster hin. Dann führte sie ihn die Treppe hinauf und zeigte ihm kurz Schlaf- und Badezimmer. In der Tür zu Camerons Zimmer blieb er kurz stehen. Es war das einzige Zimmer, um das sie sich gekümmert hatte. Es war dunkelgrün gestrichen, sie hatte Vorhänge aufgehängt und dazu passende Bettwäsche und eine Tagesdecke besorgt, Regale aufgestellt und seine Sportausrüstung eingeräumt.

»Ihr Sohn spielt wohl gerne Fußball, was?«, sagte Daniel und sah sich das Poster von David Beckham in Aktion an, doch die Fußballschuhe und Bälle waren die eindeutigen Zeichen.

»Er glaubt, dass er irgendwann in der englischen Premier League spielen wird.«

»Welcher Junge glaubt das nicht?«, grinste er.

Das klang nach Erfahrung. Sie musterte die feinen Fältchen, die sich um seine Augen ausbreiteten, und schätzte, dass er wohl Mitte dreißig sein musste. Vermutlich war sie ein bis zwei Jahre älter als er. Er war also alt genug, um Kinder zu haben, die Fußball spielten. »Haben Sie auch Kinder?«

»Drei Nichten und vier Neffen«, sagte er, als wäre das eine persönliche Leistung.

»Fast eine Fußballmannschaft.« Sie stellte sich sieben überdurchschnittlich große Kinder vor, die über ein Spielfeld rannten, und sehnte sich plötzlich nach ihrem einzigen Kind, danach, dass es bald sein Zimmer in einen chaotischen Zustand versetzte. Sie wandte sich ab und überließ das Zimmer Daniel.

»Also«, begann er, als er wieder ins Wohnzimmer kam und

seine Unterlagen durchging. »Ich habe genau die Schlösser, die Sie brauchen, im Auto, aber Sie sollten noch ein paar andere Sicherheitsvorkehrungen treffen.« Er sagte ihr, dass die Umzugskartons vor der Tür und im Flur oben die Sicht einschränkten und im Notfall ein schnelles Handeln erschwerten, dass die Kartons in der Garage einem Eindringling Schutz bieten konnten und besser an der Wand gestapelt werden sollten. Er riet ihr zu einer besseren Außenbeleuchtung, empfahl ihr, die Hecke bei der Einfahrt stutzen zu lassen und einen Vorhang anzubringen, der über das ganze Fenster im Wohnzimmer ging. »Ich fange unten mit den Schlössern an und sichere das Erdgeschoss, dann gehe ich rauf.«

Sicherheit war genau das, was sie brauchte. »Großartig.«

Als er ging und die Ausrüstung aus dem Wagen holte, sah sie in den Kühlschrank und überlegte, was sich zum Abendessen anbot. Käse und Tomaten auf Crackern oder Käse und Essiggurken auf Crackern. In der Stille hörte sie ein leises Klingeln aus ihrer Handtasche, die auf dem Küchentresen lag. Sie zog ihr neues Handy heraus, prüfte die Nummer des Anrufers und fluchte leise.

# 13

»Jetzt rufe ich schon zum dritten Mal an. Wie willst du mitkriegen, dass irgendwas mit deinem Sohn ist, wenn du nicht ans Telefon gehst?«

Liv biss die Zähne zusammen. »Rufst du aus einem bestimmten Grund an, Thomas? Denn falls du nur meckern möchtest, dafür habe ich keine Zeit.«

Er schnaubte entnervt. »Ich hab was dagegen, wenn du Cameron bei mir zu Hause anrufst und ihm sagst, dass er sich getrost über Michelles Anweisungen hinwegsetzen kann, wenn sie ihn in die Badewanne schickt. Das ist respektlos Michelle gegenüber und untergräbt ihre Autorität.«

Wovon redete der denn? Respekt für Michelle interessierte sie nicht. »Ich habe Cam angerufen, weil ich ihm von der Nachrichtensendung erzählen wollte. Ich habe ihm gesagt, dass er in die Badewanne gehen soll, damit er sie nicht sieht.«

»Wobei wir gleich bei meinem nächsten Punkt wären. Herrgott, was ist bloß in dich gefahren, in diesem Zustand vor die Kamera zu gehen? War das deine Idee, oder hat Sheridan dir das eingeredet?«

Livs Absätze klapperten auf den Kacheln, während sie frustriert in der Küche auf und ab ging. »Das geht dich nichts an.«

»Aber wenn es meinen Sohn betrifft, geht es mich sehr wohl etwas an. Ich habe dir schon einmal gesagt, was ich von den boxerischen Fähigkeiten deines Vaters halte. Und offen gestanden finde ich es ziemlich unpassend, ihm zu erzählen, dass du jemanden niedergeschlagen hast, mal abgesehen davon, dass du ein öffentliches Spektakel daraus gemacht hast. Noch mal, was hast du dir dabei gedacht?«

Liv lehnte sich an das Spülbecken und starrte aus dem Fenster hinaus auf den Zaun. »Ich bin in dem Parkhaus zusammengeschlagen worden, Thomas. Ich dachte, man sollte die Leute warnen, dass das Schwein immer noch frei herumläuft. Außerdem finde ich es keinesfalls unpassend, Cameron zu erzählen, dass ich mich verteidigt habe.«

»Es ist völlig unpassend, im Fernsehen wie ein Monster auszusehen, nur um dir die Sympathie deines Sohnes zu sichern. Ich weiß, dass dir vieles in deinem Leben zurzeit nicht gefällt, aber du solltest lieber nachdenken, bevor du noch einmal so eine Show abziehst.«

Und wieder stieg die ohnmächtige Wut in ihr auf, die sie schon ein Jahr in sich trug. Jeder Versuch, sich zu verteidigen, war sinnlos. Es änderte nichts. Auch fluchen brachte nichts, aber das war immer noch besser als gar nichts. »Thomas, verpiss dich.« Sie legte auf und fluchte.

»Alles in Ordnung?«

Liv riss den Kopf hoch. Daniel stand im Wohnzimmer. Wie viel hatte er mitbekommen? »Ich habe Sie gar nicht bemerkt.«

Er hielt den Bohrer hoch, den er in der Hand hielt. »Ich suche eine Steckdose, aber ich wollte Sie nicht stören.«

»Das wäre vielleicht besser gewesen.« Sie versuchte unbeschwert zu klingen, brachte aber nur ein kurzes Lachen heraus.

»Ihr Ex?«

»Ja.«

»Hat er einen Schlüssel zu Ihrer Wohnung?«

»Nein. Außer Cameron hat ihm einen gegeben.«

»Dann sorgen Sie dafür, dass er keinen neuen erhält.«

Sie hätte ihm am liebsten gesagt, dass Thomas nicht vorbeikommen und sie belästigen würde, doch vor zwölf Monaten hätte sie auch nicht geahnt, dass sie irgendwann unerfreuliche Telefonate über ihren Sohn mit ihm führen würde. Dennoch war physische Gewalt nicht unbedingt Thomas' Ding. Er hatte sich auf Psychoterror spezialisiert.

Sie nahm Daniel das Kabel aus der Hand und steckte es in die Steckdose.

»Danke«, sagte er, blieb aber stehen und schien zu überlegen, ob er noch etwas sagen sollte.

»Lassen Sie sich nicht aufhalten«, sagte Liv. »Ich ziehe mich um und pack mal mit an.«

Ihr fiel auf, dass er sie wohlwollend musterte, als sie an ihm vorbeiging. Egal, wen kümmerte schon, was er dachte? Er war nett – und groß, wie Kelly sagte. Und er hatte beeindruckend breite Schultern. Doch sie war zu wütend auf die Welt, um auch nur einen Gedanken an einen Freund oder irgendeine zwanglose Affäre zu verschwenden. Beides überstieg momentan ihre Fähigkeiten. Dennoch wollte sie nicht, dass er sie als totale Versagerin betrachtete. Für den Titel hatte sie sich noch nicht qualifiziert.

Sie schlüpfte in eine Jogginghose und ein Sweatshirt, schob dann eine Weile die Kisten im Flur umher und hoffte, damit Dampf abzulassen. Sie kam nicht mal ins Schwitzen. Als sie nach unten kam, hantierte Daniel an der Hintertür, also prüfte sie die klobige Sicherheitskette an der Haustür und probierte das neue Riegelschloss aus.

»So ist es schon viel besser, danke.« Sie nahm eine Kiste und hob sie hoch.

»Soll ich Ihnen helfen?«, rief Daniel.

»Nein, kümmern Sie sich um die Schlösser. Das schaffe ich alleine.«

Sie trug ein paar Kisten in die Garage, stapelte sie an der Wand und spürte, dass die Anstrengung langsam ihren Ärger verebben ließ. Dann widmete sie sich den Kisten, die bereits in der Garage standen.

Darin waren Gläser, Geschirr und allerlei Nippes, den sie während ihrer Ehe gesammelt hatte – es handelte sich eher um Erinnerungsstücke als Besitz. Die Kisten waren schwer, ihre Hand schmerzte, die Etiketten an der Seite erinnerten sie daran, was sie alles eingepackt hatte, und versetzten ihr einen Stich. Sie hätte vermutlich eine Pause machen sollen, aber sie wollte fertig werden, um nicht später noch einmal zurückkommen und sich wieder an alles erinnern zu müssen.

Sie hob eine Kiste mit der Aufschrift *Tafelgeschirr – Fünfter Hochzeitstag* hoch und verlor den Halt. Als der Karton auf den Boden knallte, brach er auseinander, und das hübsche, pastellfarbene Geschirr zersprang auf dem Boden. Plötzlich stieg die ganze aufgestaute Wut in ihr hoch, und sie stieß einen grellen, heiseren Schrei aus. Während der Schrei von den Wänden widerhallte, trat sie gegen den kaputten Karton. Ihre Augen brannten. Nein, Liv. Nicht wegen Thomas. Er ist es nicht wert.

»Livia?«

Sie zuckte zusammen, als sei ein Schuss losgegangen, dann bemerkte sie Daniel am Eingang. Schon wieder war er Zeuge eines Ausbruches von ihr geworden. Sie schämte sich und wurde noch wütender. »Machen Sie sich gefälligst bemerkbar, wenn Sie bei irgendwem zu Hause sind. Und hören Sie auf, mich Livia zu nennen, Herrgott noch mal. Sie schleichen hier herum, sehen zu, wie ich ausraste, also … Nennen Sie mich gefälligst Liv.« Sie wandte sich ab, stemmte die Hände in die Hüften und rief sich leise zur Ordnung. Er sagte nichts, gab keinen Ton von sich. Unmöglich zu sagen, was er gerade dachte. Sie versuchte einigermaßen ruhig zu atmen und drehte sich dann zu ihm um.

»Soll ich Ihnen helfen, oder hilft Ihnen Schreien eher?«, fragte er.

»Nein und nochmals nein.«

Sie hoffte, das würde ihn dazu veranlassen, wieder zu seinen Schlössern zurückzukehren, doch er kam in die Garage, sah sich die Kartons an, die sie schon umgeräumt hatte, die Scherben und blieb dann vor ihr stehen. »Wut und Tränen sind eine ganz normale Reaktion auf das, was Sie durchgemacht haben.«

Sie lachte wütend und bitter auf. Er wusste ja gar nicht alles. »Es soll also normal sein, wenn man zusammenbricht?«

»Wer sagt denn, dass Sie zusammenbrechen?«

Was wusste er schon? Sie verschränkte die Hände hinter dem Kopf, als sei sie außer Atem, und versuchte den Sturm von Gefühlen unter Kontrolle zu bringen, der sich seit Monaten in ihr zusammengebraut hatte. Während sie die frische Luft einatmete, fiel Daniels Blick auf ihren rechten Bizeps. Er kam näher heran, nahm ihre Hand und drehte die blasse Innenseite ihres Armes dem gnadenlos grellen Licht in der Garage zu und beleuchtete die Quetschung.

»Sieht wie ein Handabdruck aus«, sagte er.

»Ist es auch.«

Er fuhr mit seinen rauen Fingerspitzen sachte über ihre Haut, als könne er die sich verfärbenden Kreise wie Braille-Schrift lesen. Sie wollte sich dieser Vertrautheit entziehen, doch als er nach ihrer anderen Hand griff, sah sie einfach nur zu, wie er wieder seinen warmen Finger über das nahezu identische Muster zog.

»Ich hatte Glück«, sagte Liv.

Dunkle Augen sahen zu ihr auf. »Nein, Sie waren clever. Sie sind Ihrem Instinkt gefolgt.«

»Ich hätte auch wegrennen können.«

»Vorher sollte man dem Gegner lieber noch einen Tritt gegen das Knie verpassen. Boxer lernen das nicht, es gibt aber nichts, was einen schneller zu Boden gehen lässt als ein Stoß mit dem Absatz ins Knie. Hau ihn um, dann renn um dein Leben.«

Sie wusste nicht, ob sie erschüttert oder dankbar für den Tipp sein sollte. Vielleicht beides. »Ich wünschte nur, ich wüsste, ob er mich oder das Gebäude beobachtet hat.« Sie sah hinauf zu den drei hoch gelegenen Fenstern. Draußen war es bereits dunkel. Das verursachte ihr Unbehagen.

»Ist Ihnen kalt?«, fragte er.

»Nein. Ich … habe Angst.«

»Liv, Angst ist ein Instinkt.«

»Vielleicht, ich mag sie trotzdem nicht.«

»Sie sollten auf sie hören. Das kann Ihnen helfen.«

Bisher hatte Angst nur dafür gesorgt, dass sie sich verletzbar fühlte. »Na klar. Und wie?«

Entweder hatte er die Skepsis in ihrer Stimme überhört oder beschlossen, sie zu ignorieren, denn er lehnte sich entspannt gegen den Wagen, als machte er sich auf eine längere Plauderei gefasst.

»Wenn man bei der Feuerwehr arbeitet, kommt man an Orte, an die niemand gehen sollte«, sagte er zu ihr. »Die natürliche Reaktion ist Angst. Das Gehirn rät einem abzuhauen. Wenn das aber nicht geht, wenn der Job verlangt zu bleiben, muss man dieses Gefühl überwinden und anfangen darauf zu hören. Dazu muss man wissen, dass Angst einen übervorsichtig und überaufmerksam macht, was gut ist, wenn man sich in Lebensgefahr befindet. Ich gehe mal davon aus, dass Ihr Gehirn seit Montagabend jeden dunklen Ort als bedrohlich einstuft.«

Sie sah wieder nach draußen und nickte.

»Es fühlt sich Angst einflößend an, doch im Grunde ist es nur Ihr Gehirn, das Sie zur Vorsicht mahnt, damit Sie in der Dunkelheit nicht wieder überrascht werden. Die Zettel sind ein weiterer Grund, Angst zu haben. Nutzen Sie also Ihre Angst, um sich in Sicherheit zu bringen und sich selbst ein wenig innere Ruhe zu verschaffen. Lassen Sie die erhöhte Wachsamkeit ihre Arbeit tun.«

Er wusste, wovon er sprach, und es klang auch einleuchtend, positiv und praxisnah. »Und wie soll ich das anstellen?«

»Das unmittelbare Umfeld gibt viel Sicherheit. Sie sind aber erst vor ein paar Wochen hier eingezogen und vermutlich noch nicht sehr vertraut hier. Lernen Sie Ihre Umgebung besser kennen. Machen Sie sich mit dem Alltag vertraut. Was gibt es hier und was nicht. Was können Sie von verschiedenen Stellen aus gut überblicken, was hören und riechen Sie.« Während er das sagte, drang ein schwaches Licht aus einem Nachbargarten in die Garage und warf einen weichen Glanz an die Decke. Daniel richtete seinen Kopf auf. »Finden Sie heraus, wer Ihre Nachbarn sind, welche Autos sie fahren, wie ihre Kinder und Haustiere aussehen, wo sie ihren Müll hinstellen. Die Details. Und wenn irgendwas nicht so aussieht wie sonst, wird Ihnen das auffallen, und Sie werden reagieren.«

Liv hob erneut ihren Blick zu den Fenstern und fragte sich, wie sie reagieren sollte.

»Der Einsturz einer Höhle beginnt mit einem Knacks, Liv. Glauben Sie mir, ich weiß, wovon ich rede. Seien Sie aufmerksam und bereit, auf der Stelle zu verschwinden.«

Zum ersten Mal, seit Liv eingezogen war, fühlte sie sich in ihrem Haus geborgen. Bevor Daniel gegangen war, hatte er die Wohnung für sicher erklärt, und so hatten sich ihre Muskeln, die den ganzen Tag vor Angst angespannt gewesen waren, etwas gelockert. Das Unbehagen war trotzdem nicht völlig gewichen. Der Gedanke, dass irgendjemand sie beobachten könnte und sie sich über ihre Sicherheit Gedanken machen musste, lag wie Blei auf ihrer Seele. Sie prüfte, bei welchen Nachbarn das Licht brannte, beschränkte sich auf ein Glas Weißwein und ihr Käse-Gurken-Abendessen, sah fern und lauschte mit einem Ohr auf die Geräusche von der Straße. Doch schließlich überkam sie die Müdigkeit, und irgendwann zwischen einer Polizeiserie und den Spätnachrichten schlief sie auf dem Sofa ein.

Sie wurde von Bennys Gebell geweckt. Oder vielmehr von ihrem kahlköpfigen Nachbarn, der sie aus dem Schlaf riss, als er das Licht in seinem Garten anmachte und schrie: »Hey, Benny, was ist das für ein Lärm?«

Liv wurde klar, dass der Hund schon eine ganze Weile gebellt haben musste, doch sein Bellen war im Wirbel von Pistolenschüssen, einer Verfolgungsjagd im Auto und einem Militäreinsatz im Fernsehen untergegangen. Sie stand auf, rieb sich die Augen und sah, dass die obere Hälfte des alten Bettlakens, das über dem hinteren Fenster hing, wie ein Bildschirm beleuchtet war. Sie spülte den leeren Teller und das Glas im Spülbecken aus, hörte Benny bellen, duckte sich, spähte unter dem Rollladen vor dem Küchenfenster hindurch und sah einen Schatten, der durch den Lichtkegel lief.

Herrgott, war jemand in ihrem Garten?

Das Wasser lief über ihre Hand und durchnässte den Ärmel ihres Sweatshirts. Sie drehte den Wasserhahn zu, huschte schnell zu einer Seite des Fensters und spähte hinaus. Kam der Schatten aus ihrem Garten oder aus dem von nebenan?

»Hey, Benny! Komm her!« Der Ruf klang wütend. Das Bellen hörte auf.

Liv blieb beim Fenster stehen und wünschte, ihre Angst würde ihr eingeben, was zu tun war, statt dafür zu sorgen, dass ihr Herz wie wild in der Brust schlug. Dann sah sie ihn. Den Schatten. Gefolgt von einem Glatzkopf. Trevor, ihr Nachbar, ging durch seinen Garten.

Sie wartete, bis er durch seine Fliegengittertür verschwunden war, machte dann die Lichter in ihrem Garten an, hob das Leintuch am Fenster und spähte nach rechts und links.

Nichts. Sie überprüfte die Schlösser, rüttelte an der Tür. Ging zum Küchenfenster, überprüfte noch einmal die Eingangstür und zerrte am Riegelschloss.

Liv, hier drinnen bist du sicher. Das hat Daniel gesagt. Geh ins Bett. Schlaf ein wenig.

Doch das konnte sie nicht. Jedenfalls nicht lange. Sie schreckte immer wieder im Schlaf hoch, wenn eine Hand sich auf ihren Mund legte und ihr Gesicht auf den Wagen knallte. Einmal saß sie bereits aufrecht im Bett und keuchte heftig.

Dann war da ein Hund in dem Parkhaus. Sie konnte ihn nicht sehen. Hörte nur, dass er unaufhörlich bellte, als sie durch die Dunkelheit lief und dann jemand eine Hand auf ihren Mund presste. Dann blinzelte sie im Lichtstreifen aus ihrem Badezimmer. Der Hund bellte immer noch. Ein langer, unaufhörlicher Strom von Geräuschen.

Sie rollte zur Seite, ihr Pyjamaoberteil war nass geschwitzt. Sie hatte nie einen Hund gehabt. In der Wohnung über der Sporthalle waren Haustiere nicht erlaubt, und Thomas hatte kein Interesse daran gehabt. Was bellten Hunde im Dunklen an? Beutelratten? Fledermäuse?

Menschen?

Sie setzte sich auf und spähte in den Garten herab. Die Lichter waren aus, doch sie konnte trotz der Dunkelheit Umrisse erkennen. Die Linie ihres Zaunes, das Dach des Reihenhauses der Nachbarn, das Viereck ihres Gartens. Benny war ein kleiner Fleck, der sich in der Dunkelheit bewegte.

Sie lehnte ihre Stirn an das kühle Glas und sah ihm zu. Er bellte und lief an ihrem Zaun entlang, von einer Seite zur anderen, hin und her, ab und zu stürmte er zur Mitte. Nach zehn Minuten gab sie auf herauszubekommen, was ihn so verrückt machte, schlüpfte unter die Decke und hörte ihm noch lange zu.

Benny, was bellst du da an?

## 14

Das Telefon klingelte, und sie riss die Augen auf. Sie griff blind in der Dunkelheit danach und war sauer, dass jemand sie weckte, nachdem sie gerade eingeschlafen war.

»Hallo?«

»Livia, hier ist Ray Hepple. Tut mir leid, dass ich dich so früh anrufe.«

»Wer?«

»In dein Büro wurde eingebrochen. Du musst sofort herkommen.«

Ray Hepple. Ach, der Ray von der Instandhaltung. Sie räusperte sich. »Wurde was beschädigt?«

»Ja, du solltest vorbeikommen und es dir ansehen. Die Polizei ist auch schon unterwegs.«

Sie sah auf die Uhr neben dem Bett. Sechzehn Minuten nach fünf. »Okay. Wir treffen uns in zwanzig Minuten.«

Liv und Kelly wechselten sich ab, wer im Notfall erreichbar sein sollte. Als sie das Gebäude bezogen hatten, wurde in zwei anderen Büros weiter vorne ständig durch die Schaufenster eingebrochen. Einmal waren Rowdys durch den Eingang gestürmt und hatten sämtliche Türen im Gang zertrümmert; als die Polizei kam, hauten sie ab. Der Eigentümer hatte es schließlich satt, ständig für neue Fenster zahlen zu müssen, und hatte irgendwann bruchsicheres Glas installieren lassen. Es hatte danach noch einige Einbrüche gegeben, doch das war schon länger her.

Liv zog Jeans und ein warmes Oberteil an und spürte das

Unbehagen, das in ihr aufstieg, als sie das Licht anmachte. Sie nahm ihre Handtasche und die Schlüssel vom Küchentresen und spähte vorsichtig in den dunklen Garten. Der Hund bellte nicht mehr.

An der Tür zur Garage blieb sie stehen und zögerte einen Augenblick, fummelte am Riegel herum, den Daniel angebracht hatte, und hielt plötzlich inne. Was, wenn jemand über Nacht hereingekommen war und nur darauf wartete, dass sie die Tür öffnete?

*Seien Sie auf der Hut und stets bereit, so schnell wie möglich zu verschwinden.* Sie öffnete die Tür zum Schrank unter der Treppe. Auch darin standen Kisten. Ein Fußball, Camerons Regenmantel, ein paar Baseballkappen, ein Bügelbrett. Ein Schirm. Ein großer Golfschirm mit schwerem Holzgriff.

Liv nahm ihn in ihre unverletzte Hand, drückte mit der anderen Hand auf den Lichtschalter und riss die Tür zur Garage auf. Niemand war zu sehen. Ein Adrenalinstoß durchflutete sie, als sie hinaustrat. Auf der Seite, an der ihr Auto stand, war niemand zu sehen – jetzt war sie froh, dass sie die Kisten an die Wand geräumt hatte. Sie hielt den Schirm fest in der Hand, sodass sie ihn wie einen Knüppel schwingen konnte, und lief vorsichtig um den Wagen herum. Es war niemand zu sehen.

Nur sie war da, doch sie fühlte sich wackelig auf den Beinen, nervös und ein wenig überdreht.

Um diese Zeit Auto zu fahren war denkbar gruselig. Für Partygänger war es schon zu spät, für Arbeiter noch zu früh. Die Straßen waren dunkel und fast menschenleer, was ihre Angst, alleine draußen unterwegs zu sein, keineswegs verringerte.

Am Straßenrand neben dem Gebäude parkte ein Streifenwagen. Ray stand unter dem Säulenvorbau und wartete schon auf sie. Die Eingangstür hinter ihm stand halb offen, das Glas war zersplittert.

Die frühe Morgendämmerung schob die schweren Schleier

der Nacht beiseite. Lennys Café war noch geschlossen, doch drinnen brannte bereits Licht. Liv sah sich auf dem Gehsteig um, doch es war niemand zu sehen.

»Ist schon jemand da?«, fragte sie Ray, als sie zu ihm ging.

»Es war nicht nötig, noch jemanden anzurufen.«

Liv sah sich den verbogenen Metallrahmen der Eingangstür an. »Wurde sonst noch irgendwo eingebrochen?«

»Nein. Nur bei Prescott and Weeks.«

Das ergab doch keinen Sinn. Sie waren erst das dritte Büro im Flur.

»Liv«, sagte Ray und berührte kurz ihren Arm, »es ist total chaotisch da drin.«

Sie sah sich im stillen dunklen Flur um. Das einzige Licht, das auf den Gang drang, kam aus ihrem Büro. Auf dem Teppichboden lagen Glassplitter, als habe eine Bombe eingeschlagen und sie durch die Tür geblasen. Livs Magen zog sich zusammen.

Ray trat neben sie, blieb wie angewurzelt vor ihrem Büro stehen und betrachtete die Scherben, die durch den Flur bis auf die gegenüberliegende Seite zum Kieferorthopäden geschleudert worden waren. Sie knackten unter Livs Füßen, als sie darüber lief und versuchte sich auf das Chaos einzustellen. Dann runzelte sie verwirrt die Stirn.

Im Empfangsbereich brannte Licht, und alles sah genau so aus, wie sie es verlassen hatte, nur dass Teagan nicht da war. In ihrem Büro brannte Licht. Die Tür stand weit offen, und glitzernde Glassplitter am Boden zeigten ihr, dass auch hier eingebrochen worden war. Ein Beamter in Uniform ging hinein und beugte sich hinunter. Vermutlich wollte er etwas unter dem Schreibtisch begutachten.

»Hi«, rief sie.

Er blickte auf und kam zu ihr, bevor sie die Tür erreichen konnte.

»Ich bin Livia Prescott. Das ist mein Büro.«

Bevor er sie irgendwo hinließ, nahm er ihre Personalien auf – Name, wann sie das letzte Mal da gewesen war und so weiter. »Darf ich jetzt reingehen?«, fragte sie ihn, nachdem sie alle Fragen beantwortet hatte.

Sie ging an ihm vorbei und prüfte den Schaden an der Tür zu ihrem Büro. Als sie sich schließlich das ganze Büro ansah, stockte ihr der Atem.

Es war nicht beschädigt. Es war total zerstört. Alles. Wände, Schreibtisch, Stühle, Aktenschränke. Sie wusste gar nicht, worauf sie sich zuerst konzentrieren sollte, also stand sie nur da, und das Blut pochte in ihren Schläfen und den Verletzungen in ihrem Gesicht.

Alle Gegenstände, die auf ihrem Schreibtisch gestanden hatten, lagen auf dem Boden verteilt, die Schubladen waren herausgerissen, der Inhalt ausgekippt. Die beiden Stühle waren umgeschmissen worden, der Aktenschrank lag darüber. Die Bilderrahmen hinter dem Schreibtisch an der Wand waren verschwunden, nur noch die Nägel steckten drin.

»Das muss ein Schock für Sie sein.«

Eine andere Polizistin in Uniform stand an der Stelle, wo vorher der Schrank gestanden hatte. Liv starrte auf das Chaos am Boden und schob mit den Füßen die Trümmer beiseite. Bücher, Bürobedarf und Ordner. Camerons Foto, das auf ihrem Schreibtisch gestanden hatte. Das postergroße Bild ihres Vaters bei seinem letzten Kampf klemmte zwischen Schreibtisch und Wand fest, das Glas war zersplittert. Der Monitor ihres Computers lag auf der Seite inmitten aller Trümmer. Sie stieß ihn mit der Fußspitze an. Der Bildschirm war kaputt. Nicht zerborsten wie die Türen. Jemand hatte mutwillig ein Loch in die Mitte geschlagen, von dem sich spinnennetzförmig Risse nach außen ausbreiteten, als habe er mit dem dicken Ende eines Baseballschlägers draufgehauen.

»Sind Sie die Einzige, die dieses Büro benutzt?«, fragte die Polizistin.

»Ja.«

»Fehlt auf den ersten Blick irgendwas Besonderes?«

Woher sollte sie das wissen? »Nein.«

»Die anderen Büros hier drin wurden nicht angetastet, offenbar hatte es jemand gezielt auf Ihr Büro abgesehen.«

Ihr Mund war trocken, sie schluckte. »Ja.«

»Wie haben Sie sich die Verletzungen im Gesicht zugezogen?«

Sie konnte nicht. Nicht sofort. Sie musste sich erst mal setzen, bevor ihre zitternden Beine nachgaben und sie sich nicht mehr aufrecht halten konnte. Die Beamtin setzte sich neben sie auf einen Stuhl im Empfangsbereich, und Liv erzählte ihr alles vom Überfall und den Notizen, die Sergeant Rachel Quest sich gemacht hatte. Die Frau beriet sich kurz mit ihrem Partner und bat Liv, nichts anzufassen, während sie telefonierte.

Ray tauchte mit zwei großen Bechern Kaffee auf, einem für Liv, einem für sich selbst. Lenny hatte wohl schon geöffnet. Ihr Büro war zertrümmert, doch draußen schien alles seinen gewöhnlichen Gang zu gehen. Sie rief Kelly an und bat sie, vorbeizukommen und einen Fotoapparat mitzubringen – ihre Versicherung brauchte bestimmt Fotos.

»Ich habe mit Detective Quest gesprochen«, sagte die Beamtin, als sie wieder zurückkam. »Sie bittet Sie, auf sie zu warten. Tut mir leid, Sie dürfen Ihr Büro nicht mehr betreten, bis alles auf Fingerabdrücke untersucht worden ist.«

Liv ging im Flur auf und ab; sie wollte den Polizisten aus dem Weg gehen und die Straße meiden, die mittlerweile in hellem Tageslicht erstrahlte. Daniel Beck trat durch die Sicherheitstür. Er musste zweimal hinsehen, als er sie sah, dann blickte er auf das zertrümmerte Glas am Boden.

Er ging schnurstracks zu ihr. »Was ist passiert?«

»Es wurde eingebrochen.«

Sein Blick wanderte zu Prescott and Weeks.

»Mein Büro ist ruiniert.«

Er sah sie an und runzelte die Stirn.

»Nur mein Büro. Sonst nichts. Es fehlt nichts. Jedenfalls wüsste ich nicht, was. Dafür ist das Büro total zerstört. Die Einrichtung, der Computer, Aktenordner, Bilder, alles. Jedes verfluchte einzelne Teil.«

»Wurde irgendjemand verletzt?«

Sie schüttelte den Kopf.

»Sind Sie okay?«

»Da bin ich mir nicht so sicher.« Ihr fielen sein dunkler Anzug und das weiße Hemd auf. Wie viel Uhr war es? Sie sah auf ihre Armbanduhr – sechs Uhr achtundvierzig. »Warum sind Sie schon so früh hier?«

»Ich habe einen Termin im Tal und wollte früh los.«

»Daniel Beck? Was machen Sie denn hier?« Das war der erste Beamte. Er lächelte und schüttelte Daniel die Hand. Sie schienen sich noch aus seiner Zeit als Feuerwehrmann zu kennen. Daniel klärte ihn über sein Büro am Ende des Flurs auf.

»Darf ich mich umsehen?«, fragte Daniel.

Der Beamte nickte nur mit dem Kopf und ließ ihn durch. »Detective Quest müsste gleich da sein«, sagte er zu Liv. Das hieß, dass sie bleiben sollte, wo sie war. Das war auch gut so. Sie wollte das ganze Szenario nicht noch einmal sehen. Niemand musste sie an die Gewalt erinnern. Die bunten Bilder hatten sich bereits in ihren Kopf eingeprägt.

Kurze Zeit später kam Kelly. Liv ließ sie alleine zum Chaos im Büro und den Beamten gehen. Eine Viertelstunde später kam sie in den Flur zurück und sah so geschockt aus, wie Liv sich noch immer fühlte.

»Die Versicherung wird den Schaden schon übernehmen«,

sagte Kelly und versuchte das Positive an der Sache zu sehen. Sie konnte wirklich allem etwas Positives abgewinnen.

Auch Liv war eigentlich eher optimistisch eingestellt, doch im Moment war sie total am Boden zerstört. »Ich muss ständig daran denken, dass der Anschlag mir galt.«

»Vielleicht stimmt das gar nicht. Vielleicht hatte es jemand auf das ganze Büro abgesehen, wurde aber gestört. Vielleicht sollten wir froh sein, dass sie nicht noch mehr Schaden angerichtet haben.«

Liv drückte sich mit dem Rücken an die Wand und wirkte skeptisch. »Glaubst du?«

»Ich weiß es nicht.« Kelly lehnte sich neben sie. »Es muss nicht unbedingt der Mann sein, der dich im Parkhaus überfallen hat. Vielleicht hat das eine mit dem anderen gar nichts zu tun. Vielleicht ist es reiner Zufall.«

Liv war dankbar, dass Kelly es irgendwie erträglicher machen wollte, doch die rosarote Brille änderte an den Tatsachen auch nichts. Drei Tage nachdem sie auf dem Parkplatz überfallen wurde, hatte jemand ihr Büro verwüstet – den Ort, an dem sie die meiste Zeit des Tages verbrachte und an dem sie sich bis zu diesem Morgen sicher gefühlt hatte.

Das war kein Zufall. Es ging um sie.

# 15

Allmählich trudelten auch die anderen Angestellten ein, gingen neugierig den Flur entlang und spähten bei Prescott and Weeks hinein, manche gingen sogar direkt ins Büro und mussten von der Polizei wieder hinausgebeten werden.

Gino und Mariella vom Perückengeschäft stießen entsetzte Laute aus, Mariella umarmte Liv, bis Gino sie wieder an die Arbeit scheuchte. Scott, der Hypothekenmakler, zeigte sich neugierig, während ein paar Angestellte des Reisebüros mit ihren Kaffees auftauchten, als wären sie auf einem Ausflug. Anthony, der Anwalt, der sein Büro gegenüber von Liv hatte, ging kurz hinein. Als er wieder herauskam, flüsterte er ihr leise zu:

»Ich hab zwar keine Ahnung, was hier los ist, aber wenn Sie rechtlichen Beistand brauchen, helfe ich Ihnen gerne.« Er überreichte ihr seine Visitenkarte. »Da steht auch meine Handynummer drauf, falls Sie außerhalb der Geschäftszeiten darüber reden möchten.«

Was glaubte der bloß, was hier los war? Welche rechtlichen Möglichkeiten konnte sie schon ausschöpfen, wenn sie den Übeltäter nicht einmal kannte oder identifizieren konnte? »Danke.«

Es war bereits nach acht Uhr, als Rachel Quest erschien. Sie rannte fast über den Flur. Sie schüttelte Livia die Hand, die versuchte, trotz der Schmerzen in ihrem Handknöchel nicht zusammenzuzucken, und blass lächelte, als Rachel sich bei ihr bedankte, weil sie auf sie gewartet hatte – wo zum

Teufel hätte sie schon hingehen sollen? Rachel wollte sich erst einmal umsehen und dann mit ihr sprechen. Liv folgte ihr, blieb aber an der Bürotür stehen, während ein Beamter die Details durchging.

»Der Einbrecher ist durch den Eingang zur Straßenseite eingebrochen und bis zu diesem Büro vorgedrungen. Das Schloss wurde mit einem Brecheisen aufgehebelt, daraufhin wurde das Büro durchwühlt. An den Glassplittern im Flur lässt sich erkennen, dass die Eingangstür beim Verlassen zertrümmert wurde. Nichts deutet darauf hin, dass andere Büros auch betroffen sind.«

Während er das sagte, zog Rachel Handschuhe an, hob verschiedene Gegenstände hoch und legte sie wieder hin – einen Stuhl, den Aktenschrank, eine Schublade, den Computerbildschirm. Liv hörte mit verschränkten Armen zu und hatte das Gefühl, ersticken zu müssen. Irgendwann reichte es ihr, und sie wollte gehen, als sie Daniel auf der anderen Seite des Empfangsbereiches entdeckte. Er hatte einen großen Kaffee und irgendetwas Warmes, süß Duftendes in einer Tüte bei sich.

»Ich bin schon auf dem Sprung«, sagte er zu ihr. »Dachte, Sie könnten ein Frühstück gebrauchen.« Er hielt ihr den Becher und die braune Papiertüte hin.

»Ist das für mich?«

»Sie sollten was essen.«

Rachel Quest kam zu ihr, sah erst auf das Essen und dann zu Daniel auf. »Daniel Beck.« Es klang mehr wie eine Aussage als eine Begrüßung.

»Rachel«, antwortete er eher ausdruckslos.

Die Polizistin sah auf ihre Uhr. »Du bist ganz schön früh da. Bis zu den Bürozeiten ist es noch 'ne ganze Weile hin.«

»Mein Büro öffnet, wenn es nötig ist. Genau wie deins.«

Rachel war einen ganzen Kopf kleiner als er und musste

den Kopf in den Nacken legen, um ihm ins Gesicht zu sehen. Liv dachte, dass es leichter für sie wäre, wenn sie einen Schritt zurück machen würde, doch sie steckte stattdessen die Hände in die Hosentaschen, wies mit dem Kopf auf seine Essenslieferung und tat beeindruckt. »Ist das für Livia?«

»Ja.« Er reichte Liv die Tüte und lächelte. »Ich habe es auf meine Rechnung setzen lassen.«

Und diesen Monat bezahlte sie seine Rechnung. »Gute Idee, danke.«

»Ich wünschte, ich hätte auch Kollegen, die mir nach einem anstrengenden Morgen das Frühstück bringen«, sagte Rachel, als wollte sie in die Neckereien mit einstimmen, doch ein scharfer Unterton schwang mit. Nicht unbedingt gemein, doch sie schien auf etwas anzuspielen.

Was auch immer es war, Liv verstand es nicht. Aber sie sah, dass Daniel Rachel mit seinen dunklen Augen ansah. Vielleicht galt ihm das, vielleicht war es rein beruflich, sie hatten ja vorher zusammengearbeitet. Vielleicht ging es aber auch um etwas Persönliches.

»Wenn du mich jetzt entschuldigen würdest«, sagte Rachel zu Daniel, zeigte auf zwei Stühle im Empfangsbereich und forderte Liv auf mitzukommen.

Bevor Liv ging, berührte Daniel kurz ihren Arm, senkte den Kopf und sagte leise: »Sie haben meine Nummer. Rufen Sie an, wenn Sie was brauchen.«

Als sie sich setzte, war er verschwunden. Rachel saß neben ihr und wartete, bis Liv einen Schluck Kaffee getrunken und das Schokoladencroissant aus der Tüte geholt hatte. Sie legte es beiseite, weil sie nicht wusste, ob sie es vertragen würde.

»Ich nehme an, Sie wissen schon, dass der Einbrecher es gezielt auf Ihr Büro abgesehen hatte.« Rachel zog ein Notizbuch heraus und fing an. »Was die beiden Notizzettel betrifft, gehe ich momentan davon aus, dass sie etwas mit dem Einbruch zu tun haben. Sowohl die Tatsache, dass Ihr Arbeitsplatz ins Visier genommen wurde, Sie hier im Parkhaus überfallen worden sind und auch die Zettel hier aufgetaucht sind, legen die Vermutung nahe, dass es irgendwas mit Ihrem Job zu tun hat. Ich möchte Ihnen also gerne ein paar Fragen zu Ihrer Arbeit stellen.«

Zehn Minuten lang beantwortete Liv alle Fragen, wobei ihre Unruhe ins Unerträgliche stieg. Rachel wollte wissen, ob Liv an etwas Heiklem oder Brisantem arbeitete. Ärger mit Kunden oder dem Personal hatte. Ob ihr Vorgehen je von irgendwem infrage gestellt worden sei. Ob sie jemanden im Gebäude verärgert hatte. Oder auf der Straße. Ob sie irgendwen angeschrien oder einen Unfall gehabt hatte. Oder auch nur eine Beule auf dem Parkplatz verursacht hatte. Ob sie jemandem Geld schuldete oder jemand ihr. Nein, nein, nein, nein, wiederholte sie wie eine verkratzte CD.

Als Rachel sie zu Prescott and Weeks' finanzieller Situation befragte, war Liv froh, dass sie ihr wenigstens irgendwas erzählen konnte.

»Wir sind in den Connect-Call-Center-Bankrott verwickelt.« Das hatte ein paar Wochen in der Zeitung gestanden, darum nickte Rachel auch, als wüsste sie, wovon Liv sprach. »Wir haben monatelang immer wieder Mitarbeiter hingeschickt. Als Connect das erste Mal nicht zahlte, wurde uns nur gesagt, es handle sich um eine Panne im Buchungssystem. Beim zweiten Mal behaupteten sie, es sei aufgrund einer Panne in der Hauptniederlassung in Sydney weniger Geld im Umlauf. Es gab zwar Gerüchte, aber ich kannte die Personalchefin persönlich, und sie versicherte mir, dass sie mich informieren würde, falls es Probleme gäbe. Eine Woche später war die Firma bankrott.«

Rachel hob eine Augenbraue. »Und was hat das für Auswirkungen für Sie?«

»Connect war unser größter Kunde. Wir haben über Nacht siebzig Prozent unseres Umsatzes verloren und mussten einen Wochenlohn unserer Zeitarbeiter selbst übernehmen.«

»Konnten Sie das gesamte Personal bezahlen?«

»Ja.«

»Niemand kam also zu kurz?«

»Nein. Nur wir. Wir mussten vor sechs Wochen unser Gehalt kürzen.«

Rachel warf einen Blick auf ihren Notizblock. »Was geschah, als Sie von dem Bankrott erfuhren? Haben Sie angerufen und denen Vorwürfe gemacht, sind Sie hingefahren und haben eine Szene gemacht?«

Liv schüttelte den Kopf. »Nein. Wir haben natürlich angerufen, aber dann haben sich recht schnell die Anwälte darum gekümmert.«

»Was ist mit der Personalchefin? Haben Sie sie für die Probleme, die sie Ihnen verursacht hat, zur Verantwortung gezogen?«

»Nein. Sie hat mich angerufen, weil sie selbst bis ein paar Tage vor dem Bankrott im Unklaren gelassen worden war und man ihr rechtliche Schritte angedroht hatte, falls sie etwas verlauten lassen würde. Sie klang am Boden zerstört, ich hackte also nicht weiter darauf herum. Außerdem war ich mitten im Umzug und hatte weder Zeit noch Kraft, mich über ihre Vorgehensweise aufzuregen. Ich habe einfach versucht, alles hinzukriegen.«

Rachel nickte nachdenklich. »Haben Sie seither noch einmal mit ihr gesprochen? Vielleicht spontan etwas gesagt, was sie missverstanden haben könnte?«

Liv rollte mit den Augen. »Ich glaube nicht. Außerdem ist sie nicht alleine an unserer finanziellen Schieflage schuld. Wir hätten uns nicht auf einen einzigen Kunden verlassen dürfen, sondern uns auch noch um andere Einnahmequellen kümmern sollen. Ich bin Betriebswirtin, ich hätte es wissen müssen.«

Rachel drehte den Stift in ihren Fingern und sah prüfend auf ihren Notizblock. Zum ersten Mal schien sie innezuhalten und nachzudenken, was die Angst in Livs Brust erneut aufflackern ließ.

»Hält Ihr Mann Anteile an der Firma?«, fragte Rachel.

»Nicht mehr.«

»Und der Mann Ihrer Geschäftspartnerin?«

»Kelly und Jason haben mithilfe eines gemeinsamen Darlehens investiert. Worauf wollen Sie hinaus?«

Rachel neigte den Kopf zur Seite. »Ich suche nur nach Puzzleteilchen.«

Ein Scharren auf dem Teppich im Flur veranlasste Liv, sich umzudrehen.

Teagan stand fassungslos in der Tür. »Was zum …?«

»Tee, bei uns wurde eingebrochen.«

Teagan schlug sich die Hand auf den Mund und lief an den Glasscherben vorbei hinter den Empfangstresen.

»Es wurde niemand verletzt«, versuchte Liv sie zu beruhigen. »Es ist nur alles durcheinander.«

Eine Stunde später, während Liv auf einem Stuhl wartete, kam Rachel aus ihrem Büro und trug wieder Handschuhe…

Liv runzelte die Stirn. Sie hielt den großen Notizblock von ihrem Schreibtisch in der Hand.

»Ich habe das da gefunden«, sagte Rachel und drehte ihn herum.

Auf der Vorderseite waren ihre eigenen Aufzeichnungen und Telefonnummern notiert, sie waren eingekreist und farbig umrandet oder von ihr unterkringelt, darüber war eine Schicht Fingerabdruckpulver – doch es war die knappe, krakelige Schrift in der Mitte, die Liv den Atem raubte, sodass ihr der Mund offen stehen blieb.

*Passt du jetzt auf, Livia?*

»Haben Sie den schon gesehen?«, fragte Rachel und zeigte mit einem behandschuhten Finger auf die Worte.

»Nein.«

»Stand das noch nicht drauf, als Sie gestern gegangen sind?«

»Nein.«

»Und Sie haben das auch nicht geschrieben?«

»Was? Nein. Was zum Teufel soll das heißen?«

»Tut mir leid, Livia, aber ich muss allem nachgehen.«

Liv legte die Arme um sich. »Nein, ich habe das nicht geschrieben.«

»Okay. Es lag mit der Vorderseite nach unten auf dem Boden unter anderen Sachen von Ihrem Schreibtisch, wahrscheinlich sollten Sie es beim Aufräumen finden.«

»Mein Gott«, flüsterte Liv.

Rachel sah auf die Uhr. »Ich habe in zehn Minuten einen Termin. Mit den Fingerabdrücken sind wir da drinnen fast fertig. Sobald die fertig sind, können Sie anfangen aufzuräumen. Ich glaube kaum, dass der Einbrecher noch etwas anderes hinterlassen hat. Aber zur Sicherheit sollten Sie alles mit Handschuhen anfassen. Die Jungs von der Spurensicherung geben Ihnen ein Paar. Falls Sie doch noch was finden, stecken Sie es in eine Plastikhülle.«

Liv nickte und stellte dann dieselbe Frage wie gestern. »Muss ich mir ernsthaft Sorgen machen?«

Rachel blickte zum Büro zurück. »Die Sache scheint zwar Sie zu betreffen, trotzdem tendiere ich nach wie vor zu der Annahme, dass es irgendwas mit Ihrem Büro oder Ihrer Arbeit zu tun haben muss. Ich kann Ihnen nur raten, nicht alleine im Büro zu bleiben. Beide Vorfälle haben sich außerhalb der Geschäftszeiten ereignet, bleiben Sie also nicht länger, und kommen Sie nicht früher zur Arbeit als alle anderen. Und parken Sie Ihren Wagen nicht im Parkhaus. Das gilt sowohl für Sie als auch für Ihr Team.«

»Glauben Sie, dass Kelly und Teagan auch in Gefahr sind?«

»Sicher ist sicher.«

Liv betastete die Verletzung in ihrem Gesicht. Sie wollte nicht, dass noch jemand verletzt wurde. »Was, glauben Sie, will der Kerl?«

Rachel zog kurz die Mundwinkel herab. »Vermutlich ist das irgendein Wahnsinniger, dem etwas gegen den Strich geht, das nur für ihn einen Sinn ergibt. Mit ein bisschen Glück hat er sich mit der Zerstörung des Büros abreagiert. Vielleicht hören Sie nie wieder von ihm.«

Liv nickte und überlegte, wieso es ihm nicht schon gereicht hatte, sie vor drei Tagen zu verprügeln.

»Kann jemand heute Nacht bei Ihnen bleiben? Ein Freund oder Verwandter?«

»Glauben Sie denn, dass ich Schutz brauche?«

»Nein, aber Sie haben ein paar harte Tage hinter sich. Ein bisschen Gesellschaft wird Ihnen guttun.«

Liv fuhr sich mit einer Hand durchs Haar. Das war nur der Schock – sonst nichts. Und das war eine ganz normale Reaktion. »Ich werde es mir überlegen.«

Rachel sah auf die Uhr. »Ich muss los. Verhalten Sie sich wie gehabt, und rufen Sie die Polizei, wenn Sie sich Sorgen machen.«

Als sie in der Park Street verschwand, verspürte Liv wieder das Unbehagen in der Magengrube. Sie war sich nicht sicher, ob es hier tatsächlich um das Büro ging. Die Sache hatte irgendetwas Persönliches. So wie ihre Verletzungen.

Liv hockte mitten im Chaos und arbeitete sich durch die Trümmer ihres Arbeitslebens. Der Inhalt des Aktenschrankes war überall verstreut – Steuerinformationen, Kundendaten, Arbeitsaufzeichnungen, Rechnungen. Nirgends eine gekritzelte Nachricht. Sie sammelte die Unterlagen zusammen, stapelte sie gegen die Wand und hoffte, später irgendwann wieder ein System hineinzubringen.

Sie arbeitete sich um den Schreibtisch herum, sortierte Rettenswertes von hoffnungslos Kaputtem, füllte einen Müllsack und fing mit einem zweiten an. Die Angst hatte sie gepackt, seit sie das Büro betreten hatte, doch während sie sich sorgfältig durch das Chaos arbeitete, wich sie erst einem Gefühl des Verlustes, dann dem Gefühl von Verschwendung und schließlich der unbehaglichen Gewissheit, dass jemand Unbefugter in ihre Privatsphäre eingedrungen war. Hinter dem Schreibtisch sammelte sie die kaputten Teile der alten Uhr ihres Vaters auf und wurde immer gereizter. Die Uhr stand, so lange sie zurückdenken konnte, immer neben seinem Bett. Sie hatte sie aus seiner Wohnung gerettet, als er ins Hospiz gebracht wurde. Sie war alt und funktionierte nicht mehr, erinnerte sie aber an ihn. Und nun hatte jemand sie absichtlich kaputt geschlagen.

Sie fuhr mit dem Finger über das zerbeulte Gehäuse, legte es vorsichtig auf ihren Schreibtisch, wandte sich wieder zum Boden und entdeckte die Schüssel, die Cameron für sie getöpfert hatte. Es war nur ein klumpiges, schiefes Stück Ton mit wilden, grellgrünen Linien und Glitzerklecksen. Er hatte sie mit vier Jahren im Kindergarten gemacht und ihr zum Muttertag geschenkt. Sie bewahrte Büroklammern darin auf und hatte ihm versichert, dass sie die beste Büroklammerschüssel war, die sie je besessen hatte. Sie hob die beiden kaputten Hälften auf und presste sie aneinander. Man konnte sie nicht mehr sauber aneinanderkleben. Die Schüssel war ruiniert. Der Mistkerl aus dem Parkhaus hatte Camerons Schüssel kaputt gemacht.

War er in ihr Büro gekommen, um die Sachen zu zerstören, an denen sie am meisten hing? Oder hatte das Arschloch einfach nur Glück, dass er zufällig genau da traf, wo es am meisten schmerzte? Es waren nur eine alte Uhr und eine scheußliche Schüssel, doch sie hatte schon zu viel von Cameron und ihrem Dad verloren. Sie hielt die beiden Stücke fest in der Hand und spürte die Wut in ihrem Bauch brennen.

»Wie geht es dir?«, fragte Kelly in der Tür.

Liv blickte auf, Tränen vernebelten ihre Sicht. Sie hob ein Stück von Camerons Schale und sagte durch zusammengepresste Zähne: »Er hat sie kaputt gemacht.«

Kelly kam um den Schreibtisch herum und hockte sich neben sie. »Es tut mir so leid.«

Liv legte die unförmige Uhr auf ihren Schoß. »Den Schaden deckt die Versicherung nicht.« Kelly strich ihr sanft über den Rücken. Sie meinte es gut, aber Liv wollte keinen Trost. Sie hätte den Kerl am liebsten am Kragen gepackt und ihn so lange geschüttelt, bis er nicht mehr wusste, wo oben und unten war. Wer zum Teufel war er? Und was wollte er von ihr?

*Du solltest Angst haben.*

Sie atmete bebend ein und presste die Lippen zusammen.

Und sie hatte Angst. Aber die würde sie ihm nicht zeigen. Nicht, nachdem er das getan hatte.

Sie würde weiter zur Arbeit kommen. Sie würde Vorsichtsmaßnahmen ergreifen. Sie würde nicht in die Knie gehen. Ob ihm das passte oder nicht.

# 16

»Willst du eine Weile bei uns bleiben?«, fragte Kelly.

Kelly und Jasons Haus war ein Holzbungalow aus den 1940er-Jahren. Hinten befand sich ein Anbau, während die Fassade noch im ursprünglichen Zustand war. Liv hatte sich noch nie die Schlösser angesehen, aber vermutlich waren sie seit Jahren nicht mehr ausgewechselt worden. »Nichts für ungut, aber in meinem Haus fühle ich mich sicherer.«

»Möchtest du, dass ich zu dir komme? Oder Jason?«

Sie schüttelte den Kopf. Sie wollte nicht noch eine Familie auseinanderbringen und wusste außerdem nicht, wie lange das so weitergehen würde. Trotzdem war ein wenig Gesellschaft keine schlechte Idee. »Ich rufe wahrscheinlich Sheridan an. Sie hat gesagt, dass Andy diese Woche nicht da ist.«

»Gut, sag mir Bescheid, falls sie es nicht schafft«, sagte Kelly, stand auf und wollte gehen. »Ich muss kurz nach Hause, du kannst mich aber auf dem Handy erreichen, falls du mich brauchst.«

Liv sah kurz auf. »Stimmt irgendwas nicht?«

Eine Falte bildete sich zwischen Kellys Augenbrauen und verschwand dann wieder. »Nein, ich muss mich nur vor dem Meeting noch umziehen«, sagte sie und breitete die Arme aus, um Liv zu demonstrieren, dass sie nur Jeans und Sweatshirt trug und ihre Haare zu einem ziemlich zerzausten Pferdeschwanz gebunden waren.

Liv starrte sie einen Augenblick verblüfft an. »Was für ein Meeting?«

»Ich treffe mich um zwei mit Toby Wright in seinem Büro.«

Liv überkamen wieder Schuldgefühle. Das hatte sie total vergessen. »Oh, klar. Sollen wir alles noch einmal durchgehen?« Das machten sie meistens vor einem großen Auftrag, und dieser musste zu einem guten Abschluss kommen.

»Nein. Ich bin gut vorbereitet. Mach dir keine Gedanken. Fahr lieber nach Hause, und ruh dich ein wenig aus.«

»Ja, natürlich«, sagte Sheridan, als Liv ihr von dem Einbruch erzählte und sie bat, zu ihr zu kommen. »Ashley wird entzückt sein, dass die böse Stiefmutter mal weg ist.« Sheridans Lebensgefährte Andy war fünfzehn Jahre älter als sie und Vater von zwei Töchtern um die zwanzig. Die jüngere lebte bei ihnen, und es passte ihr gar nicht, dass die Hälfte des Hauses Sheridan gehörte. »Darf ich bis Sonntag bleiben?«

Liv lachte, als machte sie sich über sie lustig, aber am liebsten hätte sie ihr gesagt, dass sie doch gleich einen Koffer mitbringen sollte.

»Ich fahre nach den Nachrichten kurz zu Hause vorbei und packe ein paar Sachen ein. Hey, was hältst du davon, wenn ich auch Joggingklamotten mitbringe? Wir könnten am Morgen laufen gehen, wenn dir danach ist.«

»Klingt gut. Nach dieser Woche wird es meinen Beinen guttun, wenn ich sie ein bisschen bewege.«

Liv und Sheridan waren bereits an der Uni zusammen joggen gegangen. Als sie sich nach der Trennung das Sorgerecht für Cameron mit Thomas teilte, hatte Sheridan ihr vorgeschlagen, sich in der Woche zum Laufen zu treffen, wenn er bei seinem Vater war. Sheridan war klein und hatte nicht den gleichen Laufrhythmus wie Liv, aber sie hatte Ausdauer, und ihre Gesellschaft war angenehm. Genau das, was sie heute Abend brauchte. Sie brauchte jemanden, mit dem man zynisch und ausfallend werden konnte, und dafür war Sheridan ideal.

Sie packte die Reste ihres Büros in den Müllsack, stapelte die Ordner auf den leeren Schreibtisch, damit Ray saugen konnte, und ließ den kaputten Computer und die Schubladen stehen. Die konnte er entsorgen. Sie wusch sich gerade das Fingerabdruckpulver von den Händen, als Kelly zurückkam.

»Ist Liv noch da?«, fragte sie leise.

»In der Küche«, sagte Teagan genauso leise.

Liv schnappte sich ein Handtuch. »Wie war es bei Toby?«, fragte sie an der Tür.

Kelly blickte kurz auf. »Du solltest längst zu Hause sein. Du siehst erschöpft aus.«

»Ich bin gerade erst mit dem Aufräumen fertig geworden. Also, wie war es?«

Kelly runzelte die Stirn und fluchte leise, dann erzählte sie ein paar Einzelheiten. »Es lief gut. Der Job ist größer als vermutet. Er baut nicht nur das Büro aus, sondern gründet ein richtiges Trainingscenter für Mitarbeiter. Falls wir den Auftrag bekommen, müssen wir sowohl Trainer als auch Zeitarbeiter und Aushilfen stellen.«

»Das ist ja großartig. Toll. Das könnte uns retten!« Seit Tagen lächelte sie zum ersten Mal wieder aus tiefstem Herzen. Sie hatte das Gefühl, ihr Gesicht war ein einziges Grinsen. »Sind wir immer noch seine einzigen Verhandlungspartner?«

»Ich denke schon, er schien sehr interessiert. Er hat mir unglaublich viele Fragen gestellt, ihm schien auch zu gefallen, dass ich selbst vorher schon einmal als Trainerin gearbeitet habe. Er ruft mich vielleicht morgen wegen ein paar Ideen an. Ich habe keine Ahnung, was das heißt, aber offensichtlich haben sie es eilig.«

Liv schlug mit der Faust in die Luft. »Ja!«

»Yeah!«, freute sich auch Teagan.

»Okay, mehr erzähle ich dir jetzt nicht«, sagte Kelly. »Du musst nach Hause, Liv. Keine Ausreden mehr. Ruh dich aus.«

»Mach dir keine Sorgen, das werde ich.« Sie hatte alles gehört, was sie hören wollte, und nun war sie hoffnungsvoller, als sie es heute für möglich gehalten hätte. Es war vier, sie war fast elf Stunden im Büro gewesen – jetzt war es an der Zeit zu verschwinden.

»Das ist doch wirklich alles unglaublich«, rief Sheridan, als sie das Haus betrat.

Liv erwiderte ihre Umarmung, stellte ihre Tasche mit den Übernachtungssachen neben die Treppe und nahm die Flasche Rotwein entgegen, die Sheridan ihr hinhielt.

»Was macht eigentlich die Polizei? Gibt es irgendwelche Hinweise? Sie müssten doch irgendwas herausgefunden haben.« Sheridan blieb vor der Haustür stehen und stemmte die Hände in die Hüften, als wollte sie keinen Schritt weiter machen, bevor sie nicht die ganze Geschichte erfahren hatte.

»Ich erzähle dir später alles, nach einem Drink. Im Augenblick möchte ich einfach einmal einen Moment nicht daran denken.«

»Du bringst mich vor Spannung noch um, aber es ist verständlich. Du musst total fertig sein.« Sheridan besuchte sie zum ersten Mal im Reihenhaus, sie ging ein paar Schritte hinein und sah sich alles an. »Was ist mit dem Baseballschläger?«

Daniel hatte gesagt, sie solle auf ihre Angst hören, und ihre Angst sagte ihr, dass es besser war, sich auf den Ernstfall einzustellen. Sie hatte Camerons Baseballschläger an die Wand neben der Eingangstür gestellt. »Nur für alle Fälle. Er ist wie eine Versicherung – wenn ich ihn habe, werde ich ihn nicht brauchen.«

»Und was bekomme ich?«

»Wie meinst du das?«

»Na ja, falls jemand einbrechen sollte, kannst du ihn mit dem Baseballschläger verprügeln. Und was soll ich nehmen?«

Liv grinste und freute sich über Sheridans Mut. »Neben der Tür zur Garage steht ein Schirm. Ein großer. Reicht der?«

»Mary Poppins gewaltbereit? Das passt. Hier wohnst du also jetzt?«

»Ja. Sieh dich ruhig um.«

Während Sheridan sämtliche Türen öffnete und nach oben ging, holte Liv das Essen aus dem Kühlschrank. Sie hatte auf dem Nachhauseweg auf der Park Street einiges besorgt, damit sie mehr als nur Cracker mit Käse anbieten konnte. »Ziemlich klein, nicht wahr?«

Sheridan lehnte sich gegen die Bank. »Im Vergleich zu Renwick Street, ja. Dafür hast du weniger zu putzen. Außerdem ist die Luft ohne Thomas gleich viel besser.«

»Findest du?«

»Definitiv. Reich mir mal die Gläser rüber.« Sie schenkte den Wein ein, schob Liv ein Glas hin und erhob ihres. »Prost. Auf den Neuanfang.«

Liv stieß mit ihr an. »Auf einen besseren Start.«

Sheridan zog ihre Stiefeletten aus und wollte offensichtlich Essen zubereiten. Sie kam um den Tresen herum. »Wo ist die Salatschüssel?«

Die Küche war winzig, aber sie hatten schon unzählige Male miteinander gekocht. Als sie sich vor fünfzehn Jahren kennengelernt hatten, hatten sie nichts, aber auch gar nichts gemeinsam. Sheridans Eltern waren Rechtsanwälte, sie war in einem luxuriösen Haushalt aufgewachsen und hatte eine Privatschule besucht. Schon als sie zur Uni kam, war sie so elegant und stilbewusst gewesen wie heute – und sie bewegte sich wie eine Prinzessin. Liv hatte sie ausgelacht, als sie zum ersten Mal beim Fußballtraining erschienen war. Das hatte die ehrgeizige Sheridan wütend gemacht. Doch beide waren

Kämpferinnen, und jede hatte etwas, das die andere gerne haben wollte. Liv brachte ihr also bei, wie man wie eine Athletin lief, und Sheridan erzählte ihr alles über Klamotten, Haare und Make-up – all das eben, was Liv in der Wohnung über der Boxhalle nicht gelernt hatte.

Liv legte ein paar Hühnerbrüste in die Pfanne, und als sie später zusammen aßen, brachte Sheridan sie mit Geschichten aus der Nachrichtenredaktion zum Lachen. Es war schön, nette Gesellschaft im Haus zu haben. So kam sie sich wenigstens nicht wie ein verwaistes Elternteil vor.

Als sie sich bei ihrem zweiten Glas Wein unterhielten, fing Benny wieder an zu bellen. Es war nicht das gewöhnliche, ununterbrochene nächtliche Bellen, sondern eher ein wiederholtes Jaulen, bis Trevor die Fliegengittertür aufriss und ihm sein Fressen hinstellte.

Liv beobachtete die Schatten im Licht, das über den Zaun fiel. »Ich habe heute neue Vorhänge besorgt und gedacht, wir könnten sie heute Abend aufhängen.«

»Klar.« Sheridan legte Messer und Gabel quer über den Teller und die Serviette obendrauf. »Was ist das für eine Geschichte mit dem Kerl, der dich im Parkhaus gefunden hat? Ich kriege ihn einfach nicht an die Strippe.«

»Er ist großartig. Gestern kam er noch vorbei und hat neue Schlösser montiert.«

Sheridan hob die Augenbrauen. »Ich habe ihn nicht mal ans Telefon gekriegt und ihm überall Nachrichten hinterlassen. Ich habe sogar ein paar Leute mit dem Namen Beck aus dem Telefonbuch angerufen. Eine war seine Schwester. Sie hat gesagt, dass sie ihm meine Nummer geben würde, aber bisher hat er sich nicht gemeldet.«

»Was willst du denn von ihm?«, fragte Liv, stellte die Teller zusammen und schob sie über den Tresen.

»Na, wegen der Story. Gut, das war am Dienstag, aber du

weißt schon, ein paar Worte mit dem barmherzigen Samariter, der dich gefunden hat, wären nicht schlecht gewesen. Dann habe ich ihn gegoogelt, um mir ein besseres Bild zu machen, und deshalb gestern noch einmal versucht ihn zu erreichen. Ich dachte, das könnte eine weitere Gelegenheit sein, um nach Zeugen zu suchen.« Sie hob eine Hand, als wollte sie eine Schlagzeile unterstreichen. »*Der Held kommt wieder zum Einsatz.* Hast du die gelesen?«

»Wo?«

»Im Internet. Hast du ihn nicht gegoogelt?«

»Nein. Er war nett, aber er hat sich doch nicht um einen Job beworben.«

Sheridan zuckte die Achseln, als mache das keinen Unterschied. »Man hat ihm vor ein paar Jahren eine Tapferkeitsmedaille verliehen.«

Liv blickte erstaunt auf, als sie die Spülmaschine aufmachte. »Schön, wenn man schon mal jemanden braucht, der einem hilft …«

»Absolut. Erinnerst du dich noch, als vor drei Jahren das Gebäude an der Central Coast eingestürzt ist? Er war beim Suchtrupp und hat diese Frau gefunden. Er hat sieben Stunden unter den Betontrümmern mit ihr ausgeharrt, bis man sie rausgeholt hat.«

Die Bilder des Unglücks waren überall in den Medien gewesen, gleich nachdem es passiert war, und dann noch einmal, als das gerichtliche Verfahren eingeleitet wurde. Liv erinnerte sich an sie – verdreckte Rettungsmannschaften, Flutlicht im Erdloch, blutverschmierte Gesichter der Opfer, eine baumelnde Trage am Ende eines Kranes, als die Frau mitten in der Nacht geborgen wurde. Sie musste an Daniel im Parkhaus denken. Er hatte entschlossen, diszipliniert und mutig gehandelt. »Montagnacht muss im Vergleich dazu ja ein Kinderspiel gewesen sein.«

»Die Tatsache, dass du überlebt hast und deine Geschichte erzählen konntest, hat ihm wahrscheinlich geholfen. Während man Daniel aus dem Loch zog, ist die Frau auf dem Weg ins Krankenhaus gestorben.«

»Das ist ja furchtbar.« Er hatte zu ihr gesagt, er sei ihr zur Notaufnahme gefolgt, um sicherzugehen, dass sie irgendwie nach Hause käme. Vielleicht war er aber auch gekommen, um sich zu vergewissern, dass sie das Krankenhaus erreicht hatte.

Sheridan verteilte den restlichen Wein auf die beiden Gläser. »In dem Artikel stand, dass er ungefähr ein Jahr später die Bergungseinheit verlassen hat.«

»Kein Wunder, dass er sich beruflich verändern wollte. Wie oft kann man schon so etwas erleben, ohne psychischen Schaden zu nehmen?«

»Wie ist er denn? Auf den Fotos wirkt er ziemlich düster und grüblerisch. Einerseits der böse Junge, andrerseits der Superheld. Total attraktiv für ein alleinstehendes Mädchen wie dich.«

Liv räumte die Spülmaschine fertig ein und machte sie zu. »Von mir aus könnte er auch George Clooney sein.«

»Liv, es ist fast ein Jahr her«, sagte Sheridan nun ein wenig sanfter. »Du kannst doch nicht den Rest deines Lebens wie eine Nonne leben.«

Es war an der Zeit, das Thema zu wechseln. »Okay, er ist nett, das ist auch der Grund, weshalb ich mich ihm nicht an den Hals wünsche. Ich bin aggressiv und verkorkst, es würde böse enden. Durch mich würde er wahrscheinlich auch noch aggressiv und verkorkst werden.«

»Du könntest aggressiven, verkorksten Sex mit ihm haben.«

Liv verdrehte die Augen.

»Das kann auch Spaß machen.«

»Gib mir ein …«

Ein Geräusch im Garten ließ Liv ruckartig zur Schiebetür sehen. Das Geräusch war kurz, aber deutlich hörbar gewesen. Ein Klicken oder Klopfen. Dann knallte etwas Schweres auf die Steinplatten, und der Hund von nebenan fing an wie verrückt zu bellen.

Er war hier.

Sie stellte sich einen schwarz vermummten Mann vor, der auf ihr Fenster einschlug, trat einen Schritt zurück und machte sich auf splitterndes Glas gefasst. Doch es kam etwas viel Leiseres.

»Verdammt.«

Die Stimme eines Mannes. Laut genug, dass man sie trotz des Hundegebells hören konnte und dennoch halb geflüstert, als versuche der Eindringling leise zu sein.

Sie trat einen weiteren Schritt zurück und spürte die Wand im Rücken.

Irgendetwas knirschte, Kieselsteine auf einem Fußweg, dann am hinteren Fenster ein schwerer, dumpfer Knall. Die Schiebetür klapperte, und Furcht kroch über ihren Rücken.

Ein Schatten flitzte tief gebückt durch das Licht, das auf das alte Laken fiel. Er lief von hinten in Richtung Küche. Kurz darauf huschte eine Gestalt am Fenster vorbei.

# 17

Livs Blick flog zu Sheridan. Vielleicht lag es daran, dass sie Joggingpartnerinnen waren oder weil beide nur ungern eine Herausforderung sausen ließen, jedenfalls wirkte der Blick wie ein Startschuss. Sie sprangen gleichzeitig auf und liefen schnell und leise durch das Wohnzimmer.

Liv schnappte sich den Baseballschläger und griff nach der Sicherheitskette an der Haustür. Sheridan rannte zur Garagentür und kam mit dem Regenschirm zurück, den sie wie eine Keule hielt.

»Okay«, flüsterte sie.

Liv riss die Tür auf. Sie hatte noch nie Baseball gespielt, tat aber so, als würde sie den Schläger für einen Home-Run schwenken, falls das Schwein hier war und als Erster zuschlagen wollte. Doch da war niemand, nur das Licht von der Veranda schien herab. Dahinter lag die dunkle Einfahrt.

Ein metallenes Rattern war draußen rechts zu hören.

»Das Tor«, flüsterte Liv.

Sie trat in die kühle Nachtluft hinaus, fasste ihren Baseballschläger fester und sah an der vorderen Mauer entlang. Sheridan folgte ihr und hielt mit beiden Händen den Schirm vor sich.

Ein Schatten sprang vom Tor herunter und landete unglücklich auf dem Betonboden, dann hart auf den Knien, eine Hand rutschte über die raue Oberfläche.

»Hey!«, schrie Liv. Lauter und wütender, als sie sich tatsächlich fühlte.

An der Hausecke war es nicht hell genug, sodass sie nur kurzes, dunkles Haar, weiße Arme und rote Bekleidung sehen konnte, als der Mann sich halb zu ihnen umdrehte und dann zur Einfahrt lief.

Rachel Quests Worte klangen in ihren Ohren. *Wählen Sie den Notruf, falls Sie ein Problem haben.* O ja, sie hatte ein Problem. Er war hier. Er wusste, wo sie wohnte. Aber die Bullen hatten keine Ahnung, wer er war. Wenn sie jetzt ins Haus zum Telefon rannte, war er verschwunden. Und sie wären kein bisschen schlauer.

Aber das war nicht alles. Er war direkt vor ihr, nur ein paar Meter entfernt. Sie wollte das Schwein sehen. Einen Blick in das Gesicht des Mannes werfen, der sie zusammengeschlagen und ihr Büro verwüstet hatte.

Sie drehte sich zu Sheridan um, die darauf wartete, dass sie die Polizei rief. »Zieh die Tür zu, und renn nach links«, flüsterte sie, hüpfte die zwei Stufen hinunter und begann zu rennen.

Der Kerl hatte bereits die Kurve der Einfahrt erreicht und humpelte ungeschickt. Er musste sich beim Fallen verletzt haben. Hinter sich hörte sie Sheridan die Treppe herunterspringen und dann einen weiten Bogen laufen.

Liv lief direkt auf den Mann zu und hielt den Baseballschläger in ihrer unverletzten Hand, der Asphalt kratzte unter ihren Socken. Er blickte über seine Schulter zurück, sah sie hinter sich, eilte nach links zum Zaun, der den Garten der Nachbarn abtrennte.

Er sprang von zu weit darauf los und krallte sich am oberen Ende fest, doch sein Körper knallte mit voller Wucht gegen die Eisenstäbe, sodass der Krach im ruhigen Abend widerhallte. Er klammerte sich fest, seine Füße scharrten verzweifelt über die glatte Fläche, er versuchte sich hochzuziehen und über den Zaun zu springen.

»He, du Arschloch!« Liv schlug mit dem Baseballschläger gegen die Eisenstäbe.

Sie hoffte, das würde ihn aufhalten und er würde sich ergeben, doch es schien ihn nur noch weiter anzuspornen. Er drückte seinen Fuß flach gegen den Zaun und stemmte sich hoch.

Sie nahm den Schläger in die andere Hand und packte ihn am T-Shirt. Er trug ein langes, rotes Oberteil, eine Art Trikot mit einer Nummer hintendrauf. Liv zog daran. Doch auch das beförderte ihn nicht herunter, sondern hielt ihn nur, wo er war, halb oben und halb unten.

»Komm verdammt noch mal von dem Zaun runter!«, schrie Sheridan. Sie hielt den Schirm an der Spitze und schwang das gebogene Ende, als wolle sie es ihm um die Gurgel legen. Der Mannschaftskapitän in Liv hätte am liebsten »gut gemacht« geschrien.

Eine ganze Weile bewegte sich niemand. Das Schwein hielt sich einfach weiter am Zaun fest, mit dem Hintern zur Einfahrt, eine bewaffnete wütende Frau an jeder Seite und Benny vor sich, der bellte, als würde er ihm ein Bein abbeißen, wenn er nur die Möglichkeit dazu bekäme. Dann gab er auf. Er ließ los, sprang auf den Boden und drehte sich um.

Liv hatte ein verschlagenes Gesicht erwartet, mit einer Verletzung auf der Wange und voller Hass in den Augen. Doch was sie im Licht ihres Nachbarn sah, war nichts dergleichen. Das war ein Kind. Ein großer, schlaksiger, verschwitzter Teenager. Ein langer, feuchter Pony hing über dem Schlaumeiergesicht, Flaum wuchs auf seinem Kinn. Er war höchstens fünfzehn.

»Was hast du in meinem Garten verloren?«, fauchte Liv.

»Lassen Sie mich los, sonst verklage ich Sie wegen Körperverletzung.« Er sagte das mit der selbstgerechten Arroganz eines Teenagers, der sich ein wenig mit dem Gesetz auskannte.

»Na toll, dann zeige ich dich wegen Hausfriedensbruch an. Und das ist nur der Anfang, du kleiner Scheißer.« Ihr Herz hämmerte, sie atmete heftig, und das nicht nur, weil sie gerannt war. War er das? Hatte dieses Kind sie zusammengeschlagen? Sie fuhr sich mit der Zunge über die Lippen und nahm den Schläger in ihre unverletzte Hand. »Setz dich. Mit dem Rücken gegen den Zaun.«

Er sah sie kampflustig und spöttisch grinsend an, und wäre er nicht gerade über ihren Zaun gesprungen, hätte es sie verunsichert.

Sie ließ sein T-Shirt los und kam etwas näher an ihn heran, doch Sheridan schrie augenblicklich: »Setz dich!« Er sah sie an, dann Liv und ließ sich langsam zu Boden gleiten.

Liv sah, dass der Junge seinen Knöchel schonte und zusammenzuckte, um sein Gleichgewicht zu halten, als er sich langsam hinsetzte. Er war groß, doch seine Arme waren dünn, noch ohne Muskelmasse. Er trug klobige Turnschuhe und lange, ausgeleierte Shorts, passend zum Oberteil. Es sah wie eine Basketballuniform aus, die um seine Schultern schlabberte, sodass man seinen schmalen, knochigen Oberkörper erahnen konnte.

Das Schwein aus dem Parkhaus war hingegen groß und stark gewesen. Er musste ziemlich viel Gewicht in seine Schläge gelegt haben. Und auch Liv hatte ihn hart getroffen und sich dabei einen Knöchel gebrochen. Das Gesicht dieses Jugendlichen wies keine Anzeichen dafür auf. Vielleicht waren es zwei gewesen?

»Was hattest du in meinem Garten zu suchen?«

Er hob bockig das Kinn. »Lady, verpiss dich.«

»Oh, wie nett«, sagte Sheridan. »Erst läufst du durch fremder Leute Grundstück, und dann sagst du auch noch, sie sollen sich verpissen. Ich rufe die Cops.« Sie fuhr mit der Hand in die hintere Jeanstasche.

Liv hatte keine Ahnung, ob sie dort tatsächlich ein Telefon hatte – ihr schien es fast unmöglich, dass da noch eines reinpasste –, doch der Junge glaubte ihr. Er hielt die Hände hoch. »Okay, okay, tut mir leid. Bitte rufen Sie nicht die Cops. Ich wusste nicht, dass jemand zu Hause war.«

»Was hättest du denn gemacht, wenn ich nicht zu Hause gewesen wäre?« Liv beugte sich herab und sprach ihm direkt ins Gesicht. »Wärest du eingebrochen und hättest meine Wohnung auf den Kopf gestellt? So wie du es auch mit meinem Büro gemacht hast?«

Er starrte sie ängstlich an. »Wovon zum Teufel reden Sie da? Ich wollte nicht einbrechen. Ich habe einen Blumentopf kaputt gemacht. Das ist alles, aber das war ein Versehen, okay? Irgendwer hat die verdammten Mülltonnen verschoben, also bin ich an der falschen Stelle gelandet. Ich wusste nicht, dass er da stand. Ich bin normalerweise weiter unten im Garten. Außerdem habe ich mir den verdammten Knöchel verstaucht, okay?« Er sagte das mit dem Knöchel so, als wäre das eine Rechtfertigung seiner Tat.

Liv richtete sich auf, fuhr sich mit der Zunge über die Lippen und versuchte nachzudenken. »Was meinst du mit normalerweise?«

»Dass ich meistens eine Abkürzung vom Haus meines Freundes in der Boronia Street nehme.« Er zeigte in die Richtung der Straße, die hinter Livs Reihenhaus lag. »Dort werde ich nach dem Basketballtraining abgesetzt, aber der Weg nach Hause dauert ewig, also nehme ich eben eine Abkürzung, Sie wissen schon. Ich wusste ja nicht, dass Sie da sein würden. Bisher war hier noch nie jemand.«

»Ja klar, richtig«, sagte Liv sarkastisch, doch eine gewisse Unsicherheit machte sich in ihrer Stimme breit. Es war Dienstagabend. Normalerweise erledigte sie an dem Tag nach der Arbeit ihre Einkäufe. Wenn Cameron bei ihr war, konnte es auch mal vorkommen, dass sie irgendwo eine Kleinigkeit aßen. Wenn er nicht da war, arbeitete sie bis spätabends, bummelte dann herum und holte sich irgendwas, das nur aufzuwärmen war. »Wo wohnst du?«

»In Haus Nummer 29.« Er zeigte zur Straße gegenüber. »Im Haus mit den großen grauen Säulen.«

Liv kannte es. Es stand auf der anderen Straßenseite, einen Block weiter unten, eines der wenigen Anwesen, die nicht wie die anderen Reihenhäuser dicht aneinandergebaut waren. Würde er lügen, wo sie doch nur über die Straße gehen und an die Tür klopfen musste? Waren Fünfzehnjährige heutzutage so schamlos?

»Wie heißt du?«, drängte Sheridan weiter.

»Ryan Blaston. Bitte rufen Sie nicht die Cops. Mein Dad bringt mich um.«

Liv tauschte einen Blick mit Sheridan. Der Junge sah jetzt gar nicht mehr so dreist aus. Er sah aus, als würde er gleich losheulen. Vielleicht war es mütterlicher Instinkt, jedenfalls hielt sie ihn nicht für einen Lügner. Dieser Teenager hatte ihr nicht ins Ohr geflüstert, war nicht rasend vor Wut in ihr Büro eingedrungen, hatte keine Drohbriefe geschrieben. Sie ließ den Baseballschläger sinken und hatte plötzlich ein schlechtes Gewissen, weil sie ihren Ärger an ihm ausgelassen hatte. Hätte das jemand mit Cameron gemacht, nur weil er durch einen Garten gerannt war, wäre sie außer sich vor Wut gewesen.

»In Ordnung, steh auf.« Sie entfernte sich von ihm und wartete, bis er wieder auf den Beinen war. »Ist mit deinem Knöchel alles in Ordnung?«

Er probierte es aus und zuckte zusammen.

»Kannst du nach Hause laufen?«, fragte sie.

Er beäugte den Baseballschläger und nickte.

Sie verlieh ihrer Stimme den Ton elterlicher Rechthaberei.

»Gut, Ryan, ich hoffe, du hast deine Lektion gelernt. Lauf nicht ohne Erlaubnis durch fremde Gärten. Und sag einer Frau nie, dass sie sich verpissen soll. Das gehört sich nicht. Jetzt geh nach Hause, sollte ich dich noch mal bei mir erwischen, komme ich zu Nummer 29 und rede mit deinem Vater, verstanden?«

»Ja.« Er nickte, seine selbstgerechte Arroganz war Verlegenheit und Scham gewichen.

»Na, dann verschwinde jetzt.«

Als er die Einfahrt entlanghumpelte, kam Sheridan näher, sie hielt noch immer den Schirm wie einen Spazierstock in der Hand. »Bist du sicher?«

»Ja, er ist nur ein kleiner Klugscheißer. Und nicht mal das, wenn es hart auf hart kommt.«

Nun, da die Aufregung nachließ, fühlte sich die Luft draußen kühl an, sie schlang die Arme um ihre Brust und sah ihm auf der Straße nach. Sie nahm Sheridans Arm und schob sie ins Haus zurück.

Liv schloss die Tür, drehte den Schlüssel um und legte die Sicherheitskette vor. Ihr Herz schlug nicht mehr so schnell wie vorher, doch ihre Hände zitterten immer noch.

»Der verdammte Kerl hat mich zu Tode erschreckt.« Sie stellte den Baseballschläger wieder an die Wand.

Sheridan hatte eine Hand auf die Brust gelegt und grinste.

»Was ist denn?«

Sheridan lachte kurz. »Aber nicht im Entferntesten so, wie wir ihn erschreckt haben. Hast du sein Gesicht gesehen?« Ihre Schultern zuckten, sie versuchte ein Kichern zu unterdrücken. »Zwei verrückte Weiber in Socken.«

Liv blickte zu ihren Füßen und sah ihren großen Zeh, der durch einen grünen Socken lugte.

»Die Waffen schwenken und ihn wie verdeckte Ermittler vom Zaun reißen.« Sie tat, als habe sie eine Waffe in der

Hand, und senkte die Stimme. »Keine Bewegung, du Arschloch!«

Liv grinste. Jetzt, wo sie wieder drinnen waren und der Junge zum Abendessen nach Hause gegangen war, erschien ihr das Schreien und Fluchen ein wenig übertrieben.

Sheridan zeigte wie eine böse Lehrerin mit dem Finger auf Liv und wiederholte die Ermahnung: »Ich hoffe, du hast deine Lektion gelernt.«

Ein zaghaftes Kichern stieg in ihrer Kehle empor. »Der arme Junge. Ich hätte ihn beinahe zum Weinen gebracht.«

»Ja, aber du hast ihm einen guten Rat erteilt. Sag einer Frau nie, dass sie sich verpissen soll, du kleiner Scheißer«, sagte Sheridan und lachte schallend.

Liv stimmte ein, zuerst leise und ein wenig beschämt über ihre eigene Aggression. Doch es hatte sich gut angefühlt, die Einfahrt runterzurasen, zu schreien, herumzukommandieren und alles unter Kontrolle zu haben. Selbstbewusst zu sein, statt sich nur still zu ärgern. Johlend gingen sie zu den Sofas, ließen sich darauf fallen und lachten weiter. Es war schon viel zu lange her, dass Liv so schallend gelacht hatte, und es fühlte sich seltsam, reinigend und wohltuend an.

Als es wieder still im Raum wurde, fiel Livs Blick wieder auf den Spalt am Fenster zwischen Boden und altem Laken. Auf den Steinplatten draußen lagen Erde und Terracottascherben und erinnerten an den dumpfen Schlag gegen die Fenster.

»Ich brauche einen Drink«, sagte Sheridan.

»Ich muss die Vorhänge aufhängen«, antwortete Liv.

# 18

Liv beugte sich über das Waschbecken im Badezimmer und sah prüfend in ihr Gesicht. Make-up würde unmöglich alles abdecken. Der dunkle Ring unter ihrem unverletzten Auge kam allerdings nicht von den Schlägen, sondern von zu wenig Schlaf. Vielleicht konnte sie auf einer Seite ein wenig Grundierung auftragen. Genau, und dann wie das Phantom der Oper rumlaufen.

Sie duschte und zog sich an, ging hinunter und verdrehte die Augen, als sie Sheridan sah, die heißes Wasser in den Kaffeezubereiter goss – im eleganten Hosenanzug, mit perfekt gestyltem Haar, perfektem Make-up und passendem Lächeln.

»Mann, du gibst mir das Gefühl, als wäre ich gerade erst aus dem Wäschekorb gekrochen. Kannst du nicht einmal strubbelig aussehen?«

»Du trinkst sicher eine große Tasse«, antwortete Sheridan. »Du siehst ganz gut aus …« Sie musterte Liv. »Sportlich. Was ist mit den Schuhen? Willst du zur Arbeit laufen?«

Am Abend zuvor war sie auf Socken die Einfahrt hinuntergestürmt, und da war ihr wieder eingefallen, dass Daniel ihr geraten hatte, allzeit zur Flucht bereit zu sein. Ihr enger Rock und Stilettos waren nicht gerade dafür geeignet. Ihre Halbschuhe waren zwar keine richtigen Joggingschuhe, passten jedoch zu ihrer Hose. Mit denen konnte sie sehr viel besser laufen als auf Socken oder mit schwindelerregend hohen Stöckelschuhen. »Ich dachte mir, es wäre besser, das richtige Outfit zu tragen, falls ich noch mal rennen muss.«

Sheridan grinste, als wollte sie gleich noch mal einen fiesen Witz über den Teenager vom Vorabend reißen, doch dann sah sie Liv in die Augen, und der Schalk verschwand aus ihrem Blick. »Musst du ins Büro? Ich meine, es ist doch dein Laden, kannst du dir nicht freinehmen, wann du willst?«

Liv und Kelly hatten Sheridan nichts von ihren finanziellen Schwierigkeiten erzählt. Und Liv wollte nicht, dass irgendetwas darüber an die Öffentlichkeit gelangte. »Wir sind an einer ziemlich großen Sache dran. Ich muss hin.«

»Na ja, dann hoffen wir mal, dass du nicht rennen musst.«

»Ja.«

Sie holte einen Besen und betrachtete das Chaos, das der Junge im Garten hinterlassen hatte. Ein zerborstener Terracottatopf war aber nichts im Vergleich zu der Verwüstung ihres Büros, aber es ging ihr nahe – buchstäblich. Der Junge war es nicht, sagte sie sich. Egal welches Problem dieses Schwein mit ihr hatte, der Kerl war nicht bis hierher gekommen. Es ging um ihre Arbeit, das Büro oder das Parkhaus, genau wie Rachel gesagt hatte. Es musste so sein, denn ab Montag kam Cameron wieder zu ihr.

»Der Hund von nebenan muss dich nachts ja verrückt machen«, sagte Sheridan. Sie stand mit ihrer Tasse Kaffee im Garten und sah Liv dabei zu, wie sie die Trümmer zu einem Haufen zusammenkehrte.

Benny war jetzt still, vielleicht schlief er ja und erholte sich vom Bellen. Er hatte diese Nacht noch zwei Stunden weitergebellt. »Normalerweise bellt er nicht so lange.«

»Du hast bestimmt irgendwo eine Beutelratte. Wir haben eine, sie sitzt nachts auf einem Baum und frisst Samenschoten, wenn sie rauskommen. Die beiden Hunde nebenan drehen völlig durch.«

Liv spähte zum Baum im Nachbargarten. Es war ein junger Immergrünbaum, seine Äste waren noch dünn und weich, er war noch nicht so hoch wie ihr Haus. Newcastle lag zu weit im Norden, als dass die Blätter sich im Herbst golden verfärben würden, sie wurden dafür herrlich rot, und an den Zweigen hingen kleine Samenschoten. »Vielleicht. Was machst du heute Abend?«

Sheridan sah sie verlegen an. »Ich hätte dich zu mir gebeten, aber Ashley hat ein paar Freunde eingeladen. Ich wollte mich mit einem Film ins Schlafzimmer verziehen.«

»Nein. Komm doch her. Wir könnten uns was zum Essen bestellen und dazu Honigeiscreme löffeln.«

»Genau wie in alten Zeiten. Aber dann müssen wir morgen unbedingt laufen. Das Eis verschwindet nicht mehr über Nacht von der Hüfte.«

»Hmm, mir ist gestern Abend schon aufgefallen, dass dir ein wenig Joggen nicht schaden würde.«

Liv fand einen Parkplatz am oberen Ende der Park Street und ging die fünf Häuserblocks zum Büro zu Fuß. Immer wieder musterte sie die Gesichter der Passanten, ob jemand sie beobachtete. Kelly wartete schon vor Lennys Café auf sie, sie trug die Haare offen und einen Blazer, weil es etwas kühl war.

»Wie geht es dir? Du siehst müde aus. Hast du geschlafen?«

»Nicht sehr viel. Ich würde gerne reingehen.« Liv lächelte Kelly zu, dankbar für ihr Mitgefühl.

»Wir sollten die Post durchsehen, bevor Teagan kommt.«

»Gute Idee.«

Kelly wollte ihre Nichte raushalten, falls ein weiterer Drohbrief eingetroffen wäre. Liv hatte Verständnis dafür – Tee war sehr jung, ein Teenager, sie waren für sie verantwortlich und mussten sie nicht unnötig erschrecken. Liv zog den Stapel Umschläge aus dem Briefkasten.

»Irgendwas dabei?«, fragte Kelly.

Liv sah sich um. »Lass uns drinnen nachsehen.«

Die Tür zu ihrem Büro hatte bereits eine neue Glasscheibe erhalten, nur der Firmenname Prescott and Weeks war noch nicht aufgemalt worden. Vielleicht sollten sie es einfach eine Weile so lassen, dachte Liv. Sich gleich zu erkennen zu geben, erschien ihr in dieser Situation nicht unbedingt von Vorteil. Sie nahm die Post in ihr Büro und blieb in der Tür stehen. Ihr kleiner, privater Bereich existierte nicht mehr, der leere, wüste Raum vor ihr nahm ihr den Atem.

»Könnten wir auch in dein Büro gehen?«, rief sie.

Kelly kam mit Gummihandschuhen aus der kleinen Küche. »Die solltest du anziehen.«

Es war der zweite Umschlag von oben. Weiß, ohne Briefmarke und die vertraute Handschrift. Liv zog ihn aus dem Stapel und ließ ihn auf den Schreibtisch fallen.

»Mist.«

»Vielleicht ist es nicht so schlimm, wie du denkst.«

»Schlimm ist, dass er auf meinem verdammten Schreibtisch liegt.« Sie riss sich zusammen. Liv, es sind nur Papier und Stift. Damit kann er dir nichts anhaben. »Gut, also, lass uns nachsehen, was das Schwein heute zu sagen hat.«

Sie riss den Umschlag auf und legte ihn auf den Schreibtisch, sodass beide die roten Zeilen lesen konnten, die wie ein Gedicht in der Mitte des Blattes standen.

*Livia, warum siehst du nicht verängstigt aus?*
*Ich habe dich beobachtet, wie du schöne*
*Sachen eingekauft hast.*
*Bist du so dumm??*

*Du bist verletzt und schwach und alleine.*
*Ich habe dir gezeigt, was passieren kann.*
*LIVIA, DU SOLLTEST ANGST HABEN.*

Livia biss die Zähne zusammen, als sie das las. Kelly sah sie prüfend an und schien bereit, die Arme auszustrecken und sie aufzufangen falls nötig.

Erwartete dieser Kerl das? Dass sie seinen kleinen unverschämten Zettel las und zu Boden sank, als hätte man ihr Korsett zu eng geschnürt? Da hatte er aber Pech, es machte sie nur noch aufsässiger und hartnäckiger.

Sie hatte Tony Wallaces Kurs »Gib niemals auf, mach nie einen Rückzieher« absolviert, Begriffe wie »verletzt« und »schwach« und »alleine« waren nur Ansporn, sich noch mehr zu wappnen. Sie hatte Angst, und sie hatte guten Grund dazu. Aber keinen, sich zu verstecken!

»Ich habe keine Ahnung, wie seiner Meinung nach verängstigte Leute aussehen sollen.« Sie lief durch den kleinen Raum und riss sich die Gummihandschuhe von den Händen. Teagan stand an der Tür und hob grüßend die Hand, sie wusste nicht, ob sie unterbrechen oder sich aus der Schusslinie halten sollte.

»Tee, was gibt's?«, fragte Kelly.

»Habt ihr die Post gesehen? Unser Briefkasten war leer.«

Kelly nahm die Post und brachte sie Teagan an die Tür. Teagan nahm sie entgegen und senkte die Stimme. »Hat sie wieder einen gekriegt …?«

»Schon gut, Tee, du kannst es ruhig laut aussprechen.« Liv wollte eigentlich souverän klingen und ihr zu verstehen geben, dass sie ruhig darüber sprechen konnte, aber sie hörte sich nur ungeduldig und herablassend an.

»Liv«, warnte Kelly.

Teagan sah verunsichert drein. »Tut mir leid, ich, äh …« Sie deutete zum Empfang und zog sich schnell zurück.

»Mist.« Liv ging nervös im Büro herum.

»Liv, warum setzt du dich nicht?« Kelly zog den Besucherstuhl unter dem Schreibtisch hervor.

»Ich will mich nicht setzen.«

»Gibt's ein Problem?« Daniel Beck stand in der Tür, wie immer die Arme vor der Brust verschränkt, gelassen, aber zu allem bereit.

»Ja, tut mir leid, Daniel.« Kelly legte eine Hand an die Tür, als wollte sie ihn wegscheuchen. »Das ist jetzt gerade ein ungünstiger Moment.«

Doch sie irrte sich. Daniel war jetzt genau der Richtige – nicht, weil er groß und stark war. Irgendetwas an ihm vermittelte Liv das Gefühl … Ja, was war das nur? Als verkörpere er das, was sie früher gewesen war, eine zähere, patentere Version ihrer selbst. Die Liv, die vor ihrer Ehe existiert hatte, bevor Mutterschaft, Täuschung und Verlust sie verändert hatten. »Nein, ist schon in Ordnung, Kell. Daniel, ich habe wieder einen Drohbrief erhalten. Der Absender ist beleidigt, weil ich keine Angst habe.«

Daniel musterte zuerst sie, dann Kelly, anschließend sah er sich im Zimmer um. Vielleicht, weil er die Stimmung einschätzen wollte, oder er überlegte, wie er am schnellsten verschwinden konnte falls nötig. »Kann ich ihn sehen?«

Liv zeigte auf den Schreibtisch.

Während er ihn las, zog Kelly einen Stuhl heran. »Liv, setz dich endlich.«

»Nein, es geht mir gut.«

»Waren die anderen auch so?«, fragte Daniel.

»Sie waren so geschrieben, aber mit anderem Inhalt.«

»Haben Sie schon mit Rachel Quest gesprochen?«

»Wir haben ihn gerade erst gefunden«, sagte Kelly.

»Hier steht, dass Sie nicht verängstigt aussehen. Das heißt, er hat Sie gesehen. Wo haben Sie eingekauft?«, fragte Daniel.

Er hielt sich nicht damit auf, Bestürzung zu zeigen, sondern versuchte gleich, die Nachricht zu entschlüsseln. Das dämpfte Livs Zorn und half ihr, sich zu konzentrieren. »Ich war gestern Nachmittag beim Metzger und dann im Lebensmittelgeschäft auf der Park Street, außerdem habe ich in einem Einrichtungsladen Vorhänge gekauft. Das kann man nicht wirklich als Shoppingtour bezeichnen.«

»Waren Sie sonst noch irgendwo?«

»Nein.« Sie sah ihn mit hochgezogenen Augenbrauen an, denn sie verstand, worauf er hinauswollte. »Das bedeutet, er hat mich irgendwo da draußen gesehen.«

Daniel nickte. »Und wenn er nicht den ganzen Tag da draußen auf Sie wartet, bis Sie rauskommen, muss er irgendwo hier wohnen oder arbeiten, sich irgendwo aufhalten, wo er Sie beobachten kann oder vorbeilaufen sieht.«

Liv sah auf die Straße hinaus. »Ich bin sechs Häuserblocks bis zur Parkzone gelaufen. Zwischen hier und dort hätte er überall sein können.« Ihr fiel wieder ein, dass sie beschwingt gewesen war, weil Kelly ihr die Neuigkeit von Toby Wright überbracht hatte. Dass sie bewusst zügig gegangen war, weil sie die Vorhänge und das Essen besorgen wollte, bevor es dunkel wurde. Der Einbruch hatte ihr Angst eingejagt, aber vielleicht hatte sie trotzdem entschlossen und sogar ein wenig heiter gewirkt.

»Vielleicht arbeitet er in einem Laden.« Kelly saß auf dem Besucherstuhl und sah Liv aufgeregt an. »Mein Gott, vielleicht kennen wir ihn ja.«

Unbehagen machte sich in Liv breit. Sie kaufte immer hier ein. Ihr Zahnarzt war in der Park Street, ihre Bank auch. Hatte sie etwas gesagt, das ihn verärgert hatte? Oder hatte sie ihn ignoriert? War sie ihm in die Quere gekommen, hatte ihn unterbrochen, ihn nicht gut bezahlt?

»Vielleicht wohnt er über einem Geschäft«, sagte Daniel. »In den Gebäuden auf beiden Straßenseiten sind Wohnungen im ersten Stock.«

Vielleicht hatte er sie von oben beobachtet, dachte Liv.

Oder vielleicht hatte er sich in der Menge eine große Blondine herausgesucht und beschlossen, ihr eine Lektion zu erteilen.

Sie bewegte ihre verbundene Hand, dachte an den Knöchel, den sie sich an seiner Wange gebrochen hatte, und an die Gesichter der Passanten, die sie ständig beobachtete. »Ich habe auf der Straße nach ihm Ausschau gehalten, aber vielleicht ist das ja der falsche Ort.«

»Was heißt, du hast nach ihm Ausschau gehalten?«, zischte Kelly.

»Na ja, ich habe nach jemandem mit Verletzungen im Gesicht geschaut.«

»Du warst draußen und hast versucht ihn ausfindig zu machen?«, fragte Kelly ungläubig.

»Ich habe nicht nach ihm gesucht, sondern nur die Augen offen gehalten. Aber vielleicht würde es sich ja lohnen, in den Geschäften nachzusehen, ob irgendwer ein blaues Auge hat.«

Daniel schwieg, als überlege er eine Formulierung, doch Kelly kam ihm zuvor.

»Liv, mach dich nicht lächerlich.« Sie sagte es so laut, dass Teagan am Empfang den Kopf hob und neugierig rüberspähte. »Du siehst nirgendwo nach. Der Kerl ist ein Spinner. Er hat dich schon einmal zusammengeschlagen. Das ist Sache der Polizei.« Sie streckte nachdrücklich den Arm aus und zeigte auf das Telefon auf ihrem Schreibtisch. »Du rufst jetzt diese Kommissarin an und sagst ihr, dass du wieder einen Drohbrief erhalten hast. Sie soll sich darum kümmern.«

Kelly hatte recht. Es war dumm zu versuchen, ihn selbst zu erwischen. Was zum Teufel konnte sie denn tun, falls sie ihn tatsächlich entdeckte? Ihn festnehmen? Ihm sagen, er solle stillhalten, bis sie die Polizei gerufen hätte? Außerdem hatte sie genug Fernsehsendungen gesehen, um zu wissen, dass die

Cops mehr Beweise als nur eine passende Verletzung brauchten, um jemanden festzunehmen. »Ja, du hast recht.«

»Und sag ihr, dass sie jemanden vorbeischicken soll, der den Drohbrief abholt«, sagte Kelly. »Du fährst besser nicht aufs Revier, solange dich da draußen ein gewalttätiger Mann beobachtet.«

»Die Cops holen ihn hier nicht ab«, sagte Daniel ausdruckslos.

Liv und Kelly wandten sich beide zu ihm um.

»Wie meinen Sie das? Das ist doch Beweismaterial«, beharrte Kelly.

»Der Brief enthält keine direkte oder unmittelbare Drohung, außerdem haben die viel zu viel zu tun. Wenn Sie wollen, dass die sich damit befassen, müssen Sie ihnen den Brief schon unter die Nase halten.« Dann wandte er sich an Liv. »Ich habe die nächsten zwei Stunden frei. Ich könnte Sie hinbringen und wieder hierher mitnehmen, ohne dass Sie auf die Park Street hinaus müssen, wenn Sie nicht gesehen werden wollen.«

# 19

Liv wartete am Notausgang, während Daniel seinen Wagen holte. Als sie die Türe draußen hörte, trat sie einen Schritt vor und machte sich zu einem schnellen Sprint zum Wagen bereit, aber dann tauchte Scott auf. Er grinste, als sie überrascht zusammenzuckte.

»Oh, hey, Liv. Habe ich dich erschreckt?«

Ihr Blick schoss zu seinem Gesicht. »Was soll denn das heißen?«

Sein Lächeln verschwand. »Nichts. Ich … Du bist zusammengezuckt. Da dachte ich …«

Sie zögerte einen Augenblick. Er war groß, wies aber keinerlei Verletzung auf. Es war nur ein Zufall. »Ja, tut mir leid. Ich bin ein wenig, na ja, nervös.«

»Das wundert mich nicht nach all dem, was du diese Woche durchgemacht hast.« Er kam in den Flur, und als die Türe hinter ihm zuschlug, warf er einen Blick auf den Plastikumschlag mit dem Zettel, den sie in der Hand hielt, und registrierte, dass sie sich an die Wand drückte.

Dann ging die Tür zum Notausgang erneut auf, und Daniel stand vor ihr. Er sah Scott prüfend an und schien zu überlegen, was er hier machte, dann wandte er sich an Liv: »Sind Sie so weit?«

Sie sah hinaus und kontrollierte die Fahrbahn, und während er sie zum Auto begleitete, fiel ihr auf, dass er sich ebenso verhielt. Am anderen Ende schlenderte eine Frau über die Straße, zwei Männer kamen aus dem Parkhaus. Keiner von beiden hatte eine Verletzung. Und niemand sah zu ihnen herüber. Sie wünschte, sie könnte in die Wohnungen oben sehen.

Der direkteste Weg zum Revier führte über die Park Street, aber Daniel fuhr genau in die entgegengesetzte Richtung ein paar Blocks weiter, dann nach links und wieder nach links über die Hauptstraße abseits der Einkaufszeile. Als sie an einer Ampel stehen blieben, blickte er zu ihr herüber. »Und, Puncher, stehen Sie wieder im Ring?«

Sie lächelte und freute sich über die Anspielung. Genau, sie würde nicht aufgeben und weiter austeilen. Das hatte sie von ihrem Vater gelernt. »Ja, aber momentan auch nicht viel mehr. Finden Sie, dass ich verängstigt aussehe?«

»Er sieht, was er sehen möchte, Liv.«

»Vielleicht sollte ich versuchen, verängstigt auszusehen …«, sie zuckte die Achseln.

Er zog einen Mundwinkel nach oben. »Ich bezweifle, dass Ihnen das gelingen würde.«

»Woher wollen Sie das wissen? Sie kennen mich doch erst seit Montag, und da habe ich die meiste Zeit nur geheult und war völlig panisch.«

»Vielleicht fühlen Sie sich so, aber Sie sehen nicht so aus.«

»Sie sollten mich mal von innen sehen.«

Seine dunklen Augen glitten kurz über sie, als müsse er seine Einschätzung überprüfen. »Ich habe Sie in der Nacht in dem Parkhaus gesehen. Sie haben ganz schön was abgeliefert.«

Sie war aufgewühlt gewesen und hatte entsetzliche Angst gehabt, sie hatte in seinen Armen geweint und auf der Rückbank ihres Wagens wie ein Kind geschluchzt. Sie wünschte, sie hätte sein Selbstvertrauen.

Die Ampel wurde grün, er blickte wieder nach vorne, und sein Ton wirkte leicht befangen, als er beschleunigte. »Ja, ich weiß. Wahrscheinlich denken Sie, dass ich nur Scheiße labere, aber ich habe zwölf Jahre damit verbracht, Leute aus Löchern zu ziehen und weiß, wonach ich suchen muss. Bei so einem Job lernt man, wie man einem Opfer hilft durchzuhalten.« Er sah sie an, doch als sie seinen Blick erwiderte, drehte er sich wieder weg. »Manchmal ist das nur der Überlebensinstinkt, mit dem man arbeiten kann.«

Während er vor dem Polizeirevier parkte, beobachtete Liv die zuckenden Muskeln an seinem Kiefer und sah, dass er das Lenkrad fest umklammert hielt. Überlegte er, was in ihr vorging, oder machten ihm seine Erinnerungen zu schaffen? Sie fragte sich, wie es wohl war, wenn man zwar selbst durchtrainiert war, sich aber nur auf den Überlebenswillen des Opfers verlassen konnte, um es zu retten. Was bewirkte diese Erfahrung bei einem Menschen?

Er begleitete sie hinein, und sie setzte sich zum dritten Mal an Rachel Quests Schreibtisch und beantwortete wieder unzählige Fragen, die scheinbar nirgendwo hinführten.

»Sie sollten Ihre Gewohnheiten ändern und gewährleisten, dass immer jemand weiß, was Sie gerade machen«, sagte Rachel und schloss die Akte auf ihrem Schreibtisch. »Und vielleicht wäre es auch ganz klug, wenn Sie eine Zeit lang nicht mehr alleine auf die Park Street gehen würden.«

Liv war enttäuscht. »Na großartig. Erst werde ich verprügelt, und dann muss ich mich auch noch verstecken«, zischte sie.

Doch ihr Gefühlsausbruch schien Detective Quest nicht zu beeindrucken. Sie fuhr einfach in ihrem gewohnt neutralen Ton fort, den sie auch schon bei den anderen Fragen an den Tag gelegt hatte. »Ich weiß, das ist nicht unbedingt der beste Weg, ich versuche es auch gerade zu ändern.«

*Ich kriege das Schwein*, hätte Liv aber am liebsten von ihr gehört. Ein entschlossenes Statement, das über reines Fragenstellen und Abheften von Beweisen hinausging. Denn das hatte bisher nicht allzu weit geführt.

Rachel begleitete sie in den Empfangsbereich zu Daniel und blieb vor ihm stehen. »Wolltest du mich sprechen?«

Er blieb völlig gelassen. »Nein, ich bringe Liv ins Büro zurück.«

Die Kommissarin sah zwischen ihnen hin und her. »Hast du sie hierhergefahren?«

»Ja.«

»Daniel, das ist eine polizeiliche Angelegenheit.«

»Darum habe ich sie auch direkt zu dir gebracht.«

Rachel sagte ein paar Sekunden lang nichts und wandte sich dann an Liv. »Ich bin die ganze Woche auf meinem Handy zu erreichen, aber wählen Sie den Notruf, wenn Sie sich um Ihre Sicherheit sorgen. Okay, Livia?« Sie sah Liv fragend an und vergewisserte sich, dass sie sie verstanden hatte.

Liv schnallte sich im Auto an und murmelte dann: »Was war das denn?«

»Das mit Rachel?«, fragte Daniel.

»Ja.«

Er antwortete, sah sie aber nicht an. »Das ist eine alte Geschichte.«

Kelly hob ruckartig den Kopf, als Liv die Tür zu ihrem Büro aufstieß. Sie war am Telefon und stieß ein überraschtes »Ooohhh« aus.

Liv krallte ihre Finger um den Türknopf. »Was ist los?«

Kelly hob warnend einen Finger. »Ich muss los«, murmelte sie in den Hörer und legte auf. »Nichts. Was hat die Polizei gesagt?«

Sie wirkte verstört, als würde sie etwas verheimlichen, doch inzwischen war Liv sich nicht mehr ganz sicher, ob sie nicht vorschnelle Schlüsse zog. Vielleicht erwartete sie inzwischen immer das Schlimmste. Sie setzte sich auf den Besucherstuhl und erzählte von ihrem Gespräch mit Rachel.

»Vielleicht solltest du mal eine Zeit lang von zu Hause aus arbeiten«, sagte Kelly.

»Nein.« Die Tatsache, dass sie morgens aufstehen und zur Arbeit gehen musste, hatte sie das ganze letzte Jahr auf den Beinen gehalten. Sie wollte nicht ausgerechnet jetzt aufgeben.

»Vielleicht hört er auf, Drohbriefe zu schreiben, wenn du nicht mehr herkommst.« Das war ein Vorschlag, aber nach ihrem Gesichtsausdruck zu schließen, wirkte es wie ein Appell.

Liv sah, dass Kelly sich Sorgen um sie machte. Doch das änderte nichts an ihrer Einstellung. »Aus meinem Büro wird er mich nicht hinausekeln. Er kann das Parkhaus und die Straße haben, aber mein Büro bekommt er nicht.«

»So meine ich das auch nicht. Du könntest es nächste Woche ausprobieren und abwarten, was passiert. Das wäre allein deine Entscheidung. Du würdest gar nichts aufgeben.«

Genau wie bei Thomas, dachte sie den Gedanken zu Ende. Sie biss die Zähne zusammen. »Nein, ich bleibe. Gibt es Neuigkeiten von Toby Wright? Hast du was von ihm gehört?«

Kelly blinzelte ein paar Mal, vielleicht überlegte sie, ob sie nicht noch ein wenig länger auf der Home-Office-Nummer herumreiten sollte. Dann entschied sie sich anders, senkte nur den Blick, schob ein paar Akten hin und her und rückte die Tastatur am Schreibtischrand zurecht. »Okay, Toby.« Sie warf das Haar nach hinten über die Schultern. »Nachdem du weg warst, habe ich noch einmal mit ihm gesprochen. Sieht aus, als wolle er Anfang nächster Woche eine Entscheidung treffen.«

Liv wunderte sich über die Verzögerung. »Gab es Probleme?«

»Nein, nein, es war alles in Ordnung. Er wollte sich nur bezüglich des Zeitrahmens mit mir abstimmen.« Sie rückte wieder die Tastatur zurecht und nahm einen Stift. »Ich glaube, es wäre eine gute Gelegenheit.«

So, wie sie es sagte, klang es irgendwie merkwürdig. Lag das am Vorschlag oder an Kelly? Sie saß zusammengesunken auf ihrem Stuhl, wirkte müde und hatte dunkle Ringe unter den Augen. Kein Wunder. Schon die ganze Woche hatte sie für beide gearbeitet. Liv empfand Schuldgefühle. »Das klingt gut, Kell. Du hast tolle Arbeit geleistet. Tut mir leid, dass ich dir keine große Hilfe war, aber jetzt bin ich wieder da und startbereit. Lass uns einen Blick auf Neil Brummers Bericht werfen.«

Kelly wischte den Vorschlag mit einer Handbewegung beiseite. »Du hast im Moment andere Sorgen. Wir schaffen es schon. Wir haben ein paar Alternativen.«

»Das erwähntest du bereits, aber wir sollten uns trotzdem mal seine Zahlen ansehen.«

Kelly hielt kurz den Atem an, stieß ihn dann wieder aus und sagte: »Liv, ehrlich gesagt bräuchte ich erst einmal ein paar Stunden, um meine Post durchzusehen. Wenn ich das heute nicht auf die Reihe bekomme, habe ich nächste Woche keinen Überblick.«

Liv zögerte. »Würgst du mich etwa gerade ab?«

»Nein, ich versuche nur ein wenig Arbeit zu erledigen.«

Sie war nicht sauer, aber kurz davor. Gut, Kelly war völlig überlastet, Liv konnte das durchaus verstehen. An der Tür blickte sie nochmals zurück und schloss die Tür. Sie waren seit über dreißig Jahren befreundet. Liv wusste, dass Kelly sich Sorgen machte, sie wusste nur nicht genau, weswegen. Es gab unzählige Gründe dafür, die Firma, der Stalker, um nur ein paar zu nennen. Dann klangen wieder Jasons Worte in ihren Ohren nach, die er vergangene Nacht zu ihr gesagt hatte, und sie spürte einen Kloß im Magen. *Wir würden vermutlich vor Langeweile umkommen, wenn du nicht ständig mit einem neuen*

*Drama vor unserer Tür stündest.* Gab es dort etwa auch Probleme? Mein Gott, hoffentlich nicht!

Es war Nachmittag, als Kelly ihre Post abgearbeitet hatte und Liv mitteilte, dass Jason irgendeinen Termin hatte und sie die Mädchen abholen musste.

»Würdest du mir Neils Bericht geben, bevor du gehst?«

Kelly sah auf die Uhr und verzog das Gesicht »Tut mir leid, ich bin schon spät dran.«

Liv nickte, glaubte ihr aber nicht.

Eine halbe Stunde später schloss sie das Büro ab. Sie wollte ihren Vater besuchen, bevor es dunkel wurde, und es war besser, den Anrufbeantworter einzuschalten, als Teagan allein zu lassen.

Heute hatte er starke Schmerzen. Seine Stimme klang krächzend, und er bewegte seine Lippen nur so weit, dass er Worte formen konnte. Sie erzählte ihm, dass Cameron als Stürmer spielte, von Sheridan, die bei ihr übernachtet hatte, und von dem Mann, der ihr im Parkhaus geholfen und bei ihr zu Hause ein paar Arbeiten erledigt hatte. Sie erzählte es so, als handle es sich dabei um Renovierungsarbeiten und nicht um Lücken in ihrem Sicherheitssystem. Dann wollte er unbedingt ihr Auge und ihre Hand sehen – vermutlich kannte er sich besser mit blauen Augen und gebrochenen Fingerknöcheln aus als die meisten Ärzte. Nach Ansicht von Tony Wallace heilte alles gut ab.

Es war ihr unangenehm, nur eine knappe Stunde in seinem Zimmer zu verbringen, als würde sie es nicht länger bei einem sterbenden Mann aushalten. Aber sie wusste auch, dass ihre Gegenwart ihn anstrengte, und sie wollte doch noch viele Tage mit ihm verbringen, nicht nur ein paar Stunden.

Die Sonne war schon fast untergegangen, als sie in ihre Einfahrt bog und neben den drei Briefkästen parkte. In der Dämmerung sah sie prüfend die Straße entlang, merkte sich die Autos, die am Straßenrand parkten, zog dann den Kopf ein, hob die Klappe über dem Briefschlitz und ging zur Seite, sodass das Licht vom Haus in den Briefkasten fiel.

Ein ordentlicher Stoß Briefe lag darin. Der obere Umschlag war groß und weiß. Es klebte keine Briefmarke darauf, er war nur mit einer kritzeligen Schrift in der Mitte versehen. Sie las sie nicht. Das brauchte sie auch nicht.

Sie wusste bereits, was es war.

Und er wusste, wo sie wohnte.

# 20

Liv duckte sich hinter das Ziegelmäuerchen, in dem die Briefkästen waren, ihr Herz schlug heftig.

War er immer noch da?

Die Abenddämmerung warf düstere Schatten in den Garten. Dort gab es viele mögliche Verstecke.

Ihr Wagen leuchtete wie ein Schiff bei Nacht, die Scheinwerfer warfen ein gleißendes Licht auf die Straße, die Beleuchtung aus dem Wageninneren fiel durch die offene Wagentür auf den Zaun. Kein auffälliger Schatten, keine Bewegung. Sie nahm den Brief aus dem Briefkasten, eilte zum Wagen und knallte mit dem gebrochenen Knöchel an die Karosserie, als sie sich in den Wagen warf. Sie drückte auf die Zentralverriegelung, fuhr vorsichtig ein Stück vor, reckte den Hals, kontrollierte die dunklen Zwischenräume zwischen den Reihenhäuschen und blieb dann vor der Garage stehen.

War er im Haus gewesen? Sollte sie herumgehen und nach Einbruchzeichen suchen? In der Dämmerung?

Sie nahm ihr Handy in die Hand, hielt dann aber inne und überlegte. Die Polizei? Würde man jemanden schicken, nur weil sie einen weiteren Drohbrief erhalten hatte? Jason würde sofort kommen, aber Daniel war groß und kräftig und konnte einen Mann hochheben und durch die Gegend schleudern.

»Hey, Puncher.«

Sie hörte förmlich das Lächeln in seiner Stimme und hätte am liebsten geschrien, *er war in meinem Haus!* Doch sie atmete tief durch und versuchte dann langsam und ruhig zu reden. »Er hat bei mir zu Hause einen Zettel hinterlassen. Ich … Ich bin … Könnte er reinkommen?«

»Wo sind Sie jetzt?«

»Ich sitze im Auto vor meinem Haus.«

»Okay. Ich bin nicht weit weg. Fahren Sie mal um den Block, ich bin in fünf Minuten da.«

Daniels Stimme verriet keinerlei Besorgnis. Das hätte sie beruhigen sollen, er hatte aber auch zu ihr gesagt, dass sie eine Runde drehen sollte. Das bedeutete, dass sie nicht hier auf ihn warten sollte. Was wiederum hieß, dass das Schwein noch dort sein konnte und sie lieber woanders sein sollte.

Sie setzte zurück und fuhr dann die Straße auf und ab, bis sie Daniels Vierradantrieb kommen sah. Sie schaltete das Fernlicht an, als das Garagentor hochrollte, und sah prüfend hinein, bevor sie reinfuhr. Daniel parkte in der Einfahrt und kam zu ihrem Wagen. Er trug eine Anzughose und dazu ein T-Shirt, als habe er sich gerade umgezogen und dann alles stehen und liegen gelassen, um zu ihr zu fahren.

»Danke, dass Sie gekommen sind«, sagte sie.

Er musterte sie einen Augenblick. »Kein Problem. Waren Sie schon drinnen?«

»Nein. Ich habe den Zettel gefunden und gedacht, dass ich besser auf Unterstützung warten sollte.«

Er lächelte und schien das niedlich zu finden. »Okay. Schließen Sie das Tor, wir gehen durch die Garage rein.«

Er drückte sich weder gegen Wände, noch spähte er um die Ecken. Vielleicht glaubte er auch, sein massiger Körperbau reichte, um jeden von einem Sprung aus der Dunkelheit abzuhalten. Liv folgte ihm, knipste Lichter an und verwandelte das Erdgeschoss in einen lichtdurchfluteten Raum. Er öffnete die Türen zur Toilette und zur Waschküche. Während er zur Küche lief, nahm sie den Baseballschläger, der an der Haustür lehnte. Falls das Schwein mit einer Schrotflinte in der Küche wartete, würde der zwar nicht viel bringen, aber es fühlte sich besser an, als mit leeren Händen herumzustehen.

»Entwarnung«, sagte er, als er wieder rauskam. Als er den Schläger in ihrer Hand entdeckte, sah er sie erstaunt an.

»Nur für alle Fälle«, sagte sie.

»Seien Sie vorsichtig. Nicht dass Sie mir aus Versehen den Kopf einschlagen.«

Ein paar Minuten später stand sie im Flur und hörte, wie er ins Schlafzimmer ging, Schranktüren öffnete und schloss, das Licht im Badezimmer an- und wieder ausdrehte.

»Hier scheint niemand drinnen gewesen zu sein«, sagte er, als er rauskam.

Sie wich seinem Blick aus, als er im Flur an ihr vorbeiging. Er war schon einmal in ihrem Schlafzimmer gewesen, um das Fensterschloss zu installieren, doch diesmal hatte sie ihn gebeten, sich umzusehen. Und er hatte ihr den Gefallen getan. Konnte er in Zimmern so lesen wie in Menschen? Hatte er den Schmerz und die Einsamkeit gesehen, die sie ins Bett begleiteten?

Sie ging hinter ihm die Treppe hinunter, warf einen Blick auf seinen kräftigen Rücken, eine Mischung aus natürlichem Körperbau und hartem Training. Ihr Vater hätte ihn als muskulöse Person bezeichnet. Genau das, wonach sie als Teenager in der alten Sporthalle gegiert hatte.

»Was steht auf dem Zettel?«, fragte Daniel, als sie wieder im Wohnzimmer standen.

»Was zum Kuckuck spielt das für eine Rolle?«, antwortete Liv. »Er weiß, wo ich wohne. Vielleicht ist er ums Haus geschlichen und hat durch meine Fenster gespäht.«

Er sah zum hinteren Teil des Reihenhäuschens. »Da wird er nicht viel gesehen haben. Ihre Vorhänge sind geschlossen.«

Er hatte recht. Nur durch einen Spalt im Küchenrollo

konnte man nach innen sehen, und auch dann erkannte man nur ein umgedrehtes Glas auf der Spüle.

»Möchten Sie ihn in meinem Beisein lesen?«, fragte er.

Falls drinstand, dass sie genau zehn Sekunden hatte, um zu verschwinden? Oder dass sie zusammenbrach und hinausgebracht werden musste? Sie zog Handschuhe an. Daniel stand ruhig neben ihr, als sie den Umschlag aufschnitt.

Diesmal war es kein Zettel. Es war eine Karte. Sie hatte eine glänzende Oberfläche mit einer einzelnen wunderschönen Lilie auf der Vorderseite. Auf der Innenseite befand sich keine gedruckte Nachricht, sondern nur eine blaue, gekritzelte Handschrift.

*Liebe Livia,*
*es kann jederzeit überall passieren.*
*Du wirst schon sehen!!!*

»Ich brauche einen Drink«, sagte Livia.

Sie holte eine angebrochene Flasche Wein aus dem Kühlschrank. Sie fragte Daniel erst gar nicht, ob er auch etwas wollte, sondern schenkte einfach zwei Gläser ein, reichte ihm eines und hoffte, dass sie nicht die Einzige war, die Stärkung brauchte. Sie verschluckte sich fast an dem kalten Alkohol. Er hielt sein Glas einfach nur in der Hand und sah ihr zu.

»Es geht mir gut. Lassen Sie mich nicht alleine trinken.« Sie ging zum Spülbecken und deutete auf die Karte. »Was zum Teufel soll denn das schon wieder heißen?«

»Sie sollten Rachel anrufen und ihr Bescheid sagen.«

»Da ist eine Lilie drauf. Lilien schickt man zu Begräbnissen.«

»Sie soll einen Streifenwagen in Ihrer Straße patrouillieren lassen.«

Sie stakste zum Herd. »*Was* kann jederzeit überall passieren?«

»Sie sollten sich so schnell wie möglich darum kümmern. Es ist Freitagabend, da konzentriert die Polizei sich vorwiegend auf die Pubs.«

Sie trat wieder zu ihm. »Meint er damit, dass er mein Haus verwüsten kann, weil er jetzt weiß, wo ich wohne?«

Er sagte nichts.

»Das sind zwei Nachrichten an einem Tag. Was zum Teufel hat das zu bedeuten?«

»Livia.«

»Was?«

»Sie können dieses Arschloch nicht verstehen.«

Sie schloss die Augen.

»Konzentrieren Sie sich darauf, was Sie tun können.«

Sie trank einen Schluck Wein. »Sie haben recht.«

»Sind Sie bereit?«

Sie stellte das Glas ab und strich sich mit beiden Händen das Haar aus dem Gesicht. »Ja.«

»Gut. Dann rufen Sie erst einmal die Polizei an.«

Daniel überprüfte die Verriegelungen im Erdgeschoss, während Liv Rachel auf dem Handy anrief. Wo auch immer sie gerade war, dort war es laut, und es waren lachende Stimmen zu hören. Es klang ganz nach einem Pub. Arbeitete sie oder war sie auf einen Drink am Freitagabend aus? Rachel bat sie, am Apparat zu bleiben, und suchte sich ein ruhigeres Eckchen, dann bat sie Livia, ihr die Nachricht vorzulesen.

»Ich kümmere mich um eine Streife, die heute Nacht ein paar Mal Ihre Straße abfährt.«

»Ich wohne in einem Reihenhäuschen. Man kann es von der Straße aus sehen.«

»Ich sorge dafür, dass das notiert wird. Vielleicht fährt der Streifenwagen auch mal Ihre Einfahrt hinauf, erschrecken Sie also nicht, wenn Sie plötzlich Scheinwerferlicht sehen.«

»Wie oft werden sie ungefähr vorbeikommen?«

»So circa ein halbes Dutzend Mal.«

Liv sah auf ihre Uhr. Es war halb sieben. Es würde zwölf Stunden dunkel bleiben. »Sie meinen, alle zwei Stunden?«

»Ungefähr.«

»Und was ist in der Zwischenzeit?«

Pause. Liv hoffte, dass sie es sich noch einmal überlegte und nicht an ihrem Bier nippte und sich fragte, wie sie das lästige Feierabendopfer so schnell wie möglich wieder loswurde. »Polizeipräsenz wirkt in solchen Fällen normalerweise abschreckend. Stalker wollen nicht erwischt werden.«

In solchen Fällen. Wie viele Leute gab es denn, deren Häuser von irgendwelchen Schweinen beobachtet wurden?

»Wie steht es um Ihre Sicherheit?«, fragte Rachel.

»Ich habe an allen Türen und Fenstern neue Schlösser. Daniel Beck hat sie vor ein paar Tagen installiert.«

Es folgte eine weitere, etwas längere Pause, die von irgendwelchen dumpfen Geräuschen unterbrochen wurde, wo auch immer sie sich befand. »In Ordnung. Benutzen Sie sie auch.«

Liv legte auf, knipste die Außenbeleuchtung an und trank einen Schluck Wein. »Daniel, bitte sagen Sie es mir noch einmal, ich bin hier sicher, oder?«

Er sah sie einen Augenblick an, was Liv dazu veranlasste, sich zu fragen, ob er nach einer Antwort suchte, die sie nicht in Panik versetzte. »Am einfachsten kommt man hier mit einem Vorschlaghammer rein, indem man die Scheibe zertrümmert. Aber das macht einen Höllenlärm, und Sie haben Nachbarn.«

»Und Stalker wollen nicht erwischt werden. Okay.«

Während sie an ihrem Wein nippte, warf er einen verstohlenen Blick auf sein linkes Handgelenk. Er sah auf die Uhr. Natürlich. Er hatte sich wohl kaum den Freitagabend freigehalten, weil Liv vielleicht einen Bodyguard brauchen könnte.

»Gut, dann ist ja alles in Ordnung. Eine Freundin kommt

zu mir. Sie ist sicher bald hier. Sie heißt übrigens Sheridan Marr und arbeitet bei View TV. Sie wollte die Tage mal Kontakt mit Ihnen aufnehmen.«

Zwischen seinen Augenbrauen bildete sich eine Falte. »Ihre Freundin?«

»Ja. Sie wollte mit Ihnen reden und meinte, sie hätte Ihnen ziemlich viele Nachrichten hinterlassen.«

»Ja.«

»Haben Sie mit ihr gesprochen?«

»Nein.«

Liv verstummte. Er schien angespannt, und das überraschte sie.

Er zuckte mit den Achseln. »Als ich noch bei der Feuerwehr war, musste ich oft mit den Medien reden. Das ist jetzt vorbei, ich bin auch nicht an blödsinnigen Schlagzeilen interessiert.«

»Sie mögen es nicht, wenn man Sie einen Helden nennt?«

»Die haben doch keine Ahnung, was ein Held ist.«

Wow. Der sonst so ruhige und gelassene Daniel Beck ließ sich von einem Interview aus der Fassung bringen. Aber nicht aus Schüchternheit, das war ihr schon klar, außerdem lag Bitterkeit in seinen Worten. Die war ihr allzu vertraut, und sie wusste, dass eine schlagfertige Antwort keine Hilfe war. Also schwieg sie lieber, während er den Spalt in einem Vorhang glattstrich und sich mit einer Hand durch die dunklen Haarstoppeln fuhr. Als er sich wieder zu ihr umdrehte, war die Spannung aus seinem Blick verschwunden, seine Stimme klang wieder gefasst. »Ich kann warten, bis sie hier ist, wenn Sie möchten.«

Der kurze Blick hinter seine kontrollierte Fassade ließ sie vermuten, dass es interessant sein könnte, ein wenig Zeit mit ihm zu verbringen. »Danke, aber Sie haben sicher noch ein Privatleben, dem Sie etwas Aufmerksamkeit widmen sollten.«

Er nickte. Es wirkte dankbar.

»Sie haben wohl eine Verabredung, was?« Sie grinste und ignorierte ihre leichte Enttäuschung.

Er sah wieder auf seine Uhr. Welche Frau veranlasste Daniel Beck wohl dazu, pünktlich sein zu wollen? »Eine Geburtstagsfeier, sie fängt früh an, weil das Geburtstagskind um neun im Bett sein muss.«

Mit ihm? »Oh, nett …«

Er kicherte. »Nein, nicht was Sie denken. Es ist ein Abendessen im Kreis der Familie, meine Nichte wird heute sechs.«

»Da dürfen Sie auf keinen Fall zu spät kommen. Ich hoffe, Sie haben ihr etwas Tolles gekauft.«

»Einen Fußball.« Er verzog unsicher das Gesicht. »Ich habe gedacht, das wäre vielleicht cool, aber jetzt fürchte ich, dass es nicht mädchenhaft genug ist.«

Wie süß, dass ein sechsjähriges Mädchen sein Vertrauen so sehr erschüttern konnte. Sie hätte ihm am liebsten gesagt, dass nicht das Geschenk, sondern das Familienfest zählte, an das seine Nichte sich ein Leben lang erinnern würde. »Mädchenkram ist total überbewertet. Sie wird begeistert sein.«

»Das hoffe ich, denn mehr habe ich nicht.«

Du hast viel, Daniel. »Gehen Sie ruhig.«

Er sah sich zuerst noch einmal prüfend im Zimmer um. Dann sah er sie an – er musterte sie förmlich. Als er bei ihrem Gesicht war, hielt sie ihm die Hand hin. »Es geht mir gut.«

»Wie viel Wein haben Sie noch?« Er deutete mit dem Kopf auf die Flasche.

»Fürchten Sie, ich werde mich bis zur Besinnungslosigkeit betrinken?«

»Vielleicht ein wenig.«

»Ein verlockender Gedanke, aber ich bleibe lieber wachsam und zu allem bereit, damit ich schnellstens verschwinden kann.«

»Das geht mit einer Flasche Wein intus nur schlecht.«

»Genau das dachte ich mir auch.«

Er nickte.

»Habe ich sie bestanden?«, fragte sie.

»Was bestanden?«

»Die Prüfung, der Sie mich unterzogen haben.«

Langsam zog er einen Mundwinkel zu einem schiefen Lächeln hoch, als sei er ertappt worden. »Ja, Sie haben bestanden.«

»Schön, dann können Sie ja gehen und Ihrer Nichte alles Gute zum Geburtstag wünschen.«

Sie begleitete ihn zur Eingangstür und blieb mit einer Hand am Türgriff stehen, weil sie eine Unterhaltung zwischen Tür und Angel vermeiden wollte – falls da draußen jemand war, der zusah. Sie drehte sich ruckartig um und stieß dabei mit Daniel zusammen. Einen kurzen Augenblick drückten ihre Brüste gegen seine breite Brust, dann stieß sie mit ihrer verletzten Schläfe gegen seine Schulter, als er ihre Arme packte. Der Duft von Waschpulver, der von seinem frischen T-Shirt ausging, hing zwischen ihnen.

»Autsch!« Sie fasste sich an die Wange, sah ihm erstaunt in die Augen und ein kurzes, unerwartetes Zucken regte sich unter ihren Rippen. Das Gefühl erstaunte sie so sehr wie der Zusammenstoß. Sie hatte ihr ausgebranntes Herz bereits abgeschrieben und nicht geglaubt, je wieder solche Regungen zu verspüren.

Während Daniel sie noch einen Augenblick länger als nötig festhielt, betrachtete sie seine rauen Bartstoppeln und die feinen Linien auf seinen Lippen. Als ihr Blick zu seinen dunklen Wimpern hinaufglitt, bemerkte sie, dass sich sein Blick auf ihren Mund konzentriert hatte. Und dort verweilte. Es war besser, sich von ihm zu lösen, sagte sie sich. Ihm zu verstehen zu geben, dass dies eine Sackgasse war. Doch sie tat es nicht.

Es war auch nicht nötig, denn er trat zwei Schritte zurück und sagte dann lachend: »Tut mir leid.«

Was immer er gesehen hatte, es musste jeden anderen Gedanken ausgelöscht haben. Oder vielleicht hatte er auch nie einen anderen Gedanken gehabt. Vielleicht war ja nur sie so bedürftig.

»Nein, meine Schuld«, sagte sie. »Ich wollte mich noch mal bedanken, dass Sie so kurzfristig vorbeigekommen sind.«

»Jederzeit. Und das meine ich auch so. Ich wohne nur fünf Minuten von hier entfernt, auf der anderen Seite der Sportplätze. Das Abendessen findet bei meiner Schwester statt, sie wohnt zehn Minuten von hier entfernt. Rufen Sie mich an, wenn irgendetwas ist.«

Sie nickte und öffnete die Tür.

»Oder wenn Sie einfach nur anrufen wollen«, sagte er hinter ihrem Rücken.

Vielleicht sollte sie ihm das erklären. Er war ein netter Kerl, sie wollte nicht, dass er dachte, es läge an ihm. »Danke.«

Draußen war es bereits dunkel. Sie blickte über das Licht auf der Veranda hinaus, konnte aber nur die Einfahrt, den Zaun und das Reihenhäuschen auf der anderen Seite sehen.

»Vergessen Sie nicht, hinter mir abzuschließen«, sagte er.

»Machen Sie Witze?«

Sie konnte den unausgesprochenen Gedanken auf seinem Gesicht nicht deuten, als sie die Tür schloss und hörte, dass er so lange blieb, bis sie den Schlüssel umgedreht und die Kette vorgehängt hatte. Seine Vorsicht veranlasste sie jedoch, nach oben zu gehen, sich eine Jogginghose, T-Shirt und Trainingsjacke anzuziehen. Für April war das warm und leicht genug, sodass sie schnell wegrennen konnte. Sie band sich die Joggingschuhe zu und ihr Haar zu einem Pferdeschwanz.

Jetzt konnte sie sich auf der Stelle aus dem Staub machen, wenn es nötig werden sollte.

# 21

Liv schätzte, dass Sheridan nach Ende der Nachrichtensendung eine halbe Stunde zu ihr brauchen würde. Also schickte sie ihr eine SMS: *Ruf an, wenn du losfährst, dann bestelle ich Thai-Essen.*

Sie wartete mit der Speisekarte auf dem Sofa und sah sich die von Sheridan moderierten Nachrichten zum neuesten Streit um die Eisenbahngesellschaft an. Und wartete. Nachdem sie noch eine halbe Stunde gewartet hatte, kam Liv zu dem Schluss, dass sie sich wohl wie Rachel Quest einen Feierabenddrink genehmigte. Sie schickte ihr eine weitere SMS: *Beeil dich & komm her.*

Ein Motor brummte in ihrer Einfahrt. Liv huschte zur Eingangstür, legte das Ohr ans Holz und lauschte, dann hörte sie, dass es wieder leiser wurde. Das musste der Streifenwagen sein. Hoffte sie.

Sie versuchte es noch einmal bei Sheridan, hinterließ eine Nachricht, schickte eine weitere SMS. Vielleicht hatte sie ihre letzte SMS erhalten und wollte ihre Verspätung damit wiedergutmachen, dass sie das Essen auf dem Weg gleich mitnahm. Das hatte sie schon einmal gemacht. Liv hätte auch bloß Vegemite Toast gegessen, solange sie nicht alleine sein musste.

Die Stille im Haus beunruhigte sie. Sie stellte den Fernseher an, sah eine Heimwerkersendung, die sie nicht interessierte, klopfte die Kissen aus, putzte den Couchtisch und dachte an Cameron. Seine Matheaufgabe, sein erstes Fußballspiel der Saison morgen und daran, dass er am Montag wieder bei ihr war.

Aber was war, wenn die Polizei bis dahin den Mann nicht gefasst hatte, der sie brutal zusammengeschlagen hatte? Sie fühlte sich in dieser Nacht, völlig allein im Haus, nicht sicher. Wie würde sie sich erst fühlen, wenn Cameron da war?

Bis dahin waren es noch drei Tage. In der Zeit konnte alles Mögliche passieren.

Um halb neun bereitete sie sich einen Vegemite Toast und eine Tasse Tee. Um neun fing sie an, sich Sorgen zu machen, allerdings nicht, weil sie alleine im Haus war. Sie wartete nunmehr seit über eineinhalb Stunden auf Sheridan. Sie hatte ihr Nachrichten hinterlassen und SMS geschrieben. Es war nicht Sheridans Art, so lange nicht auf Anrufe zu reagieren.

Fünfundzwanzig Minuten später summte Livs Handy. Sie sah prüfend auf das Display. Andy rief an, Sheridans Lebensgefährte.

»Andy, ist Sheridan bei dir?«

»Nein. Ich bin noch in Melbourne, steige aber gleich in den Flieger.« Seine Stimme klang brüchig, er war außer Atem. Eigentlich sollte er bis Sonntag in Melbourne bleiben.

Liv hoffte, dass es nur ihre Angst vor einer sich anbahnenden Katastrophe war, die sie fragen ließ: »Alles in Ordnung?«

»Sie hatte einen Autounfall. Man bringt sie gerade in die Notaufnahme des John Hunter.«

Ihr drehte sich der Magen um. Scheiße, verdammte Scheiße. Sheridan war verletzt. »Ist sie … ist sie … wie schlimm ist es?«

»Offenbar gravierend, mehr wollte die Polizei mir nicht sagen. Ich lande um elf Uhr mit dem Flugzeug in Sydney. Dort nehme ich gleich einen Mietwagen und fahre nach Newcastle. Würdest du ins Krankenhaus fahren, Liv? Ich möchte nicht, dass sie alleine ist.«

»Ja, na klar.« Sie drückte eine Hand an ihre Kehle und

fühlte sich schuldig, dass sie die ganze Zeit über nur an sich gedacht hatte, während Sheridan verletzt war. »Was ist passiert? Weißt du irgendetwas?«

»Sie ist irgendwo in der Nähe des Studios gegen einen Baum gefahren. Wo genau, weiß ich auch nicht.«

Liv dachte daran, dass das Fernsehstudio von Buschland umgeben und nur durch eine dunkle Straße mit der nächsten Ortschaft verbunden war.

»Sie war zwei Stunden in den Autotrümmern eingeklemmt. Sie konnte gerade erst befreit werden.« Er schnaufte, als würde er rennen. Aus einem Lautsprecher drangen bruchstückhafte Ansagen. »Ich muss los. Ich habe Ashley angerufen. Sie hatte schon ein paar Drinks intus, darum habe ich ihr gesagt, sie soll zu Hause bleiben. Würdest du sie anrufen, sobald du irgendwas erfährst? Ich rufe dich an, wenn ich gelandet bin.«

Liv stand bereits an der Tür zur Garage, bevor sie richtig darüber nachdenken konnte, was sie eventuell auf der anderen Seite erwartete. Sie war seit Stunden zu Hause. Würde sich jemand so lange in der Garage verstecken? Und wozu? Was sollte das Ganze überhaupt? Sie nahm den Schirm, den Sheridan letzte Nacht geschwungen hatte, schob den Riegel beiseite und stieß die Tür auf. Sie knipste das Licht an, spähte nach rechts und links, rannte zum Auto und sperrte sich ein. Der Motor lief, noch bevor sich das Garagentor ganz geöffnet hatte, sie sah in den Rückspiegel und machte sich auf einen Schatten oder Umriss in der Einfahrt gefasst, der sich jeden Augenblick aus der Dunkelheit auf sie stürzen würde. Doch außer den Lichtern, die aus ihrem Haus drangen, war nichts zu sehen.

Sie heftete ihren Blick auf die Straße vor und hinter sich. Es war mehr Verkehr, als sie vermutet hätte, aber niemand schien ihr zu folgen. Die Parkmöglichkeiten beim Krankenhaus waren denkbar schlecht – entweder man fuhr ins mehrstöckige Parkhaus, oder man parkte auf der dunklen Straße, die um den Komplex herumführte. Liv drehte eine schnelle Runde um das massige Gebäude und hoffte, mit ein wenig Glück einen hellen Parkplatz in der Nähe des Eingangs zu ergattern. Fehlanzeige. Sie löste ein Ticket am Parkscheinautomaten, und ihr Herz raste, als sie schnell über die Parkdecks fuhr. Sie standen zu einem Drittel voller Autos, vermutlich, weil am Freitagabend viel los war. Sie wollte einen gut beleuchteten Parkplatz in der Nähe des Ausgangs und der Straße, damit sie losrennen konnte, wenn es nötig war.

Sie nahm den Schirm mit, schloss den Wagen ab und sah sich nach beiden Seiten um. Niemand war zu Fuß unterwegs, niemand stieg in ein Auto oder verließ es. Sie rannte den ganzen Weg bis zu der Stelle, an der Jason sie vor vier Nächten abgeholt hatte. Dann holte sie tief Luft, ging durch die Glastür, sah erschöpft nach draußen und lief die Gänge zur Notaufnahme entlang.

Sheridan war bereits im OP. Herrgott, im OP! Liv setzte sich auf eine Stuhlkante, rief Kelly an und erzählte ihr, was sie erfahren hatte. Sheridan hatte multiple Frakturen am rechten Bein, ein paar gebrochene Rippen und Verletzungen an Lunge, Arm und Schulter. Am meisten beunruhigend war jedoch eine Kopfverletzung.

»Was für eine Kopfverletzung?«, fragte Kelly.

»Ich weiß es nicht. Man wollte es mir nicht sagen. Ich meine, eine Kopfverletzung kann alles Mögliche bedeuten, von einem Schlag bis … bis zum Gehirnschaden«, sagte Liv.

»Sag so was nicht. Denk es noch nicht einmal.«

»Ja, ja, du hast ja recht.« Liv lief den Flur auf und ab. »Ich habe heute Abend in meinem Briefkasten eine Karte von dem Stalker gefunden.« Sie hörte, wie Kelly scharf die Luft einsog. »Er hat geschrieben, dass es überall und jederzeit passieren kann und er es mir schon zeigen wird. Ich muss ständig daran denken, dass Sheridan …« Sie presste ihre Stirn an die Plastikverkleidung an der Wand.

»Herrgott, Liv. Hast du die Polizei verständigt?«

»Natürlich habe ich die Polizei verständigt«, zischte sie. »Tut mir leid. Es tut mir leid. Ich bin nur … Andy hat gesagt, dass Sheridan gegen einen Baum gefahren ist. Sonst war offensichtlich niemand am Unfall beteiligt. Aber Sheridan hat das Interview mit mir gemacht. Vielleicht ist er …«

Kelly unterbrach sie, noch bevor sie den Satz beenden konnte. »Liv, lass das! Sie ist vor einen Baum gefahren. Ein furchtbarer, ein schrecklicher Zufall. Mehr nicht.«

Das hatte sie auch schon nach dem Einbruch gesagt. Liv hatte auf dem Weg hierher die ganze Zeit versucht, sich dasselbe einzureden, aber ihre innere Unruhe nahm zu. Sie bat Kelly nicht, zum Krankenhaus zu kommen, weil es keinen Sinn hätte, wenn sie beide auf dem Gang säßen, versicherte ihr aber, dass sie ihr Bescheid geben würde, sobald sie mehr wusste. In einem Krankenhausflur war sie in Sicherheit. Natürlich.

Jason schickte ihr eine Nachricht. *Ruf an, wenn du Gesellschaft brauchst.* Dann noch eine: *Erklär ihnen deine Verletzungen, damit sie dich nicht gleich dabehalten!* Sie musste kurz lächeln.

Sie dachte an Daniel. *Oder wenn Sie einfach nur anrufen wollen.* Wollte sie nicht.

Um elf Uhr zwanzig rief Andy vom Sydney Airport aus an. Sie saß zusammengesunken auf einem Stuhl, als er kurz vor ein Uhr im Krankenhaus ankam. Er hatte auf der Autobahn offenbar alle Geschwindigkeitsrekorde gebrochen. Andy musste zweimal hingucken, als er Livs Gesicht sah. Sheridan hatte ihm zwar von dem Überfall erzählt, doch die Verletzungen sahen immer noch beängstigend aus. Sie erzählte ihm nichts von den Drohbriefen. Er sah schon besorgt genug aus, außerdem hatte sie Angst, er würde sie bitten zu gehen, wenn er den Verdacht hatte, dass der Unfall mit ihr zusammenhängen könnte.

Sie hoffte nur, dass dem nicht so war.

Um halb vier Uhr morgens, als die Bestätigung kam, Sheridan sei so weit stabil und liege im künstlichen Koma, verließ Liv das Krankenhaus.

Die Lichter leuchteten noch immer in ihrem Reihenhäuschen, als sie nach Hause kam. Mit dem Schirm in der Hand lief sie durch die Zimmer und fiel dann ins Bett.

Ungefähr drei Stunden später wachte sie auf, schreckte japsend senkrecht im Bett hoch, streckte die Beine ängstlich aus dem Bett, um loszurennen. Doch das schrille Trillern neben ihr kam von ihrem Wecker neben ihrem Kissen, weil sie vergessen hatte, ihn abzuschalten. Ihre Augenlider waren verklebt, ihr Kopf zu schwer für die verkrampften Muskeln in ihrem Nacken. Sie war total erschöpft und aufgewühlt, aber zu erschüttert, um noch einmal einzuschlafen.

Sie duschte ausgiebig und heiß und versuchte, daraus ein wenig Kraft zu schöpfen. Dann ging sie in die Küche, machte sich eine Kanne Kaffee und starrte auf die Karte mit der Lilie, die auf dem Küchentresen in einer Plastikhülle lag, die sie gestern Abend noch gefunden hatte. Dann nahm sie das Telefon, wählte Camerons Nummer und versuchte fröhlich und unbeschwert zu klingen.

»Hi, Cam. Und, bereit für das Spiel?«

»Jau. Du solltest mal die neuen Schuhe sehen, die Dad mir gekauft hat. Sie haben grüne Streifen an der Seite. Der Mann im Laden hat gesagt, dass ich damit schneller laufe.«

Liv lächelte und blickte sehnsüchtig zu der Fotocollage am Kühlschrank. »Wow, das ist ja toll.«

»Ich versuche ein Tor zu schießen. Kommst du auch?«

Das war Thomas' Wochenende mit Cameron, sie hatten ausgemacht, dass sie einander nicht stören würden. »Nein, diesmal nicht, Liebling. Aber ich drücke dir die ganze Zeit die Daumen.«

»Okay.«

Als Liv die Enttäuschung in seiner Stimme hörte, hätte sie ihn am liebsten durch den Hörer berührt und sich dafür entschuldigt, was seine Eltern ihm angetan hatten. »Ich rufe dich später an, dann erzählst du mir haarklein, wie es war.«

Sie putzte und räumte auf, dann lief sie ziellos durch das Haus. Ein wolkenloser Himmel blitzte durch die Vorhänge, trotzdem zog sie die Vorhänge nicht auf.

Durch kleine Fenster fiel Licht in die Garage, als streckte Gott drei Zeigefinger aus. Sie ging an den Umzugskartons vorbei und nahm sich vor, sie auszupacken und wenigstens zu versuchen, sich etwas häuslich einzurichten, um nicht mehr an Sheridan und die Drohbriefe zu denken. Aber sie wollte auch nicht an die Sachen denken, die in den Kisten waren.

Verdammt. Die Sonne schien, es gab viele bevölkerte Plätze draußen, an die sie an einem Samstagmorgen gehen konnte. Sie nahm die Autoschlüssel, ihre Handtasche und die Karte. Am sichersten war wohl das Polizeirevier.

Sie fuhr einen Umweg um den großen alten Park, sah wehmütig zur Laufbahn und kontrollierte, ob ihr ein Auto folgte.

An der Fußgängerampel bremste sie, ein Mann und eine Frau überquerten mit einem kleinen Jungen die Straße. Er trug Fußballklamotten und seine Stollenschuhe wirkten wie Spielzeuge an seinen Füßen. Er hielt seine Eltern an der Hand, schaukelte zwischen ihnen, und sie hoben ihn lachend hoch. Sie sah ihnen bis zum Bürgersteig nach, und als die Ampel auf Grün schaltete, bog sie nicht nach links zum Polizeirevier ab. Stattdessen fuhr sie weiter um den Park herum zum Fußballstadion. Zu Cameron.

Der Fußballklub lag am Ende einer Reihe lang gezogener Sportfelder in einem Meer von Grün und Asphalt – Tennisplätze, Rugbyfelder, Korbballfelder, Fußballfelder. An einem Samstag dort einen Parkplatz zu finden, war fast unmöglich, unzählige Kinder kamen mit ihren Eltern zu den Spielen. Liv fuhr an Reihen von Autos vorbei, die dicht hintereinander am Straßenrand standen. Sie sollte nicht hier sein, aber es waren unzählige Leute unterwegs. Thomas würde sie gar nicht sehen – und der Ort war voller Menschen. Zwei Fliegen mit einer Klappe.

Thomas ging immer auf die Tribüne, also lief sie zum Spielfeldrand. Dort standen überall jubelnde, kreischende Zuschauer, Leute klappten Stühle auf, Kinder rannten herum, Hunde zerrten an Leinen. Während sie sich ihren Weg durch die Menschenmenge bahnte und nach Camerons Team Ausschau hielt, spürte sie, wie sich ihre Haare im Nacken aufstellten. Wurde sie beobachtet? Sie suchte die Gesichter nach Verletzungen ab, wich zurück, wenn Fans allzu ausgelassen waren, und behielt ihre Sonnenbrille auf, um ihr blaues Auge zu verstecken.

Endlich entdeckte sie am Ende des Spielfeldes Camerons blonden Lockenkopf. Die Spieler waren seit dem letzten Jahr gewachsen, einige mehr als andere, und die meisten waren größer als Cameron. Er stand im Stürmerbereich, seine dünnen Beinchen pumpten wie Kolben, als er zu rennen begann, und bremsten nur wenig, wenn er langsamer wurde. Gute Fußarbeit!, hätte sie ihm am liebsten zugerufen, stattdessen lächelte sie wie zu sich selbst, behielt das Spiel im Auge und vermied es, nach Thomas Ausschau zu halten, um den Moment nicht zu verderben.

In der Pause stand sie bei den gegnerischen Fans und sah über das Spielfeld, während Cam sich mit seinen Teamkollegen Orangenschnitze teilte. Die zweite Halbzeit war ein einziges Gewusel von Kindern, die sich in der Spielfeldmitte tummelten und wilde Schüsse auf das Tor versuchten. Liv sah Cameron zu, wie er rannte, die Gegner verfolgte und sich das Herz aus dem Leib kickte. Ihr Vater sagte immer, dass er wie sie war. Sie war groß und athletisch gewesen, sogar in seinem Alter, aber sie erkannte die unbändige Energie und die furchtlose Entschlossenheit wieder. Wann waren ihr die abhandengekommen? Hatte sie die abgelegt, oder hatten die letzten Jahre mit Thomas sie aufgebraucht?

Sie blieb auch nach dem Abpfiff da, unfähig, sich loszureißen, als er mit einem Freund abklatschte und zu den Tribünen lief. Dann sah sie Thomas – er kam von der zweiten Sitzreihe herunter, reichte Cam eine Trinkflasche, drehte sich um und half noch jemandem herunter. Michelle.

Liv biss die Zähne zusammen. Sie musste sich hier am Spielfeldrand verstecken, während diese Michelle nach dem Spiel Cam abklatschte. Liv kniff die Augen zusammen und beobachtete sie über das Spielfeld. Sie hatte sie seit Monaten nicht mehr gesehen und vergessen, wie verdammt zierlich sie war – grazil und weiblich mit sattem, kastanienbraunem Haar und süßen Rehaugen. Manche Männer hatten Affären mit Frauen, die wie ihre Ehefrauen aussahen, aber jünger waren. Thomas hatte sie hingegen für eine Frau verlassen, die genau das Gegenteil von ihr war, deutlicher hätte er ihr nicht zeigen können, was er von ihr hielt.

Als Michelle auf das Spielfeld kam, fuhr ein Windstoß durch ihr Haar, wirbelte es hoch und drückte die lockere Bluse an ihren Körper, sodass die unmissverständliche Rundung eines Babybauches nicht zu übersehen war.

Das Blut wich so schnell aus Livs Kopf, dass sie fürchtete, ohnmächtig zu werden. Eine Hand griff nach ihrem Herzen, und ein Gefühl des Versagens brannte wie Feuer in ihrer Brust. Thomas bekam ein Baby. Der Mann, der nur ein Kind mit ihr wollte. Der Mann, den sie um eine künstliche Befruchtung hatte anbetteln müssen. Der Mann, der ihr noch vor einem Jahr gesagt hatte, wie froh er sei, dass es nicht geklappt hatte, weil zwei Kinder nach einer Trennung schwerer zu handhaben seien.

Liv taumelte davon, rempelte gegen eine Frau und war nicht imstande, sich bei ihr zu entschuldigen. Als sie durch die Menschenmenge mit gesenktem Kopf zurückging, um den Schock und ihre Tränen zu verbergen, dachte sie, dass es nicht einfach nur ein Baby war. Nun hätte Thomas *zwei* Kinder. Eine Partnerin und eine *Familie.* Cameron würde in das stille, einfach eingerichtete Reihenhäuschen zu Besuch kommen und dann zu seinem Vater, dem Baby, der Stiefmutter und allem, was dazugehörte, zurückgehen.

»Livia?«

Ein Mann stand vor ihr.

# 22

»Spielt Ihr Sohn hier?«

Daniel Beck stand vor ihr, groß, mit Sonnenbrille, er trug ein kleines Mädchen auf seinen Schultern. Neben ihm stand eine Frau. Liv genügte ein Blick, um zu sehen, dass er sie, was Kinder betraf, angelogen hatte. Sie hätte ihm am liebsten eine reingehauen. Vor fünf Tagen, als sie sich von ihm an jenem Abend im Krankenhaus verabschiedet hatte, hatte sie ihm noch gewünscht, er könnte nach Hause zu einer Familie gehen. Doch gestern Abend hatte er gesagt, sie könne ihn jederzeit anrufen, so als wollte er das auch. Sie hatte ihn für einen Single gehalten, und jetzt machte er auf glückliche Familie und sah sich unterdessen nach etwas Besserem um. Genau wie Thomas.

Irgendwas an ihrem Gesichtsausdruck musste ihn beunruhigt haben, denn plötzlich sah er sich um. »Alles in Ordnung?«

Sie presste die Lippen zusammen und stieß hervor: »Ja, ja. Wenn auch anders, als ich dachte.«

»Liv, warten Sie.« Er griff nach ihrem Arm, als sie versuchte, sich an ihm vorbeizudrängen. Das kleine Mädchen zappelte auf seinen Schultern und stieß an seine Sonnenbrille, sodass sie schief auf seiner Nase hing. »Hey, Jess, sitz still.« Er senkte den Kopf, als sie zu kippeln anfing.

Liv versuchte die Gelegenheit zu nutzen und zu gehen, doch diesmal war es die Frau, die sie aufhielt. »Sind Sie die Frau aus dem Parkhaus?«

Schuldgefühle ließen sie erröten. Daniel war bis spät bei ihr im Krankenhaus geblieben und dann in ihr Reihenhäuschen gekommen. Blieb er etwa auch andere Nächte weg? Versuchte sie seine Geschichte zu checken? »Ja. Ich …« Sie legte eine Hand auf ihr Gesicht und wollte nicht in irgendwas hineingezogen werden, das zwischen den beiden ablief.

»Ich hoffe, die Frage macht Ihnen nichts aus«, sagte sie. »Ich habe die Verletzungen gesehen und wollte nur Hallo sagen. Ich bin Daniels große Schwester.« Sie nickte in seine Richtung und lächelte, als sei das »groß« ein regelmäßiger Insiderwitz.

»Liv, das ist Carmel. Carmel, das ist Liv«, sagte Daniel. Er trug das Kind nun auf dem Arm und sah Livia an.

»Komm, Onkel Danny!«, schrie das Mädchen. Liv sah das Schildchen auf ihrem T-Shirt, auf dem »Ich bin 6« stand, und nahm an, dass sie wohl die Geburtstagsnichte war.

»Jess, halt mal einen Augenblick still«, sagte Carmel. Sie verdrehte die Augen und sah Liv entnervt an, ein Blick zwischen Müttern. Liv fiel auf, wie ähnlich sich die beiden sahen, sie hatte dieselben dunklen Haare und Augen wie Daniel und war so groß wie Liv. »Ich habe Sie neulich im Fernsehen gesehen. Wie geht es Ihnen?«

Ich bin verletzt und verbittert und fühle mich richtig gemein, dachte Liv. Ihr Lebenstraum war zerbrochen, und sie hatte sich an anständigen Menschen abreagiert. »Es geht schon, danke.«

»Daniel hat erzählt, was passiert ist. Sie hatten Glück, dass er da war.«

»Ja.« Und ich bin ihm unendlich dankbar.

»Ist schon eine ganze Weile her, seit du das letzte Mal jemanden gerettet hast, was, Dan?« Sie grinste ihn voller Stolz und ein wenig neckisch an. »Er dachte schon, er hätte vergessen, wie das geht.«

»Ich weiß ja nicht, wie er das vorher gemacht hat, aber in den letzten Tagen hat er weit mehr als nur seine Pflicht getan.«

Sie wollte, dass es wie ein Kompliment klang, aber Carmel sah ihren Bruder streng an und runzelte die Stirn. »Die letzten Tage. Was hat er denn sonst noch getan?«

»Carmel«, sagte er fast warnend.

Vielleicht dachte er, Liv wollte nicht darüber reden. Sie wollte es auch nicht, jedenfalls nicht über den Angriff und das Stalken, hatte aber kein Problem damit, über Daniel zu reden. »Er hat ein paar Schlösser ausgetauscht und war ein oder zwei Mal mein Bodyguard.«

Carmel sah ihn an, und eine schmale Falte bildete sich zwischen ihren Augenbrauen. »Das hattest du mir gar nicht erzählt.«

»Da gab es nichts zu erzählen.« Er zuckte die Achseln.

Die Falte vertiefte sich. »Dann ist also doch mehr dran?«

»Nein.«

»Die Polizei ist eingeschaltet, nicht wahr?«

»Carmel, es ist alles in Ordnung«, sagte er beschwichtigend, aber immer noch ein wenig vorsichtig.

Sie sah Liv an. »Manchmal weiß er einfach nicht, wann es genug ist. Sie sollten …«

»Carmel!«

»Schon gut.«

Liv beobachtete, wie sich die beiden einen Augenblick ansahen und offenbar wortlos einen geschwisterlichen Streit austrugen. Sie überlegte, ob Carmel sauer war, dass Daniel ihr geholfen oder sie seine Großzügigkeit ausgenutzt hatte. Schließlich unterbrach er den Augenkontakt und warf Liv einen sanfteren Blick zu. »Kommen Sie gerade, oder wollten Sie gehen?«

»Ich muss los.«

»Wo ist Ihr Sohn?«

»Er ist bei seinem … Ich habe nur zugeschaut.« Sie presste die Lippen zusammen und schluckte den Kloß hinunter, der in ihrem Hals steckte.

»Haben Sie noch mehr Drohbriefe bekommen?«

»Nein. Es ist …« Würde sie je wieder ein normales Leben führen? »Nichts. Ich muss jetzt gehen.«

»Können Sie noch einen Augenblick warten? Ich komme mit.«

Sie wollte ablehnen und ihm sagen, er sollte bei seiner Familie bleiben, aber dann begriff sie, dass es eine Ausrede war, um einer weiteren Auseinandersetzung mit seiner Schwester aus dem Weg zu gehen. Er übergab Jess ihrer Mutter und hielt ihr seine Wange hin, damit sie ihm einen lauten Schmatzer geben konnte.

»Ich rufe dich an«, rief Carmel ihm nach, als er mit Liv durch die wogende Menge der Zuschauer und Spieler lief. Während Liv sich den Weg durch die Menge bahnte, sah sie immer wieder in die Gesichter der Leute. Sie hielt nach Verletzungen Ausschau. Und nach Thomas.

»Sie haben gestern Abend nicht mehr angerufen«, sagte Daniel. »Ich nehme mal an, es gab im Haus keine Probleme mehr.«

Hatte er gehofft, sie würde ihn anrufen? »Ich war nicht zu Hause, also weiß ich es nicht. Sheridan hatte einen Unfall. Ich habe fast die ganze Nacht im Krankenhaus verbracht und gewartet, bis sie aus dem OP kam.«

»Herrgott, das tut mir leid. Wie geht es ihr?«

Während sie durch die Menschenmenge zum Vereinshaus gingen, zählte Liv die Verletzungen auf. Wieder stellten sich ihr die Nackenhaare auf, als sie im Gedränge langsamer vorankamen. Sie drückte sich ein wenig enger an Daniel und war froh, dass er so groß und kräftig war.

»Lassen Sie uns von hier verschwinden.« Er deutete mit dem Kopf zu dem Spielfeld neben ihnen, auf dem ein Team Jugendlicher Aufwärmübungen auf dem Rasen machte.

Sie folgte ihm aus der Menge, joggte an den Spielern vorbei, war froh, endlich ein wenig mehr Platz und die Gelegenheit zu haben, durch das Laufen ein wenig Angst abzubauen, wenn auch nur für kurze Zeit.

»Können Sie über den Zaun springen?«, fragte er, als sie das Feld passiert hatten.

Es war die Absperrung, die um das ganze Spielfeld lief.

»Trauen Sie mir das etwa nicht zu?«

»Das würde ich niemals wagen.«

Sie gingen an der Schlange zu- und abfahrender Autos vorbei. Abseits der Park Street und ihres Reihenhäuschens fühlte sie sich sicherer, denn schließlich war sie rein zufällig hier, und nur der Mann neben ihr wusste davon. Dann sah sie ihn. Er steckte klein zusammengefaltet unter dem Scheibenwischer auf der Fahrerseite. Sie blieb stehen und ballte die Fäuste. Adrenalin schoss durch ihren Körper. »Er ist hier.«

Daniel fragte nicht; er sah einfach nur zu beiden Seiten die Straße entlang und dann zu den Feldern hinüber.

Plötzlich war es hier auch nicht mehr sicher. Die Autos standen Stoßstange an Stoßstange mitten auf der Straße. Schleichender Verkehr in beide Richtungen. Und überall wimmelte es von Menschen. Vielen Menschen. Fußgänger, Autofahrer, Passanten. Sie blickte in die Gesichter, suchte nach Augen, die nach ihr Ausschau hielten oder sie heimlich beobachteten.

»Liv, los jetzt.«

Sie machte zwei Schritte und lief dann bis zu ihrem Wagen. Es war ein Umschlag. Unbeschriftet. Das spielte keine Rolle. Sie wusste, was es war. Sie wollte ihn in den Rinnstein werfen und ihn einfach dort ungeöffnet und ungelesen liegen lassen.

Doch das würde nichts an der Tatsache ändern, dass der Mistkerl inmitten aller Autos ihren Wagen entdeckt hatte. Dass er wusste, wo sie heute Morgen war.

»Liv«, hörte sie Daniels ruhige, aber bestimmte Stimme auf der anderen Seite der Motorhaube sagen.

»Ich sollte Handschuhe anziehen, wenn ich sie anfasse.«

Immer noch ruhig, aber ein wenig bestimmter, sagte er: »Scheiß auf die Handschuhe.«

Ja, Scheiß drauf. Sie riss den Umschlag von der Scheibe, drückte auf den Knopf ihres Schlüssels und entriegelte den Wagen, rutschte auf den Fahrersitz, während Daniel auf den Beifahrersitz kletterte. Die Türen knallten.

»Lesen oder fahren?«, fragte sie.

»Lesen und dann entscheiden.«

Das klang vernünftig. Sie riss den Umschlag auf und runzelte die Stirn. Diesmal war es weder ein Blatt Papier noch eine Karte. Es war ein Foto. Vielleicht irrte sie sich ja, vielleicht hatte ein Freund ihr die Nachricht hinterlassen. Sie zog es aus dem Umschlag und brauchte einen Augenblick, um zu begreifen, was darauf zu sehen war. Das Bild war dunkel, es waren Büsche drauf zu sehen und ein Baumstamm, an dem der Kühler eines roten Wagens klebte. Sie würgte.

Daniel schob seine Sonnenbrille auf den Kopf und beugte sich über das Armaturenbrett zu ihr. »Was ist das?«

»O mein Gott.«

»Liv?«

»Das ist Sheridans Auto.« Sie drehte es zu ihm herum, betrachtete die Rückseite und spürte, wie ihr die Luft wegblieb. Daniel warf einen Blick auf das Foto, sah dann Liv an, nahm ihr das Bild aus der Hand und drehte es um. Auf der Rückseite stand in ärgerlichen schwarzen Großbuchstaben gekritzelt:

*LIVIA, HAST DU JETZT ANGST?*

»Wo hat er dieses Foto her?«, japste sie. »Da ist niemand. Es sind keine Polizisten zu sehen oder … oder … Er muss das Foto vor Eintreffen der Polizei geschossen haben. Wie geht das?«

»Erzählen Sie mir von dem Unfall.«

»O mein Gott. Hat er etwas damit zu tun? Wie kann man jemanden dazu bringen, gegen einen Baum zu fahren?« Sie kniff die Augen zusammen. »Sie liegt im Koma. Wegen mir.«

»Livia.« Seine Stimme klang scharf. Das veranlasste sie, ihre Augen wieder zu öffnen. »Was ist letzte Nacht passiert?«

»Sie ist gegen einen Baum gefahren. Mehr hat Andy mir nicht erzählt.«

Daniel sah sich noch einmal das Foto an, legte es auf das Armaturenbrett und sah prüfend durch die Windschutzscheibe auf die Straße. »Wer wusste, dass Sie heute herkommen?«

»Niemand. Ich habe es ganz spontan entschieden.«

»Gehen Sie zu allen Spielen Ihres Sohnes?«

»O mein Gott, Cameron.« Sie packte den Türgriff, war kurz davor, sich in den Verkehr zu stürzen, aber Daniel hielt sie am Arm zurück.

»Warten Sie. Ist er mit Ihnen hergekommen? In Ihrem Auto?«

»Nein. Er war bei seinem Vater.«

»Wie viel Zeit haben Sie mit ihm verbracht?«

»Gar keine. Er weiß gar nicht, dass ich hier war.« Sie sah seinen fragenden Gesichtsausdruck und spürte, wie ihr die Schamesröte ins Gesicht stieg. Welche Mutter ging schon zu einem Spiel, ohne ihrem Sohn etwas davon zu sagen? »Ich sollte eigentlich gar nicht hier sein. Das ist Teil der Sorgerechtsvereinbarung. Aber nach dieser Woche … nach … allem, was passiert ist, wollte ich ihn einfach sehen.«

»Dann ist er vermutlich in Sicherheit.« Daniel lockerte seinen Griff und strich mit dem Daumen leicht ihren Arm entlang. »Ich hätte mich auch nicht ferngehalten.«

Es fühlte sich zärtlich und vertraut an, sie wollte mehr davon, wollte, dass er seine Arme fest um sie schlang und ihr sagte, dass alles in Ordnung war. Doch er lehnte sich wieder auf dem Sitz zurück, wandte sich ab und drehte seinen Kopf hin und her. Wahrscheinlich kontrollierte er die Spielfelder. Warum? Ob jemand einen Stapel weißer Umschläge in der Hand hielt? Wonach zum Teufel sollte sie suchen?

Er drehte sich um und blickte durch das Heckfenster. Liv spähte durch den Rückspiegel. Geparkte Autos, zäh fließender Verkehr, Fußgänger.

»Wir sollten los. Können Sie fahren?«, fragte Daniel.

Sie legte die Hände auf das Lenkrad und hielt es fest umklammert, um nicht mehr zu zittern. »Ja.«

»Lassen Sie den Motor an.«

Das war ein Befehl. Er bellte sie nicht an, schien keine Spur von Panik oder Wut oder Angst zu haben. Keines der Gefühle, die in ihr tobten. Er klang ruhig und schien völlig Herr der Lage zu sein, als habe er eine Entscheidung getroffen und würde nun an ihr festhalten. Das war großartig und genau das, was Liv brauchte. Sie startete den Wagen.

Liv fädelte sich in den Verkehr ein, fuhr an den Fußball-, Korbball-, Rugby- und Tennisplätzen vorbei, behielt den Rückspiegel im Auge und spähte nach rechts und links. An den Ampeln blieb sie stehen und wischte sich ihre verschwitzten und zitternden Hände an den Oberschenkeln ab.

»Fahren Sie zügig die Hauptstraße ein paar Häuserblocks weiter runter«, sagte Daniel. »Dann biegen wir in ein paar Seitenstraßen ab und schauen, wer uns folgt.«

Sie betätigte den Blinker.

»Nur keine Hektik, fahren Sie einfach ganz normal weiter.«

»Sie meinen, ich soll mir nicht anmerken lassen, dass das Arschloch, das mich zusammengeschlagen hat, mir auf den *Fersen* sein könnte?«

»Genau.«

»Na schön, kein Problem.«

Sie bog links ab, fuhr ein paar Häuserblocks weiter, folgte seinen Anweisungen, bog von der stärker befahrenen Straße ab und fuhr im Zickzack durch eine gehobene Gegend. Hier war sie noch nie durchgefahren, doch er schien genau zu wissen, wo er hinwollte. Niemand folgte ihnen über mehr als zwei Häuserblocks.

»Wie läuft's, Puncher?«

Sie hatte nur knapp über drei Stunden geschlafen, doch die Angst und das Adrenalin gaben ihr das Gefühl, als könne sie noch tagelang wach bleiben. »Ich muss bald tanken, aber sonst ist alles okay.« Und Autofahren fühlte sich viel besser an, als sich im Reihenhäuschen einzusperren und sich zu fragen, wer zum Teufel da draußen herumschlich.

Aus dem Augenwinkel sah sie, dass Daniel seinen Blick über ihre Hände am Steuer, ihren Körper auf dem Autositz und auf ihre Beine, die die Pedale bedienten, gleiten ließ. Offenbar ging er eine Checkliste zu Stresssymptomen durch. Dann sah er wieder in ihr Gesicht.

»Was ist?«, fragte sie ihn.

»Was halten Sie davon, den Lockvogel zu spielen?«

# 23

Liv fuhr zu der Einkaufsstraße neben dem Park, genau an die Stelle, wo sie vor ein paar Stunden beschlossen hatte, nicht zum Polizeirevier zu fahren. War er ihr von dort an gefolgt? Sie blickte zum x-ten Mal prüfend in den Rückspiegel, sah Autos, Fahrräder und Fußgänger. Doch sie erkannte niemanden wieder.

Es war fast schon Mittagszeit, und auf der Straße war viel los. Menschen, die auswärts aßen oder im Park spielten, andere, die kurz anhielten, um Brot und Zeitungen zu kaufen und an den Automaten Bargeld fürs Wochenende zu ziehen. Langsam fuhr sie an den Geschäften vorbei, dann zwei Mal um den Block, bis Daniel einen geeigneten Parkplatz gefunden hatte. Sie parkte mit dem Heck zum Gehsteig in einer langen Reihe mit Autos, die Seite an Seite vor einem Café standen.

Er gab ihr eine Sekunde, damit sie noch einmal in den Rückspiegel sehen konnte. »Sind Sie bereit?«

Ihr Magen verkrampfte sich, doch sie wollte den Mann sehen, der sie angegriffen hatte. »Ja.«

Im Augenblick schien Daniels Theorie zu sein, dass der Übeltäter nicht an einer Konfrontation interessiert war – er wollte nur, dass sie wusste, dass er da war und sie bedrohte. Er hatte ihren Wagen am Fußballplatz entdeckt, entweder zufällig oder nach Plan, und möglicherweise reichte ihm das noch nicht. Vielleicht nahm er ja noch einmal Kontakt mit ihr auf, wenn er ihren Wagen auf einer bevölkerten Straße entdeckte.

Und genau dann wollten sie versuchen ihn zu stellen.

Das Café lag an der Ecke einer überdachten Arkade, durch die man zu den Parkplätzen auf der Rückseite gelangte. Sie liefen zum nächsten Gang, dann über den Parkplatz, machten kehrt und liefen zum Lokal zurück, sodass man sie von der Straße aus nicht sehen konnte. Sie fanden einen Tisch, von dem aus sie den Wagen beobachten konnten, und während Daniel auf seinem Handy die Kamerafunktion einstellte, suchte Liv Rachels Nummer, zögerte aber, bevor sie sie anrief.

Die endlosen, scheinbar ziellosen Fragen der Kommissarin, die offenbar keine Antworten fand, frustrierten sie. Sie wusste nicht, wie der Angreifer ihren Wagen gefunden hatte oder wann er ihr gefolgt war, sie wollte nur, dass Rachel endlich etwas unternahm. Also schrieb sie ihr eine Nachricht. *Diesmal war es nicht im Büro! Er hat mir heute Morgen ein Foto von Sheridan Marrs Unfall gestern Abend an meiner Windschutzscheibe hinterlassen. Hat er meiner Freundin was angetan? Rachel, geben Sie mir Bescheid!*

Während sie ihre kleine Digitalkamera überprüfte, um zu sehen, ob sie den Überfall im Parkhaus überstanden hatte, kam Rachels Antwort: *Ich melde mich.*

Das war keine Antwort, aber auch keine Frage.

»Rachel?«, fragte Daniel.

»Ja.« Sie wartete, während er Kaffee bestellte, und schmunzelte, als die Bedienung, eine Kleidergröße vierunddreißig, seine Statur begutachtete.

Als sie wieder weg war, fragte Liv: »Was ist das für eine Geschichte zwischen Ihnen und Rachel?«

»Da gibt es keine Geschichte.«

»Aber irgendwas ist doch da.«

Er rutschte ein wenig auf dem Stuhl hin und her. »Wir hatten vor einiger Zeit eine Meinungsverschiedenheit, seitdem reitet sie gerne darauf herum.«

»Wie oft sehen Sie sich?«

»Abgesehen von dieser Woche ist es ein Jahr her.«

»Welche Einzelheiten zu Ihrer Aussage wollte sie vor ein paar Tagen eigentlich überprüfen?«

Vielleicht lag es am Frageschwall, weshalb er zögerte. »Zeitfenster, Hintergrund, wie gut ich Sie kenne.«

»Ging es um was Persönliches?«

»Es war üblicher Polizeikram, denke ich.«

»Ich meine die Meinungsverschiedenheit.«

Er sah ihr in die Augen. »Ich hatte kein Verhältnis mit ihr, wenn Sie das meinen. Ich habe etwas getan, und ihr hat das nicht gefallen. Wir hatten ein paar hitzige Auseinandersetzungen, das hat es persönlicher gemacht, als nötig gewesen wäre.«

Liv wusste, dass berufliche Angelegenheiten manchmal in üble Kämpfe ausarteten. Und manche Menschen brauchten länger, um mit so etwas abzuschließen. Und vielleicht waren Cops und Feuerwehrmänner genauso davon betroffen wie Angestellte hinter einem Schreibtisch. Plötzlich verkrampfte sie sich und legte eine Hand auf ihre Kamera. »Schauen Sie.«

Ein Mann näherte sich ihrem Auto. Sie beobachtete, wie er die Straße fern der Fußgängerampel überquerte und zwischen den Lücken im Verkehr durchjoggte. Jetzt war er nur noch zwei Autos von ihrem entfernt, er rannte darauf zu, immer noch auf der Straße, lief an der Vorderseite der geparkten Autos vorbei und sah sich immer um.

Daniel nahm sein Handy. Liv schaltete ihre Kamera ein und hörte das Surren, als das Objektiv ausfuhr.

Der Mann trug eine Baseballkappe, Sonnenbrille und ein langärmeliges T-Shirt. Mehr konnte sie über die Autos hinweg nicht erkennen. Er ging vorne an der Kühlerhaube von Livs Wagen vorbei, drehte sich um und bewegte sich zur Fahrerseite. Sie drückte ab und wurde kurz von dem Bild geblendet, das auf dem Display erschien. Sie senkte die Kamera und wartete, dass er sich über die Windschutzscheibe beugte und einen Zettel hinterließ. Doch mit den Händen in den Hosentaschen seiner Jeans schlenderte er weiter und sah auf den Gehweg. Er hatte keine Verletzungen im Gesicht und blieb auch nicht stehen. Er bahnte sich einfach nur seinen Weg zwischen den Autos hindurch.

Als der Kaffee an ihrem Tisch serviert wurde, prüfte sie das Bild auf ihrer Kamera. Es war scharf genug, selbst auf die Entfernung und durch das Fenster. Falls er es war, hätte sie ihn wiedererkannt? Und wenn nicht? Was, wenn sie das Foto Rachel brachte und die Polizei ihn auch nicht identifizieren konnte?

»Vielleicht sollten wir rausgehen, wenn wir ihn sehen. Deutlich machen, dass wir fotografieren. Ihm zeigen, dass wir ihm auf der Spur sind, ihn vielleicht bedrohen.«

Daniel war auf Konfrontation aus. Er war ein kräftiger Mann, Angriff wäre sein nächster Schritt gewesen, vermutete sie. Doch er schüttelte den Kopf. »Der Kerl hat in der Dunkelheit auf Sie gewartet und ist auch nicht davor zurückgeschreckt, Sie zu verletzen. Wenn wir ihn zur Rede stellen, wird ihn das nicht erschrecken. Im Gegenteil, es könnte ihn sogar provozieren, noch aggressiver vorzugehen und schwerer zu finden zu sein. Machen Sie ein Foto, und geben Sie es der Polizei, lassen Sie diese Leute ihren Job machen.«

Sie warf frustriert die Hände in die Luft. »Ich würde ihn am liebsten anschreien, aber da ist ja niemand, den ich anschreien könnte. Ich bin es so leid, dass ich nichts unternehmen kann. Das fühlt sich so verdammt untätig an.«

Er nahm ihr Handgelenk und hielt es fest, bis sie ihn ansah. »Sie sind nicht untätig, Liv. Sie bewältigen das, Sie arbeiten mit den paar Fakten, die Sie kriegen können, gehen keine unnötigen Risiken ein, sammeln Informationen und Beweise. Sie denken nach, sind vorsichtig und haben einen Baseballschläger.«

Sie lächelte resigniert. »Vielleicht sollte ich den in meine Handtasche stecken.«

»Ein Ziegelstein täte es auch und ließe sich leichter transportieren.«

Zeit, dass er sie losließ. Sie zog ihre Hand weg und nippte an ihrem Kaffee. »Wir haben ihm genug Zeit gewidmet. Schalten wir die Kameras aus und wechseln das Thema.«

Sein Nicken war eher Billigung als Zustimmung. »Für April ist es immer noch ziemlich warm.«

»Fällt Ihnen nichts Besseres ein?«

»Was hätten Sie denn für einen Vorschlag?«

»Waren Sie je verheiratet?«

»Wie wäre es mit etwas Small Talk für den Anfang?«

»Sie wissen alles über mich. Es ist an der Zeit, dass ich auch etwas über Sie erfahre.«

Er lachte. »Na gut. Nein, ich war nie verheiratet. Ich habe fünf Jahre mit jemandem gelebt. Die letzten beiden davon waren wir verlobt. Sie hat einen Rückzieher gemacht, bevor es zu spät war.«

»Tut mir leid. Ist es lange her?«

»Ungefähr vier Jahre. Es muss Ihnen nicht leidtun. Sie war nicht die richtige Frau für einen Feuerwehrmann und war es schließlich überdrüssig, darauf zu warten, dass ich normal wurde.«

Liv hob die Augenbrauen. »Normale Jungs werden keine Feuerwehrmänner. Und vermutlich gehen normale Feuerwehrmänner auch nicht zur Rettung.«

»Das ist nichts für jeden.«

»Warum sind Sie weggegangen?«

Er rührte den Zucker in seinem Kaffee um, bevor er ihr eine Antwort gab. »Ich dachte, ich könnte Menschen retten, bevor ihnen was passiert, und dafür sorgen, dass ihnen nichts passiert, wenn ihre Büros zusammenkrachen.«

»Wie das im Central Coast?«

»Genau.«

»Ich habe von Ihrer Tapferkeitsmedaille gelesen.«

Er sah weg. »Medaillen machen Menschen auch nicht mehr lebendig.«

»Nein, da haben Sie recht. Es tut mir leid.«

»Es ist schon lustig, dass ich als gewöhnlicher Kerl im Anzug geendet habe.«

»Vielleicht in einem Anzug. Aber sicher nicht gewöhnlich. Jedenfalls nicht, soweit ich das bis jetzt beurteilen kann.«

Sie warteten etwa eine Stunde, dann bestellte Daniel Sandwiches, sie aßen und beobachteten. Er fragte sie nach ihrem Vater, sie erzählte ihm von seinem Krebsleiden und dem Hospiz, ihr fielen die y-förmige Narbe im kurzen Haar hinter einem Ohr und eine kleine Brandnarbe auf der Innenseite seines Unterarms auf und wie sich die Muskeln darunter zusammenzogen und dehnten, als er mit einem Teelöffel spielte. Nach einer Weile bestellten sie noch einen Kaffee, und während sie ihn tranken, fragte Liv ihn über seine Familie aus. Er hatte noch eine Schwester, die in Newcastle wohnte, und einen älteren Bruder in Sydney – alle vier waren groß und dunkelhaarig.

»Treffen Sie sich regelmäßig?«

»Wir haben Kontakt«, sagte er. »Am meisten sehe ich Carmel. Sie hat eine hässliche Scheidung hinter sich, ich versuche ihr ein wenig zu helfen.«

Liv musste an die leise geflüsterte Auseinandersetzung der beiden am Fußballplatz denken. »Macht sie sich Sorgen, Sie könnten zu hilfsbereit sein?«

»Sie schien ziemlich froh, als ich ihr meine Hilfe als Babysitter angeboten habe.«

»Wie meinte sie es dann, als sie sagte, Sie wüssten nicht, wann es genug ist?«

Die Frage schien ihn aufzuwühlen, denn er schaute weg und trommelte mit einem Daumen auf den Tisch. Sie dachte schon, er würde der Frage ausweichen, doch sie saßen lange da, und vielleicht war er ja der Meinung, sie hätten die Schwelle der Freundschaft überschritten. »Eines Abends wurde ihr Ex handgreiflich. Sie rief mich an, doch als ich dort ankam, war er schon gegangen, und sie hatte ein blaues Auge. Ich wollte sie dazu bringen, ihn zu verklagen, doch das wollte sie nicht. Sie meinte, ein starker Bruder im Hintergrund würde ihn fernhalten, also habe ich es mir zur Aufgabe gemacht, immer in der Nähe zu bleiben. Irgendwann wurde es ihr zu bunt, und sie meinte, ich wüsste nicht, wann es genug sei. Wir kamen eine Weile nicht gut miteinander aus.« Er zuckte die Achseln. »Aber kostenloses Babysitting schlägt ziemlich viele Brücken.«

»Was ist mit ihrem Ex passiert? Hat er sich ferngehalten?«

»Er hat die Botschaft verstanden.«

Livs Handy klingelte. Es war Rachel Quest. »Liv, sind Sie zu Hause?«

»Nein.«

»Könnten Sie in zwanzig Minuten dort sein?«

»Klar, was haben Sie herausgefunden?«

»Das sage ich Ihnen, wenn ich dort bin.«

# 24

Daniel kontrollierte zuerst drinnen das Reihenhäuschen und sah sich dann auch draußen gewissenhaft um. Er war im Garten, der Hund von nebenan bellte wie von Sinnen. Daniel rief Liv zu sich.

»Stand hier mal was?«, fragte er und zeigte auf den Boden gegenüber dem Küchenfenster, auf dem das Unkraut zwischen den Steinplatten niedergedrückt war.

»Nein.«

»Ein Abfalleimer oder ein Sack Erde?«

Sie sah zum Beet vor dem Zaun, über den der Jugendliche gesprungen war, und zu den dort gestapelten Terracottatöpfen. »Nein.«

Er setzte sich auf die Steinplatten und rutschte auf seinem Hintern herum, bis er mit den Schultern am Zaun lehnte und seine Beine zum Beet ausstrecken konnte. Er begutachtete das Unkraut unter sich, sah zu Livs Schlafzimmer hinauf und wieder zu ihr. Hinter ihm bellte Benny auf der anderen Seite des Zaunes weiter wie verrückt.

Sie sah Daniel an und begriff, was er ihr sagen wollte. Jemand hatte lange genug hier gesessen, um das Unkraut niederzudrücken. »Mist.« Angespannt blieb sie stehen, als sie einen Wagen die Einfahrt entlangfahren hörte.

»Das muss Rachel sein«, sagte er. »Sie soll sich das hier ansehen.«

Liv hatte bereits fast den Wohnraum durchquert, als sie das Klopfen hörte. Rachel Quest trug Jeans und eine Bluse, eine

Mischung aus Wochenend- und Noch-im-Dienst-Outfit. Liv hätte die Kommissarin am liebsten mit Fragen gelöchert, als sie eintrat, hielt sich aber zurück. »Darf ich Ihnen etwas zum Trinken anbieten? Tee oder Kaffee?«

»Tee wäre großartig, danke.«

Während Liv den Kessel aufstellte, nahm Rachel ihre klobige Handtasche von der Schulter und sah sich im Zimmer um. Als Daniel aus dem Garten hereinkam, blickte sie ihn kurz erstaunt an.

»Daniel«, sagte sie.

»Rachel«, antwortete er.

»Noch einen Kaffee, Daniel?«, fragte Liv.

»Nein, ich bleibe nicht.« Er sprach mit Rachel. »Ich habe das Grundstück überprüft. Drinnen scheint alles in Ordnung zu sein, draußen im Garten war jemand.«

»Danke«, sagte sie kurz, die Botschaft war unmissverständlich: Mehr brauchte sie von ihm nicht.

Er zögerte, schien zu überlegen, ob er noch etwas sagen sollte, und sah dann Liv an. »Den Rest überlasse ich Ihnen.«

»Soll ich Ihnen ein Taxi rufen?«

»Nein, ich wohne nur ein paar Häuserblocks weiter. Ich laufe.« Dann sagte er leise: »Ich wohne in der Watson Street. Nummer fünfzehn. Okay?«

Sie nickte, verstand, was er sagen wollte, und hoffte, sie würde seine Adresse nicht brauchen – jedenfalls nicht ohne Einladung. Und selbst dann … Nun ja, darüber musste sie erst einmal nachdenken. »Danke. Für alles.«

Rachel folgte ihm zur Eingangstür und blieb dicht hinter ihm, als er sie öffnete. Er stand draußen auf dem Fußabstreifer, sie redete leise auf ihn ein. Liv hörte nicht, was Rachel sagte, bemerkte aber ihre Anspannung. Daniel hob seine Stimme und sagte so laut, dass auch sie es hören konnte: »Es ist nicht, wie du denkst, Rachel.«

»Da bin ich mir nicht sicher.«

»Das ist mir scheißegal. Hör auf, dir um mich Gedanken zu machen, und finde lieber den Kerl.«

»Ich bin dabei, Daniel. Das ist mein Job, weißt du noch? Und nicht deiner. Halt dich da raus.«

»Du solltest …«

Daniel stand nicht mehr an der Tür und sprach so leise, dass Liv den Rest nicht hören konnte. Rachel beugte sich zu ihm und sagte irgendwas, während Liv am Küchentresen stand und wünschte, sie könnte die Lautstärke aufdrehen.

»Ist das meiner?«, fragte Rachel, als sie zurückkam, und zeigte auf eine Tasse, in der ein Teebeutel hing.

Liv ignorierte ihre Frage. »Was sollte das eben?«

Rachel sah zur Eingangstür, schien die Entfernung abzuschätzen und zu überlegen, wie weit Liv das Gespräch mitgehört hatte. »Setzen wir uns doch zuerst.«

»Nein. Ich will jetzt darüber reden. Daniel ist der Einzige, der mir letzte Woche irgendwie geholfen hat. Wenn Sie sich mit ihm deswegen streiten, möchte ich wissen, warum.«

Die Kommissarin steckte die Hände in die Taschen ihrer Jeans. »Na schön, wie Sie wollen. Vor ein paar Tagen sagten Sie, Sie würden Daniel nur flüchtig kennen und seien ihm nur auf dem Flur bei der Arbeit begegnet.«

»Das stimmt.«

»Ich nehme an, dass Sie sich samstags nicht bei der Arbeit über den Weg laufen.«

Liv runzelte die Stirn und wusste nicht, wohin das alles führen sollte. »Ich habe ihn beim Fußballspiel meines Sohnes getroffen. Er hat mich zum Auto gebracht und war dabei, als ich das Foto gefunden habe. Wir haben einen Kaffee getrunken, und er hat mir angeboten, mein Haus zu kontrollieren.«

»Er hat Ihnen vor ein paar Tagen Frühstück gebracht und war heute ohne seinen Wagen hier.«

»Und?«

»Ich frage mich einfach, ob Sie sich besser kennen, als Sie angeben, oder ob Sie … sich vielleicht in den letzten Tagen nähergekommen sind.«

Liv sah sie erstaunt an. Rachel dachte wohl, sie schlief mit ihm und hätte ihn gestern Abend in ihrem Wagen mitgenommen, um sich im Bett bei ihm zu bedanken. Was ging Rachel das überhaupt an? Das spielte doch überhaupt keine Rolle! »Ich weiß nicht, worauf Sie hinauswollen, aber wie gesagt, habe ich vor Montag kaum ein Wort mit ihm gewechselt. Aber es stimmt, dass wir seitdem miteinander gesprochen haben und er neue Schlösser installiert hat. Ich habe ihn außerdem gestern Abend angerufen, nachdem ich wieder einen Brief in meinem Briefkasten gefunden hatte, und dann hat er gleich noch meine Wohnung kontrolliert. Aber ich habe nicht mit ihm geschlafen. Er ist nach Hause gefahren, und ich saß im Krankenhaus und habe gehofft, dass Sheridan nicht von meinem verdammten Stalker angegriffen worden ist. Soweit ich das beurteilen kann, hat er mir mehr geholfen als Ihre ganze Fragerei und der Streifenwagen, der ab und zu meine Straße auf und ab gefahren ist. Also ehrlich gesagt, verstehe ich nicht ganz, wo Ihr Problem ist.«

Rachel sah sie einen Augenblick schweigend an, sie schien sich keinesfalls zu ärgern. »Ich muss mir sicher sein, dass Sie mir alles erzählen.«

»Ich wüsste nicht, warum ich das nicht tun sollte.«

»Livia, in solchen Situationen neigen Menschen manchmal dazu, die Dinge selbst in die Hand zu nehmen. Ist das hier der Fall?«

»Ich wäre ja froh, wenn ich irgendwas in die Hand nehmen könnte.«

»Sie haben wirklich keine Ahnung, wer die Drohbriefe geschickt haben könnte?«

Liv runzelte die Stirn. Warum traute Rachel ihr nicht? »Nein.«

Sie sah sie noch einen Augenblick an, sagte aber nichts. Dann nickte sie nur. »Okay. Zeigen Sie mir, was Sie in Ihrem Garten gefunden haben.«

Liv führte sie zum Ende des Beetes und versuchte immer noch die Puzzleteile zusammenzufügen. *Halt dich da raus*, hatte Rachel zu ihm gesagt. Glaubte sie etwa, dass er eigenmächtig Nachforschungen anstellte? Dass er sie ermunterte, Informationen zurückzuhalten? Was Liv anging, konnte Daniel ermitteln, so viel er wollte, wenn er nur weiter das Haus überprüfte.

Rachel fotografierte die Stelle, an der das Unkraut platt gedrückt war, und streckte ihren Kopf über den Zaun, hinter dem Benny wieder zu bellen begonnen hatte.

»In so einer Nachbarschaft treiben sich nachts überall Katzen und Beutelratten herum, es muss also nicht unbedingt ein Mensch gewesen sein, trotzdem sollten Sie die Eingänge absichern. Okay«, schloss sie, als seien die Nachforschungen beendet. »Jetzt können wir uns unterhalten.«

Sie wartete, bis Liv ihnen frischen Tee eingeschenkt hatte.

»Ich habe mit den Beamten gesprochen, die zu Sheridans Unfall ermitteln. Einige Beweise am Unfallort sprechen dafür, dass es eventuell kein Unfall war. Offensichtlich hat jemand einen Stein auf das Auto geworfen, sodass sie von der Straße abgekommen ist.«

Andy hatte gesagt, sie sei in der Nähe des Studios gegen einen Baum gefahren. Das Fernsehstudio war von Buschland umgeben, durch das eine zweispurige Straße lief. »Wie konnte das passieren?«

»Über die Straße führt die alte Überführung aus einem Kohlebergwerk. Die Ermittler gehen davon aus, dass jemand von dort oben in der Dunkelheit die Autos beobachtet hat, die um die Kurve fuhren, und dann den Stein geschmissen hat, als sie darunter vorbeifuhr. Anscheinend hat der Stein die Windschutzscheibe durchschlagen, und sie hat vor der nächsten Kurve die Kontrolle verloren.«

Liv kniff die Augen zusammen und versuchte die Bilder zu unterdrücken, die ihr durch den Kopf gingen. Ein Stein fiel nicht einfach lautlos durch eine Windschutzscheibe. Er verursachte einen schrecklichen, ohrenbetäubenden Lärm, brachte Glas zum Bersten und versperrte die Sicht, Sheridan hatte sich bestimmt zu Tode erschreckt. »Hat er sie getroffen? Ich meine, wurde sie vom Stein getroffen?«

»Dafür haben wir noch keine Bestätigung, aber ein paar Verletzungen wurden offenbar von dem Stein verursacht.«

Liv erstarrte vor Zorn. »Sie hat eine Kopfverletzung. Wurde sie von einem Stein am Kopf getroffen?«

»Nein, nicht am Kopf. Möglicherweise Verletzungen am linken Oberkörper ...«

Sheridan hatte sich ein paar Rippen gebrochen und eine Lungenverletzung. Kopf oder Rippen, was machte das schon für einen Unterschied? Jemand hatte einen Stein auf sie geworfen. Liv sprang auf. »Das muss er gewesen sein.« Sie schlug sich eine Hand vors Gesicht. »Das Schwein hat Sheridan verletzt.« Dann wuschen Schuldgefühle den Ärger fort. Irgendein Schwein hatte das getan, um ihr etwas zu beweisen, ihr irgendwas Verrücktes klarzumachen. Sie ließ sich wieder auf das Sofa fallen. »Herrgott, das ist alles meine Schuld.«

Rachel sagte nichts, nahm ihre Tasse vom Couchtisch, pustete langsam den Dampf weg und nippte vorsichtig am Tee. Vielleicht wollte sie Liv die Gelegenheit geben, sich wieder ein wenig zu fassen, doch Liv sah mehr als nur Mitgefühl darin. Sie saß kerzengerade da. Sie war angespannt. Auch ihr ging die Sache unter die Haut. Herrgott. Außer ein paar Fragen zu stellen und Vermutungen anzustellen, hatte Rachel nichts getan, trotzdem schien sie nicht der Typ zu sein, der schnell aufgab.

»Und, was unternehmen Sie?«, fragte Liv.

Rachel nickte fast unmerklich und schien zu begrüßen, dass Liv sich wieder gefasst hatte. »Hören Sie, in Newcastle hat es in den vergangenen zwölf Monaten immer wieder Zwischenfälle mit Steinewerfern gegeben, der Anschlag auf Sheridan ist Teil dieser Ermittlungen. Abgesehen davon gehe ich davon aus, dass es handfeste Beweise dafür gibt, dass diesmal Ihr Kerl dafür verantwortlich ist. Ich habe vor, in diese Richtung zu ermitteln. Ich weiß, dass Sie aufgebracht sind und sich Sorgen um Sheridan machen, aber Sie müssen mir noch ein paar Fragen beantworten. Wäre das möglich?«

»Ich wünschte, Sie könnten mehr tun.«

Rachel kramte in ihrer Tasche nach einem Notizblock und einem Stift. »Wer wusste, dass Sheridan Sie gestern Abend besuchen würde?«

»Ihr Freund Andy und seine Tochter Ashley. Meine Geschäftspartnerin Kelly. Vermutlich ihr Mann Jason. Wahrscheinlich wusste es auch Teagan, unsere Bürohilfe. Nach Sheridans Interview herrschte im Gebäude Aufregung. Die Leute haben über die Geschichte geredet und sie dann dort gesehen. Vielleicht hat auch Teagan es ein paar Leuten erzählt.«

»Sie meinen, dass die Gerüchteküche gebrodelt hat?«

»Ja.«

»Wie weit reichen die Gerüchte? Nur zum Gang oder auch auf die Straße?«

»Das Café unten ist ein echter Nährboden. Die ganze Straße geht in Lennys Café. Ich denke mal, jeder, der drin war, konnte es hören.«

»Ja, ich weiß, wie so was läuft. Bei uns in der Nähe gibt es auch so einen Laden.« Sie notierte sich was. »Weiß Ihr Mann davon?«

Liv zögerte. »Ich dachte, Sie suchten nur nach einem Zusammenhang mit der Park Street.«

»Im Augenblick suche ich einfach nur nach Zusammenhängen.«

»Aber der Mann im Parkhaus war nicht Thomas. Ich habe zwar sein Gesicht nicht gesehen, aber Thomas hätte ich erkannt. Außerdem hat er keine Verletzungen im Gesicht.« Über ihn zu reden war reine Zeitverschwendung. Immer.

Rachel klickte den Kuli ständig rein und raus. »Liv, ich habe keine Ahnung, was hier vor sich geht. Ich kann mich nicht nur auf mögliche Verletzungen verlassen, die mich zum Verdächtigen führen.«

»Ich habe ihn geschlagen.«

»Aber es war dunkel, und Sie haben um Ihr Leben gekämpft. Ich weiß nicht, wie fest Sie zugeschlagen oder wo Sie ihn getroffen haben oder ob Sie ihn überhaupt getroffen haben. Ich weiß nur, dass man Ihre Situation aus verschiedenen Blickwinkeln betrachten kann. Mein Job ist es, den richtigen Blickwinkel zu finden.«

Livs Schlagkraft war alles, was ihr letzte Woche geholfen hatte. Die hatte sie nicht nur im Parkhaus gerettet, für sie fühlte sie sich wie ein Beweis an – fand man den Mann mit der Verletzung, war der Fall geschlossen. Rachels Worte brachten sie ins Schwanken. »Wie kann man es denn noch betrachten?«

»Noch fehlen viele Puzzleteile.« Sie hob den Daumen und fing an den Fingern an abzuzählen. »Ein geplanter Überfall in einem Parkhaus, der Einbruch und die Zerstörung Ihres Büros, ein Autounfall, in den eine Fernsehreporterin verwickelt wurde, anonyme Drohbriefe, ein Unternehmen in finanziellen Schwierigkeiten, eine häusliche Auseinandersetzung mit

Ihrem Mann, Daniel Beck. Ich weiß nicht, wie und ob das alles zusammenhängt.«

So, wie sie es sagte, klang es nach einer komplexen Verschwörung zu ihrem Schaden. Aber warum? Hatte das etwas mit ihrem Unternehmen zu tun? Das würde bedeuten, Kelly und Jason hatten auch damit zu tun, und das war lächerlich. Was hatte außerdem Sheridan damit zu tun? Oder Daniel? »Was ist mit Daniel?«

Rachel schüttelte den Kopf, als handle es sich um ein Geheimnis, das sie nicht lüften konnte. »Daniel hat Sie am Montag bewusstlos gefunden, dann hat er am Samstag Sicherheitsvorkehrungen getroffen. Noch weiß ich nicht, wie das im Zusammenhang steht, aber vorerst möchte ich erst einmal in eine andere Richtung ermitteln. Wer wusste, dass Sie heute Morgen zum Fußballspiel fahren wollten?«

Wieder Fragen, also lehnte Liv sich auf dem Sofa zurück. »Keiner. Ich habe es in letzter Minute entschieden.«

»Haben Sie bei dem Spiel irgendjemanden gesehen, den Sie kennen?«

»Meinen Sohn, meinen Mann und seine … Partnerin. Und Daniel.«

»Keine Eltern von Kindern, die Sie kennen?«

»Ich sollte an den Wochenenden, die mein Sohn bei seinem Vater verbringt, eigentlich gar nicht auftauchen. Ich wollte nicht, dass sein Vater es mitbekommt, also habe ich mich ferngehalten.«

»Gab es Streit wegen des Sorgerechts für Ihren Sohn?«

Liv öffnete den Mund, ihr war nicht wohl bei der Frage.

»Livia?«

»Eigentlich nicht. Thomas und ich wechseln uns wochenweise mit Cameron ab.«

»Hat einer von Ihnen das volle Sorgerecht beantragt?«

»Ich.« Sie hatte darum gekämpft, Camerons erste Bezugsperson zu sein, weil sie davon ausgegangen war, dass Thomas sich seiner Verantwortung entziehen wollte, als er auszog.

»Und wie hat Ihr Mann darauf reagiert?«

»Er war sauer. Ich habe zwar nicht gedacht, dass er sich darauf einlassen würde, mir das alleinige Sorgerecht zu übertragen, aber ich war wütend und verletzt und wollte, dass es alle erfahren. Ich dachte, wir würden uns darauf einigen, dass Cameron die Woche über bei mir und jedes zweite Wochenende bei Thomas verbringen würde, aber er hat auf einem wöchentlichen Wechsel bestanden. Ich habe ihm Boshaftigkeit vorgeworfen.«

»Und wie hat er reagiert?«

»Wir haben uns beschimpft. Es folgten ein paar ekelhafte Monate.« Thomas war aus der Renwick Street aus- und gleich bei Michelle eingezogen. Liv hatte sich abgeschoben gefühlt und um sich geschlagen, um zu verhindern, dass ihre Welt aus den Fugen geriet. »Wir haben Cameron rausgehalten«, sagte sie ruhig und fragte sich gleichzeitig: Versuchte Thomas jetzt sie völlig auszuschalten?

# 25

»Haben Sie die letzten beiden Briefe hier zu Hause?«, fragte Rachel.

Ja, und sie kommen mir vor wie Giftmüll, dachte Liv.

Sie holte sie aus der Küche und überreichte Rachel die beiden Plastikhüllen. Während Rachel sich Vorder- und Rückseite ansah, setzte Liv sich neben sie und warf einen Blick auf die Kopien, die Rachel vor sich auf den Couchtisch gelegt hatte. Es waren die vier ersten Nachrichten in chronologischer Reihenfolge. Sie hatte sie auf der Schreibtischunterlage verkleinern lassen, sodass sie jetzt auf ein DIN-A4-Blatt passten. Jeder Drohbrief war mit verschiedenfarbigen Notizen am Rand versehen, als habe Rachel sie sich immer wieder durchgelesen und jedes Mal einen anderen Stift benutzt. Sie hatte einzelne Worte unterstrichen oder umrandet, mit Fragezeichen und Strichen versehen. Rachel hatte also mehr getan, als nur Fragen zu stellen.

»Mails haben Sie immer noch keine erhalten?«, fragte sie.

Liv hatte im Café ihre Mails am Handy aufgerufen. »Nein. Was hat das, glauben Sie, zu bedeuten?«

»Vielleicht kennt er sich nicht so gut mit Computern aus, das könnte ein Hinweis auf sein Alter sein. Oder vielleicht weiß er nicht, wie man Mails verschickt, ohne den Absender preiszugeben. Vielleicht will er Ihnen aber auch nur zeigen, wie nah er Ihnen kommen kann.«

Eine Nachricht oder eine Mail konnte er von überall losschicken und dann behaupten, er sei in ihrer Nähe gewesen.

Doch wenn er einen Zettel persönlich bei ihr zu Hause abgab oder an ihrem Auto hinterließ, bestand kein Zweifel. »Haben Sie keine Profiler oder etwas Ähnliches für solche Fälle?«

»Wir arbeiten gelegentlich mit Profilern zusammen, aber das hier ist eine Kleinstadt. Wir haben nicht die nötigen Mittel und rufen Spezialisten nur in dringenden Fällen.«

Für Liv fühlte sich ihr Fall aber dringend an. »Und das wäre?«

»Bei Mordfällen.«

Mist.

Rachel legte Foto und Karte zu den anderen Unterlagen auf dem Couchtisch. »Keine der Nachrichten liest sich wie eine direkte Drohung. Nirgends steht, dass er vorhat, Sie zu verletzen. Er deutet es zwar an, aber für mich wirkt es eher so, als wollte er Ihnen nur begreiflich machen, dass er es könnte, wenn er es wollte.«

»Will er mir beweisen, dass ich ihn im Parkhaus nicht bezwungen habe?«

»Kann sein.« Sie zeigte auf den ersten Brief. »Die Tatsache, dass er hier Ihren Namen benutzt hat, lässt vermuten, dass er Sie schon vor dem Überfall kannte. Diesen Zettel haben Sie gefunden, bevor das Interview ausgestrahlt wurde.«

»Er benutzt immer meinen vollen Namen.«

»Der Name ist nicht gerade alltäglich.«

»Oft werde ich Olivia genannt. Die Leute vermuten, dass ich so heiße, oder verstehen meinen Namen falsch. Vielleicht will er damit sagen, dass er weiß, dass ich nicht Olivia heiße. Dass er mich persönlich kennt.«

»Daniel nennt Sie Liv.«

Sie betrachtete die Beweise und blickte Rachel argwöhnisch an, als sie Daniel erwähnte. »Meine Freunde nennen mich Liv. Aber ich stelle mich nicht so vor, die Leute hören meistens, dass andere mich so nennen, und greifen es auf.

Also ist er vielleicht nicht nah genug herangekommen, um es zu wissen.« Sie seufzte. »Oder vielleicht gefällt ihm einfach der Klang von Livia. Oder vielleicht braucht es mehr als drei Buchstaben, um sein Interesse zu wecken.«

Rachel wiegte ihren Kopf hin und her, als bewegte sie einen Gedanken in ihrem Kopf. »Könnte ich Sie auch Liv nennen?«

Liv zog erstaunt die Augenbrauen hoch. Rachel hatte nicht mehr wie ein Cop im Dienst geklungen, als sie die Drohbriefe durchgingen, nun aber hörte es sich an, als wäre jeder Kommentar Teil der Ermittlungen. Und Liv war in den vergangenen eineinhalb Stunden klar geworden, dass jede Frage noch eine weitere, unausgesprochene enthielt. Die letzte Frage klang wie »und welchen Status habe ich?«, doch formuliert hatte sie es wie eine Freundschaftsanfrage. Versuchte sie etwa herauszufinden, wie schnell Liv flüchtige Bekannte als Freunde bezeichnete? Überlegte sie, ob der Stalker nur darauf wartete, in ihren Freundeskreis aufgenommen zu werden? Oder war das ein Angebot? Sie wusste es nicht, sagte aber: »Ja, natürlich. Ich würde mich freuen.«

Rachel nickte, als sei das die richtige Antwort. »Okay, schön. Das war's erst mal.«

Als sie aufstanden, versank langsam die Sonne hinter dem Dach des Nachbarhauses und warf lange Schatten, die bis in den Garten reichten. Liv zog die Vorhänge zu. Heute Abend wird er mich nicht zu Gesicht bekommen, sagte sie sich, aber über heute Abend machte sie sich auch keine Gedanken.

»Am Montag kommt mein Sohn wieder zu mir. Ist er hier sicher?«

Rachel steckte Notizblock und Stift in ihre Tasche und schob sich eine Haarsträhne hinter das Ohr. »Sie sind hier in Sicherheit, außerdem weiß die Polizei Bescheid. Sie haben alles richtig gemacht, um sich und Ihren Sohn zu schützen.«

»Und das Büro. Und Sheridan. Ich …« Liv blickte zur

Scheibe hinten im Raum und dachte an den dumpfen Knall, den der Teenager vor zwei Nächten bei seinem Sprung verursacht hatte. Was hätte sie getan, wenn Cameron statt Sheridan bei ihr gewesen wäre? »Rachel, haben Sie Kinder?«

Sie lächelte. »Einen vierjährigen Buben.«

»Was würden Sie tun?«

Sie antwortete, ohne zu zögern, etwas Stählernes lag in ihrer Stimme: »Wenn ich an Ihrer Stelle wäre und nicht wüsste, was los ist, würde ich ihn nicht aus den Augen lassen.«

Liv wusste, warum sie plötzlich einen so harten Ton in der Stimme hatte – den hätte jede Mutter gehabt. Doch es lagen eine Entschlossenheit und Hartnäckigkeit darin, die Liv hoffen ließen, dass Rachels Anmerkungen auf den Fotokopien und ihre endlosen Fragen irgendwo hinführten – auch wenn das Wohin ihr Angst machte.

An der Tür wandte sich Rachel noch einmal um. »Meiner Erfahrung nach folgen Stalker ihrem eigenen Plan. Keiner weiß, wie er aussieht, man kann keine Schlussfolgerungen ziehen. Ich weiß lediglich, dass der Kerl morgen wieder verschwunden oder noch jahrelang präsent sein kann.«

»Jahrelang! Dieses Schwein könnte mich noch über Jahre beobachten?«

Die Polizistin hob beschwichtigend die Hände. »Hören Sie, damit will ich nur sagen, falls Sie überlegen, Ihren Sohn irgendwo anders unterzubringen, dann stellen Sie sich darauf ein, dass es für eine längere Zeit sein könnte. Es sind erst fünf Tage vergangen. Wir wissen noch nicht, wie sich das Ganze entwickeln wird. Es könnte genauso gut sein, dass der Mann von Ihnen ablässt, wenn er Sie mit einem Kind sieht. Oder er schickt Ihnen nur Botschaften, wenn Ihr Sohn nicht da ist.« Ihre Stimme wurde sanfter. »Ich verstehe Ihre Sorge und kann Ihnen auch nicht sagen, was Sie tun sollen, aber Sie haben darum gekämpft, Ihren Sohn bei sich zu behalten. Liv. Sie sind eine starke Frau. Lassen Sie nicht zu, dass dieser Kerl Sie zu unüberlegten Handlungen veranlasst, die Ihr Mann nachher vielleicht nicht mehr rückgängig macht.«

Liv verriegelte die Tür, prüfte die Schlösser des Hintereingangs und spähte durch die Vorhänge in den grau verhangenen Garten. Der Hund war draußen, bellte aber gerade nicht, trotzdem wirkte es alles andere als friedlich.

Der Gedanke, noch eine Woche ohne Cameron zu sein, war unerträglich. Falls Thomas irgendwas mit dieser Sache zu tun hatte, würde sie ihm das nie verzeihen. Vielleicht würde sie sich sogar zu etwas Schlimmerem hinreißen lassen. Und falls er nichts damit zu tun hatte und sie ihn bat, Cameron noch ein paar Tage zu behalten, solange die Polizei den Stalker suchte, würde er das dann ausnutzen, um mehr Zeit mit Cameron auszuhandeln? Oder sogar versuchen, das volle Sorgerecht für ihn zu bekommen? Er war ihr das vergangene Jahr äußerst feindlich entgegengetreten, es war also durchaus möglich. Sie schloss die Augen und unterdrückte die aufkommende Übelkeit. Sie durfte Cameron nicht verlieren. Das würde sie nicht überleben. Sie musste sich vor seiner Rückkehr zusammenreißen. Also tu was, Liv. Herumstehen und sich Sorgen machen hilft auch nicht weiter.

Sie holte ihr Handy und erledigte ein paar Anrufe. Cameron war als Erster dran. Sie jauchzte, als er ihr das Spiel nacherzählte, und widerstand dem Drang, ihm zu erzählen, dass sie dort gewesen war und ihn bewundert hatte.

Andy war nach Hause zu seiner Tochter und dann wieder ins Krankenhaus gefahren, er klang müde und angespannt. Er sagte, die Ärzte wollten Sheridan bald aus dem künstlichen Koma holen. »Liv, ich habe sie noch nie so lange regungslos gesehen. Ich kann gar nicht glauben, dass sie da im Bett liegt.« Die Polizei hatte ihm von dem Stein erzählt, der ihre

Windschutzscheibe durchschlagen hatte, doch einen Stalker hatte sie nicht erwähnt, Liv sagte auch nichts. Sie machte sich sowieso schon genug Sorgen und hatte unerträgliche Schuldgefühle.

Die Stimme ihres Vaters klang gepresst. Sie wünschte, sie wäre eine bessere Lügnerin und könnte ihm an diesem Abend mehr als nur eine ängstlich angespannte Stimme bieten – ihm versichern, dass sein einziges Kind glücklich war. Oder wenigstens neben seinem Bett sitzen. Ihr Stalker ließ sich eine ganze Menge zuschulden kommen.

Als sie endlich Kelly anrief, hatte sie Kopfschmerzen, und ihr Herz schien zu zerspringen. Sie wollte über den Bericht des Steuerberaters reden. Aber Kelly war mit ihrer Schwester im Kino. Jason war mit den Mädchen zu Hause, damit sie einen freien Abend ohne Kinder genießen konnte. Liv überlegte, ob da etwas dahintersteckte, dann fiel ihr ein, dass die meisten Leute das so machten. Im normalen Leben.

»Wie geht es dir? Konntest du dich heute ein wenig entspannen?«, fragte Kelly laut, damit man ihre Stimme über den Lärm im Kinofoyer hörte.

Das war kaum der richtige Zeitpunkt, um ihr die Gründe aufzuzählen, weshalb sie nicht entspannt war. »Es geht mir gut. Wir müssen uns unterhalten, Kelly.«

»Ja, machen wir. Ich rufe dich morgen an.«

Liv hatte erwartet, dass sie wieder ausweichen würde, sie legte auf, fühlte sich aber unruhiger als vor ihrem Anruf.

Zuletzt rief sie Jason an. Soweit sie wusste, hatte er keine neuerlichen schlechten Nachrichten parat, keinen drohenden Konflikt, ihm gegenüber musste sie sich nicht traurig oder schuldig fühlen oder besorgt sein. Sie hielt sich nicht mit einer Begrüßung auf. »Sag was Nettes. Ich muss unbedingt was Nettes hören.«

»Ich habe den ganzen Tag an dich gedacht.«

Die Unmittelbarkeit dieser Aussage trieb ihr die Tränen in die Augen. »Mein Gott, Jase, das ist viel zu nett. Ich dachte eher an was Lustiges. Kannst du was Lustiges sagen?«

»Schweinegrunzen oder einen Klopf-klopf-Witz? Kurzfristig wären das die Alternativen.«

»Schweinegrunzen?«

»Ja. Die Kinder finden mein Schwein lustig.«

Sie hörte ein Schnüffeln und Grunzen am Telefon, stellte sich vor, wie er sein Gesicht verzog und nach Trüffeln schnüffelte, und musste laut lachen. »Danke. Das war großartig. Etwas seltsam, aber großartig.«

»Liv, was ist los?«

Sie erzählte ihm, dass sie zu Camerons Fußballspiel gegangen war, von Michelle, dem Foto, der Beobachtung, von Rachel und dem platt gedrückten Unkraut. Von den Sorgen in der Firma erzählte sie nichts – das ging nur sie und Kelly etwas an. Es laut auszusprechen, verschaffte ihr Erleichterung. Sie weinte nicht, aber Ärger und Enttäuschung wollten nicht weichen.

»Möchtest du herkommen?«, fragte er.

Sie schloss die Augen, stellte sich das Wohnzimmer der Familie vor – warm, einladend, gemütlich. Das ganze Paket, das auch Liv sich gewünscht hätte. Sie freute sich, dass die beiden glücklich miteinander waren, aber eine glückliche Familie war an diesem Abend mehr, als sie ertragen konnte. »Danke, aber ich bin erschöpft. Ich habe kaum geschlafen und wäre eine schreckliche Gesellschaft.«

»Du stellst dein Licht unter den Scheffel.«

»Würdest du mich morgen zum Krankenhaus begleiten?« Sie wollte moralische Unterstützung – wegen Andy und wegen dem Parkhaus.

»Natürlich. Wann immer du mich brauchst.«

Die Art und Weise, wie er das sagte, klang ein wenig

eigenartig, aber vielleicht interpretierte sie auch zu viel hinein. Vielleicht konnte sie keinen klaren Gedanken fassen. »Danke.«

Sie legte auf, die Stille des Häuschens senkte sich herab. Ihr Kopf pochte, ihr Körper schmerzte, und ihre Augen brannten. Sie sollte etwas essen, duschen, doch das Sofa war zu einladend. Das weiche Leder umschloss sie, als sie sich unter der Decke zusammenrollte, die sie mit hinuntergenommen hatte. Sie legte ihren Kopf auf die Armlehne und gab sich der Erschöpfung hin.

Als sie erwachte, war es dunkel im Haus, nur die Außenbeleuchtung schien durch die Vorhänge. Sie hatte länger geschlafen, als sie erhofft hatte, die beste Erholung seit einer Woche. Als sie ihre Beine ausstreckte und sich aufsetzte, bemerkte sie etwas aus dem Augenwinkel.

Sie erstarrte. Eine halbe Minute starrte sie auf die weißen Vorhänge. Nichts bewegte sich. Vielleicht waren es ihre Augen. Sie hatte tagelang kaum geschlafen, das Lid ihres unverletzten Auges hatte den ganzen Tag lang immer wieder leicht gezuckt.

Dann fing der Hund nebenan zu bellen an, einen Augenblick später war sie auf den Beinen. Ihr Kopf dröhnte, während Benny wie wild bellte. Mist, Mist.

Sie dachte an das platt gedrückte Unkraut im Garten, lief auf Zehenspitzen zum Baseballschläger, der an der Wand lehnte, und packte ihn mit beiden Händen. Was jetzt? Sie wäre am liebsten so schnell wie möglich verschwunden, wie eine Wahnsinnige losgerannt. Aber war es draußen sicherer? Zu Fuß hätte sie dem Stalker geradewegs in die Arme laufen können. Wenn sie den Wagen nahm und das Garagentor hochfuhr, konnte er sie direkt rauszerren, noch bevor sie irgendwo hinfuhr.

Die Polizei verständigen? Was hätte sie erzählen sollen? Der Hund nebenan bellt?

Der Schläger war schwer, stabil und glatt. Du hast eine Waffe, Liv, und du hast verdammt gute Schlösser. Bleib drinnen und folge Daniels Rat: Sei wachsam und bereit, so schnell wie möglich zu verschwinden.

Die Eingangstür war der beste Ausgang, beschloss sie; die Küche war eine Sackgasse. Sie kroch zum Vorhang und lauschte. Ein Auto polterte auf der Straße, und irgendwo in der Ferne war ein metallischer Knall zu hören, doch im Garten herrschte Stille. Sie dachte an Daniel, wie er heute Nachmittag mit dem Rücken an den Zaun gelehnt dagesessen hatte. Wenn jemand da draußen so dasaß, konnte sie ihn nicht hören.

Sie steckte einen Finger in den Spalt zwischen den Vorhängen und legte ihr Auge an die Lücke. Zwei sich überlappende Lichtkreise badeten die Steinplatten in sanftes Licht, ein Strahl fiel in den Nachbargarten. Sehr viel mehr war nicht zu sehen, hinter dem Hochbeet rein gar nichts mehr. Sie dachte wieder an Daniel und wie er zum Fenster hoch gesehen hatte. Von ihrem Schlafzimmerfenster aus hätte sie einen besseren Blick.

Als sie die Treppe hinauflief, hörte Benny zu bellen auf. Nicht nach und nach, sondern ganz plötzlich.

Sie kniete sich auf ihr Bett und beugte sich zum Fenster. Der Garten wirkte wie eine Bühne – der Zaun war die Kulisse, die beiden Lampen an der Außenmauer die Scheinwerfer, doch es gab keine Schauspieler. War er gegangen? Oder hatte er sich woanders hinbewegt?

Leise lief sie in Camerons Zimmer und spähte zur dunklen Einfahrt. Da gab es zahllose Verstecke – neben der Garage, hinter dem Nebeneingang, hinter der Kurve zur Einfahrt. Unter dem flachen, viereckigen Vordach über der Eingangstür. Sollte sie dort nachsehen? Sie umklammerte den Schläger fester, Angst und Verärgerung wechselten sich ab. Der Mann, der sie stalkte, war gewalttätig und labil, doch sie hatte es satt, sich zu verstecken und ständig auf Zehenspitzen zu laufen. Und sie hatte einen Knüppel.

Sie schlich die Treppe hinunter, machte das Außenlicht an und lauschte der Stille hinter der Tür.

»Hey!«, rief sie heiser und kraftvoll und wartete ab, während ihr Puls raste. Sie schob leise die Sicherheitskette beiseite, holte tief Luft, stieß die Tür auf – erst langsam, dann mit einem einzigen, heftigen Ruck, stürzte mit dem Schläger in der Hand hinaus, als wollte sie sich einem Gegner in den Weg stellen.

Niemand war zu sehen – weder vor der Tür noch in der Einfahrt oder beim Zaun. Mit pochendem Herzen blieb sie stehen, bis sie sich wie eine total Verrückte vorkam. Erst als sie wieder zur Türschwelle zurückging und wieder ins Haus gehen wollte, stieg plötzlich kalte Angst in ihr auf.

Sie wirbelte herum und erwartete schon, ihn vor sich stehen zu sehen. Aber da war niemand – nur seine Worte leisteten ihr Gesellschaft. Sie standen in großen roten Buchstaben auf einem einzelnen, beschichteten Blatt Papier, das an ihrer Haustür klebte.

*Ich kann dich sehen, Livia!*

# 26

»Fahr einen Stock rauf und sieh nach, ob im Erdgeschoss was frei ist«, sagte Liv, als Jason den Blinker anmachte und langsam in das mehrstöckige Parkhaus des Krankenhauses fuhr. Es war Samstagvormittag, die Polizei war kurz vor Mitternacht noch einmal bei ihrem Haus gewesen, aber die paar Stunden, die sie zwischen den Albträumen geschlafen hatte, konnten die Anspannung auch nicht lindern, die wie eine Faust ihr Innerstes umklammert hielt.

Jason zeigte nach rechts und sagte: »Aber die Treppe ist doch da.«

»Ich will aber nicht die Treppe benutzen, sondern im Erdgeschoss sein«, zischte sie.

Er sah sie an.

»Tut mir leid, ich bin erschöpft. Ich will nur irgendwo parken, wo wir schnell zum Auto kommen.«

Liv musterte Autos und Autofahrer, die sich in die nächsten Stockwerke des Parkhauses quälten.

Ich halte weiter nach dir Ausschau, ich werde dich beobachten, dachte Liv.

Andy saß in Sheridans Zimmer. Die vergangenen sechsunddreißig Stunden hatten ihm arg zugesetzt. Er hatte sich seit dem Morgen, als Liv sich von ihm verabschiedet hatte, zwar umgezogen, aber er hatte Ringe unter den Augen und sich nicht rasiert. Als Jason mit ihm zur Krankenhauscafeteria ging, setzte Liv sich auf seinen Stuhl neben Sheridans Bett und spürte, wie ihr Herz beim Anblick der Freundin fast stehen blieb.

Als sie Sheridan das letzte Mal gesehen hatte, hatte sie ihr vor dem Haus zugelächelt und lebhaft gewunken, bevor sie ins Auto gestiegen und losgefahren war. Sie hatte großartig und gesund ausgesehen, voller Lebenskraft, so wie immer. Jetzt lag sie blass und regungslos da. Ihr Kopf war bandagiert, ein dickes Pflaster bedeckte einen Kieferknochen, ihr Gesicht war geschwollen und voller Prellungen, an beiden Armen hingen Schläuche.

Liv hatte einen dicken Kloß im Hals. Angst und Wut mischten sich mit Trauer, Bestürzung und Machtlosigkeit. Der Mann, der sie geschlagen und gestalkt hatte, hatte auch Sheridan das angetan. Glaubte er vielleicht, seine boshafte Karte mit der versteckten Warnung vor dem Unfall würde sie beeindrucken? Liv dachte an die Lilie auf der Karte. Hatte er versucht Sheridan umzubringen? Musste Sheridan froh sein, überhaupt hier gelandet zu sein? Liv stöhnte kurz auf, als sie sich dessen bewusst wurde, und ihr Magen krampfte sich vor Schuldgefühlen zusammen.

Jason kam zurück und nahm ihren Platz neben Sheridans Bett ein. Sie setzte sich in den Gang zu Andy, der einen großen Becher Kaffee in der Hand hielt.

»Die Polizei hat mich gefragt, ob ich wüsste, woran sie gearbeitet hat«, sagte er. »Hat sie dir irgendwas erzählt?«

»Nein, über die Arbeit nichts.«

Er stützte die Ellenbogen auf die Knie und hielt den Becher in der Hand. »Ich hatte so viel um die Ohren, dass ich in letzter Zeit nicht besonders aufmerksam war. Ich weiß nicht mal, woran sie gearbeitet hat, und ehrlich gesagt, weiß ich auch nicht, ob es daran liegt, dass sie es mir nicht erzählt hat, oder weil ich nicht richtig zugehört habe. Herrgott, wenn es etwas Gefährliches war und ich sie damit alleine gelassen habe…«

Liv legte ihre Hand auf seinen Arm und unterbrach ihn. »Es ist meine Schuld, nicht deine.«

»Du darfst dir keine Vorwürfe machen. Sie hätte auch woanders hinfahren können.«

»Ich glaube, jemand hat sie bedrängt, um an mich ranzukommen.«

Andy wandte ihr sein Gesicht zu und sah sie an, dabei glitt sein Blick über ihre Verletzungen. »Was zum Teufel redest du da?«

»Jemand stalkt mich. Ich bekomme Drohbriefe. Gestern habe ich einen zu dem Unfall erhalten.«

»Was hat das mit Sheridan zu tun?«

»Ich weiß es nicht. Ich ...«

»Du hast sie zu dir gebeten, obwohl du wusstest, wie gefährlich das ist?«

»So war das nicht.«

Er lehnte sich auf dem Stuhl zurück. »Wie kannst du das sagen? Großer Gott, sieh dich doch mal an. Dein Gesicht wurde zertrümmert. Was machst du hier überhaupt?«

Die Tür zu Sheridans Zimmer ging auf. Als Jason herauskam, stand Andy auf und fluchte leise.

»Was ist los?«, fragte Jason.

Andy schnaufte hörbar.

Jason sah Liv an. »Was ist passiert?«

»Ich habe ihm von dem Stalker erzählt.«

»Wusstest du, dass Liv gestalkt wird?«, fragte Andy und zeigte auf Jason.

»Hey, Kumpel, beruhige dich erst mal.«

Andy zeigte mit dem Finger auf die Tür. »Ich beruhige mich erst wieder, wenn Sheridan aufsteht und auf ihren eigenen Beinen hier rausgeht. Verdammt noch mal!« Er schob sich an den beiden vorbei und verschwand im Zimmer.

Liv kamen die Tränen. Jason hockte sich neben sie und legte ihr den Arm um die Schultern. »Er ist vollkommen fertig. Ich rede mit ihm.«

Auf dem Nachhauseweg starrte Liv aus dem Beifahrerfenster, während Jason versuchte, ihr Schweigen mit seinen Späßen und aufmunternden Worten zu durchbrechen, und ihr immer wieder versicherte, alles würde wieder gut.

Wann?, hätte sie am liebsten geschrien.

Als sie bei Livs Haus angekommen waren, bat sie Jason, die Zimmer zu überprüfen. Er hatte zwar nicht Daniels kräftigen Körperbau, und der Typ aus dem Parkhaus konnte ihn vermutlich mit einem Schlag außer Gefecht setzen, aber vier Augen sahen mehr als zwei. Jason kicherte, als sie mit dem Baseballschläger in der Hand dastand. Aber er kannte das Foto von Sheridans kaputtem Auto nicht. Wieder stand sie im Flur vor ihrem Schlafzimmer und musste mitansehen, wie ein Mann durch ihr Schlafzimmer ging. Es war Jason, er war für sie wie ein Bruder, dennoch empfand sie es als Verletzung ihrer Intimsphäre.

»Ich komme mir so blöd vor, weil ich dich bitte, in meinen Schrank zu schauen«, sagte sie, als sie die Treppe hinuntergingen. »Wer würde sich schon in meinem Schrank verstecken?«

»Ein Transvestit mit kleinen Füßen. Du hast eine Tonne Stilettos in Männergröße im Schrank«, sagte er.

»Willst du andeuten, dass ich zu große Füße habe?«

»Besser große Füße als einen dicken Hintern.«

»Hey, sag Bescheid, wenn du dir welche ausleihen willst. Vielleicht möchtest du mal ein wenig größer wirken.«

Am Fuß der Treppe blieb er stehen und sah aus, als würde er gleich noch einen kurzen Witz reißen, doch dann sah er ihr nur schweigend zu, wie sie die Treppe herunterkam.

»Danke, Jase. Für heute Morgen und die Hauskontrolle.« Herrgott, gleich würde er gehen. »Möchtest du noch ein bisschen bleiben? Auf einen Kaffee oder so?«

Er zögerte und starrte sie an. Sie senkte den Blick und

schämte sich, weil sie ihre Verzweiflung nicht unterdrücken konnte. Doch besser hilfsbedürftig als alleine.

»Ich dachte schon, du würdest nie fragen«, antwortete er schließlich.

Sie gingen in die Küche, er setzte sich an den Tresen, und sie machte Kaffee. »Kann ich auch was tun?«

»Jase, rede einfach mit mir. Mach keine seltsamen Geräusche, sondern sag einfach was Nettes, woran ich denken kann, wenn du wieder weg bist.«

Er schwieg so lange, dass sie aufsah, während sie das Kaffeepulver in die Kanne löffelte. Sein Blick ruhte auf seinen Händen, er knibbelte mit seinem Daumennagel an einem Finger. Das Kaffeewasser kochte, der Kessel stellte sich ab.

»Nur keinen Stress«, sagte Liv.

Er hob die Augen und holte Luft. Er wollte ihr etwas sagen. Etwas Wichtiges. Dann klingelte ihr Handy.

»Nicht vergessen, was du sagen wolltest, ich will es hören«, sagte sie und zog das Handy aus der Tasche. »Hi, Kell.«

»Jason hat mir das von gestern erzählt, alles in Ordnung?«

Erschöpft, beunruhigt, ängstlich, stinksauer. »Es geht schon.«

»Ich habe gerade die Mädchen zu einem Fest gebracht. Ich könnte kurz bei dir vorbeischauen, wenn du willst.«

»Ja, gern. Bis gleich.« Liv legte auf und starrte auf das Handy, ihr Katastrophenzähler bewegte sich im roten Bereich. Auf der anderen Seite des Tresens stand Jason. »Oh, tut mir leid, Jase. Ich, äh … Was wolltest du sagen?«

»Ein anderes Mal. Wenn du und Kelly es überstanden habt. Jetzt ist nicht der richtige Zeitpunkt.«

Sie griff nach seinem Arm, als er sich wegdrehen und gehen wollte. »Du weißt, was los ist, nicht wahr?«

Er blickte auf ihre Hand an seinem Ärmel. »Kelly wird gleich da sein.«

»Dann bleib doch noch, bis sie hier ist. Trink deinen Kaffee. Rede mit mir.«

Er schob ihre Hand von seinem Arm weg und hielt sie fest. »Das können wir auch ein anderes Mal tun.«

Sie sahen beide zur Tür, als ein Wagen die Einfahrt entlangfuhr.

»Der Zeitpunkt ist ungünstig, Liv. Ich muss jetzt gehen«, sagte Jason.

Sie runzelte die Stirn hinter seinem Rücken, als er zur Tür ging. Ungünstiger Zeitpunkt? Sie dachte, dass sie über das Geschäft gesprochen hatten, aber nun war sie sich nicht mehr sicher. Doch wozu noch Jason fragen, wenn Kelly ihr ohnehin gleich alles erklären würde.

Kelly wollte gerade klopfen, als Jason die Tür aufmachte. Erstaunt hob sie die Augenbrauen. »Oh, hallo. Ich dachte, du würdest bereits durch die Supermarktgänge schwirren.«

»Liv wollte, dass ich das Haus überprüfe. Ich gehe jetzt und lass euch reden.« Er blickte über seine Schulter direkt in Livs Augen. Es wirkte irgendwie verstohlen, nicht aufmunternd. Was zum Teufel wollte er ihr sagen? Etwas, das er Kelly nicht erzählen wollte, so viel war sicher.

Kelly plauderte unverbindlich, während Liv ihr den Kaffee einschenkte, den sie für Jason gemacht hatte. Die Stimmung zwischen ihnen war angespannt, sie schienen beide verlegen, das war sonst nie zwischen ihnen der Fall. Es machte Liv nervös. Sie hatte angenommen, dass Kelly mit ihr über das Geschäft reden wollte, aber nun … Doch vielleicht maß sie allem zu viel Bedeutung bei. Egal, sie wollte es hinter sich bringen. Sie reichte Kelly eine Tasse und sagte dann: »Was ist los?«

»Setzen wir uns.«

Eine ungute Vorahnung beschlich Liv. Sie folgte Kelly ins Wohnzimmer, wartete, bis sie Platz genommen hatte, und setzte sich dann neben sie. Kelly nippte am Kaffee, warf das Haar über die Schulter zurück und schlug die Beine übereinander.

Liv hatte das Warten satt. »Geht es um Neils Bericht?«

Kelly sah betreten drein. »Ich wollte nicht ausgerechnet jetzt mit dir darüber reden. Du hast diese Woche schon genug, woran du denken musst, aber …«

»Sag mir einfach, was er gesagt hat.«

»Es ist nicht gerade toll.«

War das Neils Einschätzung oder Kellys Umschreibung, dass sie in der Scheiße steckten? »Du hast gesagt, dass wir ein paar Möglichkeiten haben.«

»Die haben wir auch. Aber keine davon gefällt uns.«

»Erzähl.«

Die erste war die Schließung des Unternehmens. Die anderen Möglichkeiten waren, Investoren zu finden, von einer größeren Firma aufgekauft zu werden oder generell die Kontrolle des Unternehmens abzugeben, das sie gegründet hatten. Kelly brauchte zehn Minuten, um alles aufzuzählen, während Liv zuhörte und ihr geschwollenes Auge immer heftiger pochte.

»Okay«, sagte Liv, als Kelly endlich fertig war. In ihrem Kopf tobte eine Flut von Kraftausdrücken, die aber ihre Lage auch nicht verbessern würden.

»Es gäbe noch eine andere Möglichkeit«, sagte Kelly. »Sie steht nicht im Bericht, könnte aber funktionieren.«

»Dann leg sie auf den Tisch. Wir haben nichts mehr zu verlieren.«

»Eine von uns könnte einen Job annehmen. Sagen wir mit einem Vertrag über zwölf Monate, dann könnte sich der andere auf die Kundenakquise konzentrieren.«

Liv schüttelte den Kopf.

»Wir könnten mit einem Schlag unser Honorar halbieren«,

fuhr Kelly fort. »Und wenn wir das Büro kündigen und von zu Hause aus arbeiten würden, bis es uns wieder besser geht, bräuchten wir auch niemanden am Empfang und müssten keine Miete zahlen.«

»Dann gäbe es kein Prescott and Weeks mehr«, sagte Liv. »Eine von uns beiden wäre bei jemand anderem unter Vertrag, die andere würde von zu Hause aus arbeiten. Keine von uns beiden will das. Deshalb haben wir uns zusammengetan, es ist unser Geschäft. Wir haben beide viel Geld und Energie hineingesteckt. Wir ergänzen uns. Egal, wie wir uns entscheiden, wir sollten es gemeinsam tun.«

»Es könnte funktionieren.«

Liv schüttelte abermals den Kopf. »Wir haben noch ein Ass im Ärmel, Kell. Die Sache mit Toby Wright. Hast du was von ihm gehört?«

»Ja.«

»Und?«

Kelly senkte ihren Blick. »Er hat mir einen Job angeboten. Einen Jahresvertrag, damit ich die neue Einheit trainiere.«

Nein, nein, nein. Liv kniff die Augen zusammen. »Und was hast du gesagt?«

»Ich treffe mich morgen mit ihm. Ich werde das Angebot annehmen.«

# 27

Das traf Liv wie ein Faustschlag. Es war vorbei. Prescott and Weeks war erledigt. Auch das hatte sie verloren, ohne zu wissen, wie es so weit gekommen war. Immer wieder trommelte sie mit geballten Fäusten an ihre Stirn.

»Liv?«

»Wann hat er dir das Angebot gemacht?«

»Mittwoch. Ich hatte ihm morgens unser Angebot unterbreitet, am Nachmittag hat er mich angerufen und mir einen Job angeboten.«

Liv spürte, wie ihre Augen schmal wurden. »Du bist meine Geschäftspartnerin. Was zum Teufel hat er sich dabei gedacht?«

»Er wusste von unseren Problemen, außerdem gab es Gerüchte. Er dachte, wir könnten davon profitieren.«

»Man wirbt keinen Geschäftspartner ab. Außerdem ist heute Sonntag. Du hast es bereits vor Tagen erfahren und hättest mir vorher was sagen können.«

»Du hattest andere Sorgen.«

»Du hast nicht zu entscheiden, worüber ich mir Sorgen mache.«

Ein mitfühlendes Lächeln huschte über Kellys Lippen. »Liv, komm schon. Ich weiß, wie viel dir Prescott and Weeks bedeutet, diese Woche war nicht der richtige Zeitpunkt, um dir zu sagen, dass wir vielleicht die Firma aufgeben müssen. Tobys Angebot ist ein Rettungsanker, und ich will die Möglichkeit haben, einen Plan zu entwickeln, der uns weiterhilft, damit du nicht zusammenbrichst.«

»Damit ich nicht zusammenbreche? Was soll denn das heißen?«

In Kellys Antwort lag Bedauern. »Du kommst nicht klar.«

»Wer sagt, dass ich nicht klarkomme?«

»Hör mal, Liv, du schwankst in wenigen Sekunden von himmelhoch jauchzend zu Tode betrübt. Du verpasst Meetings und bist Teagan gegenüber nicht fair. Du hast dich in Gefahr gebracht, weil du eigenmächtig nach dem Mann Ausschau gehalten hast, der dich überfallen hat. Und du bist einem Teenager mit einem Baseballschläger in deinem Garten hinterhergerannt. Das bist nicht du.«

Sheridan hatte es ihr offenbar erzählt. Sie hatte darüber gelacht und kein Drama daraus gemacht. Aber Kelly interpretierte es auf ihre Art. »Du warst nicht dabei. Ich komme klar. Es geht mir gut. Außerdem gehören mir fünfzig Prozent der Firma.«

»Es ist die einzige Möglichkeit, um sie zu behalten.«

Liv ging zum Fenster und sah in den Garten. Ihre Ehe war zerrüttet, sie hatte ihren Sohn und ihr Zuhause verloren, sie stand kurz davor, ihren Vater zu verlieren, ein gewalttätiger Mann bedrohte sie, und sie konnte nichts dagegen tun. Aber Prescott and Weeks war ihr Unternehmen. Es war alles, was sie noch hatte. Sie würde nicht zulassen, dass Kelly für sie entschied. Sie drehte sich herum.

»Das wird es nicht retten. Er tut so, als wäre das die Rettung, aber das ist es nicht. Du übernimmst einen Job, damit ich mich nicht aufrege. So geht das nicht. Du triffst keine Entscheidungen für mich, das ist nicht meine Art, und das weißt du. Verdammt noch mal, das weißt du genau.« Sie holte tief Luft. »Kelly, wir haben Zeit. Wir müssen nicht das erstbeste Angebot annehmen. Wir sollten abwarten.«

»Du bist nicht in der Lage, so eine Entscheidung zu treffen.«

Sie richtete sich zornig auf. Kelly hatte bereits entschieden und wollte, dass Liv sich fügte. »Und wie kommst du darauf, dass du das darfst? Du bist viel zu vorsichtig. Immer schon. Du ergreifst die erstbeste Gelegenheit, weil du Angst hast. Hier geht es also um dich, nicht um mich.«

Kelly stand auf, ihr sorgenvoller Gesichtsausdruck verwandelte sich in Empörung. »Gut, entschuldige, aber ich habe kein zweistöckiges Haus, das ich verkaufen kann, um meine Schulden zu bezahlen. Jason und ich haben noch ein Darlehen abzuzahlen, und wir versuchen irgendwie über die Runden zu kommen, seit du und ich uns das Honorar gekürzt haben. Ich versuche, es dir recht zu machen. Toby hat mir ein gutes Gehalt angeboten. Ich könnte noch warten, bis ich was Festes bekomme, und wir könnten so lange sehen, wie es läuft, aber es wäre meiner Familie gegenüber nicht fair, dass sie weiter Opfer bringen muss, wenn ich die Chance habe, uns voranzubringen.«

Liv blinzelte. Dachte Kelly so darüber? Dass sie nach Thomas' Betrug noch mit einem blauen Auge davongekommen war? Und seit wann mussten Kelly und Jason sparen? Liv hätte ihnen angeboten, nur ihr eigenes Honorar zu kürzen, wenn sie von den Problemen gewusst hätte. Sie hätten sich etwas einfallen lassen können und offen zueinander sein müssen. Entscheidungen musste man gemeinsam treffen. »Sag Toby, dass er warten soll. Wir müssen erst einmal sehen, was es sonst noch so gibt.«

»Er will morgen eine Entscheidung von mir.«

Liv lief am Fenster entlang, ein Schrei bahnte sich seinen Weg in ihre Kehle. Sie unterdrückte ihn. »Kelly, tu das nicht. Bitte.« Sie versuchte ruhig und vernünftig zu klingen.

»Das ist unsere beste Chance.«

Es würde nicht funktionieren, Liv wusste das. Sie wollte kein Geschäft alleine führen. Sie wollte ihr gemeinsames Büro nicht verlassen. Sie wollte nicht von dem verdammten Reihenhaus aus arbeiten und riskieren, dass Prescott and Weeks genauso scheiterte wie alles andere in ihrem Leben in den letzten zwölf Monaten. »Herrgott, Kelly, ich hätte nicht gedacht, dass du mich auch verletzen würdest. Nicht du.«

Liv lief durch den Supermarkt. Sie brauchte Frühstücksflocken, Milch und Vitaminsnacks für Camerons Schulbrot. Morgen kam er wieder zu ihr. Endlich! Sie hatte eine schlimme Woche hinter sich. Grauenvoll. Die schlimmste überhaupt. Aber nächste Woche würde es besser laufen.

Sie brauchte Spaghettisoße und Hackfleisch – Cam liebte Spaghetti. Sie war förmlich aus dem Haus gestürzt, bevor etwas zu Bruch gegangen wäre oder sie ein Fenster eingeschlagen hätte. Kelly, verdammt noch mal! Sie blieb in einem Gang mit Keksen stehen, starrte die Packungen an, fand aber nichts. Was sie gerne gehabt hätte, gab es nicht zu kaufen. Das gab es nicht in Plastik verpackt mit Strichcode, der an der Kasse piepste.

Sie pfefferte Schokolade, Käse und Waschpulver in den Einkaufswagen und dachte an ihre lange Wunschliste.

Einen fetten neuen Kunden. Nein, eine Million Dollar. Das hätte alles gerichtet.

Sie wollte, dass das Schwein aus dem Parkhaus von einem Bus erfasst wurde.

Sie wollte, dass Thomas von der Erdoberfläche verschwand und Michelle sich in Rauch auflöste.

Sie wollte, dass Cameron für immer bei ihr wohnte. Und dass ihr Dad wieder gesund wurde.

Herrgott, Liv, nicht weinen. Nicht hier. Reiß dich zusammen. Bleib auf den Beinen.

Sie schaffte es. Sie lief die Gänge rauf und runter, dann zum Auto und fuhr nach Hause, trug die Tüten in die Küche und packte sie aus. Sie riss sich zusammen und zwang sich, an nichts zu denken. Bis ihr eine Flasche Mineralwasser aus den Händen rutschte und auf dem Boden zerschlug.

Sie hatte zwei Flaschen Mineralwasser gekauft. Die eine stand noch auf dem Tresen. Sie nahm sie in die Hand, pfefferte sie auf den Boden und machte nicht den geringsten Versuch, dem prickelnden Wasser zu entgehen, als die Flasche vor ihren Füßen auf dem Boden zerschellte. Dann fing sie an, mit allem um sich zu werfen, was in ihrer Nähe war. Eine Kaffeetasse. Sie ging kaputt. Genau wie die Frühstücksschüssel. Der Löffel schlitterte und sprang über den Boden.

Das war noch nicht genug, also heulte, wütete und stampfte sie weiter. Warf Kissen, die Zeitung, einen Joggingschuh – sie schlug um sich. Verlor sich in der Welt, in der sie nicht klarkam. Dann stoppte sie sich selbst, bevor eine Hantel durch die Schiebetüre flog. Selbst in ihrer Raserei war ihr klar, dass ein Loch in der Rückwand des Hauses wenig hilfreich war.

Doch vielleicht durchbrach das den Kreislauf. Vielleicht hatte sie gerade den Höhepunkt der Krise erreicht. Sie hielt inne, kämpfte nicht mehr darum, auf den Füßen zu bleiben. Sank einfach zu Boden und weinte alle Tränen, die sich ein ganzes Jahr lang aufgestaut hatten.

Es war dunkel, und Liv war betrunken, als es an der Tür klopfte. Sie war froh, dass sie vor sechs Monaten nicht den ganzen Inhalt von Thomas' Weinkeller in den Abfluss gekippt hatte. In der Garage standen noch drei Kisten Chardonnay. Minus einer Flasche, die sie gerade in sich hineinschüttete. Sie hatte trotzdem nicht aufgehört, wie ein Baby zu weinen oder in Selbstmitleid zu zerfließen, sie war einfach nur zu betrunken, um weiter alles zurückzuhalten. Ihr war schwindelig, als sie den Kopf zur Tür drehte. Klopfte ein Stalker?

»Ich bin's, Daniel. Liv, sind Sie da?«

Sie verzog das Gesicht. Sie sah furchtbar aus – ja, schön, so hatte er sie vorher auch schon gesehen – und lief auf wackeligen Beinen zur Tür. Die Kette ließ sie im Schloss und spähte durch den Spalt.

»Hey«, sagte er.

»Wenn es schlechte Nachrichten sind, will ich sie nicht hören.«

»Okay«, sagte er, als streiche er das von seiner Liste. »Ich wollte nur fragen, ob Sie möchten, dass ich alles noch einmal überprüfe?«

Sie musterte ihn kurz von oben bis unten. Jeans, T-Shirt, zerbeulte Lederjacke, kurze Haare – er sah echt toll aus. Wenn er keine weitere Bombe auf sie losließ, konnte er gerne alles kontrollieren. Liebend gerne. »Ich war fast den ganzen Tag zu Hause.«

»Soll ich trotzdem kontrollieren?«

Ihr fröstelte plötzlich trotz des Alkohols.

War draußen jemand herumgeschlichen, während sie sich besinnungslos betrunken hatte? »Ja, danke.«

»Könnten Sie noch ein paar Lichter anmachen?«

Sie dachte, er würde einen Witz über die vielen Lampen machen, die bereits brannten, doch dann wurde ihr klar, dass er es ernst meinte. Er war der Mann mit einem Plan für einen Notfall. »Nein, das sind alle.«

Er ging die beiden Stufen zur Einfahrt hinunter, machte eine Taschenlampe an, die sie zuerst gar nicht in seiner Hand bemerkt hatte. Hätte er das Anwesen geprüft, auch wenn sie nicht da gewesen wäre? Sie schloss die Tür, lauschte auf seine Bewegungen und hörte die Tür neben der Garage auf der anderen Seite. Keine Schritte, kein Schlurfen auf den Steinplatten war zu hören. Nicht gerade beruhigend. Zehn Sekunden später klopfte er wieder an die Tür.

»Scheint alles in Ordnung«, sagte er, als sie ihn hereinließ.

»Großartig, danke.« Sie hatte Mühe, gerade zu laufen, also ging sie zum Sofa und setzte sich auf die nächste Armlehne.

Er blieb entspannt, aber doch aufmerksam vor ihr stehen. »Haben Sie heute irgendwelche Nachrichten erhalten?«

»Nein.«

Er sah sie einen Augenblick an, dann glitt sein Blick zum Couchtisch und wieder zurück. »Feiern Sie?«

»So in der Art.«

»Allein?«

»Ich habe keine Freunde, mit denen ich trinken könnte.«

»Ich bin ein Freund.«

Heiße Tränen schossen in ihre Augen, sie senkte den Blick.

»Möchten Sie ein wenig Gesellschaft?«, fragte er.

»Danke, aber mit Freunden gehe ich zurzeit nicht besonders gut um.«

»Was trinken Sie?«

»Unglaublich teuren Chardonnay.«

»Und wie viel haben Sie noch davon?«

»Drei Kartons.«

Sein Blick glitt wieder zum Couchtisch, dann blickte er über seine Schulter zur Küche. Sie war froh, dass sie die Glasscherben entsorgt und alles aufgewischt hatte. »Mögen Sie indisches Essen?«, fragte er. »Der Inder hier liefert auch nach Hause.«

Sie hörte Kelly in ihrem Kopf sagen – du kommst nicht klar –, und wieder flammte Wut in ihr auf. »Daniel, was wollen Sie? Glauben Sie, dass ich nicht klarkomme? Glauben Sie, dass ich jemanden brauche, der vorbeikommt und kontrolliert, ob ich gegessen habe? Hat Kelly Ihnen das aufgetragen? Oder sind Sie aus einem anderen Grund hier? Glauben Sie, dass die verängstigte, betrunkene Frau sich ein wenig erkenntlich zeigen wird? Alle haben mich in letzter Zeit verarscht, vielleicht wollen Sie sich ja denen anschließen.«

Sie fauchte ihn an, der ganze aufgestaute Ärger und die Wut brachen wie eine Welle aus ihr heraus. Falls ihn das überraschte, ließ er es sich nicht anmerken. Er blieb einfach stehen, sah sie an und wartete gut fünf Sekunden, bevor er ihr antwortete.

»Ich finde es einfach besser, wenn man nicht alleine trinkt, wenn man sich schon mal richtig besaufen möchte. Und ich persönlich finde einen Kater erträglicher, wenn man etwas gegessen hat, aber das entscheiden Sie. Ich will auch nicht leugnen, dass ich daran gedacht habe, mit Ihnen zu schlafen – nicht nur einmal. Doch wenn, dann nicht, weil Sie betrunken waren oder Angst hatten.«

Seine Worte hingen zwischen ihnen. Sie war völlig aufgelöst und gemein, seine Haltung schien aber zu sagen: »Lass es raus.« Sein Ton sagte: »Ich kenn das alles.« Sie dachte an die Frau unter den Trümmern und fragte sich, ob er so viele Menschen in verzweifelter Lage gesehen hatte, dass er ihr Verhalten verstehen konnte.

Vielleicht hatte er so viele Menschen in Notlagen gesehen, dass er mitlitt.

Er hatte daran gedacht, mit ihr zu schlafen?

Sie hätte ihn am liebsten zum Teufel gejagt, aber man konnte wohl schwer sauer auf einen Mann sein, der an so was dachte. Nicht nur einmal.

»Wir schlafen nicht miteinander. Es wäre eine Katastrophe.«

»Katastrophen sind mein Spezialgebiet.« Er zog ein Handy aus der Tasche. »Also … auf meiner Kurzwahltaste habe ich den Pizzaservice und den Inder. Was möchten Sie?«

Sie aßen Butterhuhn und Lamm Korma, viel Naan-Brot und Reis, das alles an die Tür geliefert worden war. Sie zeigte ihm die Kartons mit Chardonnay in der Garage. Sie tranken noch eine Flasche, aßen auf dem Boden, und ihre Knie berührten sich unter dem Couchtisch. Er fragte sie nach ihrem Vater, sie erzählte ihm im Alkoholrausch lang und breit Geschichten aus der Sporthalle und vom Boxring. Sie fragte ihn, wie es war, jemanden sterben zu sehen. Er schenkte mehr Wein ein und sagte dann, es schmerze die Lebenden mehr als den Sterbenden. Und dass er sich an die meisten Geretteten nicht mehr erinnern könne, aber dafür jeden Toten im Gedächtnis habe. Und dass er begriffen habe, nur eine bestimmte Anzahl von Rettungen verkraften zu können, und es vier zu viel gewesen seien.

»Ich hatte vier hintereinander und habe aufgehört, bevor es fünf wurden.« Dann stand er auf, stellte den Kessel auf, blickte in den Garten und wartete, bis das Wasser kochte.

Er machte Tee, ging zu ihr in den halbherzig aufgeräumten Raum und drehte noch eine kurze Runde durch das Haus. Als Nächstes nahm sie wahr, dass sie fest in eine Decke gekuschelt auf dem Sofa lag, als wäre es ihr zweites Schlafzimmer, und dass ihr Telefon klingelte. Sie kämpfte einen Arm frei, griff auf dem Couchtisch danach, bemerkte den schlechten Geschmack im Mund und dass es noch immer dunkel, Daniel verschwunden und sie noch angezogen war. Wenigstens hatte sie sich nicht völlig zum Affen gemacht. Sie sah auf das Display und fuhr senkrecht hoch.

»Rachel, was ist los?«

»Wir haben den Kerl.«

# 28

Liv blinzelte durch das Fenster in die Sonne, ihre Augen schmerzten. Doch diesmal waren es nicht die Verletzungen, sondern der Kater. Aber sie fühlte sich besser, als sie sollte. Sicherheit war das beste Schmerzmittel.

»Er ist nicht unbedingt der Schlaueste«, sagte Rachel ins Telefon. Sie klang anders an diesem Morgen, weniger wie eine Polizistin, eher sachlich und witzig.

Letzte Nacht war ein kurzer Anruf bei der Polizei eingegangen. Eine Frau hatte jemanden in einem Parkhaus in der Nähe von Jamestown herumlungern sehen. Beamte in Uniform hatten einen Mann mit schwarzweißer Wollmütze erwischt. Er passte genau auf die Beschreibung, die Liv gegeben hatte, darum hatte Rachel sie auch sofort verständigt.

Liv rief sie zurück, als sie aus der Einfahrt fuhr.

»Ich möchte mich außerdem dafür entschuldigen, dass ich Ihrer Theorie vom blauen Auge nicht geglaubt habe«, sagte Rachel. »Er hat ein Veilchen, das langsam verblasst, und eine große Prellung am Oberschenkel von Ihrem Autoschlüssel. Sie haben ihm einen ziemlich fiesen Schlag versetzt, Mrs. Prescott.« Sie lachte, Liv stimmte ein.

»Die Verletzungen haben auch dazu beigetragen, dass ihm klar wurde, dass er auf absehbare Zeit nicht mehr nach Hause gehen konnte, deshalb hat er den Überfall vergangenen Montag auf Sie und einen weiteren vor drei Wochen in Newcastle zugegeben. Man hat ihn deswegen angeklagt, allerdings haben wir noch Fragen zu zwei weiteren Überfällen und Stalking.«

Liv blieb an einer Ampel stehen und schloss erleichtert einen Moment die Augen. Sie hatte sich nicht unterkriegen lassen, und das hatte bei der Suche nach dem Täter geholfen.

»Die Frau hat letzte Woche Ihr Interview in den Nachrichten verfolgt und hat von einem Restaurant aus die Polizei angerufen. Vermutlich haben Sie verhindert, dass sie sein nächstes Opfer wurde. Darüber sollten Sie sich freuen.«

»Das tue ich auch. Es hat eben auch alles seine gute Seite.« Es war lange her, seit ihr etwas Gutes widerfahren war, woran sie sich festhalten konnte. Das gab ihr ein Gefühl von Hoffnung, ein Versprechen, dass ihr Leben nicht immer so katastrophal war, und das brauchte sie, wenn sie die nächste Zeit überstehen wollte. Sie stand knapp davor, das Letzte zu verlieren, was ihr noch geblieben war – ihren Vater und ihr Geschäft. Das war schrecklich. Es bedeutete Trauer und Schmerz, mehr, als sie sich ausmalen wollte. Doch wenigstens hatte sie eine Frau davor bewahrt, dass sie zusammengeschlagen oder sogar vergewaltigt wurde – und das in einer Woche, in der sie selbst kaum überlebt hatte, in der Sheridan fast nicht überlebt hätte. Es bestand also die Möglichkeit, dass da draußen noch etwas anderes Gutes auf sie wartete.

Vor der Arbeit fuhr sie im Hospiz vorbei. Sie wollte ihrem Vater erzählen, dass der Stalker gefasst war und dass er sich nicht getäuscht hatte, und ihn beruhigen, dass sein Mädchen auf sich selbst aufpassen konnte. Dieser Besuch galt also nicht nur ihm. Sie brauchte eine Dosis Mut, bevor sie Kelly gegenübertrat. Sie musste seinen Mut verpacken und für eine Zeit aufbewahren, in der er nicht da war und ihn verteilen konnte.

Er sah sie besorgt an, während sie erzählte. Vermutlich war es schwer für ihn, die Geschichte in der Vergangenheitsform zu hören und zu wissen, dass er tatenlos hatte zusehen müssen. Also fasste sie sich kurz und konzentrierte sich auf die Tatsache, dass es nun vorbei war.

Als sie fertig war, fragte er nur: »Liebes, gibt es sonst noch was?«

Er stellte die Frage nicht zufällig, denn er wusste, dass da mehr war. Also erzählte sie ihm von Kelly und dem Geschäft.

»Deine Augen sind rot«, sagte er.

Sie musste lachen. »Dad, was zum Teufel hat das damit zu tun, wie meine Augen aussehen?«

»Hast du getrunken oder geweint?«

»Ich habe gestern Abend ein paar Gläser Wein getrunken. Ein paar zu viel.«

»Bist du in Selbstmitleid zerflossen?« Er sagte es mit Bestürzung, als wäre die Vorstellung, den Kopf hängen zu lassen, etwas, das nur andere Leute taten.

Vor Scham senkte sie den Blick. »Ein bisschen.«

»Mädchen, du musst auf den Beinen bleiben.«

Das war Coaching, kein Trost, doch es fühlte sich nach Zuhause an. Wieder schluckte sie einen Kloß im Hals herunter. »Dad, das hat mich umgehauen. Ich möchte nicht von zu Hause aus arbeiten. Das ist kein Zuhause für mich. Ich weiß nicht, was ich tun soll.«

»Steh wieder auf. Für einen kurzen Ausrutscher muss man sich nicht schämen, außer du willst nicht mehr aufstehen.« Sie schüttelte den Kopf, doch er unterbrach sie mit seiner rauen Stimme, die neue Kraft erlangt hatte. »Du stehst wieder auf. Schüttle den Kopf, atme tief durch, und bring deine Fäuste wieder in Position. Ich habe meiner Tochter nicht beigebracht, das Handtuch zu werfen.«

Sie verließ das Hospiz, als hätte sie an Riechsalz geschnuppert. Vielleicht hatte sie ja doch noch eine Runde, bevor Kelly sich mit Toby Wright traf. Sie wollte noch einmal ihre Lage darlegen und sie bitten, noch die Woche abzuwarten. Das

Stalken war vorbei – es gab keinen Grund mehr, sich von irgendetwas ablenken zu lassen. Liv trug nun wieder ihren schmalen Rock und High Heels zum Zeichen, dass sie wieder im Rennen und startklar war.

Und sie fuhr wieder in das verdammte Parkhaus. Das Schwein war gefasst, er war in Polizeigewahrsam. Sie wollte nicht zulassen, dass die Erinnerung an ihn sie davon abhielt zu parken, wo es ihr beliebte. Sie fuhr in den zweiten Stock, fand einen Parkplatz in der Nähe der Fußgängerrampe, sah prüfend in den Rückspiegel und stieg aus. Das war inzwischen zur Gewohnheit geworden.

In Daniels Büro brannte Licht. Sie klopfte an die Tür, stieß sie auf, er streckte seinen Kopf aus dem Hinterzimmer.

»Hey, Puncher, was macht Ihr Kopf?«

»Er sitzt noch auf den Schultern, aber viel mehr auch nicht.«

»Ich habe sowieso nicht geglaubt, dass Sie sich an Ihre eigenen Worte halten würden.«

»Und die waren?«

»Dass Sie zu Hause bleiben und warten würden, bis die Welt ihren Scheiß geregelt kriegt.«

»Habe ich das gesagt? Nun, könnte sein, dass sie Fortschritte gemacht hat. Die Polizei hat gestern Nacht meinen Stalker gefasst. Sie haben ihn in einem Parkhaus aufgespürt. Er trug noch die Sturmhaube.«

Er nickte beeindruckt und kam auf sie zu. »Gut zu hören.«

»Ich, äh, wollte mich dafür entschuldigen, dass ich gestern Abend eingeschlafen bin. Hoffentlich muss ich mich nur dafür entschuldigen.«

Er zog eine Augenbraue hoch.

Sie zuckte zusammen.

»Keine Sorge, da gibt es nichts zu entschuldigen. Nicht einmal die Ohnmacht. Sie haben noch geatmet, also habe ich mir keine Sorgen gemacht.«

»Sie haben meine Atmung kontrolliert?«

»So was tu ich besonders gerne.«

»Okay, na dann, vielen Dank für die stabile Seitenlage.«

»Immer wieder gerne.«

Als sie die Tür schloss, fragte sie sich, ob das eine Aufforderung war. Doch während sie den Gang entlang zu ihrem Büro lief, musste sie an die Geschichte denken, die er ihr gestern Abend erzählt hatte. Er hatte vier Opfer hintereinander verloren und eine zwölfjährige Karriere an den Nagel gehängt, weil er an seinen Fähigkeiten, Menschen zu retten, zweifelte. Machte er sich Gedanken darüber, Menschen am Leben zu erhalten?

Teagan sah kurz auf, als Liv die Tür zu Prescott and Weeks aufstieß.

»Oh, Liv. Du bist da.«

Liv blieb stehen, als sie Teagans besorgtes Gesicht sah. Hatte Kelly ihr von Tobys Angebot erzählt? Teagan war nur eine Aushilfe und stand nicht an oberster Stelle der Liste von Menschen, die es erfahren mussten, aber sie war Kellys Nichte und würde auch ihren Job verlieren, wenn Kelly bei ihrer Entscheidung blieb. »Hat Kelly schon mit dir geredet?«

Teagan nahm einen rosafarbenen Zettel vom Tresen und hielt ihn ihr hin. »Sie hat angerufen und gesagt, sie fährt direkt zu einem Termin mit Toby Wright.«

Liv nahm den Zettel, las ihn und zerknüllte ihn in der Faust. »Scheiße.«

»Möchtest du sie anrufen?«

O ja. Sie wollte sie am liebsten an einen Stuhl fesseln und ihr den Kopf waschen. Doch es gab kein Gespräch mehr darüber. Es war gelaufen. Kelly hatte eine Entscheidung getroffen, Liv hatte nichts mehr zu sagen. Das bedeutete das Ende von Prescott and Weeks. Und vielleicht nicht nur das Ende einer Geschäftsbeziehung. Freunde waren dazu da, dass sie einem zur Seite standen, und nicht, einem das Leben aus den Händen zu nehmen. »Nein, möchte ich nicht. Jedenfalls jetzt nicht.« Sie warf den pinkfarbenen Zettel auf den Tresen, drehte sich um und wollte gehen.

»Liv?«

»Was?«

»Du hast schon wieder so einen Brief bekommen.«

»Wie bitte?«

Teagan hielt ihr einen Plastikumschlag hin. Darin befand sich ein leerer weißer Umschlag. »Als ich sah, was es war, habe ich ihn nur einmal angefasst.«

»In Ordnung. Die Polizei hat ihn gestern Abend geschnappt, er muss ihn vorher abgeliefert haben.«

»Er lag heute Morgen unter der Tür.«

Liv sah ihn einen Augenblick an und dachte darüber nach. »Unter unserer Bürotür oder der Tür zur Straße?«

»Na ja, ich habe ihn unter unserer Tür gefunden, Ray hat aber gesagt, dass er ihn heute Morgen unter der Eingangstür gefunden und dann bei uns reingeschoben hat.«

»Der Kerl hat ihn bestimmt am Wochenende abgeliefert.«

»Nee. Ray hat gesagt, dass er gestern noch nicht da war, als er den Eingang gesaugt hat.«

Liv erschrak. Wenn die Leute am Wochenende arbeiteten, saugte Ray immer am Sonntagabend. Er mochte es, wenn die Gänge am Montagmorgen picobello sauber waren, hatte er einmal zu ihr gesagt, als er ihr zum ersten Mal mit dem Staubsauger auf dem Rücken gefolgt war. »Wann war das?«

»Ich weiß es nicht«, sagte Teagan achselzuckend.

Liv wischte sich eine Hand am Rock ab, nahm Teagan den Plastikumschlag aus der Hand und hielt ihn an einer Ecke fest, als könnte er bei der geringsten Bewegung explodieren. Das Schwein aus dem Parkhaus war nachts hier in der Nähe gefasst worden. Vielleicht hatte er auf dem Weg zu seinem nächsten Opfer einen kurzen Zwischenstopp gemacht. Nachdem Ray fertig gesaugt hatte und bevor er erwischt worden war. »Wo ist Ray?«

»Er wollte Mariella helfen.«

Liv ließ ihre Handtasche und den Umschlag auf den Tresen fallen und rannte zu den Perückenmachern.

»Guten Morgen, Livia.« Mariella stand mit den Händen in den Hüften vor einem Aktenschrank.

»Ist Ray da?«

Etwas weiter unten streckte Ray seinen Kopf um den Schrank und lächelte. »Da bin ich!«

»Es ist wie immer die unterste Schublade. Sie steckt schon wieder fest«, erklärte Mariella.

»Ach ja. Entschuldigt, dass ich so reinplatze. Ray, um wie viel Uhr hast du gestern den Eingang gesaugt?«

»Na ja, das war nach dem Footballspiel. Hast du gesehen, die Knights haben die Cowboys geschlagen.«

»Nein, habe ich nicht. Bist du gleich danach hier runtergekommen?«

»Nicht gleich. Ich würde sagen, ungefähr eine Stunde später.«

»Okay, wann warst du fertig?«

»Also, ich war rechtzeitig zurück, um mich vor dem Sonntagabendfilm noch kurz zu duschen.«

Liv unterdrückte das Verlangen, ihn am Hemd zu packen und durchzuschütteln. »Um acht Uhr?«

»Nein, die Uhr auf meinem Nachtkästchen zeigte Viertel nach acht an, das weiß ich noch. Kann ich dir irgendwie behilflich sein …«

»Nein, schon gut. Mehr muss ich nicht wissen«, rief sie und lief durch die Tür. Sie rannte durch den Empfang zu ihrem Büro zurück und hörte die Dringlichkeit in ihrer Stimme, als sie mit Rachel telefonierte. »Um wie viel Uhr hat die Frau gestern Abend bei der Polizei angerufen?«

»Warum?«

»Sie sind zuerst dran.«

»Warten Sie.«

Liv hörte, wie sie auf die Tastatur tippte und dann seufzte.

»Drei Minuten nach acht.«

»Er ist nicht mein Stalker.«

# 29

*Pass auf, Livia!*
*Ich werde es dir WIEDER zeigen!*

Das Schweigen am anderen Ende der Leitung dauerte länger, als Liv für das Vorlesen der paar Worte gebraucht hatte.

»Erzählen Sie es mir noch einmal«, sagte sie schließlich.

Liv ratterte die Geschichte zum zweiten Mal herunter. Dann bestätigte sie, dass die Handschrift auf dem Brief und der weiße Umschlag dieselben wie früher waren. »Es wäre zu schön, wenn es der Mann gewesen wäre, der vergangene Nacht gefasst wurde, aber der kann es einfach nicht gewesen sein, oder?«

»Okay«, war alles, was Rachel zunächst sagte. Es war keine Antwort auf Livs Frage, sondern eher ein Kommentar zu den Gedanken, die ihr durch den Kopf gingen. »Ich glaube, Sie haben recht. Wir haben es mit zwei Tätern zu tun. Mit dem Mann, der Sie im Parkhaus überfallen hat, und einer zweiten Person, die mit Ihnen kommuniziert. Die Frage ist, kennen sich die beiden, oder handeln sie unabhängig voneinander?«

»Was, Sie meinen zwei Leute, die zusammenarbeiten?«

»Liv, ehrlich gesagt weiß ich es selbst nicht. Die ganze Situation ist jetzt wieder völlig offen. Es gibt unzählige Möglichkeiten.«

»Und die wären?«

»Jemand hat den Überfall organisiert, um Sie dann zu stalken, oder jemand wurde bezahlt, um Sie zu erschrecken, und ist gar nicht erfreut darüber, dass Sie sich gewehrt haben. Vielleicht hängen sie auch nicht zusammen, und eine Begebenheit hat die andere erst ausgelöst. Der Punkt ist, wer immer Ihnen diese Zettel schickt, kennt Sie. Weiß, wo Sie arbeiten, was Sie tun, wo Sie wohnen und wie Sie Ihre Zeit verbringen. Es ist auch nicht gesagt, dass es sich um einen Mann handelt. Frauen stalken genauso, der Einbruch und der Unfall von Sheridan Marr können auch auf das Konto einer Frau gehen.«

Liv ignorierte die plötzliche Enge in ihrer Kehle und dachte an die Nachricht, die sie am Freitagabend erhalten hatte. »*Ich werde es dir zeigen!*›, hat auf der Karte gestanden, die ich am Abend vor Sheridans Unfall bekommen habe. Jetzt steht darauf, *ich werde es dir WIEDER zeigen!* Vielleicht ist Sheridan immer noch in Gefahr. Vielleicht plant er … sie … ihr noch einmal nachzustellen.«

»Das wäre möglich. Ich informiere das Krankenhaus.«

Liv schloss die Augen. »Es könnte auch jemand anderer zu Schaden kommen, nicht wahr?«

Dem folgte eine Pause. »Alles ist möglich. Am besten Sie denken jetzt erst einmal gründlich nach. Es könnte jeder sein, Liv. Ich nehme an, Sie kennen die Person, sehen sie regelmäßig irgendwo, reden vermutlich mit ihr. Denken Sie darüber nach. Ernsthaft. Und rufen Sie mich wieder an, wenn Ihnen etwas eingefallen ist.«

Liv legte auf und rief in Camerons Schule an, hinterließ Anweisungen, dass er nach der Schule auf sie warten und nicht den Bus nehmen sollte. Dann setzte sie sich und starrte auf den Brief, Angst schnürte ihr die Kehle zu. Sie hatte nach jemandem mit Verletzungen Ausschau gehalten, wonach zum Teufel sollte sie sich jetzt umsehen?

Draußen auf dem Flur liefen Leute vorbei und eilten zum Parkhaus. Ein paar Mädchen vom Reisebüro, Scott, der Hypothekenmakler. Ihr wurde schlecht. Es kann jeder sein, Liv.

Sie hatte an Angestellte der Geschäfte auf der Park Street gedacht, Stammgäste des Cafés, Büroangestellte, Leute, denen sie begegnete, zulächelte. Keine Freunde, nicht einmal Bekannte. Jemand, der sie heimlich aus der Ferne beobachten konnte. Und sie hatte an einen Mann gedacht. Aber vielleicht stand die Person ihr noch näher, vielleicht befand sie sich im selben Gebäude, vielleicht war es jemand, den sie »Kollege« nannte. Oder Freund.

Liv zuckte zusammen, als sich die Eingangstür öffnete und Teagan munter »Hallohoo!« rief. Die Kleine war unsicher und gehemmt gewesen, als sie bei ihnen zu arbeiten begonnen hatte, es hatte Wochen aufmunternder Worte bedurft, bis sie lockerer wurde und die Besucher mit einem netten Lächeln und einer freundlichen Stimme begrüßte. Nun erschien Liv die Freundlichkeit deplatziert, ja unvorsichtig. Liv wollte sie zu sich rufen, dann sah sie Kelly am Empfang.

Es war vollbracht. Kellys schneller, verstohlener Blick in Livs Richtung sagte alles. Jetzt pulsierte nicht mehr nur Angst in ihrem Kopf.

Ihre Freundschaft war, solange sie denken konnte, eine Konstante in ihrem Leben gewesen. Über dreißig Jahre hatten sie zusammen gespielt, studiert und gearbeitet. Sich gegenseitig zu unterstützen, war so natürlich wie atmen. Sie sollte zu ihr gehen, ihr die Neuigkeit verkünden – die gute sowie die schlechte –, wie sie das immer getan hatte, doch sie war wütend und verletzt und enttäuscht. Sie hätte ihr am liebsten die Tür ins Gesicht geknallt, konnte es aber nicht, weil es wieder gewirkt hätte, als käme sie nicht klar und lieferte Kelly eine Begründung, ihr die Entscheidung aus der Hand genommen zu haben – und diese Genugtuung wollte sie ihr nicht gönnen.

Als Kelly an der Bürotür stehen blieb, schob Liv ihre Angst beiseite und ließ ihrem Ärger freien Lauf.

»Darf ich reinkommen?«

»Klar«, presste Liv zwischen den Zähnen hervor, als Kelly sich in den Besucherstuhl setzte.

»Ich war bei Toby.«

»Und?«

»Ich habe den Job angenommen.«

Livs Schläfen klopften. »Nun, dann ist ja alles klar.«

»Es tut mir leid.«

»Offenbar nicht genug, um mir ein wenig Mitspracherecht einzuräumen. Wann packen wir?«

»Komm schon, Liv. Es muss ja nicht ...«

»Doch.«

Kelly sah auf ihre Hände herab. Als sie sie wieder ansah, lag kein Schuldbewusstsein, sondern eher Mitleid in ihrem Blick. Liv sprang auf. »Ich kann jetzt nicht mit dir reden. Sag mir Bescheid, wann du anfängst, damit ich planen kann.«

»In etwa einem Monat. Toby räumt mir ein wenig mehr Zeit ein, falls ich hier gebraucht werde.«

»Wie großzügig.«

»Alles in Ordnung?«

Nein. Nein. »Ich komme klar.« Sie setzte sich wieder, verschränkte die Hände auf dem Schreibtisch und beendete die Diskussion. »Würdest du bitte die Tür hinter dir schließen, wenn du gehst?«

Als sie gegangen war, ließ Liv ihren Kopf auf den Tisch sinken. Es gab einiges, was sie tun konnte, Rechnungen anmahnen, Kunden anrufen oder Auftraggeber, die vielleicht bei ihr bleiben würden, wenn sie alles weiterhin in etwas kleinerem Rahmen betrieb, aber dafür hatte sie keine Kraft. Sie war sich nicht sicher, ob das bloße Sitzen auf einem Stuhl und weiterhin Atmen das war, was ihr Vater »auf den Beinen bleiben« genannt hätte. Vielleicht ja, wenn die Alternative hieß, sich auf dem Boden zusammenzurollen.

Sie hörte, wie die Eingangstür aufging, und das Klingeln der Glocke auf dem Tresen. Kurz darauf rief eine Stimme: »Ist da jemand?«

Es war Ally von gegenüber, die vom Empfang in Kellys Büro spähte. Als sie Liv sah, hielt sie eine Plastiktüte hoch. »Ich war gerade bei Lenny und habe euch das Mittagessen mitgebracht.«

Liv ging zu ihr und fragte sich, wo Teagan und Kelly waren.

»Du siehst schlecht aus«, sagte Ally und reichte ihr die Tüte.

Liv sah hinein – drei Sandwiches in weißem Papier. Teagan hatte sie wohl heute Morgen für alle drei bestellt. »Die letzte Woche war ein bisschen viel für mich.«

»Ich habe gehört, dass der Mann gefasst wurde, der dich überfallen hat. Das ist eine gute Neuigkeit. Ich hab in den letzten Tagen nur den Bus benutzt, jetzt kann ich wieder mit dem Wagen kommen.«

»Ja, das ist großartig.« Doch sie konnte sich nicht wirklich darüber freuen. »Weißt du, wo Teagan ist?«

»Ich bin ihr vor zehn Minuten auf dem Weg zur Post begegnet.«

»Okay, danke.«

Liv ließ die Sandwiches auf dem Tresen liegen, ging in die kleine Kochnische und holte ein Glas Wasser. Kelly stand am Empfang und betrachtete die Tüten mit den Sandwiches, als Liv zurückkam. Sie war wohl auf der Toilette gewesen, denn ihr Haar war ordentlich gekämmt und sie hatte frischen Lippenstift aufgelegt. Liv beobachtete sie eine Weile, sie empfand Härte und ein Gefühl der Einsamkeit. Sie wollte ihr von dem Mann mit der Sturmhaube und dem neuen Drohbrief erzählen, und dass Cameron heute wieder nach Hause käme und Daniel Krankenpfleger gespielt habe, als sie ohnmächtig auf dem Sofa lag.

Als Kelly ihr übliches Schinken-, Käse- und Tomatensandwich gefunden hatte, sah sie auf. »Mariella hat mir gerade erzählt, dass der Mann gefasst wurde, der dich überfallen hat.«

»Nicht früh genug«, sagte Liv und ging in ihr Büro.

Kelly klopfte an Livs Tür und stieß sie dann so weit auf, dass sie ihren Kopf reinstecken konnte. »Weißt du, wo Teagan ist?«

Ohne etwas wahrzunehmen, hatte Liv die Kontakteliste auf ihrem Schreibtisch angestarrt. »Sie ist auf der Post.«

»Seit wann?«

Liv sah auf die Uhr und hob die Augenbrauen. »Seit ungefähr einer Stunde.«

»Ich brauche eine Akte von ihr. Trifft sie sich mit jemandem zum Mittagessen?«

»Ich glaube nicht. Sie hat für uns alle Sandwiches bestellt. Hast du es auf ihrem Handy versucht?«

»Es geht immer die Mailbox dran.«

Liv wurde unruhig und stand auf. »Hast du auf ihrem Schreibtisch nachgesehen? Vielleicht hat sie einen Zettel hinterlassen.« Warum sollte sie auf ihrem eigenen Schreibtisch einen Zettel hinterlassen, das ergab keinen Sinn, doch einen Versuch war es wert. Liv ging die Unterlagen auf der Arbeitsfläche durch, während Kelly auf der anderen Seite suchte.

»Ich habe mit ihr geredet«, sagte Kelly.

Das hatte Liv auch. Teagan hatte ständig die Zeit vergessen, wenn sie beim Shoppen war. »In einer Umkleide kann man nicht das Telefon bedienen«, hatte Liv zu ihr gesagt.

»Tut mir leid. Ich habe mir eine Uhr gekauft. Jetzt vergesse ich die Zeit nicht mehr«, hatte Teagan geantwortet.

Liv sah auf ihre Uhr, ein Schauder lief über ihren Rücken. Teagan war seit über einer Stunde weg. Eine lange Zeit. Zu lange für einen einfachen Gang zur Post. Aus Unruhe wurde

Sorge, als sie die Schublade unter dem Schreibtisch aufzog und darin Tees Tasche mit dem Geldbeutel entdeckte.

»Vielleicht ist sie bei Ally.« Sie rannte über den Flur, doch noch bevor sie die Tür aufstieß, sah sie, dass Teagan nicht da war. »Hast du Tee gesehen?«

»Seit du mich nach ihr gefragt hast, nicht mehr«, sagte Ally.

Teagan war weder bei den Perückenmachern noch im Reisebüro, beim Hypothekenmakler oder der Ernährungsberatung. »Da oben ist sie nicht«, sagte Liv zu Kelly, als sie wieder vor der Tür von Prescott and Weeks stand.

»Sie hat vermutlich nur die Zeit vergessen.«

»Nein. Ich weiß nicht.« Die Chance, dass sie bei Daniel oder im Anwaltsbüro war, war gleich null. »Geh zu Lenny.«

»Hör zu, es ist alles in Ordnung. Ich arbeite einfach eine Weile an was anderem. Mach dir keine Sorgen, Liv«, sagte Kelly und legte eine Hand auf Livs Arm. Sie sah sie besorgt an.

Herrgott, sie machte sich Sorgen um sie, nicht um Teagan! Liv hätte am liebsten ihre Aufregung verborgen, doch Wut und Angst hatten Vorrang. »Nein … Ich habe wieder einen …«

»Mein Gott, Liv, du zitterst ja.«

Sie riss sich von Kelly los, hob abwehrend ihre Hände – sie wollte etwas sagen. Doch sie konnte es nicht aussprechen, wollte keine Zeit mit Erklärungen über Drohbriefe und Stalker verschwenden, wollte den schrecklichen Gedanken nicht aussprechen, der sich in ihrem Kopf eingenistet hatte. Also sagte sie nichts und lief zu Lenny.

Da war Teagan auch nicht. Niemand hatte sie gesehen, seit sie sich am Morgen einen Kaffee auf dem Weg ins Büro geholt hatte. Scott hatte sie vor einer Weile kurz auf dem Fußgängerübergang gesehen, als sie zum Büro eilte. Er wusste nicht mehr genau, wann, und konnte auch nicht sagen, in welche Richtung sie gegangen war.

Liv stand vor dem Bürogebäude, ihr Herz hämmerte wie wild. Keine Panik. Vermutlich probiert sie irgendwo Klamotten an. Sie sah an Lennys Café vorbei zur anderen Straßenseite und fühlte sich plötzlich alleine und ungeschützt. Wurde sie beobachtet? War das eine Falle, um sie alleine zu erwischen?

Sie ging durch die Tür zurück ins Gebäude. Niemand beobachtete sie aus einem Auto. Niemand stand in der Tür und sah in ihre Richtung. In den Fenstern über den Geschäften gegenüber sah sie keine Gesichter. Auf dem Weg den Gang hinunter spähte sie in jedes Büro, kontrollierte zum wiederholten Mal den Empfang bei Prescott and Weeks. Es war sinnlos. Teagan konnte überall sein. Sie ging trotzdem weiter.

Sie war auch nicht in Anthonys Büro, in Daniels Büro waren die Lichter aus, also stieß sie die Tür zum Notausgang auf und legte eine Hand auf die Stirn, um ihre Augen vor dem grellen Mittagslicht zu schützen, als sie hinausging. Über ihr lagen vier Etagen. Dort nachzusehen war noch sinnloser. Sie hätte die Etagen stundenlang absuchen können, ohne sie zu finden.

Ein Geräusch veranlasste sie, nach rechts zur Fußgängerrampe zu blicken. Zwei Männer in Anzügen liefen über den Asphaltstreifen und eilten zum anderen Ende des Parkhauses. Sie bewegten sich schnell, aber nicht so, als wären sie zu spät dran und würden zum Wagen eilen. Sie schauten gerade nach vorn und konzentrierten sich auf etwas vor ihnen. Etwas, das außerhalb von Livs Gesichtsfeld lag.

Sie ging ein paar Schritte auf die Fahrbahn hinaus, sah am anderen Ende einen Mann und eine Frau mit dem Rücken zu ihr stehen und etwas beobachten.

Für Extratouren hatte sie keine Zeit, sagte Liv sich. Doch da trugen ihre Füße sie bereits in die Richtung, wenn auch

Angst, Unsicherheit und Verdrängung sie nur zaghaft vorangehen ließen. Bis sie die Fußgängerrampe überquert hatte und um die Ecke sah. Dann rannte sie los.

# 30

Ein Dutzend Schaulustiger hatte sich hinter der Kurve in der Mitte der Fahrbahn versammelt, ungefähr fünf Meter weiter unten, wo sie aus dem Parkhaus führte. Sie sahen zu einem Wagen, der am Straßenrand parkte. Liv konnte ihn nicht richtig sehen. Er stand hinter einem Betonpfeiler und wurde teilweise von anderen Wagen verdeckt. Ein großer, hellblauer Wagen. Kein Vierradantrieb. Vielleicht ein Cabinentaxi. O Gott, war jemand überfahren worden? War Tee …? Wo war Tee?

Sie musterte das Grüppchen, sah sie aber nicht. Sie lief trotzdem weiter. Ihre Absätze klapperten auf dem Asphalt, sie atmete unregelmäßig, tausend Bilder liefen gleichzeitig in ihr ab. War Tee hier rausgekommen? Aber sie hatte kein Auto. Und hier gab es auch keine Geschäfte. Es musste jemand anderes sein. Oder etwas anderes. Denn die Leute sahen nach oben und nicht hinunter. Nicht zu einem Auto. Auch nicht hinauf zum ersten Stock. Als blickten sie über den Wagen hinweg.

Sie eilte zur Mitte der Fahrbahn und blieb stehen.

Es war ein Lieferwagen, Daniel Beck stand auf dem Dach. Sein breiter Rücken und der Stoppelkopf waren unverkennbar. Er rutschte auf Knien über das blaue Dach. Ihr erster Gedanke war, dass er wie eine Art Superheld von oben heruntergesprungen war und gleich vom Wagendach springen und verschwinden würde. Sie hätte über die absurde Situation am liebsten gelacht, doch stattdessen verspürte sie nur Angst.

Sie heftete ihren Blick auf Daniel und den Wagen, während sie im großen Bogen auf die Schaulustigen zulief. Er beugte sich nach vorne, als wollte er gleich loskrabbeln, nur seine Schuhsohlen waren zu sehen. Mit einer Hand hielt er sich am Autodach fest, um das Gleichgewicht zu halten. Auf der Fahrbahn unter ihm glitzerten unzählige Glasscherben, als wären sie aus den Wagenfenstern geborsten. Etwas Dunkles, Seilartiges hing über den Dachrand.

Als Liv um die Ecke bog, verlagerte Daniel sein Gewicht. Erst jetzt entdeckte sie, dass neben ihm auf dem Dach jemand lag. In etwas Grünes eingewickelt, regungslos.

Liv blieb die Luft weg. Sie kannte dieses Grün. Teagan hatte einen kurzen grünen Mantel mit Stehkragen und Gürtel. Sie hatte ihn während des Winters fast jeden Tag getragen. Hatte sie ihn heute auch angehabt? Für einen Mantel war es eigentlich nicht kalt genug. Das da oben bei Daniel konnte also nicht Tee sein. Sie war es nicht… Herrgott. Das dunkle Seil waren Haare, die in einer langen dunklen Strähne über den Rand des Wagens hingen.

»O mein Gott.«

Liv erkannte ihre eigene Stimme nicht, Daniel offenbar schon. Er sah zu ihr, löste seine Hand vom Dachrand und streckte abwehrend einen Arm aus. »Liv, bleib, wo du bist.«

Sie blieb stehen und fasste sich an die Kehle. »Ist das… ist das?«

»Es ist Teagan«, sagte er fest. Daran bestand kein Zweifel. »Ein Krankenwagen ist bereits unterwegs.« Als sie einen Schritt auf ihn zumachte, schüttelte er nur den Kopf. »Sie ist bewusstlos, Liv. Du kannst hier nichts tun.«

Das war kein Befehl, sondern eine Bitte. Sein Blick veranlasste sie, nicht näher zu kommen, und erschreckte sie mehr als das, was sie bisher gesehen hatte. Es musste schlimm sein. Es musste…

»Ist sie gesprungen?«, fragte jemand hinter ihr.

Liv sah nach oben. Aus den darüber liegenden Parkdecks sahen Gesichter herunter.

»Ich dachte, sie sei gestürzt«, antwortete eine Frau. »Aus dem zweiten Stock.«

Liv wandte ihren Blick von den Gesichtern wieder zum Wagen zurück – dann traf es sie wie ein Schlag in die Magengrube. Teagan war gefallen. Sechs oder sieben Meter tief auf das Dach des Lieferwagens.

Was hatte sie im Parkhaus gemacht? Warum war sie überhaupt so nah an die Brüstung gegangen?

O Mensch. O verdammt. O nein.

Ihre Knie wurden weich. Sie stieß gegen jemanden und bemerkte, dass die Gruppe der Schaulustigen größer geworden war. War Kelly ihr gefolgt? Sie sah sie nicht, entdeckte dafür aber ein bekanntes Gesicht.

»Pat, könntest du Kelly anrufen? Sie ist Teagans Tante.«

Die Frau legte ihr eine Strickjacke um die Schultern und lief unsicher auf ihren hohen Absätzen fort. Daniel war noch immer auf dem Wagendach, er strich Teagan das Haar aus dem Gesicht, legte seine Finger an ihren Hals und sprach leise auf sie ein. »Teagan, hörst du mich? Teagan, ich bin's, Daniel Beck. Tust du mir den Gefallen und wachst auf?«

Der Wagen ruckelte, Rays Kopf erschien an der Motorhaube. Er kletterte hoch und schob einen Rucksack aufs Dach. »Ist er das?«

Daniel blickte auf, nahm den Rucksack und fragte: »Ist ein Arzt hier?« Er öffnete den Reißverschluss des Rucksackes, fragte noch einmal in die Runde, griff hinein und rief dann nervös: »Das Mädchen braucht einen Arzt.«

Liv blickte in die Menschenmenge. Am anderen Ende der Geschäftszeile gab es an der Hauptstraße ein Ärztezentrum und eine Apotheke, doch sie sah niemanden, den sie kannte.

Nur Hälse, die sich reckten, um eine bessere Sicht zu haben, doch niemand schien näher kommen zu wollen.

»Der Krankenwagen ist in fünf Minuten hier«, rief eine Stimme von oben.

Ray sah nach oben in die Richtung, aus der die Stimme gekommen war. Daniel antwortete nicht, konzentrierte sich weiter auf seine Aufgabe, zog Handschuhe aus dem Rucksack, ein Stethoskop, klemmte es sich um den Hals und redete weiter auf Tee ein. In der Art und Weise, wie er es tat, lag keinerlei Panik. Seine Bewegungen wirkten ruhig und entschlossen. Er hatte um einen Arzt gebeten, wusste aber, was zu tun war.

Liv ging zum Wagen. »Ich möchte gerne helfen. Lassen Sie mich irgendwas tun.«

Er sah ihr prüfend ins Gesicht. Egal, was er sah, er hatte seine Absicht, sie auf Distanz zu halten, geändert. »Stützen Sie ihren Rücken. Passen Sie auf, dass sie nicht wegrollt.«

Liv legte ihre Hände unter Teagans Rücken, während Ray Daniel assistierte. Aus der Nähe wirkte sein Gesicht angespannter. Ein Kiefermuskel zuckte, in seinen Augen lag kalte Wut. Liv fiel wieder ein, was er gesagt hatte. Dass es vier Einsätze zu viel gewesen seien und er sein Ablaufdatum überschritten habe. Sie wollte ihn am liebsten anschreien, dass es nicht wahr sei, dass noch nichts entschieden sei. Dass er handeln musste, weil es um Teagan ging.

Daniel drückte Teagan einen Verband auf das Gesicht, Liv sah nur ihren Rücken, hörte aber, dass sie schwer atmete. Es roch metallen nach Blut, sie versuchte, nicht an die andere, verletzte Seite zu denken, die Daniel sie nicht sehen lassen wollte.

Was zum Teufel war passiert? Wie konnte jemand von einem Parkdeck fallen, das von einer hüfthohen Betonmauer umgeben war? Man musste sich schon weit hinauslehnen, um vornüberzukippen. Teagan musste sich so weit … ganz bestimmt …

*Ich werde es dir WIEDER zeigen!*

O Gott. Jemand hatte Teagan gestoßen.

Sie an den Rand gedrängt, gegen die Mauer gedrückt und dann hinuntergestoßen.

Nicht zufällig. Nicht irgendwer.

Livs verrückter, beschissener Stalker.

War er noch hier? Sah er zu?

Sie musterte die Gesichter der Leute, die sich über die Brüstungen beugten. Vier Reihen Zuschauer. Eine Gruppe auf dem ersten Parkdeck, man sah ihre Ellenbogen und Köpfe, es waren zehn oder noch mehr. Ein halbes Dutzend im zweiten. Zwei Paare darüber. Nur ganz oben stand ein einzelner Mann. War er das? Woher sollte sie das wissen? Würde er Teagan herunterstoßen und dann nach oben rennen? Sie sah zu den Gesichtern unter ihm, dann zu jenen auf den anderen Stockwerken. Sie hörte eine Sirene, wandte sich der Menschenmenge zu, die auf der Fahrbahn hinter ihr stand, und sah in ihre Gesichter. Sie hätte am liebsten gehabt, dass ihr Gehirn auf eines reagierte und ihr sagte, *du, du Arschloch. Du bist es!* Doch auf keinem Gesicht lag ein arrogantes Lächeln oder ein zufriedenes Grinsen. Komm schon, du Schwein. Jetzt sehe ich für dich bestimmt verängstigt genug aus.

Doch plötzlich spielte ihre eigene Furcht keine Rolle mehr. Kelly bog um die Ecke, außer Atem und mit aschfahlem Gesicht. Sie blieb wie angewurzelt vor dem Lieferwagen stehen und schlug beide Hände vor den Mund.

»Ray, könntest du Liv kurz ablösen«, sagte Daniel und sah sie an. »Halte Kelly von hier fern. Würdest du das tun?« Vielleicht waren das übliche Maßnahmen – gestresste Angehörige fernzuhalten, damit die Profis ihre Arbeit tun konnten –, doch Liv sah seinen flehenden Blick und wusste, dass es mehr als das war. Kelly musste auf jeden Fall ferngehalten werden.

Sie hoffte nur, dass es wegen seiner eigenen Probleme war und nicht, weil er Teagan verlor.

Liv kletterte vom Wagen, als Kelly wieder zu laufen begann. Liv fing sie auf halber Strecke ab und zwang sie zum Stehen. »Daniel weiß, was er tut.«

»Ich sollte bei ihr sein. Ich könnte mit ihr reden. Damit sie weiß, dass ich da bin«, schrie Kelly.

»Sie ist ohnmächtig, Kell.«

Kelly riss sich los und lief keuchend auf und ab. Liv folgte ihr, bereit, sie aufzuhalten, falls sie wieder loslaufen wollte. Weiter unten tauchte ein Krankenwagen auf. Er stellte die Sirene ab und fuhr mit blinkenden Lichtern vorsichtig die enge Einfahrt hinein. Plötzlich blieb Kelly stehen.

»Woher wusstest du, dass irgendwas nicht stimmte?«

»Ich wusste es nicht.«

»Irgendwas musst du doch gewusst haben.«

»Sie war einfach schon zu lange fort.«

»Nein, das war es nicht.«

Liv sah weg, Schuldgefühle lasteten auf ihr. »Es war nur eine Ahnung.«

Kelly hob die Stimme. »Was? Dass sie springen würde? Warum hätte sie das tun sollen? Warum hast du mir verdammt noch mal nichts davon gesagt? Wir hätten sie finden können. Wir hätten sie aufhalten können.«

»Nein, daran hatte ich nicht gedacht. Es war nichts seltsam. Es ging ihr gut. Sie hatte kein … Herrgott, Kell. Sie ist nicht gesprungen.«

Kelly öffnete den Mund, sagte aber nichts, sondern sah nur zum Parkdeck und wieder zum Lieferwagen. Hinter ihr rollte der Krankenwagen vorbei, wendete und kam wieder auf sie zu.

»Sie ist gefallen? Wie konnte sie fallen?«, fragte Kelly.

Livs Herz presste sich schmerzvoll gegen ihre Rippen. Sie

sollte ihr das nicht erzählen müssen. »Sie ist nicht gefallen. Jemand hat sie geschubst. Ich glaube, jemand wollte ihr wehtun, um mich zu treffen.«

Kelly reagierte, als habe ihr jemand einen elektrischen Schlag versetzt. Sie stieß Liv mit der flachen Hand gegen die Schulter. »Hör endlich auf! Hör einfach auf!«

Die Wucht überraschte Liv und ließ sie zurücktaumeln. Sie brauchte einen Moment, um Kellys Angriff zu verarbeiten, als der Krankenwagen neben ihnen hielt. »Ich will es ja auch nicht glauben. Aber ich habe heute wieder einen Drohbrief…«

»Herrgott noch mal, Liv. Teagan ist verletzt. Es geht nicht immer nur um dich.« Kelly drehte sich abrupt weg, und ihr Haar schwang wie ein langer Vorhang hinter ihr her, als sie zur Rückseite des Krankenwagens lief.

Liv sah ihr nach, ihre Worte hatten sie erschüttert. War das der Schock, oder dachte Kelly das wirklich? Dass Liv ihr verkorkstes Leben dazu benutzte, um Aufmerksamkeit zu erregen?

Daniel kannte die Rettungsmannschaft des Krankenwagens, informierte sie, half, Teagan eine Halskrause anzulegen, und schob sie auf eine Schaufelbahre. Liv stand daneben und sah hilflos und entsetzt zu. Als Tee auf die Trage gelegt wurde, sah sie den dicken Verband, den Daniel ihr angelegt hatte. Er bedeckte zur Hälfte ihr Gesicht. Auf dem Verband hatten sich zwei hellrote Flecken gebildet. Liv sah der Trage bis zur Tür des Krankenwagens nach, ihr fiel auf, dass eines von Teagans Augenlidern zuckte.

Vielleicht war das ein gutes Zeichen, vielleicht hieß das, dass sie wieder aufwachen und alles gut werden würde. Liv hätte hoffnungsvoll sein sollen, aber das war sie nicht. Die unterschwellige Wut, die sich zum Schock gesellt hatte, klatschte plötzlich wie ein riesiger Fels in stilles Wasser. Eine Hitzewelle erfasste sie, sie biss die Zähne zusammen und ballte die Hände zu Fäusten.

Kelly hielt Tees Hand, während sie in den Krankenwagen geschoben wurde, kletterte hinter ihr hinein und rief Liv noch schnell ein paar Anweisungen zu. »Ruf Nina an und sag ihr, dass wir uns im Krankenhaus treffen. Mein Handy und die Tasche sind im Büro. Ich habe das Büro nicht abgeschlossen und auch nicht die Telefone umgeschaltet. Sag Jason …«

»Mach dir keine Sorgen, Kell. Ich regle das schon. Kümmere du dich um Tee.«

Als der Krankenwagen losfuhr, verschwanden auch die meisten Leute, kurz darauf kam ein Streifenwagen. Liv erhaschte Daniels Blick, als er mit einem Beamten sprach. Sie lächelte nicht, und auch er sah sie nur ernst an. Der Blick sagte genug. Sie rannte zum Büro, setzte sich an den Empfang und nahm Teagans Adressbuch, um Teagans Mutter Nina, Kellys Mom und Jason zu verständigen. Dann rief sie Rachel an. Niemand ging dran, also hinterließ sie eine klare, aber unmissverständliche Nachricht. »Er hat Teagan vom Parkdeck gestoßen.«

Es musste ein »er« sein, nicht wahr? Man brauchte viel Kraft und musste groß sein, um einen zappelnden Teenager zu überwältigen. Außerdem musste es schnell gehen, damit keine Aufmerksamkeit erregt wurde. Liv war größer und stärker als die meisten Frauen, die sie kannte, zweifelte aber, dass sie so etwas geschafft hätte.

Das Telefon klingelte, sie riss den Hörer an sich und hoffte, Rachels Stimme zu hören.

»Ich versuche seit über einer Stunde dich zu erreichen.« Es war Thomas.

# 31

»Ist etwas mit Cameron? Geht es ihm gut?«

»Soweit ich weiß, ist er in der Schule. Oder hast du was anderes gehört?«, sagte Thomas.

Warum musste er es einem so verdammt schwer machen? Heute? Jetzt? »Was soll das heißen?«

»Heute war Detective Quest in meinem Büro. Livia, ich weiß, dass dich jemand stalkt. Ich möchte nicht, dass Cameron zu dir kommt.«

Wut traf sie wie ein Faustschlag ins Gesicht. Cameron kam nicht zu ihr, er *lebte* bei ihr, sie war seine Mutter. Doch ein Alarmglöckchen warnte sie. Rachel war nach dem heutigen Drohbrief zu Thomas gegangen. Jeder kommt infrage, Liv.

»Thomas, was willst du damit sagen?«

»Ich möchte meinen Sohn in Sicherheit wissen.«

»Versuchst du, ihn einfach bei dir zu behalten?«

»Was zum Teufel soll denn das schon wieder heißen?«

»Drohst du mir?«

Er antwortete nicht, jedenfalls nicht sofort. Sie hörte, wie er schnaufte, wusste, dass er versuchte sich zu kontrollieren. Er war zurückhaltend, sie explosiv. »Was hast du Detective Quest erzählt?«, fragte er schließlich.

»Ich habe ihre Fragen beantwortet. Sie hat mich über uns ausgefragt, ich habe ihr die Wahrheit gesagt.«

»Welche Wahrheit?«

Gab es mehr als eine? »Dass du eine Affäre hattest, dass du

gegangen bist, dass wir uns um das Sorgerecht für Cameron gestritten haben.«

»Du warst diejenige, die angefangen hat zu streiten, Liv.« Da hatte sie es. Er nutzte seine Zurückhaltung als Waffe.

Sie zügelte den Drang, noch lauter zu werden. Sie wusste, dass sie nicht die Antworten bekäme, die sie wollte, wenn sie alte Streitereien wieder aufflammen ließ.

»Bist du in die Sache verwickelt?«

»Was?«

»In das Stalken?«

»Herrgott, Livia. Wie kommst du darauf, dass ich so etwas tun könnte?«

»Woher soll ich wissen, was du tust. Du oder wer auch immer! Ich kann niemandem trauen.«

»Bevor du mit dem Finger auf mich zeigst, solltest du lieber mal den Schlägertypen genauer ansehen, mit dem du deine Zeit verbringst. Er ist nicht der richtige Umgang für Cameron. Cameron sollte besser bei mir bleiben.«

Liv zögerte. Thomas hatte gesagt, »mit dem du deine Zeit verbringst«. Er hatte Daniel im Krankenhaus gesehen. Waren das nur vage Vermutungen, oder wusste er etwas? Hatte er sie beobachtet? Würde Thomas so etwas tun?

»Solange die Polizei mir nicht sagt, dass mein Kind in meinem Haus nicht mehr sicher ist, kommt Cameron wie vereinbart wieder zu mir.«

»Ich werde die Sache mit meinem Anwalt besprechen, Livia.«

Sie spürte, wie ihr Geduldsfaden riss, und konnte sich nicht mehr zurückhalten. »Thomas, verpiss dich. Du hast alles bekommen, was du wolltest. Mehr kriegst du nicht.«

Sie knallte den Hörer auf und zwang sich, ruhig durchzuatmen. Es war nicht Thomas. Das wusste sie jetzt. Er warf keine Steine, er schob junge Mädchen nicht über Brüstungen.

Er setzte Anwälte und Schriftsätze ein, um Menschen fertigzumachen. Doch ihr Stalker lieferte ihm einen Vorwand, das volle Sorgerecht zu beantragen. »Thomas, du Scheißkerl.«

Liv stand mit verschränkten Armen vor dem Schultor und versuchte ihre Wut unter Kontrolle zu halten, während sie die Gesichter in der Menge beobachtete. Sie erkannte ein paar Mütter von Camerons Freunden und Frauen, denen sie an Elternabenden begegnet war. Doch sie hielt Abstand, wollte heute nicht vom Schulgeschwätz abgelenkt werden. Ein paar Männer standen auch herum. Ein Mann mit Hemd und Krawatte, ein anderer in ölbefleckter Kleidung, ein rüstig wirkender Großvater. Es ergab keinen Sinn, dass ein anderer Elternteil sie stalken würde. Sie hielt trotzdem Ausschau und war wachsam.

Camerons Klasse kam in zwei langen Reihen zum Schultor, alle trugen Legionärskappen und Rucksäcke, die wie Schildkrötenpanzer aussahen und mit Comiczeichnungen verziert waren. Liv reckte den Hals, um ihn zu sehen. Er war der dritte von hinten, sah sich suchend zwischen den wartenden Eltern um, sein Gesicht strahlte, als er sie sah. Langsam legte sich der Gefühlssturm, der in ihr getobt hatte. Sie wäre am liebsten über das Tor gesprungen und hätte ihn in die Arme geschlossen, doch ihr war klar, dass ihn das vor seinen Klassenkameraden bis auf die Knochen blamiert hätte. Also winkte sie ihm nur zu und lächelte so breit, dass ihr Gesicht zu zerspringen drohte.

Als er durch das Tor kam, schrie er nur »Mom!« und löste sich aus der Reihe. Er rannte auf sie zu, sie ging in die Hocke, er legte seine Arme um ihren Hals und drückte sie. Sie verlor fast die Beherrschung, hätte um ein Haar wie ein Kind geschluchzt. Sie vergrub ihren Kopf an seinem verschwitzten, nach Schule riechenden Hals, bis er sie losließ.

»Ziemlich schreckliche Verletzung«, sagte er.

»Wird schon besser.«

»Darf ich sie anfassen?« Er hob den Zeigefinger.

»Sie hat nur auf deine Zauberfinger gewartet.«

Sie blickte in sein fröhliches, sommersprossiges Gesicht, während er vorsichtig über die langsam verblassende Wölbung fuhr. Als er damit fertig war, legte er seine Stirn an ihre und sah ihr in die Augen.

»Hey, Mom.«

»Hey, Cameron.«

Das war ihre Geheimsprache. Sie hatten dieses Ritual schon, als er noch ein Kleinkind war. Ein stilles »ich liebe dich sehr, ich habe dich vermisst, es wird schon, ich bin für dich da«. Seit Thomas gegangen war, machten sie es öfter. Herrgott, wie sie ihn vergangene Woche vermisst hatte. Und sie liebte ihn dafür, dass er daran festhielt, während seine Freunde um ihn herum sich lauthals verabschiedeten.

Sie liebte ihn einfach.

Sie nahm seinen Rucksack, während er vor ihr auf dem Weg zum Auto und immer wieder vor und zurück rannte.

»Hey, Mom, trinken wir einen Nachmittagstee bei Lenny?«

»Heute nicht.«

Er rannte voraus, zog seine Knie dabei hoch in die Luft, tippte den Wagen an und rannte wieder zurück zu ihr.

»Können wir dafür Spaghetti essen?«

»Machen wir.«

Er drehte sich zur Seite, sprang von einem Bein auf das andere.

»Muss ich heute Abend meine Hausaufgaben machen?«

»Na, was meinst du denn?«

»Wollte nur mal nachfragen.«

»Netter Versuch.«

Er rannte zurück, drehte seinen Kopf herum, um zu sehen,

wohin er lief, und tippte dann die Beifahrertür des Wagens an. »Hab dich geschlagen!«

»Hat da nicht jemand vergessen zu sagen, auf die Plätze, fertig, los?« Sie stellte seinen Rucksack neben dem Kofferraum ab, griff nach den Schlüsseln in ihrer Handtasche und fand stattdessen einen Umschlag. Einen Augenblick, eine halbe Sekunde lang dachte sie, sie habe vergessen, einen Brief einzuwerfen. Dann sah sie ihren Namen vorne darauf gekritzelt.

Sie handelte mechanisch, zog Cameron an sich und schob ihn zwischen sich und den Wagen. Über das dunkelblaue Dach blickte sie erst nach links, dann nach rechts. An beiden Straßenrändern parkten Autos, der Nachmittagsverkehr um drei Uhr schlich langsam in beide Richtungen dahin. Erwachsene und Kinder waren unterwegs, Mütter mit Kinderwägen und Hunde, der Schülerlotse mit seiner Neonjacke, ein Busfahrer, der den Schülern zusah, wie sie in den Bus stiegen.

»Hey, Mom! Was machst du?«

Sie drückte Cameron gegen die Beifahrertür, er zappelte herum und versuchte sich loszumachen. Sie trat ein wenig zurück. »Cameron, Liebling, lauf nicht mehr herum, okay? Steig bitte sofort ins Auto.«

»Aber …«

»Kein Aber, okay?« Sie hielt ihn weiter an der Schulter fest, holte den Schlüssel heraus und öffnete die Tür. »Spring rein, und mach die Tür von innen zu.« Sie wartete, bis sie das Schloss hörte, warf seinen Rucksack in den Kofferraum, blieb an der Fahrertür stehen und warf noch einmal wütend einen prüfenden Blick auf die Straße. Niemand beobachtete sie, niemand hing herum, niemand sah aus den Fenstern. Wie zum Teufel war der Umschlag in ihre Tasche gekommen?

»Wo fahren wir hin?«, fragte Cameron.

Liv fuhr an der Abzweigung zu ihrer Straße vorbei und beobachtete den Verkehr hinter sich. »Wir fahren eine Runde.«

»Kaufen wir ein Milchshake?«

»Mal sehen.«

Hatte jemand den Umschlag in ihre Tasche gesteckt, während sie am Schultor gewartet hatte? Als die Tasche an ihrer Schulter hing? Nein, das war unmöglich. Er musste schon da gewesen sein, als sie das Büro verlassen hatte, die Tasche hatte seit heute Morgen auf ihrem Schreibtisch gelegen. Das bedeutete, das Schwein war am hellllichten Tag in ihrem Büro gewesen.

»Was ist, Mom?«

»Was, was?«

»Du bist …«, schnaufte Cameron.

»Was bin ich denn?«

»Hey, schau mal, da ist eine Eisdiele.« Er beugte sich nach vorne, fuchtelte mit den Armen herum und schrie: »Ben!«

Ein Klassenkamerad stand vor dem Geschäft, seine Mutter stand mit einem kleineren Kind drinnen an der Theke. Neiderfüllt verzog Liv das Gesicht. Sie wäre am liebsten an den Rand gefahren, hätte sich zu ihnen gesellt und ihrem Sohn ein Eis gekauft, doch das ging nicht, weil ein wütender Mann sie vielleicht sehen und beschließen könnte, dass sie noch nicht verängstigt genug war. »Nächstes Mal, Cameron. Ich verspreche es dir.«

Ihr Handy klingelte, sie drückte auf die Freisprechanlage auf dem Armaturenbrett.

»Liv, hier ist Rachel Quest. Wo sind Sie?« Sie hörte sich angespannt an.

»Ich sitze mit meinem Sohn im Auto, also achten Sie auf Ihre Wortwahl.«

»Alles in Ordnung?«

»Ich weiß nicht, jedenfalls bin ich nicht verletzt. Wissen Sie Näheres?«

»Ich bin noch am Tatort. Als ich die Adresse über Funk gehört habe, bin ich gleich hingefahren. Daniel sagte, Sie würden ein paar Anrufe erledigen, aber im Büro waren Sie nicht. Ich war schon kurz davor, eine Suchmeldung rauszuschicken.« Sie lachte ein wenig, doch es klang eher erleichtert. »Wir müssen uns unterhalten.«

»Sie müssen sich ansehen, was ich heute wieder erhalten habe.«

Rachel traf ein, als Cameron sein Milchshake runterschüttete, als würde man es ihm wegnehmen, wenn er es nicht in einem Zug austrank. Liv winkte sie zum Tisch, an dem sie vor zwei Tagen mit Daniel gesessen hatte, und stellte Cameron Rachel als Arbeitskollegin vor. Er winkte ihr zu und widmete sich wieder dem Strohhalm in seinem Becher. An Rachels Gürtel steckte eine Pistole im Halfter. Für Liv bedeutete das, dass sie in Sicherheit waren.

Rachel bestellte einen Kaffee am Tresen und setzte sich zu ihr. »Ich habe gerade mit dem Krankenhaus telefoniert. Teagans Zustand ist kritisch.«

Liv schloss die Augen. Cameron schlürfte sein Getränk aus. Sie fuhr mit den Fingern durch seine weichen Locken und dachte daran, was Teagans Familie gerade durchmachte.

»Liv, tut mir leid, dass ich Ihnen diese Neuigkeiten überbringen muss.«

Sie schüttelte den Kopf. »Schatz, bist du fertig?«

»Jawohl.«

»Hast du Hausaufgaben, mit denen du schon mal anfangen könntest?«

»Oooch, Mom. Darf ich mit Mitch spielen?«

»Mit wem?«

Cameron zeigte auf einen Jungen am Nebentisch, der dieselbe graue Uniform wie er trug. Er wippte gelangweilt mit den Beinen, während seine Mutter auf der Tastatur eines Laptops herumtippte.

»Okay, aber bleib in der Spielecke, wo ich dich sehen kann.« Sie nickte mit dem Kopf in die Richtung des abgetrennten Bereiches auf der anderen Seite des Cafés. Als der andere Junge zu ihm kam, warf seine Mutter ihr über den Rand des Laptops einen dankbaren Blick zu. Liv holte die beiden Drohbriefe aus ihrer Tasche und legte sie vor Rachel auf den Tisch. Sie tippte mit der Fingerspitze auf den Plastikumschlag und registrierte die Nervosität in ihrer Stimme. »Heute Morgen.« Dann zeigte sie auf den noch verschlossenen Umschlag. »Heute Nachmittag.«

Sie verschränkte die Arme auf dem Tisch und sah Rachel an. »Jemand hat mir eine Warnung geschickt, meine siebzehnjährige Mitarbeiterin von einem Parkdeck geworfen, ist dann am helllichten Nachmittag in mein Büro gekommen, hat die untere Schublade meines Schreibtisches aufgemacht und einen Umschlag in meine Tasche gesteckt. Meine Geschäftspartnerin hat heute Nachmittag zu mir gesagt, es ginge nicht immer nur um mich. Ich würde mich gerne ihrer Meinung anschließen und denken, dass es nicht meine Schuld ist, was Teagan zugestoßen ist. Dass keiner einem hübschen jungen Mädchen und seiner Familie etwas angetan hat, um mir eine durchgeknallte Nachricht zu schicken. Aber wenn es nicht um mich geht, worum zum Teufel geht es dann?«

# 32

Eine halbe Stunde später hatte Rachel sich zwar seitenweise Notizen gemacht, aber keine Antworten auf Livs Fragen gefunden. Diesmal wirkte es nicht wie eine Befragung, Liv schien nun vom verzweifelten Opfer zum Opfer mit Hintergedanken geworden zu sein, das vielleicht einen Hinweis geben konnte. Rachel ging die Liste der Personen durch, die Liv unter den Schaulustigen erkannt hatte. Sie kannte nicht alle beim Namen, also hatte sie manche nur in Stichworten beschrieben: rothaariger Mann aus der Bank, der gepiercte Junge aus dem Musikladen, der glatzköpfige Bäcker, die gefärbte Blondine aus der Boutique für Abendgarderobe.

»Zweiundzwanzig. Sie erinnern sich angesichts der prekären Lage an ziemlich viele Leute. Ich bin beeindruckt.«

»Danke. Ich habe ein neues Talent entwickelt. Ich könnte Ihnen sagen, dass der rote Honda draußen neben meinem Auto heute Nachmittag auch vor der Schule stand, dass der kürzeste Weg zu Cameron um den Tisch führt und dass das Café über einen Notausgang durch die Küche verfügt.«

Rachel schien auch davon beeindruckt.

Liv beobachtete, wie Cam mit Mitch auf einem riesigen roten Sitzsack herumturnte. Sie wusste auch, dass sie einen Stuhl hochheben und ihn werfen konnte, wenn es sein musste, und dass im Besteckkasten an der Theke Messer lagen. Der Gedanke, jemandem ein Messer reinzurammen, war unfassbar, aber sie würde keine Sekunde zögern, wenn es darum ginge, ihren Sohn zu beschützen.

»Haben Sie vor Teagans Unfall mit Daniel gesprochen?«, fragte Rachel.

»Ich habe ihn heute Morgen gesehen.«

»Bevor Sie ins Büro gekommen sind?«

Liv zog kurz die Augenbrauen zusammen. »Nein, in seinem Büro.«

»Worüber haben Sie mit ihm geredet?«

Sie zögerte. Musste Rachel unbedingt wissen, dass Daniel sie gestern Nacht auf ihrem Sofa zugedeckt hatte? »Ich habe nur kurz meinen Kopf zur Tür reingesteckt und guten Morgen gesagt. Warum?«

»Ich stelle bloß Fragen.«

»Nein. Sie fragen mich über Daniel aus. Was bezwecken Sie damit?«

Rachel antwortete nicht.

»Ich habe ein Recht, es zu erfahren.«

Sie legte ihren Stift beiseite. »Hören Sie, eine Ermittlung ist wie ein riesiges Puzzlespiel. Ich schaue mir nur die Teile an.«

»Und Sie denken, Daniel ist einer davon?«

»Momentan ist jeder in Ihrem Leben ein Teil davon. Ich versuche herauszufinden, wo sie alle hingehören.«

Liv wusste, wo Daniel reinpasste. Er war ihr im Parkhaus zu Hilfe geeilt, hatte in ihrem Haus Sicherheitsschlösser angebracht, es überprüft, ihr Gesellschaft geleistet, sich vergewissert, dass sie noch lebte. Das war mehr, als die anderen Puzzleteile in ihrem Leben vergangene Woche für sie getan hatten. »Er hat sich um Teagan gekümmert, als sie auf den Lieferwagen gestürzt war.«

»Ja, ich weiß. Sie hatte Glück, dass er zur Stelle war.« Sie sah Liv noch einen Augenblick länger an, als wollte sie noch etwas sagen. »Ich würde mir gerne die Nachricht ansehen, die in Ihrer Tasche war.«

Liv beobachtete Cameron und Mitch, während Rachel

Handschuhe aus einer Tasche zog und den Stiel ihres Löffels als Brieföffner nutzte. Als Liv das Blatt sah, schossen ihr die Tränen in die Augen.

Jemand hatte Teagan in ihrem grünen Mantel fotografiert, wie sie durch den Notausgang auf die Fahrbahn trat. Das Foto war auf ein leeres Blatt kopiert, und der Absender hatte diesmal eine Tastatur für die Nachricht benutzt.

*Livia, hast du es JETZT kapiert?*
*Es ist eine gefährliche Welt.*
*Hast du Angst?*

»Ich hatte im zweiten Stock, aber am anderen Ende geparkt«, sagte Liv. »Vielleicht hat er Teagan gesehen und … und, ich weiß es nicht. Konnte nicht warten.«

»Danach klingt es aber nicht. Ich glaube kaum, dass er Sie treffen wollte.«

»Mom?« Liv drehte das Blatt um, als Cameron seinen Kopf unter ihren Arm schob. »Gehen wir bald?«

Sie hätte ihn am liebsten unsichtbar gemacht. »Einen Moment, Schatz. Hol schon mal deine Zeichnung, dann können wir sie zu Hause an den Kühlschrank hängen.« Mitchs Mutter packte ihren Laptop zusammen und wies den Jungen an, seinen Rucksack zu nehmen. Als Cameron außer Hörweite war, wandte Liv sich an Rachel. »Was ist mit Cameron? Ist er bei mir sicher?«

»Nachdem wir nicht wissen, wer Sie stalkt, und bis jetzt keiner versucht hat, Ihnen etwas anzutun, ist er bei Ihnen wohl am sichersten. Kennen Sie jemanden, bei dem Sie bleiben könnten?«

»Glauben Sie, mein Reihenhaus ist nicht sicher?«

»Es scheint sicher. Es wäre nur zu Ihrer eigenen Beruhigung.«

Es gab nur Kelly und Jason, aber sie wusste nicht, ob sie dort Ruhe fand. Nicht, solange Teagan in kritischem Zustand im Krankenhaus lag und Kelly beschlossen hatte, für Toby Wright zu arbeiten. »Könnten Sie dafür sorgen, dass heute Nacht regelmäßig eine Streife bei mir vorbeifährt?«

»Schon geschehen.«

Liv ignorierte zum zweiten Mal die Abzweigung zu ihrer Straße. Sie war noch nicht bereit, schon wieder mit dem Baseballschläger durch das Haus zu laufen, außerdem musste sie unaufhörlich an Teagan denken. Tees Mom Nina war Kellys große Schwester. Sie hatte Liv und Kelly immer herumkommandiert, als sie noch Kinder waren, und hatte geheiratet, als sie beide noch die Highschool besuchten. Kelly war Brautjungfer gewesen, und für Liv war es die erste Hochzeit, an der sie teilgenommen hatte. Teagan war Ninas jüngste Tochter – Liv fühlte sich für sie verantwortlich.

Sie kannte die Familie gut und wusste, dass sie zusammenhalten und Teagan unterstützen würden. Kelly war bestimmt noch im Krankenhaus. Genau wie ihre Mutter und ihr Vater, vermutlich ihre jüngere Schwester, ein Bruder, vielleicht eine oder zwei Schwägerinnen. Liv war immer wie ein Familienmitglied behandelt worden und hätte unter anderen Voraussetzungen auch ihre Unterstützung angeboten. Aber sie konnte nicht einfach im Krankenhaus auftauchen. Nicht in dieser Verfassung, nicht mit den Verletzungen im Gesicht, die wie ein Vorwurf wirkten, und schon gar nicht wollte sie Cameron im Wartezimmer eines Krankenhauses sitzen lassen.

Sie hätte gerne gewusst, wie es Teagan ging – mehr Einzelheiten erfahren als lediglich die Tatsache, dass sie in kritischem Zustand war. Und sie war es leid, immer alleine zurechtkommen zu müssen, also fuhr sie zu Kelly und hoffte, dass Jason mit den Mädchen zu Hause war.

Emma riss die Tür auf und schrie: »Cameron! Bess, Cameron ist da.« Sie hörte Schritte auf dem Holzboden, dann schlitterte Bess auf Socken um die Ecke und wiederholte den Schlachtruf. Die drei rannten bereits durch den Flur, da tauchte Jason auf. Er blieb einen Augenblick stehen, hielt das Telefon in der Hand und sah sie an. Sein Haar sah zerrauft aus, doch er schien sich zu freuen, sie zu sehen. »Kelly ist im Krankenhaus«, sagte er.

Liv schloss die Eingangstür hinter sich. »Das dachte ich mir schon.« Sie umarmte ihn, er zog sie rein und hielt sie weiter fest, und sie war froh, dass sie gekommen war. Sie unterstützte jemanden, außerdem war Jason praktisch Familie.

Sie schnitt Obst und Käse für die Kinder zurecht und bereitete zwei Tassen Tee, während Jason an der Küchenbar saß und ihr erzählte, was er wusste.

»Sie hat eine Beckenfraktur, gebrochene Rippen und einen Schlüsselbeinbruch, weil sie auf die Seite gefallen ist.«

»Was ist mit ihrem Gesicht? Sie hatte Blut im Gesicht.«

Er biss sich auf die Lippen, als wollte er sich das für den Schluss aufheben. »Das ist nicht gut. Auf ihrer Wange klaffte eine tiefe Wunde, die rechte Augenhöhle ist zerschmettert. Sie denken über einen Eingriff nach.«

Liv dachte an Teagans Haar, das seitlich am Lieferwagen heruntergehangen hatte, und schlug eine Hand vor den Mund.

Auf der anderen Seite des Wohnzimmers plärrte es aus dem Fernseher, als eine DVD gestartet wurde. Jason schloss die Augen, der Stress schien ihm langsam über den Kopf zu steigen.

»Macht ihr das bitte leiser?«, rief Liv.

»Das ist nur der Anfang«, sagte Bess.

»Der Anfang ist immer laut«, fügte Cameron hinzu.

»Na schön, dreht es trotzdem leiser. Wir versuchen uns zu unterhalten.«

Es gab eine kurze Auseinandersetzung darüber, wer die Fernbedienung halten sollte, also lief Liv zu Jason und drückte seine Schulter. »Komm, lass uns ins Zimmer nebenan gehen.«

Sie setzten sich so dicht nebeneinander aufs Sofa, dass ihre Arme sich berührten, und tranken Tee. Familie. Zuhause. Liv sprach ruhig, erzählte ihm von dem Mann, der den Überfall auf sie zugegeben hatte, von den zwei neuen Nachrichten und ihren Schuldgefühlen, weil sie Teagan da hineingezogen hatte.

»Wie klang Kelly, als du mit ihr gesprochen hast?«, fragte Liv.

»Du kennst Kelly ja. Familienmanagerin. Sie hat mich zum Kommunikationszentrum gemacht.«

Liv lächelte ein wenig. »Sie war wütend auf mich. Wir waren beide wütend. Herrgott, Jase, das ist alles so ein Durcheinander.«

»Wir werden schon einen Weg finden.«

»Es könnte sein, dass ich bis dahin keine Freunde mehr habe.«

»Du hast immer noch mich.«

Sie stieß ihn mit der Schulter an. Er erwiderte den Stubs freundschaftlich. Schweigend tranken sie ihren Tee und stellten die leeren Tassen auf dem Couchtisch ab.

»Soll ich noch ein bisschen bleiben?«, fragte Liv.

»Nur, wenn du möchtest.«

Sie sah zum Fenster hinaus. Die Sonne ging langsam unter, sie wäre am liebsten rechtzeitig vor Einbruch der Dunkelheit nach Hause gefahren, aber sie wollte ihn auch nicht ausgerechnet zur Abendessenszeit verlassen, wenn er telefonieren wollte. »Hat Kelly gesagt, wann sie zurück ist?«

»Nicht so bald.«

Sie wandte den Kopf und sah ihn an, versuchte einzuschätzen, wie gestresst er war. Und bevor sie es sich versah, geschah etwas, womit sie nicht gerechnet hatte – er küsste sie.

Betroffen gab sie sich einen Augenblick dem Moment hin, ihr Körper reagierte reflexartig auf den weichen, vertrauten Druck. Der Körper eines verletzten, einsamen Menschen, der nach Zuneigung lechzt. Sie spitzte nur kurz ihre Lippen, ein leichtes Zucken durchfuhr ihre Zunge, bevor ihr Verstand sich einschaltete und sie bremste. Doch er musste es gespürt haben. Plötzlich war er ihr ganz nahe, drückte sich an sie, sein Atem fuhr über ihr Gesicht, in ihren Mund. Livs Herz hämmerte wie wild, ihr Rücken verspannte sich. Falsch. Das war ganz falsch. Sie versuchte ihr Gesicht abzuwenden, doch er verstand es als leidenschaftliche Aufforderung, schob seine Zunge zwischen ihre Lippen und gegen ihre Zähne. Sie legte ihre Handflächen an seine Brust und schob ihn weg.

»Jason, nein«, sagte sie leiser, als sie wollte, weil sie an die Kinder nebenan dachte.

»Es ist in Ordnung«, flüsterte er und lehnte sich gegen ihre Hände.

Sie schob ihn entschieden weg. »Jason, verdammt noch mal.«

Noch bevor er antworten konnte, stieß sie ihn wieder von sich, der Schlag war deutlich auf seiner Brust zu hören. Er lehnte sich etwas zurück. Keiner von beiden sprach ein Wort, beide atmeten schwer.

»Es ist schon in Ordnung«, sagte er wieder.

»Nein. Ist es nicht.« Sie wandte ihr Gesicht ab, schloss die Augen und sah Kelly vor sich. »Verdammt, verdammt noch mal.«

»Ich weiß. Es ist schwierig. Aber jetzt ist es passiert. Wir können nicht so tun, als sei nichts gewesen.« Seine Stimme klang sanft, schmeichelnd.

Sie sah ihn entsetzt an. »Bist du verrückt? Hier passiert nichts. Kelly ist meine beste Freundin. Sie ist deine Frau, um Himmels willen.«

Verwirrt und verärgert zog er die Augenbrauen zusammen. »Hier geht es nicht um Kelly, sondern um uns. Du wusstest doch, wohin das führen würde.«

»Jase, wohin was führen würde? Wir haben nach einem schrecklichen Tag einfach eine Tasse Tee zusammen getrunken. Wann habe ich dich aufgefordert, deine Zunge in meinen Mund zu stecken?«

Er hob die Hände. »Okay, alles klar. Du hast ein schlechtes Gewissen, weil wir endlich an diesem Punkt angekommen sind. Wie auch immer. Aber spiel nicht die Unschuld, Liv. Wir steuern seit Monaten darauf zu. Wir wissen es beide.«

Liv öffnete ihren Mund, doch es kamen keine Worte heraus. Monate. Was für Monate? Wovon sprach er überhaupt? Sie schüttelte langsam den Kopf. »Jase, ich …«

Was immer er in ihrem Gesicht las, er bekam es in den falschen Hals. »Ich weiß, ich weiß, das ist ein schlechter Zeitpunkt. Aber letzte Woche hast du mich gebraucht. Ich wusste, dass es irgendwann so weit sein würde. Ich konnte nicht so oft in deiner Nähe sein, wie du gerne gewollt hättest. Wie wir beide gewollt hätten.« Er legte seine Hand an ihre Wange. »Aber jetzt geht es. Wenn auch nur für eine Weile.«

Sie hätte sich am liebsten übergeben, ihn geohrfeigt, die Zeit zehn Minuten zurückgedreht und ihren Tee in der Küche getrunken. Es war ein Fehler gewesen, den Raum zu wechseln. Dabei hatte sie sich nur in Ruhe mit ihm unterhalten wollen. Das hatte alles verändert. Jason. Kelly. Die Kinder. Die einzige Familie, die sie Cameron bieten konnte. Sie stieß seine Hand beiseite. »Ich wollte das doch nicht. Wie kommst du überhaupt darauf, dass ich das gewollt hätte, nach dem, was Thomas mir angetan hat? Du hast alles, Jason. Ich wollte einfach ein Teil davon sein. Und jetzt hast du alles kaputt gemacht. Du blödes Schwein.«

Sie lockte Cameron vom Fernseher weg, küsste und umarmte die Mädchen für den Fall, dass sie sie lange nicht mehr sehen würde, und ignorierte Jason, der in der Wohnzimmertür stand, als sie gingen. Auf dem Heimweg schlug ihr Herz wie wild, ihr Kiefer schmerzte, so fest biss sie die Zähne zusammen. Sie hätte am liebsten ihre beste Freundin angerufen, den Schock mit ihr geteilt, sie gefragt, was sie tun sollte – doch Jason hatte ihr auch diese Möglichkeit genommen.

»Mom, was ist los?«

Sie schluckte den Kloß herunter, der sich in ihrem Hals gebildet hatte. »Nichts, Liebling. Ich bin nur ein bisschen … müde.« Sie beugte sich zu ihm und wuschelte sein Haar. Er grinste sie breit an. »Oh, wow, das ist genau, was ich brauche. Danke, Schätzchen.«

Es dämmerte, als sie die Einfahrt entlangflitzte. Ihre Nachbarn hatten bereits die Außenbeleuchtung eingeschaltet. Während das Garagentor langsam hochfuhr, warf sie misstrauisch einen Blick zum Haus.

»Bleib noch ein paar Minuten im Auto, Schatz«, sagte sie zu Cameron, als sie in der Garage geparkt hatte.

»Warum?«

»Ich will nur kurz nachsehen, ob ich alles für die Spaghetti habe. Hey, hast du mein neues Handy schon gesehen? Es ist in meiner Tasche. Du kannst es dir anschauen, ich bin gleich wieder da.«

Sie schloss ihn im Wagen ein, machte das Licht an, als sie ins Haus ging, und fand den Schirm an der Wand. Du bist jetzt auf dich gestellt, Livia, aber das warst du vorher auch schon einmal. Sie folgte Daniels Weg – Bad, Waschküche, Küche, Wohnzimmer. Tauschte den Schirm gegen den Baseballschläger aus, als sie an der Treppe an ihm vorbei und in das obere Stockwerk ging. Camerons Zimmer, Badezimmer, ihr Schlafzimmer.

»Entwarnung«, murmelte sie im Zimmer mit Bad und verdrehte die Augen, als sie am Spiegel vorbeiging.

Eine halbe Stunde später saß Cameron mit den Hausaufgaben am Küchentresen, während sie Spaghetti kochte. Sie rief ihm Worte mit *ea* zu, die er buchstabieren sollte, und Zahlen, die er durch zwei teilen konnte, und hörte ihm zu, wie er vorlas. In seiner Gesellschaft schien alles andere weit entfernt.

Er war oben und putzte sich die Zähne vor dem Zubettgehen, als es an der Tür klopfte und ihre Stimmung von entspannt zu vorsichtig kippte. Es war acht Uhr. Draußen war es dunkel. In der Einfahrt brannte kein Licht.

»Liv, ich bin's, Daniel. Ich gehe gerade um Ihr Anwesen herum. Sie müssen nicht rauskommen.«

Sie hatte nicht erwartet, ihn heute noch einmal zu sehen. War er auf seinem Weg nach Hause bei ihr vorbeigekommen? War er wieder zurück zur Arbeit gegangen, nachdem er geholfen hatte, Teagan vom Lieferwagen zu hieven?

Liv stand vor dem Eingang, wartete, bis sie seine Schritte wieder hörte, und öffnete die Tür, die Kette ließ sie aber vor dem Schloss.

Daniel knipste die Taschenlampe aus und sah sie im Licht über ihrem Kopf an. Es war nicht der Blick, den sie erwartet hatte. Nicht das Gesicht, das sie an anderen Abenden an ihrer Tür gesehen hatte. Nicht der entspannte Krieger. Sein Mund war zu einer harten Linie geworden, und irgendwas Angespanntes, Düsteres lag in seinem Blick. Sie löste die Kette.

# 33

»Entschuldigen Sie, dass ich einfach so hereinschneie. Ich bin gerade auf dem Heimweg und …« Er klang beiläufig, doch die Worte kamen zu schnell aus seinem Mund, und er sah sich nervös um.

»Ist schon okay. Und danke. Sind Sie wieder zurück zur Arbeit gegangen, nachdem Sie mit der Polizei gesprochen hatten?«

»Nein, ich war im Krankenhaus.«

Liv runzelte die Stirn. »Bei Teagan?«

»Ja, also nein, nicht bei ihr. Ich war einfach nur dort und habe abgewartet.« Sein Blick blieb an Liv hängen. »Um mich zu vergewissern, dass sie noch atmet.«

Sie musste an den Witz denken, den er heute Morgen gerissen hatte. Vielleicht war es ja gar kein Witz. »Und?«

»Ja. Ihr Zustand ist kritisch, aber stabil. Das ist schon mal ein guter Anfang.«

Sie nickte erleichtert. »Waren Sie lange dort?«

Er fuhr sich mit der Hand durch das stoppelige Haar. »Offensichtlich kann ich nicht loslassen.«

»Alles in Ordnung?«

Er wandte sich ab und streckte sich. »Es geht mir gut.«

Nein, das stimmte nicht, und er war hierhergekommen.

Wenn nachts jemand an der Wohnung über der Turnhalle geklopft hatte, hatte ihr Dad auch immer aufgemacht. Jungs, die rausgeflogen oder verprügelt worden waren oder Hunger hatten – oder alles zusammen –, fanden unten eine Schlafgelegenheit und konnten reden, wenn sie wollten. In den vergangenen Jahren hatte Liv gelernt, was es hieß, stark zu sein und sich plötzlich trotzdem verzweifelt und alleine zu fühlen. Und wie schwer es war, an eine Tür zu klopfen und um Hilfe zu bitten. Es war schon lange her, dass jemand zu ihr gekommen war.

»Haben Sie was gegessen?«, fragte sie.

»Ich habe mir was im Krankenhaus geholt.«

Sie zog eine Augenbraue hoch. »Einen Schokoriegel aus dem Automaten?«

Er lächelte. »So ähnlich.«

»Mom?«

Cameron stand in seinem Pyjama, der ihm etwas zu groß und an den Beinen hochgekrempelt war, unten an der Treppe. Sie errötete. Nachdem Thomas sie verlassen hatte, hatte Cameron sie immer wieder gefragt, wie Michelle in ihr Leben getreten war. »Aber warum ist sie überhaupt gekommen?«, lautete seine ständige Frage. Liv nahm an, dass er zu begreifen versuchte, wie alles passiert war, und nicht verstehen konnte, dass Menschen sich meist zufällig trafen und nicht, um eine Familie zu zerstören. Als Cameron jetzt zu dem großen Mann hochsah, hätte sie ihm am liebsten gesagt, dass alles in Ordnung war und Daniel nicht ihretwegen vor der Tür stand. »Cameron, das ist Daniel. Wir arbeiten zusammen.«

Daniel streckte seine Hand aus. »Hi, Cameron. Ich habe gehört, du bist ein guter Fußballer.«

»Jau.«

Liv beobachtete, wie Camerons Hand in Daniels großer Pranke verschwand. Es berührte sie. »Und, bist du bettfertig?«

»Jawohl.«

»Gut, dann ab mit dir.« Sie folgte ihm die Treppe hinauf und setzte sich an den Rand seines Bettes. »Ich muss noch was mit Daniel besprechen, okay?«

»Okay.«
»Hab dich lieb.«
»Ich dich auch.«

Daniel hatte den Vorhang ein wenig beiseitegezogen, drehte sich aber um, als sie die Treppe herunterkam. Die Anspannung auf seinem Gesicht hatte sich ein wenig gelöst.

»Cameron sieht Ihnen ähnlich«, sagte er.

»Finden Sie? Er ist aber blond und hat Locken.«

»Alles andere sind Sie. Inklusive freches Grinsen.«

»Na, so was, ich wusste gar nicht, dass ich frech grinse.«

Sein Blick fiel auf ihren Mund. »O ja, wirklich frech.«

Es folgte ein kurzes Schweigen. Liv unterbrach es. »Wir haben heute Abend Spaghetti gegessen. Wollen Sie auch welche?«

Er winkte ab. »Ich will Ihnen keine Umstände machen. Was ist mit dem Hund los?«

»Wie meinen Sie das?«

»Er bellt nicht mehr.«

Sie warf einen Blick zur Tür und horchte auf die Stille. »Ich weiß es nicht.«

»Gestern Abend, als ich hier war, hat er auch nicht gebellt. Aber die Lichter bei Ihrem Nachbarn waren aus, ich dachte mir, dass sie vielleicht mit ihm irgendwo unterwegs waren.« Er deutete mit dem Finger auf das Fenster. »Heute Abend brennt das Licht aber.«

Nur die Lichter im Haus, nicht die im Garten. Vielleicht war Benny auf einem Ausflug gewesen und schlief sich jetzt aus oder war heute Abend drinnen. Liv öffnete den Kühlschrank und versuchte die Unruhe zu ignorieren, die sich in ihr ausbreitete. Stattdessen sagte sie sich, sie sollte froh sein, dass er nicht wieder so einen Aufstand machte.

Sie stellte eine Schüssel mit Plastikfolie auf den Tresen.

»Die Spaghetti sind gut, auch wenn ich mich selbst lobe. Man kann sie problemlos aufwärmen.« Sie hob eine Augenbraue. Er zögerte. »Kommen Sie. Setzen Sie sich, sonst kippen Sie vor Hunger noch um.«

Während die Mikrowelle summte, schenkte sie ihm ein Glas Wein ein. Als er den dampfenden Teller vor sich stehen hatte, breitete sich der Duft von Knoblauch und Tomaten in der Küche aus. Er griff zur Gabel. »Ich habe gehört, Sie haben wieder einen Drohbrief bekommen.«

»Zwei.« Während er aß, erzählte sie zum dritten Mal an diesem Tag, was passiert war, berichtete ihm von ihrer Unterhaltung mit Rachel im Café und der Warnung, dass jeder in ihrem Umfeld infrage käme. Den Vorfall mit Jason ließ sie aus. Er musste es nicht erfahren, und sie wollte nicht daran denken. Dennoch konnte sie es nicht verhindern – *Monate*?

Daniel legte die Gabel in die leere Schüssel. »Woran denken Sie?«

»An die Menschen in meinem Umfeld.«

»Irgendeinen Verdacht?«

Das Nein lag ihr schon auf der Zunge, doch dann dachte sie wieder daran, was Jason gesagt hatte. Seiner Meinung nach eilten sie seit Monaten auf ein einziges Ziel zu. *Letzte Woche hast du mich gebraucht. Ich wusste, dass das irgendwann der Fall sein würde*. Hatte er es arrangiert? War er …? Sie schüttelte den Kopf und versuchte das Misstrauen abzuschütteln, das in ihr hochgekrochen war. »Ich weiß es nicht. Ich weiß nicht … Sie haben doch gesehen, was heute Nachmittag im Parkhaus passiert ist.«

Daniel sprang auf und nahm die Schüssel. Das Besteck darin klapperte, als er zur Spüle ging. Schweigend wusch er es unter dem Wasserhahn ab und stellte es in den Geschirrspüler.

»Daniel?«

Er ging an ihr vorbei, blieb auf halbem Weg im Wohnzimmer stehen und sagte, ohne sie dabei anzusehen: »Ich kam von einem Auftrag zurück und habe meinen Wagen auf dem ersten Parkdeck geparkt. Als ich abschloss, hörte ich … einen dumpfen Krach und dann das Bersten von Glas. Ich dachte noch, jemand wäre über eine Motorhaube gestürzt. Also bin ich zur Absperrung gerannt und habe Teagan gesehen, dann bin ich zur Treppe gelaufen.« Er fuhr sich mit der Hand über das Kinn, ging zum Sofa, setzte sich und stützte die Ellenbogen auf die Knie. »Ich war fast bei ihr, da rief Ray bereits von oben, ein Krankenwagen sei schon auf dem Weg.«

Liv setzte sich auf das andere Sofa. »Wo war er?«

»Im dritten Stock, glaube ich. Ich habe ihm zugerufen, er solle meinen Erste-Hilfe-Koffer aus dem Büro holen. Irgendwer hat ihm meine Schlüssel zugeworfen.« Er löste die Finger aus der Verschränkung. »Sie sah gar nicht gut aus. Als man sie in den Krankenwagen schob, habe ich noch gedacht, es stünde auf Messers Schneide. Tut mir leid. Ich sollte Ihnen das nicht erzählen.«

»Sie hatte Glück, dass Sie zur Stelle waren.«

Er zuckte die Achseln. »Schickt Rachel Ihnen heute Nacht regelmäßig eine Streife vorbei?«

»Ja.«

Daraufhin sah er sie lange an. Doch sein Blick war eher nach innen gerichtet. Vielleicht dachte er nach oder traf eine Entscheidung.

»Ich könnte heute Nacht bei Ihnen bleiben«, sagte er. Liv öffnete den Mund, sagte aber nichts, und er schüttelte den Kopf. »Tut mir leid, das klingt wie eine schlechte Anmache. Ich meinte, ich könnte auf dem Sofa schlafen. Falls Sie Angst haben.«

Brauchte sie einen Wachhund? Würde sie sich sicherer

fühlen, wenn noch jemand im Haus war? Ja, absolut, vor allem, wenn es Daniel war. Aber wollte sie auch, dass er die Nacht über hierblieb, wenn auch nur auf dem Sofa? »Ich bin nicht…« Sie brachte den Satz nicht zu Ende, weil sie selbst nicht genau wusste, was sie wollte.

»Hören Sie, ich habe keine Ahnung, was hier gespielt wird. Ich weiß nur, dass es heute einen Unfall gegeben hat und dass Sie heute Nacht mit Ihrem Sohn alleine sind. Wenn ich hierbleibe, haben Sie einen mehr zur Unterstützung. Jedenfalls bis Sie morgen wissen, wo das alles hinführt.«

»Sagten Sie nicht, hier wäre ich sicher?«

»Das sind Sie auch, wahrscheinlich bin ich nur übervorsichtig, aber ich habe innerhalb einer Woche zwei Frauen ins Krankenhaus schicken müssen und bin nicht scharf auf eine Wiederholung.«

Er wandte sein Gesicht zum Fenster. Sie konnte nicht sehen, worauf er seine Aufmerksamkeit lenkte, doch als sie seine Anspannung bemerkte, dachte sie daran, wie er angefangen hatte, sich um sie zu kümmern, und fragte sich, welche Auswirkungen die letzte Woche auf ihn gehabt hatte. Er hatte Dutzenden Menschen das Leben gerettet, vielleicht sogar noch mehr. Sie überlegte, dass es für ihn eine Kleinigkeit gewesen sein musste, ihr im Parkhaus zu helfen. Aber vielleicht irrte sie sich auch, vielleicht war er genau deshalb hier.

»Daniel…«

Als sie seinen Namen sagte, wandte er ihr sein Gesicht zu und schnitt ihr das Wort ab. »Wenn nicht Ihretwegen, dann zu meiner Beruhigung.«

Sie sah etwas in seinen Augen, das sie kannte. Angst, Beschützerinstinkt, Verantwortungsgefühl. Dann war es wieder verschwunden.

»Hey, ich bin ein Mann. Ich brauche eine Aufgabe.«

Sie lächelte. »Danke, meine Sofas sind allerdings ein wenig kurz. Ich weiß nicht, ob es bequem für Sie ist.«

»Ich bin für jeden Vorschlag offen.«

»Wie wäre es mit dem Fußboden?«

»Okay, ich nehme das Sofa.«

Liv zuckte aus dem Schlaf auf, blinzelte in der Dunkelheit und versuchte, sich mit den Händen den Albtraum aus den Augen zu wischen. Aus dem Flur drang schwaches Licht herein. Cameron?

Sie stieß die Decke weg, griff nach der Hantel neben dem Bett und rannte in den Flur. Das Licht kam von unten. Vorsichtig näherte sie sich der Treppe, lauschte und sah hinunter, dann hockte sie sich oben auf den Treppenabsatz, um einen besseren Blick ins Wohnzimmer zu haben.

Das Licht brannte, am Fußende des Sofas lag Bettzeug auf einem Haufen, Daniel stand am Hintereingang, hielt mit einer Hand den Vorhang einen Spalt offen und spähte in den Garten. Livs Schultern verkrampften sich.

Auf Zehenspitzen schlich sie die Treppe hinunter. »Haben Sie was gehört?«, flüsterte sie.

Er war barfuß, seine Hose war zerknittert, sein Hemd stand offen. »Nein«, sagte er ruhig.

»Was ist los?«

»Nichts. Ich habe schlecht geschlafen. Sie haben guten Tee.« Er hob die Tasse hoch, die er in der Hand hielt.

»Danke.«

»Warum sind Sie aufgestanden?«

Sie legte den Kopf schief. »Schlecht geträumt.«

»Möchten Sie auch einen Tee?«

»Wie viel Uhr ist es?«

Er hob das Handgelenk. »Elf nach zwei.«

»Ich verzichte auf Tee.« Sie blieb einen Augenblick stehen,

weil sie sich nicht sicher war, wie man sich während einer geflüsterten Unterhaltung mitten in der Nacht in einem halb dunklen Zimmer korrekt verhielt.

»Ich hätte nicht gedacht, dass Sie Blümchen und Herzen tragen«, sagte er.

»Hä?«

»Ihre … Klamotten.«

Sie blickte an sich herab auf die Pyjamahose. Pinkfarbene Herzen und Gänseblümchen. »Was hatten Sie denn erwartet? Das ist ein Pyjama. Die gibt es nur mit Herzen und Blümchen.«

»Ich dachte eher an einen Trainingsanzug oder ein Negligée.«

Sie schwieg. Hatte er tatsächlich darüber nachgedacht? Redeten sie beide tatsächlich über Nachtwäsche? »Tut mir leid, dass ich Sie enttäusche.«

»Ich sehe nichts Enttäuschendes.«

Wieder eine Pause. Ihr Herz schlug ein wenig nervös. »Ich gehe wieder ins Bett.«

»Okay.«

Als Liv das nächste Mal aufwachte, lief der Fernseher. Es war halb sieben, Cameron lag nicht in seinem Bett. Er saß am Küchentresen, aß Toast und trank Kaba.

»Daniel hat Frühstück gemacht«, rief er, während sie noch auf der Treppe stand.

»Wie nett von ihm.« Nur dass sie sich gewünscht hatte, Daniel wäre verschwunden, bevor Cameron aufwachte. Sie hatte Cameron gesagt, sie müssten noch was besprechen – doch es gab keine vernünftige Erklärung dafür, weshalb der Mann, der gestern an der Tür gestanden hatte, immer noch da war.

»Danke, dass Sie mir Ihr Sofa geborgt haben«, sagte Daniel

und kam aus der Küche. »Ich werde heute dafür sorgen, dass das Loch in meinem Dach repariert wird.«

Sie lächelte ihn dankbar an und zog ihren Morgenmantel fester. Loch im Dach, Bett auf dem Sofa – das könnte gehen. »Kein Problem.«

Die Decke auf dem Sofa war zusammengefaltet, er hatte seine Schuhe angezogen und eilte zur Eingangstür. Er blieb neben ihr stehen. »Keine Albträume mehr?«

»Nichts, was mich aus dem Bett getrieben hätte. Haben Sie etwas Schlaf bekommen?«

»Genug. Wir sehen uns bei der Arbeit.«

Während sie Cameron ein Sandwich für die Schule machte, sprudelte es nur so vor Begeisterung aus ihm heraus.

»Daniel ist hundertvierundneunzig Zentimeter groß.«

»Ach, ja?«

»Jau. Und er hat eine Narbe am Kopf, weil er einen Auffahrunfall gehabt hat.« Er klatschte beide Hände zusammen, um es ihr zu zeigen.

»Tatsächlich?«

»Genau. Er hat gesagt, die Feuerwehr musste kommen und ihn mit einem großen Ding rausschneiden.« Er hob die Fäuste, ballte sie in der Luft und verzog dann das Gesicht, als bräuchte er übernatürliche Kräfte, um sie zusammenzupressen.

»Ach, du meinst eine Rettungsschere.«

»Ja. Rettungsschere. Dann haben die Feuerwehrmänner ihn gefragt, ob er bei ihnen arbeiten will, dann musste er jeden Tag im Feuerwehrauto fahren. Darf ich Benny meine Brotkanten geben?«

Liv warf einen Blick zur Hintertür. »Komm, das machen wir zusammen.«

Cameron kletterte auf das Hochbeet und streckte sein Kinn über den Zaun in den Nachbargarten. »Benny! Hier, alter Junge!«

Die Fliegengittertür im Nachbarhaus flog auf, und Trevor kam in den Garten.

»Wo ist Benny?«, rief Cam.

Liv sah Trevor an, als er auf sie zukam, seine Glatze glänzte unter dem grauen Himmel nicht wie sonst. Er sagte nichts, bis er sie beide über den Zaun hinweg ansah. »Er ist nicht da, Kumpel.« Doch irgendetwas in seinem Tonfall veranlasste Liv, Cameron festzuhalten.

»Wo ist er?«, fragte Cameron.

Trevor sah Liv eindringlich an. »Vielleicht weiß es deine Mom.«

Sie hatte keine Ahnung, wie er das meinte, doch es klang drohend, und das reichte ihr. »Liebling, geh wieder rein. Es ist Zeit, dass du dich für die Schule fertig machst.«

»Aber was ist mit Benny?«

»Ich rede kurz mit Trevor, zieh dich schon mal an.«

Er stöhnte, zog dann aber los. Liv sah Trevor so lange nicht an, bis Cameron drinnen war. Als sie sich umdrehte, hatte er vor Ärger die Augen zusammengekniffen.

»Sie wussten, dass ich einen Hund habe, als Sie das Haus kauften, nicht wahr?«

»Ja.«

»Und Sie wissen, dass Hunde bellen, oder?«

»Ja.« Was sollte das?

»Aber Sie haben einfach beschlossen, dass Sie das nervt.«

Liv hielt inne. »Nein. Benny ist ein guter Wachhund.«

»Ich habe doch gesehen, dass Sie nachts Licht angemacht haben. Ich hätte ihn reingeholt, wenn Sie mich darum gebeten hätten.«

Sein Ton wurde lauter. Er warf ihr irgendetwas vor. Sie hätte am liebsten zurückgefaucht, versuchte aber ruhig zu bleiben und zog den Morgenmantel enger um sich. »Ich habe keine Ahnung, wovon Sie reden.«

»Blödsinn. Ich weiß, dass es von Ihrem Haus kam.«

Angst kroch ihr den Rücken hinauf. »Was denn?«

»Ein Köder. Irgendwer hat ihm vergiftetes Fleisch über den Zaun geworfen.«

»O mein Gott. Geht es ihm gut?«

»Nein. Er ist tot.«

# 34

»Mom, wo ist Benny? Du hast versprochen, dass du es mir im Auto erzählst«, sagte Cameron auf dem Autositz.

Für die Schule war es noch zu früh, aber nach Trevors Anschuldigungen konnte sie nicht schnell genug aus dem Haus kommen. Sie hatte sich eine Hose und Schnürschuhe angezogen – damit sie jederzeit losrennen konnte – und Cameron schon den Gurt umgeschnallt, bevor er sich kämmen konnte.

Trevor dachte, dass sie Benny vergiftet hatte. Er hatte in seinem Garten ein Stück Fleisch und daneben im Gras Bennys Erbrochenes gefunden.

Was zum Teufel sollte sie Cameron erzählen? Dass jemand den süßen Hund von nebenan umgebracht hatte? Dass irgendein Verrückter in ihrem Garten gesessen und vergiftetes Fleisch über den Zaun geworfen hatte, damit Benny nicht mehr anschlug?

Denn so musste es ja gewesen sein, oder?

Benny hatte zu bellen begonnen, nachdem sie den Zettel an der Windschutzscheibe gefunden hatte. Immer abends und am frühen Morgen hatte er kräftig gebellt. Sie erinnerte sich, dass er am Samstagabend, kurz bevor sie die Nachricht vor ihrer Haustür gefunden hatte, ganz plötzlich zu bellen aufgehört hatte. Hatte das Schwein da den Köder ausgelegt? Die Erinnerung an die Nacht kehrte zurück. Sie fühlte sich schuldig. Dann begriff sie.

Es war Sonntagmorgen gewesen. Vor zwei Nächten. Wog ihr Stalker sich in Sicherheit, weil er Bennys Gebell nicht mehr fürchten musste? War er letzte Nacht auch bei ihrem Haus gewesen? Als Cameron bei ihr war?

»Mom?«, sagte Cameron.

»Benny war krank, Liebling.« Sie wäre gerne ehrlich zu ihm gewesen, aber sie konnte ihm keine Antwort geben. Konnte sie es überhaupt verantworten, ihn bei sich zu Hause zu haben?

Darüber wollte sie später nachdenken. Nicht jetzt.

Sie begleitete Cameron in die Schule und informierte einen Lehrer, dass Cameron nur von ihr abgeholt werden durfte – auch nicht von Thomas oder Michelle. Dann fuhr sie zur Arbeit, denn sie wusste nicht, wo sie sonst hätte hinfahren sollen und weil es Prescott and Weeks immer noch gab. Kelly und Teagan würden zwar nicht im Büro sein, und in ein paar Wochen würden sie schließen, doch solange ihr Name auf dem Schild stand, würde sie arbeiten. Sie musste sich daran festhalten, solange sie es noch hatte.

Sie parkte vor dem Gebäude, dachte an den Strafzettel, den sie zahlen musste, wenn sie den ganzen Tag in einer Zwei-Stunden-Parkzone stand, und ob es das wert war, nur damit sie schnell aus dem Büro verschwinden konnte. Misstrauisch sah sie sich auf der Straße um, dann holte sie die Post aus dem Briefkasten, machte sich aber keine Mühe, sie durchzugehen. Falls der Verrückte sie beobachtete, würde er ihr zumindest nichts anmerken.

Mariella musste sie von ihrem Perückengeschäft aus gesehen haben. Sie rief sie zu sich, als Liv vor Prescott and Weeks stand. »Liv, wir sind alle entsetzt. Arme Teagan.«

Sie sagte es so laut und eindringlich, dass Ally aus ihrer Praxis kam. Sie rannte durch den Flur, umarmte Liv und rieb sich die Augen. »Ich habe gestern Abend im Krankenhaus angerufen, aber niemand wollte mir etwas sagen. Wie geht es ihr?«

»Es ging ihr schlecht, aber ihr Zustand war gestern Abend stabil. Ich rufe später im Krankenhaus an.«

Zwei Türen weiter streckte Scott seinen Kopf in den Flur und kam dann näher. Liv betrachtete ihn plötzlich mit einer gewissen Vorsicht. *Liv, es könnte jeder sein.* Er war groß und schlaksig, aber soviel Liv wusste, fit. Er fuhr mehrmals die Woche mit dem Rad zur Arbeit und erzählte von Fahrradtouren am Wochenende. So ein Ausdauersport gab Kraft und Schnelligkeit. Gab es ihm auch die Zeit, darüber nachzudenken, Menschen etwas anzutun?

»Jemand hat gesagt, dass sie gesprungen ist«, sagte er.

Livs Blick ruhte weiter auf seinem Gesicht. »Wer hat das gesagt? Wenn jemand das gesehen hat, sollte er das der Polizei sagen.«

Sein Blick wanderte von Ally zu Mariella, die jetzt neben ihr stand. »Ich weiß es auch nicht mehr. Irgendwer drüben bei Lenny. Alle haben darüber geredet.«

Log er, oder verbreitete er nur Gerüchte? Egal, Liv sah das schuldbewusste Entsetzen auf dem Gesicht der Frauen. Sie berührte Mariellas Hand und sah dabei Scott in die Augen. »Sie ist nicht gesprungen. Ich weiß es.«

Sie schloss das Büro auf und fühlte die Stille, die kühle Leere, als sie wieder die Tür hinter sich schloss. Der Anfang vom Ende. Sie stellte ihre Tasche in einen Aktenschrank im Abstellraum – schau doch mal, ob du sie findest, du Spinner – und wählte Kellys Mobilnummer. Sie tat es ganz automatisch, Kelly war nicht da, also rief Liv sie an. Doch als sie auf dem Display des Handys ihr Gesicht sah, legte sie auf, bevor es klingelte. Die Wirklichkeit hatte sie eingeholt, sie keuchte.

Sie hatte so viel verloren, aber nie gedacht, dass sie auch Kelly verlieren könnte. Doch Kelly hatte ihr Prescott and Weeks genommen, und Liv hatte ihren Mann geküsst. Sie war sich nicht sicher, ob eine selbst langjährige Freundschaft so etwas überstehen würde. Sosehr es sie auch danach drängte zu erfahren, wie es Teagan ging, wusste sie nicht, ob sie ohne Bitterkeit und Ärger über die vergangenen achtundvierzig Stunden mit ihr reden konnte. Jetzt war nicht der richtige Zeitpunkt für gegenseitige Beschuldigungen und Vorwürfe, also schickte sie ihr eine SMS: *Schick T alles Liebe von mir. Denk an dich. X*

Dann setzte sie sich an Teagans Schreibtisch und suchte bei Google nach Scott Saltern.

Er hatte einen recht ungewöhnlichen Nachnamen, darum fand sie ihn schnell. Auf der Website seiner Firma war ein Profil von ihm, und – wer hätte das gedacht – nirgends war von Gewalt oder Stalking die Rede. Sein Name tauchte bei Radrennen auf, an denen er in den vergangenen drei Jahren teilgenommen hatte, und er war auf einem Gruppenfoto mit Rennradfahrern in der Zeitung abgebildet. Sie klickte auf seine Facebookseite, dort gab es Fotos von seiner Frau und seinen drei Töchtern – bei Geburtstagsfeiern, an Weihnachten und am Strand. Er hatte hundertfünfundachtzig Freunde, und seine Posts zeugten vor allem von einer miserablen Rechtschreibung und dem Traum, einmal bei der Tour de France dabei zu sein. Jeder hatte das Recht zu träumen. Das machte ihn noch nicht zum Stalker.

Liv klickte auf ihre eigene Facebookseite. Sie war noch nie ein großer Fan davon gewesen und hatte die Seite nur eingerichtet, weil Kelly darauf bestanden und gemeint hatte, mit sozialen Netzwerken könnten sie ihre Geschäftsbeziehungen erweitern. Doch seit Thomas sie verlassen hatte, hatte sie die Seite nicht mehr besucht, nachdem ein »Freund« eine mitleidige Nachricht gepostet hatte. Seitdem hatte sie beschlossen, dass ihr Privatleben ihre zweihundertfünf Facebookfreunde nichts anging. Doch jetzt überlegte sie, ob der Stalker auch anderweitig nach ihr gesucht hatte.

Sie ging die Nachrichten durch. Ihr war klar, dass ihre Freunde sie seit Monaten aufgegeben hatten, denn seit Weihnachten hatte sie keine Nachrichten mehr erhalten. Alles andere war langweiliges Zeug und hatte nichts mit den Drohbriefen zu tun, die sie vergangene Woche erhalten hatte. Doch das hieß nicht, dass der Verrückte nicht auf ihrem Profil nachgesehen hatte, es bedeutete lediglich, dass er nicht versucht hatte sie auf diese Art und Weise zu kontaktieren. Sie löschte alles – Posts, Nachrichten, Fotos, ihre persönlichen Informationen. Zwar wusste sie, dass man im Internet nichts wirklich dauerhaft löschen und irgendjemand sie immer finden konnte, wenn er sich auskannte, doch wenigstens wollte sie keinen Anlass dazu geben.

Kelly schrieb zurück. »*Komme nicht. Tee wird heute am Auge operiert. Streiche meine Termine. Sheridan ist aufgewacht – kann telefonieren. X*

Die Nachricht klang nüchtern, doch Liv sagte sich, dass Kelly wahrscheinlich müde und gestresst war. Trotzdem fühlte sie sich noch schlechter. Sie fühlte sich ausgeschlossen, machte sich Sorgen und hatte Angst. Sie hätte sich Kellys Terminkalender vornehmen sollen, aber erst mal musste sie eine vertraute Stimme hören.

»Sheridan, hier ist Liv. Wie geht es dir?«

Sheridans Stimme klang brüchig und erinnerte Liv an die ihres Vaters. Sie presste die Lippen zusammen, hörte ihrer Freundin zu, die Sätze zu stammeln versuchte, und fühlte sich schlecht, weil sie angerufen hatte, nur um selbst Trost zu finden.

»Sie haben mir den Kopf rasiert. Ich habe seitlich eine Riesenlücke am Kopf. Liv, ich bin halb kahl.«

»Es tut mir so leid.« Sie wünschte, sie hätte etwas Besseres sagen können.

»Ich kann mich nicht erinnern, was passiert ist. Die Polizei hat sich nach dir erkundigt. Alles in Ordnung?«

»Ja, es geht mir gut.« Sie war froh, dass Sheridan sich nicht mehr an den Stein erinnerte, der durch ihre Windschutzscheibe geflogen war.

»Andy wollte mir nichts sagen. Er ist total sauer auf dich. Warst du mit mir im Auto? Sind wir irgendwo hingefahren?«

Sheridan konnte es nicht leiden, wenn sie etwas nicht wusste, ihre ganze Karriere basierte auf Geschichten über Menschen, sie war detailverliebt. Liv war versucht, ihr wenigstens das Wesentliche zu erzählen – sie hatte ein Recht, es zu erfahren. Doch aus irgendeinem Grund hatte Andy beschlossen, ihr nichts zu sagen, und sie wollte nicht wieder einen Keil in eine Beziehung treiben. »Nein, du bist von der Arbeit gekommen.«

»Kelly war da, als ich geschlafen habe. Sie hat Andy erzählt, dass Teagan auch hier ist. Irgendwas mit ihrem Auge stimmt nicht.«

»Ja.«

»In letzter Zeit kommen zu viele Leute ins Krankenhaus. Wir sollten mehr auf uns achten. Vielleicht sollten wir mehr Fisch essen«, sagte sie scherzend.

Sheridan versuchte ihre Lage zu begreifen. Liv sollte sie unterstützen und ihr Mut zusprechen. Doch sie fühlte sich so schuldig, dass sie nur um Vergebung für die schweren Verletzungen bitten wollte, die ihr verdammt katastrophales Leben anderen zufügte. »Ich koche dir Fisch, so viel du willst, wenn du wieder draußen bist.« Sie verabschiedete sich und verfluchte laut den grausamen Verrückten ohne Gesicht, dem es offenbar einen Kick versetzt hatte, ihre Freunde zu verletzen. Warum griff er nicht sie direkt an?

Liv stellte das Telefon um und sagte Kellys Termine ab, zwischendurch googelte sie alle, die in ihrem Gebäude arbeiteten. Ihre Internetkenntnisse waren nicht besonders, und sie wusste nicht, wie man an gelöschte Informationen kam, dafür konnte sie googeln, in Zeitungsarchiven stöbern und sich Informationen über soziale und berufliche Netzwerke holen. Auch wenn sich das wie ein Eingriff in die Privatsphäre anfühlte. Sie wusste nicht, wonach sie suchte. Vielleicht nach einer Verbindung oder irgendwelchen Parallelen. Irgendetwas, das der Erinnerung auf die Sprünge helfen würde. Doch ein Trommelwirbel und Blinklichter wären hilfreicher gewesen.

Sie stellte fest, wie wenig sie über die Menschen wusste, mit denen sie täglich im gleichen Gebäude arbeitete.

Mandy, die Reisekauffrau, war früher Tänzerin im Moulin Rouge gewesen und hatte letzten Monat eine schreckliche Trennung von ihrem Freund hinter sich. Chad, der Ernährungsberater, schrieb für ein internationales Ernährungsmagazin und stand auf Heavy Metal. Ahmed, der Kieferorthopäde, war Freiwilliger bei Zahnärzte ohne Grenzen, flirtete gerne online mit Singlefrauen und interessierte sich für Filme und Reisen. Anthony, der Anwalt, hatte einen Mann verteidigt, der seinen Arbeitgeber um achthunderttausend Dollar betrogen hatte. Gino und Mariella fertigten Perücken für Chemotherapiepatienten und hatten einen Enkel auf Drogenentzug.

Dann kam Daniel dran. Er war in keinem sozialen Netzwerk, auf keiner Firmenseite, kein Artikel hatte ihn kürzlich erwähnt. Dafür tauchten sein Name und sein Gesicht in unzähligen Zeitungsarchiven in Verbindung mit der Katastrophe im Central Coast und den folgenden Untersuchungen auf. Der erste Artikel war zwei Jahre alt und berichtete über die Ergebnisse der Untersuchung und die neun Opfer. Er machte die Baufirma Mackey & Mackey für den Einsturz des Gebäudes verantwortlich und damit für die Todesfälle. Der Artikel hielt außerdem fest, dass Feuerwehrmann Daniel Beck keine Schuld am Tod von Leanne Petronio traf, die er sieben Stunden lang zu retten versucht hatte.

Ein Artikel von vor einem Monat berichtete von den Anhörungen und der Auseinandersetzung zwischen zwei Zeugen vor dem Gerichtssaal – Daniel und einem gewissen Roger Mackey, Mitinhaber der Baufirma. Die Geschichte vom Vortag lieferte Details zu Daniels langer Zeugenaussage über die sieben Stunden, die er in den Trümmern des Gebäudes verbracht hatte, um Leanne Petronio am Leben zu halten. Ihr Unterleib war zwischen mehreren Betonplatten eingeklemmt gewesen, aber sie war die ganze Zeit bei Bewusstsein geblieben. Sie hatte von ihren drei Kindern und ihrem Mann und dem lang ersehnten Traumurlaub in Spanien erzählt. Daniel beschrieb, dass sie ganz offensichtlich verängstigt, aber unglaublich mutig gewesen sei. Am Nachmittag hatte der Verteidiger von Mackey & Mackey Daniels Rettungseinsatz infrage gestellt und angedeutet, Leanne Petronio sei gestorben, weil er sich nicht an die Vorschriften gehalten habe.

Sechs Monate zuvor hatte ein Artikel über Daniel und zwei andere Feuerwehrmänner berichtet, denen man für ihren Einsatz zur Rettung der Opfer die Tapferkeitsmedaillen verliehen hatte.

Die Tragödie selbst hatte sich sieben Monate vorher ereignet und war wochenlang Thema in den Medien gewesen. Liv kannte die Geschichte bereits und übersprang die Einzelheiten, blieb aber an einem Foto von Daniel hängen, das ihn kurz nach der Bergung aus den Trümmern zeigte. Er war dreckig, sein Gesicht schweiß- und schmutzverkrustet. In einer Hand hielt er eine Flasche Wasser, die andere strich über sein stoppeliges Haar, so wie sie es schon mehrfach bei ihm beobachtet hatte. Vielleicht hatte jemand seinen Namen gerufen, oder der Fotograf hatte einfach Glück gehabt, jedenfalls hatte die Kamera ihn genau in dem Moment erwischt, als er das Objektiv fixierte. Er sah ausgezehrt und nervös aus. Genau wie gestern Abend vor ihrer Tür.

Dann stand er tatsächlich vor ihrer Tür. Sie zuckte zusammen, als er ans Glas klopfte, und machte den Bildschirm aus, bevor sie ihn hereinbat. Er hatte zwei Kaffees dabei – einen für sie. Heute Morgen wirkte er nicht mehr so mitgenommen. Nur müde.

Liv musste an Leanne Petronio denken und versuchte sich vorzustellen, wie es war, sie so lange am Leben gehalten zu haben, um sie dann im Krankenwagen zu verlieren. Sie hätte gerne etwas gesagt, um seine Sorge zu vertreiben, die ihn zu ihr und Teagan ins Krankenhaus getrieben hatte. Doch als sie letzte Nacht sein Gesicht gesehen hatte, glaubte sie, dass er nicht unbedingt darüber reden wollte. Also nahm sie ihren Becher entgegen und dachte daran, dass sie diesen Monat seine Rechnung bei Lenny bezahlte. »Ich geb uns mal wieder einen Kaffee aus, was?«, grinste sie.

»Wenn Sie das so sehen wollen.«

»Was macht das Loch in Ihrem Dach?«

Er schien einen Augenblick verwirrt. »Oh, das Dach. Cameron hat mich mit Fragen gelöchert. Mir ist nichts Besseres eingefallen, als er wissen wollte, warum ich auf dem Sofa geschlafen habe.«

»Gut gemacht. Ich habe gehört, er hat Ihnen seine zwanzig Fragen gestellt.«

»Waren es nur zwanzig?«

»Ihn hat ziemlich beeindruckt, dass Sie jeden Tag in einem Feuerwehrauto gefahren sind.«

»Sie etwa nicht?«

Sie zuckte die Schultern. »Ein bisschen schon.«

Er hob kurz eine Augenbraue. »Ich bin heute im Büro, falls Sie irgendwas brauchen.«

Als er gegangen war, versuchte sie noch einmal Kellys letzten Termin anzurufen. Laut Terminkalender sollte er um halb vier im Büro stattfinden, doch niemand ging ans Telefon, nicht einmal eine Mailbox. Als sie aufgelegt hatte, winkte Ray durch die Glastür.

Sie signalisierte ihm, dass sie beschäftigt war.

Er bewegte die Lippen und zeigte auf den Türknauf. »Deine Tür ist abgesperrt.«

Nur ruhig Blut, sagte sie sich und ging um den Tresen herum.

»Deine Tür ist abgesperrt«, sagte er noch einmal, als sie die Tür öffnete.

»Ich weiß, ich habe sie selbst abgesperrt.«

»Ach, das erklärt alles.«

»Ja, danke noch mal.« Sie lächelte höflich und wollte die Tür wieder schließen.

»War 'ne schlimme Sache gestern mit deiner Mitarbeiterin. Gibt's was Neues?«

Ray war dabei gewesen, hatte Daniel auf dem Lieferwagen geholfen. »Sie ist stabil«, sagte Liv, drehte sich um und ging wieder zur Tür. »Daniel hat erzählt, dass du auf einem oberen Parkdeck warst, als es passierte. Hast du irgendwas gesehen?«

Er richtete sich ein wenig auf und rückte seinen Werkzeuggürtel zurecht. »Wie ich der Polizei bereits sagte, war ich im dritten Stock und habe sie um circa zwölf Uhr fünfundfünfzig die Fahrbahn im Parkhaus überqueren sehen. Nach Angabe des Beamten muss es ungefähr zehn Minuten vor dem Sturz gewesen sein. Ich hatte gerade die Tür zum Treppenhaus geöffnet, da habe ich den Krach gehört. Zwei Leute sind zur Absperrung gerannt und ich hinterher. Als ich gesehen habe, was passiert war, habe ich sofort einen Mann gebeten, einen Krankenwagen zu rufen, und dann Daniel informiert. Ich habe ihm vorgeschlagen, meinen Erste-Hilfe-Koffer aus dem Wartungsraum zu holen, aber er meinte, er hätte selbst einen in seinem Büro. Ich beschloss also, seinen zu holen, weil es schneller ging. Ich habe ihn Daniel gebracht und ihn dann medizinisch unterstützt, bis der Krankenwagen gekommen ist.«

Liv nahm sich einen Augenblick Zeit, um zu überlegen, was sie darauf antworten sollte. Er hatte es wie einen Bericht heruntergerattert, vielleicht wie die Stellungnahme, die er danach der Polizei abgeliefert hatte. Und er hatte sie ausgeschmückt, um seine Rolle in dem Drama bedeutsamer zu schildern, als sie gewesen war.

Sie hatte keine Ahnung, ob er in seinem Wartungsraum tatsächlich einen Erste-Hilfe-Koffer hatte, wusste aber, dass die einzige medizinische Unterstützung, die er geleistet hatte, auf Daniels Anweisung hin erfolgt war. Und soweit sie gesehen hatte, hatte er ihm auch nur die Ausrüstung gereicht. Sie hätte ihn am liebsten darauf angesprochen und ihm gesagt, was für einen Blödsinn er da redete und dass mehr als zwanzig Zeugen ihn gesehen hätten und wie schrecklich es sei, Teagans Unfall zu nutzen, um Eindruck zu schinden, aber dann ließ sie es bleiben. Sie hatte am Morgen auch ihn im Internet gesurft. Er hatte nur acht Facebookfreunde, nannte sich Büroaufseher und sprach von schwerer Arbeit und Verantwortung. Vielleicht dachte er, dass er nur mit Übertreibungen punkten konnte.

Gestern hatte Daniel ihr erzählt, Ray habe ihm aus dem dritten Stock zugerufen, dass ein Krankenwagen unterwegs sei, aber viel wahrscheinlicher war, dass er keinerlei Anweisungen gegeben hatte. Vielleicht wusste er ja nicht einmal, um welche Uhrzeit Teagan in das Parkhaus gekommen war, bis ein Beamter ihm die Zeit des Sturzes mitgeteilt hatte. Der Punkt war, dass er sie gesehen hatte.

»Weißt du, warum sie ins Parkhaus gegangen ist?«, fragte Liv.

»Na ja, sicher bin ich mir nicht, aber ich hatte ihr von

einem dreitürigen Sedan im zweiten Stock erzählt, an dem ein Zu-verkaufen-Schild hing. Wahrscheinlich wollte sie ihn sich ansehen.«

Teagan hatte jedem erzählt, dass sie auf der Suche nach einem Kleinwagen, möglichst rot, war. Fast alle Männer im Gebäude hielten für sie Ausschau, es war also nicht das erste Mal, dass sie ins Parkhaus ging und nach einem Auto guckte.

»Und, soll ich dir was zum Mittagessen mitbringen? Ich nehme gerade Bestellungen auf.«

Ray zog seinen Block aus der Hemdtasche und zückte den Stift.

»Was? Ja klar. Danke.«

»Wie immer?«

Wie immer? Nichts war wie immer. Ein Teenager geht los und will sich ein Auto ansehen und wird sechs Meter nach unten auf die Straße gestoßen. Nichts war wie immer.

»Livia?«

Wie immer war Hühnchensalat auf Vollkornbrot. Was konnte man da schon falsch machen? »Ja, warum nicht? Danke, Ray.«

Als er gegangen war, googelte sie die Leute, die sie von der Park Street kannte – Ladenbesitzer, Angestellte und Anwohner, die sie regelmäßig traf. Sie fand nur noch persönliche Hinweise, aber nichts, das auf einen Stalker passte. Manche Leute fand sie gar nicht, bei anderen kannte sie die Nachnamen nicht oder fand sonst keine Erwähnung – von Lennys Frau Margie beispielsweise oder dem Schneider, der sein Atelier auf der anderen Straßenseite hatte, dem Bäcker in der Bäckerei im nächsten Block oder dem pensionierten Vertreter, der jeden Morgen im Café saß, seinen doppelten Espresso trank und die Termine der Pferderennen studierte. Doch das waren nur einige. Die Welt war ein öffentlicher Schauplatz, wenn man sich nur die Zeit nahm, genau hinzusehen.

Als Liv Cameron von der Schule abholte und mit ins Büro nahm, regnete es. Sie wollte eigentlich nicht mehr zurückkommen, hatte aber Kellys Termin um halb vier nicht erreicht – außerdem war Simone eine zuverlässige Zeitarbeiterin, die schon seit der Eröffnung des Büros dabei war. Liv wollte ihren harten Einsatz nicht mit Nichtanwesenheit quittieren.

Für Cam war das kein Thema. Er war gerne im Bürogebäude, wenn sie arbeiten musste. Jeder hier kannte ihn. Mariella verwöhnte ihn mit italienischen Süßigkeiten, Ally gab ihm kieferorthopädische Gummibänder zum Spielen, und wenn er zurückkam, erzählte er von den widerlichen Plakaten über Mundkrankheiten. Danach nahm Liv ihn meistens mit ins Café, bestellte sein geliebtes Bananenschokoshake, während er Lenny über die englische Premier League ausquetschte. Heute wollte sie nicht, dass er durchs Gebäude streunte.

»Tut mir leid, Liebling, diesmal musst du hierbleiben.«

»Warum?«

»Weil ich nicht möchte, dass du heute auf dem Gang spielst.«

»Warum?«

»Darum, okay?«

Als Simone eintraf, schloss sie sich mit ihr und Cameron im Büro ein – und alle anderen aus. Liv erklärte ihr, dass das Büro schließen müsse, sie aber noch nicht entschieden hätten, welche Kunden sie behalten würden. Der letzte Teil war ein wenig gelogen. Sie konnte sich einfach nicht dazu durchringen, laut auszusprechen, dass ihr Unternehmen gescheitert war.

»Bananenschokomilch kommt sofort«, rief Lenny, als Liv und Cameron ins Café kamen.

»Super!«, rief Cam.

»Danke heißt das«, korrigierte Liv und bestellte einen Kaffee.

Sie wählte einen Tisch an der Wand, von dem aus sie die regennasse Straße und die späten Gäste beobachten konnte. Ein Grüppchen älterer Highschool-Schüler mit heißer Schokolade und klebrigen Kuchen. Ein ihr bekannter Immobilienmakler, der sein Büro weiter unten an der Straße hatte und einem jungen Mitarbeiter einen Vortrag hielt. Drei ältere Frauen, die Cappuccino tranken und lachten. Durch die Tür drang der Lärm des Nachmittagsverkehrs – Schulbusse, Laster und Autos, die schnell auf der nassen Straße dahinfuhren.

Sie lauschte Camerons Geplapper und dachte an Benny, den Hund. Sie hatte Rachel eine Nachricht hinterlassen, dass jemand dem Nachbarshund vergiftete Fleischbrocken aus ihrem Garten zugeworfen hatte. Sie hatte nichts mehr von ihr gehört.

»Ich zahle nur schnell. Bleib hier.«

Cameron hatte sein Milchshake ausgetrunken und war zum Fernsehzombie geworden, der auf dem Bildschirm über Lennys Tresen einem Fußballspiel folgte.

»Cam!«, zischte Liv und wackelte mit dem Finger vor seinem Gesicht. »Hast du gehört? Bleib hier sitzen, hörst du?«

Er blinzelte, konzentrierte sich kurz und antwortete dann: »Okay.«

Lenny rief ihr hinter der Kaffeemaschine zu: »Wie geht es Teagan?«

Liv brachte ihn auf den neuesten Stand, wusste aber selbst nicht, wie die OP heute gelaufen war.

»Die Ermittler sind ganz sicher am Fall dran, ich habe sie heute schon drei Mal gesehen.«

Liv runzelte die Stirn. »Die kleine Frau und der junge Mann?«

»Genau.«

»Sie waren hier?«

»Ja. Haben ein paar Fragen über Teagan gestellt, weil sie ein Auto kaufen wollte. Sie haben auch Kaffee bestellt. Dann habe ich sie in deinem Gebäude am Ende des Flurs gesehen, als ich eine Bestellung für Mariella aufgegeben habe.«

Liv dachte nach. »Haben sie den Notausgang überprüft?«

»Das glaube ich nicht. Sie haben eher irgendwo geklopft und schienen auf jemanden zu warten.«

Risikokontrolle und Anwaltskanzlei lagen gegenüber am Ende des Flurs. »Daniel oder der Anwalt?«

»Genau.«

»Ich meine, wollten sie zu Daniel oder zu Anthony?«

»Keine Ahnung.« Er erhob seine Stimme: »Groß, flach, weiß.«

Ein Mann ging zum Tresen und nahm seinen bestellten Milchkaffee mit. Durchschnittliche Größe, Mitte dreißig, Anzug. Als sie wieder zu Lenny sah, war er in der Küche verschwunden. Sie würde Rachel anrufen, um zu erfahren, was los war.

»Cam, bist du fertig?«, rief sie und drehte sich zu ihm um.

Dann sah sie den weißen Umschlag in seiner Hand, und das Herz blieb ihr stehen.

# 35

Noch ehe Liv bei ihm war, hatte er bereits eine glänzend bunte Karte aus dem Umschlag gezogen.

»Ich habe eine Geburtstagskarte bekommen«, sagte Cameron mit leuchtend großen Augen.

Er öffnete sie, Liv sah die große Acht vorne drauf, dann flatterte ein Zettel auf den Tisch. Es war doch gar nicht sein Geburtstag. Er hatte im Dezember Geburtstag.

»Wo hast du das her?« Sie hob den Zettel auf und öffnete ihn. Die einzelne Zeile in engen Großbuchstaben ließ ihre Knie weich werden.

*HAST DU JETZT ANGST, LIVIA?*

Sie riss ihm die Karte aus der Hand.

»Ich habe sie doch noch gar nicht gelesen!«, schrie Cameron.

Er würde den Inhalt der Nachricht nicht begreifen, und sie würde keineswegs zulassen, dass Cameron sie las, geschweige denn tat, was darin stand.

*Hallo Cameron,*
*frag deine Mutter, ob sie möchte, dass du neun wirst.*

»Cameron, wo hast du das her?«, fragte sie hartnäckig.

»Ein Mann hat es mir gegeben.«

»Wann? In der Schule?«

»Nein, jetzt eben.«

Entsetzt wirbelte sie herum und sah sich verzweifelt im Café um. Niemand beobachtete sie, niemand verließ das Lokal. »Ist er noch hier?«

Er zuckte die Achseln und starrte wieder auf den Fernseher. Sie setzte sich neben ihn, packte ihn an den Schultern. »Cameron, hör zu. Was war das für ein Mann? Siehst du ihn?«

Er sah sich im Café um. »Nein.«

»Bist du sicher? War es keiner von den Männern da drüben?«

Sie deutete auf den Immobilienmakler. War er es?

»Nicht so ein Mann. Mom, du tust mir weh.«

Sie lockerte den Griff. Immer mit der Ruhe, Liv. Er versteht es nicht. »Was für ein Mann hat dir diese Karte gegeben, Liebling?«

»So einer wie die da drüben.« Er zeigte auf die Schülergruppe. Sie hatten einen Laptop rausgeholt, lachten und sahen auf den Bildschirm.

Wütend richtete sie sich auf und sagte laut: »Hat einer der Jungs da ihn dir gegeben?«

»Nein, er sah nur so ähnlich aus, er hatte aber keine Schuluniform an.«

»Du meinst, er war jung?«

»Ja.«

»Und ist er jetzt weg?«

»Ja.«

Sie wäre am liebsten auf die Straße gelaufen, hätte das Arschloch gesucht und ihm dafür eine reingehauen, weil er ihren Sohn angesprochen hatte. Aber sie wollte Cameron nicht alleine lassen. Herrgott, sie hatte ihm nur einen Augenblick lang den Rücken zugedreht.

»Komm, Liebling.« Sie packte seine Hand und zog ihn zum Tresen. »Lenny? Lenny!«

Er steckte seinen Kopf aus der Küche.

»Hast du vielleicht gesehen, wie ein Jugendlicher mit Cameron geredet hat, während ich bezahlt habe?«

Nein. Ebenso wenig der Immobilienmakler oder die Studenten oder die drei älteren Frauen. Sie stand in der Tür und sah auf die Straße hinaus, hielt Cameron fest, als wollte sie verhindern, dass er ihr weggerissen würde. »Siehst du den Mann irgendwo? Schau genau hin, Liebes. Es ist wirklich wichtig.«

Es goss jetzt in Strömen. Die Leute suchten Schutz unter den Markisen oder gingen unter ihren Schirmen in Deckung. Er nahm sich Zeit, schüttelte den Kopf.

»Und auf der anderen Straßenseite? Ist er da drüben?«

Er schüttelte abermals den Kopf.

Mist. Gerade noch war er hier gewesen. Hinter ihr. Dann hätte sie zu dem bedrohlichen Bild in ihrem Kopf endlich ein Gesicht gehabt. Sie hätte ihn aufhalten, die Polizei rufen und die Sache beenden können. Sie sollte besser aufpassen. Sie hätte Cameron nicht den Rücken zudrehen sollen. Was hatte sie sich nur dabei gedacht?

Nichts wie weg hier. Sie legte ihren Arm um ihren Sohn, rannte durch den Regen zum Auto und sperrte ihn ein, dann lief sie auf die Fahrerseite. Erst als sie sich in den Verkehr einfädelte, wurde ihr das ganze Ausmaß des Vorfalls bewusst. Er hatte mit Cameron gesprochen. Er hätte ihn entführen können. Er hätte…

Ihre Hände zitterten, sie schnappte nach Luft, fuhr an den Straßenrand.

»Ich hätte nicht mit einem Fremden geredet«, sagte Cameron. »Er hat zuerst mit mir geredet.«

Liv nahm seine Hand. »Schon in Ordnung, Liebling. Weißt du noch, was er gesagt hat? Welche Worte es waren?«

Er verdrehte die Augen und biss sich auf die Unterlippe.

»Äh, er hat gesagt, dass jemand ihm aufgetragen hat, mir das zu geben.«

»Jemand hat es ihm aufgetragen?«

»Ja.«

»Bist du dir sicher?«

»Jahaa.«

Liv starrte durch die Windschutzscheibe, ihr Herz klopfte. Was hatte das zu bedeuten? Dass es zwei von der Sorte gab? Oder dass der Verfasser jemanden beauftragt hatte, die Nachricht abzugeben?

»Es dauert doch noch ewig bis zu meinem Geburtstag.«

»Stimmt.«

»Von wem war der Zettel?«

»Ich weiß es nicht.«

»Da war irgendwas drin.«

»Das war für mich.«

»Was stand drauf?«

»Nichts Wichtiges.«

Es war aber wichtig. Wichtiger als alles andere.

Die kurze Nachricht hatte sie mehr als verängstigt. Sehr viel mehr.

Sie bedeutete, dass Cameron verwundbar war. Dass Cam in Gefahr war, wenn er bei ihr war. Sie bewies, dass sie nicht auf ihren Sohn aufpassen konnte – ihren wunderbaren, überaus geliebten Sohn.

Und damit hatte ihr jemand das bisschen Glück genommen, das von ihrem verkorksten Leben noch übrig war.

Jetzt war es sonnenklar. Cameron konnte nicht bei ihr bleiben. Sie konnte ihn nicht beschützen. Sie konnte ihn nicht einem Risiko aussetzen, das Teagan und Sheridan fast das Leben gekostet hätte. Sie könnte nicht ertragen, wenn ihm etwas zustoßen würde. Aber sie ertrug es auch nicht, ihn gehen zu lassen – die Alternative war jedoch …

Sie umklammerte mit beiden Händen das Lenkrad und kämpfte gegen den Schmerz an, der sich in ihr ausbreitete. Liv, Cam darf dich nicht so sehen. Er darf es nicht mitbekommen. Sie fädelte sich wieder in den Verkehr ein und beobachtete die Autos hinter ihr.

Vor einem Jahr hätte sie ihn, ohne zu zögern, zu ihrem Vater gebracht. Er hätte Cameron mit seinem Leben verteidigt.

Vor einem Jahr hatte sie auch noch viele Freunde gehabt, denen sie vertrauen konnte. Vor einer Woche hatte sie noch drei verlässliche Freunde gehabt. Jetzt lag Sheridan im Krankenhaus. Kelly war zwar noch ihre Freundin, aber sie hatte ihre eigenen Sorgen wegen Teagan, und wenn sie zu ihr ging, bedeutete das, dass auch Jason mit einbezogen werden musste. Und nach dem, was gestern Abend vorgefallen war, wollte sie ihn nicht sehen. Und sie war sich gar nicht so sicher, dass Cameron bei ihm in Sicherheit wäre.

Es gab also nur noch eine Möglichkeit, doch bei dem Gedanken daran biss sie die Zähne so fest zusammen, dass sie zu zerspringen drohten.

Sie zwang sich, ruhig zu bleiben. »Cam, wann kommt Michelle am Dienstag normalerweise nach Hause?«

»Am Nachmittag.«

»Dann ist sie jetzt schon zu Hause?«

»Glaub schon.«

Frag nicht, bitte frag jetzt nicht, sie wollte es nicht laut aussprechen. Sie fuhr den langen Weg zu Thomas' Haus, nahm Umwege, blickte in der Dämmerung immer wieder in den Rückspiegel und hatte das Gefühl, ans Ende ihres Lebens zu fahren. Und sie wünschte, es hätte einen anderen Weg gegeben. Einen, der nicht bedeutete, ihren Sohn der Frau zu übergeben, die ihn ihr weggenommen hatte.

Cameron schwieg, bis sie vor dem Haus an den Bordstein fuhr. Dann brach er in Tränen aus. »Es tut mir leid, Mummy.

Das wollte ich nicht. Ich wusste nicht, dass du so wütend werden würdest.«

Liv meinte, ihr Herz würde zerspringen. Sie riss den Sicherheitsgurt los und zog ihn an sich. »Oh, Cam, nein, Liebling. Nicht weinen. Ich bin nicht böse auf dich.«

»Aber warum sind wir hier? Es ist doch noch gar nicht an der Zeit. Ich habe doch erst eine Nacht bei dir übernachtet.«

O Gott, mein Gott. Wie sollte sie ihm das erklären? Wie sollte sie ihrem Sohn erklären, dass er in Gefahr schwebte, wenn er bei ihr blieb? Dass es ihr das Herz brach, wenn er ging? »Ich weiß, Cam, ich weiß. Aber es ist etwas passiert, du musst also noch ein paar Tage bei Daddy bleiben. Nur ein bisschen.« Bitte, nur ein wenig länger.

Er krallte seine Hand in ihre Bluse. »Ich werde brav sein. Das verspreche ich.«

Sie drückte ihn fest an sich und blinzelte die Tränen weg, die ihr in die Augen stiegen. Er darf deinen Schmerz nicht sehen, Liv. Das würde ihn nur noch mehr verstören. Er musste wissen, dass sie sich im Griff hatte, dass sie für beide Entscheidungen treffen konnte, auch wenn er sie nicht verstand.

»Du bist immer brav, Cameron. Du bist der beste Junge, den man sich wünschen kann. Ich liebe dich sehr. Ich liebe dich über alles. Darum sind wir auch immer zusammen, auch wenn du nicht immer bei mir bist, okay?« Sie nahm sein Gesicht in beide Hände und sah ihm in die Augen. »Okay?«

Er nickte.

»Ich war wütend wegen der Karte, nicht auf dich. Auf dem Zettel stand, dass ich etwas tun soll, was ich nicht tun will, da kannst du nicht mitkommen.«

»Kannst du es nicht nächste Woche tun?«

»Ich würde es am liebsten gar nicht tun, aber manchmal hat man keine Wahl.«

Er zog den einen Mundwinkel herunter, als wäre das eine schlechte Ausrede.

»Das ist wie beim Zimmeraufräumen: Wenn man es nicht macht, kriegt man richtig Ärger.« Sie hob die Augenbrauen und sah ihn an. Er zog den anderen Mundwinkel runter – Schuld. »Außerdem würde ich dich niemals zur Strafe wegschicken. Ich würde dich nur zwingen, Brokkoli zu essen.«

Er verdrehte die Augen. Sie strich über seine Wange und küsste ihn auf die Stirn. Sie musste noch eine Weile stark sein. »Komm, wir sehen mal nach, ob Michelle schon zu Hause ist.«

Liv hielt Cameron die Schultasche über den Kopf, als sie im Regen zur Haustür rannten. Es war inzwischen dunkel und still in der vornehmen Nachbarschaft geworden. Ein fahles Licht drang irgendwo hinten aus dem Haus. Es dauerte eine Weile, bis auf das Klingeln ein Schatten hinter der Tür erschien. Liv musste blinzeln, als das Licht vor der Tür anging, und ihr Herz hämmerte wild, als sie den Schlüssel in der Tür hörte.

Die Haustür ging auf, und das Lächeln auf Michelles Lippen erstarb. Sie starrte Liv durch die Fliegengittertür an, und die Skepsis auf ihrem Gesicht war so offensichtlich wie der Bauch, den sie vor sich hertrug.

Liv starrte zurück, nur das Trommeln des Regens war in der Stille zu hören. Sie standen sich nicht zum ersten Mal gegenüber. Doch es war das erste Mal ohne Thomas. Hätte sie es geplant, wäre sie nicht völlig durchnässt mit tropfenden Haaren und ohne Make-up auf dem zerschundenen Gesicht aufgetaucht. Sie hatte keine Ahnung, was Michelle durch den Kopf ging – vielleicht Misstrauen, vielleicht Triumph, möglicherweise Angst –, sie hob ihre blasse Hand und legte sie auf den Babybauch.

Liv senkte den Blick. »Tut mir leid, dass ich einfach so auftauche. Aber ich kann nicht … Ich bin nicht …« Sie holte Luft und hob das Kinn. »Kann Cameron heute Nacht hierbleiben?«

Michelle sah Cam an, als hätte sie ihn bisher nicht bemerkt, und zog dann die Sicherheitskette weg. »Komm rein.«

Liv reichte Cameron die Schultasche, als er hineinschlüpfen wollte.

»Beide«, sagte Michelle.

Cameron stand zwischen ihnen, hatte einen Fuß im Haus, den anderen immer noch auf der Türschwelle. Sie hätte sich verabschieden sollen. Und zwar schnell, bevor sie in tausend Stücke zerbrach.

»Geht es um …?«, fing Michelle an, doch Liv schüttelte warnend den Kopf. Sie schien die Botschaft verstanden zu haben. »Weiß Thomas es schon?«

»Nein. Kannst du Thomas ausrichten, dass er vielleicht morgen auch noch bei euch übernachtet?«

»Oh, Mom«, sagte Cameron.

»Vielleicht. Wir werden sehen.« Sie versuchte ein hoffnungsvolles Lächeln aufzusetzen, spürte aber, wie sich ihr Gesicht verzerrte, und drehte sich schnell weg, damit er es nicht sah.

»Na, dann komm rein, du Zwerg, und zieh deine nassen Klamotten aus.« Michelles Stimme klang jetzt lebhafter, doch ihr Gesichtsausdruck war immer noch unsicher. »Umarme deine Mom und stell deine Schuhe und den Rucksack in die Wäschekammer.«

Cam schlang seine Arme um Livs Hals, hielt sie fest und flüsterte ihr ins Ohr: »Muss ich das?«

Sie hatte Angst, ihn zu erdrücken, wenn sie ihn zu fest umarmte. Sie löste seine Finger, küsste sie, küsste ihn auf die Wange. »Ich hab dich lieb, Cam. Vergiss nicht, was ich dir im Auto gesagt habe. Geh jetzt und tu, worum Michelle dich gebeten hat.« Sie wartete, bis er auf dem Flur verschwunden war, und sagte dann schnell: »Er hat vor circa einer halben Stunde ein großes Milchshake getrunken, also …«

»Livia, das ist doch lächerlich. Es schüttet. Du kannst es mir auch drinnen sagen.« Michelle zog sie hinein, schloss die Fliegengittertür und ließ die Haustüre offen.

Liv zwang sich, nicht den Flur entlang zu sehen. Sie wollte nicht sehen, wie sie ihr Leben verbrachten.

Dann sagte Michelle leise: »Ist irgendwas passiert?«

»Nein. Ich … Ich muss nur unbedingt was erledigen. Cameron hat schon eine Kleinigkeit gegessen, er wird also eine ganze Weile keinen Hunger haben. Er muss noch Hausaufgaben machen und hat eine Geburtstagseinladung im Rucksack.«

»Livia, da stimmt doch etwas nicht. Wenn alles in Ordnung wäre, wärst du doch nicht hier.«

Liv sah auf und erwartete einen vorwurfsvollen Blick, stattdessen sah Michelle besorgt drein. Doch das änderte nichts. »Thomas hatte recht, sag ihm das. Cam ist bei mir nicht sicher.«

Michelle legte wieder ihre Hand auf den Bauch. »Mach dir keine Sorgen. Wir kümmern uns um ihn. Aber was ist mit dir? Mit deiner Sicherheit?«

Was war damit? Und was hatte es zu bedeuten, dass der einzige Mensch, der sie heute Abend danach fragte, die Frau war, die sie verachtete? »Ich möchte Cameron wieder mit nach Hause nehmen, also muss bei mir auch alles wieder in Ordnung kommen.«

Sie ging, ohne sich zu verabschieden. Fuhr los und umklammerte das Lenkrad. Furcht, Schmerz und Wut brannten in ihr und ließen die Tränen versiegen, die auf der Türschwelle fast aus ihr herausgequollen wären.

Zu Hause ließ sie das Garagentor offen, knallte die Wagentür zu und hoffte, das Schwein wartete drinnen auf sie. Sie hatte das alles so satt. Sie hatte ihn satt. Sie hatte ihr verdammtes Leben satt. Sie griff nach dem Schirm und überlegte, damit auf etwas einzuschlagen. Das konnte sie jetzt. Er hatte ihr auch den Sohn genommen.

Sie ging durch das Haus, tauschte den Schirm gegen den Baseballschläger, strich durch das Erdgeschoss, legte ihn auf die Schulter und kontrollierte dann den ersten Stock. Niemand da. Leer. Nur sie. Alleine.

Reiß dich zusammen, Liv. Reiß dich zusammen. Lass es nicht zu. Aber dann tat sie es doch, rannte ins Bad und erbrach saure Galle in die Toilette. Sie spülte sich den Mund am Waschbecken aus und zuckte zusammen, als sie den leeren Blick in ihren Augen sah. Bleib auf den Beinen, Mädchen, hörte sie ihren Vater sagen. Das wollte sie, das tat sie auch, doch als sie die Treppe wieder hinunterging, drohten ihr die Knie einzuknicken. Ihr Körper sehnte sich nach Entspannung, sie hätte sich am liebsten auf den Teppich fallen lassen und sich vor allem verschlossen.

Sie stand am Fuß der Treppe und hielt sich am Geländer fest. Auf der anderen Seite des Raumes sah sie den Stuhl, von dem Cameron heute Morgen gehüpft war. Seine Socken lagen auf dem Couchtisch, seine Hausschuhe standen an der Hintertür. Hier würde sie nie auf die Beine kommen. Wenn sie hierblieb – alleine, ohne Cameron –, würde sie durchdrehen. Und vielleicht nie wieder auf die Beine kommen.

Sie stieg in ihr Auto und fuhr los.

# 36

Es regnete in Strömen. Die Tropfen prasselten nur so herab. Sie klatschten auf das Autodach, die Scheibenwischer fegten hin und her, die Reifen wirbelten das Wasser aus den überfließenden Gullys hoch.

Liv fuhr ziellos in der Gegend herum, folgte wahllos dunklen, nassen Straßen im Zickzack und versuchte nicht zusammenzuklappen. Beim Fußballfeld bremste sie ab. Daniel hatte gesagt, er wohne auf der anderen Seite des Spielfeldes. In der Watson Street.

Sie durchkämmte zuerst Barton, dann Menzies und Curtin, lauter Straßen mit Namen ehemaliger Premierminister. Sie fand die Watson Street, eine Abzweigung der Holt, und hoffte, der Name des Vorsitzenden der Liberalen Partei, der im Meer ertrunken war, erwiese sich nicht als schlechtes Omen. Sie erinnerte sich nicht an Daniels Hausnummer, aber das machte nichts. Sein Vierradantrieb stand vor einem Carport etwas weiter vorne.

Liv ging auf das Holzhaus zu, ohne auf den Regen zu achten. Sie war ohnehin schon von Kopf bis Fuß durchnässt – es spielte also keine Rolle mehr. Spielte überhaupt noch irgendetwas eine Rolle? Als sie den schmalen Weg betrat, der sich durch den Vorgarten zur Haustür schlängelte, sprang ein Bewegungsmelder an und beleuchtete den Regen. Sie blieb zwei Schritte von der Eingangstür auf der Veranda stehen und beäugte das altmodische grüne Glas in der Türmitte. Was zum Teufel tue ich hier?

Doch noch bevor sie weiter darüber nachdenken konnte, erschien hinter dem Glas ein Schatten, und gleich darauf stand Daniel in der Tür. Er sagte nichts, sein Blick glitt von der Pfütze zu ihren Füßen zum Schlüssel, den sie in der Hand hielt, ihrem Wagen auf der Straße und all dem, was er in ihrem Gesicht las. Dann machte er die Tür weit auf. »Kommen Sie rein.«

Wenn ich nicht reingehe, fahre ich die ganze Nacht ziellos durch die Straßen, dachte sie. Als sie eintrat, machte er das Licht im Flur an und folgte ihr über den alten Holzfußboden den Gang entlang in einen großen Raum im hinteren Teil des Holzhäuschens. Dort standen Sofas und ein Tisch, es gab eine Küche, der Regen prasselte auf das dünne Dach, ein Fernseher brummte leise vor sich hin, doch sie achtete nur auf die vier Fenster mit offenen Vorhängen. Sie ging an den Möbeln vorbei und zog die Vorhänge zu.

»Was ist los?«, fragte Daniel.

Sie ging zum nächsten Fenster und zog den schweren Stoff vor das Fenster.

»Liv?«

Er stand in der Mitte des Raumes und beobachtete sie, während sie wortlos zum nächsten Fenster lief und einen flüchtigen Blick auf den eingezäunten Hintergarten warf, bevor sie auch diesen Vorhang zuzog.

»Livia, wo ist Cameron?«

Sie zog den letzten Vorhang zu, ballte die Fäuste, biss die Zähne zusammen und stöhnte. Sie hörte seine Schritte auf dem Holzboden, als er zu ihr herüberkam. Sie wollte nicht, dass er sie berührte, wusste, dass jede zärtliche Geste sie in die Knie zwingen würde. Als er sich ihr näherte, ging sie vom Fenster weg und wich seinem Blick aus.

»Wo ist Cameron?«, fragte er wieder. Er kam nicht näher und behielt seine Hände, wo sie waren.

»Bei seinem Vater. Ich habe ihn bei Thomas' Geliebter abgeliefert, weil mein Stalker ihm eine verdammte Geburtstagskarte überreicht hat. Er hat sie ihm in meiner Anwesenheit in die Hand gedrückt. Ich stand quasi daneben und habe es nicht bemerkt. Ich bin seine Mutter und habe ihn nicht beschützt. Er ist alles, was ich habe, und ich musste ihn ihr überlassen.«

Ein Schluchzer ließ ihren Körper erzittern. Er drängte mit solcher Wucht aus ihr heraus, dass sie das Gleichgewicht verlor und Daniel sie am Ellenbogen festhalten musste. Es war kein freundlicher Griff, sondern ein entschlossener, mit dem er sie an die Wand schob. Sie spürte sie an ihrem Rücken, drückte sich dagegen und hoffte, auf den Beinen zu bleiben. Das hätte vielleicht geklappt, wenn ihre Beine sie getragen hätten. Doch sie gaben unter ihr nach, und sie sank zu Boden, ließ ihren Kopf auf die Knie sinken und begann zu weinen.

Es kam ihr wie eine Ewigkeit vor, bevor sie Daniel wahrnahm. Er musste in der Zwischenzeit weggegangen und wieder zurückgekommen sein, denn jetzt hielt er zwei Gläser mit einer gehörigen Portion bernsteinfarbener Flüssigkeit in der Hand. Er hielt ihr eines hin.

»Was ist das?«

»Scotch.«

Sie trank einen kräftigen Schluck und zuckte zusammen, so brannte er in ihrer Kehle.

»Noch einen«, forderte er sie auf.

Sie folgte seiner Anweisung, und die Wärme linderte ein wenig das Zittern.

»Wollen Sie darüber reden?«, fragte er.

Sie wollte nicht. Doch die Worte sprudelten aus ihr heraus, sie erzählte haarklein, was am Nachmittag passiert war. »Sie hat ihn Zwerg genannt. Thomas hat ihn nie Zwerg genannt. Sie hat einen Spitznamen für ihn, und ich wusste nichts davon. Ich wollte sie als wehleidige, selbstgerechte Schlampe sehen, dabei hat sie ihm gesagt, dass er mich umarmen soll. Herrgott, sie ist so verdammt jung. Und so nett. Und schwanger.«

»Was hat die Schwangerschaft damit zu tun?«

Sie erzählte es ihm. Sie erzählte von den erfolglosen Befruchtungsversuchen. Dass es insgesamt vier gewesen waren und der letzte eine Woche vor Thomas' Auszug stattgefunden hatte. Und davon, wie erleichtert er gewesen war, dass er nicht bleiben musste, weil sie kein Baby bekommen würde. Dass er alles mitgenommen hatte. Und selbst die Diagnose ihres Vaters sich angefühlt hatte, als sei er auch daran schuld.

Sie schrie. Sie heulte. Sie warf mit hässlichen Worten um sich. Irgendwann hörte sie auf. Stille herrschte im Zimmer, nur der Regen prasselte noch immer auf das dünne Blechdach. Daniel saß neben ihr. Es dauerte eine ganze Weile, bis er das Schweigen brach.

»Geht es jetzt besser?« Die Art und Weise, wie er das sagte, klang, als hätte er begriffen, dass ihr Ausbruch wie eine Befreiung war. Vielleicht hatte er recht. Irgendwas schien sich gelöst zu haben.

»Ich weiß noch nicht.«

»Brauchen wir mehr Scotch?«

»Wie viel haben Sie noch?«

»So viel, dass Sie noch ein paar Stunden so weitermachen können.«

»Bringen Sie mich um, falls ich so lange brauchen sollte.«

Als er durch den Raum ging, um die Flasche zu holen, sah sie sich um. Es war eine typische Männerwohnung – dunkles Holz, kahle Wände, kein Schnickschnack, bis auf ein paar Fotos auf einem Regal, die sie aber nicht erkennen konnte, weil sie zu weit weg waren. Aber offensichtlich war er auch Hausmann – er hatte einen Tisch für sechs Personen, genug Platz auf den Sofas für eine Familie, Kissen, Vorhänge, Couchtisch, einen großen Teppich. Die Küche sah recht neu aus. Von der Stelle auf dem Fußboden, an der sie saß, sah sie Gläser auf einem Regal, neben dem Herd ein paar Gewürze. Das Haus war sauber und organisiert, es gab kein Durcheinander, vielleicht war es sogar ein wenig zu pingelig. Vielleicht die typische Ordnung eines Feuerwehrmannes.

Er reichte ihr ein Handtuch und schenkte ihnen noch einen Schluck Scotch ein. Sie lächelte dankbar und fragte sich, was er wohl dachte, während sie sich über das Gesicht und die Haare fuhr. Es schien ihn nicht zu stören, dass sie auf dem Boden saßen und keinerlei Anstalten machten, sich irgendwo hinzusetzen, wo es bequemer war. Vielleicht saß er ja immer auf dem Boden.

»Wollen Sie noch einen?«, fragte er.

»Nein danke. Mir ist schon ganz schummrig. Es fühlt sich großartig an. Tut mir leid wegen dem Fußboden.« Sie deutete auf die nassen Schuhabdrücke, die sie hinterlassen hatte.

»Ich habe mich schon gefragt, wann Sie es endlich erwähnen würden.«

»Soll ich es wegmachen?«

»Nee. Sie könnten Ihre Schuhe ausziehen und das restliche Wasser über das Sofa gießen.«

Sie lächelte ein wenig.

»Also, was meinen Sie, Puncher? Haben Sie genug?«

»Ja, ich habe genug.«

Er wandte sich ihr zu und wartete, bis ihre Blicke sich trafen. »Gut.«

Sein Blick glitt über ihr Gesicht. Langsam, als wollte er sich ihre Gesichtszüge einprägen. Sie spürte, dass ihre Augen geschwollen waren, die Haut sich immer noch empfindlich über den Verletzungen spannte, ihr feuchtes Haar klebte an ihren Wangen – und plötzlich wünschte sie sich, ihm einen besseren Anblick zu bieten. Sein Blick blieb an ihrem Mund hängen, und irgendwas in ihr … schien aufzublühen.

Sie beugte sich vor und drückte ihre Lippen auf seinen Mund. Auch seine Lippen bewegten sich, er nahm ihr Gesicht in seine Hände. Dann schob er sie von sich, baute Distanz zwischen ihnen auf.

»Liv, du bist durcheinander.«

Er flüsterte, doch seine Worte trafen sie bis ins Mark. Wie doof konnte man sein? Sie kämpfte sich auf die Beine, sie waren vom langen Sitzen mit hochgezogenen Knien steif. »Tut mir leid, es tut mir leid.«

»Liv.«

»Nein. Ist schon in Ordnung. Ich muss fürchterlich aussehen. Tut mir leid. Es war dumm von mir.« Ihr Blick glitt durch das Zimmer auf der Suche nach ihrem Schlüssel. Herrgott, sie war genau wie Jason, sie warf sich jemandem an den Hals, der sie nicht wollte. Warum sollte er auch, nach dem, was er heute Abend gesehen hatte?

»Liv, warte.« Daniel griff nach ihrem Arm, als sie wegzugehen versuchte. In seinem Blick lag Bedauern.

»Alles in Ordnung. Mach dir keine Sorgen. Es war ein Fehler. Ich sollte jetzt besser gehen.« Sie starrte auf seine Finger, die immer noch ihren Arm umklammerten.

»Es war kein Fehler, Liv.«

Sie sah ihn an.

»Ich wollte es doch auch, aber du hast mir recht eindeutig zu verstehen gegeben, dass du nicht willst. Du bist verwirrt, und das ist verständlich. Außerdem hast du getrunken. Ich könnte das ausnutzen, und glaub ja nicht, dass mir das nicht durch den Kopf gegangen wäre. Ich will nur nicht, dass du morgen aufwachst und dir wünschst, es wäre nie passiert. Ich möchte nicht, dass es bei einem Mal bleibt. Ich möchte, dass es das erste Mal ist.«

Sie wusste nicht, was sie darauf antworten sollte. Nach allem, auch nach dem, was heute Abend passiert war, wollte er eine Beziehung mit ihr. Wollte er ihr das sagen? Mit ihr? Was stimmte nicht mit ihm?

»Liv, was willst du?« Er lockerte seinen Griff an ihrem Arm, ließ aber nicht los.

Sie schloss die Augen. »Ich will mein Leben zurück. Aber nicht das alte. Ein anderes. Irgendwas, nur das nicht.«

»Ich kann es dir nicht zurückgeben.«

Das hatte sie auch nie von ihm verlangt. Und das wollte sie auch nicht. »Ich will endlich etwas anderes fühlen. Ich empfinde nur noch Angst und Verlustgefühle. Es erstickt mich. Ich ersticke daran. Ich möchte von etwas anderem erfüllt sein.« Sie presste eine Hand an die Brust. »Ich möchte etwas anderes fühlen.«

Einen Augenblick sah er sie nur an. Dann, als habe er einen Entschluss gefasst, machte er einen Schritt auf sie zu und fuhr mit seinen Lippen über ihre Wange. Es fühlte sich weich und liebevoll an. Sein Atem war warm auf ihrer Haut, und an einem anderen Tag, in einem anderen Leben, hätte ihr das vermutlich gereicht. Vielleicht hätte sie nicht mehr gebraucht. Doch seine Zärtlichkeit schien ihren Schmerz nur zu verstärken.

Sie nahm sein Gesicht in die Hände und küsste ihn leidenschaftlich auf den Mund. Er erwiderte ihren Kuss. Aber vielleicht gab er auch nur seinem eigenen Begehren nach. Es war ihr egal. Sie zog ihm das T-Shirt über den Kopf. Er fand die Knöpfe ihrer Bluse, den BH-Verschluss. Seine Hände fühlten sich warm auf ihrer kühlen Haut an, seine Lippen waren weich an ihrem Hals, auf ihren Brustwarzen. Sie fuhr mit ihren Händen über seinen Oberkörper. Er schälte sie aus der nassen Kleidung. Es war lange her, dass sie – bis auf Thomas – nackt vor einem Mann gestanden hatte. Sie hatte ein Kind, sie hatte ihren Mann nicht befriedigen können, sie war verprügelt worden. Sie versuchte sich zu bedecken, doch Daniel nahm ihre Hände, küsste sie und sah sie an, als wäre ein großer, athletischer Körper voller blauer Flecken sein Schönheitsideal.

Mehr brauchte sie nicht. Und nach einer Woche, einem Jahr des Kontrollverlustes über ihr Leben, nahm sie es dankbar an. Er schien es zu verstehen, wehrte sich nicht, als sie ihn auf das Sofa drückte und sich über ihn kniete. Sie konnte sich nicht mehr erinnern, wann Sex einmal etwas anderes gewesen war als ein Mittel, um einen Streit zu beenden oder aufzutrumpfen. Sie hatte völlig vergessen, dass Sex auch anders sein konnte. Hemmungslos und leidenschaftlich. Lippen und Haut, Hitze und Begehren. Als sie sich an ihn presste und er sie an sich zog, wich der Schmerz, und eine Welle der Leidenschaft ergriff sie.

Daniel holte ihr einen Morgenmantel und schlüpfte in eine Jogginghose. Er hing ihre nassen Kleider über die Esszimmerstühle und witzelte darüber, dass ein Superman auf ihrem Höschen wohl übertrieben sei. Sie aßen aufgewärmten Reis mit Curry, und dann nahm er ihre Hand, führte sie zu seinem Bett und liebte sie. Langsam, vielleicht so, wie er es sich für ein erstes Mal vorgestellt hatte. Sein kräftiger Körper war muskulös, und seine Zärtlichkeit trieb ihr die Tränen in die Augen.

Als er die Tränen auf ihren Wangen schmeckte, flüsterte er ihr liebevoll zu: »Willst du aufhören?«

»Irgendwann. In ein oder zwei Tagen.«

Sie schlang ihre Beine um ihn, und während er sich im Licht über ihr bewegte, sahen sie einander an, er blickte ihr in die Augen, ihr Atem wurde heftiger, sie stöhnte, klammerte sich an ihn, bis er seine Lippen mit einem langen Seufzer an ihren Hals presste. Danach fiel sie wie betäubt in einen tiefen Schlaf.

Sie hatte keine Ahnung, wie viel Uhr es war, als sie die Augen öffnete und in die Dunkelheit blinzelte. Sie spürte eine Bewegung. Ein dumpfes Geräusch. Die Matratze erbebte. Angst durchbohrte wie ein Speer ihre Brust.

Daniel schrie auf.

# 37

Noch bevor ihre Augen sich an die Dunkelheit gewöhnt hatten, kroch Liv auf Knien zum Bettrand. Ein Rollladen vor dem schmalen Fenster dämpfte das Licht, das von der Straße hereinfiel. Es war nicht hell genug, um Einzelheiten zu erkennen, nur dunklere und hellere Schatten waren zu sehen. Sie suchte das Zimmer nach Umrissen eines Eindringlings ab, der sich über das Bett beugen und ihnen im Schlaf die Kehle durchschneiden wollte. Doch sie sah nur Daniels breiten Rücken.

Er saß auf der Bettkante, die Füße auf dem Boden, er hatte den Kopf gesenkt und hielt sich an der Matratze fest. Er atmete schwer. War er verletzt? Sie sah schnell nach links, dann nach rechts und hinter sich. Nichts regte sich. Kein Fremder im Zimmer. Sie krabbelte näher heran und flüsterte: »Daniel.«

Ruckartig wandte er den Kopf, und sie zuckte zusammen.

»O mein Gott, Liv.« Es klang wie eine Entschuldigung, als täte es ihm leid, dass er sie geweckt hatte. Er streckte eine Hand aus. Sie erwartete, dass er ihre Wange streichelte, doch er legte zwei Finger an ihren Hals und prüfte ihren Puls.

»Daniel?«

Ihre Stimme schien ihn zu erschüttern. Er packte sie so fest an den Schultern, dass sich seine Fingerspitzen in ihr Fleisch bohrten. Dann schüttelte er sie. »Nein! Nein!«

»Daniel, wach auf. Du träumst!« Sie zerrte an seiner Hand, er saß einen Augenblick da, sie umklammerte sein Handgelenk, dann zog er die Hand vehement zurück.

»Verdammt.« Er ging zum Fenster. »Verdammt, es tut mir leid.«

Sie ging auf ihn zu, doch er hob eine Hand. »Nein, bitte nicht. Ich brauche noch einen Moment.«

Er brauchte länger als einen Moment. Während sie wartete, zog sie den Morgenmantel über, den er ihr gegeben hatte, und sah ihm schweigend zu, wie er seine Sachen von einem Stuhl nahm. Wollte er gehen oder fühlte er sich angezogen nur weniger angreifbar? Sie war erleichtert, als er sich endlich zu ihr auf das Bett setzte.

»Ich hätte dich warnen sollen. Tut mir leid.«

Hatte er es erwartet? Sie wusste, wie sehr ein Albtraum einen erschüttern konnte, also sprach sie leise und gelassen. »Wie oft passiert dir das?«

»Fast jede Nacht.«

»Wie lange schon?«

»Seit ein paar Jahren.«

Das machte ihr bezüglich ihrer eigenen Albträume wenig Hoffnung – sie dachte, dass sie mit der Zeit verschwinden würden. »Ist es immer derselbe Traum?«

»Es ist immer dasselbe Ergebnis, nur die Gesichter ändern sich.«

Genau wie ihr Albtraum – es ist immer das Parkhaus, sie läuft zum Wagen, jemand packt sie. Doch es gab Variationen. Benny bellte, Sheridan sagte etwas, Teagan. Sie fragte sich, was das Unterbewusstsein eines ehemaligen Feuerwehrmannes so alles ausspuckte. »Rettest du jemanden?«

Er sah sie mit jenem ruhelosen Blick an, den sie schon zuvor bei ihm gesehen hatte. »Nein. Ich komme immer zu spät.«

Träumte er von der Frau in den Trümmern? Hatte er von Teagan geträumt, als er auf Livs Sofa geschlafen hatte? Sie legte ihm die Hand auf den Rücken und spürte den feuchtkalten Schweiß, der noch immer auf seiner kühlen Haut lag.

»Habe ich dir wehgetan?«, fragte er.

»Nein. Du hast meinen Puls gefühlt.«

»Ich dachte, das hätte ich geträumt.«

»Du hast von mir geträumt?«

»Ja.«

Sie zögerte. »War ich tot?«

Er sah durch den Raum und verschränkte die Finger. »Du warst jede Nacht tot, seit ich dich in der Garage gefunden habe.«

Livs Körper erstarrte. Sie war in seinem Bett, lebendiger als sie sich seit einem Jahr je gefühlt hatte, und er träumte von ihr als einer Toten.

»Es tut mir leid«, entschuldigte er sich noch einmal. »Ich hätte dir das nicht erzählen sollen.«

»Nein, es ist schon in Ordnung«, sagte sie zu ihm, aber sie war sich nicht sicher. Sie hatte in der Zeitung Geschichten von Soldaten oder Rettungskräften und Gewaltopfern und vom posttraumatischen Belastungssyndrom gelesen. Menschen, die Schreckliches gesehen, die furchtbare Ereignisse überlebt hatten. Sie hatte sich die letzte Woche gefragt, ob auch ihre Albträume etwas damit zu tun hatten, eine Verbindung zu Daniel lag auf der Hand. Er hatte von der Angstbewältigung jener Menschen gesprochen, die sich in Gefahr begeben müssen. Er musste unvorstellbare Dinge gesehen haben. Er hatte den Dienst bei der Feuerwehr quittiert, weil er glaubte, nicht genug Menschenleben zu retten – seine Nächte waren gefüllt mit Misserfolgen, er träumte davon, nicht mehr rechtzeitig vor Ort zu sein, um Menschenleben retten zu können.

Sie wollte ihm gerne sagen, dass … was? Dass er bei ihr nicht zu spät gekommen war. Dass sie letzte Woche ohne ihn nicht überlebt hätte. Das würde ihm aber nicht helfen. Sie war keine Psychologin – vermutlich brauchte sie selbst eine, wenn das alles hier vorbei war –, doch diese Albträume hatten nicht erst letzte Woche begonnen, als er sie gefunden hatte. Sie nahm an, dass der Vorfall nur eine neue Angst losgetreten hatte. Sie wusste, dass Genesung Zeit brauchte, dass es nicht dasselbe war, ob man gesagt bekam, dass es einem besser ginge oder ob man es selbst spürte. Und dass man sich mit Mitleid nur erbärmlicher fühlte.

»Kennst du die Leute in deinen Träumen?«, fragte sie.

»Ja.«

»Das muss schlimm sein.«

»Es ist nicht, wie du denkst.«

Sie wusste nicht, was sie davon halten sollte. »Wie meinst du das?«

Er löste seine Hände und fuhr damit vorne an den Beinen herab. »Die Leute in meinen Träumen sind alle tot.«

»In den Träumen.«

»Nein. Sie sind alle tot.« Er stand schnell auf und sprach kalt weiter. »Sie sind auch im echten Leben tot.«

Das gedämpfte Licht, das durch das Fenster fiel, war heller geworden und löste ein wenig die Schatten im Raum. Während sie sich seinen breiten Rücken ansah, die Furche in der Mitte, an der Stelle, an der sich die Muskeln zur Wirbelsäule wölbten, spürte sie ein Unbehagen in der Magengrube. Sie war sich nicht sicher, ob sie tatsächlich wissen wollte, was das über ihn aussagte, trotzdem fragte sie nach: »Wie meinst du das? Wer sind diese ›sie‹?«

»Meine Liste der Toten.«

Liv stand auf und zog den Morgenmantel enger. Sie hatte keine Ahnung, wohin diese Unterhaltung führen würde, aber im Stehen hatte sie das Gefühl, besser für die nächste Frage gewappnet zu sein. »Daniel, wovon redest du da?«

Er fuhr sich mit der Hand über den Kopf. Vor und zurück, als wollte er etwas wegrubbeln. »Das sind alles Leute, die ich nicht retten konnte, die mir anvertraut waren und in meiner Obhut starben.«

»Du hast eine Liste angelegt?«

»Nein. So ist das nicht. Ich habe sie nicht auf einem verdammten Blatt Papier gelistet.« Ärger lag in seiner Stimme. Unruhe und Ungeduld. Doch er sprach weiter. »In meinem Kopf. Die Gesichter. Die Namen. Ich kannte immer ihre Namen. Vielleicht hießen sie auch anders ... Ich hab mir manchmal Namen für sie ausgedacht, wenn ich sie sah. Ich weiß es nicht. Ich weiß es nicht.« Er ging wieder zum Fenster, stand mit dem Rücken zum Rollladen, sein Körper zeichnete sich schemenhaft in der Dämmerung ab. Er atmete tief und heftig durch die Nase ein, als habe er seit Stunden keine Luft mehr bekommen.

»Ich bin nicht tot«, sagte Liv.

»Nein. Ich weiß nicht, warum du in den Träumen bist. Das sollte nicht sein. Ich wünschte, es wäre anders. Du solltest gar nichts darüber wissen.«

Vielleicht hatte sie es nur schlimmer gemacht, weil sie gestern Abend vorbeigekommen war. Was hatte es bei ihm ausgelöst, aufzuwachen und sie zu sehen?

Plötzlich griff er nach dem letzten Kleidungsstück auf dem Stuhl in der Ecke, zog sich das T-Shirt über den Kopf und Joggingschuhe an.

»Nein, warte. Ich sollte gehen«, sagte sie. »Ich glaube, ich habe alles nur schlimmer gemacht, weil ich hergekommen bin.«

»Das ist nicht deine Schuld, Liv. Ich muss es weglaufen.«

»Es ist noch nicht mal hell draußen.«

»Es dauert aber nicht mehr lange. Geh wieder ins Bett. Wenn ich zurück bin, mache ich Frühstück.«

»Ich brauche kein Frühstück.«

»Livia, das ist mein Problem. Ich werde damit fertig.«

Sie hörte, wie die Eingangstür ins Schloss fiel und dann seine Schritte draußen auf dem Weg durch den Garten. Na klar, sie würde sich natürlich nach allem, was vorgefallen war, wieder ins Bett legen und noch ein Nickerchen machen. Sie lief im Schlafzimmer auf und ab und war ein wenig neidisch, dass er so einfach rausgehen und laufen konnte, während sie das nicht durfte. Sie war sich außerdem der Tatsache bewusst, dass sie in einem fremden Haus, praktisch nackt und alleine war. Wie lange, wusste sie nicht.

Wie weit musst du laufen, ehe du den toten Körper der Frau verdrängt hast, mit der du gerade die Nacht verbracht hast?

Sein Haus war schon älter, vielleicht Baujahr 1950, war aber in den vergangenen Jahren sichtlich renoviert worden. Er hatte Wände eingerissen und ein Bad eingebaut. Daniel war Sicherheitsberater – vermutlich hatte er die Schlösser auf den neuesten Stand gebracht, dennoch nahm sie nichts als selbstverständlich hin. Sie lief durch das Haus, kontrollierte die Verriegelungen und Schlösser, als könnte sie das tatsächlich beurteilen. Sie waren alle neu, bis auf die Fenster hinten, die wirkten eher alt und wiesen hübsche Rahmen und unzählige Farbschichten auf. Was hieß, dass sie beim geringsten Druck zerspringen würden.

Sie suchte ihre Sachen zusammen, zog sich schnell an und hinterließ Daniel eine Nachricht. *Lass uns das Frühstück verschieben. Wir sehen uns im Büro*. Sie hoffte, dass es nicht wie eine Zurückweisung klang. Aber sie war noch nicht so weit, Häuslichkeit zu demonstrieren, war sich noch nicht einmal sicher, ob sie jemals wieder dazu bereit sein würde. Oder ob sie ein offenes Ohr für die Probleme eines anderen hatte – so selbstsüchtig das klang, doch ihr eigenes Leben war schon fast mehr, als sie bewältigen konnte.

Sie sah sich auf der Straße um, bevor sie die Haustür zuzog, und fuhr mit einem Auge im Rückspiegel und dem anderen auf der Suche nach Daniel nach Hause. Sie entdeckte weder ihn noch jemanden, der sie beschattete. Es war noch früh. Es hatte aufgehört zu regnen, aber am Himmel hingen noch graue Wolken.

Als sie an ihrem Haus ankam, kontrollierte sie es wie immer mit dem Baseballschläger, bevor sie sich die Kleider vom Leib riss und unter die Dusche ging. Wünschte sie, es wäre nie passiert? Wünschte sie, sie hätte sich nie ausgezogen und mit einem Mann geschlafen, den sie erst seit einer Woche kannte? Nein. Es hatte nichts geändert. Cameron war weg, ihr Leben war ein einziges Chaos, und da draußen lief noch immer ein Stalker herum. Sie wusste nur, dass Daniel für sie da gewesen war, als sie zusammengebrochen war, und dass sie heute wieder auf den Beinen war und sich nach diesem Intermezzo stärker und selbstbewusster fühlte – und dass sie es leid war, herumgeschubst zu werden und sich nicht wehren zu können.

Gegen das Schwein konnte sie nichts ausrichten, solange der Feigling sich nicht zu erkennen gab, aber sie konnte dafür sorgen, dass ihr sonst niemand etwas wegnahm. Sie würde sich heute mit Anthony treffen und verhindern, dass Thomas etwas am Sorgerecht änderte. Ab jetzt traf sie ihre eigenen Entscheidungen bezüglich des Unternehmens – wann das Büro geschlossen und die Zeitarbeiter informiert würden –, sie würde anfangen, die Akten zu sortieren.

Und sie würde alle Informationen sammeln, die sie kriegen konnte, und sich so gegen das Schwein wappnen.

Rachel hatte sie offenbar von Lennys Café aus gesehen, als sie in der Park Street den Wagen abstellte. Sie kam zu ihr auf den Gehsteig hinaus, hatte einen Pappbecher Kaffee dabei und ihre Pistole umgeschnallt.

»Ich habe Ihre Nachricht erhalten. Können wir in Ihrem Büro reden?«

Liv hatte ihr eine SMS geschrieben, bevor sie das Haus verlassen hatte, und erwartet, man würde sie aufs Revier bitten.

»Was genau ist passiert?«, fragte Rachel, als sie sich an Livs kaputtem Schreibtisch gegenübersaßen.

Liv erklärte ihr die Sache mit Cameron und der Geburtstagskarte und erzählte ihr, dass sie ihn zu seinem Vater gebracht habe.

»Sind Sie auch dort geblieben?«

»Sie machen wohl Witze.«

»Und wo waren Sie dann?«

»Das Reihenhaus war zu … leer, also bin ich herumgefahren.«

»Die ganze Nacht?«

»Nein.«

»Die Streife war gestern Nacht bei Ihnen und hat berichtet, dass in Ihrem Haus kein Licht gebrannt und um dreiundzwanzig Uhr niemand auf das Klopfen an der Tür reagiert hätte. Wo waren Sie letzte Nacht?«

Liv holte schnell Luft. »Warum hat jemand an meine Tür geklopft?«

»Der Befehl lautete, alles Ungewöhnliche zu beobachten. Sie haben vier Nächte hintereinander das Licht angelassen. Die Beamten waren nur gründlich. Wo waren Sie, Liv?«

»Bei einem Freund.«

»Hat Ihr Freund auch einen Namen?«

Sie schwieg. Rachel würde davon ausgehen, dass sie mit Daniel geschlafen hatte. Okay, das hatte sie auch, aber das musste nicht im Polizeibericht stehen. »Ist das so wichtig?«

Rachel sah Liv regungslos an, man hätte es für einen Einschüchterungsversuch halten können. Doch das war es nicht. Rachel beugte sich plötzlich zu ihr vor und verschränkte die

Finger auf dem Schreibtisch. »Ich verstehe, dass sich das wie ein Verhör und ein Eingriff in Ihr Privatleben anfühlt. Das weiß ich. Ich werde auch im Augenblick nicht weiter darauf bestehen, dennoch mache ich mir um Ihre Sicherheit Sorgen. Zwei Menschen liegen im Krankenhaus. Ich möchte nicht, dass Sie die Nächste sind.«

Aus ihrer Stimme klang mehr heraus als die Anweisung einer Polizeibeamtin. Vielleicht hatte auch sie wie Liv das Gefühl, dass Gefahr drohte, oder vielleicht war Liv inzwischen für sie mehr als ein Name oder eine Akte. Vielleicht hatte auch sie einen Sohn oder einen Angehörigen, der im Sterben lag. Vielleicht kam viel zusammen.

Rachel lehnte sich auf dem Stuhl zurück. »Ich glaube, dass die Person jemand ist, den Sie kennen, vielleicht sogar jemand, den Sie für einen Freund halten. Sie müssen sehr sorgfältig überlegen, wen Sie als Freund bezeichnen. Verstehen Sie, was ich meine?«

»Sie wissen etwas«, sagte Liv.

»Nein, ich weiß nichts.«

»Was dann?«

»Ich habe Fragen, die nach Antworten verlangen.«

»Von einem meiner Freunde?«

Rachel wandte kurz den Blick ab und sah sie dann wieder an. »Ich kann Ihnen nicht sagen, mit wem ich gesprochen habe.«

»Aber es ist jemand, den ich kenne.«

»Das darf ich nicht sagen …«

»Sie waren gestern hier, haben am Ende des Flurs gewartet. Haben Sie auf Anthony oder Daniel gewartet?«

Ihre Stimme nahm einen förmlichen Ton an. »Mein Partner und ich haben mit jedem in diesem Gebäude gesprochen. Wir haben mit vielen Leuten gesprochen, Liv. Das ist eine Ermittlung. Es gibt Gründe, weshalb ich Ihnen nichts Näheres darüber sagen kann. Ich kann nur so viel sagen, und das ist mehr, als ich sollte, dass ich an einige Personen in Ihrem Umfeld Fragen habe. Sie sollten darauf achten, wem Sie vertrauen.«

# 38

Als Rachel ging, saß Liv an Teagans Schreibtisch, rieb sich die Augen und wartete, dass der Computer hochfuhr. Ein Freund? Welcher Freund würde Tee von einem Gebäude stoßen und Sheridan gegen einen Baum krachen lassen?

Sie stand auf und ging durch das Büro. Warum sollte jemand den Menschen schaden, die ihr wichtig waren? Warum kam er nicht direkt zu ihr?

Was zum Teufel wollte er?

Auf dem Computer war die Startmusik zu hören, sie ging ins Internet und tippte »Stalking« ein. Es musste noch andere geben, die davon betroffen waren und es bezwungen hatten. Doch die Suchergebnisse machten ihr nur wenig Hoffnung. Über zwanzig Prozent der australischen Bevölkerung wurde gestalkt, die meisten Opfer kannten ihren Stalker, manche zogen weg oder wechselten die Identität, um das Problem auf legitime Weise zu lösen.

Sollte sie das Wenige verlassen, was ihr geblieben war? Könnte sie das? Die Karte, die Cameron bekommen hatte, war eine Warnung. Ihr Stalker machte auch vor ihm nicht Halt. Cam war noch ein Kind – er würde einen Sturz aus einem Gebäude oder den Zusammenprall mit einem Wagen nicht überleben. Rettete sie sein Leben, wenn sie wegging?

Konnte sie ohne Cameron leben? Wollte sie das überhaupt? Sie konnte ihn nicht mitnehmen. Das würde sie nicht tun. Thomas war ein beschissener Ehemann gewesen, aber er war Camerons Vater.

Und da war noch ihr eigener Vater. Sie konnte nicht einfach gehen, solange er noch am Leben war, ihn im Angesicht des Todes im Stich lassen. Ich habe meiner Tochter nicht beigebracht, das Handtuch zu werfen. Sie lächelte ein wenig bei dem Gedanken, was er sagen würde. Der Vortrag von Tony Wallace darüber, wie man seinen Mann stand: *Gib niemals auf, mache niemals einen Rückzieher, kehr keinem den Rücken zu, sonst wirst du rücklings überfallen, Mädchen.*

Konnte sie mit der Schmach leben, dass sie ihn enttäuscht hatte? Würde sie irgendjemandem gestatten, sie dazu zu zwingen, ihn im Stich zu lassen?

Ihr Handy klingelte.

»Ich bin's.« Kelly klang müde, angespannt und etwas wirr.

Livs Schuld- und Verlustgefühle waren noch da, wurden aber nun von Mitgefühl überdeckt. »Oh, Kell. Wie hältst du durch?«

»Mit Kaffee und Muffins.«

»Wie geht es Teagan?«

Kelly holte tief Luft. »Ihr Gesicht sieht schrecklich aus. Ihre Augenhöhle musste wieder aufgebaut werden. Zuerst dachten wir, sie würde das Auge verlieren, aber die Chirurgen scheinen recht zuversichtlich, dass es sich wieder erholen wird. Trotzdem wird sie wohl ein wenig Sehkraft einbüßen.« Bei den letzten Worten schwankte ihre Stimme.

»Kelly, es tut mir so leid. Bitte sag Teagan und deiner Familie meine besten Wünsche. Sie hätte da nicht mit hineingezogen werden sollen.«

»Liv, es ist nicht deine Schuld. Niemand denkt das. Die Polizei war hier, Detective Quest. Wir haben mit ihr über Prescott and Weeks gesprochen. Glaubt sie, dass es vielleicht etwas mit dem Geschäft zu tun hat?«

»Ich weiß es nicht. Wer sind ›wir‹?«

»Jason und ich. Er war gestern im Krankenhaus, als Detective Quest kam. Sie hat vorgeschlagen, dass wir unsere Unterlagen durchgehen und nachsehen, ob wir irgendwas übersehen haben. Eine Auseinandersetzung oder so. Mir fällt aber nichts ein – dir?«

Als Jasons Name fiel, richtete Liv sich auf ihrem Stuhl auf. Rachel hatte mit ihm über das Geschäft gesprochen? Gehörte er zu dem Personenkreis, von dem sie Antworten wollte? »Nein, mir auch nicht.«

»Kannst du heute Abend vorbeikommen? Wir könnten gemeinsam ein paar alte Akten durchgehen.«

Das war eine schlechte Idee – Kelly wusste es nur noch nicht. Liv mit Jason im selben Raum würde das ziemlich schnell verdeutlichen. »Du klingst erschöpft. Da brauchst du nicht auch noch Besuch.«

»Du bist doch kein Besuch. Wir bestellen Pizza und trinken etwas Wein, um den vielen Kaffee auszugleichen. Wir müssen herausfinden, ob es irgendwas gibt, das der Polizei weiterhelfen könnte. Das würde auch Teagan helfen. Sie erinnert sich nicht mehr daran, wie es passiert ist, hat aber große Angst davor, dass die Person immer noch draußen rumläuft. Detective Quest sagte, sogar eine Kleinigkeit könnte ein Auslöser gewesen sein. Ich kann gar nicht glauben, dass es auch jemand sein könnte, mit dem wir gearbeitet haben.«

Es hätte schlimmer kommen können. Sehr viel schlimmer. Aber das konnte sie Kelly auf keinen Fall sagen. Und auf keinen Fall konnte sie mit Jason Pizza essen, ohne sie ihm direkt ins Gesicht zu pfeffern. »Ich bin gerade im Büro. Ich kann die Akten hier durchgehen.«

»Es wäre schön, dich zu sehen, Liv«, sagte Kelly leise. »Ich habe ein schlechtes Gewissen wegen … allem.«

Liv schloss die Augen. Wenn es nur um das Geschäft ging, konnten sie es in Ordnung bringen. Sie konnten sich auf ein paar Drinks treffen, sich aussprechen und nach vorne schauen. Aber es ging nicht nur darum. Was Jason getan hatte, konnte man nicht einfach so auslöschen. Sie aus einer Laune heraus zu küssen, wäre schlimm genug gewesen, aber er hatte seit Monaten vorgehabt, Kelly zu betrügen, und Liv dafür verantwortlich gemacht. Es war ein zerstörerisches Geheimnis, und Liv war sich nicht sicher, ob sie es vor jemandem verbergen konnte, den sie so sehr mochte.

Schlimmer noch, Jason kam sogar als Stalker infrage! Alleine schon der Gedanke daran fühlte sich grauenvoll und unerträglich an, sie konnte ihn unmöglich Kelly gegenüber erwähnen. Doch dann kamen ihr wieder seine Worte in den Sinn – *ich wusste, dass du mich irgendwann brauchen würdest.* Er arbeitete nur fünf Minuten von ihrem Büro entfernt, gegen zwölf war in der Schule Mittagspause, das war ungefähr die Zeit, in der Teagan gestürzt war.

»Ich habe auch ein schlechtes Gewissen, aber ich kann nicht vorbeikommen. Nicht jetzt. Lass uns ein anderes Mal darüber reden.«

Dem folgte ein langes Schweigen am anderen Ende der Leitung. »Okay«, sagte Kelly schließlich. Sie klang enttäuscht.

Das hatte Liv nicht gewollt, aber sie konnte und wollte sich nicht verstellen. Nichts war okay. Gar nichts. Aber Liv war nicht bereit für die Folgen, die eine Erklärung ihrerseits hervorrufen würde.

Sie legte auf, verfluchte Jason noch einmal und suchte die Disketten mit den Daten. Sosehr Kelly der Gedanke missfiel, Liv hoffte, es wäre jemand, mit dem sie zusammengearbeitet hatten. Sie wollte nicht, dass es jemand war, dem sie vertraut hatte. Sie durchsuchte die dritte Diskette, fand aber nichts Brauchbares, als ihr Handy vibrierte und eine Nachricht ankam.

*Tut mir leid, dass es so gekommen ist. Ich wollte das nicht. Bin heute im Tal und spät zurück. Darf ich danach anrufen?*

Daniel. Konnte sie ihm vertrauen? Er hatte ihr nichts getan und hätte unzählige Gelegenheiten dazu gehabt. Sie war gestern Abend nackt in seinem Haus gewesen, und er war nur ... Sie erinnerte sich an den Ausdruck in seinen Augen heute Morgen, die Verzweiflung und die Art, wie er sie an der Schulter gepackt hatte. Es war klar, dass er Probleme hatte. Aber tat er deshalb anderen Menschen etwas an?

Sie gab posttraumatische Belastungsstörung in Google ein. Er hatte Symptome, die darauf passten – Schlafstörungen, Albträume, Hypervigilanz. War Joggen in der Dunkelheit, um einen Albtraum loszuwerden, bereits übertrieben? Selbst Liv hatte mehr Symptome – Alkoholmissbrauch, Wutanfälle. Und alles, was sie las, lief darauf hinaus, dass eine posttraumatische Belastungsstörung nicht zum Stalken führte. Häusliche Gewalt, Körperverletzung, Trunkenheit am Steuer, das schon eher. Aber keine vorsätzliche Brutalität oder Drohbriefe.

Außerdem wollte sie nicht, dass es Daniel war. Er war der einzige Mensch, auf den sie noch zählen konnte.

Sie warf einen Blick auf das Handy, das noch immer auf dem Schreibtisch lag. »Spät zurück« war noch weit weg.

Als um vier Uhr ihr Handy klingelte und sie auf das Display sah, schlug ihr das Herz bis zum Hals.

»Livia, hier spricht Wendy vom Hospiz.«

Die Krankenschwester, die Livia am liebsten hatte und die ihren Vater einen harten Brocken nannte. Sie hatte noch nie angerufen. Liv schloss die Augen und legte die Hand an den Hals. Nicht jetzt. Bitte nicht.

»Tut mir leid, dass ich einfach so anrufe, vermutlich hat es nichts zu bedeuten, aber Ihr Vater möchte Sie unbedingt heute Nachmittag sehen.«

Gott sei Dank. Liv nahm sich einen Augenblick, um durchzuatmen. »Hat er gesagt, warum?«

»Nein, aber er gehört nicht zu den Leuten, die gerne um etwas bitten, deshalb rufe ich auch an.«

»Wie geht es ihm?«

»Er hat heute starke Schmerzen, aber beklagt sich nicht. Heute Vormittag hat er zusätzlich Medikamente bekommen, er ist also ein wenig durcheinander, aber er hat Sie drei oder vier Mal erwähnt. Ich dachte, ich würde Sie noch sehen, bevor ich gehe, aber meine Schicht endet jetzt.«

»Danke.«

Liv schaltete den Computer aus, stellte den Anrufbeantworter an und verließ das Büro. Vielleicht waren es die Medikamente, vielleicht träumte er – das war schon mal passiert. Doch er wollte sie sehen, und egal, wer da draußen rumlief, ihre Freunde bedrohte oder Cameron etwas antun wollte, er hatte sie zu lange von ihrem Vater ferngehalten.

Niemand folgte ihr zum Hospiz – jedenfalls fiel ihr niemand auf. Der nächstgelegene Parkplatz lag drei Spuren vom Eingang entfernt. Sie überprüfte den Parkplatz, wickelte den Griff ihrer Handtasche fest um ihr Handgelenk und joggte zum Eingang.

»Hey, Dad.« Sie küsste ihn auf die Stirn, zog einen Stuhl heran und hielt seine Hand.

Er bemerkte ihre Berührung, brauchte aber einen Augenblick, um darauf zu reagieren. »Hey, Liebes.« Seine Stimme klang brüchig, seine Augenlider öffneten und schlossen sich unter dem Einfluss der Medikamente nur langsam.

»Ich habe gehört, du hast nach mir gefragt, dachte, es wäre eine gute Ausrede für eine frühe Mittagspause.« Sie lächelte und hoffte, er könnte nicht in sie hineinsehen. »Wie sind die Schmerzen?«

Er wandte den Kopf auf dem Kissen ihr zu und sah sie an. »Liebes, hast du Probleme?«

Sie sah ihn einen Augenblick an und überlegte. Er war

sichtlich benebelt, aber definitiv bei Bewusstsein. Vielleicht machte er sich immer noch Sorgen wegen des Überfalls. »Nein, es geht mir jetzt gut. Schau mal, die Schwellung ist fast verschwunden.« Sie fuhr mit zwei Fingern über die empfindliche Stelle auf ihrer Wange.

»Ein Mann.« Es klang wie ein Satzanfang, doch er schloss die Augen und sprach nicht weiter.

»Ja, letzte Woche hat die Polizei auf dem Parkplatz in der Garage jemanden verhaftet.«

»Hier.«

»Nein, nicht hier. Sie haben ihn auf einem anderen Parkplatz in der Nähe von Jamestown gestellt.«

»Er ist gefährlich.«

»Weiß ich doch.«

Plötzlich griff er nach ihrer Hand. Nicht so wie sonst, er hatte immer noch einen stählernen Griff und eine scharfe Zunge. »Du hörst mir nicht zu.«

»Tut mir leid, Dad. Ich verstehe nicht.«

»Ein Mann war hier.« Er machte eine Pause. Diesmal wartete sie ab. »Er hatte eine … eine … wie nennt man das?« Pause. »Ich habe ihm gesagt, dass er verschwinden soll.«

Soviel sie wusste, hatte er dem Krankenhauspersonal des Öfteren befohlen zu verschwinden. Er hasste den Arzt, behauptete, die Putzkräfte seien nutzlos, und hielt mindestens die Hälfte der Krankenschwestern für herablassende Idiotinnen. »Okay.« Sie wusste nicht, was sie sonst sagen sollte.

»Liv, pass auf dich auf.«

So wie er das sagte, die Warnung, die in seiner Stimme lag, ließ sie erschaudern. »Wie meinst du das?«

»Willst du es mir nicht sagen?«

Seine Worte klangen wie das Echo aus längst vergangenen Zeiten. Das hatte er immer gesagt, als sie noch klein war. Er wusste immer, wenn etwas nicht stimmte, und platzte damit heraus, wenn sie es am wenigsten erwartete – beim Abspülen oder bei den Hausaufgaben oder bei ihrem morgendlichen Jogging –, dann sagte er für gewöhnlich: »Willst du es mir erzählen?«

Vielleicht hatte er ihre Stimmung mitbekommen, und so wie sie es schon als Kind getan hatte, hätte sie gerne mit ihm geredet. »Dad, das kann ich dir nicht erzählen.«

»Bist du in Schwierigkeiten?«

»Nicht mit der Polizei.«

»Es sind andere Schwierigkeiten, nicht wahr?«

»Ich weiß es nicht.« Sie sah sich in dem kleinen Zimmer um. »Sieht so aus.«

Sie lauschte lange seinen zischenden Atemzügen, dann sagte er: »Du weißt, was du zu tun hast.«

Sie wandte ihm ihr Gesicht zu. Er war ganz offensichtlich erschöpft, seine Brust kämpfte mit der Atmung, doch er hatte seinen Blick auf sie geheftet. »Nein, weiß ich nicht. Was soll ich denn tun?«

»Du musst auf dich aufpassen. Hast du verstanden? Du bist die Zukunft. Du und Cameron. Dafür musst du kämpfen.« Er stieß die Worte vehementer hervor, als er das in den vergangenen Wochen getan hatte, dann fielen ihm die Augen zu, und sein Mund wurde schlaff, als wäre seine Batterie leer.

Geballte Wut stieg in ihr auf, Wut auf die Person, die ihn so erschöpft und beunruhigt und ihre gemeinsame Zeit gestohlen hatte. Als ein Gefühl des schrecklichen Verlustes sich in ihr breitmachte, legte sie ihre Wange auf das Laken und lauschte seinem Atem. Sie hörte schnelle Schritte der Krankenschwester im Flur, das leise Schlurfen eines Patienten, ein Lachen weiter hinten auf der Station. Hier fühlte sie sich sicher. Beschützt. Geliebt. Sie wünschte, sie könnte bleiben. Wünschte, ihr Vater würde nicht gehen.

Nach einer Weile wanderte ihr Blick zum Nachtkästchen,

dem letzten kleinen Raum, auf den sein Leben zusammengeschrumpft war. Da lagen Karten, eine Bonbondose, ein kleines Radio, seine Brille. Sie setzte sich auf.

Unter der Brille lag ein Umschlag. Er war weiß, ein Geschäftsumschlag. Unbeschriftet.

Sie drehte ihn um, fuhr mit dem Finger unter die Klappe und zog ein Blatt heraus.

Das Blut gefror ihr in den Adern.

# 39

»Liv, wo übernachten Sie heute?«, fragte Rachel. Sie hatte Liv um ein Gespräch gebeten und vorgeschlagen, es im Auto zu erledigen, damit sie ungestört wären, doch als Liv die großen Scheinwerfer auf dem nassen, fast leeren Parkplatz des Hospizes sah, wuchs ihr Ärger.

»Ich weiß es nicht. Darüber habe ich mir noch keine Gedanken gemacht.« Sie konnte an nichts denken, nur an die Worte auf dem Zettel, den sie im Zimmer ihres Vaters gefunden hatte.

*Hast du jetzt Angst?*

Rachel war zehn Minuten, nachdem Liv ihr eine Nachricht geschickt hatte, aufgetaucht: Angespannt und konzentriert lief sie umher. Nur einmal schien sie ins Wanken zu kommen, als sie plötzlich an der Zimmertür von Livs Vater stehen blieb und etwas Verletzliches durch ihren Blick huschte, das so gar nicht zu einer Polizistin passte. Liv erinnerte sich, dass Rachels Vater erst vor ein paar Monaten an Krebs gestorben war, und ihr wurde klar, dass die Erinnerung daran und der Schmerz kurz in ihr hochgestiegen waren. Dann unterhielt Rachel sich mit dem Personal, ließ den Nachttisch entfernen, damit Fingerabdrücke sichergestellt werden konnten, und sorgte dafür, dass der Sicherheitsdienst des Krankenhauses einen Wachmann schickte und Polizeipatrouillen nachts ihre Runden drehten. Doch heute Abend wollte Liv mehr von ihr.

»Fahren Sie zu Ihrem Haus zurück?«, bedrängte Rachel sie. Sie hatte den Fahrersitz ihres Wagens zurückgestellt, sodass sie Liv ansehen konnte, während sie mit ihr sprach, unter ihrer Jacke lugte die Pistole hervor.

»Ich weiß es nicht. Warum? Ist dort irgendwas vorgefallen?«

»Könnte es sein, dass Sie wieder bei Ihrem Freund bleiben?«

Ihr Ton wurde etwas ungeduldiger. »Ich weiß es nicht. Müssen wir uns ausgerechnet darüber unterhalten?«

»Liv, wie heißt Ihr Freund?«

Sie öffnete den Mund, wurde dann aber unsicher und sagte nichts.

»Ist es Daniel Beck?«

Liv hielt den Atem an.

»Waren Sie gestern Abend bei Daniel?«

»Ja. Warum?«

Rachel steckte die Hände in ihre Jackentaschen. »Ich würde Ihnen raten, heute Abend nach Hause zu gehen, sich einzuschließen und der Streife die Möglichkeit zu geben, Sie im Auge zu behalten.«

»Was wollen Sie damit sagen?«

»Ich sage, dass Sie im Moment vorsichtig sein sollten, wem Sie vertrauen.«

»Wollen Sie damit sagen, dass ich Daniel nicht vertrauen kann?«

Rachels Blick wanderte kurz zur Windschutzscheibe und wieder zurück. »Ich rate Ihnen nur, in Ihrem Haus zu bleiben.«

Plötzlich hob Liv die Stimme. »Was zum Teufel soll das heißen? Geht es hier um Daniel oder darum, zu Hause zu bleiben? Wird heute Nacht etwas passieren? Denn falls nicht, wird es morgen noch nicht vorüber sein, und Menschen, die ich liebe, könnten Schaden nehmen, wenn ich der falschen Person vertraue.«

Rachel schwieg.

»Kommen Sie, Rachel. Es geht um meinen Sohn und meinen Vater. Wie würden Sie sich fühlen, wenn jemand Ihren kleinen Jungen bedrohen oder in das Zimmer Ihres kranken, schmerzgeplagten Vaters gehen würde? Mein Vater ist ein anständiger Mensch. Er hat es nicht verdient, zu Tode erschreckt zu werden.«

»Verdammt.« Plötzlich drehte Rachel sich auf ihrem Sitz um und packte das Lenkrad, als wollte sie es um eine scharfe Kurve reißen. In der Dunkelheit des Autos wirkte ihr Gesicht ruhig, doch ihre Lippen waren eine schmale Linie, sie atmete schwer. »Okay.« Es klang mehr nach einer Feststellung als einem inneren Zwiespalt oder einer Antwort auf Livs Bitte. Dann wandte sie sich um und sagte entschlossen: »Als Polizeibeamtin darf ich keinem Opfer Informationen zu laufenden Ermittlungen liefern.«

Liv sah weg. Sie war sauer. Rachel würde ihr nichts sagen.

»Also bin ich jetzt keine Beamtin, okay?«

Ihr Kopf schnellte zurück.

»Wir sind einfach nur Freunde«, sagte Rachel. »Und unterhalten uns, in Ordnung? Das sind wir doch, nicht wahr? Schließlich nenne ich Sie Liv, oder?«

Liv wusste nicht, wen sie damit zu überzeugen versuchte. »Ja, wir sind Freunde.«

»Okay.« Rachel sah wieder zur Windschutzscheibe und holte Luft. »So wie ich das sehe, sind die Briefe keine direkten Drohungen an Sie. Sie sagen nur, dass Sie Angst haben sollten. Ich glaube, das ist eher ein Rat. Der Absender ist um Ihre Sicherheit besorgt und will Sie beschützen. Ich glaube, er versucht Ihnen zu beweisen, dass Sie in Gefahr sind, selbst wenn er die Gefahr selbst heraufbeschwören muss.« Sie sah Liv an und suchte nach Bestätigung.

»Gut. Auf eine absurde Art und Weise könnte das vielleicht sogar Sinn ergeben.«

»Daniel Beck hat den Dienst als Feuerwehrmann wegen stressbedingter Probleme aufgegeben, von denen eins im Zusammenhang mit der Polizei stand. Letztes Jahr gab es einen weiteren Zwischenfall, in den Beamte involviert waren. Ich glaube kaum, dass sich sein Problem gelöst hat, seit er nicht mehr bei der Feuerwehr ist.«

Definitiv nicht. Er träumte von den Leuten. Wachte fast jede Nacht schweißgebadet auf. Na und? Albträume bewiesen noch nicht, dass er verrückt war. »Worauf wollen Sie hinaus? Stress allein bringt einen noch nicht dazu, andere Menschen zu verletzen. Jedenfalls nicht, wenn man sein Leben damit verbracht hat, sie zu retten.«

»Aus seiner Vorgeschichte wissen wir, dass er immer versucht hat Frauen zu schützen, die ihm wichtig waren.«

»Was für eine Vorgeschichte?«

»Die Vorfälle, an denen die Beamten beteiligt waren.«

Irgendetwas an der Art, wie Rachel das sagte, ließ Liv aufhorchen. Es waren nicht die Worte, sondern ihr hochgezogenes Kinn. Das tat sie immer, wenn sie mit Daniel sprach, vermutlich war das Teil des Machtspiels zwischen ihnen. Ging es darum? Beeinflussten die Feindseligkeiten Rachels Urteilsvermögen? Denn bisher hatte sie über Daniel nichts gesagt, was Liv nicht schon wusste. »Oder meinen Sie die Auseinandersetzung zwischen Ihnen und Daniel?«

Rachel kniff kurz die Augen zusammen. »Das hatte nichts mit Daniel und mir zu tun.«

»Er hat erzählt, Sie seien mit etwas nicht einverstanden gewesen, das er getan habe, und dann sei es persönlich geworden.«

»Ja, das stimmt. Ihm hat nicht gefallen, dass ich wollte, dass er verschwindet.«

»Also ging es um Sie.«

»Nein. Es ging um ihn. Er dachte, er würde jemanden beschützen. Er ist meinem Rat nicht gefolgt und hat es zu weit getrieben.«

»Und das hat Sie verärgert.«

Rachel sah sie einen Moment lang an. Liv dachte, sie würde nur mühsam ihre Wut zügeln, doch als sie sprach, klang nur Mitleid aus ihrer Stimme. »Nein, Liv. Es wurde Unterlassungsklage gegen ihn erhoben.«

Der Schweiß prickelte auf Livs Kopfhaut. Er war gewalttätig gewesen? »Weswegen?«

»Das war bereits die zweite Unterlassungsklage. Wegen zwei ganz unterschiedlichen Vorfällen. Doch jedes Mal waren Männer daran beteiligt, die Daniel vorwarfen, sie wegen Vorkommnissen belästigt zu haben, bei denen es um Frauen ging, die er gern hatte.«

Liv wandte ihren Blick von Rachel ab, blickte auf den dunklen Parkplatz hinaus und versuchte den Kloß runterzuschlucken, der sich in ihrem Hals gebildet hatte. Zwei Zwischenfälle, zwei Frauen. Daniel war nach der Verhandlung mit dem Besitzer der Baufirma in Streit geraten, nachdem dessen Anwalt ihn beschuldigt hatte, den Tod von Leanne Petronio verursacht zu haben. *Unglaublich mutig* hatte er sie genannt. Seine Schwester hatte ihm vorgeworfen, er könnte nicht loslassen. *Er hat die Botschaft verstanden*, hatte er über ihren Exmann gesagt. »Waren das Leanne Petronio und Carmel, seine Schwester?«

Rachel blinzelte ein paar Mal. »Die Namen darf ich Ihnen nicht sagen.«

Aber sie hatte es auch nicht verneint. »Hat er Briefe geschickt?«

»Nein.«

»Hat er sie verletzt?«

»Er hat es angedroht. Sie haben ihm geglaubt.«

»Das ist nicht dasselbe.«

»Ich war zuerst auf der falschen Spur«, sagte Rachel. »Dachte, Ihr Exmann oder jemand aus dem Bürogebäude wäre der Stalker. Ich dachte, Daniel hätte davon Wind bekommen und sich wie immer eingemischt. Jetzt denke ich, er hat es benutzt. Ich glaube, er muss jemanden retten, damit er sich gut fühlt. Und als er Sie im Parkhaus fand, war ihm das noch nicht genug. Wahrscheinlich will er Sie auch weiterhin retten.«

Nein, das ergab keinen Sinn. »Aber mir ist ja nichts passiert, sondern Sheridan und Teagan.«

»Sie wurden gestalkt. Sie wurden verschreckt und gefährdet. Er hat Ihnen geholfen. Ihre Schlösser in Ordnung gebracht, Ihr Anwesen kontrolliert, Ihnen Frühstück gebracht. Das ist nur eine andere Form der Rettung.«

Liv fuhr sich mit der Zunge über die Lippen. »Ja, aber …«

»Er hatte überall Zutritt und eine Arbeit, die es ihm zeitlich ermöglichte. Den Einbruch in Ihr Büro, Sheridans Unfall und die Sache mit Teagan. Sogar das. Ich nehme an, dass er sie über die Brüstung geworfen hat und dann runtergerannt ist, um sie zu retten. Zwei Rettungen für den Preis von einer.«

»Nein. Sie haben ihn nicht gesehen. Er war völlig außer sich.«

»Ich habe ihn heute um eine Schriftprobe gebeten, er hat sich geweigert.«

Furcht kroch Livs Rücken empor.

»Ich kann es noch nicht beweisen, aber der Verdacht liegt sehr nahe, dass Daniel Ihr Stalker ist.«

Liv musste unwillkürlich lachen. Das war absurd. Lächerlich! Es war nicht Daniel! Verdammt! Sie kniff die Augen zusammen. Er war nach dem Überfall zum Krankenhaus gekommen, hatte eigenhändig die Schlösser angebracht, mit ihr im Café gesessen und ihren Wagen beobachtet, sie zur Wache begleitet und war jeden Abend gekommen, um ihren Garten zu überprüfen. Er hatte Essen bestellt und sich vergewissert, dass sie noch atmete. Eine Woche lang hatte er geträumt, sie wäre tot. Etwas anderes verschaffte sich in ihr Platz. Ekel und Scham brannten sauer und heiß ihre Kehle empor. Sie legte ihre Hände vor das Gesicht. »Oh, verdammt.« Vergangene Nacht. Die ganze Nacht.

»Liv?«

Sie spürte Rachels Hand auf ihrer Schulter, stieß sie aber fort, stemmte die Tür auf und stolperte auf den feuchten Asphalt. Ihre Hand fand das weiche Metall eines Laternenpfahls. Sie beugte sich vor und übergab sich.

Während sie würgte, hörte sie, wie sich die Wagentür öffnete, Schritte auf der Straße knirschten und Rachel neben sie trat. Als sie fertig war, reichte Rachel ihr eine Packung Taschentücher und folgte ihr, als Liv zurück zum Wagen ging und die heißen Handflächen auf die kühle Motorhaube legte.

»Alles in Ordnung?«, fragte Rachel.

»Ich habe mit ihm geschlafen.«

Sie antwortete nicht. Was zum Teufel sollte sie auch darauf sagen?

Wut und Selbsthass durchschnitten sie wie eine kalte Klinge. »Ich hatte Sex mit ihm. Ich habe zugelassen, dass er mich berührt. Ich habe ihm meinen Sohn vorgestellt. Herrgott, er hat bei mir zu Hause geschlafen, als mein Sohn da war. Was für eine Mutter ist dazu fähig?«

»Sie wussten es nicht.«

Sie biss die Zähne zusammen, Wut kochte in ihr hoch. »Das ist keine Entschuldigung. Ich hätte es wissen müssen. Ich hätte es sehen müssen. Ich habe lange genug in seine verdammten Augen gesehen. Was stimmt nicht mit mir? Ich habe alles kaputt gemacht. Meine Ehe. Mein Geschäft. Meine Freundschaften. Ich habe es nicht verdient, Cameron zu behalten. Bei mir ist er nicht sicher.«

Rachel packte sie am Arm und hielt ihn fest. »Hören Sie, Liv. Es ist nicht Ihre Schuld. Sie haben nichts falsch gemacht.«

»Aber es ist immer noch nichts in Ordnung.«

»Ja, ist es, aber das ist nicht Ihre Schuld. Ich habe Ihnen das auch nicht erzählt, damit Sie sich fertigmachen.« Sie rüttelte Liv, als wollte sie ihre Aufmerksamkeit wecken. »Ich habe Sie beobachtet, Sie sind eine Kämpfernatur. Sie dürfen nicht zulassen, dass Sie sich seinetwegen schwach fühlen. Wissen ist Macht. Nutzen Sie es, um sich und Ihre Familie zu schützen. Und lassen Sie mich meinen Job tun.«

Liv schloss die Augen, ballte die Fäuste und atmete durch. Ja, Rachel hatte recht. Sich selbst zu beschuldigen, brachte nichts und half ihr nicht, auf den Beinen zu bleiben. Es würde ihr auch Cameron nicht zurückbringen oder den Verrückten von ihrem Vater fernhalten. Sie öffnete die Augen. »Und, was haben Sie jetzt mit ihm vor?«

Am anderen Ende des Parkplatzes waren die Scheinwerfer eines Wagens zu sehen, der langsam die Straße um das Krankenhaus abfuhr. Rachel hob den Kopf. »Das ist der Streifenwagen.« Als er auf den Parkplatz und vorne an den Fenstern des Hospizes vorbeifuhr, nahm Rachel wieder ihre offizielle Haltung an.

»Morgen habe ich die Ermächtigung, Daniels Handschrift einzuholen und sie zur Prüfung nach Sydney zu schicken. Dort versuchen sie auch die Fingerabdrücke von den Drohbriefen zu kriegen. Aber ich warne Sie, die Gerichtsmedizin braucht Zeit. Mindestens ein paar Wochen.«

»Wochen?« Plötzlich fühlte sich die Nachtluft so kalt an, dass sie die Arme um sich schlang.

»Ich habe extra Arbeitskräfte zur Verfügung gestellt, die jetzt daran arbeiten. Hier geht es nicht mehr nur um eine Anklage wegen Stalking. Er sieht mindestens einer Anklage wegen schwerer Körperverletzung entgegen.«

Das klang ernst. Absichtlich.

»Sie werden ihn also nicht gleich morgen verhaften, nicht wahr?«

»Nein. So schnell geht das nicht. Für eine Verhaftung brauchen wir erst handfeste Beweise.« Rachel winkte den Streifenwagen zu sich.

Die Sache war also nicht über Nacht vorbei. So schnell würde sie Cameron nicht wieder zurückbekommen. »Und was soll ich in der Zwischenzeit tun? Mich im Reihenhaus einsperren und Däumchen drehen?«

»Sie leben Ihr Leben und gehen ihm aus dem Weg.«

# 40

Mit quietschenden Reifen düste Liv vom Krankenhausparkplatz in den beginnenden abendlichen Verkehr hinaus. Daniel war es also. Er hatte das alles getan! Und sie hatte geglaubt, dass er ihr helfen wollte, dabei hatte er es nur schlimmer gemacht. Und noch auf sie eingetreten, als sie schon am Boden lag. Vielleicht hatte er ja genau das bezweckt – dann würde sie nicht zögern, nach der Hand zu greifen, die er ihr reichte. Daniel, du Schwein.

Sie konzentrierte sich auf die Lichtkegel ihrer Scheinwerfer und die Rastlosigkeit, die in ihr aufzusteigen begann. Daniel hatte nicht sie getreten, sondern Menschen, die sie liebte. Er hatte ihre Freunde verletzt, sie gezwungen, Cameron wegzuschicken, und ihren Vater total erschreckt. Und er hatte sie dazu gebracht, nach mehr als seiner Hand zu greifen. »Verpiss dich.«

Ihr Handy summte, sie hatte eine neue Nachricht bekommen. Liv sah zu ihrer Tasche, die auf dem Beifahrersitz lag; eine Faust schloss sich um ihre Brust. Sie nahm eine Hand vom Steuer, kramte in der Tasche herum und wäre fast ins Schleudern geraten. Verdammt!

Vielleicht war es Cameron. Es war spät. Als sie nach der Schule mit ihm gesprochen hatte, war er außer sich gewesen. An einer roten Ampel hielt sie an; Ärger stieg in ihr auf, als sie die Nachricht las.

*Bin auf dem Rückweg. Können wir reden? Vielleicht essen & reden?? Ich könnte unterwegs was mitnehmen. Indisch? Thai? Pizza? Burger? D*

Jemand hupte hinter ihr. Die Ampel war grün. Sie fuhr los, fand eine Lücke am Straßenrand und blieb stehen. Daniel hatte sich in ihr Leben gedrängt und glaubte jetzt, er gehörte dazu. Sie konnte ihm antworten, dass er sich verpissen sollte, aber eine SMS verschaffte ihr noch keine Genugtuung. Sie wählte seine Nummer, atmete tief durch und wartete, bis er dranging.

»Hey.«

Seine Stimme klang tief und freundlich, mitfühlend. Jetzt wurde ihr klar, wie er es angestellt hatte. Er verkörperte alles, was sie brauchte. Er war fürsorglich, beschützend und er unterstützte sie. Nichts als Betrug. Nur Lügen. Eine Masche, damit er auf ihre Kosten bekam, was er wollte. Und sie hatte bereitwillig dafür gelöhnt. Nicht nur mit ihren Freunden, Cam und ihrem Vater. Sie hatte ihm vertraut, ihm die Tür geöffnet, die sie fest zugeschlagen und versperrt hatte, hatte ihn hereingelassen und geglaubt, er wollte sie beschützen. Dabei hatte er sie nur noch mehr verletzt.

Sie hätte ihn am liebsten angeschrien, doch das tat sie nicht. Er brauchte jemanden, den er retten konnte. Sie wollte Vergeltung – und Rache war nichts, was man retten konnte. Gelassen sagte sie: »Hey, Daniel.«

»Bist du zu Hause? Soll ich deinen Garten kontrollieren?«

»Nein. Ich bin unterwegs.« Und du hast bei mir nichts verloren.

»Wo bist du?«

Er wusste vermutlich, dass sie im Krankenhaus gewesen und wegen ihres Vaters total ausgeflippt war. Wollte er das hören? »Im Auto.«

Er zögerte. »Alles in Ordnung?«

»Alles ist …«, im Arsch, du Schwein, hätte sie am liebsten geschrien. Aber das stimmte nicht ganz, oder? Das wusste sie jetzt. Endlich bekam das Ganze für sie ein Gesicht. Es war nicht das Gesicht, das sie erwartet oder das sie sich gewünscht hätte, doch immerhin war es ein Gesicht. Wissen war Macht – und zum ersten Mal seit eineinhalb Wochen wirkte es wie ein Schritt nach vorne. Sie wusste Bescheid, er nicht. Er glaubte immer noch, er würde das Spiel bestimmen. Er wusste nicht, dass sich die Regeln geändert hatten. »Alles in Ordnung, Daniel.«

»Hör zu, ich weiß, es ist spät, lass mich erklären, was heute Morgen passiert ist und warum ich einfach abgehauen bin. Können wir reden?«

Wollte sie mit ihm reden? Rachel hatte ihr geraten, sich von ihm fernzuhalten, doch sie hatte das Versteckspiel satt. Sie wollte, dass er ihren Sohn und ihren Vater in Ruhe ließ. Wollte nach neun Tagen endlich ihrer Angst und ihrer Wut Luft machen und ihre Botschaft loswerden. »Wo bist du?«

»Ich fahre schnell zum Büro und hole Werkzeug, ich bin ungefähr zehn Minuten entfernt.«

So wie sie. Sie blickte kurz in den Rückspiegel. Folgte er ihr etwa? Folgte er ihr schon den ganzen Tag – hatte er ihren Dad belästigt und dann sie beobachtet, um zu sehen, wie sie reagierte? Doch hinter ihr war niemand.

»Hast du schon gegessen?«, fragte er. »Ich könnte was holen, wenn ich fertig bin.«

Er wollte sie unbedingt sehen. Vielleicht ging sie ja darauf ein – aber nicht zu seinen Bedingungen. Er würde sich nicht noch einmal ihrem Haus nähern, und seine Wohnung war feindliches Gebiet. Die Park Street war ein öffentlicher Ort an einer Hauptstraße. »Treffen wir uns im Büro.«

»Bist du sicher, dass du dorthin willst?«

»Es liegt auf meinem Weg.«

Liv fuhr zwei Häuserblöcke weiter am Büro vorbei und fluchte jedes Mal, wenn sie an einer Ampel halten musste.

Wo zum Teufel war er? Sie bog nach links ab und fuhr wieder zur Park Street zurück. Es war acht Uhr, immer noch parkten zahlreiche Autos am Straßenrand. Vermutlich Menschen, die in Cafés saßen oder in der Nachtapotheke etwas besorgen wollten. Aber nirgends stand ein dunkler Vierradantrieb. Sie blieb vor dem Gebäude stehen und spähte durch die Eingangstür. Drinnen brannte kein Licht. Konnte man von hier das Licht in seinem Büro sehen? Sie ließ ihre Blicke auf die andere Straßenseite schweifen. Beobachtete er sie von irgendeiner günstigen Position aus?

Er hatte von zehn Minuten gesprochen. Das war vor etwa einer Viertelstunde gewesen. Vielleicht war er doch weiter weg gewesen, als er angenommen hatte. Oder vielleicht war er im Parkhaus, weil ihm ihr Ton missfallen und er beschlossen hatte, jemand anderem, den sie liebte, etwas anzutun.

Wut stieg in ihr auf. Wem konnte er noch etwas antun? Heute Abend? Sie dachte an Kelly, Jason und die Mädchen und umklammerte das Lenkrad. Würde er zu ihrem Haus fahren? Was konnte er um acht Uhr abends ausrichten? Feuer legen, in ihr Haus eindringen, Waffen, Messer. Jede Menge Möglichkeiten. Vielleicht sollte sie Kelly anrufen und ihr sagen, sie sollte die Tür nicht öffnen. Und sie zu Tode erschrecken, wo sie gerade andere Sorgen hatte? Nicht jetzt. Stattdessen drückte sie aufs Gaspedal.

Das Parkhaus war nachts ein gefährlicher Ort – sie musste sich nur ihre Verletzungen ansehen. Aber sie wollte sich ja nicht länger dort aufhalten. Sie wollte nur nachsehen, ob sein Wagen dort stand. Kontrollieren, ob er Verstecken spielte oder ob er gar nicht erst erschienen war.

Sie sah in die Dunkelheit, auf die riesige Fläche im Erdgeschoss, während sie der Straße um das Gebäude folgte. Es war wie ein Déjà-vu. Zementplatten an Boden und Decke, schummriges, blinkendes Neonlicht, massive, dunkle Pfeiler.

Sie sah sich schon in Stöckelschuhen über den Asphalt jagen und fürchtete, eine Faust ins Gesicht verpasst zu bekommen.

Sie zählte fünf Autos, die willkürlich herumstanden, als wäre der Parkplatz zuvor überfüllt gewesen. Auf der Büroseite parkten zwei große Autos. Aus der Entfernung konnte sie nicht erkennen, ob eines davon seines war. Oder ob er sogar im Wagen saß, sie beobachtete, während sie langsam vorbeifuhr und er überlegte, ob sie jetzt wohl genug Angst hatte.

Ja, Daniel. Sie hatte Angst. Angst davor, was er anderen Freunden antun könnte, und wütend darüber, was er bereits angerichtet hatte. Angst und Wut – sie waren schuld, dass sich alles in ihrem Kopf drehte, ihre Arme prickelten und ihre Beine nervös zuckten. Sollte sie nachsehen – oder einfach wieder wegfahren? Aber wohin? Wenn sie nach Hause fuhr, stand er vielleicht mit einer Pizza vor der Tür. Und wenn sie nicht nachsah, würde sie nicht erfahren, ob er hier war oder draußen jemandem folgte.

Sie steckte ihre Karte in den Automaten, die Schranke an der Einfahrt ging hoch. Weiter vorne verschluckte die große, schummrig dunkle Fläche das Licht ihrer Scheinwerfer und reduzierte es auf zwei kleine Kegel, die auf eine Parkfläche von der Größe eines halben Fußballfelds fielen. Während sie im Rückspiegel sah, wie die Schranke wieder herunterging, verpuffte ihr Ärger, und Vorsicht machte sich in ihr breit. Sie brauchte ihre Karte, wenn sie wieder raus wollte – jetzt gab es kein schnelles Entrinnen mehr. Sie verriegelte die Türen von innen und kontrollierte die Fenster. Pass auf, bleib wachsam, achte auf deine Umgebung. Das hatte Daniel ihr geraten. Es war kein schlechter Rat gewesen.

Sie sah sich um. Links von ihr befanden sich Ab- und Auffahrt, die Tür zum Treppenhaus lag an der Westseite, gegenüber schlängelte sich der Fußgängerweg. Die fünf Autos waren auf der Parkfläche verteilt, also fuhr sie eine Schleife um die Pfeiler und an den ersten drei vorbei. Sie waren alle leer. Dann richtete sie ihren Blick auf die beiden großen Autos auf der anderen Seite und fuhr nahe genug heran, sodass das Licht ihrer Scheinwerfer sie beleuchtete. Beides waren Vierradantriebe. Einer davon konnte seiner sein.

Sie blieb stehen, sah sich den einen genau an und überlegte, ob er so aussah wie der, der in seiner Einfahrt gestanden hatte. Sie sah weder hinter sich noch zu den schattigen Pfeilern auf den Seiten.

Sah ihn nicht, bis er an ihr Fenster klopfte.

# 41

In der Stille ihres Wagens wirkte das Geräusch wie ein Donnerschlag. Sie wandte sich um und erkannte Daniels Gesicht nur Zentimeter von ihrem entfernt auf der anderen Seite der Glasscheibe. Ihre Kopfhaut fing vor Angst zu kribbeln an.

Wo kam er her? Wie lange hatte er sie schon beobachtet? Er wirkte besorgt und erstaunt. Nicht wie ein Mann, dem man auf die Schliche gekommen war. Andrerseits hatte er sie über eine Woche an der Nase herumgeführt. Er warf einen Blick über die Schulter in die Tiefen des Parkhauses. Kontrollierte er, ob sie alleine waren? Er bedeutete ihr, das Fenster herunterzulassen.

Nein, auf keinen Fall würde sie das tun. Sie warf einen Blick auf seine andere Hand, seine Beine, den Asphalt unter seinen Füßen. Er hatte gesagt, er müsste noch etwas holen. Trug er eine Waffe bei sich? Ein Werkzeug, einen Stock, eine Pistole? Sie sah nichts, aber er hatte Taschen in seiner Jacke und ihr in der Dunkelheit aufgelauert.

»Was ist los?«, fragte er dumpf durch die Scheibe. Er legte eine Hand auf das Autodach, beugte sich herab und sah hinein.

Sie wünschte, sie könnte sich bewegen, eine Entscheidung treffen oder etwas tun, statt wie das Kaninchen vor der Schlange dazusitzen. Sein Blick glitt über ihre Schulter zum Rücksitz, und eine Alarmglocke klingelte in ihrem Kopf. Raus hier, Liv! Los jetzt!

Sie presste ihren Fuß auf die Kupplung und fummelte an

der Gangschaltung herum. Komm, komm schon. War das der erste oder der dritte Gang? Sie trat aufs Gaspedal, hörte, wie der Motor eine halbe Sekunde orgelte und dann abstarb. »Mist.«

Er klopfte erneut an die Scheibe, diesmal mit der Faust. »Mach das Fenster auf.«

Sie tastete nach dem Schlüssel in der Zündung und ließ ihn nicht aus den Augen. Ein Geräusch irgendwo hinter ihm veranlasste ihn, sich aufzurichten und über das Autodach zu schauen. Dann wurde ihr alles klar. Er brauchte gar keine Waffe. Er war riesig. Seine massige Hand lag auf dem Autodach, seine Muskeln spannten unter seinem T-Shirt, er hatte eine breite Brust und einen kräftigen Nacken. Sein ganzer Körper war eine Waffe. Bis gestern hatte ihr das ein Gefühl der Sicherheit und noch vieles mehr vermittelt. Jetzt wirkte es nur noch bedrohlich. Als er sich wieder hinunterbeugte und zu ihr in den Wagen sah, seine Hand vom Dach löste und den Ellenbogen hob, überlegte sie, dass es ein leichtes Spiel für ihn wäre, die Fensterscheibe einzuschlagen. Innerhalb von Sekunden konnte er ihr seinen Unterarm ins Gesicht stoßen oder seine Hand um ihren Hals legen. »Komm schon, Liv. Rede mit mir.«

In seiner Stimme klangen Dringlichkeit und Enttäuschung; sie wusste, dass sie gar nicht so schnell den Wagen starten und wegfahren konnte, wie er hineingreifen und ihr etwas antun konnte. Sie ließ den Zündschlüssel los und fuhr das Fenster herunter.

Während das Fenster aufging, sagte er in die Öffnung: »Was ist los?« Als die Lücke endlich groß genug war, beugte er sich über den Rand und streckte den Kopf herein.

Instinktiv rutschte sie weg. Wollte er wissen, warum sie den Wagen abgewürgt hatte, oder sich nach ihrem Vater erkundigen? Sie kannte den Blick in seinen Augen. Er beobachtete, machte sich ein Bild. Das war keine Täuschung. Sie hätte am liebsten ihr Gesicht abgewendet, doch das hieße nur, weiter die Rolle des verzweifelten, verängstigten Opfers zu spielen – und davon hatte sie die Nase voll.

Die Mittelkonsole des Wagens drückte in ihre Hüfte, der Sicherheitsgurt lag über ihrer Brust. Sie war eingeklemmt und unfähig, sich schnell zu bewegen, also löste sie den Gurt und achtete darauf, entschlossen und nicht defensiv zu wirken. Dann zuckte sie die Achseln – locker, beiläufig, keineswegs panisch vor Angst. »Nichts ist los«, sagte sie.

Zweifel blitzten kurz in seinem Blick auf, dann entspannten sich seine Züge wieder. »Liv, hör zu. Ich will einfach nur mit dir reden.«

Er ging in die Hocke und sah ihr auf Augenhöhe ins Gesicht. Er legte seine Arme locker in den Fensterrahmen, als unterhielte er sich mit einem Freund. Unter anderen Voraussetzungen hätte das vielleicht sogar funktioniert. Doch es war dunkel, sie waren alleine, er war kräftig und durchtrainiert – und wirkte bedrohlich.

Die Angst flüsterte ihr ein, auf den Beifahrersitz zu rutschen und durch die Beifahrertür zu fliehen, doch sie wusste, dass sie es niemals schaffen würde. Sie griff nach der Tür, schob sie auf und spürte seinen massigen Körper, als sie ihn zurückdrängte und auf den Asphalt trat. »Okay, lass uns reden.«

Doch er sagte nichts, jedenfalls nicht sofort. Sie standen sich an der offenen Autotür gegenüber, während das Licht der Innenbeleuchtung in die Dunkelheit zwischen ihnen fiel. Er wirkte unsicher, ein wenig sauer. Dann fiel sein Blick auf ihre steifen Schultern und die Füße. Sie wirkte, als könnte sie jeden Moment loslaufen. Also änderte er die Taktik, entspannte seinen Körper und öffnete die Hände.

»Können wir irgendwo hingehen?«, schlug er vor. »Der Pub oben an der Straße hat geöffnet.«

Sie sah sich um. Von der Park Street drang Verkehrslärm herein, die Lichter der Hauptstraße beleuchteten die Einfahrt zum Gässchen, doch das Parkhaus selbst und die enge Zufahrtsstraße waren menschenleer. Ihr gefiel es hier drinnen nicht, aber sie wollte auch nicht ihren Wagen verlassen. Sein Licht gab ihr Sicherheit. Wenn sie wegging, konnte er sie stillschweigend ermorden, und bis morgen würde niemand sie finden. »Nein, wir können auch hier reden.«

Er schien nicht sonderlich glücklich darüber. Er ließ den Blick zu seinen Füßen gleiten, atmete durch und sah wieder auf. »Falls ich dich erschreckt habe, ich bin …«

»Mich erschreckt?«, spuckte sie giftig aus.

Er begriff, dass er einen Fehler gemacht hatte, und hob beschwichtigend die Hände. »Ich wollte nur sagen …«

»Willst du wissen, ob ich Angst habe? Willst du hören, dass ich am ganzen Leib zittere? Dass ich starr bin vor Schreck? Dass ich mir vor Angst fast in die Hose mache?«

»Was?«

Sie ignorierte sein Stirnrunzeln; natürlich musste er so tun, als wüsste er nicht, was sie meinte. »Würde das deine Albträume endlich besiegen?«

»Ich weiß doch gar nicht, wie ich sie besiegen soll!«

»Tatsächlich? Oder willst du, dass ich noch mehr Angst bekomme?«

Fassungslos sah er sie an. »Du denkst, dass ich es bin?«

»Wie wäre es mit total verängstigt? Wärst du damit zufrieden, du Arschloch?«

Er machte einen Schritt auf sie zu. Sie wich zurück und wünschte, sie hätte es nicht so weit getrieben. Er joggte. Genau wie sie, doch er war kräftiger und hatte längere Beine. Konnte sie es bis zur Straße schaffen, bevor er sie einholte? Vielleicht musste sie ja auch nur um den Wagen laufen und ihr Handy schnappen, das auf dem Beifahrersitz lag. Und dann? Ihm damit drohen? Warten, bis er sie niederschlug, während sie versuchte zu telefonieren?

»Du hast das alles falsch verstanden, Liv. Ich bin es nicht. Ich will nicht, dass du Angst hast. Ich möchte, dass du in Sicherheit bist. Ich wünsche mir für dich nur, dass das alles endlich vorbei ist.«

Der besänftigende Ton in seiner Stimme jagte einen Schauder über ihren Rücken. Liv, sei auf der Hut! Er ist gewalttätig. Er hat sich nur gut im Griff. Und sie wollte, dass das so blieb. Sie atmete tief durch und antwortete ebenso ruhig wie er:

»Daniel, ich weiß, weshalb du deinen Job bei der Feuerwehr aufgegeben hast. Ich weiß auch über die Klagen Bescheid. Ich habe miterlebt, was die Albträume mit dir machen. Du brauchst Hilfe.«

»Die Klagen?«, sagte er nun lauter. »Was zum Teufel haben die Klagen mit all dem zu tun?«

Sie blieb ruhig. »Du musst aufhören.«

»Es ist nicht, wie du denkst. Die Klagen … Liv, das ist nicht dasselbe. Ich will dir nicht wehtun. Ich möchte, dass du in Sicherheit bist. Herrgott, meinetwegen und deinetwegen.«

Ja, das wusste sie bereits. »Du musst mich nicht retten, Daniel. Ich will nicht, dass du mich rettest. Hast du gehört?«

»Wie hast du von den Klagen erfahren?«

»Bitte geh jetzt.«

»Wer hat dir von den Unterlassungsklagen erzählt?« Er drückte sich an die Tür. »Was hat man dir noch alles erzählt?«

»Genug, dass ich mir ein Bild vom Rest machen kann.«

»Welchem Rest?«

Sie sprach es nicht aus, er las es in ihrem Gesicht.

Seine Stimme hallte durch das Parkhaus. »Herrgott, du denkst, ich habe den Menschen, die dir was bedeuten, was getan? Du glaubst, ich habe Teagan von dem Parkdeck gestoßen und bin dann runtergerannt, um nachzusehen, wie viel Schaden ich angerichtet habe?«

»Warst du es?«

Er fuhr sich immer wieder mit der Hand durch das stoppelige Haar. »Wer hat dir von den Unterlassungsklagen erzählt?«

Sie hätte am liebsten geschrien, dass die Bullen Bescheid wussten. Dass es nur noch eine Frage der Zeit war, bis er dafür bezahlte, was er getan hatte. Doch Rachel hatte gesagt, sie bräuchte noch Beweise. Würde er verschwinden, wenn er erfuhr, dass sie ihm auf den Fersen waren?

»Das war Rachel, nicht wahr? Was zum Teufel denkt sie sich dabei? Sie hat das total falsch verstanden, Liv. Hör nicht auf sie.« Er schlug unwirsch die Autotür zu, sodass die Barriere zwischen ihnen verschwand und der Knall durch die Garage hallte.

Das war's. Nur sie und er. Sie machte einen Satz zurück und baute automatisch einen Sicherheitsabstand zu ihm auf – Füße leicht gespreizt, linker Fuß vorne, Gewicht gleichmäßig verteilt. Ihre Arme hingen seitlich herab, sie konnte jederzeit die Fäuste ballen.

Er zog die Augenbrauen zusammen. »Du machst dich kampfbereit?«

»Halt dich fern.«

»Soll das eine Falle sein? Warten wir auf Rachel?«

»Ja.« Er sollte das ruhig glauben.

Er streckte die Brust heraus und kam auf sie zu. Spott lag in seiner Stimme. »Hat sie dich geschickt, um mir ein Geständnis zu entlocken?«

»Genau.« Sie schob sich rückwärts am Wagen vorbei. »Ich tue das gern, du Schwein.«

»Verdammt, Livia. Wer glaubst du, wer ich bin?«

Er schrie sie an, sodass sie die Fäuste hob. »Ich weiß nicht, wer du bist.«

Er schlug wieder einen sanfteren Ton an. »Liv, ich würde dir niemals was tun. Bitte.« Er griff nach ihrem Handgelenk.

Sie wich aus, zog sich zurück, tänzelte in der Nähe des Wagens, der jetzt zwischen ihr und Daniel war, hinter ihr herrschte Dunkelheit. »Bleib mir vom Leib.«

Doch das kümmerte ihn nicht. Er redete weiter und kam auf sie zu. »Liv, komm schon. Sei doch nicht so. Es ist nicht, wie du denkst.«

Sie hatte zwei Möglichkeiten. Entweder sie zog sich weiter in die Dunkelheit zurück, oder sie griff ihn an. Sie stellte ihren linken Fuß fest auf den Boden, hob ihren rechten und trat fest zu. *Nichts setzt jemanden schneller außer Gefecht als ein Tritt mit dem Absatz gegen das Knie*. Das hatte er gesagt. Und er hatte recht gehabt.

Sie spürte, wie die Knochen unter ihrem Schuh knirschten und hörte ihn vor Schmerz aufjaulen. Er krümmte sich und ging zu Boden, knallte mit der Schulter gegen die Fahrertür und schlug auf dem Boden auf. *Niederschlagen und wegrennen*. Den Rat hätte sie sich auch zu Herzen nehmen sollen, doch das konnte sie nicht, sie musste es zu Ende bringen.

Sie beugte sich über ihn. »Ich habe keine Angst. Ich habe dich verdammt noch mal satt. Lass mich in Ruhe! Und halte dich von den Menschen fern, die ich liebe!«

Eine Hand versuchte ihren Knöchel zu greifen.

Sie lief los, weg von ihm, das Herz schlug ihr bis zum Hals, sie keuchte.

»Liv.«

Das war nicht Daniel. Die Stimme kam aus der entgegengesetzten Richtung. Sie wandte den Kopf, da trat Ray aus dem Schatten hinter dem anderen Wagen hervor.

»Ray, Gott sei Dank.«

»Kann ich dir helfen?«

Sie zeigte auf Daniel. »Daniel. Es ist Daniel Beck. Er … Er hat …« Ihr Mund war wie ausgetrocknet. Sie schluckte und versuchte es erneut. »Ich muss die Polizei anrufen. Hast du ein Telefon?« Sie wollte nicht mehr alleine zu ihrem Auto zurückgehen.

Er klopfte auf seine Tasche. »Nein, nicht dabei. Das liegt auf meinem Putzwägelchen. Ich bin nur kurz rausgekommen, um etwas frische Luft zu schnappen. Ich putze heute Abend die Praxis des Kieferorthopäden. Das mache ich mittwochs immer.«

Es war ihr scheißegal, welches Büro er saubermachte. Daniel versuchte sich auf die Seite zu rollen. Ihre Schlüssel lagen im Auto. Die Schlüssel zu ihrem Haus. »Ist der Eingang offen? Ich muss die Polizei verständigen.«

»Ich habe den Notausgang offen gelassen. Braucht Daniel Hilfe?«

»Nein. Ich brauche welche. Bleib bei ihm. Pass auf, dass er nicht verschwindet. In meinem Kofferraum liegt ein Schirm. Wenn er abhauen will, zieh ihm damit eins über. Er ist das Arschloch, das mich stalkt.«

Sie lief auf die Fahrbahn und hoffte, Ray wäre bestürzt genug über die Gewalt in seinem Revier, um seinen Job ordentlich zu machen. Es dauerte ja nicht lange. Daniel bewegte sich ein wenig, würde aber vorläufig keinen schnellen Abgang machen.

Der Notausgang war mit einer Stehleiter festgekeilt. Sie riss die Tür auf, blinzelte im plötzlich hellen Licht und lief zum Flur. Alle Büros waren dunkel, sie entdeckte Rays Putzwägelchen im Empfang des Kieferorthopäden. Sie versuchte die Tür zu öffnen. Sie war zugesperrt. Mist.

Genau wie die nächste Tür und die dahinter. Sie lief auf die andere Seite zurück, als plötzlich die Tür zum Notausgang aufschwang und Ray dastand.

»Ich habe keinen Schlüssel«, sagte sie, als sie vor ihrem Büro stand.

»Nein.«

Sie zögerte. Irgendwas stimmte nicht. »Wo ist Daniel?«

Er presste die Hände wie zum Gebet zusammen. »Es ist alles in Ordnung, Liv. Ich habe mich um ihn gekümmert.«

Sie hatte weder Zeit noch Geduld für seine Betulichkeit, hoffte allerdings, dass er das Schwein mit irgendeinem Seil gefesselt hatte. »Hast du einen Schlüssel?«, zischte sie.

Er nahm die Standleiter aus dem Notausgang und stellte sie in den Flur. Er handelte wohlüberlegt und sehr bewusst. Sie hätte ihn am liebsten angeschrien und ihm gesagt, er solle sich verdammt noch mal beeilen. Was sollte das alles überhaupt? Typisch Ray. Er konnte gar nicht anders. Er wartete, bis sich die hydraulisch betätigte Tür langsam geschlossen hatte, und drehte sich dann zu ihr um. Sie biss ungeduldig die Zähne zusammen und wartete auf seine Antwort.

»Liv, hast du jetzt Angst?«

## 42

Liv erstarrte.

Das Schloss des Notausgangs schnappte ein. Ein Klicken im stillen Flur.

War es wirklich *Ray*?

Der freundliche, oft linkische Ray.

»Ich sehe es ja selbst, dass du Angst hast. Endlich.« Er stand an der Tür, die Hände auf dem Werkzeuggürtel, und lächelte, als erwarte er, dass sie ihm sagte: »Gut gemacht.«

»Großer Gott.« Furcht breitete sich in ihrer Brust aus. Waren es am Ende Ray und Daniel gemeinsam? Oder Ray alleine? Sie entfernte sich von der Tür und stützte sich mit der Hand an der Wand ab.

»Ich wusste, dass du kommen würdest, sobald dir der Ernst der Lage klar geworden wäre.« Er sagte das, als wollte er sie loben.

Hatte er das im Sinn gehabt? Wollte er, dass sie herkam? Aber warum zum Teufel? Sie war jeden Tag hier. Nein, Moment mal. Er wollte, dass sie Angst hatte. Vielleicht reichte es ihm, wenn sie ihm das zeigte. Er bekäme, was er wollte, und sie konnten weitermachen. Es war wirklich Ray. Und der gab sich stets mit einem klaren Ja oder Nein zufrieden. »Ja, ich habe Angst. Ehrlich gesagt, mehr als das. Könntest du mich in mein Büro lassen?«

»Nein.«

»Ich habe meinen Schlüssel im Auto gelassen. Ich muss rein.«

»Nein.«

»Aber Daniel …«

»Unser Mr. Beck ist kein Problem.«

Livs Mund wurde trocken. Meinte er damit, Daniel wäre kein Problem, weil er und Ray gemeinsame Sache machten? Oder … oder … Sie hatte Daniel gegen sein Knie getreten und ihn schmerzverzerrt am Boden liegen lassen. Ihn Ray überlassen. »Wo ist Daniel?«

Ray drückte den Hebel des Notausgangs hinunter und presste sich mit der Schulter dagegen. Die Tür bewegte sich nicht, machte keinerlei Geräusch – sie war fest verschlossen. Er lächelte zufrieden. »Wo du ihn gelassen hast. Ich habe nur dafür gesorgt, dass er nicht stört.«

O Gott. »Was hast du getan?«

»Ich musste nicht viel tun. Das meiste hast du schon erledigt. Ich verstehe jetzt, warum du die Gefahr immer heruntergespielt hast. Du bist ziemlich tough.«

Sie drückte den Rücken an die Wand. War Daniel tot? Hatte Ray ihn umgebracht? In seinem Gürtel steckte ein großer Schraubenschlüssel. Damit konnte man jemandem den Schädel zertrümmern. Beruhige dich, Liv. Das war doch nur Ray. Der freundliche, sich ewig anbiedernde Ray. Würde er das Putzen unterbrechen, um jemandem den Schädel einzuschlagen?

Verdammt. Daniel war der Einzige, der wusste, dass sie hier war.

Sie warf einen Blick zum Haupteingang und sah die Scheinwerfer der vorbeifahrenden Autos. Die Tür war aus Glas. Sie könnte es zertrümmern, Krach machen. Weglaufen.

»Oh, lass es, Livia. Das ist Sicherheitsglas, wie man es auch in Gefängnissen verwendet.«

Er ging durch den Flur zu Anthonys Büro und redete weiter, während er kontrollierte, ob es verschlossen war. »Ich habe den Vermieter dazu gebracht, es nach dem Einbruch letzte Woche auszuwechseln. Das war zwar nicht der Zweck der ganzen Arbeit, aber jetzt kommt es mir zugute.«

Der Zweck seiner Arbeit? Ihr Büro war zerstört worden, und sie hatte gedacht, es wäre eine brutale, willkürliche Tat gewesen, während er davon redete wie von einem neuen Wandanstrich. Irgendwie passten seine Worte nicht mit den Handlungen zusammen. Vielleicht hatte sie es falsch verstanden. Vielleicht war nichts so, wie sie dachte. »Hast du auch mein Büro verwüstet?«

Er blieb vor der Praxis des Kieferorthopäden stehen und legte seinen Kopf schief, als habe er sie ertappt. »Du bist wirklich eine schlechte Schauspielerin, Livia. Obwohl du mit der Polizei heute Morgen eine beeindruckende Show abgezogen hast. Ich dachte schon, sie würden dich ebenso durchschauen wie ich. Darum bin ich in der Nähe geblieben, nur für alle Fälle.« Sie wich weiter den Flur zurück und hielt Abstand, während er in Schlangenlinien von Büro zu Büro lief. »Aber sie sind blöd wie immer. Sie werden es niemals rausfinden.«

Hatte er so etwas schon mal gemacht? Sie lief rückwärts an der letzten Tür vorbei und blieb zwischen ihr und dem Eingang stehen. Was hatte er zuvor schon mal getan? Drohbriefe geschrieben? Eigentum zerstört, Menschen verletzt? Jemanden in einem Gebäude gefangen gehalten? Er stand jetzt mitten im Flur, hatte die Hände wieder am Werkzeuggürtel und sah sie an. Sie käme nicht an ihm vorbei – und selbst wenn, der Notausgang war versperrt. Sie blickte zum Eingang. Das war eine Sackgasse, aber die einzige Möglichkeit.

Sie spürte die kalte Scheibe an ihren Schultern, als er sich ihr näherte. Sie drehte den Kopf und spähte auf die Straße.

»Durch das getönte Glas sieht uns niemand.« Seine Stimme klang plötzlich sehr nah und vertraut. Sie wandte sich um, er stand fast unmittelbar vor ihr.

Der Geruch von herbem Aftershave und schlechtem Atem stieg ihr in die Nase. Er schien sie damit ersticken zu wollen, doch bisher hatte er sie nicht berührt. Er stand nur da mit stolzgeschwelltet Brust, lächelte freundlich und hatte die Hände in die Hüften gestemmt. So wie er sich immer vor ihr aufbaute, wenn er anbot, ihr einen Kaffee zu holen.

Sie zwang sich, sein Lächeln zu erwidern. Es fühlte sich wie eine Grimasse an. »Und, machst du mir jetzt die Tür auf?« Es sollte wie ein Witz klingen, als würde er sie auf den Arm nehmen und sie ginge darauf ein.

Etwas Hartes, Spitzes stach in ihren Bauch. Sie sah nach unten. Es war ein Schraubenzieher – lang wie ein Lineal und fingerdick. Ray umklammerte den Griff, während die Spitze sich in den Stoff ihrer Bluse bohrte. Er machte einen halben Schritt vorwärts. Weiter ging nicht. Doch es war genug, sodass sich ihre Fußspitzen berührten und sein Atem feucht über ihr Gesicht strich. Er drückte freundlich, aber bestimmt den Schraubenzieher in das weiche Fleisch unter ihrer Brust.

»Livia, du bist hier sicher. Niemand kann hier einbrechen.« Er lächelte weiter freundlich, während er langsam den Schraubenzieher unter ihre letzte Rippe drückte.

Es war mehr ein Druck als ein Schmerz, fühlte sich aber an, als reichte ein tieferer Atemzug, um ihn durch ihre Haut zu stoßen. Sie blieb vor Angst wie angewurzelt stehen. Doch das war nicht alles, was sie fühlte. Einen kurzen, überraschenden Augenblick verspürte sie Erleichterung. Er war es tatsächlich. Ray war es. Und nun standen sie sich gegenüber. Dann war der Augenblick vorbei, und kochende Wut erfasste sie. Ray wollte ihr etwas antun. Noch so ein Arschloch, das es auf sie abgesehen hatte.

»Livia, komm jetzt bitte den Flur entlang.« Er klang höflich. In seiner Stimme lag keinerlei Drohung, nichts, das zu dem Schraubenzieher an ihrer Brust passte.

Ihre Kiefermuskeln spannten sich an, als sie ihn ansah. »Ray, ich möchte jetzt gehen.«

»Livia, ich habe dich freundlich gebeten.«

»Bitte, Ray.«

Das freundliche Lächeln auf seinem Gesicht wurde hart und gemein, er kniff die Augen zusammen, und etwas Hässliches blitzte dahinter auf. Instinktiv zuckte sie zusammen. Sein Griff wurde härter, sie machte sich auf Schmerzen gefasst.

»Geh den Gang entlang!«, schrie er mit weit geöffnetem Mund und wutverzerrtem Gesicht.

Ihre Wangen waren mit Spucketropfen übersät. Die Spitze des Schraubenziehers bohrte sich tiefer unter ihre Brust. Sie keuchte und wartete darauf, dass er ihre Haut durchbohren und ihre Lunge wie einen Fahrradschlauch durchstechen würde. Doch das tat er nicht. Die Wut dauerte nur einen kurzen Augenblick, dann schien er sie unter Kontrolle zu haben.

»Schon gut«, flüsterte sie.

Er ließ die Schultern sinken und lächelte wieder. Drückte ihr aber noch immer den Schraubenzieher in den Bauch und ließ ihr gerade genug Raum, dass sie mit dem Rücken an der Wand um die Ecke gehen konnte.

»Livia, bitte geh weiter.«

Ungeschickt schob sie sich an der Wand entlang.

»Ich hoffe, es macht dir nichts aus, dass ich dich Livia nenne.« Ray lief neben ihr, setzte den rechten Fuß voran und zog den linken nach. »Ich weiß, dass dich alle Liv nennen, Livia ist aber offizieller. Es ist wichtig, dich an meine Autorität zu erinnern.«

Reichte der Schraubenzieher an ihren Rippen nicht?

Er schwitzte. Es waren aber keine Schweißperlen oder Tropfen, sein ganzes Gesicht glänzte unter einer Schweißschicht, als habe er Nachtcreme aufgelegt. Und auf seinem

Hemd tauchten überall kleine feuchte Stellen auf – unter den Achseln, über der Brusttasche. An der Tür zu Prescott and Weeks hielt er sie an.

»Bitte streck die Hände aus.«

Sie hob die Hände mit den Handflächen nach oben, ihre Fingerspitzen zitterten.

»Handgelenke zusammen, danke.« Er wartete, bis sie so weit war. »Ich stecke jetzt den Schraubenzieher wieder in den Gürtel und fessle deine Hände. Wenn du versuchst dich zu bewegen oder mich anzugreifen, breche ich dir die Nase.« Er hob die Augenbrauen wie ein Lehrer, der seinen Schüler zurechtweist.

Sie musste an seinen Wutausbruch denken und nickte.

Hinter seinem Rücken tauchte eine Rolle silberfarbenen Klebebands auf. Er kratzte mit dem Daumennagel das Ende auf, rollte die klebrige Seite auf und schlang sie um ihre Handgelenke.

Als er damit fertig war, sah es wie ein dickes Silberarmband aus, das von der Handwurzel über die Handgelenke lief, aber noch weit genug war, sodass ihr Puls darunter schlagen konnte. Der Druck auf die Ellenbogen zwang Livs Brüste nach oben, sodass sie durch die Bluse drückten. Ray sah es und grinste dreckig. Sie winkelte die Arme ab, bedeckte sich damit, sah weg und versuchte nicht an die Begierde in seinem Blick zu denken.

»Nein, nein, nein«, sagte er. »Mach dir da mal keine Sorgen.« Er nahm ihr Kinn und zwang sie, ihn anzusehen. »So bin ich nicht, Livia. Versteh mich nicht falsch, ich finde dich attraktiv, aber das darf meine Entscheidungen nicht beeinflussen. Vor allem dann nicht, wenn ich dich in Sicherheit bringen will.«

»Indem du mir einen Schraubenzieher in die Rippen stößt?«

»Das ist nur zu deinem Besten, Livia. Du warst widerspenstig, das hat mir die Arbeit sehr erschwert. Aber ich versichere dir, das wird dir nicht helfen. Nur ich kann dir helfen. Bitte setz dich auf den Boden.« Er berührte warnend seinen Werkzeuggürtel.

Sie kauerte sich zusammen. Widerspenstig? Wann? Und wie zum Teufel hatte das seinen Job beeinflusst? Er war nur ein verdammter Hausmeister.

»Ganz auf den Boden bitte.«

Als sie mit dem Hintern auf dem Boden gelandet war, stieß er mit dem Fuß gegen ihre Beine, hielt ihre Fußknöchel fest und begann auch sie zu fesseln.

# 43

»Ich wusste, dass meine Botschaft an deinen Vater dich hierherbringen würde.« Seine Stimme klang freundlich, als er das Klebeband um ihre Knöchel wand. »Väter und Töchter haben eine enge Bindung. Meiner hat meine drei Schwestern auch geliebt. Auf falsche Weise, aber sie hatten eine enge Beziehung.« Er stand auf und sah jetzt wie eine strenge Gouvernante auf sie herab. »Lauf nicht weg.«

Er pfiff monoton vor sich hin, während er mit irgendetwas in der Praxis des Kieferorthopäden hantierte. Ray war schon immer ein komischer Kauz gewesen. Liv hatte ihn verteidigt und gesagt, der arme Kerl täte alles, um sich beliebt zu machen. War sie völlig blind gewesen? Der war doch total verrückt.

Liv presste die Hände zwischen die Knie, um ihre zitternden Finger und die aufsteigende Übelkeit zu verbergen. Sie blickte auf und sah wieder den Gang entlang. Gerader Flur, vorn und hinten verschlossene Türen und acht ebenfalls verschlossene Glastüren entlang der Wand. Die Bürotüren waren aus herkömmlichem Glas. Sie hätte sie einschlagen können. Aber wozu? Nur die beiden vorderen Büros hatten Fenster zur Straße. Vielleicht waren die nicht einbruchsicher wie das Glas der Eingangstür, doch auch sie waren letztes Jahr ausgewechselt worden, nachdem sie von Rowdys eingeschlagen worden waren, und hatten einem weiteren Überfall standgehalten. Außerdem war sie an Händen und Füßen gefesselt. Sie würde es nicht über den Flur schaffen, Ray war nur ein paar Schritte von ihr entfernt.

»Ich komme gleich, Livia«, rief er.

Seine Fröhlichkeit trieb ihr den Schweiß auf die Stirn. Als sie das schwere Werkzeug sah, das an seinem Gürtel hing, als er wieder durch die Tür kam, wünschte sie sich, er hätte ihr zuvor schon den Schraubenzieher ins Herz gestochen. Er trug eine Pistole. Aber keine wie Rachel sie im Halfter trug. Er hatte eine dicke, klobige, orangefarbene Nagelpistole dabei. Liv hatte ihn damit schon im Büro herumhantieren und lange Stahlnägel in Balken rammen sehen. Sie konnte ihren Blick nicht davon abwenden, als sie so von seinem Gürtel baumelte, während er einen Stuhl in die Mitte des Raumes stellte.

»Bitte steh auf.« Er wartete, bis sie auf den Beinen war, und griff nach ihrem Ellenbogen, als sie umzukippen drohte. »Tut mir leid, du musst bis zum Stuhl hüpfen.« Er steuerte sie freundlich, als sie wie ein Känguru voranhüpfte. »Bitte setz dich.«

Sie hätte ihm am liebsten gesagt, mit dem beschissenen Bitte aufzuhören, doch dann sah sie, dass er ein Klappmesser in der Hand hielt. Sie hob ihre gefesselten Hände wie ein Schutzschild vor sich. »Herrgott, Ray. Nicht. Sag doch einfach, was du willst.«

»Livia, ich möchte, dass du dich setzt und schweigst.«

Also setzte sie sich, hielt die Luft an und überlegte, wie bekloppt er wohl wirklich war.

Er zog Kabelbinder aus der Hosentasche, wie sie auch die Polizei benutzte, wenn sie nichts anderes zur Hand hatte, brachte sie weit oben an ihrer linken Wade an und fesselte sie ans Stuhlbein. Dann durchtrennte er weiter unten das silberfarbene Klebeband an ihren Fußknöcheln und fesselte ihr rechtes Bein an das rechte Stuhlbein. Er wickelte neues Klebeband um ihren Oberarm und Oberkörper, sodass sie an die Stuhllehne gefesselt war.

»Das sieht total umständlich aus«, sagte er. »Aber du glaubst gar nicht, was die Leute alles machen, wenn ich versuche sie zu sichern. So finde ich es am besten.« Er klebte ein Stück Klebeband über ihren Mund, trat zurück und begutachtete sein Werk. »Das müsste reichen.«

Als er zum Notausgang ging, ergriff Liv Panik. Sie hätte sie am liebsten ausgespuckt, nach Luft geschnappt und ihn angeschrien, sie laufen zu lassen. Doch sie konnte die Lippen unter dem Klebeband nicht bewegen.

Er schloss den Notausgang auf und sah sich auf der Türschwelle noch einmal nach ihr um. »Es dauert nicht lange. Sei brav.«

Die Stille im Flur war genauso erstickend wie das Klebeband, das sie gefesselt hielt. Sie bekam keine Luft, konnte sich nicht bewegen. Sie würde sterben. Ihre Ohren dröhnten von dem Adrenalin, das durch ihren Körper jagte, und sie versuchte vergeblich, ihre Atmung unter Kontrolle zu bringen. Ihr wurde schwindelig, ihr wurde schwarz vor Augen. Mist, Liv, du wirst ohnmächtig. Reiß dich zusammen! Sie zwang sich, durch die Nase zu atmen, hielt die Luft an, atmete aus. Tat das immer und immer wieder, so lange, bis sie nur noch das leise Rauschen des Verkehrs auf der Straße hinter sich hörte.

Dann prüfte sie die Fesseln. Sie kam mit den Schuhen auf den Teppich, bewegte ihre Unterarme rauf und runter und drehte den Kopf. Wenn sie sich kräftig genug mit den Zehen abstieß, konnte sie vielleicht den Stuhl kippen. Und dann? Wenn er sie so vorfand, würde er sagen, dass sie nicht brav gewesen sei, und was würde dann passieren?

Sie kniff die Augen zusammen und blendete den Gedanken aus. Vor einer halben Stunde hatte sie noch gedacht, dass Daniel der Stalker sei. Sie hatte gedacht, er würde sie aus dem Wagen zerren und auf dem Asphalt tot liegen lassen. Nun konnte es sein, dass er tot war und sie hier drinnen sterben würde.

Vielleicht hatte sie die ganze Zeit darauf zugesteuert. Ein ganzes Jahr lang hatte sie sich wie in einem langen schwarzen Tunnel gefühlt und gehofft, irgendwann das Licht zu sehen und rufen zu können, »ich habe es geschafft«, wenn sie nur lange genug vorankroch und sich nicht unterkriegen ließ. Doch vielleicht war das gar kein Tunnel. Vielleicht war es genau so, wie Kelly gesagt hatte – ein tiefes, beschissenes Loch, und sie stand kurz davor, ganz unten anzukommen. Dass die Abwärtsspirale des vergangenen Jahres keine Prüfung war, sondern eine Höllenfahrt zum blutigen Ende. Nichts als die Vorbereitung auf ihre Niederlage. Und ihre ganze Strampelei ums Überleben war vollkommen sinnlos gewesen.

Sie hörte ein Geräusch und erstarrte. Ein Schlurfen, ein Aufprall. Draußen vor dem Notausgang. War das Ray oder jemand anderes, der ihr vielleicht helfen konnte? Ein erstickter Laut drang aus ihrer Kehle. Ein Schrei hinter dem verklebten Mund – den niemand hören konnte. Dann riss jemand die Tür auf, und Daniel kam herein.

Ihr Verstand brauchte einen Moment, um zu begreifen, dass er am anderen Ende des Flurs stand. Seine Schultern füllten die Tür. Er wirkte sehr groß und sehr wütend. Instinktiv dachte sie an die Unterlassungsklagen und dass er sich geweigert hatte, Rachel eine Schriftprobe abzugeben. Doch er hatte Blut im Gesicht, hellrot rann es seine Wange herunter. Sie hatte ihn ins Knie getreten, nicht ins Gesicht. Er taumelte vorwärts, seine Bewegungen waren ruckartig. Kam er, sie zu retten? Hatte er sich für sie über den Asphalt geschleppt? Dann erst sah sie es – seine Hände waren auf den Rücken gefesselt, und über seinem Mund klebte ein Klebestreifen.

Ray stieß ihn vor sich her, drehte sich um und verschloss den Notausgang wieder. Daniel warf ihr einen wütenden

Blick zu. Es war ihre Schuld, dass auch er in die Sache verwickelt worden war. Ihre Schuld, dass er nicht laufen konnte, dass sein Gesicht blutete und seine Hände gefesselt waren. Sie hatte ihn für alles verantwortlich gemacht, was ihr widerfahren war – er hatte allen Anlass, sauer zu sein.

»Schön, das wäre erledigt«, sagte Ray, stieß Daniel vor sich her zur Wand neben seinem Büro und bedeutete ihm, sich zu setzen. Währenddessen sah Liv, dass seine Hände genau wie ihre mit einem breiten, silberfarbenen Klebeband auf den Rücken gefesselt waren.

Ray lächelte jetzt nicht mehr, er schien nur noch ungeduldig, weil Daniel das Gesicht vor Schmerz verzerrte, während er versuchte, sein kaputtes Bein zu bewegen. Auf halber Höhe stieß er Daniel das Knie in die Hüfte und schubste ihn auf den Teppich.

Daniel stöhnte auf vor Schmerz, während Ray ihn angrinste. »Ist es so besser? Na, wie mutig fühlen Sie sich jetzt, Mr. Securityman?« Er zog die Nagelpistole aus dem Werkzeuggürtel und hielt den Lauf unter Daniels Kinn. »Wo ist dein Erste-Hilfe-Kasten jetzt, du verdammter Angeber?«

Tu ihm nichts, schrie Liv, doch die Worte waren nur in ihrem Kopf, unter dem Klebeband drangen lediglich gedämpfte Grunzlaute hervor.

Ray warf einen flüchtigen Blick den Flur entlang auf sie, zielte mit der Nagelpistole auf Daniels Knie und drückte ab, sodass das Bein sich streckte und Daniel vor Schmerz den Kopf in den Nacken warf.

Liv brüllte hinter ihrem Klebeband.

Die Nagelpistole blieb an Ort und Stelle, als Ray sie ansah und die Augenbrauen hob. »Ein Nagel zu viel, denkst du?«

Sie nickte heftig immer wieder.

»Na schön«, sagte er, als habe sie ein gutes Argument geliefert und er widerwillig seine Meinung geändert. Dann versetzte er Daniels Bein einen Tritt, ließ ihn stöhnend zurück, ging zu Liv und riss ihr das Klebeband vom Mund.

Sie hatte das Gefühl, als würden ihre Lippen abreißen. Sie konnte kaum sprechen, lallte nur laut: »Daniel, es tut mir leid. Es tut mir so leid.«

»Es muss dir nicht leidtun«, sagte Ray gelassen. »Es ist allein seine Schuld. Wenn er mir nicht in die Quere gekommen wäre und meinen Job machen wollte, hätten wir das schon letzte Woche erledigen können.«

»Wieso? Was erledigen?«, schrie sie.

Er antwortete geduldig und wohlüberlegt. »Mein Job ist es, mich um die Leute in diesem Bürogebäude zu kümmern. Das war schon immer mein Job. Ich bin von Anfang an hier. Daniel hatte seinen eigenen Job und hat dann versucht, mir meinen wegzunehmen. Das hätte er nicht tun sollen.«

Wovon zum Teufel redete er da?

Sie atmete tief durch und versuchte den passenden Ton zu finden. »Ray, ich glaube, da hast du was falsch verstanden. Ich glaube kaum, dass Daniel deinen Job übernehmen will. Du machst ihn hervorragend.«

Er beugte sich herab und schrie ihr ins Gesicht: »Und warum bist du dann nicht zu mir gekommen, hä?«

# 44

»Ich hätte dich am vergangenen Montagabend auch zum Auto bringen können«, sagte er, als wäre sie ein Kind, dem man eine wichtige Lektion beibringen musste. »Ich begleite die anderen Frauen auch alle zu ihren Autos, wenn es dunkel ist. Ich habe dir extra noch von den Rowdys erzählt und dir sogar die kaputten Lampen gezeigt. Hätte ich dich zum Wagen gebracht, hätte ich dich beschützen können. Das ist mein Job.«

Ging es darum? Hatte er Menschen verletzt und sie gefesselt, weil sie ihn nicht gebeten hatte, sie zum Auto zu begleiten? Meinte er das mit Trotz? Sie hätte ihm am liebsten ins Gesicht gespuckt. Tu es nicht, Liv. Überleg dir lieber etwas Sinnvolles.

»Daniel hat mich an dem Abend nicht zum Auto gebracht. Er hat mich erst später gefunden.«

Ray lief den Flur entlang, blieb auf halber Strecke zwischen seinen beiden Gefangenen stehen und zeigte mit dem Finger auf Daniel. »Ich habe gesehen, wie er jeden Tag in dein Büro kam, dir Kaffee besorgte und tat, als wüsste er, wie du ihn willst. Er musste erst mal Lenny fragen, wie du deinen Kaffee trinkst. Er wusste nicht mal, dass du ihn aus einem mittelgroßen Becher mit Milch trinkst.« Er zog seinen kleinen Spiralblock aus der Brusttasche und wedelte damit herum. »Ich weiß es, ich habe mir alles notiert.« Er klappte den Block auf, hielt ihn Daniel unter die Nase, lief dann den Flur zurück und hielt ihn auch Liv unter die Nase.

Die Seite war winzig klein beschrieben und enthielt Listen mit Sternchen und Punkten.

Er riss ihn wieder an sich und las daraus vor. »Zum Mittagessen nimmst du Hühnchensalat auf Vollkornbrot, du magst Zitronen- und Mohnmuffins, aber nur morgens, zu besonderen Anlässen isst du Zitronenkuchen. Du trinkst nicht mehr als drei Cappuccinos am Tag und niemals Tee. Das wusstest du nicht, nicht wahr?«, schrie er Daniel an. Dann sagte er gelassen zu Liv: »Ich weiß das, es ist mein Job.«

Das alles hatte nicht erst letzte Woche begonnen. Er hatte Livs Namen an dem Tag auf seinen Block geschrieben, als sie das Büro von Prescott and Weeks eröffnet hatten. Er hatte ihr angeboten, Kaffee zu holen, gesagt, dass auch noch andere auf seiner Liste stünden und er es sich nur notierte, damit er es nicht vergaß.

Sie musste an die Rowdys in dem Parkhaus denken. Die Lichter waren bereits vergangenen Winter demoliert worden, darum hatten Liv und Kelly ihre Wagen hinausgefahren und auf der Straße geparkt, sobald es dunkel wurde. Ray hatte das immer wieder angesprochen. Immer wieder war er bei ihnen vorbeigekommen und hatte gesagt, »nur dass ihr es wisst, die Rowdys sind wieder unterwegs. Denkt dran, ich bringe euch gerne raus, wenn es spät wird.« Hatte er die Lampen kaputt gemacht, damit die »Damen« auch tatsächlich »Hilfe« brauchten?

Sie versuchte zu lächeln. »Du hast großartige Arbeit geleistet. Ich wusste gar nicht, wie viel Arbeit darin steckte. Das tut mir leid.«

Er schüttelte traurig den Kopf. »Livia, ich glaube nicht, dass du den Ernst der Lage begriffen hast.«

»Ray, ich bin an einen Stuhl gefesselt. Ich habe schon verstanden, wie ernst es ist.«

»Nein, das glaube ich nicht. Mein Job ist es, euch alle zu beschützen.«

»Teagan hast du nicht beschützt.«

»Teagan gehörte nicht zu euch. Sie war erst drei Monate da.«

Schuldgefühle und Wut verliehen ihrer Stimme etwas Hartes. »Sie hat für mich gearbeitet. Ich war für sie verantwortlich. Und wenn du für mich verantwortlich bist, bist du es auch für sie, und du hast sie nicht beschützt.«

»Sie hat meinen Job nicht kapiert.«

»Ray, ich weiß noch nicht mal, ob ich ihn begreife. Vielleicht kannst du mir erklären, was es bedeutet, Leute zu beschützen, wenn man dann einen Teenager vom Parkdeck stößt.«

Er legte den Kopf schief und sah ihr lange forschend ins Gesicht, dann kniff er die Augen zusammen, als könnte er ihre Gedanken lesen. Sein Mund zuckte unzufrieden, dann drehte er sich um, ging wieder den Gang entlang und löste mit einem geübten Handgriff die Nagelpistole aus seinem Gürtel. Er hielt sie Daniel an die Schulter und feuerte ab.

Das Geräusch ließ sie aufschreien. Der erstickte Schmerzensschrei, der aus Daniels Mund drang, trieb ihr die Tränen in die Augen. »O Gott, nein. Lass ihn in Ruhe.«

Blut sickerte durch Daniels T-Shirt und breitete sich schnell kreisförmig aus.

Die Worte schossen ihr aus dem Mund. »Du bist doch total irre!«

Ray verzog sein zuvor noch friedliches Gesicht zu einer wütenden Grimasse. Er rannte zu ihr. Was hatte sie da getan? Er blieb schnaufend vor ihr stehen, hielt die Nagelpistole neben sich und grinste böse.

Eine innere Stimme riet ihr zusammenzuzucken und verängstigt dreinzuschauen und ihm zu geben, was er wollte. Doch das konnte sie nicht. Es lag ihr nicht. Das wusste sie jetzt. Sie hatte nicht all die Monate dafür gekämpft, auf den

Beinen zu bleiben, um irgendwann am Ende des verdammten Tunnels zu stehen. Sie war die Tochter ihres Vaters. Sie konnte nicht anders, sie musste kämpfen. Doch in diesem Kampf gab es keine Fäuste.

Sie sah ihn an. »Was willst du, Ray? Mir einen verdammten Nagel in die Schulter jagen? Das hättest du schon vor einer Woche tun sollen. Warum zum Teufel hast du das nicht getan? Warum hast du mir nichts getan? Sheridan und Teagan haben dir nichts getan.«

»Du warst trotzig. Du wolltest unabhängig sein und meinen Schutz nicht annehmen, das konnte ich nicht zulassen. Du musstest begreifen, dass die Welt draußen nicht sicher ist.«

»Sie ist sicher. Du hast sie unsicher gemacht.«

Er runzelte die Stirn. »Ich dachte, du hättest es jetzt begriffen, ich dachte, du bist deshalb hierher zurückgekommen.«

Er bewegte die Waffe in seiner Hand. Nur ein bisschen, um sie besser halten zu können, doch das reichte, um sie zum Schweigen zu bringen.

»Du hast nichts daraus gelernt, nicht wahr, Livia?«

Sie schwieg. Würde eine falsche Antwort einen Nagel in ihre Schulter jagen?

Sein Blick wirkte verwirrt, sein Mund war verkniffen. Eine Schweißperle rann seine Schläfe herab. »Nein, ich glaube nicht, dass du was verstanden hast«, beschloss er. Plötzlich drehte er sich um, schloss die Tür der kieferorthopädischen Praxis auf und verschwand drinnen.

Ein Stück weiter den Gang entlang sah Liv Blut, das von Daniels Ärmel tropfte, er hatte sein verletztes Bein vor sich ausgestreckt und den Kopf an die Wand gelehnt – und er sah sie an. Schmerz, Wut, Enttäuschung und Hilflosigkeit lagen in seinem Blick.

»Es tut mir leid«, flüsterte sie, heiße Tränen rannen ihre Wangen herab.

Er saß regungslos da, gab keinen Ton von sich. Sah sie nur an. Was sah er?

»Hier, ich glaube, das wird dir gefallen.« Ray war zurück und hielt ein Handy in der Hand. Er hielt ihr das Display hin. »Schönes Bild von euch beiden, findest du nicht?«

Sie brauchte einen Augenblick und musste sich konzentrieren. Dann hatte sie das Gefühl, als habe Ray ihr den Schraubenzieher durchs Herz gestoßen.

Es war ein Foto von Cameron und Liv, wie sie Händchen haltend von der Schule kamen. Das Foto war am Dienstag geschossen worden, das letzte Mal, als sie ihn von der Schule abgeholt hatte. »O bitte, hier geht es um mich und dich. Das hat nichts mit … mit irgendwem anderen zu tun.«

Ray drehte das Handy wieder um, suchte ein weiteres Foto und hielt es ihr hin. »Und was ist mit dem hier?« Darauf war Cameron mit Michelle vor Thomas' Haus zu sehen. »Bald wird der kleine Cameron ein kleines Brüderchen oder Schwesterchen bekommen. Wie ist sein Vater? Ich bin ihm nie begegnet. Ist er ein Schwein? Bist du deshalb nicht mehr mit ihm zusammen?«

Sie brachte keinen Ton raus und musste unaufhörlich daran denken, dass er bei Thomas' Haus gewesen war. Dass er wusste, wo Cameron war.

Ray wartete ihre Antwort gar nicht erst ab. Er suchte noch ein Foto heraus. Diesmal war ihr Vater darauf zu sehen. Im Hospiz, sein eingefallenes Gesicht starrte in die Kamera. Sie kannte diesen Gesichtsausdruck an ihm. Er war mächtig verärgert. Tränen stiegen ihr in die Augen – sie war stolz auf seinen Mut und hatte Angst um seine Sicherheit.

»Livia, wie ist dein Vater? Ihr habt doch alleine die Wohnung über der Turnhalle bewohnt. Und, habt ihr da eine besonders enge Beziehung gehabt? Oder hat er seine Fäuste gegen dich eingesetzt? Mein Vater hatte vier Kinder, die sich um seine Bedürfnisse kümmerten. Hast du dich um die Bedürfnisse deines Vaters gekümmert?«

Liv schluckte ihren Ekel herunter und hielt sich an der Wut fest, die in ihren Adern pulsierte.

»Wie gesagt, Väter und Töchter haben meist eine besondere Verbindung. Und wie ist das bei Müttern und Söhnen, Livia? Meine Mutter wurde von einem Unbekannten wegen ihrer Handtasche zu Tode geprügelt, da war ich acht. Meine Familie wusste alles über die Gefahren da draußen in der Welt, mein Vater hat uns beschützt. Ich habe meine Schwestern beschützt, als er nicht mehr bei uns war. Und dein Sohn, Livia? Er lebt in einer gefährlichen Welt.« Er beugte sich zu ihr, sein Gesicht war jetzt nur noch Zentimeter von ihrem entfernt, seine Stimme klang leise und vertraut. »Macht es dir auch Angst, dass ihm etwas zustoßen könnte? Oder deinem Vater? Glaubst du, wenn ich einem von ihnen etwas tue, dass du dann Angst genug hast, um mich meinen Job machen zu lassen?«

Ihre Stimme war nun kaum mehr als ein Flüstern. »Bitte nicht. Tu niemandem weh.«

Ray sah auf. »Doch, ich glaube, das muss ich, du kannst entscheiden, wem. Deinem Vater oder deinem Sohn?«

Liv konnte nicht sprechen. Ihr Mund war staubtrocken.

»Wen von beiden liebst du am meisten? Wer von beiden kann dich überzeugen?«

Sie zwang sich, etwas zu sagen. »Du brauchst keinem von beiden etwas tun. Bitte. Ich benehme mich auch.«

»Vielleicht beiden.«

»Nein. Ich werde Angst haben. Ich habe schon Angst.«

Er verschränkte die Arme vor der Brust, sah sie einen Augenblick an und schüttelte skeptisch den Kopf. »Nein, ich muss dafür sorgen, dass du auch bei deinem Entschluss bleibst. Sonst ist es den anderen gegenüber unfair. Ich kann sie nicht beschützen, wenn ich mir wegen dir weiter den Kopf zerbrechen muss, ob du wieder rückfällig wirst.«

Ray schob seinen Putzwagen in den Flur, öffnete einen Werkzeugkasten, der obendrauf stand, holte ein Messer aus einem Lederetui und klemmte es in seinen Gürtel. Grauen erfasste sie, als er Handschellen, Kabelbinder und Feuerzeugbenzin zusammensuchte.

Daniel bewegte sich hinter ihm, er versuchte sein gesundes Bein unter seinen Körper zu schieben. Sein Gesicht war schmerzverzerrt, die Wand hinter ihm blutverschmiert.

Ray wandte sich schnell um und trat gegen Daniels verletztes Knie. Als er aufbrüllte, schrie Ray: »Ich weiß, was du getan hast. Du hast ihr die Beine breit gemacht und wie ein Tier gegrunzt. So funktioniert der Job nicht, du verdammter Amateur.«

Er war verrückt. Ein gewalttätiger Sadist – und er ging los und schloss den Notausgang auf. Er war kurz davor, auf ihren Sohn oder ihren Vater loszugehen. Oder auf beide. Sie musste ihn aufhalten. Zumindest musste sie es versuchen.

»Ray, warte. Warte«, rief Liv.

Seine Hand lag auf der Türklinke, er hob die Augenbrauen und drehte sich zu ihr um. »Hast du dich entschieden?«

»Nein. Bitte. Warte.«

Er stieß die Tür auf.

Liv, hör auf zu betteln. Er reagiert nur auf Beleidigungen. Na schön, die konnte er zur Genüge haben. Sie atmete tief durch und legte all ihre Verachtung hinein, die sie für ihn empfand. »Du bist eine verdammte Niete, Ray.«

Er zögerte.

»Du denkst wohl, du bist in deinem Job ein ganz toller Hecht, aber du bist ein Versager.«

Er drehte sich um.

Das war immerhin ein Anfang. »Du hast mich nicht beschützt. Ich wurde letzte Woche zusammengeschlagen. Warum hätte ich dich danach um Hilfe bitten sollen?«

Er machte einen Schritt zurück in den Flur. Ein Hauch Unsicherheit lag um seinen Mund. »Lüg mich nicht an, Livia. Du bist hier. Du bist zu mir gekommen.«

»Ich bin gekommen, um das verdammte Telefon zu benutzen. Ich dachte, Daniel sei der Täter. Du hast zugelassen, dass er die Anerkennung für alles bekam. Du hättest mich vor ihm schützen, mir sagen können, was er vorhat, aber du hast deinen Job nicht erledigt.«

Ray sah erst Daniel, dann Liv an, zwischen seinen Augenbrauen hatte sich eine Falte gebildet. Er war verwirrt und verärgert. Er nahm seine Hand von der Klinke und ließ die Tür wieder zurück ins Schloss fallen.

Liv, hör jetzt nicht auf. Lock ihn vom Ausgang weg. Lenk ihn ab, sodass er nicht mehr an Cameron und Dad denkt. Mach ihn so richtig wütend. Auf dich, nicht auf andere. »Du hast mir noch nicht mal Angst eingejagt. O. k., du hast mich Zeit gekostet. Aber weißt du, was ich gedacht habe, als ich Teagan auf dem Autodach liegen sah? Ich dachte nur, Gott sei Dank, dass ich nicht da liege. Ich hatte keine Angst. Ich war nur froh, dass es mich nicht getroffen hatte.«

Ray leckte sich die Lippen und kniff die Augen zusammen.

»Und jetzt?«, provozierte sie ihn weiter. »Jetzt willst du mich hier zurücklassen, losziehen und jemand anderem was antun. Was wirst du deinen acht Facebook-Freunden erzählen? Dass du einer Frau einen riesigen Schrecken eingejagt hast, weil du sie mit einem verletzten, unbewaffneten Mann in einen Flur gesperrt hast? Na klar. Mächtig gruselig.«

Er stürmte auf sie zu, Sieger und Folterknecht in einem. Als er sie mit dem Handrücken schlug, fühlte es sich wie eine Dampfwalze an. Es riss ihren Kopf herum. Ihre Halswirbel knackten. Ihr Ohr fühlte sich an, als hätte er es zerquetscht, ihre Wangen und Lippen brannten.

»Du. Sollst. Nicht. Aufsässig. Sein!«, brüllte er.

Sie hatte Blut im Mund. In ihrem Kopf drehte sich alles, es klingelte in ihren Ohren. Ray lief auf und ab, atmete schwer und schnell. Unten im Flur kämpfte Daniel hinter seinem Rücken mit den Fesseln, zog und zerrte verzweifelt daran.

Ray schürzte die Lippen, fletschte die Zähne und schrie sie an. »Das ist alles nur wegen dir! Du musst endlich kapieren, was dir alles passieren kann. Wie schnell du dein Leben verlieren kannst.«

Es gelang ihr trotz ihrer Fesseln, leicht mit den Schultern zu zucken. »Aber du wirst mir nichts tun. Warum sollte ich also Angst haben?«

Er packte sie an den Haaren, zog die Nagelpistole aus dem Gürtel und steckte den Lauf unter ihr Kinn. »Und jetzt, Livia?«

# 45

Liv keuchte heftig. Der Druck der Waffe presste ihre Kiefer zusammen und die Zunge an den Gaumen. Ein Zucken seines Fingers am Abzug würde einen Nagel durch ihr Gehirn bohren.

Sie wollte nicht sterben. Nicht hier. Und nicht so. Nicht durch Rays pathetische, beschissene Hände. Aber vielleicht war es die einzige Chance, um ihn von Cameron und ihrem Vater fernzuhalten. Wenn sie tot war, hätte es keinen Sinn mehr, andere zu verletzen. Wenn sie tot war, konnte sie keine Angst mehr haben.

Sie starrte in seine irren Augen und fragte sich, ob das wohl das Ende war. Der tiefste Punkt des beschissenen Loches, in dem sie saß. Der Ort, auf den sie seit zwölf jämmerlichen Monaten zusteuerte. Würde sie mit gefesselten Händen und Füßen sterben? Ohne eine Chance, sich zu wehren? Ohne ihm einen einzigen Schlag versetzen zu können? Sie dachte an all die Jahre, die sie an der Seite ihres Vaters verbracht und seinen Lehren gelauscht hatte. *Liv, gib niemals auf. Das Leben ist eine lange Runde. Es gibt mehr Runden, als du dir vorstellen kannst. Du musst immer weiterkämpfen, denn nur so kann man leben.* Und nun war sie hier gelandet, auf ihrem Hintern, und wartete darauf, dass ein debiles Arschloch ohne Freunde ihren Kampf in ihrem sechsunddreißigsten Lebensjahr beendete. Ihren Sohn zum Waisen machte und ihren Vater mit gebrochenem Herzen auf dem Sterbebett zurückließ.

Tony Wallace hatte sie gelehrt, Mut zu haben und der

Angst, dem Schmerz und der Qual ins Auge zu sehen. Gut, Dad, der Mut der Verzweiflung war alles, was ihr geblieben war. Keine Fäuste, keine Abwehr, nichts sonst. Ray wollte sie panisch vor Angst sehen, zur Hölle mit ihm. Da konnte er lange warten. Den Gefallen würde sie ihm nicht tun. Nicht mal in ihrer letzten Sekunde. Sie würde bis zum bitteren Ende die Ratschläge ihres Vaters beherzigen. Sie würde dieses Arschloch bis aufs Blut reizen. Dann würde sie sterben.

Sie hörte zu keuchen auf, sah ihn an und sagte: »Wenn du das Ding abfeuerst, bin ich tot. Ich werde drei Sekunden Angst haben und dann sterben. Ray, das ist nicht lange.«

Sein Schlag beförderte sie diesmal auf den Boden. Ihre Beine und Füße waren in der Luft, ihr Körper war an den Stuhl gefesselt, eine Schildkröte auf dem Rücken. Wehrlos, doch sie hatte eine Chance.

Ihr Leben würde sie nicht retten. Dafür war es jetzt zu spät. Aber sie würde nicht ohne Gegenwehr sterben.

»Ray, willst du das wirklich?«

Plötzlich riss er sie an dem Klebeband, das er um ihren Oberkörper gewickelt hatte, hoch. Er steckte die Waffe wieder in seinen Werkzeuggürtel und zog das Messer aus der Lederhülle. Es war groß, eine Art Jagdmesser. An einer Seite war es gezackt, an der anderen glatt. Er verletzte sie nicht, er durchtrennte ihre Fesseln. Zuerst die Kabelbinder an den Fußgelenken. Dann ihre Beine. Dann durchtrennte er mit einem sauberen Schnitt das Klebeband an ihren Armen, mit dem sie an den Stuhl gefesselt war, das ein silbernes Rechteck auf ihrer Bluse hinterließ. Ihre Hände blieben gefesselt, er zog sie vom Stuhl fort und zerrte sie den Flur entlang zum Notausgang.

Daniel versuchte fieberhaft sich aufzurichten, sein Gesicht war schmerzverzerrt. An seinem Arm rann Blut herab, verschmierte die Wand hinter ihm, als sei ein Kind mit einem roten Pinsel daran entlanggelaufen.

Vermutlich würde sie ihn nie wiedersehen. Sie wollte sagen, wie leid es ihr tat. Und sich bei ihm bedanken. Ihm sagen, dass sie für ihn hoffe, er müsse keinen schrecklichen Tod erleiden, sobald sie weg war. Weil Ray auch ihn nicht am Leben lassen würde. Weil er ihn im Flur einsperren und dann zurückkommen und ihn ermorden würde. Doch sie sagte nichts. Für so einen Abschied gab es keine Worte. Also sah sie ihm in die Augen und hielt, so lange sie konnte, seinen Blick.

In seinen Augen lag unendliche Qual. Und Wut sprühte wie kleine Funken hervor. Sie wusste nicht, ob sie ihr oder Ray galt. Er hatte unzählige Gründe, wütend auf sie zu sein. Sie hatte ihm Schreckliches vorgeworfen. Sie ließ ihn hilflos in einer Falle zurück. Doch in seinem Blick lag auch Verzweiflung. Und irgendwas Dunkles, Schmerzerfülltes, Herzzerreißendes.

Dann war sie weg.

Ray stieß sie in die Nacht hinaus, ihre Arme und ihre gefesselten Handgelenke in seinem eisernen Griff gefangen. Die Luft fühlte sich kalt an auf ihrem schweißnassen Gesicht, die Dunkelheit schien wie eine Wand nach dem hell erleuchteten Flur, das Parkhaus eine Bedrohung. Sie hörte den Verkehr. Autos, eine Hupe. Hinter ihnen lag die Park Street, sie konnte sie nicht sehen – doch die Geräusche ließen sie Hoffnung schöpfen.

So weit hatte sie nicht gedacht. Sie hatte nur daran gedacht, sich vom Stuhl zu befreien und ihm einen Schlag zu versetzen. Doch auf der Straße waren Leute, die nach Hause oder irgendwohin gingen. Auf der Park Street gab es noch andere Büros, andere Beschäftigte, die die Garage nutzten. Sie und Daniel waren nicht die Einzigen, die bis spät arbeiteten. Sie hätte rufen können, ein Geräusch machen oder Signal geben können. Ray niederschlagen und um ihr Leben rennen können.

Dann packte er sie an den Haaren und stieß den Lauf der Nagelpistole in ihren Hinterkopf – und sie fragte sich, ob sie überhaupt in der Lage war, auch nur zu einem einzigen Schlag auszuholen.

Jetzt schubste er sie vor sich her über die Fahrbahn und stieß sie zur Fußgängerrampe. Er hielt sie so fest an den Haaren, dass die Haut auf ihrem Gesicht spannte. Sie konnte ihren Kopf nicht drehen und nicht nach unten blicken.

»Ray, warte. Ich muss kurz stehen bleiben. Ich habe vom langen Sitzen einen Krampf im Bein.«

Er zog ihren Kopf noch weiter zurück, legte seinen Mund an ihr Ohr und knurrte: »Sprich nicht mit mir. Schau mich nicht an. Geh einfach.«

Sie wehrte sich. Sie staunte über seine Kraft. Er war stämmig, trug lose Arbeitskleidung. Sie hatte gedacht, er wolle damit einen Bauchansatz und die erschlafften Muskeln eines Vierzigjährigen verbergen. Doch da hatte sie sich offenbar geirrt. Er drückte seine Brust gegen ihre Schulterblätter – und sie fühlte nur Muskeln.

Sie kamen am ersten Stock vorbei. Dann am zweiten. Sie spürte seinen keuchenden Atem auf ihrem Gesicht, ihrem Hals, in ihren Haaren. Sein übler Mundgeruch stieg ihr in die Nase, als er sie vorwärts um die enge Kurve führte.

Sie sah die Lichtreflexe der Lampen des vierten Stockes, die über den Rand auf die Fahrbahn fielen. Doch noch bevor sie dort ankamen, drehte er sie nach innen und schubste sie von der Auffahrt weg in die Dunkelheit.

Hier standen heute Abend nur zwei Autos. Es waren fünf fast leere Parkreihen. Kein Mensch war zu sehen. Kein Mucks zu hören.

Ein Déjà-vu.

Doch es war nicht die Angst jener Nacht, die sie wieder packte. Sie verspürte dieselbe rasende Wut wie damals, als das

Schwein mit der Mütze ihr ins Ohr geflüstert hatte. Nun war sie wieder hier. Mit einem anderen Schwein, das ihr seinen Atem ins Gesicht blies und sie verletzen wollte.

Ihr Kampfinstinkt kam zurück.

Zu viele Männer hatten sie herumgeschubst. Sie war es leid, mit den Schäden zu leben, die sie verursacht hatten.

Ray hatte mehr als alle anderen angerichtet. Er hatte Menschen verletzt, die sie liebte. Und ihr gedroht, die beiden Menschen zu vernichten, die ihr am meisten bedeuteten. Dafür wollte sie ihn büßen lassen.

Als er sie herummanövrierte, sie gegen die westliche Wand drückte, die über die Fahrbahn ragte, von der Teagan gestürzt war, zog sie ihre gefesselten Handgelenke zur Brust und begann zu kämpfen. Mit ihren Schultern stieß und schlug sie zu.

Außer ihrem Keuchen und seinen schweren Atemzügen war alles still. Ihr Angriff lockerte seinen Griff in ihre Haare, und der Druck der Waffe ließ nach. Sie kämpften. Sie trat ihn mit den Füßen, wand sich unter seinem Griff.

Sie musste eine empfindliche Stelle getroffen haben. Er stöhnte und ließ mit einem Mal ihre Haare los. Gerade lang genug, dass sie Luft holen und ohne nachzudenken einen Fuß heben konnte, bevor er seinen Arm über ihre Brust schlug und die kalte Spitze der Waffe ihren Nacken berührte.

Sein Atem war heiß an ihrem Ohr. »Leg dich nicht mit mir an, du Schlampe.«

Das klang nicht wie Ray. Es klang kaum menschlich.

»Du hast dich widersetzt, das hast du jetzt davon.«

Er stieß sie vorwärts. Einen Schritt. Noch einen. Sein Oberschenkel dicht an ihrem, als tanzten sie. Er sprach, während sie sich bewegten, seine Lippen liebkosten wie ein Liebhaber ihr Ohrläppchen.

»Du musst zu mir kommen, wenn du Schutz brauchst.« Ein Schritt.

»Siehst du, was passiert, wenn du das nicht tust?« Noch ein Schritt.

»Du wirst meinen Schutz nicht mehr brauchen, wenn ich mit dir fertig bin.« Linkes Bein.

»Da wird nichts Schutzbedürftiges mehr übrig sein.« Rechtes Bein.

Sie waren nur noch wenige Meter vom Ende des Parkdecks entfernt. Kamen ihm mit jedem Schritt ein Stück näher. Vielleicht war es Teagan auch so ergangen, nur dass er diesmal einen Stock höher gegangen war, weil er geplant hatte, mehr anzurichten, als nur zu verletzen. Er würde sie über die Betonbrüstung schieben. Sie über das Geländer drücken. Es war hüfthoch. Bei seiner Kraft konnte er sie mit Leichtigkeit hinunterstoßen. Er konnte ihren Kopf runterdrücken, dann wäre sie nicht mehr in der Lage, sich zu bewegen. Sie konnte ihm alles Mögliche erzählen, wie viel Angst sie hatte, es über die Fahrbahn hinausschreien, bis es als Echo wieder zu ihnen zurückkam. Doch wenn er ihr nicht glaubte, wenn das alles war, was er wollte, bevor er sie umbrachte, oder wenn es ihm völlig egal war, konnte er einfach ihr Bein packen und sie über die Brüstung kippen. Einfach so.

»Ich will nicht meine Zeit verschwenden.« Schritt. »Um dich zu erziehen.« Schritt. »Du selbstsüchtige Schlampe.« Schritt.

Sie hörte ihm nicht mehr zu. Sie hörte ihn reden, lauschte aber den Worten ihres Vaters. *Ihr seid die Zukunft. Du und Cameron.* Schritt. *Dafür musst du kämpfen.* Schritt.

Das waren heute Abend seine Worte gewesen – und es gab noch viel mehr, an die sie seit Jahren nicht mehr gedacht hatte. Worte, die nicht für sie bestimmt gewesen waren, die sie aber dennoch gehört hatte. *Ruhig bleiben. Erst denken, dann bewegen. Beweg dich und denk nach. Ein Kampf ist kein K.o.-Schlag.* Das Boxhandbuch des Tony Wallace. Sie kannte es auswendig. Es war der Soundtrack ihrer Kindheit. Beweglichkeit. Fußarbeit. Kombinationen. Gelegenheit. Strategie. Sie hätte das Buch heute auch schreiben können.

Doch konnte sie jetzt den Vorgaben folgen? Mit fünfunddreißig? Mit einem gebrochenen Knöchel, der noch nicht ausgeheilt war? Mit gefesselten Händen? Mit einer Nagelpistole am Hals?

# 46

Es würde keine Kombinationen geben, dachte Liv. Kein Links-Rechts-Links jeglicher Art. Nicht mit gefesselten Handgelenken. Dafür konnte sie eine Faust machen. Eine Doppelfaust. Und sie hatte Ellenbogen und Schultern. Sie hatte ein wenig Bewegungsfreiheit mit dem Oberkörper, und sie konnte denken. Das Adrenalin hatte sie wach gemacht, eine Injektion Power direkt in die grauen Zellen.

Sie ballte ihre Hände, machte eine Drehung, fuhr zurück und spürte, wie der Lauf der Nagelpistole von ihrem Hals rutschte, als sie Ray den Ellenbogen in den Bauch stieß. Sie hörte den Knall komprimierter Luft und ein fernes Klimpern, als ein Nagel auf den Asphalt aufschlug – und sie schrie innerlich vor Zorn. *Er hat abgefeuert. Das Arschloch hat tatsächlich abgefeuert.*

Wütend wand sie sich hin und her, versuchte nicht, sich aus seinem Griff zu lösen, sondern sich in seiner Umklammerung zu halten. Stieß ihre Ellenbogen gegen den Arm, der die Waffe hielt, sodass er kaum mehr zielen konnte. Er konnte ihr immer noch das Ding in die Rippen rammen und einen Nagel durch sie jagen, doch wenn sie sich bewegte, ihn anrempelte und mit ihren gefesselten Handgelenken an seinem Arm zerrte, wurde es schwieriger für ihn.

Dann stieß etwas Kaltes, Hartes seitlich an ihr Bein. Sie stand an der Betonbrüstung. Ray hatte sie immer weiter vorangeschubst. Sie stand am Rand des Parkdecks, nur wenige Meter neben ihr gähnte Leere.

Tony Wallaces Mahnung war wieder in ihrem Kopf. *An den Seilen kannst du nicht gewinnen. Beweg dich verdammt noch mal von den Seilen weg.*

Aber sie hatte gegen die verdammten Seile keine Chance, solange Ray die Waffe in der Hand hielt. Das Einzige, was ihn davon abhielt, einen Metallbolzen durch ihre Haut zu jagen, waren ihre ausgestreckten Hände, mit denen sie herumschlug und die Pistolenmündung von sich abhielt.

Dann rammte er sie mit seinem Oberkörper. Die Wucht presste sie gegen die Brüstung, sie schlug ihre gefesselten Fäuste gegen seinen Unterarm und beförderte so seine Hände, die immer noch die Waffe hielten, über das Geländer hinaus. Sie schienen eine Ewigkeit im Freien zu schweben. Aber vermutlich waren es nur Bruchteile einer Sekunde. Jedenfalls ahnte Liv, dass sie gleich darauf wieder in hohem Bogen auf sie zukommen würden.

Mit einem verzweifelten Schrei taumelte sie vor und rammte ihn noch einmal mit voller Wucht mit ihrem Ellenbogen. Spürte seinen Knochen unter ihrer Ellenbogenspitze, spürte den Widerstand des Metallgeländers darunter. Dann ein zweites Mal. Schnell und gezielt, mit einem kurzen Aufwärtshaken, sodass er nicht zurücktreten oder die Waffe in Position bringen konnte.

Er grunzte. Ein Klirren war zu hören. Die Waffe war verschwunden, in die schwarze Tiefe gefallen.

Sie verspürte so etwas wie einen Triumph, dann einen reißenden Schmerz an ihrer Kopfhaut.

Ray hatte die freie Hand in ihr Haar gekrallt und zog nun ihren Kopf herum. Mit wildem Blick rammte er seinen Kopf gegen ihren und stieß sie mit seinem Körper gegen die Brüstung, beugte sich langsam vor, drückte sie über das Geländer hinweg, das ihr in den Rücken schnitt. Schmerz durchfuhr ihre Wirbelsäule, ihre Lungen rangen nach Luft. Ihr Kopf, ihre Schultern, der Oberkörper hingen über dem Abgrund. Sie spürte die Leere unter sich und die kalte Nachtluft, die heraufwehte. Irgendwo unten hörte sie einen Knall, vielleicht kam er aus dem Parkhaus. Irgendwer musste da unten sein. Sie wollte um Hilfe schreien, doch aus ihrer Kehle drang kein Laut.

Ray krallte seine Finger in ihre Kopfhaut und zerrte ihren Kopf herum. Er wollte, dass sie hinsah. Dass sie auf die Fahrbahn sah. Auf die Stelle, auf der sie landen würde.

»Livia, hast du jetzt Angst?«

Sie antwortete nicht. Spürte nichts als rasende Wut. Den Drang zu kämpfen. Ihre Hände waren gefesselt, doch sie hatte sie zum Kinn hochgezogen, und als Ray sich vorbeugte, drehte sie ihre Handflächen nach außen, spreizte die Finger wie Klauen und zielte direkt auf sein Gesicht.

Sie grub die Nägel in seine Haut, als wäre es feuchte Spachtelmasse.

Er schrie, schloss die Augen, versuchte das Gesicht wegzudrehen, doch sie hatte ihm bereits die Nägel in das Fleisch gegraben. Er löste sein Gewicht von ihr, sie sah, wie bestürzt er war. Das hatte er nicht erwartet. Dass er so spät im Kampf noch die Kraft verlieren würde. Noch dachte er nicht daran zurückzuschlagen, wollte nur sein Gesicht in Sicherheit bringen. Er packte ihre Hände und zog sie von seinem Gesicht fort. Sie ließ es zu, nutzte aber die Gelegenheit, die Fäuste zu ballen und ihm einen Doppelhaken zu verpassen.

Es war nur ein einziger Schlag. Doch er fühlte sich gut an. Sie traf ihn oberhalb des Ohres, brachte ihn aus dem Gleichgewicht und zwang ihn ein paar Schritte zurück.

Von seiner Wange hingen Hautfetzen herab. Er atmete schwer durch den Mund ein, sein Brustkorb hob sich vor Anstrengung, dann beugte er sich herab, breitete seine Arme aus und ließ die eine Schulter sinken. Er bereitete sich auf einen

Gegenschlag vor. Wie beim Rugby, bei dem man den Gegner um die Beine packt, hochhebt und auf den Boden schleudert. Doch Ray würde nicht auf den Boden, sondern über das Geländer direkt auf den Abgrund zielen.

Panik erfasste sie. Seitlich kam sie nicht an ihm vorbei. Er war zu nahe und bewegte sich bereits auf sie zu. Fast wie in Zeitlupe zog sie sich zurück, während er auf sie zukam. Sie schob ihre gefesselten Handgelenke vor ihren Körper, spreizte die Finger und vollführte eine Drehung, als er losstürzte. Und betete, dass sie den richtigen Winkel erwischt hatte.

Die Wucht, mit der er auf sie prallte, presste ihr die Luft aus den Lungen. Er zog seine Arme um ihre Oberschenkel zusammen und knallte mit dem Kopf gegen ihre Hüfte. Sie drehte sich weiter, streckte sich und spürte, wie das Metallgeländer auf ihre rechte Handfläche traf.

Alles andere ging zu schnell, als dass sie es begreifen konnte. Vielleicht war das Geländer niedriger, als er erwartet hatte. Oder sie war größer, als er sie eingeschätzt hatte. Vielleicht waren es seine Wut und das Adrenalin, die ihn dazu brachten, seine Kraft falsch einzuschätzen. Vielleicht hatte er erwartet, sie würde sich gegen seinen Schlag wappnen, statt sich zu drehen und somit seinem Schub noch mehr Kraft zu verleihen. Was immer es war, sie ging hoch und prallte gegen die Absperrung, spürte, wie ihre linke Pobacke an der Betonkante entlangschrammte, knallte mit Wucht auf das Geländer und rollte darüber.

Ihr einziger Gedanke war, ihre Finger um das kalte Metall an ihrer Handfläche zu schließen. Ihre Arme zerrten schmerzhaft an den Gelenken, als ihr Körper in den leeren Raum flog.

Rays Gewicht zerrte an ihren Oberschenkeln und am Stoff ihrer Jeans.

Dann war er verschwunden. Er war einfach verschwunden.

Nichts war zu hören, nur der Schrei, der aus ihrem Mund drang, während sie völlig frei schwang. Durch die plötzliche Entlastung schwang ihr Körper in freiem Flug über dem Abgrund und wurde nur durch ihren verzweifelten Griff am Geländer vor dem Fall in die Nacht bewahrt. Sie rutschte voran, klammerte sich an das Geländer, von dem die Farbe abblätterte, bis sie mit ihrem Körper an die Betonbrüstung knallte.

Das hatte sie nicht erwartet. Sie hatte erwartet, auf dem Boden unter ihr zu zerschellen.

Sie lebte. Atmete. Hatte ihre Arme über den Kopf gestreckt und hielt sich mit gefesselten Handgelenken am Geländer fest. Der gebrochene Knöchel tat höllisch weh. Sie hatte unglaubliche Angst.

Sie schlug mit einem Bein aus, dann mit dem anderen, trat wie ein Fahrradfahrer in die Pedale und suchte verzweifelt nach einem Halt für ihre Füße. Doch die untere Kante der Mauer war in Hüfthöhe. Darunter war nichts. Ihre hektischen, unkontrollierten Bewegungen erschütterten sie bis zu den Händen, die verschwitzt und glitschig am Metallgeländer entlangrutschten und kaum noch Zugkraft hatten.

Sie schloss die Augen, zwang sich, sich nicht zu bewegen, Ruhe zu bewahren und nicht mehr vor und zurück zu schwingen. Sie konnte sich nicht hochziehen. Dazu fehlte ihr in dieser Lage die Kraft. Nicht mit einem gebrochenen Knöchel und feuchten Händen. Nicht nach allem, was passiert war. Der einzige Weg nach oben führte über die Balustrade; sie musste ein Knie zur Hüfte ziehen, die Betonmauer erreichen und es als Hebel nutzen, um sich dann daran hochzuziehen. Doch so eine Bewegung führte unweigerlich dazu, dass sie nach außen schwang, dass sich der Zug auf ihre Hände veränderte und der Druck auf ihre Finger vergrößerte. Wie lange würde sie sich halten können?

Sie drehte den Kopf, nur ein wenig, bewegte die Augen und sah nach unten.

Ray lag ausgestreckt auf der Straße. Mit dem Gesicht nach unten, sein Körper in einem merkwürdigen Winkel um einen Plakatständer unter ihr gewunden. Blühte ihr das auch?

Noch nicht. Verdammt noch mal, noch nicht. Liv, lass nicht los. Noch nicht.

# 47

Das Blut rauschte in ihren Ohren. Sie konnte den Verkehr auf der Park Street hören. Leises Schluchzen. Es war ihr eigenes.

Schön, du hast es verpasst, Ray. Nun hatte sie Todesangst. Und der Tod würde bald kommen.

Im Parkhaus war niemand gewesen. Niemand wusste, dass sie hier war. Selbst wenn jemand zu seinem Wagen ging, musste er sie nicht unbedingt bemerken. Man würde sie am Morgen neben Ray auf der Straße finden. Mit verrenkten Gliedmaßen, zerschmettert. Was würden die Leute denken? Dass sie sich hinuntergestürzt hatte? Dass sie mit Ray gesprungen war? Nein, Daniel würde aussagen. Er würde am Leben bleiben. Er hatte Ray überlebt.

Genau wie Cameron und ihr Vater.

Sie würden trotzdem Schmerz empfinden. Mein Gott, Cam. Sie wollte ihn noch einmal umarmen, ihn fest in die Arme schließen. Sie wollte ihrem Vater sagen, dass sie bis zum Ende gekämpft hatte. Genau, wie er es ihr beigebracht hatte.

Sie holte Luft. Winkelte ein Knie ab, zog es hoch, spürte, wie sie zu schwingen, aber ihre Hände zu rutschen begannen. Komm schon, Liv. Stirb wenigstens in Aktion. Nicht hängend. Sie versuchte es erneut. Spürte, wie das Geländer sich bewegte. Doch das war nicht das Metall. Es war ihre Hand. Ihre gebrochene rechte Hand. Sie rutschte ab. Sie stieß einen kurzen, spitzen Schrei aus, als die eine Hand den Halt verlor und sie nach links schwang. Sie packte mit der anderen Hand fester am Geländer zu, spürte den nassen Schweiß, ihre nasse Handfläche. Liv, jetzt noch nicht.

Ein Geräusch drang von oben zu ihr herab. Vielleicht war es nur etwas, das vom Wind durch die Garage getrieben wurde. Bitte mach, dass es was anderes ist.

Dann zuckte sie zusammen. Etwas berührte ihren Arm. Die Hand, die sich noch am Geländer hielt. Ihre Finger drohten abzurutschen. Sie kniff die Augen zusammen und erwartete zu fallen.

»Ich hab dich.«

Das war Daniels Stimme. Sie war tief und ruhig. Sie war in ihrem Kopf, so wie die ihres Vaters.

»Liv, sieh mich an.«

Das war eine Anweisung. Sie öffnete die Augen und sah nach oben. Daniels Oberkörper hing über dem Geländer, er hatte einen Arm nach unten gestreckt und sie mit seiner großen Hand zwischen Ellenbogen und Bizeps gepackt. Jetzt spürte sie es auch. Ein schmerzvoll zerrender Schraubgriff. Wie zum Teufel war er hergekommen?

»Ich lasse dich nicht fallen«, sagte er. Er hatte Blut im Gesicht und auf seinem T-Shirt. »Ich halte dich fest, okay?«

Sie konnte nicht nicken. Konnte nicht antworten.

»Aber ich bin verletzt. Ich krieg dich nicht hoch. Ich lasse dich nicht los, aber du musst dich selbst hochziehen.«

Wie denn? Dazu musste sie sich bewegen. Sie musste versuchen, nach außen zu schwingen. Dann konnte er sie nicht mehr halten. Sie senkte den Blick, sah nach unten ins Leere.

»Schau nicht nach unten, Liv. Behalte den Blick oben. Sieh mich an.«

Sie sah wieder hoch. Er plagte sich, schwitzte und atmete schwer. Doch sie konnte sich einfach nicht überwinden.

»Komm schon!«, sagte er. Es klang ermutigend, nicht ungeduldig.

Was zum Teufel wusste er schon davon, wie es war, an einem seidenen Faden zu hängen. »Du kannst mich nicht halten.«

»Ich lass dich nicht los, Liv. Ich stütze mich an der Brüstung ab. Wenn ich mich nicht mehr halten kann, stürze ich mit dir ab. Entweder kommst du jetzt rauf, oder wir fallen beide runter.«

Das klang nach einem Spruch, Retter an Opfer. Damit sie ihm vertraute, sie Mut fasste. Doch sie wusste, dass dem nicht so war. Sie wusste von seiner Todesliste. Rachel hatte recht. Er hatte versucht sie zu retten, versucht sie am Leben zu halten und zu verhindern, dass sie auf seiner Todesliste landete – und somit aus seinen Träumen verschwand.

»Es ist deine Entscheidung«, sagte er.

Er hatte es nicht verdient, mit ihr in den Abgrund zu stürzen, doch sie konnte ihn auch nicht bitten loszulassen. Sie winkelte das Knie an und bewegte es nach oben.

Ihre Hand rutschte am Geländer ab. Daniels Finger krallten sich in ihr Fleisch. Er verlagerte sein Gewicht und beugte sich weiter vor. Sie hatte das Gefühl zu fallen, als würde er sie loslassen. Sie schrie auf und ließ ihr Knie wieder sinken. Der Schrei hallte durch das Parkhaus auf die Straße hinaus.

»Herrgott, Liv. Ich hätte nicht gedacht, dass du so leicht aufgibst.«

»Ich gebe nicht auf.«

»Dann beweg deinen Arsch hier rauf.«

Diesmal schwang sie ihr Knie mit Wucht nach oben, fand die Kante der Brüstung und hakte sich daran fest. Das verstärkte den Druck auf Daniels Arm, er verzerrte vor Schmerz das Gesicht.

»Jetzt das andere«, rief er.

Dann war sie auf ihren Knien und rutschte die Betonbrüstung entlang. Mit der anderen Hand fand sie das Geländer und hielt sich dann mit beiden Händen fest. Als sie fast bei ihm war, ließ Daniel sie los, packte sie hinten an ihrer Jeans und zog sie über das Geländer. Sie fiel zu seinen Füßen auf den Asphalt.

Sie fiel hart. Der Boden unter ihr war kalt, hart und stabil. Er fühlte sich großartig an. Sie blinzelte zu den schattigen Säulen und ins trübe Licht. Das Schönste, was sie je gesehen hatte. Daniel ließ sich neben sie fallen und bewegte sich nicht. Sie lauschte seinem schweren, heftigen Atem. Wie lange hätte er sie noch halten können?

»Ray ist tot«, sagte sie.

»Bist du verletzt?«

»Nein. Bist du okay?«

»Nein.«

Er war schlimm zugerichtet. Sein Gesicht war blutverschmiert, sein Arm war ebenfalls voller Blut. Im Dämmerlicht sah sie einen Nagelkopf, der aus seiner Schulter ragte. Er hatte das eine Knie angewinkelt, das andere lag ausgestreckt und schlaff da. Sie hatte keine Ahnung, wie er es bis zu ihr geschafft hatte. Doch dafür musste er durch die Hölle gegangen sein.

»Ich wollte nicht aufgeben«, sagte sie.

»Das habe ich auch nie angenommen.«

# 48

»Und, hast du dich entschieden?«, fragte Liv.

Cameron presste sein Gesicht an die Glastheke der Eisdiele. Er schob sich langsam daran entlang, betrachtete die Farben und murmelte. »Und, was nimmst du?«, fragte er.

»Opa hat immer Schokoladeneis genommen.«

Sie spürte wieder die Welle der Traurigkeit, die sich in ihr ausbreitete, und brauchte einen Augenblick, um die Süße in der Erinnerung wiederzufinden, bevor sie weitersprach. »Stimmt doch, oder? Willst du auch Schokolade?«

»Hm, essen Feuerwehrmänner Schokolade?«

Sie lächelte. In letzter Zeit redete er ständig von Feuerwehrmännern. Liv hatte sich gefragt, wie es um Daniel und seine Albträume stand – ob er sie noch hatte, ob sie auch noch Teil davon war. Sie hatte überlegt, ihn danach zu fragen, ihn einfach anzurufen und zu sagen: »Wie schläfst du?«, doch sie hatte sich dann doch nicht dazu durchgerungen.

»Können wir Daniel fragen?«, fragte Cameron.

Konnte sie das? Sie hatte seit dem Begräbnis ihres Vaters vor vier Wochen nicht mehr mit ihm gesprochen – vierzehn Tage nachdem er sie über das Geländer gezogen hatte. Es fühlte sich wie eine Ewigkeit an.

Zwei Tage nachdem Ray von dem Parkdeck gefallen war, hatte sich der Zustand ihres Vaters rapide verschlechtert. Schmerzgeplagt und noch immer verletzt, hatte sich Liv an sein Bett gesetzt und sich gewünscht, seine Schmerzen würden vorbeigehen und er könne bleiben. Sie hatte ihm nichts von jener Nacht erzählt, doch er hatte gespürt, dass irgendwas passiert war, ihre Hand gehalten und um Worte gekämpft.

»Liebes, jetzt kann ich gehen. Dein Kampfgeist ist wieder da. Ich sehe es in deinen Augen. Es wird alles gut.«

Sie wusste nicht, was er gesehen hatte, sie spürte nur unendliche Trauer.

Am nächsten Nachmittag, als sie sich in der kühlen Herbstluft eine Pause gönnen wollte, saß Daniel auf einer Bank vor der Tür und wartete auf sie. Neben ihm standen die Krücken, der Arm hing in einer Schlinge, und um sein Handgelenk trug er ein Krankenhausarmband. Da hatte sie ihm gesagt, dass sie nicht mit ihm zusammen sein konnte.

»Aus so viel Bösem kann nichts Gutes entstehen«, hatte sie gesagt. »Das Böse wird auf alles abfärben. Alles, was zwischen uns war, wurde von Ray vergiftet. Denk an Sheridan und Teagan. An Thomas und all die Schlechtigkeit, die er hinterlassen hat.« Ganz zu schweigen von ihren Schamgefühlen, weil sie geglaubt hatte, Daniel könnte zu solchen Gemeinheiten fähig sein. »Ich würde nur alles verderben. Das will ich nicht, und das hast du nicht verdient.«

Ihr Vater hatte noch zwei Tage durchgehalten, und jeden Nachmittag hatte Daniel auf der Bank auf sie gewartet. Sie hatten kein Wort miteinander gesprochen, sie hatten nur in der Kälte nebeneinandergesessen. Liv war bis zum Ende bei ihrem Vater – und auch noch lange danach, hatte sich an die schönen Zeiten erinnert und versucht, seine Schmerzen zu vergessen. Daniel war zum Begräbnis gekommen, hatte ihm mit anderen Hunderten von Trauergästen, die ihren Vater noch von früher kannten, die letzte Ehre erwiesen. Sie hatte sich nie die Zeit genommen, Daniel zu sagen, wie sehr sie das geschätzt hatte. Nicht nur das. Alles, was er für sie getan hatte.

»Mom?«

Liv sah zu Cameron herab.

»Kannst du ihn nicht fragen, welches seine Lieblingssorte ist?«, fragte er.

Das Schlimmste war überstanden, sagte Liv sich. Es war fast vorbei.

Seit Wochen war nichts Schlimmes mehr passiert. Sie hatte keine Wutanfälle mehr bekommen, ruhig mit Thomas telefoniert, ohne ihn anzuschreien, und friedlich geschlafen, ohne angsterfüllt aufzuwachen. Der Sturm, der ein Jahr gewütet hatte, schien sich endlich gelegt zu haben. Doch vielleicht wusste sie jetzt einfach auch, dass sie alles bewältigen würde, was das Leben ihr abverlangte, dass ihr Leben sie nicht erdrücken und ihr keine Angst mehr machen würde. Vielleicht hatte ihr Vater das in ihren Augen gesehen. Was immer es war, Camerons Lächeln und die Wärme des klaren, frischen Tages erschienen ihr wie das Licht am Ende des Tunnels.

Liv, es ist nur ein Anruf. Es geht nur um Eis.

Er ging nach dem zweiten Klingeln dran. »Hey, Puncher. Wie läuft's?«

Nach vier Wochen hatte sie … etwas anderes erwartet. »Es geht mir gut. Danke. Gehst du noch auf Krücken?«

»Ja, aber ich trage keine Schlinge mehr.«

Sie schloss die Augen, spürte wieder die Schuldgefühle in sich aufsteigen. »Ich habe zwei Fragen.«

»Schieß los.«

»Cameron will wissen, ob Feuerwehrmänner Eis essen.«

»Sag ihm, dass das nach einem Feuer sogar sehr empfehlenswert ist.«

»Was ist deine Lieblingssorte?«

»Vanille.«

Sie machte eine Pause. »Dürfte ich dir mal ein Vanilleeis spendieren?«

»Das sind schon drei Fragen.«

»Soll das heißen, dass du das nicht möchtest?«

Einen Augenblick herrschte Schweigen. »Nein. Das wäre großartig. Hast du einen bestimmten Zeitpunkt im Auge?«

»Wo bist du gerade?«

»Im Park. An der Rotunde.«

Sie sah aus dem Fenster über die Straße zur Kuppel der alten, kunstvoll verzierten Rotunde. Sie sah Kinder auf Fahrrädern, Jogger, Spaziergänger, Familien, die Fußball spielten. »Was machst du denn im Park?«

»Ich sitze in der Sonne.«

»Warte kurz.« Sie legte einen Finger über das Mundstück und fragte Cameron: »Hast du Lust, in den Park zu gehen?«

»Jaaa«, antwortete er, als wäre es verrückt, auch nur einen Augenblick eine andere Antwort in Erwägung zu ziehen.

Dann sagte sie ins Telefon: »Wir sind in zehn Minuten da.«

Cameron entschied sich für Kaugummieis in der Waffel, während Liv zwei kleine Becher Eis mit Löffeln bestellte – weil es keine so große Schweinerei machte, wenn es schmolz, während sie Daniel suchte. Als sie die Straße überquerten, kamen ihre Erinnerungen wieder zurück, und sie fragte sich, ob es nicht doch besser gewesen wäre, sich nicht mit ihm zu treffen. Sie war weitergegangen und wollte nicht mehr zurückschauen. Nicht auf Ray.

Also dachte sie daran, wie sie in jener Nacht neben Daniel an die Brüstung gelehnt dagesessen hatte, in Schock, vor Schmerzen keuchend.

»Die Polizei kommt gleich«, hatte er gesagt.

»Wann zum Teufel hattest du Zeit, die Polizei zu rufen?«

»Habe ich nicht.«

Nachdem Ray ihn eingesperrt hatte, hatte Daniel seine Bürotür eingeschlagen, zwischen seinem Werkzeug im Abstellraum ein Messer gefunden und das Klebeband an seinen

Handgelenken durchtrennt. Er hatte einen Feuerlöscher benutzt, um das Schloss am Notausgang zu zertrümmern, und sich dann die Fußgängerrampe hochgeschleppt. Die Besitzerin eines Ladens, die gerade auf dem Weg zu ihrem Auto war, hatte versucht ihn aufzuhalten und den Krankenwagen zu rufen. Doch er hatte sie gebeten, stattdessen die Polizei zu alarmieren, und war einfach weitergegangen. Zwischen dem zweiten und dem dritten Stock hörte er Livs Schreie, als sie über das Geländer rutschte. Er dachte, er wäre zu spät gekommen und würde nur noch ihren leblosen Körper auf der Straße finden.

Liv starrte auf die Becher in ihrer Hand. Herrgott, er hatte mehr als ein Eis verdient.

Sie blickte zur Rotunde. Menschengrüppchen hatten sich dort versammelt. Es musste ein Kinderfest in einem Pavillon sein, denn kleine Mädchen liefen in hübschen Kleidchen und lustigen Hütchen herum. Im Gras davor saßen Teenager auf Picknickdecken, und etwas weiter weg stand eine größere Gruppe mit Kindern und Erwachsenen vor einem Tapeziertisch, auf dem ein Buffet angerichtet war. Doch nirgends war ein Held auf Krücken zu sehen.

»Wo ist Daniel?«, fragte Cameron.

»Ich weiß es nicht. Vielleicht ist er auf der anderen Seite. Wir gehen herum und sehen nach.«

Sie hielten sich an den Händen und liefen um die Wiese, während Liv sich an ein anderes Gespräch mit Daniel im Krankenhaus erinnerte.

Das war am Morgen danach gewesen. Er war an der Schulter operiert worden und wartete auf weitere Eingriffe, um seine Knochen und den Schaden an seinen Bändern zu reparieren, den sie mit ihren Absätzen seinem Knie zugefügt hatte. Er hatte ihr gesagt, sie solle aufhören, sich ständig bei ihm zu entschuldigen, also hatte sie damit aufgehört. Sie hatte trotzdem weiterhin ein schlechtes Gewissen. Sie hatte so viele Fragen an ihn, doch er hatte das nicht zugelassen. Er hatte ihr erzählt, was sie seiner Ansicht nach wissen sollte.

»Das mit den Unterlassungsklagen ist nicht so, wie du denkst.« Das hatte er schon im Parkhaus gesagt, doch diesmal ließ sie ihn ausreden.

»Die erste war ein Missverständnis.« Sie war nach der Untersuchung zum Gebäudeeinsturz erfolgt. Die Anwälte der Baufirma hatten ihn beschuldigt, Leanne Petronio nicht fachmännisch auf die Trage gelegt zu haben. »Das war völliger Schwachsinn. Jeder wusste das, es hat auch nichts bewirkt, trotzdem hat es mich geärgert. Ich habe versucht, den Chef der Firma zu kontaktieren, aber er ging nicht ans Telefon. Also bin ich in sein Büro gegangen. Er hat den Sicherheitsdienst gerufen, und ich wurde … laut. Sie haben mich rausgeworfen und über die Anwälte eine Unterlassungsklage angestrengt. Ich habe ihn zu keiner Zeit bedroht. Er war nur ein kleiner verängstigter Mann, der wusste, dass er sich falsch verhalten hatte.«

Liv hörte ihren Namen rufen, drehte sich um und sah eine große Frau, die lächelnd über den Rasen auf sie zukam.

»Ich bin Carmel«, sagte die Frau. »Wir sind uns im Krankenhaus begegnet. Ach ja, und einmal am Fußballplatz.«

»Ja, ich erinnere mich«, sagte Liv.

»Daniel hat gar nicht erwähnt, dass Sie kommen würden.«

»Ich habe auch gerade erst mit ihm telefoniert.«

»Wir sind da drüben.« Carmel wies auf den Tapeziertisch, auf dem das Essen stand, und sagte dann zu Cameron: »Du kommst gerade rechtzeitig. Sie wollen eine Fußballmannschaft aufstellen.« Sie wandte sich wieder Liv zu. »Ich muss los, Mom und Dad abholen. Bis später.«

Liv sah ihr nach und dachte an Daniels zweite Unterlassungsklage. »Die war kein Missverständnis«, hatte er zu ihr gesagt. »Carmel hätte ihren Exmann niemals verklagt, aber ich kannte ein paar Cops, die sich ihn vorgeknöpft haben. Dann hat er sie wieder verprügelt, also habe ich persönlich mit ihm geredet. Habe dem Schwein gesagt, dass ich ihm zeigen würde, wie sich Prügel anfühlen, wenn er noch einmal in ihre Nähe käme.« Er hatte die Achseln gezuckt. »Er dachte wohl, wegen der Unterlassungsklage würde man mich rausschmeißen, aber da hatte ich meinen Job bereits gekündigt. Außerdem wäre es mir egal gewesen. Ich habe es für Carmel getan.«

Liv schaute in die Richtung, in die Carmel gezeigt hatte, und wunderte sich über die Gruppe. Erwachsene und Kinder und genug Essen, um sämtliche Parkbesucher zu füttern. Sie feierten ein Fest. Sie hatte hier nichts zu suchen. Die Frau, die Daniels Knie zertrümmert und monatelang nicht mit ihm geredet hatte, tauchte jetzt mit einem Eis auf. Vielleicht konnte sie ihm einfach das Eis geben und ihm sagen, dass sie ihn später anrufen würde.

Dann sah sie ihn. Er winkte ihr kurz zu und löste sich von der Gruppe. Er schwang sich mit den Krücken zum Tapeziertisch, kam sichtlich ohne Schlinge besser zurecht, und auch die Ringe unter seinen Augen waren verschwunden. Er sah … gut aus. Die Größe, die kräftigen breiten Schultern, seine Zähigkeit. Er sah mehr als gut aus. Er lehnte sich an den Tisch, die Krücken neben sich, und sah sie an, während sie auf ihn zuging.

»Ist das ein Fest?«, fragte sie und hielt Cameron noch immer an der Hand.

»Der zehnte Geburtstag meines Neffen.«

»Das hättest du mir ja sagen können. Wir hätten uns auch ein anderes Mal treffen können.«

»Das sind nur meine Familie und ein paar Cousins. Außerdem hat sonst niemand Eis mitgebracht.«

Sie hob die beiden kleinen Becher. »Ich glaube kaum, dass das für alle reicht.«

»Ich hab Kaugummieis bekommen«, sagte Cameron mit grünblauen Eisresten um den Mund.

Daniel grinste. »Scheint dir ja geschmeckt zu haben, Kumpel. Hast du Lust auf ein Fußballspiel?«

Cameron sah Liv hoffnungsvoll an.

Sie schüttelte den Kopf. »Wir wollen uns nicht aufdrängen.«

»Gerade vor zwei Minuten haben sie noch nach einem Spieler gesucht«, sagte Daniel und zeigte mit dem Daumen zu einer Gruppe, die einen Ball kickte. Das Spiel hatte allerdings noch nicht begonnen.

Cameron sah sie mit einem flehenden Blick an.

Das sah nach Müttern und Vätern, kleinen Kindern und ein paar Teenagern aus, von denen fast alle die typische Beck-Statur hatten. »Okay, aber nur kurz.«

Daniel steckte die Finger zwischen die Lippen und pfiff laut. Ein älterer Junge drehte sich um. »Hey, Ben. Hier ist noch einer.«

Während Daniel die beiden einander vorstellte, löste sich ein Mann aus der Gruppe, nahm ein Weinglas vom Tisch und hielt es Liv hin. Aus der Nähe sah er wie Daniel in ein paar Jahren aus. Er war genauso groß, hatte nur mehr Falten um die Augen und längere Haare, die an den Schläfen schon ein wenig ergraut waren. »Was trinken Sie? Rot oder Weiß?«

Liv hob die Hand. »Oh, vielen Dank, ich bleibe nicht.«

»Sind Sie sicher? Ich meine, falls Sie sich wegen des Essens Sorgen machen, wir könnten uns zusammenreißen«, sagte er lachend. »Sie sind Liv, nicht wahr?«

»Ja.«

»Ich bin Jared. Sie haben meinen Bruder auf den Arsch befördert, nicht wahr?«

Sie sah weg. »Ja.«

»Okay.« Daniel legte Jared die Hand auf die Schulter. »Du musst jetzt Fußball spielen.«

Sie sahen sich kurz vielsagend an, dann drehte Jared sich weg und grinste Liv zu. »Das hat niemand mehr geschafft, seit er zwölf war.«

Liv lächelte verlegen, während Cameron sich einen Platz auf dem improvisierten Spielfeld suchte. Daniel setzte sich auf die Bank neben Liv und streckte sein verletztes Bein aus, als wollte er auf das Spiel zeigen. »Wie geht es Teagan?«

»Ich habe letzte Woche mit ihr gesprochen«, sagte Liv. »Sie erinnert sich nicht mehr an viel. Sie weiß nur noch, dass sie sich einen Wagen im Parkhaus ansehen wollte und dann mit Kelly im Krankenwagen war. Sie wird auf einem Auge wohl dauerhaft an Sehschärfe einbüßen, der chirurgische Eingriff an ihrer Wange heilt gerade ab, aber sie redet schon davon, dass sie sich wieder an der Schule anmelden, das zwölfte Jahr beenden und dann an der Uni Psychologie belegen will.«

»Psychologie?«

»Ja.«

»Das ist auch ein Weg, etwas zu verarbeiten. Und Sheridan?«

Sie hatte eine Gehirnblutung, aber keinen Gehirnschaden davongetragen, gebrochene Knochen und großflächige Verletzungen. Liv hatte sie immer wieder zwischendurch besucht, wenn sie gerade nicht bei ihrem Vater war, ihr von Ray und Daniel und Teagan erzählt und dass ihr Unfall genau ins Schema passte. Und sie hatte ihr einen Friseur besorgt, der ihre blonden Locken bändigte. »Sie musste sich einer Schönheitsoperation im Gesicht unterziehen, macht viel Physiotherapie für Arm und Bein. Sie war schon immer hart im Nehmen. Sie wird es schaffen. Sie spricht schon davon, ein Buch darüber zu schreiben.«

Daniel lehnte sich zurück und verschränkte die Arme. »Und wie geht es dir?«

»Ich fühle mich schuldig, weil andere mehr gelitten haben als ich. Ein paar gezerrte Muskeln an der Schulter zählen nicht wirklich. Sie sollen alles tun, was ihnen dabei hilft, die Sache zu verarbeiten.«

Er schwieg.

Sie saß neben ihm auf der Bank. »Hast du in letzter Zeit mit Rachel gesprochen?«

»Nein, seit dem Begräbnis deines Vaters nicht mehr. Du?«

Rachel hatte sie jede Woche angerufen und über die Neuigkeiten zu den Ermittlungen auf dem Laufenden gehalten, und vor ein paar Tagen hatten sie einen Kaffee zusammen getrunken. »Sie versucht noch immer die Puzzlestücke zusammenzufügen, klar ist nur, dass Ray schon lange nicht mehr bei Sinnen war.«

Rachel war an jenem Abend ins Parkhaus gekommen und hatte mit der Waffe auf Daniel gezielt. Doch eine lange Erklärung war nicht erforderlich gewesen. Der Nagel in Daniels Schulter und Rays lebloser Körper auf der Straße hatten für sich gesprochen.

Weder Liv noch Daniel erwähnten bei der Polizei Rachels Verdacht. Liv hatte ihr den Ausgang der Sache nie vorgeworfen. Schließlich war es ihre eigene Entscheidung gewesen, ins Parkhaus zu fahren und nach Daniel zu suchen. Daraus hatte sich eine blutige, verzweifelt tödliche Lage ergeben, doch das Spiel war zu Ende. Sie wäre dabei beinahe umgekommen, und Daniel hatte schreckliche Verletzungen davongetragen, doch jetzt würde niemand mehr verletzt werden. Weder ihre Freunde noch Cameron noch ihr Vater. Oder die nächste Person, die Ray zu »beschützen« gedachte. Und es hätte bestimmt andere gegeben. Rachel hatte bereits drei Fälle gefunden, die auf sein Konto gingen.

Fünf Jahre zuvor hatte man die verkohlten Überreste einer fünfundzwanzigjährigen Frau in einem ausgebrannten Haus in Victoria gefunden. Ein gewisser Ray Hawthorne – alias Ray Hepple – hatte den Wohnblock verwaltet. Sieben Jahre vorher war ein älteres Paar zu Tode geprügelt in einem Seniorenheim aufgefunden worden. Da nannte er sich Ray Heggarty und hatte als Gärtner gearbeitet. Vermutlich waren alle drei Opfer aufsässig gewesen. Er hatte beide Jobs kurz nach den Morden gekündigt – aber hervorragende Referenzen bekommen.

»Als sein Vater starb, war Ray gerade mal achtzehn und hatte die Vormundschaft für seine drei jüngeren Schwestern übernommen«, erzählte Liv Daniel. »Eine von ihnen beging mit siebzehn Selbstmord. Die beiden anderen versuchten Jahre später, ihn wegen Gewalttätigkeit und Freiheitsberaubung anzuzeigen, doch die Sache kam nie vor Gericht. Offensichtlich war der Vater völlig ausgetickt, als seine Frau ermordet wurde, und hatte alle auf dem Familiengelände festgehalten. Er missbrauchte die Mädchen und erzählte Ray, er sei für ihre Sicherheit zuständig. Die Schwestern waren schon um die zwanzig, als sie endlich fliehen konnten.«

»Mein Gott.«

»Offensichtlich hatte Ray danach das Bedürfnis, sich anderen Opfern zuzuwenden. Rachel ermittelt gerade in zwei Mordfällen in Südaustralien, die sich vor circa fünfzehn Jahren ereignet haben.«

»Liv, du hast ihn gestoppt.«

»Ja.« Sie klammerte sich an den Bankrand, sah Cameron zu, der auf und ab lief, und war dankbar, dass sie ihn überhaupt sehen durfte. Die Polizei fand hingegen weder den Jungen, der ihm den Umschlag im Café überreicht hatte, noch die Person, die die Nachricht an dem Tag in Livs Tasche gesteckt hatte, als Teagan vom Parkdeck gestürzt war. Liv hoffte nur, dass es zwei unterschiedliche Personen gewesen waren, die auf schnelles Geld aus waren, und nicht ein Lehrling, der in Rays Fußstapfen treten wollte.

Außerdem freute Liv sich nun über vieles, was sie sich nie vorzustellen gewagt hätte. Etwa dass Cam die Gelegenheit bekommen hatte, sich von seinem Großvater zu verabschieden, oder dass Michelle ihn zu ihr ins Krankenhaus gebracht hatte.

»Ich habe gehört, dass jemand dein altes Büro bezogen hat«, sagte Daniel.

Sie drehte ihm den Kopf zu. »Du warst nicht bei der Arbeit?«

»Das Büro in Sydney hat eine Vertretung geschickt, bis mein Bein wieder in Ordnung ist. Was ist mit dir? Arbeitest du?«

»Ich habe mir eine Auszeit genommen.«

Der Schmerz ihres letzten Tages im Büro steckte ihr noch immer in den Knochen. Liv und Kelly hatten mit einem Kaffee im Pappbecher vor den gepackten Kisten von Prescott and Weeks gesessen, und Liv hatte Kelly versichert, dass sie, egal was passierte, ihre Entscheidung, Tobys Angebot anzunehmen, verstand. Dann hatte sie ihr von dem Kuss erzählt. Sie wusste nicht, ob es einen richtigen oder falschen Weg gab, wenn der Mann der besten Freundin so etwas tat. Sie wusste nur, dass solche Geheimnisse Ärger und Verbitterung schufen – und davon hatte sie genug.

Kellys erste Reaktion darauf war Belustigung und Unglaube. »Mach dich nicht lächerlich, Liv. Du hast deinen Kopf wahrscheinlich in die falsche Richtung gedreht, und er hat dich aus Versehen auf die Lippen getroffen.«

»Das war kein Versehen.«

»Du hattest viel zu bewältigen. Das hast du immer noch. Du interpretierst zu viel hinein.«

»Es war kein Küsschen, Kell.«

»Dann hast du es eben missverstanden«, hatte sie spitz gesagt.

Es war Kellys Entscheidung, es zu deuten, wie sie wollte. Liv wollte sie zu nichts zwingen – sie wusste, was sich hinter dieser Tür verbarg, sobald man sie öffnete, und hatte keinerlei Eile. Das Schweigen breitete sich weiter zwischen ihnen aus. Doch daran, wie Kelly saß, ihren Becher hielt und ihre Lippen zusammenpresste, konnte Liv erkennen, wie die Wut in ihr hochstieg. Ihr darauf folgender Ausbruch schmerzte noch immer.

»Liv, ich weiß, wie verbittert du bist. Das gibt dir aber noch lange nicht das Recht, alle anderen mit dir runterzuziehen. Ich habe nur versucht dich zu unterstützen. So etwas hättest du mir nicht erzählen sollen. Du hättest es für dich behalten sollen. Jason und ich hätten kein Problem, wenn du nicht das Bedürfnis gehabt hättest, es an die große Glocke zu hängen. Was zum Teufel soll ich jetzt machen?«

Liv war klar, dass es leichter war, jemand anderen zu beschuldigen, als der Wahrheit ins Gesicht zu sehen, also ließ sie zu, dass Kelly all ihre Tränen und ihre Wut auf sie konzentrierte. Sie wusste, dass sie Zeit brauchen würde, um es zu verarbeiten, ganz egal wie sie und Jason sich entscheiden würden.

Es war ein deprimierendes Ende für ein Geschäft und eine berufliche Partnerschaft. Nur die Zeit würde zeigen, ob ihre Freundschaft das aushalten würde. Liv hatte Kelly Nachrichten hinterlassen, ein paar SMS geschickt, aber nichts mehr von ihr gehört – bisher jedenfalls nicht. Sheridan hatte ihr erzählt, Kelly und Jason würden miteinander reden, er würde auf dem Sofa schlafen, aber noch zu Hause wohnen. Liv hoffte, dass das ein gutes Zeichen war. Und sie hoffte, sie bald wiederzusehen. Sie vermisste sie – alle vier.

»Und, Puncher, was machst du jetzt?«

Liv wischte ihre Gedanken an die Vergangenheit beiseite und konzentrierte sich auf die Gegenwart. In jener Nacht in dem Parkhaus hatte Daniel zu ihr gesagt, sie solle um ihr Leben kämpfen. Das waren zwar nicht genau seine Worte gewesen, doch *beweg deinen Arsch hier rauf* hatte sie nicht nur über die Absperrung getrieben – es hatte sie aus ihrer Trägheit gerissen. »Malen.«

»Du malst?«

»Nur Wände. Ich streiche das Reihenhaus. Alles, von oben bis unten.«

»Was ist mit deiner Schulter?«

»Sie schmerzt höllisch, aber das fühlt sich großartig an. Wie eine Teufelsaustreibung. Ich habe gerade mit dem Garten angefangen.« Sie zögerte einen Augenblick. »Was ist mit deinen Träumen? Wie schläfst du?«

»Nicht schlecht.«

»Hast du immer noch Albträume?«

»Nicht mehr jede Nacht.«

Vielleicht ging es sie ja nichts an, aber sie wollte wissen, ob die letzten Ereignisse es noch verschlimmert hatten. Ob sie außer seinem Knie noch etwas anderes verletzt hatte. »Ist es immer derselbe?«

»Ja.«

»Komme ich drin vor?«

Er drehte den Kopf, und sie dachte schon, er würde nichts mehr sagen, doch er sagte etwas. »Nicht in den Albträumen.«

»In anderen Träumen?«

»Ja.«

»Von jener Nacht?«

»Ja.«

»Es tut mir leid.«

Seine Mundwinkel verzogen sich zu einem kleinen, vertraulichen Lächeln. »Nicht nötig. Du genießt es. Wir genießen es beide.«

Sie hob die Augenbrauen.

»Besagte Nacht. Du erinnerst dich an die besagte Nacht?«

Sie hatte lange darüber nachgedacht. Dass sie das Ganze vielleicht nie überstanden hätte, wenn er nicht gewesen wäre. Doch das war nicht alles, worüber sie nachgedacht hatte. Sie zuckte die Achseln und tat lässig. »Erinnerungen vermischen sich manchmal mit Träumen, weißt du.«

»In diesem Falle hoffe ich das nicht, denn es sind außergewöhnliche Erinnerungen.«

Liv spürte, wie ihr langsam die Hitze ins Gesicht stieg.

Er lachte. »Bringt dich der teure Wein immer noch völlig aus dem Konzept?«

»Ich lasse es dieser Tage etwas ruhiger angehen. Bin schon eine ganze Weile nicht mehr aus dem Konzept gebracht worden. Es gab auch niemanden, der mich zugedeckt hätte.«

Er sagte lange nichts und sah sie an. Sie stützte die Ellenbogen auf den Tisch und wartete, bis er zu einer Einschätzung gekommen war. »Und?«

»Liv, was machen wir hier? Essen wir Eis, oder ziehen wir die Reißleine an unserem Fallschirm?«

Brauchte sie einen Fallschirm? Und was zum Teufel passierte hier gerade? Sie wollte ihm nur ein Eis vorbeibringen, doch jetzt fühlte es sich nach etwas anderem an. Es fühlte sich leicht, vertraut und nach einem kleinen Flirt an. Sie hatte gedacht, die Erinnerungen würden zurückkommen, sobald sie ihn sah. Das traf auch zu, jedoch waren es andere Erinnerungen, als sie erwartet hatte.

»Liv, was willst du?«

Sie sah zum Fußballspiel und ihrem jubelnden Sohn hinüber.

»Vanille oder Schokolade?« In seiner Stimme schwang Resignation mit, als er die Eisbecher hochnahm.

Sie sollte es ihm erklären. Sonst könnten sie es nie überwinden, was sie getan hatte. »Ich dachte, du wärest derjenige, der meine Freunde verletzt hatte. Darum habe ich dein Knie zertrümmert. Das kann ich nicht mehr rückgängig machen.«

»Das musst du auch nicht. Ich habe dir doch gesagt, wie man ein Knie zertrümmert. Du hast nur mit den Informationen gearbeitet, die du hattest. Dein einziger Fehler war, dass du nicht um dein Leben gerannt bist.«

Sie war überrascht, ihre Gesichtszüge entspannten sich. Er machte ihr keine Vorwürfe. Er war eben praktisch veranlagt; an ihrer Stelle hätte er telefoniert und wäre dann so schnell wie möglich verschwunden.

»Was willst du?«, fragte er erneut.

»Es geht darum, was ich *nicht* will. Ich will nichts mehr verlieren. Ich möchte nicht verletzt werden. Und ich will nicht betrogen werden.«

»Das will niemand.«

»Was willst du?«

»Ich möchte uns eine Chance geben. Nur du und ich, ohne all den anderen Kram. Wir haben beide ziemliche Altlasten, aber … Es hat sich gut mit dir angefühlt, Liv. Es fühlt sich immer noch gut an.«

»Ich möchte uns eine Chance geben«, enthielt keine Versprechungen. Damit konnte er sie nicht verletzen. »Mehr willst du nicht?«

Er senkte den Blick und sah auf ihren Mund. »Ich könnte mir schon noch ein paar andere Möglichkeiten vorstellen.«

»Nur ein paar?«

»Ich bin für alles offen.«

Vom Spielfeld drang ein Jubel herüber. Sie sah hin und entdeckte plötzlich wieder Daniels Familie und Cameron. Sie hatten ein Tor geschossen, klatschten sich ab, zogen die

T-Shirts hoch und umarmten sich. Cam war mitten unter ihnen, hüpfte und lachte.

Sie beugte sich vor und küsste Daniel. Nicht leidenschaftlich, fast keusch im Vergleich zu der Nacht, die sie miteinander verbracht hatten. Sie drückte nur behutsam ihre Lippen auf seine. Ein erster Schritt, ein Versprechen. Er legte eine Hand an ihre Wange, zog sie an sich und sah ihr lange stumm in die Augen. Dann erschallte ein kurzer Warnruf, und der Fußball rollte vor ihre Füße. Daniel zog schnell sein verletztes Bein weg, Liv stürzte nach vorn und fing den Ball ab, bevor er den Tisch traf.

»Hierher«, rief jemand.

Liv sah Cameron am Ende der Meute stehen, zielte und schoss hoch und weit ins Feld.

»Hey, Leute, wir haben einen Reservespieler«, rief Jared.

Sie lachte.

»Tut mir leid«, sagte Daniel. »Meine Familie ist da ziemlich erbarmungslos.«

»Ja, stimmt.«

»Du musst nicht bleiben. Ich bleibe noch bis zum Kaffee, wir können uns aber später treffen, wenn du möchtest.«

Sie verzog scheinbar schockiert das Gesicht. »Du machst wohl Witze! Ich kann jetzt nicht gehen. Schließlich bin ich der Reservespieler.«

*Ende*

# Danksagung

Ich danke dem Verlag Random House für das Vertrauen, das er auch bei meinem zweiten Buch in mich gesetzt hat. Mein Dank gilt vor allem Beverley Cousin, meiner Verlegerin, die mich mit ihrer Geduld bei allen schwierigen Entscheidungen bei der Entstehung zu *Scared Yet?* unterstützt hat. Ich bedanke mich zudem bei meiner Lektorin Virginia Grant für ihre Liebe zum Detail, selbst in der größten Hektik, bei Pressesprecherin Shannon Lane für ihre Begeisterung, Grafikdesignerin Christa Moffit für die herrliche Umschlaggestaltung und dem fleißigen Verkaufs- und Marketingteam bei Random House.

Vielen Dank auch an meine Agentin Clare Forster für ihre Tipps, ihre Unterstützung und ihr Verständnis im Jahr 2011. Ich bedanke mich auch beim Team von Curtis Brown Australia und Kate Cooper und der britischen Abteilung, die für meinen Titel ein internationales Publikum fanden.

Dank an Sam Findley für die unschätzbare Hilfe bei der Recherche rund um die polizeiliche Vorgehensweise. Sowie Senior Kriminalrat Tony Tamplin für die Führung durch das Revier in Newcastle und Dr. Shaunagh Foy für die Recherche zum Stalking. Ich danke allen, die mir ihre Unterstützung, ihren Rat, Telefonate, Schultern, Betten, Kaffee und Alkohol angeboten haben: Der Turramurra Women's Fiction Critique Group (Christine Stinson, Isolde Martyn, Elizabeth Lhuede, Kandy Shepherd, Carla Molino, Melinda See, Simone Camilleri und Caroll Casey), Cath und Grant Every-Burns, Fiona Honson, Tracey Hewson, Gwenda Fulford und Les Chanter.

Meinem Mann Paul, meinen Kindern Mark und Claire und meiner Schwester Nikki – ohne euch wäre ich nicht da, wo ich bin. Ich kann euch gar nicht genug dafür danken.

Schließlich bedanke ich mich bei meinem Dad Reg Fulford, der mich zum Lesen ermutigt und mich aufgefordert hat, stets Fragen zu stellen, nach Antworten zu suchen und hoch zu zielen. Ich vermisse ihn sehr.